ROBERT LUDLUM

Né à New York dans les années vingt, Robert Ludlum a grandi dans le New Jersey. Se destinant très tôt au théâtre, mais attiré également par une carrière militaire, il s'engage avant la majorité dans les Marines pendant la Seconde Guerre mondiale. Après la victoire, il reprend des études à la Wesleyan University puis devient comédien et metteur en scène. À quarante ans, il se tourne vers l'écriture. Son premier thriller, *L'héritage Scarlatti*, publié en 1971, remporte un succès immédiat et l'impose comme le maître du genre.

Il publie ensuite une série de romans qui sont autant de chefs-d'œuvre, parmi lesquels *Le week-end Osterman* (1972), *L'échange Rhinemann* (1974), *Le duel des gémeaux* (1976), *Le manuscrit Chancellor* (1977), *La mosaïque Parsifal* (1982) et *La route d'Omaha* (1992). Ses romans sont lus dans 28 pays et traduits en 22 langues.

Grand voyageur, Robert Ludlum aimait séjourner dans les capitales de la « vieille Europe » où se situent nombre de ses intrigues. Il est décédé à la suite d'une crise cardiaque en Floride en mars 2001.

LA CONSPIRATION TREVAYNE

DU MÊME AUTEUR
CHEZ POCKET

La conspiration Trevayne
Le secret Halidon
le duel des gémeaux
Le manuscrit Chancellor
La vengeance dans la peau
La route d'Omaha

ROBERT LUDLUM

LA CONSPIRATION TREVAYNE

ÉDITIONS POCKET

Titre original :

TREVAYNE

Traduit de l'américain
par Patrick Berthon

Le papier de cet ouvrage est composé de fibres naturelles, renouvelables, recyclables et fabriquées à partir de bois provenant de forêts plantées et cultivées durablement pour la fabrication du papier.

ISBN 978-2-266-21020-1

Introduction

De loin en loin, au long de l'odyssée de l'humanité, des forces semblent se combiner, comme par accident, pour engendrer des êtres dotés d'une sagesse, d'un talent ou d'une pénétration hors du commun. Les arts et les sciences parlent d'eux-mêmes en agrémentant notre vie de beauté, de connaissances et de commodités. Mais il existe un autre domaine de l'activité humaine, à la fois un art et une science, dont nous sommes imprégnés et qui enrichit notre vie ou la détruit.

Je veux parler de la protection d'une société donnée par un gouvernement. Je ne suis pas un érudit, mais les cours de sciences politiques suivis à l'université ont laissé dans mon esprit une marque indélébile. J'étais passionné, fasciné, transporté. Si des inclinations plus profondes ne l'avaient emporté, j'aurais pu devenir le plus mauvais politicien du monde occidental. Le calme n'est pas mon point fort, tant s'en faut.

L'une des plus belles réalisations de l'humanité est, à mon sens, la démocratie représentative ; la plus belle tentative pour mettre sur pied un tel système politique est celle qui a abouti à la rédaction de la Constitution des États-Unis. Ce n'est pas parfait, mais, pour paraphraser Churchill, je ne vois pas mieux autour de moi.

Mais il y a toujours quelqu'un pour essayer de tout flanquer en l'air.

Voilà pourquoi j'ai écrit ce roman, il y a près de deux

décennies. C'était au temps de l'affaire du Watergate ; ma plume vengeresse volait sur le papier. *Mensonges ! Abus de pouvoir ! Corruption ! État policier !*

Non seulement le gouvernement, à qui avait été confiée la responsabilité de protéger le système, mentait au peuple, mais il réunissait des millions de dollars pour perpétuer les mensonges et, en conséquence, les moyens de contrôle dont il croyait avoir l'usage exclusif. L'une des déclarations les plus effrayantes prononcées au cours des auditions restera la suivante, dans la bouche du chef de l'exécutif : « Je ne reculerai devant rien pour conserver la présidence. »

La présidence, le pays leur appartenaient. Ni à vous, ni à moi ; à eux seulement. Ils savaient mieux que nous ce qu'il fallait faire. Les mensonges devaient donc continuer, les coffres de la pureté idéologique rester pleins, afin que les impurs soient éliminés d'emblée, avant même le coup d'envoi de l'affrontement politique.

Il m'a fallu publier *La Conspiration Trevayne* sous un nom d'emprunt, moins par crainte d'éventuelles représailles que parce que les conventions de l'époque voulaient qu'un romancier ne signe pas plus d'un ouvrage par an. Pourquoi ? Je ne l'ai jamais su — cela avait à voir avec la « psychologie du marketing ». Jolie formule. C'était il y a près de vingt ans.

« Plus ça change, plus c'est la même chose », disent les Français. À moins que l'histoire ne répète ses folies *ad nauseam* : l'homme est une créature aux appétits désordonnés et ne cesse de s'abreuver aux sources du poison qui le rend malade. Ou à moins que les péchés des parents ne soient expiés par des enfants trop stupides pour retenir les leçons de nos erreurs les plus flagrantes. Qui sait ? Tout ce que l'on sait avec certitude et de temps immémorial est que l'homme continue à tuer sans avoir besoin de la chair de sa proie ; qu'il ment pour éviter de répondre de ses actes ou, inversement, pour en répondre de telle manière qu'il décide seul des termes du contrat social, entre les gouvernants et les gouvernés ; qu'il cherche continuellement à s'enrichir, au détriment du bien public, et essaie trop souvent de faire de sa morale et de sa religion celles de tous. Nous pourrions continuer longtemps ainsi.

Au moment où j'écris ces lignes, les États-Unis d'Amérique viennent de vivre deux des campagnes présidentielles les plus honteuses, dégradantes, ineptes et mensongères dont les admirateurs de notre système aient gardé le souvenir. Les candidats étaient « vendus » par des manipulateurs cyniques, jouant sur les peurs les plus basses du public ; l'image prenait le pas sur l'idée. Les débats entre candidats se réduisaient à des « réponses », sortes de réflexes conditionnés pavloviens, qui, le plus souvent, n'avaient rien à voir avec la question. Les règles de ces pavanes robotisées étaient fixées par des intellectuels enjôleurs et dévoyés ayant une si mauvaise opinion de leurs clients qu'ils refusaient de leur accorder plus de *deux* minutes pour s'exprimer ! Peut-être reviendrons-nous un jour à des campagnes présidentielles sérieuses, civilisées, à des échanges d'idées constructifs ; il faudra, je le crains, attendre la disparition des marchands de déodorants. Ils ont commis les deux péchés capitaux de leur profession, en rendant leurs « produits » à la fois repoussants et ennuyeux. À l'évidence, il existe une solution. À la place des candidats, je refuserais de rétribuer leurs services, pour raison de turpitude morale ; lequel de ces faiseurs d'image oserait aller devant les tribunaux ?

Ces campagnes électorales ont dégoûté l'électorat qui, de plus, a suivi une série d'événements qui eussent prêté à rire s'ils n'avaient été aussi scandaleux. Des fonctionnaires ont alimenté le terrorisme par la vente d'armes à un État terroriste, tout en interdisant à nos alliés ce genre de pratiques. La culpabilité se muait en innocence ; la malfaisance était source d'honneur ; des poseurs empressés, obséquieux, devenaient des héros. En comparaison, le monde imaginaire d'Alice est un lieu de logique rigoureuse. Ce n'est jamais terminé.

Il y a toujours quelqu'un pour essayer de tout flanquer en l'air. Cette grande réalisation, ce merveilleux système reposant sur l'équilibre des pouvoirs. *Mensonges ? Abus de pouvoir ? Corruption ? État policier ?*

Pas d'une manière durable, aussi longtemps que les citoyens seront en mesure de soulever ces questions et de porter des accusations, aussi excessives soient-elles. Nous pouvons faire entendre notre voix ; c'est notre force, elle est indomptable.

Ainsi, à mon modeste niveau, je vais essayer de faire entendre encore une fois cette voix d'une autre époque, d'un autre temps ; je n'oublie pas que je ne suis, au fond, qu'un simple conteur, qui espère que vous prendrez plaisir à le lire et que vous lui permettrez d'exprimer quelques idées.

Pour finir, je n'ai pas cherché à « rajeunir » ce roman, ni à gommer les libertés prises avec les événements ou la géographie. Celui qui a construit ou rénové une maison vous dira que, dès que l'on commence les travaux, autant jeter les plans. Elle devient une autre maison.

Merci de m'accorder un peu de votre temps.

ROBERT LUDLUM
(alias Jonathan Ryder)
novembre 1988

PREMIÈRE PARTIE

1

Le revêtement de goudron s'arrêtait soudain pour faire place à une route de terre. Au-delà de cette limite, la charge de l'entretien n'incombait plus à la commune de la petite péninsule ; la voie devenait privée. Sur la carte du service des postes de South Greenwich, Connecticut, la route portait le nom de Shore Road, Northwest ; les agents des messageries l'appelaient simplement High Barnegat, ou Barnegat tout court.

Ils la prenaient fréquemment, trois ou quatre fois par semaine, pour porter des lettres en recommandé et des enveloppes en papier kraft. Ils faisaient volontiers le trajet, sachant qu'ils recevraient un bon pourboire.

High Barnegat.

La propriété de près de quatre hectares bordait l'océan sur huit cents mètres. La majeure partie des terres, à l'abandon, où la végétation poussait dru, offrait un contraste saisissant avec la demeure, à une soixantaine de mètres de la plage. La maison, tout en longueur, était de style contemporain : grandes baies vitrées encadrées de bois, donnant sur les eaux du détroit. Des allées revêtues de dalles traversaient les épaisses pelouses d'un vert profond. Une vaste terrasse dominait l'abri à bateaux.

C'était la fin du mois d'août, la période la plus agréable de l'été à High Barnegat. L'eau n'y serait jamais plus chaude ; de fréquentes risées rendaient la navigation dans le détroit encore plus excitante, ou hasardeuse, selon le cas ; la végétation était en plein épanouissement. À cette époque, un sentiment de calme succédait au rythme trépidant des semaines de vacances. La saison touchait à sa fin. Les hommes reprenaient un rythme normal : week-end de deux jours, après cinq jours de travail ; les femmes s'attelaient à la tâche fastidieuse des achats marquant le début d'une nouvelle année scolaire.

Les esprits et les envies prenaient lentement une autre direction. La frivolité n'était plus de mise ; il y avait des choses plus sérieuses à considérer.

Le flux ininterrompu d'invités allait en s'amenuisant.

Il était 16 h 30 ; allongée sur un transat, Phyllis Trevayne offrait son corps à la chaleur bienfaisante du soleil inondant la terrasse. Elle se disait, non sans satisfaction, que le maillot de bain de sa fille lui allait assez bien. Comme elle avait quarante-deux ans et sa fille dix-sept, cette satisfaction aurait aisément pu se muer en triomphe, si elle s'était laissée aller. Elle ne pouvait pas ; ses pensées revenaient sans cesse au coup de téléphone de New York, à l'appel pour Andrew. Phyllis avait pris la communication sur la terrasse ; la cuisinière avait emmené les enfants et son mari n'était encore qu'une petite voile blanche, au milieu du détroit. Elle avait failli ne pas répondre, mais seuls leurs meilleurs amis et les relations d'affaires les plus importantes — Andrew préférait le mot « nécessaires » — connaissaient le numéro de High Barnegat.

— Madame Trevayne ? avait demandé une voix grave.

— Oui ?

— Frank Baldwin à l'appareil. Comment allez-vous, Phyllis ?

— Bien, monsieur Baldwin, très bien. Et vous ?

Phyllis Trevayne connaissait Franklyn Baldwin depuis plusieurs années, mais elle n'avait jamais pu se résoudre à appeler le vieux monsieur par son prénom. Baldwin appartenait à une race en voie d'extinction ; il était l'un des derniers géants new-yorkais de la banque.

— Je me sentirais infiniment mieux si je savais pourquoi votre mari ne m'a pas rappelé. J'espère qu'il va bien. Je ne me prends pas pour quelqu'un d'important, mais il n'est pas souffrant, au moins ?

— Pas du tout. Il n'a pas mis les pieds au bureau depuis

plus d'une semaine et n'a pris connaissance d'aucun message. J'en suis responsable ; je tenais à ce qu'il se repose.

— Ma femme aussi cherchait à me protéger. C'était instinctif. Elle prenait le taureau par les cornes et savait trouver les mots qu'il faut.

Sensible au compliment, Phyllis Trevayne partit d'un rire cristallin.

— C'est la vérité, monsieur Baldwin. La seule raison qui me permette de dire qu'il ne travaille pas est la voile du catamaran, à un mille de la côte.

— Un cata ! J'oublie toujours que vous êtes si jeunes ! De mon temps, personne n'était aussi riche, à votre âge. Pas par ses propres moyens, en tout cas.

— Nous avons beaucoup de chance et nous en sommes conscients, reprit Phyllis Trevayne avec simplicité.

— Cette position vous honore, approuva Baldwin. Quand le capitaine Achab touchera terre, poursuivit-il, n'oubliez pas de lui demander de me rappeler. Je vous en prie, c'est très urgent.

— Je n'y manquerai pas.

— Au plaisir de vous revoir, ma chère Phyllis.

— Au revoir, monsieur Baldwin.

En réalité, Andrew était resté en contact quotidien avec son bureau ; il avait rappelé des dizaines de personnes beaucoup moins importantes que le banquier. De plus, il aimait bien Baldwin et ne s'en cachait pas. Il avait fait appel à lui en maintes occasions pour solliciter des conseils dans l'imbroglio de la finance internationale.

Son mari devait beaucoup au banquier qui lui demandait maintenant de renvoyer l'ascenseur. Pourquoi Andrew ne l'avait-il pas rappelé ? Cela ne lui ressemblait pas.

Le petit restaurant, qui ne servait pas plus de quarante couverts, était situé sur la 38e rue, entre Park Avenue et Madison Avenue. La clientèle était en majeure partie constituée de cadres à l'apogée de leur carrière, aux revenus de plus en plus confortables, mus par le désir, ou le besoin, de s'accrocher aux derniers lambeaux de leur jeunesse. La nourriture y était acceptable et coûteuse, les boissons hors de prix. Dans le bar spacieux, un éclairage indirect jouait sur les murs revêtus de lambris. Ce cadre avait quelque chose de rassurant, qui rappelait aux anciens étudiants les lieux fréquentés dans leur jeunesse.

C'est précisément l'impression que l'on avait cherché à donner.

Le directeur fut légèrement étonné de voir un petit homme un peu plus âgé que la moyenne de la clientèle, la soixantaine élégante, franchir la porte d'un pas hésitant. Il fit du regard le tour de la salle, ses yeux s'adaptant à la lumière tamisée. Le directeur s'avança vers lui.

— Une table, monsieur ?

— Non, merci... J'ai rendez-vous avec quelqu'un. Nous en avons une, ne vous dérangez pas.

Il découvrit celui qu'il cherchait, assis au fond de la salle, s'écarta brusquement et se faufila entre les chaises.

Le directeur se souvint de ce client qui avait insisté pour avoir la table du fond.

— Il aurait peut-être mieux valu se retrouver ailleurs que dans un restaurant, monsieur Webster, fit le nouvel arrivant en s'asseyant.

— N'ayez aucune crainte, monsieur Allen. Personne ne vous connaît ici.

— J'espère bien.

Le serveur s'approcha, ils commandèrent un apéritif.

— Je ne suis pas sûr que ce soit à vous d'être inquiet, reprit Webster. J'ai plutôt l'impression que les risques sont pour moi.

— Vous en serez récompensé, vous le savez. Trêve de bavardages : quelle est la situation ?

— La commission s'est prononcée à l'unanimité pour Andrew Trevayne.

— Il n'acceptera pas.

— Ce n'est pas le sentiment général. Frank Baldwin doit lui proposer le poste ; c'est peut-être déjà fait.

— Dans ce cas, vous vous y prenez trop tard ! lança Allen, les yeux plissés, le regard rivé sur la nappe. Nous avons eu vent des rumeurs, nous avons supposé qu'il s'agissait d'un écran de fumée. Nous comptions sur vous ! Il était convenu, poursuivit-il en plongeant les yeux dans ceux de Webster, que vous confirmeriez l'identité du candidat avant qu'il soit trop tard.

— Ni moi ni personne à la Maison-Blanche n'était au

courant. Cette commission siège dans le plus grand secret. J'ai eu de la chance de découvrir le nom du candidat.

— Nous y reviendrons, coupa Allen. Mais pourquoi croient-ils que Trevayne acceptera ? Pourquoi le ferait-il ? Sa fondation Danforth est presque de la taille de celles de Ford ou Rockefeller. Il n'a aucune raison de l'abandonner.

— Il ne le fera probablement pas. Il se contentera de prendre un congé de longue durée.

— Un établissement de cette importance ne peut l'accepter. Surtout pour un poste de ce genre. Ils vont avoir des ennuis.

— Je ne vous suis pas...

— Croyez-vous qu'ils soient intouchables ? poursuivit Allen. Il leur faut des alliés à Washington, pas des ennemis... Expliquez-moi ce qui va se passer maintenant, si Baldwin a fait sa proposition et si Trevayne accepte.

Le garçon apporta les boissons ; les deux hommes gardèrent le silence en attendant qu'il se retire.

— La règle, reprit Webster, veut que le candidat de la commission de la Défense reçoive l'aval du président avant de se présenter à huis clos devant un comité bipartite du Sénat.

— D'accord, d'accord, fit Allen en levant son verre pour boire une grande rasade. C'est là qu'il faudra agir ; nous ferons en sorte que l'audition lui soit fatale.

— Pourquoi ? demanda Webster, l'air perplexe. À quoi bon ? La sous-commission aura, de toute façon, un président. J'imagine que ce Trevayne est un type raisonnable.

— Vous imaginez ! lança Allen en vidant son verre. Qu'imaginez-vous exactement ? Que savez-vous sur Trevayne ?

— Ce que j'ai lu sur lui ; je me suis renseigné. Avec son beau-frère, un électronicien, il a fondé à New Haven une petite société de recherche et de fabrication aérospatiales. Au bout de sept ou huit ans, ils ont trouvé le filon ; à trente-cinq ans, ils étaient milliardaires. Le beau-frère se chargeait de la conception, Trevayne de la commercialisation des produits. Il décrocha la moitié des premiers contrats de la NASA et ouvrit des filiales sur tout le littoral atlantique. Trevayne se retira à trente-sept ans pour entrer au Département d'État, où il fit du bon boulot.

Webster leva son verre à la hauteur de ses yeux et regarda Allen. Il s'attendait à des compliments.

— Foutaises ! lâcha Allen d'un ton méprisant. Tout le monde peut lire ça dans n'importe quelle revue économique. Ce qui compte, c'est que Trevayne est un original, pas du genre à coopérer. Nous le savons ; nous avons pris contact avec lui, il y a quelques années.

— Vraiment ? fit Webster en reposant son verre. Je l'ignorais... Alors, il sait ?

— Pas grand-chose, mais peut-être assez. Décidément, monsieur Webster, vous n'avez pas compris. J'ai l'impression que vous n'avez rien compris, depuis le début... Nous ne *voulons* pas qu'il soit nommé à la tête de cette sous-commission. Ni lui ni quelqu'un qui lui ressemble ! C'est inacceptable !

— Que pouvez-vous y faire ?

— L'obliger à renoncer, s'il a donné son accord. Nous miserons tout sur l'audition ; nous ferons en sorte qu'il soit écarté.

— Si vous réussissez, que ferez-vous ?

— Nous proposerons notre propre candidat, répondit Allen, en faisant signe au garçon d'apporter une autre tournée. Il aurait fallu commencer par là.

— Pourquoi ne pas l'avoir mis sur la touche, si vous avez été en position de le faire ? Vous dites avoir eu vent des rumeurs sur Trevayne ; c'était le moment d'intervenir, non ?

Allen déroba son regard. Il saisit son verre, but l'eau des glaçons. Quand il reprit la parole, sa voix était celle d'un homme cherchant à toute force à maintenir son autorité. Sans grand succès.

— À cause de Frank Baldwin. De Baldwin et de ce salopard sénile de Hill.

— L'ambassadeur ?

— L'ambassadeur extraordinaire qui a ses bureaux dans la Maison-Blanche... Big Billy Hill ! Baldwin et Hill, les vieux débris responsables de ce gâchis ! Hill préparait son coup depuis deux ou trois ans ; il a fait entrer Baldwin à la commission de la Défense. Ils ont choisi Trevayne ensemble. Baldwin a avancé son nom ; qui aurait pu s'y opposer ?

Mais *vous* auriez dû nous faire savoir que ce choix était définitif. Nous aurions pu empêcher ça !

Webster lança un regard scrutateur à Allen. Quand il reprit la parole, sa voix avait une dureté nouvelle.

— Je pense que vous mentez. La faute en incombe à vous-même ou à un autre prétendu spécialiste. Vous avez d'abord cru que cette affaire serait étouffée dans l'œuf... Vous vous êtes trompés. Après, il était trop tard. Trevayne a été poussé sur le devant de la scène, vous n'avez pu vous y opposer. Vous n'êtes même pas sûr de pouvoir agir maintenant. Voilà pourquoi vous faites appel à moi... Et vous me reprochez de m'y être pris trop tard et de n'avoir rien compris ! Épargnez-moi ces conneries !

— Surveillez votre langage, jeune homme ! répliqua Allen d'un ton plus mesuré. N'oubliez pas qui je représente.

— Et vous, n'oubliez pas que vous parlez à un homme nommé par le président des États-Unis. Que cela vous plaise ou non, c'est pour cette raison que vous vous adressez à moi. Maintenant, dites-moi ce que vous voulez !

Allen expira lentement, comme pour évacuer sa colère.

— Certains d'entre nous sont plus inquiets que d'autres...

— Vous en faites partie, glissa posément Webster.

— En effet... Trevayne est un être compliqué. Petit génie de l'industrie, il est introduit dans la sphère des décideurs, mais c'est aussi un sceptique qui ne souscrit pas à certaines réalités.

— Deux atouts qui me paraissent complémentaires.

— Seulement quand on est en position de force.

— Venez-en au fait. Quelle est la force de Trevayne ?

— Disons qu'il n'a jamais eu besoin d'aide.

— Disons qu'il l'a refusée.

— D'accord, d'accord... Vous avez raison.

— Vous dites avoir essayé de le contacter.

— Oui, quand je travaillais pour... Peu importe. Cela remonte à la fin des années 60 ; nous étions en plein développement et il nous avait paru souhaitable de l'associer à notre... groupe. Nous sommes allés jusqu'à garantir ses contrats avec la NASA.

— Vous m'en direz tant ! Et il vous a envoyés promener.

— Il nous a fait lanterner quelque temps, jusqu'à ce qu'il comprenne qu'il pouvait obtenir ces contrats sans nous. Dès qu'il en a eu l'assurance, il nous a envoyé paître. Il est même allé plus loin : il m'a demandé de dire à mes amis de se retirer du programme spatial, de renoncer à l'argent du gouvernement. Il a menacé de prévenir le ministère de la Justice.

Bobby Webster prit distraitement sa fourchette et commença à planter les dents dans la nappe.

— Imaginons le contraire, reprit-il. Imaginons qu'il ait eu besoin de vous. L'auriez-vous accepté dans votre « groupe » ?

— Comment le savoir ? Certains le pensent, mais ils ne lui ont pas parlé. Moi, si. J'étais l'intermédiaire, le seul qu'il ait rencontré... Je n'ai jamais prononcé un nom, jamais dit qui étaient mes amis.

— Mais vous croyez que leur existence était suffisante ? Pour lui ?

— La question restera sans réponse. Il nous a menacés après avoir eu ce qu'il attendait ; il n'avait besoin de rien d'autre que son beau-frère et sa société, à New Haven. Nous ne pouvons nous permettre aujourd'hui de courir un tel risque, de le laisser nommer à la tête de cette sous-commission... On ne peut prévoir les réactions d'un tel homme.

— Qu'attendez-vous de moi ?

— Faites tout ce qu'il faut, dans les limites du raisonnable, pour vous rapprocher de Trevayne. L'idéal serait que vous deveniez son contact à la Maison-Blanche. Est-ce possible ?

— Oui, répondit Webster d'une voix ferme, après un silence. Le président m'a convié à la réunion sur cette sous-commission. Dans le plus grand secret ; sans notes ni procès-verbal. Il n'y avait qu'un seul autre conseiller ; il ne fait pas le poids, je m'arrangerai.

— Ce ne sera peut-être pas nécessaire, sachez-le. Nous prendrons des mesures préventives : si elles aboutissent, Trevayne se retirera de la partie.

— Je peux vous aider.

— Comment ?

— Mario de Spadante.

— Non ! Pas question ! Nous vous l'avons déjà dit, nous ne voulons pas de lui.

— Il vous a déjà été utile. Plus que vous ne le pensez, ou que vous ne voulez le reconnaître.

— Hors de question !

— Cela ne coûte rien d'entretenir des rapports amicaux. Si cette idée vous déplaît, pensez au Sénat.

Le visage d'Allen s'éclaira. Il lança au conseiller à la présidence un regard presque reconnaissant.

— Je vois à quoi vous faites allusion.

— Il va sans dire que le prix augmentera considérablement.

— Je croyais que vous agissiez par conviction personnelle.

— Je tiens à protéger mes arrières. Le meilleur moyen est de vous faire payer.

— Vous êtes un ignoble individu.

— Ignoble mais talentueux.

2

Entraînées par le courant, les deux coques du catamaran naviguant au portant fendaient l'eau vers la côte. Andrew Trevayne cala ses longues jambes contre un bras de liaison et se pencha par-dessus la barre pour laisser de la main une autre trace à la surface de l'eau. Sans raison ; un mouvement irréfléchi. L'eau était chaude ; il avait l'impression que sa main était poussée à travers une pellicule tiède et visqueuse.

Comme il était poussé, inexorablement, vers une situation qu'il n'avait pas voulue. Mais la décision définitive lui appartenait et il savait ce que serait son choix.

C'était l'aspect le plus irritant de l'affaire. Il connaissait les démons qui le poussaient à aller de l'avant et s'en voulait d'envisager de leur céder ; il avait su se libérer d'eux.

Il y avait bien longtemps.

Le catamaran était à moins de cent mètres du rivage quand le vent tourna brusquement, comme cela se produit quand une brise de mer rencontre la terre ferme. Trevayne passa les jambes par-dessus le flotteur tribord et borda la grand-voile, tandis que la petite embarcation se rapprochait du quai en faisant des embardées.

Trevayne était costaud. Pas une armoire à glace, juste un peu plus fort que la plupart des hommes, avec la souplesse et la coordination subsistant d'une jeunesse sportive dont le souvenir s'était estompé. Il se rappela sa surprise à la lecture d'un article de *Newsweek* décrivant ses exploits sur les terrains de sport. Avec beaucoup d'exagération, comme il est de règle dans ce genre d'article. Il avait été bon, mais pas à ce point. Il avait toujours eu le sentiment de paraître meilleur qu'il n'était, ou encore que les efforts qu'il déployait camouflaient ses faiblesses.

Mais il savait qu'il était un bon marin. Peut-être mieux encore.

Le reste lui était indifférent. Il en était toujours allé ainsi, sauf à l'instant de l'affrontement.

Il s'attendait, s'il prenait cette décision, à affronter des adversaires acharnés. Le genre d'affrontement où l'on ne fait pas de quartier, où l'on met en œuvre des stratégies qui ne figurent dans aucun manuel. Il excellait à le faire, mais sans y participer directement ; c'était pour lui d'une importance considérable.

Comprendre, être capable de manœuvrer, d'esquiver les difficultés, sans jamais participer. Tourner les choses à son avantage. Implacablement, sans merci.

Andrew avait fixé sur le pont un petit bloc de papier sur un support métallique, auquel était attachée une chaînette inoxydable terminée par un étui étanche renfermant un stylo à bille. Il prétendait que cela lui servait pour noter l'heure de départ, l'emplacement des balises, la vitesse du vent... n'importe quoi. En réalité, il l'utilisait comme un pense-bête ; il y notait une pensée, une idée dont il ferait usage.

Parfois, des « choses » qui lui paraissaient plus claires quand il était sur l'eau.

C'est pourquoi son visage se ferma quand il regarda

le bloc. Un seul mot y était visible. Un mot écrit inconsciemment.

Boston.

Il arracha le feuillet, le froissa avec plus de nervosité qu'il n'était nécessaire et le jeta à l'eau.

Merde ! se dit-il. Non !

Le catamaran accosta. Trevayne se pencha pour retenir le bord du quai de la main droite. De l'autre, il tira sur une écoute pour affaler la voile. Il amarra l'embarcation, fit descendre le reste de la toile qu'il enroula autour de la bôme. Il lui fallut moins de quatre minutes pour démonter la barre, ranger le gilet de sauvetage et attacher solidement le catamaran.

Il se redressa, considéra par-dessus le mur de pierre de la terrasse la construction de bois et de verre, en saillie sur l'élévation de terrain. Un frisson d'excitation le parcourut, comme toujours. Pas pour la possession matérielle ; cela ne comptait plus. Mais tout s'était passé comme ils l'avaient voulu, Phyllis et lui.

Ils l'avaient fait ensemble, et c'était important. Cela ne compenserait jamais certaines choses, peut-être. Des choses plus tristes ; mais c'était une consolation.

Trevayne se dirigea vers l'allée partant de l'abri à bateaux et entreprit de gravir la pente raide menant à la terrasse. D'habitude, avant d'arriver à mi-distance, il savait à quoi s'en tenir sur sa condition physique. Quand il avait le souffle court ou les jambes douloureuses, il se promettait de manger moins et de faire plus d'exercice. Il constata avec plaisir qu'il n'éprouvait pas de gêne ; peut-être était-il trop préoccupé pour avoir conscience de l'effort.

Non, il se sentait en pleine forme. Une semaine loin du bureau, l'air iodé de l'océan, l'atmosphère vivifiante de la fin de l'été.

Son esprit revint au bloc-notes, à ce nom écrit inconsciemment : *Boston.*

Il ne se sentit plus bien du tout.

Trevayne gravit les dernières marches menant à la terrasse et découvrit sa femme allongée sur un transat, les yeux ouverts, le regard fixé sur l'océan. Il avait toujours un pincement au cœur en la voyant comme cela. Des souvenirs tristes, douloureux lui remontaient à la mémoire.

À cause de Boston !

La semelle de ses chaussures de bateau avait étouffé le bruit de ses pas ; il ne voulait pas la faire sursauter en s'approchant.

— Salut, fit-il doucement.

— C'est toi ! lança Phyllis en clignant des yeux. Tu as passé un bon moment, mon chéri ?

— Oui. Et toi, tu t'es bien reposée ?

Trevayne traversa la terrasse, se pencha pour l'embrasser sur le front.

— Le temps que cela a duré. Mais on m'a réveillée.

— Ah bon ? Je croyais que les enfants étaient partis avec Lillian à New York.

— Ce n'étaient ni les enfants ni Lillian.

— Tu m'inquiètes, fit Trevayne, en prenant une bière dans une glacière.

— Pas du tout, mais je suis curieuse.

— De quoi parles-tu ? poursuivit-il, en arrachant la languette de métal de la boîte.

— Franklyn Baldwin a téléphoné... Pourquoi ne l'as-tu pas encore rappelé ?

La bière au bord des lèvres, Trevayne considéra sa femme.

— N'ai-je pas déjà vu ce maillot sur quelqu'un d'autre ?

— En effet ; merci pour le compliment, intentionnel ou non. Mais j'aimerais que tu répondes à ma question.

— J'essaie de l'éviter.

— Je croyais que tu l'aimais bien.

— Énormément ; raison de plus pour l'éviter. Il va me demander quelque chose et je vais refuser. Du moins, je pense qu'il va me le demander et j'ai l'intention de refuser.

— Qu'est-ce que c'est ?

Trevayne s'avança lentement vers le mur de pierre entourant la terrasse et posa sa bière.

— S'il faut en croire la rumeur, un ballon d'essai, si tu veux, Baldwin veut m'enrôler. Il préside une commission qui contrôle les dépenses de la Défense ; ils sont en train de former une sous-commission pour faire ce qu'ils appellent poliment une « étude en profondeur » sur les liens avec le Pentagone.

— Ce qui signifie ?

— Quatre ou cinq entreprises — des conglomérats, plutôt — absorbent, d'une manière ou d'une autre, plus de soixante-dix pour cent du budget de la Défense. Il n'existe plus de contrôle effectif. Cette sous-commission fera office d'agence d'investigation pour la commission de la Défense ; on lui cherche un président.

— Ce sera toi ?

— Je ne veux pas de ce poste ; je suis très bien comme je suis. Ce que je fais aujourd'hui est positif ; je ne peux rien imaginer de plus négatif que cette présidence. Celui qui acceptera le poste sera traité en paria... même sans faire trop de zèle.

— Pourquoi ?

— La pagaille règne au Pentagone. Ce n'est pas un secret ; il suffit de lire les journaux. Une grosse pagaille.

— Dans ce cas, pourquoi traiter en paria celui qui essaiera de remettre de l'ordre ? Je comprends qu'il se fasse des ennemis, mais pourquoi un paria ?

Trevayne prit sa bière en riant doucement et alla s'asseoir près de sa femme.

— Je t'aime pour ta simplicité digne de la Nouvelle-Angleterre. Pour le maillot de bain aussi.

— Tu réfléchis trop en marchant, mon chéri. Tes pieds font des heures supplémentaires.

— Non, ça ne m'intéresse pas.

— Alors, réponds à ma question. Pourquoi un paria ?

— La pagaille est trop profonde. Généralisée. Si elle veut des résultats, la sous-commission devra s'en prendre directement à un certain nombre de gens en place. Quand on s'attaque à des monopoles, il faut savoir qu'il ne s'agit pas seulement de quelques hommes influents qui jouent à la Bourse ; on met en danger des emplois par milliers. Voilà, en définitive, le pouvoir d'un monopole. Il y a des inconvénients, d'un côté ou de l'autre. C'est parfois nécessaire, mais on peut faire beaucoup de mal.

— Eh bien, dit Phyllis en se redressant, je vois que tu as réfléchi à la question.

— J'ai réfléchi, mais je n'ai rien fait.

Andrew se leva pour écraser sa cigarette.

— Pour ne rien te cacher, reprit-il, je suis étonné que les choses soient allées si loin. Ces études, ces enquêtes sont en général réclamées à cor et à cri, puis discrètement étouffées dans les couloirs du Congrès. Cette fois, il n'en va pas de même ; je me demande pourquoi.

— Demande à Frank Baldwin.

— Je préfère m'abstenir.

— Tu devrais, Andy, tu lui dois bien ça. Pourquoi crois-tu qu'il ait pensé à toi ?

Trevayne repartit lentement vers le bord de la terrasse.

— J'ai la compétence voulue, répondit-il, le regard tourné vers le détroit. Frank le sait. J'ai déjà eu affaire à ceux qui signent ces contrats ; je n'ai pas caché mon point de vue sur les dépassements de budget et les interminables discussions. Il le sait aussi. Je pense que c'est essentiellement parce que j'exècre les manipulateurs de tout poil. Ils ont ruiné plus d'un honnête homme ; je pense à quelqu'un en particulier, tu le sais. Ils ne peuvent plus m'atteindre maintenant, conclut-il en se retournant. Ils pourront me faire perdre du temps, c'est tout.

— Je vois que ta décision est prise.

Trevayne alluma une autre cigarette et s'appuya au mur, les bras croisés.

— Voilà pourquoi j'évite Baldwin.

Trevayne fit tourner l'omelette dans son assiette ; il n'avait pas faim. Il regarda Frank Baldwin, assis en face de lui dans la salle à manger de la direction de sa banque.

— Ce travail doit être fait, Andrew, dit le vieux banquier d'un ton vibrant. Rien ne pourra s'y opposer ; je tiens seulement à avoir l'homme de la situation. Je pense que vous êtes cet homme. J'ajoute que la commission a donné son approbation unanime.

— Qu'est-ce qui vous rend si sûr que ce travail sera fait ? Je ne partage pas votre optimisme. Le Sénat passe son temps à réclamer des économies, jusqu'à ce qu'un projet d'autoroute capote ou qu'une usine aéronautique ferme ses portes quelque part ; d'un seul coup, plus une voix ne s'élève.

— Pas cette fois ; le temps du cynisme est révolu. Je ne me serais pas engagé à ce point si je n'en étais convaincu.

— Vous ne faites qu'exprimer une opinion, Frank. Il doit y avoir autre chose.

Baldwin enleva ses lunettes à monture métallique, les posa près de son assiette. Il cligna des yeux, se massa délicatement l'arête du nez. Il esquissa un sourire un peu triste.

— En effet, reconnut-il. Vous êtes perspicace... Appelons cela le legs de deux vieux messieurs dont la vie — et celle de leur famille depuis plusieurs générations — fut éminemment productive. Nous avons certes payé de notre personne, mais nous avons été récompensés au centuple. Je ne vois pas de meilleure manière de le dire.

— Je crains de ne pas vous suivre.

— Bien sûr ; je vais essayer d'être plus clair. William Hill et moi sommes des amis d'enfance.

— L'ambassadeur ?

— Oui... Je ne vous ennuierai pas avec les singularités de notre relation... pas aujourd'hui. Je me contenterai de dire qu'il ne nous reste pas beaucoup d'années à vivre ; et je ne suis pas sûr de vouloir continuer longtemps. La commission de la Défense, cette sous-commission, ce sont nos idées. Nous tenons à les voir devenir des réalités. Nous sommes en mesure de le garantir ; chacun à notre manière, nous sommes assez influents. Pour utiliser ce terme affreux, assez « respectables ».

— Qu'avez-vous à y gagner ?

— La vérité. La vérité dans toute son ampleur. Nos concitoyens sont en droit de la connaître, aussi douloureux que ce soit. Pour soigner une maladie, il convient de faire un diagnostic correct. Pas de coller des étiquettes à tort et à travers ni de porter des accusations vindicatives... La vérité, Andrew. Rien que la vérité. Ce sera notre présent, à Billy et moi ; le dernier, peut-être.

Trevayne éprouva le besoin de bouger, de remuer ses membres. Il se sentait acculé. Le vieux banquier parvenait à faire précisément ce qu'il avait redouté, à le pousser où il voulait.

— Pourquoi cette sous-commission réussirait-elle là ou d'autres ont essayé et échoué ?

— Grâce à vous, elle sera apolitique et totalement désintéressée.

Baldwin remit ses lunettes ; ses yeux grossis par les verres avaient un pouvoir hypnotique.

— Ces conditions sont indispensables, reprit-il. Vous

n'êtes ni républicain ni démocrate ; ni libéral ni conservateur. Les deux partis ont essayé de vous enrôler sous leur bannière : vous les avez rejetés l'un et l'autre. Vous allez à contre-courant, à l'époque des blocs politiques. Vous n'avez rien à gagner ni à perdre. On vous croira ; c'est le plus important. La bipolarisation est devenue la règle, nous sommes divisés entre des positions intransigeantes, inconciliables. Nous avons désespérément besoin de retrouver le sens de l'objectivité.

— Si j'accepte, le Pentagone et ceux qui gravitent autour courront se mettre à l'abri ou se réfugieront, comme d'habitude, derrière les attachés de presse. Comment pourrez-vous empêcher cela ?

— Le président nous a donné des assurances ; c'est un homme intègre, Andrew.

— Je n'aurai de comptes à rendre à personne ?

— Pas même à moi.

— J'engagerai mon personnel, sans intervention extérieure.

— Donnez-moi la liste des gens avec qui vous voulez travailler. J'obtiendrai le feu vert.

— Je la communiquerai dès que possible... J'aurai tout le soutien que j'estime nécessaire.

Ce n'étaient pas des questions, mais des affirmations ; elles demandaient toutefois une réponse.

— Un soutien sans réserve. Je vous le garantis, je peux le promettre.

— Je ne veux pas de ce poste.

— Mais vous le prendrez.

Une autre affirmation, cette fois de Baldwin.

— Je l'avais dit à Phyllis : vous êtes persuasif, Frank. Voilà pourquoi je vous évitais.

— On n'échappe pas à son destin, quand l'heure est venue... Savez-vous de qui je tiens cela ?

— Un penseur hébraïque ?

— Non, mais pas loin... Marc Aurèle. Avez-vous rencontré beaucoup de banquiers qui le connaissent ?

— Des quantités. Ils le prennent pour un fonds commun de placement.

3

Steven Trevayne considéra les mannequins sans expression, portant veste de tweed et pantalon de flanelle, en différents tons de gris. La lumière tamisée de la devanture était étudiée pour donner l'image de discrétion cossue prisée par les résidents de Greenwich, Connecticut. Steven baissa les yeux sur son jean et ses chaussures de bateau avachies ; son regard fut attiré par un bouton à moitié arraché de sa vieille veste en velours côtelé.

Il regarda sa montre avec agacement. Presque 21 heures. Il avait dit à sa sœur qu'il la reconduirait à Barnegat avec ses amies, en spécifiant qu'elles le retrouvent à 20 h 30. Il devait passer prendre sa petite amie à la Taverne de Cos Cob, à 21 h 15 ; il serait en retard.

Il aurait préféré que sa sœur ne choisisse pas cette soirée-là pour inviter ses copines à la maison, au moins qu'elle ne leur promette pas une voiture pour le trajet. Pam n'avait pas le droit de conduire de nuit ; une décision paternelle que Steven trouvait ridicule pour une fille de dix-sept ans ; lorsqu'une occasion de ce genre se présentait, il était mis à contribution.

S'il refusait, son père était capable de déclarer que toutes les voitures étaient utilisées et il se retrouvait coincé.

Steven avait presque dix-neuf ans. Dans trois semaines, il entrait en fac ; sans voiture. Son père avait dit : « Pas question la première année. »

Il se mit à rire intérieurement ; son père n'avait pas tort. Il ne voulait pas jouer les fils à papa.

Steven s'apprêtait à traverser la rue en direction du drugstore, pour téléphoner à son amie, quand une voiture de police s'arrêta au bord du trottoir.

— Vous êtes Steven Trevayne ? demanda avec brusquerie un policier, par la vitre baissée.

— Oui, monsieur, répondit le jeune homme avec appréhension.

— Montez.

— Pourquoi ? Qu'est-ce que j'ai fait de mal ? J'étais dans la rue...

— Vous avez une sœur du nom de Pamela ?

— Oui... C'est elle que j'attends.

— Elle ne viendra pas. Montez.

— Il lui est arrivé quelque chose ?

— Écoutez, jeune homme, on ne peut joindre vos parents qui sont à New York. Votre sœur a dit qu'on vous trouverait ici ; on est venus vous chercher. On veut vous rendre service... Maintenant, montez !

Steven ouvrit la portière arrière, se glissa vivement sur le siège.

— C'est un accident ? Comment va-t-elle ?

— C'est toujours un accident, lança le policier au volant.

Steven Trevayne agrippa le dossier du siège avant. La peur le gagnait.

— Dites-moi ce qui s'est passé, je vous en prie !

— Votre sœur et trois de ses amies ont été prises en train de fumer du hasch, répondit l'autre policier. Chez les Swanson ; ils sont dans le Maine, naturellement. On nous a prévenus il y a une heure. En arrivant sur les lieux, nous avons constaté que c'était un peu plus compliqué.

— Que voulez-vous dire ?

— Voilà l'accident dont vous parliez, jeune homme, fit le conducteur. Nous avons trouvé de l'héro.

Steven fut abasourdi. Sa sœur fumait un joint de temps en temps, comme tout le monde, mais jamais elle n'aurait pris de drogue dure. Jamais !

— Je ne vous crois pas, protesta-t-il d'une voix ferme.

— Vous verrez vous-même.

La voiture de police tourna à gauche ; ce n'était pas la route du commissariat.

— Elles ne sont pas au poste ?

— Pas en état d'arrestation ; pas encore.

— Je ne comprends pas.

— Nous ne voulons pas que la nouvelle se répande ; si nous les arrêtons, nous ne pourrons plus rien faire. Elles sont restées chez les Swanson.

— Mes parents y sont ?

— Je répète que nous n'avons pu joindre personne, répondit le conducteur. Les Swanson sont dans le Maine, vos parents à New York.

— Vous avez aussi dit qu'il y avait d'autres filles.

— Elles ne sont pas d'ici ; des camarades de pensionnat.

Nous tenons à avertir d'abord les parents qui habitent ici ; il faut y aller prudemment. Dans l'intérêt de tous. Nous avons découvert deux sachets d'héroïne pure. Il y en a, à vue de nez, pour deux cent cinquante mille dollars.

Andrew Trevayne prit sa femme par le bras dans l'escalier de la porte de derrière du commissariat. On leur avait conseillé d'utiliser cette entrée.

Après des présentations courtoises et brèves, les Trevayne furent introduits dans le bureau de l'inspecteur Fowler. Leur fils, qui se tenait près d'une fenêtre, s'avança aussitôt vers eux.

— Maman ! Papa !... N'écoutez pas, ce sont des conneries !

— Calme-toi, Steve, fit le père d'un ton sévère.

— Comment va ta sœur ?

— Ça va, maman. Les filles sont encore chez les Swanson. Elles ne comprennent pas ce qui leur arrive !

— Je t'ai dit de te calmer !

— Je suis parfaitement calme, papa. Mais la colère m'étouffe ! Ces pauvres gamines ne savent même pas ce qu'est de l'héro pure, comment voudrais-tu qu'elles la revendent ?

— Et toi ? demanda Fowler d'un ton froid.

— Il ne s'agit pas de moi, poulet !

— Pour la dernière fois, Steve : prends sur toi ou boucle-la !

— Je ne peux pas !... Excuse-moi, papa, je ne peux pas ! Ces rigolos ont reçu un appel anonyme leur conseillant d'aller faire un tour chez les Swanson. Pas de noms, pas d'explications...

— Un instant, jeune homme ! lança Fowler. Nous ne sommes pas des rigolos ; je vous conseille de surveiller votre langage !

— L'inspecteur Fowler a raison, coupa Trevayne. Je suis sûr qu'il peut expliquer ce qui s'est passé. Parlez-moi de cet appel anonyme, inspecteur. Vous n'en avez pas fait mention tout à l'heure.

— Il ne te dira rien, papa !

— Je ne sais pas !... C'est la vérité, monsieur Trevayne. Le standard a reçu à 19 h 30 un appel indiquant qu'on fumait de l'herbe chez les Swanson et nous conseillant d'aller vérifier, car il y avait beaucoup plus grave. C'était une voix d'homme, qui s'exprimait avec aisance. Seul le nom de votre fille a été mentionné. Nous avons envoyé une patrouille ; elle a trouvé quatre jeunes filles qui ont reconnu avoir partagé un joint. Rien de bien méchant. Nos hommes étaient d'avis de laisser tomber. Avant d'avoir leur rapport par radio, nous avons reçu un second appel. La même voix ; on nous a suggéré cette fois de regarder sous le porche du pavillon d'amis. Nous avons trouvé les deux sachets d'héroïne pure. Pour une valeur de deux cent à deux cent cinquante mille dollars. Un gros coup.

— Le plus gros coup monté dont j'aie jamais entendu parler, répliqua Trevayne en regardant sa montre. Cousu de fil blanc, absolument invraisemblable. Mon avocat devrait arriver dans moins d'une demi-heure ; je suis sûr qu'il vous dira la même chose. Je vais l'attendre ici, mais je sais que ma femme aimerait se rendre chez les Swanson. Y voyez-vous un inconvénient ?

— Pas de problème, fit l'inspecteur en soupirant.

— Avez-vous encore besoin de mon fils ? L'autorisez-vous à l'y conduire ?

— Bien sûr.

— Pouvons-nous ramener Pamela à la maison ? demanda Phyllis d'un ton anxieux. Ses camarades aussi ?

— Euh ! il y a des formalités...

— Peu importe, Phyllis... Va chez les Swanson. J'appellerai dès que Walter sera arrivé ; surtout, ne t'inquiète pas.

— Il vaudrait mieux que je reste, papa. Je peux expliquer à Walter...

— Je préfère que tu accompagnes ta mère. Les clés sont dans la voiture. Ne perdez pas de temps.

Trevayne et Fowler les regardèrent partir. Dès que la porte se fut refermée, Trevayne fouilla dans sa poche pour prendre ses cigarettes. Il en offrit une à l'inspecteur, qui refusa.

— Merci. Je me suis rabattu sur les pistaches.

— Tant mieux pour vous. Et maintenant, voulez-vous m'expliquer de quoi il retourne ? Vous ne croyez pas plus que moi qu'il existe un lien entre l'héroïne et ces jeunes filles.

— Qu'est-ce qui vous fait penser cela ? Il y a beaucoup d'argent en jeu.

— Vous les auriez déjà bouclées. Justement parce qu'il y a beaucoup d'argent en jeu. Vous menez cette affaire d'une manière très peu orthodoxe.

— En effet, reconnut Fowler. Vous avez raison, je ne crois pas qu'il y ait un lien ; mais je ne peux écarter cette possibilité. L'affaire est explosive, je n'ai pas à vous le dire.

— Qu'allez-vous faire ?

— Cela va vous étonner, mais je m'en remettrai peut-être à votre avocat.

— Cela confirme ce que je viens de dire.

— Je pense que nous sommes du même côté de la loi, mais ce n'est pas si simple. Nous avons des pièces à conviction dont je suis obligé de tenir compte ; la manière dont elles sont entrées en notre possession soulève pourtant des questions. Je ne peux pas inculper les gamines... Pas dans ces conditions.

— Je vous traînerais en justice ; cela pourrait vous coûter très cher.

— Je vous en prie, monsieur Trevayne, pas de menaces ! Ces jeunes filles ont reconnu avoir fumé de la marijuana, c'est illégal. Mais le délit est mineur, il n'y aurait pas de suites. Le reste m'ennuie plus. Greenwich n'a pas besoin de la publicité que donnerait l'annonce de la découverte de cette héroïne.

Trevayne vit que Fowler était sincère ; cela posait un problème. Mais c'était insensé : pour incriminer quatre jeunes filles, quelqu'un n'avait pas hésité à gaspiller une fortune. Absolument inouï !

Phyllis Trevayne descendit l'escalier et entra dans la salle de séjour. Son mari se tenait devant la grande baie vitrée donnant sur le détroit. Minuit était passé depuis longtemps ; la lune d'août se mirait dans l'eau avec une vive clarté.

— J'ai installé les filles dans les chambres d'amis. Elles ont eu la peur de leur vie ; elles vont en parler jusqu'à l'aube. Veux-tu boire quelque chose ?

— Bonne idée. Un verre ne nous fera pas de mal.

Phyllis se dirigea vers le petit bar encastré, à gauche de la baie vitrée.

— Que va-t-il se passer ?

— Fowler et Walter se sont mis d'accord. La police annoncera la découverte des sachets, à la suite de deux appels anonymes ; Fowler est obligé de le faire. Mais il ne mentionnera pas l'endroit, ne divulguera aucun nom, en prétextant qu'une enquête est en cours. Si on insiste, il dira qu'il n'a pas le droit de mettre en cause des innocents. Les filles ne savent rien.

— As-tu parlé aux Swanson ?

— Ils étaient affolés ; Walter les a calmés. Je leur ai dit que Jean passait la nuit chez nous et les rejoindrait demain, ou après-demain. Les autres repartent dans la matinée.

— Y comprends-tu quelque chose ? demanda Phyllis en lui tendant un verre.

— Absolument rien. Nous n'avons pas la moindre piste. D'après Fowler et le sergent qui a reçu les appels, la voix était celle d'un homme parlant avec aisance ; ce n'est pas ce qui manque ici. Mais ils sont moins nombreux à connaître le pavillon d'amis des Swanson. C'est le terme qu'il a employé ; il n'a pas parlé de bâtiment isolé ou de petite maison.

— Pourquoi tout ça ?

— Je ne sais pas. Quelqu'un en veut peut-être aux Swanson, assez pour gaspiller deux cent cinquante mille dollars...

— Andy, coupa Phyllis, en choisissant soigneusement ses mots, c'est le nom de Pamela qui a été mentionné, pas celui de Jean Swanson.

— C'est vrai, mais l'héroïne a été déposée chez eux.

— Je vois.

— Pas moi, reprit Trevayne en portant le verre à ses lèvres. Je me perds en conjectures. Walter a peut-être raison ; quelqu'un, surpris en pleine transaction, a dû s'affoler. Il a pensé aux filles ; des boucs émissaires commodes pour lui servir d'alibi.

— Je ne raisonne pas comme ça.

— Moi non plus ; je répète ce qu'a dit Walter.

Un bruit de moteur se fit entendre.

— Ce doit être Steve, dit Phyllis. Je lui ai demandé de ne pas rentrer trop tard.

— Il ne t'a pas écoutée, fit Trevayne en regardant la pendule de la cheminée. Mais pas de reproches, c'est promis. J'ai apprécié son comportement au commissariat : son langage laissait à désirer, mais il n'était pas intimidé.

— J'étais fière de lui ; le digne fils de son père.

— Il a simplement dit le fond de sa pensée.

La porte d'entrée s'ouvrit, se referma en claquant. Steven apparut, l'air agité.

Phyllis Trevayne s'avança vers son fils.

— Attends, maman... Avant que tu ouvres la bouche, j'ai quelque chose à dire... Je suis parti de chez les Swanson vers 22 h 45. Les flics m'ont ramené à la voiture. Je suis passé prendre Ginny ; nous sommes arrivés à la Taverne de Cos Cob vers 23 h 30. J'ai pris trois bières, rien d'autre, pas d'herbe.

— Pourquoi racontes-tu tout ça ? demanda Phyllis.

— En regagnant la voiture, il y a une heure, répondit le jeune homme en bredouillant, nous avons découvert un drôle de spectacle. Quelqu'un avait versé du whisky sur le siège du conducteur ; les housses étaient lacérées, les cendriers renversés. Nous nous sommes dit qu'on avait voulu nous faire une blague, une sale blague. J'ai déposé Ginny avant de prendre le chemin de la maison. À un carrefour, j'ai été arrêté par la police. Je ne faisais pas d'excès de vitesse ni rien. Deux policiers en voiture m'ont fait signe de m'arrêter. J'ai cru qu'ils étaient en panne ou je ne sais quoi... Le premier flic m'a demandé mon permis de conduire et les papiers du véhicule ; quand il a regardé à l'intérieur de la voiture, il m'a ordonné de descendre. J'ai essayé de lui expliquer ; il ne voulait rien entendre.

— Un policier de Greenwich ?

— Je ne sais pas. Je ne crois pas, j'étais encore à Cos Cob.

— Continue.

— Il m'a fouillé ; son collègue a examiné la voiture comme si c'était la French Connection. J'ai cru qu'ils allaient me conduire au poste ; j'espérais, même, je n'avais pas bu grand-chose. Mais non... Au lieu de ça, ils m'ont photographié, les bras sur la voiture — ils m'avaient fait écarter les jambes pour me fouiller —, et m'ont demandé d'où je venais. Puis un des flics est allé téléphoner dans sa voiture. En revenant, il m'a demandé si j'avais renversé un vieux monsieur sur la route, à une quinzaine de kilomètres de là. Il a ajouté que l'homme en question était à l'hôpital, dans un état critique...

— Quel hôpital ?

— Il n'a rien dit.

— Tu n'as pas demandé ?

— Non, papa ! J'étais mort de trouille ! Je n'ai renversé personne, je n'ai même pas vu de piétons sur le bord de la route. J'ai croisé deux ou trois voitures, c'est tout.

— Seigneur ! souffla Phyllis en se tournant vers son mari.

— Que s'est-il passé ensuite ?

— L'autre flic a pris quelques photos de la voiture et mon visage en gros plan. Je vois encore l'éclair de l'ampoule de flash... J'avais une de ces trouilles ! Et puis, d'un seul coup, ils m'ont dit que je pouvais repartir.

Le jeune homme demeura immobile, les épaules tombantes, le visage défait.

— Tu m'as tout dit ? demanda Trevayne.

— Oui, papa, répondit Steven, d'une voix rendue presque inaudible par une peur rétrospective.

Andrew s'avança vers la table basse, devant le canapé, et prit le téléphone. Il demanda le numéro du poste de police de Cos Cob, tandis que Phyllis s'approchait de son fils.

— Je m'appelle Andrew Trevayne. Mon fils m'a dit que l'une de vos voitures l'avait arrêté... où, Steve ?

— Junction Road, au carrefour. À cinq cents mètres de la gare.

— ... Junction Road, au carrefour, près de la gare ; il y a une demi-heure, pas plus. Seriez-vous assez aimable pour me dire ce que contient le rapport. Oui, je reste en ligne.

Andrew se tourna vers Steven, assis dans un fauteuil, Phyllis à ses côtés. Le jeune homme frissonna, prit plusieurs longues inspirations. Il ne quittait pas son père des yeux, l'air effrayé.

— Oui, reprit impatiemment Trevayne. Junction Road, du côté de Cos Cob... J'en suis sûr, absolument. Mon fils est avec moi ! Oui, oui... Non, je ne suis pas catégorique... Un instant.

Il se tourna vers Steven.

— Sur la voiture de police, as-tu vu le nom Cos Cob ?

— Je... je n'ai pas vraiment regardé. J'étais de côté... Non, je ne l'ai pas vu.

— Il ne l'a pas vu, mais ce ne peut être qu'une des vôtres. Il était à Cos Cob... Ah ! Je vois. Pourriez-vous vérifier, je vous prie ? Cela s'est passé dans votre commune, après tout... Très bien, je comprends. Je n'aime pas cela, mais je comprends votre point de vue. Merci.

Trevayne raccrocha, prit son paquet de cigarettes.

— Que se passe-t-il, papa ? Ce n'étaient pas eux ?

— Non. Ils ont deux voitures, mais ni l'une ni l'autre n'est passée près de Junction Road depuis deux heures.

— Qu'est-ce que tu n'aimes pas, mais que tu comprends ? demanda Phyllis.

— Ils ne peuvent se renseigner sur les véhicules d'une municipalité voisine sans faire un rapport officiel constatant une infraction. Ils évitent de le faire ; ils ont des arrangements. Dans le cas où une voiture de police pourchassant l'auteur d'une infraction pénètre sur le territoire de leur commune, ils se contentent de lui faire discrètement rebrousser chemin.

— Il faut savoir ce qui s'est passé ! Ils ont pris des photos, ils ont dit que Steve avait renversé quelqu'un !

— Je sais, je m'en occupe... Steve, va donc prendre une douche ; tu empestes l'alcool. Et détends-toi, tu n'as rien fait de mal.

Trevayne reposa le combiné sur la table basse.

Westport. Darien. Wilton. New Canaan. Southport.

Rien.

— Je n'ai pas inventé cette histoire ! lança Steven, en peignoir, en entrant dans la pièce.

— J'en suis sûr. Nous allons appeler les postes de police vers New York.

Port Chester. Rye. Harrison. White Plains. Mamaroneck.

Trevayne ne pouvait chasser de son esprit l'image de son fils, les jambes écartées, les mains sur le capot d'une voiture aux sièges imbibés d'alcool, interrogé dans l'ombre par de mystérieux policiers sur un inconnu renversé au bord d'une route. Des photos, des accusations. C'était insensé ; la scène avait un caractère irréel, proprement incroyable. Aussi incroyable, aussi irréel que sa fille et ses amies avec les sachets d'héroïne découverts chez les Swanson.

De la folie.

Mais tout cela avait bel et bien eu lieu.

— Les filles se sont enfin endormies, à 4 heures du matin, annonça Phyllis en venant près de lui. Tu as trouvé ?

— Non.

Trevayne se tourna vers son fils, assis dans un fauteuil, devant la baie vitrée. Sur son visage se succédaient encore la peur et des bouffées de colère.

— Essaie de te rappeler, Steve, si la voiture de police était noire ou d'une autre couleur. Bleu ou vert foncé, par exemple ?

— Une couleur foncée, je ne peux rien dire d'autre. Bleue ou verte, ce n'est pas impossible. Pas blanche, en tout cas.

— Il y avait des bandes ? Une marque, des signes distinctifs ?

— Non, répondit Steve... Oui, peut-être. Je n'ai pas regardé, je n'ai pas fait attention... Je n'ai renversé personne, poursuivit-il en portant la main à son front. Personne, je le jure !

— Bien sûr, dit Phyllis en se penchant pour coller la joue contre la sienne. C'est une terrible méprise, nous le savons.

— Ou un sale tour qu'on a voulu nous jouer, ajouta Trevayne.

La sonnerie du téléphone les fit sursauter. Trevayne décrocha.

— Allô !... Oui, oui, c'est son domicile. Je suis son père.

Steven se leva d'un bond pour s'avancer vers le canapé. Phyllis resta devant la baie vitrée, redoutant de nouvelles complications.

— J'ai appelé tous vos collègues du Connecticut et de New York ! s'écria Trevayne. Mon fils est mineur, la voiture est à mon nom ! J'aurais dû être prévenu immédiatement ! J'exige une explication !

Il écouta plusieurs minutes en silence. Quand il reprit la parole, ce fut pour prononcer quatre mots.

— Merci. Je les attends.

Il raccrocha, se tourna vers sa femme et son fils.

— Andy ? Tout va bien ?

— Oui... C'était la police de Highport, un petit village à vingt-cinq kilomètres au nord de Cos Cob. Leur voiture suivait sur Coast Road un véhicule suspect sur lequel ils se renseignaient avant de l'arrêter. Ils l'ont perdu, mais, en reprenant Briarcliff Avenue, ils ont vu un piéton renversé par un véhicule ressemblant à celui que Steve conduisait. Ils ont appelé une ambulance par radio, prévenu la police de Cos Cob ; quand tout fut réglé, ils ont repris la direction de Highport. Ils ont repéré Steve dans Junction Road, ont pris une route parallèle et l'ont rattrapé un peu plus loin, près du carrefour... Ils auraient pu le laisser repartir après avoir appelé Cos Cob ; le chauffard s'était présenté au poste de police. Mais, après avoir vu l'intérieur de la voiture, ils ont voulu te donner une bonne leçon... Ils vont nous envoyer les photos.

L'horrible nuit s'achevait enfin.

Étendu sur son lit, Steven Trevayne gardait les yeux fixés au plafond ; la radio diffusait un de ces interminables débats de nuit où chacun semblait ne chercher qu'à couvrir la voix de l'autre. Il se disait que cette cacophonie l'aiderait peut-être à trouver le sommeil.

Mais le sommeil le fuyait.

Il savait qu'il aurait dû parler ; il était stupide de ne rien avoir dit. Mais les mots n'étaient pas venus, pas plus que le sommeil maintenant. Le soulagement avait été si profond qu'il n'avait pas osé faire renaître le doute.

Son père, sans le savoir, lui avait mis la puce à l'oreille. *Essaie de te rappeler, Steve, si la voiture de police était noire ou d'une autre couleur...*

Peut-être. Peut-être bleue ou vert foncé.

Mais la couleur était foncée.

Cela aurait dû lui revenir à l'esprit quand son père avait mentionné Highport.

Highport-on-the-Ocean était le nom inscrit sur le panneau d'agglomération. Un petit, tout petit village, où se trouvaient deux ou trois belles plages, isolées et privées. À la belle saison, il lui arrivait souvent avec quelques amis — toujours en petit nombre — de garer leur voiture sur Coast Road, à une centaine de mètres de l'océan, et de traverser une propriété privée pour gagner la plage.

Mais il fallait être prudent. Il fallait ouvrir l'œil, pour surveiller l'*Oiseau jaune*.

C'est le nom qu'ils donnaient à l'unique voiture de police de Highport-on-the-Ocean.

Une voiture jaune vif.

4

Andrew Trevayne embarqua dans le Boeing 707 qui reliait en une heure New York à Washington.

Dès que le signal lumineux s'éteignit, il détacha sa ceinture. Il était 15 h 15 ; il serait en retard à son rendez-vous avec Robert Webster, le conseiller à la présidence. Il avait demandé à sa secrétaire d'appeler la Maison-Blanche pour dire qu'il avait été retardé et proposer à Webster de laisser des instructions à l'aéroport, s'il désirait changer le lieu du rendez-vous. Cela ne dérangeait pas Trevayne ; il s'était résigné à passer la nuit à Washington.

Il prit la vodka-martini que lui apportait la jeune et ravissante hôtesse, but une grande gorgée. Il posa le verre sur la tablette, régla son siège en position inclinée et ouvrit l'exemplaire de la revue achetée précipitamment avant l'embarquement.

Il prit soudain conscience du regard de son voisin fixé sur lui. Il tourna la tête, se dit aussitôt qu'il connaissait ce visage. L'homme était costaud, la tête énorme, le teint bistré — une couleur naturelle, qui ne devait rien au soleil. Il avait la cinquantaine et portait des lunettes à monture d'écaille. C'est lui qui parla le premier.

— Monsieur Trevayne, si je ne me trompe ?

La voix était mélodieuse, grave et légèrement rocailleuse. Une voix agréable.

— En effet. Je sais que nous nous sommes déjà rencontrés, mais votre nom m'échappe...

— Mario de Spadante.

— Bien sûr, fit Trevayne.

Les souvenirs remontèrent à sa mémoire. Il avait connu Mario de Spadante à New Haven ; cela devait faire neuf ans. De Spadante représentait une entreprise de construction, pour des bâtiments que Trevayne et son beau-frère finançaient. Trevayne avait refusé l'offre de cette entreprise ; elle manquait d'expérience. Mais, s'il fallait en croire les journaux, Mario de Spadante avait fait du chemin en quelques années. Il était regardé comme un caïd du milieu. On le surnommait le plus souvent « Mario la Pelle », une allusion aux ennemis dont il avait enterré le cadavre. Jamais sa culpabilité n'avait été établie.

— Cela doit bien remonter à neuf ou dix ans, poursuivit Mario en souriant. Vous vous en souvenez ? Vous avez rejeté mon offre pour un contrat de construction. Et vous aviez absolument raison, monsieur Trevayne ; notre société n'avait pas l'expérience requise.

— J'ai eu du flair, c'est tout. Je me réjouis de voir que vous ne m'en voulez pas.

— Pas de problème, fit Mario avec un clin d'œil, accompagné d'un petit rire. Franchement, je ne vous en ai jamais voulu. Ce n'était pas mon entreprise, mais celle d'un cousin. Je lui en veux, à lui ; il me faisait faire tout le travail. À quelque chose malheur est bon : j'ai appris le métier, je suis devenu meilleur que lui. Aujourd'hui, l'entreprise m'appartient... Mais j'ai interrompu votre lecture et, de mon côté, j'ai des rapports à étudier, avec des paragraphes interminables et des calculs qui dépassent de loin les vagues notions de mathématiques acquises au lycée de New Haven. Si je trébuche sur un mot, je vous demanderai de traduire... pour compenser votre refus d'il y a dix ans !... Qu'en dites-vous ? lança Spadante avec un grand sourire.

Trevayne prit en riant son cocktail sur la tablette.

— C'est le moins que je puisse faire, dit-il en levant son verre.

Il le fit. Un quart d'heure avant l'atterrissage, Mario de Spadante lui demanda d'éclaircir un paragraphe particulièrement compliqué. Le texte était si entortillé que Trevayne dut le lire plusieurs fois avant de conseiller à son voisin de le faire reprendre sous une forme plus claire.

— Je n'y comprends pas grand-chose non plus ; tout ce que je peux dire, c'est qu'on vous demande de chiffrer d'abord les principaux postes, avant de passer à ceux de moindre importance. J'imagine que vous êtes un sous-traitant.

— Exact.

— L'entrepreneur principal veut que ce soit fait par tranches... si j'ai bien compris.

— Alors, je construis la moitié d'une porte, ou rien que le chambranle, et il donne le reste à faire à quelqu'un d'autre.

— J'ai dû me tromper ; il vaudrait mieux demander des précisions.

— Pas sûr. Ce genre d'appel d'offres leur coûtera deux fois plus cher. Personne ne veut faire la moitié du boulot des autres... Vous venez de vous racheter. Je vous paie un verre.

Mario reprit ses documents, fit signe à l'hôtesse. Il fourra les papiers dans une grande enveloppe de papier kraft et commanda à boire pour Trevayne et pour lui.

Au moment où Trevayne allumait une cigarette, il sentit l'appareil amorcer sa descente. Spadante regardait par le hublot ; l'attention de Trevayne fut attirée par l'en-tête — à l'envers — de la grosse enveloppe posée sur les genoux de son voisin.

Ministère de la Défense
Corps des ingénieurs

Trevayne ne put s'empêcher de sourire. Pas étonnant que le style fût si obscur. Il n'y avait pas plus exaspérant que les ingénieurs du Pentagone.

Il savait à quoi s'en tenir.

Le message laissé à son intention au comptoir des réservations se limitait à un numéro de téléphone, accompagné du nom de Robert Webster. Trevayne fit le numéro et constata avec étonnement qu'il s'agissait de la ligne directe de Webster à la Maison-Blanche. Il n'était qu'un peu plus de 16 h 30 ; il aurait pu passer par le standard. Du temps où il travaillait pour le gouvernement, les conseillers à la présidence ne donnaient jamais le numéro de leur ligne directe.

— Je ne savais pas à quelle heure vous pourriez me joindre ; l'attente peut être interminable.

Telle fut l'explication de Webster.

Elle laissa Trevayne perplexe. C'était un détail, mais il en fut perturbé. Le standard de la Maison-Blanche fonctionnait en permanence.

Webster proposa de le retrouver après dîner, au bar de son hôtel.

— Cela nous permettra de parler de deux ou trois choses avant demain. Le président désire s'entretenir brièvement avec vous, vers 10 heures, 10 h 30 ; j'aurai bientôt son emploi du temps précis.

Trevayne sortit de la cabine téléphonique, se dirigea vers la sortie du terminal. Il n'avait emporté qu'une chemise de rechange, un caleçon et des chaussettes. S'il devait être reçu à la Maison-Blanche, il lui faudrait s'assurer de la rapidité du service de blanchissage de l'hôtel. Il se demanda pourquoi le président désirait le voir. Cela paraissait un peu prématuré, la procédure de la nomination n'étant pas encore achevée. Peut-être était-il simplement désireux de confirmer personnellement l'assurance donnée par Frank Baldwin que le chef de l'exécutif mettait tout son poids derrière la sous-commission.

Dans ce cas, ce geste était généreux et avait une signification symbolique.

— Monsieur Trevayne ! Je peux vous déposer quelque part ?

C'était Mario de Spadante, qui attendait au bord du trottoir.

— Je ne voudrais pas vous déranger ; je vais prendre un taxi.

— Pas de problème, ma voiture vient d'arriver.

Spadante indiqua de la main une longue Cadillac bleu marine garée quelques mètres plus loin.

— Merci, vous me rendez service.

Le chauffeur ouvrit la portière, les deux hommes montèrent à l'arrière.

— Où êtes-vous descendu ?

— Au Hilton.

— Très bien. Je suis tout près, au Sheraton.

L'intérieur de la Cadillac était équipé d'un téléphone, d'un minibar, d'un téléviseur et d'un lecteur de cassettes. Mario de Spadante avait vraiment fait du chemin depuis l'époque de New Haven.

— Impressionnant !

— Il suffit d'appuyer sur un bouton et des danseuses sortent du tableau de bord ! En toute franchise, un peu tape-à-l'œil à mon goût. J'ai dit que c'était ma voiture ; en réalité, elle appartient à un cousin.

— Vous avez une foule de cousins.

— Une grande famille... Ne vous méprenez pas sur ce mot ; je suis un petit entrepreneur de New Haven, qui a réussi.

Mario se mit à rire doucement, de son rire communicatif.

— La famille ! reprit-il. Que n'a-t-on pas dit sur moi ? Ces journalistes devraient écrire des scénarios. Je ne prétends pas que les mafiosi n'existent pas ; je ne suis pas si naïf. Mais je serais incapable de savoir à quoi ils ressemblent.

— Il faut accrocher l'intérêt du lecteur, fut tout ce que Trevayne trouva à dire.

— Bien sûr... Vous savez, j'ai un frère cadet, à peu près de votre âge, qui le croit, lui aussi. Un jour, il est venu me demander : « Alors, Mario, c'est vrai, tout ça ? » Je lui ai dit : « Qu'est-ce qui est vrai, Augie ? Tu me connais, non ? Tu me connais depuis quarante-deux ans. J'ai eu la vie facile ? Tu crois que je passerais dix heures par jour à réduire les coûts de production, à lutter contre les syndicats, à essayer de me faire payer dans les délais ? »... Si j'étais ce qu'on dit, il me suffirait de prendre le téléphone et de leur flanquer une trouille bleue. En fait, je vais voir mon banquier comme tout le monde, avec humilité.

— En apparence, vous n'êtes pas à plaindre.

Mario de Spadante partit d'un grand rire, avec un clin d'œil complice et bon enfant.

— C'est vrai, monsieur Trevayne, je ne suis pas à plaindre. Ce n'est pas facile, mais, avec l'aide de Dieu et beaucoup de travail, je m'en sors... Vous venez à Washington pour votre fondation ?

— Non, pour une autre affaire ; j'ai des gens à voir.

— C'est comme ça, Washington. Une petite ville, mais le plus grand lieu de rendez-vous du monde occidental. Et quand quelqu'un dit qu'il a « des gens à voir », il vaut mieux ne pas demander de qui il s'agit.

Trevayne se contenta de sourire.

— Vous vivez encore dans le Connecticut ? poursuivit Spadante.

— Oui, tout près de Greenwich.

— Très joli coin. Je suis en train d'y bâtir une résidence, près du détroit.

— C'est là que j'habite, sur la côte sud.

— Nous nous y verrons peut-être un jour. Je pourrai ajouter une aile à votre maison.

— Vous pouvez toujours essayer.

En entrant dans le bar, Trevayne passa en revue les clients installés dans les fauteuils moelleux et sur les canapés bas. Un maître d'hôtel s'approcha.

— Puis-je vous aider, monsieur ?

— Oui, je cherche quelqu'un, M. Webster. Je ne sais pas s'il a réservé une table.

— Vous êtes M. Trevayne ?

— C'est moi.

— M. Webster a téléphoné pour dire qu'il aurait quelques minutes de retard. Je vais vous accompagner à votre table.

— Merci.

Le maître d'hôtel conduisit Trevayne dans un angle de la salle où l'absence de clients était manifeste. Comme si un cordon invisible isolait cet espace du reste du bar. Webster avait demandé une table à l'écart ; sa position la lui garantissait. Trevayne commanda un alcool et laissa ses souvenirs remonter au temps où il travaillait pour le Département d'État.

Une époque excitante, presque aussi stimulante que les années du développement de la société. Essentiellement parce que rares étaient ceux qui le croyaient capable de mener à bien la mission qu'on lui avait confiée. Il s'agissait de coordonner les accords commerciaux avec plusieurs pays satellites du bloc soviétique, en garantissant aux milieux d'affaires de chaque pays les meilleures conditions possibles, sans compromettre les équilibres politiques. Cela n'avait pas été trop difficile. Le souvenir lui revint de la toute première réunion, où il avait surpris les deux camps et mis les rieurs de son côté en suggérant que le Département d'État et son équivalent communiste tiennent une conférence de presse internationale pour rejeter catégoriquement tout ce que l'autre camp proposait, tandis que, dans une salle voisine, les hommes d'affaires négociaient leurs accords.

L'idée avait fait son effet ; le ton était donné pour les rencontres suivantes. Chaque fois que les négociations menaçaient de mal tourner, quelqu'un lançait malicieusement que la place de l'adversaire était dans « l'autre salle », avec les propagandistes.

Cette expérience lui avait apporté beaucoup de plaisir. Il est grisant de savoir que l'on est proche des allées du pouvoir, que ses jugements sont écoutés par des hommes dévoués à leur tâche, quelle que soit leur affiliation politique.

— Monsieur Trevayne ?

— Monsieur Webster ?

Trevayne se leva pour serrer la main du conseiller à la présidence. Webster avait à peu près le même âge que lui, peut-être un ou deux ans de moins, et l'air sympathique.

— Sincèrement désolé d'être en retard. Il y avait un imbroglio dans l'emploi du temps de demain. Le président nous a expédiés tous les quatre dans un bureau, avec l'ordre de n'en sortir que lorsque tout serait réglé.

— J'imagine que vous avez réussi, fit Trevayne en se rasseyant.

— Pas la moindre idée, répondit Webster en riant, la main levée pour appeler un garçon. J'ai réussi à vous caser à 11 h 15 et j'ai laissé les autres se débrouiller pour l'après-midi.

Il commanda un alcool, se renversa dans son fauteuil en poussant un long soupir.

— Comment un gentil fils de fermier de l'Ohio comme moi en est-il arrivé à faire ce boulot de fou ?

— Je dirais que c'est une belle réussite.

— Je pense qu'ils se sont trompés de bonhomme. Ma femme me dit qu'un type du nom de Webster arpente les rues d'Akron en se demandant pourquoi il a dépensé tant d'argent pour les campagnes électorales.

— C'est possible, poursuivit Trevayne, qui savait fort bien que la nomination de Webster ne devait rien à une erreur.

Il avait gravi rapidement les échelons de la hiérarchie politique locale et s'était distingué en conservant le poste de gouverneur de l'Ohio dans le camp du président. Franklyn Baldwin avait confié à Trevayne que c'était un homme à suivre.

— Avez-vous fait bon voyage ?

— Oui, merci. Plus tranquille que votre après-midi de travail, j'imagine.

— Je n'en doute pas.

Le garçon apporta le verre de Webster ; les deux hommes gardèrent le silence jusqu'à ce qu'il se retire.

— Avez-vous parlé à quelqu'un d'autre que Baldwin ? reprit Webster.

— Non. Frank m'a recommandé la discrétion.

— Personne de la fondation n'a été mis au courant ?

— À quoi bon ? Même si Frank ne m'avait mis en garde, il n'y a rien de fait.

— Pour ce qui nous concerne, la chose est entendue. Le président s'en réjouit ; il vous le dira lui-même.

— Il reste l'audition du Sénat. Ils seront peut-être d'un autre avis.

— Pour quelle raison ? Vous êtes l'homme de la situation. Tout ce qu'on pourrait vous reprocher, c'est d'avoir bonne presse dans les publications soviétiques.

— Comment ?

— Vous êtes bien vu par l'agence Tass.

— Première nouvelle !

— Peu importe ; Henry Ford aussi a un traitement de faveur. Et vous avez travaillé pour le Département d'État.

— Je n'ai pas l'intention de m'en défendre.

— J'ai dit que ça n'avait pas d'importance.

— Je le souhaite... Il y a autre chose à quoi je tiens. Il me faut certaines... disons certaines garanties. Tout doit être clair.

— Je vous écoute.

— Il y a deux choses ; j'en ai parlé à Baldwin. Coopération et non-ingérence. C'est très important pour moi. Je ne suis pas sûr de mener cette mission à bien en ayant ces assurances ; sans elles, ce sera impossible.

— Vous n'avez pas à vous en faire. Ce sont des conditions que tout le monde poserait.

— Facile à poser, difficile à obtenir. N'oubliez pas que j'ai travaillé ici.

— Je ne vous suis pas très bien. Quelle ingérence redoutez-vous ?

— Commençons par le mot « confidentiel ». On peut y ajouter « secret », « top secret » et même « priorité ».

— Vous aurez accès à tout...

— Je veux qu'on me le dise clairement.

— Vous n'avez qu'à demander ; vous aurez ce que vous voulez... À moins que vous n'ayez réussi à bluffer tout le monde, votre dossier est un modèle de respectabilité. On vous laisserait appuyer sur le bouton rouge.

— Très peu pour moi. Je n'y toucherai pas.

— N'ayez aucune inquiétude... Maintenant, je vais vous expliquer ce qui vous attend demain.

Robert Webster exposa par le menu le cérémonial d'une audience à la Maison-Blanche ; Trevayne constata que rien ou presque n'avait changé. Arriver trente à quarante-cinq minutes avant l'admission dans le Bureau ovale ; utiliser une entrée particulière, avec le laissez-passer fourni par Webster ; ne pas avoir sur soi d'objet métallique plus gros qu'un trousseau de clés ; ne pas oublier que l'entretien était limité à une durée précise, pas une minute de plus, et pouvait être abrégé, si le chef de l'exécutif avait dit ce qu'il avait à dire ou entendu ce qu'il voulait entendre. Le temps gagné était toujours bon à prendre.

D'un signe de tête Trevayne indiqua qu'il comprenait.

L'essentiel étant dit, Webster commanda un second verre.

— Je vous avais promis au téléphone quelques explications, reprit-il. Je constate avec plaisir que vous ne me harcelez pas de questions.

— Je n'avais rien d'important à demander et j'imagine que le président répondra à la seule qui compte pour moi.

— Pourquoi il désire vous voir demain ?

— Oui.

— Tout est lié. C'est pourquoi vous avez le numéro de ma ligne directe et pourquoi nous prendrons des dispositions afin que vous puissiez me joindre à toute heure du jour et de la nuit.

— Est-ce indispensable ?

— Je ne sais pas ; c'est ce qu'a décidé le président. Je ne vais pas discuter ses ordres.

— Moi non plus.

— Il désire naturellement vous faire part de l'importance qu'il attache à la sous-commission et vous rappeler qu'il appuie personnellement votre candidature. C'est essentiel. Il y a autre chose... Je vais l'exprimer à ma manière, pas dans les termes du président ; si je commets une erreur, j'en porterai seul la responsabilité.

— Vous avez parlé avec lui de ce que vous allez me dire, objecta Trevayne en regardant attentivement Webster. La différence sera minime.

— Bien entendu. Ne prenez pas cet air inquiet ; c'est dans votre intérêt. Le président est un vieux routier de la politique : l'appareil de l'État, la Chambre des représentants, le Sénat, il connaît tout cela et sait ce qui vous attend. Il s'est fait des tas d'amis et je ne doute pas qu'il ait des ennemis en aussi grand nombre. Sa fonction le place aujourd'hui au-dessus des batailles politiques ; elle lui donne aussi les coudées franches, lui permet d'exercer certaines pressions. Il tient à ce que vous sachiez que vous pouvez en bénéficier.

— Je lui en sais gré.

— Il y a une condition : vous ne devez jamais essayer de le joindre directement. Je serai votre seul contact, l'unique passerelle pour l'atteindre.

— Jamais il ne me viendrait à l'esprit de chercher à le joindre directement.

— Comme je suis sûr qu'il ne vous est jamais venu à l'esprit que tout le poids de la présidence sera derrière vous, de la manière la plus concrète qui soit, au moment où vous pourrez en avoir besoin.

— En effet. J'ai fait ma carrière dans le privé ; j'ai l'habitude des structures. Je vois ce que vous voulez dire, sachez que j'apprécie.

— Mais, comprenez-moi bien, il ne faudra pas le faire savoir.

Le ton de Webster était devenu plus ferme ; il ne voulait pas laisser planer le moindre doute.

— Je comprends.

— Très bien. S'il aborde le sujet demain, dites simplement que nous avons tout passé en revue. Même s'il n'en parle pas, vous pouvez glisser que vous avez eu connaissance de sa proposition et que vous lui en êtes reconnaissant.

Webster vida son verre et se leva.

— Merveilleux ! lança-t-il en tendant la main à Trevayne. Il n'est pas encore 22 h 30. Je serai à la maison avant 23 heures ; ma femme n'en reviendra pas. À demain.

— Bonne nuit.

Trevayne le suivit des yeux tandis qu'il se glissait rapidement entre les fauteuils pour gagner la sortie. Webster débordait de cette énergie particulière, le carburant dont il avait besoin et que son travail lui procurait. L'euphorie caractéristique de Washington ; on ne trouvait jamais tout à fait la même chose ailleurs. Un faux-semblant dans les milieux artistiques et dans la publicité, mais le taux d'échec y était trop élevé ; un sentiment de peur sous-jacent faussait le jeu. Il n'en allait pas de même à Washington. On était de ceux qui font tourner la machine ou on n'en était pas. Ceux qui avaient cette chance étaient au sommet ; quant à la Maison-Blanche, c'était le toit du monde.

Trevayne était persuadé qu'en matière de compétence les électeurs en avaient pour leur argent. En échange de cette griserie du pouvoir.

Il regarda sa montre. Trop tôt pour se coucher et il n'avait pas envie de lire. Il allait monter dans sa chambre, appeler Phyllis et parcourir le journal. Il tomberait peut-être sur un bon film, à la télévision.

Il signa la note, tâta sa poche pour s'assurer qu'il avait la clé de la chambre. Il sortit du bar, se dirigea vers les ascenseurs. En passant devant le kiosque, il vit devant la réception deux hommes en complet sombre qui ne le quittaient pas des yeux. Ils le suivirent ; quand il s'arrêta devant le premier ascenseur, les deux hommes l'abordèrent.

Celui de droite s'adressa à lui, en sortant de sa poche une plaque d'identité. L'autre fit de même.

— Monsieur Trevayne ?

— Oui.

— Service secret, unité de la Maison-Blanche, fit discrètement le premier agent. Pouvez-vous nous accorder un moment ? poursuivit-il en montrant un endroit dégagé, à quelques mètres des ascenseurs.

— Bien entendu.

— Voulez-vous vérifier, monsieur Trevayne ? demanda l'autre agent en présentant sa plaque. Je vais sortir un instant.

Trevayne compara la photo d'identité au visage de l'homme. Il inclina la tête ; le deuxième agent se dirigea vers la sortie.

— Que se passe-t-il ?

— Je préfère attendre le retour de mon collègue, si vous n'y voyez pas d'inconvénient. Il va s'assurer que la voie est libre. Voulez-vous une cigarette ?

— Merci. J'aimerais seulement savoir de quoi il s'agit.

— Le président désire vous voir ce soir.

5

Le véhicule du Service secret était garé devant l'entrée de service de l'hôtel. Les deux agents encadrèrent Trevayne sur le trottoir tandis que le conducteur tenait la portière ouverte. La voiture démarra en trombe et tourna dans Nebraska Avenue, prenant la direction du sud.

— Nous n'allons pas à la Maison-Blanche, monsieur Trevayne. Le président est à Georgetown ; son emploi du temps est si chargé qu'il sera plus commode de vous recevoir là-bas.

Au bout de quelques minutes, la voiture s'engagea dans les rues étroites et pavées du quartier résidentiel. Trevayne vit qu'ils roulaient vers l'est, dans des voies bordées d'imposantes demeures de quatre étages, élégants vestiges restaurés d'une époque révolue. La voiture s'arrêta devant un bâtiment en grès brun, à la façade particulièrement large, percée de nombreuses fenêtres. Un agent fédéral descendit du côté du trottoir, sous les arbres taillés en boule, et fit signe à Trevayne de le suivre. Deux autres fonctionnaires en civil étaient en faction devant la porte d'entrée ; ils échangèrent un signe de tête en reconnaissant leur collègue, sortirent la main de leur poche.

L'agent fédéral qui avait abordé Trevayne dans le hall de l'hôtel le conduisit au fond du couloir, où se trouvait un petit ascenseur. Il entrèrent dans la cabine ; le fonctionnaire referma la grille de cuivre, appuya sur le bouton portant le chiffre quatre.

— On est un peu à l'étroit, observa Trevayne.

— L'ambassadeur dit que ses petits-enfants passent des heures à jouer dedans, quand ils viennent le voir. Je crois que c'est un ascenseur pour enfants.

— L'ambassadeur ?

— William Hill. Nous sommes chez lui.

Trevayne se représenta l'ambassadeur itinérant, gros industriel de la côte Est, intime des présidents successifs et héros de la guerre. « Big Billy Hill » était le surnom irrévérencieux que la revue *Time* donnait au septuagénaire à la voix douce.

L'ascenseur s'arrêta, les deux hommes sortirent. Ils suivirent un couloir ; un autre agent fédéral était en faction devant une porte. Quand ils s'approchèrent, l'homme sortit discrètement de sa poche un petit objet, à peine plus gros qu'un paquet de cigarettes, fit plusieurs mouvements du poignet en direction de Trevayne.

— Comme si on vous donnait la bénédiction, fit l'agent du Service secret.

— Qu'est-ce que c'est ?

— Un scanner, répondit l'homme de faction. Contrôle de routine, n'en prenez pas offense, ajouta-t-il en ouvrant la porte.

Ils entrèrent dans un vaste bureau-bibliothèque, aux

murs couverts de rayonnages du sol au plafond. Le mobilier de bois massif et les épais tapis d'Orient donnaient à la pièce un caractère très masculin. Une demi-douzaine de lampes éclairaient des fauteuils de cuir et une grande table en acajou, qui faisait office de bureau. William Hill avait pris place derrière la table. À sa droite, dans un fauteuil, était assis le président des États-Unis.

— Monsieur le président, monsieur l'ambassadeur... M. Trevayne.

L'agent fédéral s'inclina et se retira.

Les deux hommes se levèrent ; Trevayne serra la main que lui tendait le président.

— Je vous remercie d'être venu, monsieur Trevayne. J'espère que cela ne vous a pas causé de dérangement.

— Pas le moins du monde, monsieur.

— Vous connaissez M. Hill ?

Trevayne et le diplomate échangèrent une poignée de main.

— Ravi de vous connaître.

— À l'heure qu'il est, j'en doute, fit William Hill en riant. Je vais vous servir un verre, Trevayne, ajouta-t-il en faisant le tour de la table. Rien dans la Constitution n'impose l'abstinence à partir de 18 heures.

— J'ignorais qu'il y eût un interdit avant 18 heures, glissa le président.

— En cherchant bien, je suis sûr qu'on trouverait un ou deux passages du XVIIIe siècle allant dans ce sens. Que voulez-vous boire, Trevayne ?

Trevayne choisit un cognac ; il se rendait compte que les deux hommes s'efforçaient de le mettre à l'aise. Le président l'invita à s'asseoir, Hill apporta son verre.

— Nous nous sommes déjà rencontrés, monsieur Trevayne, mais je ne pense pas que vous en ayez gardé le souvenir.

— Bien sûr que si, monsieur le président. Cela remonte à quatre ans, si je ne me trompe.

— Exact. J'étais au Sénat et vous aviez fait du très bon boulot pour le Département d'État. On m'a rapporté vos remarques préliminaires, à l'occasion de cette conférence sur les accords commerciaux. Savez-vous que le secrétaire d'État de l'époque en fut fort mécontent ?

— J'ai entendu des rumeurs, mais il ne m'a jamais rien dit.

— Qu'aurait-il pu dire ? lança l'ambassadeur. Vous aviez fini le travail ; il s'était ligoté tout seul.

— C'est ce qui rendait la situation si amusante, ajouta le président.

— Cela semblait, à l'époque, le seul moyen de faire fondre la glace, reprit Trevayne.

— Excellent travail, fit le président en se penchant vers lui. J'étais sincère en disant que j'espérais ne pas vous avoir causé de dérangement. Je sais que nous avons rendez-vous demain, mais il était important pour moi de vous voir ce soir. Je ne vous retiendrai pas longtemps ; je suis sûr que vous avez envie de retourner à votre hôtel.

— Je ne suis pas pressé, monsieur.

— Trop aimable, fit le chef de l'exécutif en souriant. Je sais que vous avez rencontré Robert Webster. Comment s'est passée votre entrevue ?

— Très bien, monsieur. Je crois avoir compris ; j'apprécie le soutien que vous m'offrez.

— Vous en aurez besoin. Nous ne savions pas si nous allions vous demander de venir ce soir ; cela dépendait de Webster. Juste après vous avoir quitté, il m'a téléphoné, conformément à mes instructions. C'est alors que nous avons décidé de vous faire venir.

— Puis-je me permettre de demander pourquoi ?

— Vous avez dit à Webster n'avoir parlé de la sous-commission à personne d'autre que Frank Baldwin. Est-ce exact ?

— Oui. Frank m'a fait comprendre que c'était préférable. Qu'il n'y avait, à tout le moins, aucune raison de le faire, puisque rien n'était réglé.

Le président tourna la tête vers William Hill, qui fixa sur Trevayne un regard scrutateur. Après avoir recueilli l'approbation silencieuse du chef de l'exécutif, l'ambassadeur reporta son attention sur Trevayne et s'adressa à lui d'une voix douce, où perçait une certaine anxiété.

— En êtes-vous *absolument* sûr ?

— Évidemment.

— En avez-vous parlé à votre femme ? Aurait-elle pu s'en ouvrir à quelqu'un ?

— Je lui en ai parlé, mais elle l'a gardé pour elle ; je suis formel sur ce point. Pourquoi cette question ?

— Vous n'ignorez pas, répondit le président, que nous avons fait courir le bruit que vous étiez pressenti pour le poste.

— Il est venu à mes oreilles, monsieur le président.

— C'était notre intention. Savez-vous que la commission de la Défense est composée de neuf membres, d'éminents spécialistes dans leur domaine respectif, certains des hommes les plus respectés de notre pays ?

— Frank Baldwin me l'a laissé entendre.

— Vous a-t-il dit aussi qu'ils étaient unanimement convenus de ne divulguer aucune information concrète, de ne rien laisser filtrer des discussions en cours et des décisions ?

— Non, mais je comprends.

— Bien. Maintenant, écoutez ce que j'ai à dire. La semaine dernière, nous avons fait courir un autre bruit, une rumeur authentifiée, en accord avec la commission, selon laquelle vous aviez refusé catégoriquement le poste. Nous n'avons laissé planer aucun doute sur votre position. D'après la rumeur, vous avez refusé violemment l'idée même d'une ingérence qui vous paraissait dangereuse. Vous êtes allé jusqu'à accuser le gouvernement d'employer les méthodes d'un régime policier. C'est le genre d'information qui, l'expérience le prouve, est le plus aisément acceptée, car elle est embarrassante.

— Et alors ? fit Trevayne, sans essayer de cacher son agacement.

Même le président des États-Unis n'avait pas le droit de lui imputer de tels jugements.

— On nous a rapporté que vous n'aviez pas refusé ce poste, mais bel et bien accepté. Les services de renseignement, tant civils que militaires, ont pu établir que, dans certains milieux, ce n'était plus un secret. Notre démenti n'a servi à rien.

Le président et le diplomate gardèrent le silence, comme pour laisser Trevayne se pénétrer de l'importance de cette révélation. Il paraissait perplexe, incertain de la conduite à suivre.

— Ainsi, dit-il enfin, on n'a pas cru à mon refus ; cela ne

m'étonne pas. Ceux qui me connaissent ont dû en douter, surtout de la manière dont il était formulé.

— Même si le président en personne l'a confirmé à des visiteurs choisis ? demanda Hill.

— Pas seulement moi, monsieur Trevayne. Le président des États-Unis dans l'exercice de ses fonctions. On ne peut le traiter de menteur à la légère ; surtout dans un domaine comme celui-ci.

Le regard de Trevayne se posa successivement sur les deux hommes ; il commençait à comprendre, mais la vue d'ensemble demeurait floue.

— Était-il nécessaire de jeter la confusion ? reprit-il. Qu'importe que ce poste me revienne, à moi ou à un autre.

— Cela importe, semble-t-il, répondit Hill. Nous savons que la création de cette sous-commission est suivie de très près ; c'est compréhensible. Mais nous n'imaginions pas avec quelle attention. Nous avons d'abord laissé filtrer votre nom, puis entrepris de démentir — avec véhémence — que vous aviez accepté. Cela aurait dû suffire pour inciter les curieux à s'interroger sur l'identité de l'heureux élu. Eh bien, non. L'inquiétude était assez grande pour les pousser à creuser plus profond, jusqu'à ce qu'ils apprennent la vérité.

— Ce que veut dire l'ambassadeur — pardonnez-moi, Bill —, c'est que la perspective de votre nomination à la tête de la sous-commission était si inquiétante pour certains qu'ils ont fait des pieds et des mains pour savoir à quoi s'en tenir. Il leur fallait s'assurer que vous n'étiez plus dans la course. En découvrant qu'il n'en était rien, ils l'ont rapidement fait savoir autour d'eux.

— J'imagine, monsieur le président, que cette sous-commission, si elle fonctionne correctement, touchera aux intérêts d'un grand nombre de gens. Elle sera surveillée très étroitement ; il fallait s'y attendre.

— « Surveillée » ? répéta William Hill en se penchant sur son bureau... Ce que nous venons d'exposer va bien au-delà de la signification de ce mot tel que je l'entends. Soyez certain que de grosses sommes d'argent ont changé de main, que l'on a réclamé le paiement de vieilles dettes, que l'on a menacé de divulguer certains faits compromettants.

— Notre but, reprit le président, est de vous faire prendre conscience de la situation, de vous mettre en garde. La peur gagne certains milieux, monsieur Trevayne. La peur que vous inspirez.

Andrew posa doucement son verre sur la table basse.

— Dois-je en conclure, monsieur le président, qu'il me faut renoncer à cette nomination ?

— Pas le moins du monde. S'il faut en croire Frank Baldwin, qui vous connaît bien, vous n'êtes pas homme à vous laisser atteindre par ce genre de chose. Mais vous devez comprendre qu'il ne s'agit pas d'une nomination temporaire, dans le but de faire taire quelques voix indignées. Nous sommes déterminés — je m'y engage personnellement — à obtenir des résultats concrets. Il faut donc s'attendre à toutes sortes de saloperies.

— Je crois m'y être préparé.

— Vraiment ? lança Hill en se renversant dans son fauteuil. C'est très important, monsieur Trevayne.

— Absolument. J'ai beaucoup réfléchi, j'en ai longuement parlé avec ma femme... ma très discrète épouse. Je ne me fais aucune illusion sur la popularité de cette fonction.

— Tant mieux. Il est indispensable que vous l'ayez bien compris.

Hill sortit d'un gros classeur bordeaux un dossier volumineux, retenu par de larges attaches métalliques.

— Pouvons-nous passer un moment à autre chose ?

— Bien sûr, répondit Trevayne.

Il sentit le regard du président sur lui, tourna la tête ; le président détourna les yeux pour les fixer sur le diplomate. Il y eut un moment de gêne.

— Voici votre dossier, monsieur Trevayne, poursuivit Hill en le soupesant. Il est drôlement lourd, savez-vous ?

— Je ne vois pas ce qu'il pourrait contenir de très intéressant.

— Pourquoi dites-vous cela ? demanda le président en souriant.

— Je ne sais pas... Disons que ma vie n'a pas été remplie de ces événements qui fournissent la matière d'une fiction passionnante.

— Tout homme ayant amassé une fortune comme la vôtre avant l'âge de quarante ans a une histoire digne d'intérêt, répliqua William Hill. Une des raisons de l'épaisseur de ce dossier est que je n'ai cessé de réclamer des renseignements supplémentaires. C'est un document remarquable. Puis-je aborder avec vous quelques points saillants, dont certains conservent des zones d'ombre ?

— Naturellement.

— Vous avez quitté la faculté de droit de Yale six mois avant la date du diplôme. Vous n'avez jamais essayé de l'obtenir ni de vous faire inscrire au barreau. Vos résultats étaient pourtant excellents ; le corps enseignant a essayé de vous convaincre de rester, mais en pure perte. Cela semble curieux.

— Pas vraiment. Je venais de fonder ma première société avec mon beau-frère. Je n'avais pas le temps de faire autre chose.

— N'était-ce pas aussi une charge pour votre famille ? Vos études de droit ?

— J'avais obtenu une bourse ; je suis sûr que cela figure dans le dossier.

— Il fallait quand même vous aider financièrement.

— Je vois où vous voulez en venir, monsieur l'ambassadeur. Je pense que vous attachez trop d'importance à cet épisode... En effet, mon père a fait faillite en 52.

— Dans des circonstances assez troublantes, si je ne m'abuse, glissa le président. Cela vous ennuierait-il de nous les décrire ?

— Pas du tout, répondit Trevayne en regardant successivement les deux hommes. Mon père a passé trente années de sa vie à faire prospérer une usine de taille moyenne — une filature de laine, pour être précis —, à Hancock, Massachusetts, une petite ville aux environs de Boston. Il fabriquait des produits de qualité. Un conglomérat de New York intéressé par la marque a absorbé la filature. Il était entendu, du moins dans l'esprit de mon père, qu'il conserverait à vie la direction de l'usine. Mais le conglomérat s'est approprié la marque et a fermé la filature avant d'aller chercher plus au sud une main-d'œuvre meilleur marché. Mon père a essayé de rouvrir l'usine ; il a réutilisé illégalement son ancienne marque et la boîte a coulé. Hancock est devenue une ancienne ville lainière de la Nouvelle-Angleterre.

— Triste histoire, fit doucement le président. Votre

père n'a donc eu aucun recours devant les tribunaux ? Pour contraindre ce conglomérat à lui verser des dommages-intérêts ?

— Il n'y a pas eu de manquement à des engagements, mais mauvaise interprétation d'une clause ambiguë ; et des promesses verbales. Légalement, il n'avait aucun droit.

— Je vois, reprit le président. Le coup a dû être terrible pour votre famille.

— Pour toute la ville, ajouta Hill.

— C'était le temps de la colère ; c'est le passé.

Andrew ne se souvenait que trop bien de cette période. De son père, fou de rage, hurlant contre les hommes silencieux qui montraient en souriant son paraphe au bas des documents.

— Cette colère a-t-elle provoqué votre départ de la faculté de droit ? demanda Hill. Les dates coïncident. Il ne restait que six mois avant l'examen de fin d'études ; on vous avait proposé une aide financière.

Andrew lança malgré lui au vieux diplomate un regard de respect ; le sens de l'interrogatoire devenait plus clair.

— J'imagine que cela a joué. Mais il y avait d'autres considérations ; j'étais jeune, j'avais mes priorités.

— N'y avait-il pas, en réalité, une seule priorité, monsieur Trevayne, insista Hill d'une voix douce.

— Pourquoi ne livrez-vous pas le fond de votre pensée, monsieur l'ambassadeur ? Nous avons fait perdre assez de temps au président.

Le président garda le silence ; il se contenta d'observer Trevayne, comme un médecin étudie un patient.

— Très bien, je vais le faire, reprit Hill en refermant le dossier dont il tapota la couverture. Il est sur mon bureau depuis près d'un mois ; je l'ai lu vingt fois au bas mot. Comme je l'ai dit, je me suis efforcé de l'étoffer. Il s'agissait seulement, au début, d'en savoir aussi long que possible sur un homme jeune et prospère, car Frank Baldwin est convaincu que vous êtes le seul à pouvoir présider cette sous-commission. Puis je me suis intéressé à autre chose. Il nous fallait découvrir pourquoi votre nom, chaque fois qu'il était prononcé pour cette nomination, suscitait tant d'hostilité. Une hostilité que je qualifierai de silencieuse.

— Une surprise muette serait plus juste, coupa le président.

— En effet, acquiesça Hill. La réponse devait être là, mais je ne la trouvais pas. Les matériaux se sont accumulés — je les classais par ordre chronologique —, et la lumière s'est faite. Mais il m'a fallu remonter au mois de mars 1952 pour comprendre. Ce premier acte compulsif, irrationnel en apparence. J'aimerais résumer la situation...

Tandis que l'ambassadeur poursuivait d'un ton monotone, présentant point par point ses conclusions, Andrew se demanda s'il avait vraiment compris. Tout cela était si loin ; si proche, en même temps. Il y avait bien eu une seule priorité, un seul objectif. Gagner de l'argent, des sommes colossales, de manière à écarter définitivement la plus petite possibilité de connaître ce qu'il avait vu son père subir au Palais de justice de Boston. Ce n'était pas tant un sentiment d'indignation que de gâchis ; un gâchis absolu de ressources — pécuniaires, physiques, mentales. Là était le crime fondamental, le mal essentiel.

Il avait vu la productivité de son père se réduire comme une peau de chagrin et se tarir quand il avait été frappé de plein fouet par la pauvreté. Le besoin de se justifier devenir une obsession. Les fantasmes finirent par prendre le pas sur la réalité ; cet homme fier se replia sur lui-même, partagé entre l'apitoiement sur son sort et des flambées de haine.

La justice de son pays avait donné raison aux manipulateurs, réduisant à néant le travail de toute une vie.

Le fils perdit tout intérêt pour la pratique du droit.

Comme pour la plupart des histoires de réussite matérielle, le hasard joua un rôle prépondérant. Rares étaient pourtant ceux qui croyaient Trevayne quand il donnait cette explication simple. Ils préféraient en chercher d'autres, plus tortueuses.

Le hasard avait seulement voulu qu'il rencontre le frère de celle qui allait devenir sa femme.

Douglas Pace était un ingénieur électronicien de génie ; introverti, affreusement timide, il n'était heureux que dans la solitude de son laboratoire. Mais il savait quand il était dans le vrai et quand les autres se trompaient. Les autres, en l'occurrence, étaient les dirigeants de Pratt et Whitney, qui avaient refusé catégoriquement de financer le développement du disque sphéroïdal. Douglas Pace était convaincu que ce disque était le composant essentiel des nouvelles techniques de propulsion à haute altitude. Il était en avance sur son temps, mais de trente et un mois seulement.

Leur première « usine » consistait en une modeste portion d'un entrepôt désaffecté, à Meriden ; leur première machine une Bullard d'occasion rachetée à une entreprise qui liquidait son matériel ; leurs premiers contrats la fourniture de disques simples pour réacteurs à des entrepreneurs principaux travaillant avec le Pentagone.

Des frais généraux insignifiants et la qualité des produits leur permirent de décrocher des contrats de sous-traitance en nombre croissant. Ils installèrent deux autres Bullard dans l'entrepôt loué dans sa totalité. Deux ans plus tard, les compagnies aériennes prirent une décision : le moteur à réaction équiperait les appareils du futur. Un calendrier fut établi pour les avions de ligne ; toutes les connaissances acquises au cours du développement des appareils militaires durent brusquement être adaptées aux besoins civils.

Les travaux de Douglas Pace sur le disque sphéroïdal étaient non seulement compatibles avec ces nouveaux objectifs, mais beaucoup plus avancés que les recherches des grands constructeurs.

L'expansion fut rapide, les carnets de commande se remplirent si vite qu'ils auraient pu faire tourner dix usines pendant cinq ans, jour et nuit.

Andrew découvrit un certain nombre de choses sur lui-même. On lui avait dit qu'il était un vendeur exceptionnel, mais il n'était pas besoin de posséder au plus haut point l'art de la vente pour accaparer un marché où la demande était si forte. D'autres qualités entrèrent en jeu. La première était le don qu'il avait de déceler le talent et de faire signer un contrat en quelques heures, au détriment de la concurrence. Ceux qui avaient des aptitudes ne demandaient qu'à le croire ; il était prompt à mettre le doigt sur les déficiences de leur situation du moment et à proposer mieux. Les cadres trouvaient sous sa houlette un climat propice au travail et des motivations les poussant à donner le meilleur d'eux-mêmes. Il savait aussi parler aux représentants syndicaux. Aucun contrat de travail n'était jamais signé sans une clause de productivité, indexant le salaire sur les résultats à la sortie de la chaîne de montage. Les salaires étaient élevés, au-delà de ce que la concurrence pouvait offrir, mais toujours liés aux résultats. On le traitait de progressiste ; il trouvait le terme simpliste et trompeur. Les résultats parlaient d'eux-mêmes.

Andrew découvrit encore en lui une qualité totalement inattendue, inexplicable même. Il avait la faculté de retenir les plus petits détails d'une opération, sans avoir à se référer à des contrats ni à des notes. Une mémoire phénoménale, certes, mais qui, selon Phyllis, ne l'empêchait pas d'oublier la plupart des anniversaires. Elle inclinait plutôt à penser qu'il ne se lançait jamais dans une négociation sans se donner à fond, sans avoir fait une analyse exhaustive.

Cela leur aurait suffi — les compagnies aériennes, l'expansion, le réseau de production qui s'étendait sur le littoral atlantique —, à tout prendre, ils étaient allés aussi loin qu'ils pouvaient l'espérer.

Mais, le soir du 4 octobre 1957, une nouvelle fit l'effet d'une bombe.

L'URSS venait de lancer le premier Spoutnik.

L'excitation reprit de plus belle. Les priorités politiques et industrielles allaient changer radicalement. Les États-Unis d'Amérique étaient relégués au second rang ; la nation la plus inventive de la planète était blessée dans son amour-propre. Le peuple exigeait la reconquête de la suprématie, quel qu'en soit le prix.

Le soir même, Douglas et Andrew prirent la décision de se concentrer sur la recherche spatiale. En conservant de quoi vivre avec les avions commerciaux, ils s'orienteraient résolument vers l'espace, tablant sur le fait que les problèmes rejoindraient ceux de plus gros appareils dont la demande ne pouvait qu'augmenter dans les années à venir.

Le risque était considérable ; Pace et Trevayne se sentaient prêts à relever la gageure.

— Nous arrivons à une période fort intéressante de votre vie, monsieur Trevayne, reprit l'ambassadeur. Elle nous ramène directement au sujet de notre préoccupation.

Je fais allusion, vous vous en doutez, aux événements de mars 1952.

Ça y est, Phyllis, ils ont mis le doigt dessus ! Le « jeu », comme tu disais. Ce jeu que tu méprisais, parce que tu trouvais qu'il me salissait. Tout a commencé avec cette petite ordure habillée comme un tailleur à voile et à vapeur. Tout a commencé avec Allen...

— Votre société a fait un pari audacieux, poursuivit Big Billy Hill. Vous avez, sans garanties, restructuré soixante-dix pour cent de vos unités de production — la quasi-totalité de vos laboratoires — afin de satisfaire un marché aléatoire. Dans la mesure où la demande était aléatoire.

— Nous n'avons jamais eu d'inquiétude sur le marché ; nous avons seulement sous-estimé la demande.

— À l'évidence. Et vous avez vu juste. Pendant que la concurrence était encore au stade de la conception, vous passiez à la production.

— Sans vouloir vous contredire, ce ne fut pas si simple. Pendant une période de deux ans, l'État fut moins avare de belles paroles que d'espèces sonnantes et trébuchantes. Six mois de plus, et nos ressources étaient épuisées. Nous avons eu chaud.

— Vous aviez besoin des contrats de la NASA, glissa le président. Sans eux, vous étiez sur une pente dangereuse ; la restructuration était trop avancée.

— C'est exact. Nous comptions sur l'avance que nous avions prise, sur notre capacité d'être prêts au bon moment. Personne ne pouvait rivaliser avec nous ; nous avons tout misé là-dessus.

— Mais ceux qui travaillaient dans votre branche connaissaient l'ampleur des restructurations ? demanda Hill.

— Fatalement.

— Et les risques ?

— Dans une certaine mesure. Une entreprise du secteur privé n'a pas à faire connaître sa situation financière.

— Mais on pouvait l'imaginer, insista Hill.

— En effet.

Le diplomate sortit une feuille du dessus du dossier, la tourna vers Andrew.

— Vous souvenez-vous de cette lettre ? Elle était adressée au ministre de la Défense ; des copies ont été envoyées à la commission des Finances du Sénat et à celle des Forces armées de la Chambre des représentants. Elle est datée du 14 avril 1959.

— Oui. J'étais en colère.

— Vous y affirmez catégoriquement que la société Pace-Trevayne vous appartenait en propre et n'était liée en aucune manière à une autre société.

— Exact.

— Vous avez reconnu en privé avoir eu des contacts avec un groupe prétendant que son soutien serait nécessaire pour décrocher les contrats de la NASA.

— Oui. Je l'avais mal pris ; nous avions la compétence voulue.

— Cette lettre, poursuivit l'ambassadeur en se renversant dans son fauteuil, un sourire aux lèvres, avait donc en réalité une fonction hautement stratégique. Vous avez fait peur à beaucoup de gens ; au fond, elle vous assurait les contrats.

— Cette possibilité m'a effleuré l'esprit.

— Malgré cette proclamation d'indépendance, pendant les années qui ont suivi, quand Pace-Trevayne est devenu le leader indiscutable dans son secteur, vous avez recherché des associations avec d'autres entreprises...

T'en souviens-tu, Phyllis ? Vous étiez furieux, Doug et toi ! Vous ne compreniez pas.

— Il y avait des avantages à obtenir.

— Je n'en doute pas ; si vos intentions avaient été sérieuses.

— Insinuez-vous qu'elles ne l'étaient pas ?

Tu le sais, toi, Phyllis, j'étais sérieux ! J'étais inquiet. Jeune et poussé par la colère.

— J'en suis arrivé à cette conclusion, monsieur Trevayne. Je ne suis assurément pas le seul... Vous avez fait courir le bruit que vous seriez disposé à avoir des entretiens préliminaires, dans la perspective d'une fusion. Vous avez organisé des réunions avec pas moins de dix-sept fournisseurs de la Défense de premier plan, sur une période de trois ans.

Hill feuilleta le dossier, en sortit une liasse de coupures de journaux.

— Vous aviez une impressionnante collection de prétendants, reprit-il.

— Nous avions beaucoup à offrir.

Seulement à offrir, Phyl. Rien d'autre ; jamais rien d'autre.

— Vous êtes allé jusqu'à conclure des accords provisoires avec quelques-uns. Il y eut un certain nombre de fluctuations inattendues à la Bourse de New York.

— Mes comptables vous confirmeront que je ne faisais pas d'opérations à l'époque.

— Avec raison ? demanda le président.

— Avec raison, répondit Trevayne.

— Aucune des réunions préparatoires, aucun de ces accords n'a pourtant abouti.

— Les obstacles étaient insurmontables.

Les gens étaient insurmontables. Les manipulateurs.

— Puis-je émettre l'hypothèse, monsieur Trevayne, que vous n'avez jamais eu l'intention de conclure un accord ferme ?

— Vous pouvez, monsieur l'ambassadeur.

— Et serait-il inexact d'imaginer que vous avez acquis une connaissance assez approfondie des opérations financières de dix-sept grandes entreprises travaillant avec la Défense ?

— Pas inexact, en effet. Mais je rappelle que cela remonte à plus de dix ans.

— Une durée relativement courte en termes de politique d'entreprise, coupa le président. Je suppose que la plupart des dirigeants sont encore à leur poste.

— Probablement.

William Hill se leva, fit deux ou trois pas, jusqu'au bord de la table et se retourna vers Trevayne.

— Vous aviez des démons à exorciser, n'est-ce pas ? reprit-il d'un ton bon enfant.

Andrew soutint le regard du vieux diplomate ; il ne put s'empêcher de sourire, l'air penaud.

— En effet.

— Vous vouliez rendre la monnaie de leur pièce aux semblables de ceux qui avaient acculé votre père à la ruine.

— Une réaction puérile. Une vaine vengeance ; ils n'y étaient pour rien.

Souviens-toi, Phyl. Tu m'as dit : « Reste toi-même, Andy ! Ce n'est pas toi ! Il faut arrêter ! »

— Vaine mais satisfaisante, j'imagine, poursuivit Hill en faisant le tour du bureau pour se placer entre Trevayne et le président. Vous avez contraint de puissants responsables d'entreprises à faire des concessions, à perdre du temps, à se mettre sur la défensive, parce qu'un homme encore jeune agitait une grosse carotte devant leur nez. Cela a dû être extrêmement satisfaisant. Ce que je ne parviens pas à comprendre, c'est pourquoi vous avez arrêté du jour au lendemain. Si mes renseignements sont exacts, vous étiez en position de force. Il n'est pas inconcevable que cette situation ait pu faire de vous un des hommes les plus riches du monde et tout à fait possible que vous ayez fini par ruiner certains de ceux que vous teniez pour des ennemis. En spéculant, par exemple.

— On peut dire, je suppose, que j'ai eu des scrupules.

— Vous ne seriez pas le premier, glissa le président.

— Il m'est donc venu à l'esprit — avec l'aide de ma femme, j'en conviens — que j'étais en train de commettre un gâchis de même nature que ce qui m'avait horrifié au temps des déboires de mon père. Cette fois, j'étais du bon côté, mais le gâchis était le même. Avec votre permission, messieurs, je m'en tiendrai à cela ; j'espère sincèrement que cela vous satisfera.

Trevayne sourit en toute quiétude ; il était sincère.

— Parfaitement, fit le président en prenant son whisky, tandis que l'ambassadeur se rasseyait. Nous avons obtenu les réponses que nous souhaitions ; notre curiosité est satisfaite. Nous tenions, en particulier, à en savoir plus sur votre état d'esprit dont jamais, en toute franchise, nous n'avons douté.

— Nous savions qu'il était sain, ajouta Hill en riant. Celui qui accepte d'abandonner sa propre entreprise pour accepter une mission ingrate dans un ministère avant d'assumer les casse-tête d'une fondation philanthropique ne peut être un requin de la finance.

— Je vous remercie.

Le président se pencha en avant, planta son regard dans celui d'Andrew.

— Il est de la plus haute importance que cette tâche

soit menée à bien, monsieur Trevayne ; il faut tenir la distance. Le spectre de la collusion financière et politique est toujours hideux ; c'est pire encore quand s'y ajoutent des soupçons de dissimulation. En d'autres termes, si vous vous engagez, ce sera à fond. Vous ne pourrez faire machine arrière.

Andrew comprit que le président lui accordait une dernière possibilité de changer d'avis. Mais sa décision était prise depuis que les premières rumeurs étaient venues à ses oreilles. Il savait qu'il était l'homme de la situation. Il *voulait* le faire ; pour quantité de raisons.

Entre autres les souvenirs d'une salle d'audience, à Boston.

— J'aimerais qu'on me confie ce poste, monsieur le président. J'irai jusqu'au bout.

— Je vous crois.

6

Il était rare que Phyllis Trevayne fût agacée par son mari. Andrew était négligent ; elle attribuait ce défaut non à de l'indifférence, mais à son extraordinaire pouvoir de concentration sur les projets auxquels il travaillait. Même si les manières lui pesaient, il savait être aimable ; un peu brusque mais délicat dans les relations sociales. Brusque avec elle, parfois, mais toujours plein d'égards. Il s'était bien occupé d'elle quand elle avait eu besoin de lui. Pendant les années douloureuses.

Ce soir, pourtant, elle était furieuse.

Il lui avait dit — demandé, plutôt — de le retrouver à New York, au Palm Court, le bar de l'hôtel Plaza, à 19 h 30 précises ; il avait même spécifié que rien ne risquait de le retarder.

Il était 20 h 15 ; aucun message n'était arrivé pour expliquer son absence et elle mourait de faim. Sans compter qu'elle avait prévu autre chose pour la soirée. Les enfants allaient partir dans le courant de la semaine ; Pamela retournait chez Mlle Porter pour la rentrée scolaire, Steve commençait ses études à Haverford. Un mari ne comprenait jamais qu'expédier pour trois mois des enfants loin de chez eux ne se faisait pas sans préparatifs, sans décisions logistiques. Comme dans le monde des affaires ; probablement plus. Elle aurait préféré passer la soirée à mûrir certaines de ces décisions, plutôt que venir à New York.

Et puis, elle avait une plaidoirie à préparer ; mais cela pouvait attendre.

Elle allait parler à Andy pour le convaincre d'engager un chauffeur. Elle détestait la Lincoln. Elle détestait aussi l'idée d'avoir un chauffeur, mais moins que la Lincoln. Andy ne voulait pas qu'elle conduise une voiture moins imposante pour se rendre à New York ; quand elle protestait, il invoquait des statistiques sur les accidents des petits véhicules sur autoroute.

Bon sang ! Où était-il donc passé ?

20 h 20. La négligence n'allait pas tarder à devenir de la grossièreté.

Phyllis avait commandé un deuxième vermouth cassis ; son verre était presque vide. C'était un apéritif inoffensif, une boisson de femme, à siroter en attendant quelqu'un, mais qu'elle n'aimait pas vraiment. Elle avait été flattée de remarquer que plusieurs hommes s'étaient retournés après être passés devant sa table. Pas mal, à quarante-deux ans — bientôt quarante-trois —, avec deux grands enfants. Elle n'oublierait pas d'en parler à Andy. Il éclaterait de rire et dirait quelque chose du genre : « Tu crois que j'aurais épousé un laideron ? »

Et elle avait une vie sexuelle épanouie ; Andy était un amant passionné, inventif. Ils aimaient tous deux les plaisirs du lit. Qu'avait dit Tennessee Williams ? Était-ce bien lui ?... Oui, dans une de ses premières pièces, sur des Italiens, des Siciliens... *Quand le lit va, tout va.* Quelque chose de ce genre.

Elle aimait Tennessee Williams. Poète autant que dramaturge ; peut-être plus.

D'un seul coup, Phyllis Trevayne se sentit mal, affreusement mal. Ses yeux roulèrent dans leur orbite, la salle se mit à tournoyer autour d'elle. Puis elle entendit des voix, au-dessus de sa tête.

— Madame ! Vous vous sentez mal ?... Allez chercher des sels !

Elle perçut d'autres voix, dont le volume montait et descendait, des bribes de mots... Rien n'avait ni sens ni réalité. Elle sentit quelque chose de dur contre sa joue, songea vaguement que c'était le sol de marbre du bar. Tout commença à s'assombrir, à virer au noir. Puis elle entendit une autre voix.

— Je vais m'occuper d'elle ! C'est ma femme, nous avons une suite ici ! Aidez-moi à la porter ! Voilà, comme ça !

Mais la voix n'était pas celle de son mari.

Andrew Trevayne était furieux. Le taxi appelé du bureau avait embouti l'arrière d'une Chevrolet ; le policier venu constater les dégâts avait obligé tout le monde à rester sur place jusqu'à ce qu'il ait recueilli les témoignages. L'attente avait été interminable. Quand il avait dit qu'il était pressé, l'agent avait répliqué que le passager de la Chevrolet attendait l'arrivée d'une ambulance ; le moins que Trevayne pouvait faire était d'attendre que les témoignages soient réunis.

Il avait traversé la rue à deux reprises pour téléphoner au Plaza d'une cabine ; les deux fois, la réception avait répondu que sa femme n'était pas au bar. Elle avait dû trouver des bouchons sur la route et serait d'autant plus contrariée en arrivant en retard qu'elle ne le verrait pas.

Enfin, à 20 h 25, son témoignage signé, il fut autorisé à partir.

En se mettant en quête d'un autre taxi, il se dit qu'au second appel le concierge du Plaza avait donné l'impression de reconnaître sa voix. Du moins, le laps de temps entre le moment où il avait demandé qu'on appelle Phyllis et la réponse avait semblé beaucoup plus court. Il savait que son impatience était amplifiée par la colère ; peut-être était-ce l'explication.

Dans ce cas, l'attente aurait dû sembler plus longue. Pas plus courte.

— Oui, monsieur, c'est bien elle. La description correspond ; elle était assise à cette table.

— Alors, où est-elle ?

— Son mari l'a emmenée, monsieur ! Il l'a fait monter dans leur chambre !

— C'est *moi*, son mari, sombre crétin ! s'écria Trevayne en prenant le garçon au collet. Maintenant, dites-moi tout !

— Calmez-vous, je vous prie !

La plupart des têtes se tournèrent vers les voix fortes, qui couvraient les accords du quatuor à cordes. Deux détectives de l'hôtel écartèrent les mains de Trevayne de la gorge de l'employé tremblant.

— Il a dit qu'ils avaient une chambre ici... une suite, monsieur !

Trevayne se dégagea des bras qui le retenaient et s'élança vers la réception. Quand un des détectives le rattrapa, Trevayne fit ce qu'il ne se serait jamais cru capable de faire. Il se retourna et assena un coup de poing à la base du cou de son poursuivant. Le détective bascula en arrière, tandis que son collègue sortait son pistolet.

Au même moment, le réceptionniste terrifié s'adressa à lui d'une voix tremblante.

— Voilà, monsieur !... Mme A. Trevayne... Suite 5 H et I ! La réservation a été faite dans l'après-midi !

Sans s'occuper du détective, Trevayne se précipita vers la porte de l'escalier ; il commença à grimper quatre à quatre les marches de ciment. Le détective le poursuivait, l'arme au poing, le sommant de s'arrêter. Il n'en avait cure ; la seule chose qui importait était de trouver la porte de la suite 5 H et I.

Il poussa d'un grand coup d'épaule la porte du couloir du cinquième étage, tapissé d'une moquette pelée ; sur chaque porte, une plaque indiquait le numéro de la chambre : 5 A, 5 B, 5 C et D. Il tourna l'angle, s'arrêta devant une autre plaque : 5 H et I.

La porte était fermée de l'intérieur ; il se jeta contre le panneau de bois, qui ne céda pas. Il recula jusqu'au mur opposé et écrasa le talon de sa chaussure sur la serrure ; la porte craqua, mais ne s'ouvrit pas.

Le détective de l'hôtel, un homme d'âge mûr, arriva, hors d'haleine.

— Abruti ! lança-t-il, d'une voix entrecoupée. J'aurais

pu vous tirer dans le dos ! Fichez le camp, si vous ne voulez pas que je change d'avis.

— Taisez-vous ! Ma femme est dans cette chambre !

Le ton pressant de Trevayne fit impression sur le détective pantelant ; il considéra un instant le mari affolé, puis l'aida à marteler la porte à coups de pied. Le gond supérieur céda, les deux hommes s'engouffrèrent dans la chambre.

Le détective vit ce qu'il y avait à voir et détourna la tête. Il allait attendre sur le seuil, sans quitter le mari des yeux, pour s'assurer qu'il n'avait pas de réaction violente.

Phyllis Trevayne était étendue, nue sur les draps blancs, les couvertures roulées en boule au pied du lit. À gauche, sur la table de nuit, étaient posés une bouteille de Drambuie et deux verres à moitié pleins.

Des marques de rouge à lèvres étaient visibles sur la poitrine de Phyllis. Des phallus pointant vers les mamelons.

Le détective se dit que quelqu'un avait dû se donner du bon temps. Il se prit à espérer que le galant avait vidé les lieux. Prudence élémentaire.

Enroulée dans un peignoir, Phyllis buvait un café sur le lit. Le médecin qui venait de l'examiner fit signe à Andrew de le suivre dans l'autre pièce.

— À mon avis, monsieur Trevayne, on lui a administré un sédatif puissant. On a drogué sa boisson, sans doute. Il n'y a pas d'effets secondaire à redouter ; peut-être un léger mal de tête, des troubles gastriques.

— A-t-elle été... violentée ?

— Je ne peux répondre avant un examen plus approfondi que je ne peux effectuer ici. Si cela s'est produit, elle a résisté ; je ne crois pas qu'il y ait eu pénétration... mais, je ne vous le cache pas, je pense qu'il y a eu tentative.

— Elle ne se souvient pas de... cette tentative ?

— Je regrette, elle seule est en mesure de vous répondre.

— Merci, docteur.

Trevayne repartit dans la chambre ; il prit la main de sa femme, s'agenouilla près d'elle.

— Tu en as vu d'autres, tu le sais.

— Andy ?

Phyllis regarda son mari. Sous le calme apparent, il perçut une peur qu'il n'avait jamais vue chez elle.

— Il a essayé de me violer, Andy. Je m'en souviens.

— Il n'a pas réussi.

— Non, je ne crois pas... Pourquoi, Andy, pourquoi ?

— Je ne sais pas, Phyl. Mais je le découvrirai.

— Où étais-tu ?

— Retenu par un accident de la circulation. Du moins, c'est ce que j'ai cru ; maintenant j'ai des doutes.

— Qu'allons-nous faire ?

— Toi, rien. Moi, il faut que j'appelle quelqu'un à Washington. Je ne veux rien avoir à faire avec ces gens-là.

— Je ne comprends pas.

— Moi non plus, pas vraiment. Mais je pense qu'il y a un lien.

— Le président est à Camp David, monsieur Trevayne. Je regrette, mais le moment n'est pas bien choisi pour essayer de le joindre. Que puis-je faire pour vous ?

Trevayne raconta à Robert Webster ce qui était arrivé à sa femme. Le conseiller à la présidence en resta sans voix.

— Avez-vous entendu ce que j'ai dit ?

— Oui... j'ai entendu. C'est affreux.

— C'est tout ce que vous trouvez à répondre ? Savez-vous ce que le président et Hill m'ont dit, la semaine dernière ?

— J'ai une petite idée ; le président m'a mis au courant.

— Y a-t-il un lien ? Je veux savoir s'il existe un rapport ? J'ai le droit de le savoir !

— Je ne peux vous répondre ; je ne crois pas qu'il le puisse non plus. Vous êtes au Plaza ? Je vous rappelle dans quelques minutes.

Webster raccrocha ; Trevayne resta immobile, le combiné muet à la main. Qu'ils aillent tous se faire voir ! L'audition devant le comité du Sénat était fixée à 14 h 30, le lendemain ; il les enverrait tous au diable. Phyllis n'avait rien à voir là-dedans ! Qu'on s'en prenne à lui, c'était une chose ; il était capable de se défendre. Mais on ne touchait pas à sa famille ! Il leur dirait sa façon de penser ! Après quoi, il donnerait une conférence de presse. Tous les citoyens de ce pays sauraient de quelles ordures était peuplé Washington ! Il n'avait pas besoin d'eux !

Il reposa le combiné sur son support, se dirigea vers la

chambre. Phyllis dormait. Il s'assit près d'elle, lui caressa les cheveux. Elle remua légèrement, entrouvrit les yeux, les referma. Elle en avait assez bavé dans la vie ! Elle n'avait pas besoin de ça !

La sonnerie du téléphone le fit sursauter ; il releva la tête, le cœur battant, furieux.

Il s'élança vers l'appareil.

— Trevayne ? C'est le président ; on vient de m'apprendre ce qui est arrivé. Comment va votre femme ?

— Elle dort, monsieur.

Andrew constata avec étonnement que, malgré son anxiété, il parvenait à garder son calme.

— Bon sang ! Les mots me manquent ! Que puis-je vous dire, que puis-je faire ?

— Libérez-moi de cet engagement, monsieur le président. Si vous ne le faites pas, j'aurai beaucoup à dire demain ; pendant l'audition et après.

— Bien sûr, fit le président, cela va sans dire. Elle va bien ? reprit-il, après un silence. Votre femme va bien ?

— Oui... J'imagine qu'on peut appeler cela la politique de la terreur. C'est révoltant, monstrueux !

Trevayne dut se contenir ; il avait peur des mots qui pouvaient franchir ses lèvres.

— Écoutez-moi, Andrew, écoutez-moi bien ! Vous ne me pardonnerez peut-être jamais ce que je vais dire. Si, demain, vous vous sentez assez fort, j'assumerai les conséquences et j'attendrai de vous une condamnation sans appel. Je ne vous désavouerai pas... Mais réfléchissez bien ; utilisez votre cerveau. Comme j'ai eu à le faire des centaines de fois. Pas dans les mêmes circonstances, j'en conviens, mais c'était parfois très douloureux... Tout le monde sait que vous avez été choisi ; l'audition n'est qu'une formalité. Si vous les envoyez paître, vous ferez encore plus de peine à votre femme. Vous ne comprenez donc pas que c'est exactement ce qu'ils veulent ?

Trevayne inspira profondément et répondit d'une voix calme.

— Je n'ai aucunement l'intention de faire de la peine à ma femme ni de laisser quiconque nous faire du mal. Je n'ai pas besoin de vous, monsieur le président. Me suis-je bien fait comprendre ?

— Parfaitement ; je partage entièrement votre point de vue. Mais il y a un problème : *moi*, j'ai besoin de vous. Je vous avais dit que cela pourrait prendre une sale tournure...

Une sale tournure ! Pour le moins, se dit Trevayne.

— C'est abject ! rugit-il dans le combiné.

— Je pense, poursuivit le président, comme si de rien n'était, que vous devriez réfléchir. Si cela vous est arrivé, à vous, avec toutes vos qualités, songez à ce qui peut arriver aux autres... Devons-nous baisser les bras ?

— Personne ne m'a élu pour faire quoi que ce soit ! Je ne suis redevable de rien et vous le savez fort bien ! Ce n'est plus mon affaire.

— Vous savez bien que si. Ne me répondez pas tout de suite, réfléchissez... Parlez à votre femme, je vous en prie. Je peux retarder l'audition de quelques jours, pour raisons de santé.

— Cela ne changera rien, monsieur le président. Je veux me retirer.

— Prenez quelques heures pour réfléchir, c'est votre président qui vous le demande. D'homme à homme, je vous en implore. Les dés sont jetés, nous ne pouvons plus revenir en arrière, mais je comprendrais un refus... Toute ma sympathie à votre épouse. Bonsoir, Andrew.

Trevayne entendit le déclic mettant fin à la communication. Il raccrocha, prit une cigarette dans la poche de sa chemise, frotta une allumette de la pochette fournie par l'hôtel. Il n'avait pas beaucoup à réfléchir ; il n'allait pas revenir sur sa décision, ni céder aux arguments d'un président très persuasif.

Il s'appelait Andrew Trevayne. De loin en loin, il lui fallait se le rappeler. Il n'avait besoin de personne, même pas du président des États-Unis.

— Andy ?

Il se tourna vers la chambre. La tête de Phyllis était remontée sur l'oreiller ; elle avait les yeux ouverts.

— Oui, ma chérie.

Il se leva, se dirigea rapidement vers le lit. Elle n'était qu'à demi consciente.

— J'ai entendu... j'ai entendu ce que tu disais.

— Ne t'inquiète pas pour ça. Dès que le médecin sera

repassé, demain matin, nous reprendrons la route de Barnegat. Tout va bien, tu peux dormir.

— Andy ?

— Que veux-tu ?

— Il souhaite que tu continues, n'est-ce pas ?

— Ce qu'il souhaite n'a aucune importance.

— Tu ne comprends pas qu'il a raison ?... Si tu renonces, ils auront gagné.

Phyllis Trevayne ferma les yeux. Andrew fut bouleversé par ses traits tirés, par l'expression malheureuse de son visage. Puis il se rendit compte qu'autre chose se mêlait à cette expression.

Du dégoût et de la colère.

Walter Madison tira la porte de son bureau pour s'enfermer. Il avait reçu l'appel de Trevayne au restaurant et, malgré son affolement, avait suivi ses instructions. Il avait demandé à parler au détective du Plaza, pour s'assurer qu'il n'enverrait pas un rapport à la police. Trevayne voulait à tout prix éviter à Phyllis — aux enfants, à la famille — que la presse s'empare de l'affaire. Sa femme était incapable de fournir une description de son agresseur et de faire le récit des événements ; tout était trop flou, incohérent.

Le détective de l'hôtel avait cru deviner autre chose dans les instructions catégoriques de Madison, le puissant avocat d'un puissant homme d'affaires, et n'avait pas essayé de le cacher. Madison avait envisagé un moment de lui proposer de l'argent, avant de se raviser ; il savait par expérience que les ex-policiers arrondissant leur retraite dans les hôtels de luxe n'avaient que trop tendance à tirer sur la corde.

Mieux valait le laisser croire ce qu'il voulait. Il n'y avait rien de criminel, tant que l'hôtel était dédommagé des dégâts.

Madison se tassa dans son fauteuil ; il vit que ses deux mains tremblaient. Par bonheur, sa femme dormait ; ou elle cuvait son vin.

Il s'efforça de comprendre, de mettre les choses en ordre.

Tout avait commencé trois semaines plus tôt, avec une des propositions les plus lucratives qu'il eût jamais reçues. Un arrangement secret, conclu et exécuté dans la plus grande discrétion. À titre personnel, à l'insu de ses associés et du cabinet. La chose n'était pas exceptionnelle, mais il lui avait rarement été donné de souscrire à un tel accord.

Soixante-quinze mille dollars par an, non imposables. Virés secrètement de Paris sur un compte à Zurich. Durée du contrat : quarante-huit mois. Trois cent mille dollars.

Rien n'avait été fait pour masquer les raisons de cette proposition.

Andrew Trevayne.

Walter Madison était l'avocat de Trevayne, depuis plus d'une décennie.

Il n'avait pas eu, jusqu'alors, à transiger avec sa conscience. En sa qualité d'avocat de Trevayne, il s'était engagé à informer ses nouveaux clients de tout renseignement surprenant ou bizarre concernant Andrew et la sous-commission — pas encore formée à ce jour. Et rien ne garantissait qu'Andrew se confie à lui.

C'était entendu.

Le risque était tout entier pour les clients ; ils l'acceptaient.

Il était tout à fait possible qu'il n'eût jamais à composer avec sa conscience. Même si cela devait arriver, les renseignements qu'il était susceptible de transmettre pourraient provenir d'une dizaine de sources ; dans sa branche, il lui faudrait un temps considérable pour encaisser trois cent mille dollars.

Mais cet accord ne prévoyait rien du genre de ce qui s'était passé au Plaza.

Absolument rien !

Il était inimaginable de l'associer à un acte aussi odieux.

Il fit jouer la serrure du tiroir supérieur de son bureau, en sortit un carnet de cuir. Il chercha à la lettre K, inscrivit un numéro sur son bloc-notes.

Il prit le téléphone, composa le numéro.

— Monsieur le sénateur ? Walter Madison à l'appareil...

Quelques minutes plus tard, les mains de l'avocat cessèrent de trembler.

Il n'y avait aucun lien entre ses nouveaux clients et les événements de l'hôtel.

Le sénateur avait été horrifié. Et il n'avait pas caché sa peur.

7

L'audition à huis clos réunissait huit sénateurs, représentant les différentes sensibilités des deux camps, et le candidat à la confirmation, Andrew Trevayne.

Il prit sa place, Walter Madison à ses côtés, et leva les yeux vers l'estrade et la longue table, pourvue du nombre approprié de sièges, un micro devant chacun d'eux ; au centre, devant le mur du fond, le drapeau des États-Unis. Au pied de l'estrade se trouvait un petit bureau avec une sténotype.

Par petits groupes, des hommes discutaient à voix basse et s'exprimaient par gestes avec une véhémence contenue. Quand la pendule indiqua 14 h 30, les groupes commencèrent à se disperser. Un homme âgé, en qui Trevayne reconnut le sénateur Gillette, du Nebraska — à moins que ce ne fût le Wyoming —, gravit les trois degrés de l'estrade et se dirigea vers l'un des deux sièges du centre. Il saisit un marteau, frappa quelques coups légers sur la table.

— Pouvons-nous dégager la salle, je vous prie ?

C'était le signal donné à ceux qui ne participaient pas à la réunion de se retirer séance tenante. Des instructions de dernière minute furent données ; Trevayne remarqua qu'il était l'objet de nombreux regards. Un homme assez jeune, en complet sombre, s'avança vers la table et posa un cendrier devant lui. Il esquissa un sourire gêné, comme s'il avait voulu dire quelque chose, et se retira.

Les sénateurs rassemblés sur l'estrade échangèrent quelques civilités. Trevayne vit que les sourires étaient contraints, artificiels, l'atmosphère était tendue. Une tension soulignée par un incident qui, en d'autres circonstances, fût passé inaperçu. Le sénateur Alan Knapp, la cinquantaine fringante, les cheveux bruns soigneusement ramenés en arrière pour dégager un front large, appuya sur le bouton de son micro et souffla pour s'assurer qu'il fonctionnait. Le bruit amplifié fit sursauter plusieurs sénateurs ; ils regardèrent leur collègue avec une pointe d'appréhension, peut-être due à sa réputation d'intransigeance. Il y eut un moment de flottement.

Le vieux sénateur Gillette, du Wyoming — non, se dit

Trevayne, c'est bien le Nebraska —, perçut la tension et frappa sur la table à petits coups rapides. Il s'éclaircit la voix, annonça qu'il prenait la présidence.

— Chers collègues, monsieur le sous-secrétaire. La séance numéro 6-4-1 de ce comité du Sénat est ouverte, à 14 h 30, comme il sera indiqué au procès-verbal.

Le sténotypiste, le regard dans le vide, laissa courir ses doigts sur les touches de son appareil. Trevayne comprit que le titre de « sous-secrétaire » lui était adressé. Il avait été *un* sous-secrétaire, un parmi tant d'autres.

— Ayant été choisi par mes collègues pour présider cette audition, je commencerai par la déclaration d'usage indiquant le but de cette réunion. À l'issue de cette brève déclaration, il vous sera loisible d'apporter des précisions ou de formuler des demandes d'éclaircissement. Non, je le souhaite, de porter la contradiction, car notre objectif est une décision unanime.

Quelques hochements de tête approbateurs, des sourires crispés, deux ou trois inspirations profondes marquèrent l'ouverture de la séance 6-4-1. Gillette prit un classeur placé devant lui. Il commença à parler, d'une voix monocorde, comme s'il lisait un acte d'accusation devant une cour martiale.

— L'état des finances du ministère de la Défense est atterrant ; une opinion partagée par tout citoyen bien informé. En tant que représentants élus, il est de notre devoir de mettre en œuvre les pouvoirs que nous attribue la Constitution pour établir les irrégularités et, si possible, y remédier. C'est le moins que nous puissions et devions faire. Des dispositions ont été prises, à la requête de la commission du budget de la Défense, pour former une sous-commission d'enquête dont le rôle sera d'effectuer un examen approfondi des principaux contrats conclus entre le ministère de la Défense et les entreprises avec lesquelles il travaille, et qui doivent être soumis à l'approbation du Congrès. Afin de limiter les investigations — ce qu'il convient de faire, pour des raisons de temps — un chiffre arbitraire d'un million et demi de dollars a été fixé, à titre indicatif. Tout contrat d'armement dépassant ce montant sera soumis à un examen minutieux de la sous-commission. La décision sera toutefois laissée à sa discrétion. Le but de la réunion d'aujourd'hui est d'examiner la candidature de M. Andrew Trevayne, ex-sous-secrétaire d'État, au poste de président de la sous-commission susmentionnée, de confirmer cette nomination ou de la rejeter. Nous siégeons à huis clos et le procès-verbal de séance sera classé secret pendant une durée indéterminée ; je ne saurais trop inciter mes collègues à parler selon leur conscience et, s'ils devaient avoir des doutes, à les exprimer. De plus...

— Monsieur le président...

L'interruption de Trevayne, faite d'une voix douce et hésitante, causa une telle surprise dans l'assemblée que même le sténotypiste perdit son expression indifférente pour se tourner vers celui qui avait osé interrompre le préambule du président. Walter Madison tendit instinctivement la main et la posa sur le bras de Trevayne.

— Monsieur le sous-secrétaire ?... fit Gillette, l'air incrédule.

— Toutes mes excuses... Ce n'était pas le moment ; je suis navré.

— Que vouliez-vous dire ?

— Juste un point à éclaircir ; cela peut attendre. Je réitère mes excuses.

— Monsieur le président ! lança le sénateur Knapp. Ce manque de courtoisie envers le président est véritablement stupéfiant. Si M. Trevayne a des éclaircissements à demander, il peut certainement attendre le moment opportun.

— Je ne suis pas au fait des usages, monsieur le sénateur ; vous avez raison.

Trevayne saisit un stylo, comme pour prendre des notes.

— Le moment a dû vous paraître approprié, monsieur le sous-secrétaire.

Le sénateur du Nouveau-Mexique venait de prendre la parole ; un chicano, la cinquantaine bien sonnée. À l'évidence, il n'avait pas apprécié le ton cassant d'Alan Knapp.

— Très bien, monsieur Trevayne, reprit Gillette d'une voix hésitante. Il est tout à fait possible que votre intervention, aussi peu orthodoxe soit-elle, n'ait rien de blâmable. Je n'ai, pour ma part, jamais tenu pour sacro-saintes les remarques préliminaires d'un président de séance ; j'ai trop souvent été tenté de les abréger. Je vous en prie, monsieur le sous-secrétaire, quel est cet éclaircissement ?

— Merci, monsieur le président. Vous avez déclaré qu'il était de la responsabilité des membres de ce comité d'exprimer leurs doutes, s'ils en avaient... Je ne sais pas trop comment le formuler, mais j'ai le sentiment de partager cette responsabilité. Très franchement, monsieur le président, j'ai moi-même eu des doutes.

— Des doutes, monsieur Trevayne ? lança Mitchell Armbruster, le sénateur de Californie, petit et trapu, réputé pour son esprit autant que pour son jugement. Nous venons au monde avec des doutes ; plus exactement, nous en prenons conscience avec l'âge. À quels doutes faites-vous allusion ? Pour ce qui nous intéresse, naturellement.

— Je veux avoir l'assurance que la sous-commission bénéficiera de toute la coopération nécessaire à son bon fonctionnement. J'espère de tout cœur que ce comité saura peser la portée de cette question.

— Cela m'a tout l'air d'un ultimatum, monsieur Trevayne, lança Knapp.

— Pas du tout, monsieur le sénateur ; ce serait totalement injustifié.

— J'ai pourtant le sentiment que vos allégations sont insultantes, poursuivit Knapp. Auriez-vous l'intention de faire le procès du Sénat ?

— J'ignorais qu'il s'agissait d'un procès, répliqua courtoisement Trevayne, sans répondre à la question.

— Bien vu, glissa Armbruster avec un sourire.

— Très bien, monsieur le sous-secrétaire, coupa Gillette. Votre demande a été consignée au procès-verbal et nous en prenons bonne note. Êtes-vous satisfait ?

— Oui, monsieur le président, je vous en remercie.

— Je vais donc achever ce préambule, avant de passer à la suite.

Gillette reprit le fil de son discours, de la même voix monocorde, détaillant les points à aborder. Ils étaient rangés en deux catégories. D'une part, les capacités d'Andrew Trevayne à occuper le poste à pourvoir ; d'autre part, la question essentielle d'éventuels conflits d'intérêts.

Le président conclut, en s'adressant à ses collègues, par la formule habituelle.

— Quelqu'un, à part M. Trevayne, a-t-il quelque chose à ajouter ou des éclaircissements à demander ?

— Monsieur le président ?

— La parole est au sénateur du Vermont.

James Norton, la soixantaine alerte, les cheveux poivre et sel en brosse, fixa les yeux sur Trevayne.

— Monsieur le sous-secrétaire, commença-t-il d'une voix à l'accent du Nord-Est prononcé, le président vient de définir le champ de notre enquête de la manière claire et directe qui lui est coutumière. Nous ne manquerons pas de soulever les questions de vos compétences et des conflits d'intérêts. Mais, à mon sens, un troisième domaine reste à explorer. Votre philosophie, monsieur le sous-secrétaire. En d'autres termes, où vous situez-vous ? Nous ferez-vous l'honneur de répondre ?

— Volontiers, monsieur le sénateur, répondit Trevayne en souriant. Je souhaite même un échange de vues ; les miennes et la position des membres de ce comité, relativement, cela va sans dire, à la sous-commission.

La voix d'Alan Knapp siffla dans les haut-parleurs.

— Nous ne sommes pas venus solliciter une confirmation du Sénat !

— Je renvoie respectueusement le sénateur à mes précédentes observations, fit doucement Trevayne.

— Monsieur le président ?

Les yeux levés vers l'estrade, Walter Madison posa de nouveau la main sur le bras de Trevayne.

— J'aimerais m'entretenir un moment avec mon client, si vous n'y voyez pas d'inconvénient.

— Certainement, maître.

Les sénateurs, avec la courtoisie propre à ce genre de réunion, se mirent à parler entre eux et à brasser des papiers. Mais la plupart gardaient les yeux fixés sur les deux hommes.

— À quoi jouez-vous, Andy ? Vous ne seriez pas en train de chercher délibérément à embrouiller les choses ?

— J'ai dit ce que j'avais à dire...

— On ne peut plus clairement. Pourquoi ?

— Je tiens à éviter tout malentendu. Je veux que le procès-verbal spécifie — pas mentionne, mais *spécifie* — que tout le monde aura été dûment averti. Si je reçois le feu vert, ils sauront ce que j'attends d'eux.

— Bon Dieu, Andy ! Vous êtes en train d'inverser les rôles !

— On dirait bien, en effet.

— Où voulez-vous en venir ? Que cherchez-vous à faire ?

— Je prépare le champ de bataille. S'ils m'acceptent, ce ne sera pas parce qu'ils le désirent ; ils ne pourront faire autrement. Parce que je les aurai défiés.

— Défiés ? Pourquoi ?

— Il y a entre eux et moi une profonde différence.

— Que voulez-vous dire, à la fin ?

— Que nous sommes des ennemis naturels, répondit Trevayne en souriant.

— Vous êtes cinglé !

— Dans ce cas, je ferai amende honorable... Finissons-en.

Trevayne leva la tête vers l'estrade ; il laissa son regard se poser sur chaque visage.

— Monsieur le président, reprit-il, mon avocat et moi avons terminé notre discussion.

— Très bien, très bien... Le sénateur du Vermont a donc soulevé la question de la... philosophie du sous-secrétaire. Nous entendons par là la position politique *fondamentale*, à l'exclusion de toute considération partisane.

Gillette regarda Norton par-dessus ses lunettes, pour s'assurer qu'il avait bien compris.

— Tout à fait acceptable, monsieur le président.

— Vous m'en voyez soulagé, gloussa Armbruster.

Non seulement Armbruster et Norton n'appartenaient pas au même camp, mais leurs conceptions en matière de politique partisane étaient aussi éloignées l'une de l'autre que leurs États sur le plan géographique.

Knapp reprit la parole sans l'avoir demandée.

— Sauf erreur, lança-t-il, M. le sous-secrétaire a dit, si je ne me trompe, qu'il se réservait le droit de poser des questions similaires aux membres de ce comité. Je doute que ce droit doive lui être accordé.

— Je ne pense pas avoir eu cette exigence, monsieur le sénateur, riposta Trevayne d'une voix douce mais ferme. Si ma demande a été mal interprétée, je vous présente mes excuses. Je n'ai aucun droit, ni aucune raison, de mettre en doute vos convictions personnelles. Tout ce qui m'importe est que ce comité m'assure, comme je suis tenu de l'en assurer, de son engagement profond. À titre collectif.

— Monsieur le président ?

La voix était celle du sénateur de Virginie-Occidentale, un homme d'âge du nom de Talley. Peu connu en dehors de ses pairs, il était apprécié d'eux, autant pour son caractère accommodant que pour son intelligence.

— La parole est au sénateur Talley.

— J'aimerais demander à M. Trevayne pour quelle raison il soulève cette question. Nous voulons tous la même chose ; sinon, nous ne serions pas là. Je m'attendais, en toute sincérité, à une audition des plus courtes. À titre personnel, j'ai une grande confiance en vous. Cette confiance n'est-elle pas réciproque, monsieur Trevayne ? Sinon à titre personnel, du moins collectif, pour reprendre votre expression.

Trevayne se tourna vers le président pour demander du regard la permission de répondre. Le sénateur Gillette inclina la tête.

— Bien sûr qu'elle est réciproque, monsieur le sénateur. Et j'y joins un profond respect. C'est précisément en raison de cette confiance et de ce respect que je désire voir le procès-verbal spécifier que nous nous sommes parfaitement compris. La sous-commission sera impuissante si elle ne bénéficie du soutien des responsables influents et intègres que vous êtes.

Trevayne s'interrompit pour lever vers l'estrade un regard empreint de franchise.

— Si vous confirmez ma nomination, messieurs, ce que je souhaite de tout cœur, j'aurai besoin d'un coup de main.

La gêne provoquée par cette déclaration chez plusieurs de ses collègues échappa au sénateur de Virginie.

— Dans ces conditions, monsieur le sous-secrétaire, permettez-moi de formuler différemment ma demande. Je suis assez âgé, assez naïf, les deux, peut-être, pour croire que des hommes de bonne volonté, malgré leurs divergences d'opinions, peuvent faire cause commune. La confiance que vous cherchez sera, je l'espère, satisfaite par ce qui se dira dans cette salle. Si cela ne vous suffisait pas, vous seriez en droit de soulever la question. Pourquoi ne pas commencer par là ?

— Je ne pouvais espérer plus sage conseil, monsieur le sénateur. Je crains que la nervosité ne m'ait brouillé les idées. Je m'efforcerai de ne plus aborder ce sujet.

Gillette regarda de nouveau Trevayne par-dessus ses lunettes ; quand il reprit la parole, ce fut avec un agacement manifeste.

— Vous pouvez aborder les sujets que vous voulez, comme le fera le comité. Le sénateur Norton, poursuivit-il en baissant la tête pour consulter ses notes, a soulevé la question de la philosophie générale de M. Trevayne. Voudriez-vous, cher collègue, développer votre idée, aussi succinctement que possible, pour nous permettre de passer à autre chose ? J'imagine que vous désirez vous assurer que notre hôte souscrit, au moins formellement, aux lois fondamentales de l'État.

— Monsieur le sous-secrétaire, commença Norton, avec un accent du terroir plus marqué qu'il ne semblait nécessaire.

Il savait jouer de ce parler, qui lui avait été fort utile en maintes occasions semblables, surtout devant les caméras de la télévision.

— Dans notre intérêt commun, poursuivit-il, je serai bref. J'aimerais vous demander si vous souscrivez réellement au système politique de notre pays.

— Bien sûr, répondit Trevayne, surpris par la naïveté de la question.

Elle n'était qu'apparente, il le comprit rapidement.

— Monsieur le président... ?

Alan Knapp demanda la parole, emboîtant le pas à son collègue.

— Je ne cache pas que je suis fort troublé par un aspect du passé politique de M. Trevayne. Sauf erreur, monsieur le sous-secrétaire, vous êtes ce qu'il est convenu d'appeler un « indépendant ».

— C'est exact.

— Voilà qui est intéressant. Je n'ignore pas, soyez-en certain, que, dans certains milieux, l'« indépendance politique » est en grand crédit. Elle a un côté entier qui plaît beaucoup.

— Telle n'est pas mon intention.

— Mais il y a un autre aspect de cette attitude, poursuivit Knapp sans écouter la réponse, que je ne trouve pas particulièrement « indépendant ». N'est-il pas vrai, monsieur Trevayne, que vos entreprises ont tiré des profits considérables de contrats gouvernementaux, en particulier pendant l'âge d'or de l'espace ?

— C'est vrai. Je pense que nos profits étaient justifiés.

— Je l'espère... Mais je me demande si l'absence d'esprit partisan n'obéissait pas à des motivations autres que politiques. En refusant de choisir un camp, vous vous teniez à l'écart de tout conflit politique. Qu'en pensez-vous ?

— Cette fois encore, cc n'était pas intentionnel.

— Je veux dire qu'il serait difficile de se heurter avec vous sur des questions politiques, puisque vos opinions sont enfouies sous cette étiquette d'« indépendant »...

— Je vous en prie !

Le président, visiblement agacé, coupa sèchement la parole à Knapp.

— J'aimerais répondre, si vous permettez...

— Vous répondrez, monsieur Trevayne, après mes propres observations... Je croyais, sénateur, avoir fait clairement comprendre que ce comité devait éviter tout esprit partisan. Je trouve vos propos déplacés et, pour ne rien vous cacher, fort déplaisants. Vous pouvez répondre, monsieur le sous-secrétaire.

— J'aimerais faire savoir à monsieur le sénateur que tout un chacun peut, à tout moment, s'enquérir de mes opinions politiques ; je n'ai rien à cacher. Par ailleurs, j'ignorais que des contrats gouvernementaux étaient attribués en fonction de l'affiliation politique.

— C'est précisément là où je voulais en venir, monsieur Trevayne, riposta Knapp en se tournant vers le centre de l'estrade. Depuis sept ans que je siège au Sénat, monsieur le président, il m'est souvent arrivé d'appuyer certains de mes adversaires politiques et, inversement, de refuser de soutenir des membres de mon propre parti. Chaque fois, mon jugement, favorable ou non, reposait uniquement sur la question qui était débattue. Nous sommes des hommes de conscience, qui partageons la même éthique. Ce qui m'inquiète chez notre candidat est qu'il a choisi de se présenter comme « non partisan ». Oui, cela me préoccupe ;

je redoute que des gens de cette espèce soient promus à des postes de responsabilité. Je m'interroge sur leur prétendue « indépendance ». Je me demande s'il ne s'agirait pas plutôt d'une manière commode de pouvoir changer d'avis comme une girouette.

Le silence se fit dans la salle. Gillette enleva ses lunettes et se tourna vers Knapp.

— L'insinuation d'hypocrisie est grave, monsieur le sénateur.

— Pardonnez-moi, monsieur le président ; vous nous avez demandé de parler en notre âme et conscience... Comme l'a dit le juge Brandeis, l'honnêteté ne se suffit pas à elle-même ; l'apparence d'intégrité doit l'accompagner. Comme la femme de César, monsieur le président.

— Seriez-vous en train de me suggérer d'adhérer à un parti ? fit Trevayne, l'air incrédule.

— Je ne suggère rien. J'émets des doutes, ce qui est le rôle de notre comité.

John Morris, sénateur de l'Illinois, prit la parole pour la première fois. Brillant avocat, il était, à trente-cinq ans, le plus jeune membre du comité. On lui donnait, à défaut d'un autre, le surnom de « jeunot » ; Morris était un Noir, qui avait su gravir rapidement les échelons du système.

— Vous n'avez pas... Pardon, monsieur le président !

— Allez-y, sénateur.

— Vous n'émettez pas un doute, monsieur Knapp, vous lancez une accusation. Vous accusez une fraction importante de l'électorat de duplicité en puissance. Vous la reléguez à une condition de citoyens de deuxième ordre. Je comprends les subtilités de votre raisonnement ; il est fondé dans certaines circonstances. Je ne pense pas que ce soit le cas ici.

L'élu du Nouveau-Mexique se pencha sur la table, la tête tournée vers Morris.

— Nous sommes deux ici, déclara le chicano, à ne savoir que trop bien ce qu'est un citoyen de deuxième ordre. Pour moi, la question mérite d'être posée. Nous sommes tous à la recherche de mécanismes d'équilibre ; c'est ainsi que fonctionne notre système. Mais je pense qu'une réponse succincte de l'homme qui se présente devant nous devrait nous permettre d'oublier cette question... Monsieur le sous-secrétaire, pouvons-nous considérer, afin de lever ce doute, que vous n'êtes pas... une girouette ? Que vos jugements sont marqués de la même indépendance que vos positions politiques ?

— Vous pouvez, monsieur le sénateur.

— C'est ce que je voulais entendre. Je n'ai pas d'autres questions.

— Monsieur le sénateur ?

— Oui, monsieur Trevayne ?

— Et les vôtres ?

— Je vous demande pardon ?

— Vos jugements — et ceux des membres de ce comité — sont-ils indépendants de toute pression extérieure ?

Plusieurs sénateurs se mirent à parler avec colère dans leur micro ; Armbruster éclata de rire ; Weeks, du Maryland, dissimula un sourire derrière le mouchoir qu'il porta à sa bouche ; Gillette saisit son marteau.

Tandis que le président rétablissait l'ordre, Norton effleura la manche de Knapp. C'était un signal. Leurs regards se croisèrent ; Norton inclina la tête, imperceptiblement. Le message était clair.

Knapp souleva le bloc de bureau placé devant lui, prit furtivement la chemise cartonnée qui se trouvait dessous. Il ouvrit son porte-documents, y glissa la chemise.

Sur la couverture était écrit un nom : Mario de Spadante.

8

La séance fut suspendue à 16 h 15, pour une durée de trois quarts d'heure. Ce laps de temps devait permettre à tout un chacun de passer des coups de téléphone personnels, de régler des détails d'emploi du temps, de s'entretenir avec des assistants.

Après le choc de la question totalement inattendue

d'Andrew, Gillette était parvenu à calmer les esprits et à faire passer le débat sur un terrain plus concret.

Andrew était prêt ; ses réponses vives, concises et complètes surprirent même Walter Madison, que plus grand-chose n'étonnait de la part de ce client hors du commun. Trevayne n'avait nul besoin de papiers ni de tableaux bourrés de chiffres et d'estimations. Il énonçait les faits avec une telle assurance que les plus mal disposés à son égard avaient de la peine à entretenir un climat d'hostilité.

Sa maîtrise laissa plus d'une fois la commission sans voix et incita le sénateur Gillette à déclarer que la séance pourrait s'achever à 19 heures, au plus tard.

— Vous êtes déchaîné, Andy, fit Madison en s'étirant, avant de se lever.

— Je n'ai pas encore commencé, cher maître. Attendons le deuxième acte.

— Si vous continuez comme cela, tout devrait être terminé à 18 heures. Ils vous prennent pour un ordinateur avec un cerveau humain ; ne gâchez pas tout.

— C'est à eux qu'il faut dire ça, Walter !

— Comment ? Qu'est-ce que... ?

— Remarquable prestation, mon jeune ami !

Le vieux Talley, l'ancien juge de Virginie-Occidentale, s'approcha, sans se rendre compte qu'il interrompait leur conversation.

— Merci, monsieur le sénateur... Walter Madison, mon avocat.

Les deux hommes échangèrent une poignée de main.

— Vous devez avoir le sentiment que votre présence est superflue, monsieur Madison. J'imagine que les choses ne sont pas souvent aussi faciles pour vous.

— Avec lui, j'ai l'habitude, monsieur le sénateur. Jamais des honoraires n'ont été aussi peu mérités.

— Ce qui signifie qu'il n'en est rien ; sinon, vous ne le diriez pas.

Alan Knapp vint se joindre à eux ; Trevayne sentit qu'il se crispait. Il n'aimait pas Knapp, pas seulement à cause de son agressivité ; parce que le sénateur avait l'air malsain d'un inquisiteur. Qu'avait dit l'ambassadeur Hill ?... « Nous ne voulons pas d'un inquisiteur. »

Mais l'homme qui se tenait maintenant devant Trevayne ne semblait pas être celui qui, sur l'estrade, avait été si cassant. Il lui serra la main avec un sourire affable.

— Vous avez été épatant ! Sincèrement !... Vous avez dû potasser vos réponses, comme le président avant une conférence de presse... Sénateur ! Monsieur Madison !

Il y eut un nouvel échange de poignées de main, dans une atmosphère beaucoup plus amicale que précédemment. Trevayne se sentait gêné ; il y avait quelque chose de faux dans ce comportement.

— Vous ne me facilitez pourtant pas la tâche, dit-il à Knapp, avec un mince sourire.

— N'en faites surtout pas une affaire personnelle ! Je fais mon boulot, vous faites le vôtre... N'est-ce pas, maître ? N'est-ce pas, cher collègue ?

Le sénateur Talley fut plus réticent que Walter Madison.

— Je suppose, Alan. Je ne suis pas d'un naturel belliqueux ; mais je dois reconnaître que l'agressivité dans les rapports ne dérange pas la plupart de nos collègues.

— Ne croyez pas ça...

— Je vais vous raconter une anecdote, messieurs, glissa Armbruster entre deux bouffées de sa pipe. Un jour, au Sénat, Knapp a descendu en flammes le ministre de la Santé ; à la fin de la séance, les deux hommes étaient impatients de s'expliquer. Je me suis dit qu'ils étaient assez jeunes pour faire le coup de poing dans le couloir... Mais non, je les ai vus se précipiter dehors et prendre un taxi. Leurs femmes les attendaient au restaurant.

— Saviez-vous qu'il était garçon d'honneur à mon mariage, il y a quinze ans ? demanda Knapp en riant.

— Monsieur le sous-secrétaire ?

Trevayne ne comprit pas tout de suite qu'on s'adressait à lui. Il sentit une main sur son épaule, se retourna. C'était Norton.

— Pourriez-vous m'accorder un instant ?

Trevayne s'écarta du groupe, se tourna vers Norton.

— Oui, sénateur ?

— Tout le monde a dû vous avertir ; vous essuyez un coup de tabac, mais un port est en vue. Ce sera bientôt terminé.

— J'aime la voile, sénateur, vous le savez ; mais venez-en au fait.

— Très bien. Nous nous dispenserons des compliments, aussi mérités soient-ils. Je viens de m'entretenir brièvement avec plusieurs de mes collègues ; pour ne rien vous cacher, nous avions longuement parlé avant cette séance. Nous voulons que vous sachiez que nous partageons le sentiment du président ; vous êtes l'homme de la situation.

— Pardonnez-moi, mais je trouve vos méthodes assez étranges.

Les lèvres pincées, Norton lui adressa un sourire retors ; il était là pour négocier, cela ne faisait aucun doute.

— Pas étranges, Trevayne, nécessaires, tout simplement. Vous êtes sous le feu des projecteurs. Au cas où les choses tourneraient mal — ce que personne ne pense — cette séance resterait dans les annales. Essayez de le comprendre ; il n'y a rien de personnel.

— C'est ce qu'a dit Knapp.

— Il a bien fait... Mais j'imagine que Talley, lui, ne comprend pas. Songez que, dans sa chère Virginie, on ne lui oppose même pas un adversaire. Personne à sa mesure, en tout cas.

— Talley n'est donc pas un de ceux avec qui vous vous êtes entretenu.

— Non, bien sûr.

— Vous n'avez pas encore dit ce que vous aviez à dire.

— Doucement, mon vieux ! J'essaie d'expliquer que la confirmation vous est acquise, à moins que vous ne nous obligiez à nous opposer à vous. Nous ne le souhaitons pas.

Trevayne lança à Norton un regard pénétrant ; il en avait vu, des hommes comme lui, secs et ridés, accoudés à une barrière ou scrutant l'horizon du haut d'une dune. On ne savait jamais ce qui se cachait derrière ces yeux plissés.

— Écoutez, sénateur, tout ce que je désire, c'est l'assurance que la sous-commission aura toute liberté d'action. Si je ne puis obtenir votre soutien actif, j'aurai au moins besoin qu'on me garantisse qu'elle sera à l'abri de toute ingérence. Est-ce trop demander ?

— Toute liberté d'action... Permettez-moi de vous dire que certains deviennent nerveux, quand quelqu'un insiste pour avoir toute liberté d'action. Et déclare qu'il ne tolérera pas les pressions ; on peut se poser des questions. Il y a de bonnes pressions, d'autres qui le sont moins. Il est rassurant de savoir que ce quelqu'un ne sera pas seulement responsable devant Dieu.

— Bien sûr que je serai responsable ! Je n'ai jamais imaginé autre chose.

— Peut-être avez-vous changé d'avis... L'objet de cette sous-commission n'est pas de satisfaire l'ego d'un individu ; la tâche à accomplir est d'une autre ampleur. Il se peut que vous n'ayez pas le tempérament qui convient. Nous ne voulons pas d'un nouveau Savonarole.

Norton soutint calmement le regard de Trevayne ; il jonglait avec les abstractions et excellait dans cet exercice. Il ne laissait rien transparaître.

Trevayne essaya, sans y parvenir, de déceler l'hypocrisie qu'il percevait derrière les paroles du sénateur.

— Il vous appartient de prendre cette décision, dit-il.

— Me permettez-vous de dire quelques mots à votre avocat ? Comment s'appelle-t-il, déjà ?

— Walter Madison. Je n'y vois aucun inconvénient... Mais je pense qu'il vous dira que je ne suis pas un client commode ; je n'écoute pas quand il le faudrait.

— Je peux toujours essayer. Vous êtes entêté, mais vous me plaisez.

Norton se retourna et se dirigea vers Madison et Knapp.

Trevayne regarda sa montre ; la séance reprendrait dans vingt minutes. Il allait appeler l'hôtel, pour voir si Phyllis était revenue. Le président avait insisté pour qu'elle vienne à Washington ; il souhaitait la recevoir avec son mari à la Maison-Blanche, après la réunion. Une photographie montrerait le chef de l'exécutif apportant son soutien personnel à Trevayne, accompagné de son épouse. Phyllis avait compris.

James Norton tendit la main à Madison ; si quelqu'un les avait observés, il aurait simplement vu le sénateur se présenter à l'avocat.

Il n'en n'était rien.

— Bon Dieu, Madison ! lança Norton d'une voix basse et vibrante. Qu'est-ce que ça signifie ? Il a flairé quelque chose ! Vous deviez nous prévenir !

— Je n'en sais rien ! Je viens de le dire à Knapp : je ne sais pas ce qui se passe !

— Vous avez intérêt à le découvrir, fit Knapp d'un ton cinglant.

La séance reprit à 17 h 07, le retard étant dû à trois sénateurs incapables de régler leurs affaires en temps voulu. Ces sept minutes donnèrent à Madison l'occasion de s'entretenir seul à seul avec son client.

— Norton m'a parlé.

— Je sais, fit Trevayne en souriant. Il m'a demandé la permission.

— Ce qu'il dit ne manque pas de logique, Andy. Ils ne vous donneront pas carte blanche pour foncer tête baissée. Si vous étiez à leur place, vous feriez de même ; vous seriez encore plus intransigeant.

— C'est vrai.

— Alors, qu'est-ce qui vous tracasse ?

— Je ne suis pas sûr de vouloir ce poste, Walter, répondit Trevayne en regardant droit devant lui. Je n'accepterai pas si je n'ai pas mes coudées franches. Je vous l'ai dit, comme je l'ai dit à Baldwin et à Webster. Rien dans mon passé, poursuivit-il en se tournant vers l'avocat, ne permet de m'accuser d'être un nouveau Savonarole.

— Un quoi ?

— C'est ce que Norton m'a jeté à la tête. Ce n'est pas vrai et ils le savent. S'ils me donnent le feu vert, il faudra que je puisse entrer dans le bureau de chacun des membres de cette commission et qu'il m'accorde son soutien sans discuter. Il *faut* qu'il en soit ainsi... Ils n'ont pas été tirés à la courte paille ; les États qu'ils représentent dépendent fortement des contrats du Pentagone, certains moins que d'autres, mais seulement une minorité. Le Sénat savait exactement ce qu'il faisait en les choisissant. Le seul moyen de m'assurer qu'il n'y aura pas d'ingérence du Sénat est de les mettre sur la défensive.

— Comment ?

— En faisant figurer au procès-verbal que cette commission est un auxiliaire indispensable à la sous-commission.

— Jamais ils n'accepteront ! Le but de cette réunion est

de vous confirmer dans votre fonction ! Il n'y a pas de conditions !

— Sauf s'il est établi que la sous-commission ne pourra fonctionner sans la coopération du Sénat, sans la participation active de ses représentants, en particulier. Si je ne peux obtenir cet engagement, il ne sert à rien de continuer.

— Qu'avez-vous à y gagner ? demanda Madison, l'air perplexe.

— Chacun deviendra un rouage de l'« inquisition », sans savoir précisément dans quelle mesure ses collègues coopèrent... Partager la richesse, partager la responsabilité.

— Et partager les risques, ajouta doucement Madison.

— C'est vous qui l'avez dit ; pas moi.

— Et s'ils refusent ?

Trevayne leva les yeux vers l'estrade, où les derniers arrivants prenaient place.

— Je tiendrai demain matin une conférence de presse qui fera de grosses vagues, répondit-il d'un ton froid, presque détaché.

Walter Madison comprit qu'il n'y avait rien à ajouter.

Trevayne savait que cela viendrait tôt ou tard. Comme une nécessité qui se fait lentement jour ; logiquement, sans effort. Il se demanda qui en parlerait le premier, qui soulèverait la question.

Il ne s'étonna pas que ce fût le vieux Talley, l'ancien magistrat de Virginie, un membre de la minorité. Pas un des « collègues » de Norton.

Cela se produisit à 17 h 57. Talley se pencha pour regarder le président ; il reçut la parole, se tourna vers le candidat.

— Si j'ai bien compris, monsieur Trevayne, votre préoccupation majeure est de connaître le degré de coopération pratique que vous recevrez de ceux qui pourront vous l'offrir. La question me paraît fondée... Vous devez savoir que le Sénat des États-Unis n'est pas seulement une assemblée délibérante, mais la réunion d'hommes de devoir. En déclarant que mon bureau vous est ouvert, je ne doute pas de parler en notre nom à tous. Il y a, dans l'État que je représente, un certain nombre d'installations gouvernementales ; mes collaborateurs seront à même de vous fournir les renseignements que vous demanderez.

Incroyable ! se dit Trevayne. Il parle en toute sincérité.

— Je vous remercie, monsieur le sénateur. Non seulement de votre offre, mais d'avoir éclairci ce point. J'espère, en effet, que vous parlez au nom de tous.

— Auriez-vous des raisons de penser différemment ? lança Armbruster en souriant.

— Pas la moindre.

— Mais vous vous sentiriez rassuré sur notre engagement, poursuivit le Californien, si le procès-verbal incluait la résolution d'aider votre sous-commission dans toute la mesure de nos moyens ?

— En effet, monsieur le sénateur.

— Je ne vois rien d'inacceptable dans cette requête, monsieur le président, ajouta Armbruster en se tournant vers Gillette.

— Soit, fit le président, qui n'avait pas quitté Trevayne des yeux.

Il donna un coup de marteau, un seul, très sec.

— Qu'il soit consigné...

Le moment attendu était venu. L'un après l'autre, les sénateurs firent leur déclaration, aussi sincères les uns que les autres.

Trevayne s'enfonça dans son fauteuil et écouta les mots soigneusement choisis, qu'il saurait bientôt par cœur. Il avait réussi ; il avait manœuvré la commission pour lui faire prendre spontanément cette résolution. Peu importait que seul un petit nombre tînt parole ; ce qui comptait, c'est qu'il serait en mesure de les montrer du doigt, de citer leurs déclarations.

Webster avait promis de lui transmettre une copie du procès-verbal. Rien de plus facile que d'isoler quelques phrases pour les communiquer discrètement à la presse.

Du haut de son perchoir, Gillette baissa vers Trevayne des yeux agrandis par les verres à double foyer. Le regard était froid, hostile.

— Le candidat souhaite-t-il faire une déclaration avant de se retirer ?

— Oui, monsieur le président.

— J'espère qu'elle sera brève, monsieur le sous-secrétaire, poursuivit Gillette. La commission doit essayer de conclure cette affaire — à la demande du président — et il se fait tard.

— Je serai bref, monsieur le président.

Trevayne prit une des feuilles posées devant lui et leva les yeux vers l'estrade. Il ne sourait pas ; sa physionomie ne trahissait aucune espèce d'émotion.

— Avant de vous laisser prendre votre décision, messieurs, je pense qu'il est souhaitable de vous faire part des résultats des études préliminaires que j'ai effectuées. Ils vous donneront des indications sur la manière dont la sous-commission abordera les problèmes. Cette réunion étant à huis clos, je suis convaincu que rien ne sortira de cette salle... J'ai passé les dernières semaines — grâce au président de la Cour des comptes — à analyser les contrats de la Défense avec les entreprises suivantes : Lockheed Aircraft, ITT Corporation, General Motors, Ling-Tempco, Litton, Genessee Industries. Ma conviction est que une, deux, peut-être trois d'entre elles ont agi soit à titre particulier, soit de conserve pour conquérir une influence démesurée, à l'intérieur même des organes de décision du gouvernement fédéral. D'après les éléments que je suis parvenu à réunir, je dois vous faire part de ma conviction qu'une de ces entreprises en particulier s'est rendue coupable d'agissements répréhensibles. Je suis conscient de la gravité de l'accusation ; je m'emploierai à la justifier. J'attendrai de l'avoir fait pour révéler le nom de cette entreprise. Voilà la déclaration que je voulais faire, monsieur le président.

Le silence s'abattit dans la salle. Chaque membre de la commission garda les yeux fixés sur Andrew Trevayne ; pas une voix ne s'éleva, pas un mouvement ne se fit.

Le sénateur Gillette leva son marteau ; il suspendit son geste, reposa la main sur la table.

— Vous pouvez vous retirer, monsieur le sous-secrétaire, déclara-t-il posément. Je vous remercie.

9

Le taxi s'arrêta devant l'hôtel ; Trevayne paya la course et descendit. Il faisait chaud ; la chaleur moite d'un soir de septembre, à Washington. Il regarda sa montre : presque 21 h 30, et il mourait de faim. Phyllis avait dit qu'elle ferait monter un repas dans leur chambre. Épuisée par une journée de shopping, elle aspirait à dîner en tête à tête. Un dîner tranquille, avec deux gardes — envoyés par la Maison-Blanche — dans le couloir de l'hôtel. Trevayne se dirigeait vers le tambour de droite quand un chauffeur, qui attendait près de l'entrée principale, s'avança vers lui.

— Monsieur Trevayne ?

— Oui.

— Si vous voulez bien me suivre, monsieur.

Le chauffeur montra une Ford LTD noire, un véhicule officiel, au bord du trottoir. Trevayne s'approcha, vit à l'arrière le sénateur Gillette, les lunettes sur le bout du nez, la mine renfrognée. La vitre à commande électrique s'abaissa, le vieux parlementaire avança la tête.

— Pourriez-vous m'accorder cinq minutes, monsieur le sous-secrétaire ? Laurence va faire le tour du pâté de maisons.

— Bien sûr, répondit Trevayne en ouvrant la portière.

— La plupart des gens tiennent le printemps pour la meilleure saison à Washington, fit le sénateur, tandis que la voiture se mettait doucement en marche. Je ne suis pas de cet avis. J'ai toujours préféré l'automne ici ; mais je suis un esprit contrariant.

— Pas nécessairement ; ou alors je le suis aussi. Septembre et octobre sont pour moi les meilleurs mois, surtout en Nouvelle-Angleterre.

— C'est ce que tout le monde dit. Tous les poètes... pour les couleurs, j'imagine.

— Probablement.

Trevayne regarda le politicien d'un air interrogateur.

— Je ne vous ai pas demandé de monter pour parler de l'automne en Nouvelle-Angleterre.

— Je ne pense pas.

— En effet... Alors, votre nomination est acquise. Êtes-vous satisfait ?

— Naturellement.

— Cela fait plaisir à entendre, fit le sénateur avec indifférence, la tête tournée vers la vitre. La circulation devrait être plus fluide, à l'heure qu'il est. Fichus touristes ! On devrait supprimer les feux du Mall ; tous les feux. Depuis le temps que je suis à Washington, poursuivit Gillette en se retournant vers Trevayne, je n'ai jamais vu un étalage aussi insupportable d'arrogance tactique. Un peu plus subtil, peut-être, un peu plus mielleux que le vaniteux McCarthy de triste mémoire, mais vos objectifs étaient en tous points aussi blâmables.

— Permettez-moi de ne pas être d'accord.

— Vraiment ? Eh bien, si ce n'était une tactique, c'était instinctif ; donc, encore plus dangereux. Si j'en avais la conviction, je reconvoquerais le comité et ferais mon possible pour invalider votre nomination...

— Vous auriez dû le faire savoir à vos collègues.

— Comment ? Pour vous dérouler le tapis rouge ? Allons, monsieur le sous-secrétaire, vous ne parlez pas au vieux juge Talley... Je vous ai accordé mon appui ! J'ai clairement donné à tout le monde la possibilité de vous suivre dans votre croisade ! Je ne pouvais pas faire moins ! Il n'y avait pas d'autre solution, vous le savez bien.

— Pourquoi cela changerait-il d'ici demain ? Si vous décidez de tout reprendre de zéro ?

— Parce que je disposerais de dix-huit heures pour décortiquer chaque semaine de votre vie ; pour reprendre un certain nombre d'éléments et recomposer le tout. Quand j'aurais terminé, votre dossier finirait sur le bureau du ministre de la Justice.

Ce fut au tour de Trevayne de regarder par la vitre. Le président l'avait dit : cette ville était sans pitié. Tout pouvait arriver si facilement ; les accusations faisaient la une des journaux, les démentis étaient publiés en page 30, les excuses en page 48, entre deux placards de publicité.

Cette ville était sans pitié ; il fallait s'y faire.

Mais il n'avait pas besoin de cette ville. Il n'avait pas à accepter ses règles ; le moment était venu de le faire savoir.

— Dans ce cas, monsieur le président, pourquoi ne pas le faire ?

— Parce que j'ai appelé Frank Baldwin... Pourquoi ne renoncez-vous pas à cette arrogance ? Elle ne vous sied pas.

Trevayne fut surpris d'entendre le nom de Baldwin.

— Que vous a-t-il dit ?

— Que vous n'auriez pas fait ce que vous avez fait sans avoir été provoqué. Durement provoqué. Il a dit qu'il vous connaissait depuis près de dix ans, qu'il ne pouvait se tromper.

— Je vois.

Trevayne prit son paquet de cigarettes, en alluma une.

— Et vous avez accepté cela ?

— Si Frank Baldwin me disait que tous les astronautes sont homos, je le croirais sur parole... Je veux que vous me disiez ce qui s'est passé.

— Rien. Il ne s'est rien... passé.

— Vous n'avez pas obligé sans raison les membres du comité à riposter à vos insinuations de culpabilité et à protester de leur innocence ! Vous avez ridiculisé la procédure de confirmation... Je n'ai pas apprécié, monsieur.

— Terminez-vous vos phrases par « monsieur » chaque fois que vous pontifiez ?

— Il y a différentes manières de prononcer ce mot, monsieur le sous-secrétaire.

— Vous y excellez, je n'en doute pas.

— Frank Baldwin a-t-il vu juste ? Avez-vous été provoqué et par qui ?

Trevayne tapota sa cigarette sur le bord du cendrier avant de répondre.

— En admettant qu'il y ait eu provocation, fit-il en regardant le vieux politicien, que feriez-vous ?

— Je m'assurerais d'abord qu'il s'agit bien d'une provocation et non d'un ou de plusieurs incidents grossis hors de toute proportion et faciles à régler. S'il s'avérait qu'il y a eu provocation, je convoquerais les responsables et les chasserais de Washington... Nul ne touchera à cette sous-commission.

— Vous avez l'air sincère.

— Je le suis ; il est plus que temps de s'atteler à cette

tâche. S'il y a eu ingérence, tentative de trafic d'influence, je veux y mettre un terme en prenant des mesures radicales.

— Je pense l'avoir fait aujourd'hui.

— Insinuez-vous que certains membres du comité ont essayé d'exercer des pressions sur vous ?

— Je n'en ai pas la moindre idée.

— Alors, que voulez-vous dire ?

— Il y a eu provocation, je le reconnais ; d'où elle provenait, je l'ignore. Je sais seulement que si cela devait continuer, je serais en position de le rendre public. Ou d'y mettre le holà.

— Si vous avez constaté des irrégularités, il vous appartient de les dénoncer.

— À qui ?

— Aux autorités compétentes ; vous avez le choix !

— Peut-être l'ai-je fait.

— Alors, vous étiez tenu de nous en informer !

— Les dés étaient pipés, monsieur le président. La majorité de ces hommes représentent des États dont l'économie est largement dépendante des installations et des contrats gouvernementaux.

— Pour vous, nous sommes tous coupables !

— Je ne juge personne ; je me contente de prendre les mesures qui paraissent appropriées aux circonstances. De sorte que ces hommes ne puissent faire obstacle à mon travail.

— Vous avez tort ; vous vous méprenez.

Le sénateur vit que la voiture s'approchait de l'hôtel de Trevayne ; il se pencha vers le chauffeur.

— Arrêtez-vous, Laurence, ce ne sera pas long... Trevayne, je trouve que vous manquez de jugement. À partir d'observations superficielles, vous tirez des conclusions erronées. Vous procédez par insinuations perfides, que vous refusez de justifier. Plus grave encore, vous dissimulez des informations pertinentes, que j'imagine explosives ; vous décidez arbitrairement de ce que le Sénat peut entendre. À mon sens, Frank Baldwin et sa commission ont commis une grave erreur en vous choisissant ; le président, lui aussi, a tort de suivre leur avis... Dès demain matin, je demanderai une nouvelle réunion du comité et j'utiliserai les pouvoirs dont je dispose pour faire invalider votre nomination. Votre arrogance est incompatible avec l'intérêt public ; vous aurez demain l'occasion de vous expliquer. Bonsoir, monsieur.

Trevayne ouvrit la portière et descendit. Avant de la refermer, il se pencha vers le vieux politicien.

— J'imagine que vous comptez mettre à profit les dix-huit heures qui viennent pour... Comment avez-vous dit ? Ah ! oui ! Pour décortiquer chaque semaine de ma vie.

— Je n'ai pas de temps à gaspiller, monsieur le sous-secrétaire. Vous n'en valez pas la peine ; vous êtes le dernier des imbéciles.

Gillette appuya sur un bouton. La vitre se releva lentement ; Trevayne ferma la portière.

— Félicitations, mon chéri !

Phyllis bondit de son fauteuil et laissa tomber sur la table la revue qu'elle lisait.

— J'ai entendu la nouvelle aux informations de 19 heures !

Trevayne s'avança vers sa femme, la prit dans ses bras et posa un baiser sur ses lèvres.

— Attends un peu avant d'aller louer une maison. Ce n'est pas encore fait.

— Qu'est-ce que tu racontes ? Ils ont interrompu un reportage local pour lire le communiqué. J'étais si fière ; un communiqué pour toi !

— J'ai une autre exclusivité. Il y aura peut-être un autre communiqué demain soir ; ma nomination risque d'être invalidée.

— Quoi ?

— Je viens de passer quelques minutes dans la voiture du président du comité bipartite. Je vais laisser des messages partout, pour essayer de trouver Walter ; il faut que je lui parle.

— Je ne comprends rien à ce que tu dis.

Trevayne se dirigea vers le téléphone, commença à composer un numéro. Il fit signe à sa femme d'attendre qu'il ait terminé pour lui poser des questions. Phyllis avait l'habitude ; elle s'avança vers la fenêtre, regarda les lumières de la ville. Elle entendit son mari parler à la femme de

Madison. À la fin de la conversation, il garda le téléphone à la main. Il n'était pas satisfait ; on ne pouvait pas vraiment faire confiance à Mme Madison après 19 heures. Il téléphona ensuite à l'aéroport de La Guardia, demanda la compagnie aérienne assurant la navette avec Washington.

— Si je n'ai pas de nouvelles dans une heure, je rappellerai chez lui, fit-il en raccrochant. Son avion arrive à 22 heures et des poussières.

— Que s'est-il passé ?

Phyllis voyait que son mari était non seulement de méchante humeur, mais troublé ; cela ne lui arrivait pas souvent.

— Il m'a pris au dépourvu ; je ne m'attendais pas du tout à ça. Il a dit que mon arrogance était incompatible avec l'intérêt public, que je dissimulais des informations. Et il m'a traité de dernier des imbéciles.

— Qui ?

— Gillette, répondit Trevayne en se débarrassant de sa veste. De son point de vue, il a sans doute raison ; de mon côté, je sais que j'ai raison. Gillette est probablement le plus honorable de nos politiciens ; cela ne veut pas dire qu'il puisse se porter garant des autres. Il le voudrait, sans doute, mais ce n'est pas nécessairement le cas.

Phyllis comprenait son mari à demi-mot ; il lui avait expliqué ce qu'il se proposait de faire. Du moins quels objectifs il poursuivait.

— C'est l'homme avec qui tu as fait un tour en voiture ?

— Oui, le vénérable sénateur Gillette. Il a dit qu'il allait réunir le comité pour invalider ma nomination.

— Il en a le pouvoir ?

— Je suppose. Il invoquera des éléments nouveaux, quelque chose de ce genre... Oui, il en a le pouvoir.

— Alors, ils acceptent de marcher la main dans la main avec toi ?

— Si l'on veut. Officiellement, en tout cas ; Webster devait me faire parvenir le procès-verbal de séance. Mais il ne s'agit pas de ça.

— Gillette a vu clair dans ton jeu ?

— Tout le monde ! s'écria Trevayne en riant. La plupart donnaient l'impression d'avoir la bouche pleine de papier mâché... Quel soulagement pour eux ! Le seul fait d'avoir dissimulé des renseignements leur suffira.

— Que vas-tu faire ?

— D'abord, voir si je peux sauver mon bureau à Danforth. Il est sans doute trop tard, mais cela vaut la peine d'essayer ; j'aime ce boulot. Walter me dira ce qu'il en est... Ensuite, le plus important : jusqu'où pourrai-je aller demain sans encourir une citation à comparaître du ministère de la Justice ?

— Je pense que tu devrais leur dire exactement ce qui s'est passé.

— Jamais.

— Tu y attaches beaucoup plus d'importance que moi. Combien de fois faudra-t-il te répéter que je n'ai pas honte, que je ne suis pas traumatisée. Il ne s'est *rien* passé !

— C'était odieux !

— Oui, acquiesça Phyllis. Une de ces choses odieuses qui arrivent tous les jours. Tu crois me protéger, mais je n'ai pas besoin de ce genre de protection. T'est-il venu à l'esprit, poursuivit-elle d'un air résolu, que ma meilleure protection serait de raconter à la presse ce qui s'est passé ?

— Il n'en est pas question. Cela ne pourrait que susciter certaines idées... Un enlèvement, par exemple.

Phyllis comprit qu'il ne servait à rien de poursuivre sur ce sujet ; il n'avait pas envie d'en parler.

— Très bien, fit-elle en le regardant dans les yeux. Tu n'auras qu'à leur dire, à tous, d'aller se faire voir !

Andrew vit qu'elle avait de la peine, que, contre toute logique, elle se rendait responsable de ce qui était arrivé. Il s'avança vers elle, la prit dans ses bras.

— De toute façon, fit-il doucement, nous n'aimons pas beaucoup Washington. Te rappelles-tu, la dernière fois, avec quelle impatience nous attendions les weekends ? Tous les prétextes nous étaient bons pour rentrer à Barnegat.

— Tu es vraiment gentil, Andy. Rappelle-moi de t'offrir un nouveau bateau.

C'était une vieille plaisanterie. Bien des années plus tôt, quand la société était en proie aux pires difficultés, il avait déclaré un jour qu'il aurait le sentiment d'avoir réussi quand il pourrait s'acheter un petit cata, sans regarder le prix. Ce souvenir représentait beaucoup pour eux.

— Je vais commander quelque chose à manger, fit-il en se dirigeant vers la table où se trouvait le menu du service d'étage.

— Pourquoi dois-tu parler à Walter ? Que pourra-t-il faire ?

— Je veux qu'il m'explique la différence aux yeux de la loi entre une opinion et une évaluation factuelle. Dans le premier cas, je pourrai donner libre cours à ma colère, dans l'autre, j'aurai maille à partir avec le ministère de la Justice.

— Est-il si important pour toi d'être en colère ?

Trevayne garda les yeux fixés sur le menu, mais la question de sa femme occupait son esprit.

— Je crois, répondit-il en se tournant vers elle. Pas seulement pour le plaisir de l'être ; je n'ai pas besoin de ça. Mais parce qu'ils se considèrent comme intouchables. Celui qui sera nommé à la tête de cette sous-commission devra se ménager de puissants appuis. Si je les secoue un peu, mon successeur aura peut-être la tâche plus facile.

— C'est généreux de ta part, Andy.

Il sourit en apportant le menu.

— Pas totalement désintéressé, reprit-il. Je vais bien m'amuser quand ces politiciens sentencieux ne sauront plus où se mettre... certains, en particulier. J'ai relevé des chiffres et des pourcentages dans les statistiques de la Défense. Pour leur faire du mal, beaucoup de mal, il me suffira de les lire. Cela concerne les *huit* États.

— C'est terrible, dit Phyllis, avec un petit rire. C'est accablant.

— En effet. Même si je ne dis rien d'autre, cela devrait suffire... Bon, je suis fatigué, j'ai faim et je ne veux plus réfléchir. Je ne peux rien faire avant d'avoir parlé à Walter.

— Détends-toi. Mange quelque chose, repose-toi un peu ; tu as l'air épuisé.

— À propos de repos du guerrier...

— Quel guerrier ?

— ... je te trouve très désirable.

— Commande ton repas... Tu peux y ajouter une bonne bouteille, si tu en as envie.

— J'en ai envie ; tu me dois un bateau.

Phyllis sourit en le regardant décrocher et demander le service d'étage. Elle entra dans la salle de bains pour passer un déshabillé. Elle savait qu'Andy allait prendre son dîner, qu'ils partageraient une bouteille de bourgogne et qu'ils feraient l'amour.

Elle en avait très envie.

Phyllis avait la tête sur la poitrine d'Andrew, qui la tenait dans ses bras. Ils sentaient encore les effets de l'amour et du vin, et s'abandonnaient à une douce sensation de bien-être.

Trevayne dégagea doucement son bras pour prendre une cigarette.

— Je ne dors pas, dit Phyllis.

— Tu devrais, comme dans les films. Tu en veux une ?

— Merci... Il est 11 heures et quart, fit-elle en regardant sa pendulette de voyage.

Elle se redressa contre la tête de lit, en tirant le drap sur son corps nu.

— Tu vas rappeler Walter ?

— Dans quelques minutes. Avec l'attente à l'aéroport et le trajet en taxi, il ne doit pas encore être chez lui. L'idée de faire la conversation avec Ellen à l'heure qu'il est ne me dit rien du tout.

— Elle est très malheureuse ; je la plains.

— Peu importe. À l'évidence, il n'a pas eu mon message, au terminal.

Phyllis posa la main sur l'épaule de son mari, lui caressa lentement le bras, dans un geste de possession inconscient.

— Tu vas parler au président, Andy ?

— Non. J'ai rempli ma part du contrat ; je n'ai pas lâché pied. Je ne pense pas qu'il apprécierait que je vienne pleurer dans son gilet. Quand tout sera terminé, je recevrai un coup de fil plein de sollicitude. Je ne parlerai pas de lui demain.

— Il t'en sera reconnaissant... Quand je pense à ce poste que tu risques de perdre, à l'affront qu'on te fait, au temps perdu...

— Je ne suis pas à plaindre, coupa Andrew. On m'avait prévenu.
Le téléphone sonna ; Trevayne décrocha.
— Allô !
— Monsieur Trevayne ?
— Oui.
— Je sais que vous avez demandé à ne pas être dérangé, monsieur, mais les messages s'accumulent et...
— Qu'est-ce que vous dites ? Je n'ai jamais donné d'instructions pour ne pas être dérangé ! Et toi, Phyllis ?
— Jamais !
— On nous a demandé de ne pas passer les appels, monsieur.
— C'est une erreur ! fit Trevayne en s'asseyant sur le bord du lit. Quels sont les messages ?
— Le standard a reçu l'ordre à 21 h 35 de ne plus vous passer les appels.
— Nous n'avons jamais dit ça ! Je vous ai demandé de me communiquer les messages !
La standardiste ne répondit pas tout de suite ; elle n'allait pas se laisser rudoyer par des clients distraits.
— Comme je m'apprêtais à le dire, monsieur, j'ai un M. Madison en ligne, qui a insisté pour que je vous passe la communication. Il dit que c'est urgent.
— Passez-le-moi, s'il vous plaît... Allô, Walter ! Je suis désolé, je ne savais pas que le standard...
— Andy, c'est affreux ! Je savais que vous voudriez me parler ; c'est pour ça que j'ai insisté.
— Quoi ?
— C'est tragique !
— Comment le savez-vous ? Qui vous l'a dit ?
— Qui me l'a dit ? Les bulletins d'informations ne parlent que de ça, à la radio, à la télévision...
Trevayne retint fugitivement son souffle.
— De quoi parlez-vous, Walter ? demanda-t-il d'une voix calme, en détachant les syllabes.
— Gillette, le sénateur... Il s'est tué en voiture, il y a deux heures. Le chauffeur a perdu le contrôle du véhicule, sur un pont de Fairfax... Et vous, de quoi parlez-vous ?

10

Le récit de l'accident était assez bizarre pour être vrai. Laurence Miller, le chauffeur hospitalisé, déclarait — sans faire mention de l'arrêt à l'hôtel ni de Trevayne — avoir conduit Gillette au Sénat, où son employeur lui avait demandé d'aller chercher une serviette oubliée dans son bureau. Il avait repris la voiture, traversé le Potomac pour passer en Virginie, où le sénateur avait insisté pour prendre une petite route jusqu'à son domicile, à Fairfax. Malgré les protestations du chauffeur — il y avait des travaux sur la route, pas d'éclairage public —, Gillette n'avait rien voulu entendre.

À moins de deux kilomètres de la propriété, la route traversait un des petits affluents du Potomac qui s'insinuent dans les bois de Virginie. Après un petit pont aux poutres métalliques, qui enjambait le cours d'eau, la route plongeait sur la droite. La voiture du sénateur se trouvait au milieu du pont quand un autre véhicule avait surgi, roulant à très vive allure. Sur le pont étroit, ébloui par les phares, le chauffeur n'avait pas eu d'autre solution pour éviter une collision frontale que de serrer le parapet de droite. L'autre véhicule avait dérapé dans le virage ; le chauffeur avait été obligé d'accélérer à fond, pour se glisser dans l'ouverture. La manœuvre réussie, il avait plongé dans la descente en écrasant la pédale de frein. La limousine avait fait une embardée ; la tête du sénateur, projetée contre la portière de droite, avait heurté le châssis métallique de la vitre avec une telle force que, d'après les médecins, la mort avait été instantanée.

L'autre véhicule avait traversé le pont sans ralentir et disparu. Le chauffeur n'était pas en mesure d'en donner une description ; aveuglé par les phares, il n'avait songé qu'à éviter la collision de plein fouet.

L'heure de l'accident était établie à 21 h 55.

Andrew lut ce récit au petit déjeuner. Il relut l'article, essayant de trouver une fausse note, une différence avec la version présentée dans les bulletins d'informations de la nuit.

Tout concordait. Sauf le retour au Sénat, pour chercher la serviette oubliée.

Ses yeux ne cessaient de revenir à l'heure estimée de l'accident : 21 h 55.

Vingt minutes après qu'on eut demandé au standard de l'hôtel de ne plus lui passer les communications.

Dans quel but ?

Cela ne pouvait aucunement garantir qu'il ne serait pas informé de l'accident. Ils auraient pu écouter la radio ou regarder la télévision dans la chambre.

Alors, pourquoi ?

Pourquoi avait-on fait en sorte qu'on ne puisse le joindre de 21 h 35 à 23 h 15, quand il avait enfin eu Walter au téléphone ? Près de deux heures.

Il n'était pas impossible que ce fût une erreur du standard, mais il n'y croyait absolument pas.

— Je n'en suis pas encore revenue, dit Phyllis, en sortant de la chambre. Ça me fait froid dans le dos rien que d'y penser... Que vas-tu faire ?

— Je ne sais pas. J'imagine que je devrais appeler Webster pour lui faire part de notre conversation, dire que Gillette ne voulait plus de moi.

— Non ! Pourquoi veux-tu faire ça ?

— Parce que cette conversation a eu lieu. Par ailleurs, Gillette avait peut-être confié à quelqu'un qu'il comptait me mettre sur la sellette. Je n'aimerais pas devoir confirmer notre conversation sans en avoir parlé le premier.

— Je crois qu'il vaudrait mieux attendre... Tu n'as pas mérité d'être cloué au pilori.

Trevayne termina son café, gagnant quelques précieuses secondes avant de répondre à sa femme. Il tenait par-dessus tout à ne pas lui faire part de ses soupçons. La mort de Gillette lui faisait « froid dans le dos », mais elle acceptait la version de l'accident ; il ne voulait pas qu'elle change d'opinion.

— Webster sera peut-être de ton avis ; le président aussi. Mais je jouerai franc jeu : je tiens à les mettre au courant.

Le président des États-Unis partageait en effet l'avis de Phyllis Trevayne. Il ordonna à Webster de demander à Andrew de garder le silence, tant que la nouvelle de sa conversation avec Gillette n'aurait pas transpiré. Ensuite, de répondre d'une manière aussi vague que possible, en attendant d'autres contacts avec la Maison-Blanche.

Webster informa également Trevayne que, de l'avis de l'ambassadeur Hill, le sénateur avait seulement cherché à le mettre à l'épreuve. Gillette, qu'il connaissait depuis de longues années, était coutumier du fait. Hill doutait que le sénateur eût l'intention de réunir le comité. Après avoir laissé le candidat mijoter dans son jus, si rien n'avait pu le faire démordre de sa position, le feu vert du Sénat aurait été maintenu.

C'était tiré par les cheveux ; Trevayne n'y croyait absolument pas.

Phyllis s'était promis de jeter un coup d'œil à l'exposition de la NASA au Smithsonian Institute ; flanquée de ses gardes du corps, elle laissa Andrew à l'hôtel. En vérité, elle s'était dit qu'il allait passer le plus clair du temps au téléphone ; dans ces moments-là, il préférait être seul.

Trevayne se doucha, s'habilla et vida sa quatrième tasse de café. Il était près de 10 h 30 ; il avait promis à Walter Madison de l'appeler avant midi. Il ne savait pas très bien ce qu'il allait dire. Il parlerait de la conversation dans la voiture ; si jamais il y avait une nouvelle réunion du comité, Walter devait être au courant. Il avait pensé en parler la veille au soir, au téléphone ; l'avocat étant dans un état d'agitation inexplicable, il avait préféré ne pas compliquer une situation déjà bien embrouillée. La quasi-hystérie de Walter pouvait s'expliquer par un après-midi éprouvant devant le comité du Sénat, un retour tardif auprès d'une épouse malade — malade parce qu'il n'était pas là pour l'empêcher de boire — et, pour couronner le tout, la nouvelle de l'accident qui avait coûté la vie à Gillette. Il y avait des limites à ce qu'un homme pouvait supporter, fût-il un avocat brillant et blasé de Manhattan.

Trevayne décida d'attendre midi pour appeler ; ils auraient tous deux les idées plus claires.

En entendant frapper, il regarda de nouveau sa montre. Probablement la femme de chambre.

Il ouvrit la porte, découvrit sur le seuil un officier au sourire poli, un commandant en uniforme froissé, la poitrine couverte de plaques rutilantes et de trois rangées de rubans.

— Monsieur Trevayne ?

— Oui.

— Commandant Paul Bonner, ministère de la Défense. Je suppose qu'on vous a mis au courant ; c'est un plaisir de vous connaître.

L'officier tendit la main ; Trevayne la serra machinalement.

— Non, commandant, on ne m'a pas mis au courant.

— Ah bon !... Cela commence mal. Je suis affecté à votre service, jusqu'à cc que vos bureaux et votre personnel soient prêts.

— Vraiment ? Eh bien, entrez. Je ne pensais pas être déjà en fonction.

Bonner entra dans le séjour avec l'assurance d'un homme habitué à commander. Il avait une quarantaine d'années, les cheveux en brosse et un teint de plein air.

— Vous êtes en fonction, c'est sûr. Vous voulez quelque chose, n'importe quoi, je vous l'obtiens ; ce sont mes ordrcs.

Il lança sa casquette sur un fauteuil, se tourna vers Trevayne avec un sourire de connivence.

— Vous êtes heureux en ménage, à ce qu'il paraît ; on m'a dit aussi que votre femme vous a accompagné à Washington. On peut donc écarter certaines idées... Vous êtes riche comme Crésus ; je ne vois pas ce que vous apporterait une balade en bateau sur le Potomac. Le fleuve doit vous appartenir. Comme vous avez travaillé pour le Département d'État, je ne pourrai pas piquer votre curiosité avec les ragots de la capitale. Vous en savez probablement plus long que moi... Qu'est-ce qui nous reste ? J'aime boire ; vous aussi, je suppose. Vous faites de la voile ; j'essaie. Je suis un très bon skieur ; vous vous contentez des pistes rouges. Pas de quoi faire le voyage jusqu'à Gstaad... Il ne nous reste plus qu'à trouver des bureaux agréables et à commencer à recruter.

— Commandant, vous m'époustouflez, fit Trevayne en s'approchant de l'officier.

— Parfait, j'ai visé juste.

— On dirait que vous avez lu une biographie que je n'ai pas écrite.

— C'est l'Oncle Sam qui l'a écrite ; je l'ai lue attentivement, croyez-moi. Nous tenons à vous comme à la prunelle de nos yeux.

— J'ai l'impression que cette lecture ne vous a pas enchanté. Dites-moi si je me trompe.

Le sourire de Bonner s'effaça une fraction de seconde.

— Vous ne vous trompez pas, monsieur Trevayne. Mais je n'ai entendu qu'un son de cloche.

— Je vois.

Trevayne se dirigea vers la table, invita l'officier à prendre un café.

— Volontiers. Il est tôt pour commencer à boire.

— Je peux vous offrir un apéritif, si vous préférez.

— Un café, ce sera très bien.

Trevayne remplit une tasse ; Bonner la prit, sans lait, sans sucre.

— Pourquoi cette entrée en matière, commandant ?

— Rien de personnel ; ma mission ne me plaît pas, c'est tout.

— J'ignore quelle est votre mission, mais je ne comprends toujours pas. Le combat vous manque ?

— Je ne suis pas un nostalgique.

— Moi non plus.

— Désolé.

Sa tasse à la main, Bonner s'assit dans un fauteuil.

— Monsieur Trevayne, reprit-il, il y a quarante-huit heures, on m'a remis votre dossier en m'annonçant que j'étais détaché auprès de vous. On m'a précisé que vous étiez une grosse légume et que tout, absolument *tout* ce que je pourrais faire, je devrais le faire... Mais, hier, la nouvelle a commencé à se répandre que vous étiez là pour faire le ménage. Dans ces conditions, le rôle qu'on me fait jouer est celui d'un sale intermédiaire.

— Je ne suis pas venu faire le ménage.

— Cela me facilitera la tâche. Je reconnais que vous n'avez pas l'air d'un cinglé.

— Merci. Je ne suis pas sûr de pouvoir en dire autant de vous.

Bonner ne put retenir un sourire, plus spontané cette fois.

— Désolé, encore une fois. Pour ne rien vous cacher, j'avais répété mon texte. Je voulais vous donner l'occasion de vous plaindre de moi, pour qu'on me décharge de cette mission.

— C'est encore possible. Que dois-je entendre par l'expression « faire le ménage » ?

— En deux mots, vous êtes un antimilitariste virulent. Vous n'aimez pas la manière dont le Pentagone fonctionne ; entre nous, le Pentagone ne l'aime pas non plus. Vous estimez que la Défense gaspille des millions de dollars ; c'est aussi l'avis du ministère. Votre sous-commission exposera tout cela en détail et des têtes tomberont. Suis-je dans le juste, monsieur Trevayne ?

— Peut-être. Avec cette restriction que ce genre de généralisation renferme la plupart du temps des accusations discutables.

Trevayne s'interrompit, en songeant que Gillette, avant de mourir, lui avait tenu à peu près le même discours. Il alla jusqu'au bout du raisonnement du défunt sénateur.

— Je ne crois pas qu'elles soient justifiées.

— Dans ce cas, croyez-moi, je suis soulagé. Nous allons...

— Commandant, fit posément Trevayne, sans le laisser terminer sa phrase, il m'est parfaitement égal que vous soyez soulagé ou non. Si vous devez rester avec moi, il faut que ce soit bien clair. D'accord ?

Paul Bonner prit une enveloppe dans la poche de sa tunique. Il l'ouvrit, en sortit trois feuilles dactylographiées qu'il tendit à Trevayne. La première contenait une liste des locaux gouvernementaux libres ; on eût dit un prospectus d'agence immobilière. La deuxième était une photocopie des noms qu'Andrew avait donnés à Frank Baldwin, une quinzaine de jours plus tôt — avant les événements du Plaza. Les noms de ceux à qui il destinait les positions clés. Ils étaient au nombre de onze : quatre avocats, trois comptables, deux ingénieurs — un militaire, un civil — et deux secrétaires. Sur les onze, cinq avaient une marque mystérieuse en regard de leur nom. La troisième feuille présentait une autre liste de noms, tous inconnus de Trevayne. Sur la droite, quelques mots résumaient les compétences et le dernier poste occupé.

Trevayne se tourna vers le commandant Bonner.

— Qu'est-ce que c'est que ça ?

— Quoi ?

— Cette liste, fit Andrew en montrant la dernière feuille. Je ne connais pas ces gens-là.

— Ils ont tous le feu vert du ministère.

— C'est bien ce qu'il me semblait... Et j'imagine, poursuivit Trevayne en montrant sa liste, que ces marques signifient que ceux-là n'ont pas obtenu le feu vert.

— C'est le contraire.

— Six ne l'ont *pas.*

— Affirmatif.

Andrew prit les deux premières feuilles, les posa sur la table basse. Il garda la dernière, la plia soigneusement et la déchira d'un coup sec. Il tendit les deux morceaux de papier à Bonner. Le commandant les prit à contrecœur.

— Votre première tâche, commandant, sera de rendre ceci à celui qui vous l'a donné ; je choisirai moi-même mes collaborateurs. Débrouillez-vous pour que les jolies petites marques apparaissent en face de ces six noms.

Bonner ouvrit la bouche, hésita, tandis que Trevayne ramassait les deux feuilles et allait s'asseoir sur le canapé. Le commandant respira un grand coup, se décida à parler.

— Écoutez, monsieur Trevayne, tout le monde se fiche de savoir qui vous engagez, mais ils doivent faire l'objet d'une enquête de sécurité. La liste de remplacement permet de simplifier les choses et de gagner du temps.

— Vous m'en direz tant, murmura Trevayne en cochant des adresses sur la liste des bureaux. J'essaierai de n'engager personne à la solde du Praesidium... Ces bureaux des tours du Potomac, ne serait-ce pas une résidence ?

— En effet. Le gouvernement a un bail qui court sur quatorze mois. Les locaux ont été loués l'an dernier pour un programme d'équipement touché par les compressions budgétaires... Ils sont éloignés du centre ; ce ne sera peut-être pas pratique.

— Que proposez-vous ?

— Un endroit plus proche de Nebraska ou New York Avenue. Vous verrez certainement beaucoup de monde.

— Je paierai les taxis.

— Je ne voyais pas les choses comme ça. Je croyais que les gens se déplaceraient.

— Très bien, commandant, fit Trevayne en se levant. J'ai retenu cinq adresses ; allez y jeter un coup d'œil et dites-moi ce que vous en pensez. J'ai plusieurs coups de téléphone à donner, poursuivit-il en tendant la liste à Bonner. J'utiliserai la chambre ; puis nous nous mettrons au travail. Prenez donc un autre café.

Trevayne traversa la pièce et s'enferma dans la chambre. Il ne servait à rien d'attendre plus longtemps pour appeler Madison. Il ne pourrait, de toute façon, le faire que d'un bureau ou d'une cabine. À 11 heures moins le quart, l'avocat devait avoir pris son rythme et recouvré son calme.

— Andy, je suis encore bouleversé, lança Madison, apparemment très détendu. C'est affreux !

— Je n'ai pas tout dit. Ce que j'ai à raconter n'est pas mal non plus.

Le récit de sa conversation avec le sénateur, comme il s'y attendait, laissa Walter Madison pantois.

— Gillette a laissé entendre qu'il avait parlé aux autres ?

— Non, du moins c'est ce que j'ai cru comprendre. Il a dit qu'il voulait réunir le comité ce matin.

— Il se serait peut-être heurté à trop de résistance... Andy, croyez-vous que cet accident n'en était pas un ?

— Je ne cesse de me poser la question, mais aucune explication ne tient debout. Si ce n'était pas un accident, s'il a été tué parce qu'il avait l'intention de tout reprendre de zéro, cela signifie qu'*on* veut que je sois nommé à la tête de la sous-commission. Je pourrais comprendre que l'on ne veuille pas de moi, pas que l'on prenne des dispositions pour s'assurer que le poste me revienne.

— Je refuse de croire qu'on puisse en venir à de telles extrémités, protesta Madison. Proposer de l'argent, user de la contrainte ou de son influence, je veux bien. Certainement pas tuer. De toute façon, d'après ce que j'ai entendu, ce n'est pas vraisemblable. La voiture n'aurait pu se jeter dans l'eau ; le parapet était trop haut. Elle n'a pas fait un tonneau après avoir quitté la route ; elle a simplement glissé dans la pente et le sénateur a heurté la portière... C'était un accident, Andy. Un terrible accident, rien d'autre.

— Je pense que vous avez raison.

— Avez-vous parlé de cette conversation à quelqu'un d'autre ?

Trevayne s'apprêtait à dire la vérité, qu'il avait appelé Webster à la Maison-Blanche. Mais quelque chose le retint. En aucune manière une méfiance à l'égard de Madison, mais il avait une obligation envers le président. En donnant le nom de Webster, il mettrait dans le coup le président des États-Unis... pas l'homme, la fonction.

— Non, personne. Je n'en ai parlé qu'à Phyllis.

— Nous serons peut-être amenés à le faire ; dans l'immédiat, il est bien de m'en avoir parlé. Je passe quelques coups de téléphone et je vous tiens au courant.

— À qui ?

Walter Madison mit quelques secondes avant de répondre. Il y eut un moment de gêne, que les deux hommes perçurent.

— Je ne sais pas encore ; je n'ai pas eu le temps de réfléchir. Peut-être à deux ou trois membres du comité, ceux que j'ai rencontrés. Pas très difficile. Je suis préoccupé ; mon client voudrait savoir s'il doit faire une déclaration. N'importe quoi... Je vais tâter le terrain.

— D'accord. Vous me rappelez ?

— Évidemment.

— En fin de journée, de préférence. J'ai un commandant du ministère attaché à ma personne. Il va m'aider à m'installer.

— Bon sang ! Ils ne perdent pas une minute ! Comment s'appelle-t-il ?

— Bonner. Je crois que son prénom est Paul.

Madison éclata de rire. Un rire pas vraiment enjoué.

— Paul Bonner ? Ils ne sont pas très malins !

— Je ne comprends pas. Qu'y a-t-il de si drôle ?

— Bonner est un des jeunes turcs du Pentagone. Il s'est fait une fâcheuse réputation en Asie du Sud-Est, il y a quelques années. Une demi-douzaine d'officiers se sont fait virer pour leurs activités plus que louches derrière les lignes. Cela vous dit quelque chose ?

— Oui. On a étouffé l'affaire.

— Et pour cause !... Ce Bonner était leur chef.

11

À 14 heures, Trevayne et Bonner avaient passé en revue trois des cinq adresses. L'officier de liaison s'efforçait de conserver une attitude neutre, mais Trevayne n'était pas dupe. Par certains côtés, Bonner lui ressemblait ; il avait du mal à masquer ses opinions.

Le commandant pensait à l'évidence que tous les bureaux qu'il avait vus feraient l'affaire. Il ne comprenait pas l'insistance de Trevayne pour se rendre aux deux dernières adresses, assez loin du centre.

Trevayne, de son côté, avait vu les premiers locaux par acquit de conscience, pour ne pas donner l'impression de décider sur un coup de tête. Bonner avait reconnu que ceux des tours du Potomac donnaient bel et bien sur le fleuve, comme Trevayne le soupçonnait ; c'était suffisant pour le convaincre.

Ses bureaux seraient dans les tours du Potomac.

Mais il trouverait d'autres raisons que le fleuve, que l'eau. Il ne laisserait pas au commandant Paul Bonner, le jeune turc du Pentagone, le loisir de raconter qu'il était un maniaque de l'eau. Il ne s'exposerait pas au ridicule que pourraient si facilement provoquer des remarques à l'emporte-pièce d'un officier dont les actions avaient mis en émoi la hiérarchie militaire quelques années auparavant.

— J'espère que rien ne nous interdit de faire une pause pour déjeuner, commandant.

— Au contraire. Je vais me faire taper sur les doigts si cela ne figure pas dans mon rapport. De toute façon, je recevrai un savon pour vous avoir laissé faire cette tournée.

Franchement, je croyais que quelqu'un d'autre s'en chargerait.

— Qui, par exemple ?

— Je ne sais pas. Les gens comme vous ont toujours quelqu'un pour s'occuper de ce genre de chose. Faire des démarches, dénicher des bureaux.

— Parfois. Pas pour une tâche qui nécessitera de passer beaucoup de temps sur place.

— J'avais oublié que vous ne devez votre fortune qu'à vous-même... C'est ce que dit votre dossier.

— Seulement parce que c'était plus facile, commandant.

Au restaurant Chesapeake House, Trevayne fut d'abord amusé, puis abasourdi, par la quantité d'alcool que Bonner ingurgitait. Le commandant but des doubles bourbons — trois avant le repas, deux pendant, un après. Et ils étaient généreusement servis.

Rien dans son comportement ne laissa pourtant soupçonner qu'il avait bu une seule goutte d'alcool.

Quand le café fut servi, Trevayne décida de se montrer plus amical qu'il ne l'avait été dans la matinée.

— Sachez, Bonner, que j'apprécie que vous ayez accepté cette mission ingrate. Je comprend pourquoi elle vous déplaît.

— En fait, ce n'est pas vrai ; plus maintenant. Je croyais avoir affaire à un... crétin déshumanisé, si vous me passez l'expression. Le genre coincé, une calculette dans la tête, qui, fortune faite, considère le reste du monde comme de la merde.

— C'est ce que disait le dossier ?

— En gros. Rappelez-moi de vous le montrer dans deux ou trois mois... si nous nous adressons encore la parole.

Bonner éclata de rire et vida son bourbon.

— Aussi incroyable que cela puisse paraître, poursuivit-il, il n'y avait pas de photo de vous. Il n'y en a jamais des civils, sauf pour les enquêtes de sécurité. Sur le terrain, je refusais de regarder un dossier qui ne contenait pas au moins trois ou quatre photos. Une seule ne me suffisait jamais.

Trevayne réfléchit quelques secondes. Bonner avait raison : une seule photo n'avait aucune valeur, pour différentes raisons.

— J'ai entendu parler de vos exploits sur le terrain, reprit-il. Vous avez fait sensation.

— Un sujet tabou, je le crains. Je n'ai rien à dire là-dessus ; je suis censé n'être jamais allé à l'ouest de San Diego.

— Cela me paraît ridicule.

— À moi aussi... On m'a fourni quelques phrases toutes mâchées, qui ne veulent rien dire. À quoi bon les ressortir ?

Trevayne vit que l'officier était sincère ; il n'avait pas envie de réciter sa leçon. Mais il y avait autre chose dont il semblait disposé à discuter. Même si Andrew n'en était pas tout à fait sûr, cela valait la peine d'essayer.

— J'aimerais prendre un digestif. Et vous ?

— Je reste au bourbon.

— Double ?

— Cela va sans dire.

Ils avaient déjà bu la moitié de leur verre quand Trevayne comprit qu'il avait vu juste.

— À quoi servira exactement cette sous-commission ? demanda Bonner. Pourquoi tout le monde est-il à cran ?

— Vous l'avez dit ce matin, commandant. Le Pentagone dépense des millions et des millions de dollars de trop.

— Je comprends ; personne ne dira le contraire. Mais pourquoi nous montre-t-on du doigt ? Pourquoi sommes-nous le point de mire ?

— Parce que vous signez des contrats. C'est aussi simple que cela.

— Ils sont approuvés par les commissions parlementaires.

— Je ne voudrais pas généraliser, mais il me semble que le Congrès approuve le plus souvent un montant, puis est obligé d'en approuver un autre... beaucoup plus élevé que le premier.

— Nous ne sommes pas responsables de l'économie.

Trevayne souleva son verre, fit tourner l'alcool qui restait.

— Accepteriez-vous ce genre de raisonnement sur le terrain, commandant ? Je suis sûr que vous accordiez une marge d'erreur à vos unités de renseignement, mais comment auriez-vous toléré cent pour cent d'inexactitude ?

— Ce n'est pas la même chose.

— Dans les deux cas, ce sont des informations, non ?

— Je refuse de mettre des vies humaines et de l'argent sur le même pied.

— Je trouve cet argument spécieux ; ces considérations n'entraient pas en ligne de compte quand vos « activités » ont coûté quantité de vies humaines.

— Foutaises ! Il y a toujours des pertes en temps de guerre !

— Un grand nombre de gens estimaient cette situation totalement injustifiée.

— Pourquoi n'ont-ils rien fait pour s'y opposer ? Il n'est plus temps de se lamenter.

— Ils ont essayé, si je ne me trompe, répliqua Trevayne en regardant fixement son verre.

— Sans succès. Parce qu'ils n'ont pas abordé correctement le problème. Leur stratégie a péché par amateurisme.

— Voilà un point de vue intéressant, commandant... et provocant.

— Écoutez, je pense que cette guerre était nécessaire pour toutes les raisons que des hommes plus intelligents que moi ont exposées à maintes reprises. Je comprends aussi qu'un grand nombre de ces raisons pouvaient être écartées, à cause du prix à payer. C'est là-dessus que ceux dont vous parlez auraient dû se concentrer. Ils n'ont pas su mettre l'accent sur ce qu'il fallait.

— Passionnant, fit Trevayne en vidant son verre. Et comment auraient-ils dû s'y prendre ?

— Des manœuvres visuelles et tactiques. Je peux même détailler le coût et la configuration du terrain.

— Je vous en prie, fit Trevayne en rendant son sourire à l'officier.

— L'impact visuel, d'abord : quinze mille cercueils, en trois groupes de cinq mille. Le modèle réglementaire, tout en pin. Le coût : deux cents dollars l'unité, au prix de gros. Le terrain : New York, Cinquième Avenue ; Chicago, Michigan Avenue ; Los Angeles, Sunset Boulevard. La tactique : disposer les cercueils latéralement en les espaçant de trente centimètres. Un cercueil sur cent, ouvert, montrant un cadavre. Mutilé, si possible. Personnel : deux hommes par cercueil, plus une troupe d'un millier d'hommes par ville, pour détourner l'attention ou empêcher une intervention de la police. Total des troupes : trente-trois mille, plus cent cinquante corps... Trois métropoles paralysées. Plus de trois kilomètres de cadavres, réels ou symboliques, bloquant de grandes artères. Le choc... La répulsion.

— C'est incroyable... Vous pensez que cela aurait pu marcher ?

— Vous n'avez jamais vu de bons citoyens plantés à un carrefour, pour regarder passer un corbillard ? C'est l'identification suprême... Ce que je viens de décrire aurait retourné l'estomac des huit à dix millions de témoins et d'une centaine de millions d'autres, par l'intermédiaire des médias. Des rites funèbres de masse.

— C'est impossible ; on l'aurait empêché. Il y a la police, la garde nationale...

— Question de logistique, monsieur Trevayne. Une tactique de diversion, l'effet de surprise, la discrétion. Regroupement des troupes et transport du matériel un dimanche matin ou très tôt le lundi — les périodes où l'activité de la police est le plus réduite. Exécution de la manœuvre réglée dans chaque ville avec une telle précision qu'elle peut être accomplie en moins de quarante-cinq minutes... Seulement un peu plus de trente mille hommes — des femmes aussi, sans doute. Vous étiez près d'un demi-million le jour de la marche sur Washington.

— Ça fait froid dans le dos, murmura Trevayne.

Il ne souriait plus. Et l'emploi du « vous » par Bonner ne lui avait pas échappé. Trevayne n'avait jamais fait mystère de sa position sur l'Indochine ; l'officier tenait à lui faire savoir qu'il la connaissait.

— C'est l'effet recherché.

— Pas seulement la manœuvre, mais le fait de la concevoir.

— Je suis un militaire de carrière ; mon métier est d'élaborer des stratégies. Et, après les avoir élaborées, d'imaginer des contre-mesures.

— Vous l'avez fait ?

— Absolument ; pas très plaisant, mais inévitable. Cela se résume à des représailles rapides ; répression immédiate et totale. Affrontement direct, avec un armement supérieur, afin d'obtenir la suprématie militaire. Réduire au silence tous les supports de diffusion de l'information. Remplacer une idée par une autre. Vite.

— Et verser le sang en quantité considérable.

— Inévitablement... Mais ce n'est qu'un jeu, monsieur Trevayne, poursuivit Bonner en souriant.

— Auquel je préfère ne pas jouer.

— Bon Dieu ! s'écria Bonner en regardant sa montre. Déjà 4 heures ! Nous ferions mieux d'aller voir les deux dernières adresses, avant que tout ne soit fermé.

Quand il se leva, Trevayne se sentit un peu étourdi. Le commandant venait en quelques minutes de lui montrer le visage terrible de la réalité : Washington abritait de nombreux Paul Bonner. Des hommes résolus — légitimement, de leur point de vue — à promouvoir leur autorité et leur influence. Des militaires de métier, en mesure de prendre le meilleur sur leurs adversaires, parce qu'ils étaient capables de penser comme eux. Généreux aussi : tolérants pour les idées brumeuses et confuses des civils ramollis. Fermes dans leur conviction qu'en ces temps d'holocauste il n'y avait pas de place pour l'indécision, l'irrésolution. La sauvegarde de la nation dépendait directement de la puissance et de l'efficacité de sa force de frappe. Pour des hommes comme Bonner, il était inconcevable que quiconque pût se mettre sur leur chemin ; ils ne pouvaient en aucun cas le tolérer.

Et il semblait incongru que le commandant Bonner pût s'écrier tranquillement : « Bon Dieu ! Déjà 4 heures ! » Cela donnait des frissons.

Outre la vue sur le fleuve, il y avait une excellente raison pour choisir les tours du Potomac ; Bonner dut le reconnaître. Les autres bureaux étaient tous composés de cinq pièces et d'une antichambre, alors que ces locaux comprenaient en plus une petite cuisine et un cabinet de travail destiné à la lecture ou à des réunions en petit comité ; on pouvait même y passer la nuit dans un grand canapé de cuir. Les locaux avaient été loués en urgence pour un programme d'équipement et aménagés pour faire face aux délais très réduits. Pour Andrew, c'était la solution idéale ; Bonner signa la réquisition, soulagé d'en avoir terminé, puis les deux hommes repartirent vers l'hôtel de Trevayne.

— Voulez-vous monter prendre un verre ? demanda Andrew en descendant du véhicule du ministère.

— Non, merci, mais ce n'est que partie remise. Il doit y avoir une douzaine de généraux qui m'attendent, en faisant les cent pas devant la porte de mon bureau.

Le visage de Bonner s'éclaira, ses yeux se mirent à pétiller ; il était ravi de l'image qu'il avait employée. Trevayne comprit. Le jeune turc était enchanté de la situation ; on lui avait assigné cette tâche pour des raisons qui ne lui plaisaient pas, mais cela pourrait peut-être se retourner contre ses supérieurs.

Trevayne se demanda quelles pouvaient être ces raisons.

— Alors, amusez-vous bien. Demain, 10 heures ?

— Parfait. Je vais prévenir la sécurité ; les noms sur votre liste auront le feu vert de la Défense. S'il y a un problème, je vous appellerai moi-même. Mais il vous en faudra d'autres ; je vais prendre des rendez-vous. Vous vous occuperez des entretiens, acheva Bonner en riant.

— Très bien, je vous remercie.

Trevayne suivit des yeux le véhicule du ministère qui se glissait dans le flot des voitures.

La réception l'informa que Mme Trevayne avait pris les messages à 17 h 10. Le liftier porta deux doigts à la visière de sa casquette et le salua en l'appelant par son nom. Le premier garde du corps, assis dans un fauteuil, près des cabines d'ascenseur du neuvième étage, sourit en le voyant. Son collègue, debout dans le couloir, à quelques mètres de la porte de la chambre, inclina la tête à son arrivée. Trevayne eut l'impression d'être passé devant une enfilade de miroirs réfléchissant son image à l'infini. Pas nécessairement pour lui ; pour les autres.

— Salut, Phyl !

En refermant la porte, il entendit la voix de sa femme qui téléphonait dans la chambre.

— Je suis à toi dans une minute ! cria-t-elle.

Il enleva sa veste, desserra sa cravate, s'avança vers le bar, où il se servit un verre d'eau glacée. Quand Phyllis sortit de la chambre, il perçut une pointe d'inquiétude dans son regard, derrière le sourire.

— Qui était-ce ?

— Lillian.

C'était la cuisinière, la domestique à tout faire, à High Barnegat.

— Elle a eu des problèmes d'électricité, mais tout va s'arranger. Les électriciens ont dit qu'ils venaient tout de suite.

Ils s'embrassèrent, comme toujours, mais Trevayne avait la tête ailleurs.

— Quel genre de problème ?

— La moitié des lumières se sont éteintes ; l'aile nord. Elle ne s'en serait pas rendu compte sans la radio qui s'est arrêtée.

— Le courant n'est pas revenu aussitôt ?

— Je ne crois pas... Ne t'inquiète pas, les ouvriers sont en route.

— Nous avons une génératrice auxiliaire, Phyllis. Elle se met en marche quand le coupe-circuit ne fonctionne pas.

— Chéri ! Tu sais bien que nous n'y connaissons rien. Les ouvriers feront la réparation... Comment s'est passée ta journée ? Et où es-tu allé ?

Il est possible, se dit Trevayne, qu'il y ait eu une défaillance de l'installation électrique, à Barnegat. Possible, mais peu probable. L'installation avait été conçue par le frère de Phyllis, avec beaucoup d'amour et de travail. Il lui passerait un coup de fil plus tard ; pour lui demander, en plaisantant, d'aller y jeter un coup d'œil.

— Où je suis allé ?... Un peu partout, en compagnie d'un charmant jeune homme dont l'unique livre de chevet est l'ouvrage de Clausewitz.

— Qui ?

— Disons qu'il s'agit de la science de la suprématie militaire.

— Ce doit être enrichissant.

— Édifiant serait plus approprié... Nous avons choisi les locaux. Tu ne devineras jamais où !... Au bord du Potomac !

— Comment as-tu fait ?

— Je n'ai rien fait... Ils étaient libres, c'est tout.

— Alors, il n'y a rien de nouveau... sur Gillette, ta nomination ?

— Non. Du moins, pas encore. On m'a dit, à la réception, que tu avais pris les messages. Il y en avait un de Walter ?

— Ils sont sur la table... J'ai vu celui de Lillian et oublié les autres. Excuse-moi.

Trevayne alla ramasser les messages sur la table basse. Il y en avait une douzaine, envoyés pour la plupart par des amis. Quelques intimes et de vagues connaissances ; rien de Walter Madison. Mais l'un était signé « Mario de Spadante ».

— Bizarre que de Spadante ait appelé ici.

— J'ai vu ce nom ; il ne me disait rien.

— Nous étions dans le même avion. Je l'ai connu à New Haven, il y a longtemps. Il travaille dans la construction.

— Il doit vouloir t'inviter à déjeuner ; tu es devenu une célébrité.

— Étant donné les circonstances, je pense que je ne vais pas le rappeler... Tiens, il y a un message des Jansen. Cela fait bien deux ans qu'on ne les a pas vus.

— Ils sont sympas. Nous pouvons les inviter demain soir ou samedi, s'ils sont libres.

— D'accord. Je vais prendre une douche et me changer. Si Walter appelle, frappe à la porte de la salle de bains.

— Entendu.

Phyllis prit distraitement le verre de son mari et le termina. Elle alla s'asseoir sur le canapé, parcourut les messages. Plusieurs noms lui étaient totalement inconnus ; des relations de travail d'Andy, sans doute. Les autres, elle les connaissait à peine, à part les Jansen, les Ferguson et les Prior. De vieux copains de Washington, du temps du Département d'État.

Elle entendit couler l'eau de la douche, se dit qu'elle aussi devrait s'habiller, quand Andy aurait terminé. Ils avaient accepté une invitation à dîner, à Arlington — une obligation, comme disait Andy —, chez un attaché d'ambassade français, qui, des années plus tôt, lui avait donné un coup de main en Tchécoslovaquie, pendant les pourparlers.

Le tourbillon avait repris. Comme elle détestait la vie à Washington !

En entendant la sonnerie du téléphone, Phyllis se prit à espérer que c'était Walter, qu'il voulait absolument voir

Andy, qu'ils allaient décommander le dîner à Arlington. Non, se dit-elle aussitôt, ce serait pire ; un rendez-vous précipité à Washington était toujours catastrophique.

— Allô !

— Pourrais-je parler à M. Trevayne, je vous prie, fit une voix légèrement râpeuse, mais courtoise.

— Désolée, il est sous la douche. De la part de qui ?

— Vous êtes Mme Trevayne ?

— Oui.

— Je n'ai pas le plaisir de vous connaître, madame ; je m'appelle Mario de Spadante. Je suis une vieille connaissance de votre mari. Nous nous sommes retrouvés hier, dans l'avion.

Phyllis se souvint qu'Andy avait dit qu'il ne rappellerait pas de Spadante.

— Je suis vraiment navrée, reprit-elle. Nous sommes très en retard, je ne suis pas sûre qu'il puisse vous rappeler ce soir.

— Si vous n'y voyez pas d'inconvénient, je vais laisser un numéro, à tout hasard. Peut-être aura-t-il envie d'appeler. Vous voyez, madame Trevayne, j'étais invité, moi aussi, chez les Devereaux, à Arlington. J'ai eu un contrat avec Air France. Votre mari préférera peut-être que je trouve un prétexte pour ne pas y aller.

— Pourquoi ferait-il cela ?

— J'ai appris par les journaux la création de cette sous-commission... Dites-lui, s'il vous plaît, qu'on me suit depuis l'arrivée à l'aéroport. On sait que nous avons fait ensemble le trajet jusqu'à Washington.

— Qu'est-ce que ça veut dire, on le suit ? demanda Phyllis à son mari, dès qu'il sortit de la salle de bains. Quel rapport avec le trajet fait avec lui ?

— Aucun... Je suis monté dans sa voiture, parce qu'il me l'a proposé. S'il dit qu'on le suit, on peut le croire ; il a l'habitude. Il paraît qu'il travaille pour la mafia.

— À Air France ?

— Non, répondit Trevayne en riant, il est entrepreneur ; il doit travailler dans les aérogares. Où est ce numéro ?

— Je l'ai noté sur le bureau. Je vais le chercher.

— Laisse, je m'en occupe.

En sous-vêtements, Trevayne se dirigea vers le bureau sur lequel se trouvait le sous-main vert de l'hôtel, près du téléphone. Il décrocha, composa le numéro, en déchiffrant difficilement l'écriture de sa femme.

— C'est un 9 ou un 7 ? demanda-t-il en la voyant apparaître à la porte du salon.

— Un 7 ; il n'y avait pas de 9... Que vas-tu lui dire ?

— Je vais le remettre à sa place. Il peut faire ce qu'il veut, je m'en contrefiche... Je ne joue pas à ce petit jeu ; il se fourre le doigt dans l'œil s'il s'imagine le contraire... M. de Spadante, je vous prie !

D'une voix calme, mais sans masquer son irritation, Trevayne dit à de Spadante ce qu'il avait sur le cœur ; l'Italien fit de plates excuses. La conversation ne dura guère plus de deux minutes. En raccrochant, Trevayne eut le sentiment très net que de Spadante était pleinement satisfait.

Il ne se trompait pas.

À trois kilomètres au nord-ouest de l'hôtel, la Cadillac bleu marine de l'Italien était garée devant un vieil hôtel particulier. La demeure, comme toutes celles de la rue et des environs, avait connu des jours meilleurs. Malgré les stigmates du temps, il subsistait une certaine noblesse dans ce quartier dont les habitants pouvaient être grossièrement classés en trois catégories. Les plus âgés, retenus par les souvenirs ou le manque de ressources ; de jeunes couples — le plus souvent des fonctionnaires en début de carrière — qui pouvaient, pour un loyer assez modeste, disposer d'un logement spacieux ; enfin, en termes sociologiques, quelques enclaves de subculture, de petits groupes de jeunes nomades confinés dans des sanctuaires. Les plaintes des sitars, les vibrations des flûtes se prolongeaient jusqu'au petit matin ; pour eux, il n'y avait ni jour ni nuit, tout se fondait dans une pénombre grisâtre, entre la vie et la mort.

La drogue.

Les fournisseurs et les consommateurs.

Le vieil hôtel particulier avait été récemment racheté par un cousin de Mario de Spadante, un de ses nombreux cousins, qui avait des appuis dans les forces de police de la capitale. La maison était une sous-station, un poste de commande secondaire d'un réseau de distribution de stupéfiants. De Spadante était venu inspecter les lieux avec quelques collègues.

Il était assis dans une pièce sans fenêtre ; sur les murs, masquant les fissures, des posters psychédéliques recevaient la lumière de l'éclairage indirect. Après avoir raccroché, il s'enfonça dans son fauteuil, tourna la tête vers l'autre homme qui se trouvait dans la pièce.

— Il est à cran ; il vient de m'envoyer promener. C'est bon signe.

— Ce serait encore mieux, bougres d'idiots, si vous aviez laissé les choses suivre leur cours ! Il y aurait eu une nouvelle réunion et Trevayne serait sur la touche !

— Le problème est que vous ne réfléchissez pas. Vous cherchez des solutions rapides ; c'est stupide. Particulièrement stupide dans les circonstances présentes.

— Vous vous trompez, Mario ! riposta Robert Webster, les muscles du cou saillants. Vous n'avez rien résolu ; vous n'avez fait que compliquer la situation en créant un danger potentiel. Et sans finesse.

— Ne me parlez pas sur ce ton ! J'ai allongé deux cent mille dollars à Greenwich et cinq cent mille pour le Plaza !

— Sans finesse, répéta Webster d'un ton cinglant. Et parfaitement inutile ! Votre tactique de malfrat est dépassée ; elle a failli nous exploser au nez. Attention à vous !

— Ne me parlez pas comme ça, Webster ! rugit l'Italien en bondissant de son fauteuil. Un de ces jours, vous viendrez me remercier à genoux pour ce que j'ai appris sur lui !

— Pas si fort, bon Dieu ! Et ne prononcez pas mon nom ! Quelle erreur nous avons faite en nous adressant à vous ! Allen a bien raison de le dire ; tout le monde est d'accord là-dessus.

— Je n'ai pas demandé une carte d'invitation, Bobby. Et vous n'avez pas trouvé mon nom dans l'annuaire. C'est vous qui êtes venus me chercher ! Vous aviez besoin d'un coup de main, je vous l'ai donné... Je vous en ai donné des quantités, depuis un bon moment. Alors, changez de ton !

L'expression de Webster montra qu'il devait s'incliner devant les arguments du mafioso. Mario de Spadante leur avait rendu bien des services, que peu auraient osé rendre. Et Bobby Webster avait fait appel à lui en maintes occasions. Cela faisait bien longtemps qu'il ne pouvait plus le prendre de haut avec l'Italien ; il se bornait à le contrôler.

— Vous ne comprenez donc pas que nous voulions nous débarrasser de Trevayne ? Une nouvelle réunion nous aurait permis de le faire.

— Si vous croyez ça, vous vous mettez le doigt dans l'œil. J'ai parlé à Madison, hier soir ; je lui avais dit de m'appeler de l'aéroport, avant d'embarquer. Je pensais que quelqu'un devait savoir ce que Trevayne mijotait.

Webster fut pris au dépourvu ; son hostilité se mua en inquiétude.

— Qu'a dit Madison ?

— On change de ton, hein ? Aucun de ces beaux messieurs n'avait pensé à ça.

— Qu'a-t-il dit ?

— Notre avocat distingué était dans ses petits souliers, expliqua de Spadante en se rasseyant. Il donnait l'impression de vouloir rentrer chez lui dare-dare pour se réfugier dans les bras de sa femme.

— Qu'a-t-il dit ?

— Trevayne ne s'est pas laissé impressionner par ces vieux croûtons de sénateurs ; il savait que les dés étaient pipés et n'a pas mâché ses mots. Madison a avoué qu'il avait eu des sueurs froides en attendant la confirmation — *lui*, pas Trevayne, qui n'avait pas peur d'eux. Et pour une très bonne raison ; Trevayne lui avait dit que si les parlementaires l'envoyaient bouler, il ne s'en irait pas la queue basse. Il avait l'intention de convoquer les journaux, la télé et de raconter des tas de choses. Madison n'avait pas l'air de croire qu'il pourrait en sortir quelque chose de très bon.

— À quel propos ?

— Madison n'en savait rien. Il sait seulement que c'était explosif. Trevayne voulait tout faire péter ; c'est ce qu'il a dit. *Tout faire péter.*

Robert Webster détourna la tête ; il respira profondément pour maîtriser sa colère. L'odeur aigre-douce qui imprégnait la vieille maison lui piqua les narines.

— Cette histoire ne tient pas debout, fit-il. J'ai parlé avec lui tous les jours, depuis une semaine. Cela ne tient pas debout.

— Madison n'a pas menti, c'est sûr.

— Je sais, poursuivit Webster en se retournant vers le mafioso. Alors, de quoi s'agit-il ?

— Nous le découvrirons, répondit l'Italien avec une assurance tranquille. Sans être à la merci d'une conférence de presse. Et, quand vous aurez rassemblé tous les éléments, vous verrez que j'avais raison. Si Trevayne était resté sur la touche, il aurait mis le feu aux poudres. Je le connais, depuis très longtemps. Il ne ment pas, lui non plus. Nous n'aurions rien pu faire ; le vieux devait mourir.

Webster considéra l'Italien massif, à la posture arrogante, dans le fauteuil crasseux.

— Nous n'avons pas la moindre idée de ce qu'il avait l'intention de dire, fit le conseiller du président. Vous est-il venu à l'esprit qu'il pouvait s'agir de quelque chose d'aussi simple que l'incident du Plaza ? Nous aurions pu — et nous l'aurions fait immédiatement — nous dissocier de cette affaire.

De Spadante ne leva pas les yeux. Il plongea la main dans sa poche ; sous le regard rempli d'une appréhension incrédule de Webster, il en sortit un étui contenant des lunettes à monture d'écaille. Il les mit et commença à parcourir des papiers.

— Vous commencez à me pomper l'air, Bobby... « Il pouvait s'agir », « nous aurions pu » ; qu'est-ce que ça veut dire, tout ça ? Une chose est sûre, nous ne savions pas à quoi nous en tenir. Et nous n'allions pas courir le risque de l'apprendre en écoutant les informations. Je pense que vous devriez retourner jouer à la marelle, Bobby.

Webster se dirigea vers la porte, en secouant la tête sans relever les insultes. La main sur le bouton de verre ébréché, il se retourna un dernière fois vers l'Italien.

— Dans votre intérêt, Mario, ne prenez plus de décisions unilatérales. Consultez-nous d'abord. Tout est compliqué de nos jours.

— Vous êtes un garçon intelligent, Bobby, mais encore très jeune et inexpérimenté. En prenant de l'âge, les choses ne vous paraîtront plus aussi compliquées... Un mouton ne survit pas dans le désert ; un cactus ne pousse pas dans la jungle humide. Ce Trevayne n'est pas dans son élément. C'est aussi simple que ça.

12

La grande maison blanche dont les quatre piliers ioniques soutenaient un balcon peu pratique surplombant le porche d'entrée était située au centre d'une propriété paysagée d'un hectare et demi. L'allée qui y conduisait était aussi peu pratique que le balcon ; après avoir longé le bord droit d'une pelouse semblable à un tapis moelleux, elle tournait inexplicablement vers la droite, en s'éloignant de la maison, pour s'achever en un demi-cercle. D'après l'agent immobilier, le premier propriétaire avait projeté de construire un appartement avec garage à l'extrémité de l'allée, mais il avait été muté à Muscaton, Dakota du Sud, avant de le faire.

Ce n'était pas High Barnegat, mais la maison avait un nom, que Phyllis aurait souhaité faire disparaître. Un nom sculpté dans la pierre blanche, sous le balcon.

Monticellino.

Comme le bail d'un an ne l'autorisait pas à passer la sableuse, elle se résigna à le laisser.

Tawning Spring, Maryland, n'était pas Greenwich, mais il existait des similarités. La commune était riche, peuplée à quatre-vingt-dix-huit pour cent de Blancs et vouée au syndrome de l'ascension sociale. Essentiellement refermée sur elle-même, elle était habitée par des gens qui savaient précisément ce qu'ils achetaient : l'aboutissement du rêve des cadres supérieurs. Le fin du fin — pour ceux qui avaient le courage de le reconnaître — se situait au sud-est : McLean ou Fairfax, dans la giboyeuse Virginie.

Ceux qui achètent ce rêve, se dit Phyllis, ignorent que, sans supplément, ils reçoivent aussi les problèmes insurmontables fournis avec leur acquisition.

Phyllis Trevayne était passée par là. Elle avait eu ces problèmes ; cela avait duré cinq ans, plus près de six, en réalité. Six années à vivre une manière d'enfer. Ce n'était la faute de personne ; ou la faute de tout le monde. C'était la vie. Quelqu'un avait décrété qu'une journée devait faire vingt-quatre heures ; pas trente-sept, ni quarante-neuf, ni seize. Vingt-quatre heures. Un point, c'est tout.

C'était trop court. Ou trop long.

Selon les cas.

Au commencement, ces considérations philosophiques n'avaient pas eu de raison d'être. L'ivresse de l'amour, l'excitation, l'incroyable énergie investie par eux trois — Andy, Douglas et elle-même — dans l'entrepôt minable abritant ce qu'ils appelaient l'entreprise ; quand ils pensaient au temps qui s'écoulait, c'était le plus souvent pour se demander où il avait bien pu passer.

Phyllis faisait une triple journée. Elle était la secrétaire indispensable à la bonne organisation du travail d'Andy ; elle tenait la comptabilité, remplissant livre sur livre de mots imprononçables et de chiffres incroyablement compliqués. Pour finir, elle était l'épouse.

Leur mariage avait été idéalement placé — pour reprendre l'expression de son frère — entre un contrat avec Pratt et Whitney et une présentation imminente chez Lockheed. Andy et Doug avaient décidé qu'un voyage de noces de trois semaines dans le Nord-Ouest serait parfait. Le jeune couple découvrirait San Francisco, ferait un peu de ski de fin de saison à Washington ou Vancouver et Andrew pourrait faire un saut à Palo Alto, chez Genessee Industries. Un conglomérat gigantesque, dont les activités allaient de la fabrication de trains et d'avions aux constructions préfabriquées et à l'électronique.

Elle savait quand ces années affreuses avaient commencé. Plus exactement, elle se souvenait du jour où elle s'était fait une idée de ce que l'avenir lui réservait. C'était le lendemain de leur retour de Vancouver.

En entrant dans le bureau, elle avait découvert la femme entre deux âges que son frère avait engagée en son absence. Il émanait d'elle une grande détermination ; elle semblait résolue à accomplir plus que ce que permettaient ses huit heures de travail, avant de filer chez elle retrouver mari et enfants. Une personne délicieuse, totalement étrangère à l'esprit de compétition, mais profondément reconnaissante d'avoir la possibilité de travailler. Elle n'avait pas besoin de l'argent qu'elle gagnait.

Phyllis avait souvent pensé à elle pendant les années qui avaient suivi. Et elle l'avait comprise.

Quand Steven vint au monde, Andrew fut aux anges. À

la naissance de Pamela, il incarna l'image du père ému et maladroit, débordant d'amour.

Quand il avait le temps.

Car Andrew brûlait d'impatience ; la société Pace-Trevayne était en expansion rapide, trop rapide au goût de Phyllis. Les responsabilités devenaient écrasantes, le financement exorbitant. Elle n'était pas persuadée que son jeune époux eût les épaules assez solides pour le supporter. Elle se trompait. Non seulement il était compétent, mais il s'adaptait à la pression sans cesse croissante. Quand il était dans l'incertitude, quand il avait peur — ce n'était pas rare —, il s'arrêtait simplement et tout le monde s'arrêtait avec lui. Il disait que ses craintes, ses hésitations venaient de ce qu'il ne comprenait pas, de ce qu'il ne savait pas. Il valait mieux perdre un contrat — aussi douloureux que ce fût — que regretter de l'avoir passé.

Il n'oubliait pas le Palais de justice de Boston. Jamais il ne connaîtrait la même chose.

Andrew allait de l'avant — ses produits remplissaient un vide qu'il fallait combler d'urgence —, jusqu'à ce qu'il soit assuré d'avoir pris l'avantage. Honnêtement ; c'était important pour lui. Pas nécessairement moral, mais important.

Les enfants grandissaient. Ils parlaient, ils marchaient, ils remplissaient des montagnes de couches, ingurgitaient des tonnes de céréales, de bananes et de lait. Phyllis leur donnait tout son amour maternel ; elle vécut leurs premières années avec le bonheur que procure une nouvelle expérience.

Puis tout commença à se dégrader. Lentement, au début, comme pour tant d'autres. Elle le comprenait aussi.

Le premier choc fut celui de l'école. Quel plaisir, les premiers temps, de ne plus entendre les petites voix aiguës et exigeantes. D'avoir le silence, la paix, la merveilleuse solitude. De ne voir que la bonne, le blanchisseur, un ouvrier, de loin en loin. Mais d'être seule, le plus souvent.

Les rares amies vraiment proches étaient parties, pour suivre un mari ou poursuivre des rêves bien éloignés de ceux que l'on bâtissait à New Haven ou Hartford. Les voisins de cette zone résidentielle étaient de bonne compagnie une ou deux heures, pas plus. Ils étaient obsédés par la réussite sociale. Et il y avait les femmes ; elles en voulaient à Phyllis de ne pas partager ni apprécier leurs aspirations. Ce ressentiment, comme c'est souvent le cas, conduisit à une manière d'isolement progressif. Elle n'était pas des leurs ; elle ne pouvait rien faire pour elles.

Phyllis prit conscience d'être plongée dans un univers étrange, pénible à supporter. Les milliers d'heures, les centaines de semaines, les dizaines de mois consacrés à Andrew, à Doug, à la société avaient été remplacés par les besoins constants, quotidiens des enfants. Son mari était le plus souvent absent ; c'était nécessaire, elle le savait. Mais la combinaison de tous ces éléments lui interdisait d'avoir une vie propre.

Elle commença donc à se risquer à sortir, jour après jour, délibérément, l'esprit libre, sans avoir à se préoccuper des enfants. Sans patientes explications à des domestiques impatientes, sans préparations minutieuses pour les repas, les loisirs, les amis. Les enfants étaient inscrits dans des écoles privées. On passait les prendre à 8 h 30, on les ramenait à 16 h 30, juste avant les heures de pointe.

La « liberté conditionnelle », selon l'expression des jeunes et riches mères, dont les rejetons fréquentaient les vieilles écoles privées.

Phyllis essaya de s'intégrer à leur univers ; elle s'affilia aux meilleurs clubs locaux. Andrew l'imita avec enthousiasme ; il y mit rarement les pieds. Elle s'en lassa rapidement, mais refusa d'avouer sa déception. Elle commença à se croire seule fautive, incapable de s'adapter. S'il y avait une responsabilité, elle en revendiquait sa part.

Que voulait-elle, au fond ? Elle se posa la question, sans pouvoir apporter de réponse.

Elle essaya de se retourner vers la société ; elle occupait maintenant un vaste complexe de bâtiments modernes et s'était diversifiée. Pace-Trevayne se développait à une vitesse vertigineuse, dans une course extraordinairement complexe. Il n'était pas agréable pour l'épouse du jeune et dynamique président d'effectuer un travail de bureau sans intérêt. Elle renonça, crut comprendre qu'Andrew en était soulagé.

Elle ne parvenait toujours pas à savoir ce qu'elle cherchait, mais commença à trouver une consolation, à l'heure du déjeuner. Au début, elle se contenta d'un petit verre de

Harvey's Bristol Cream. Puis elle essaya un manhattan, qui se mua rapidement en un double. En quelques années, elle passa à la vodka, un substitut qui ne trompait pas.

Comme elle comprenait Ellen Madison ! Pauvre Ellen, riche, dorlotée, ramollie !... pauvre Ellen, égarée, étouffée ! Ne jamais, jamais lui téléphoner après 18 heures !

Phyllis se souvenait avec une douloureuse netteté de ce jour pluvieux où Andy l'avait trouvée dans sa chambre. Elle avait eu un accident, rien de grave, et en avait été quitte pour la peur. Sa voiture avait dérapé sur la chaussée mouillée et heurté un arbre, à une centaine de mètres de la maison. Elle roulait trop vite, au retour d'un déjeuner prolongé, où elle avait tenu des propos incohérents.

Prise de panique, elle avait abandonné la voiture accidentée pour se précipiter chez elle et s'enfermer à double tour dans sa chambre.

Un voisin affolé était venu aux nouvelles, la bonne avait prévenu Andrew. Il avait eu toutes les peines du monde à la convaincre d'ouvrir la porte ; quelques mots avaient suffi à Phyllis pour que sa vie soit transformée, pour mettre fin à ces années terribles.

— Aide-moi, pour l'amour du ciel !

— Maman !

La voix de sa fille rompit le silence de la nouvelle chambre ouvrant sur le balcon. Phyllis avait presque fini de déballer ses affaires ; elle posa la vieille photo des enfants qui avait déclenché l'évocation de ce passé.

— Il y a une lettre recommandée pour toi, de l'université de Bridgeport. Tu vas donner des cours ?

La musique du transistor de Pam emplissait le rez-de-chaussée. Andy et elle n'avaient pu s'empêcher de rire la veille au soir, en allant chercher leur fille à l'aéroport ; Pam avait allumé la radio avant de franchir la porte du terminal.

— Seulement des séminaires bimensuels, ma chérie. Apporte-moi la lettre, veux-tu ?

L'université de Bridgeport.

La coïncidence entre la lettre et ses réflexions était curieuse. Bridgeport était en effet un résultat concret de sa « solution », comme elle disait.

Andy s'était rendu compte que l'alcool n'était pas seulement une habitude de consommation en société, mais refusait de le considérer comme un problème. Il avait assez de problèmes comme ça. Il attribuait son intempérance à des difficultés temporaires dans la conduite de la maison et au manque d'activités. Ce n'était pas rare ; il avait entendu d'autres hommes en parler. « Elle vit cloîtrée chez elle », disaient-ils en général. Cela passerait, il en était persuadé. La preuve en était que, chaque fois qu'ils partaient en vacances ou voyageaient ensemble, tout se passait bien.

En ce jour pluvieux, ils avaient compris que le problème existait, qu'ils devaient le résoudre ensemble.

Andy avait apporté la solution, en lui laissant penser que l'idée venait d'elle. Elle devait s'immerger dans un projet, en se fixant un objectif précis. Un projet dans lequel elle trouverait une profonde satisfaction ; un objectif assez ambitieux pour qu'elle y consacre tout son temps et son énergie.

Il ne fallut pas longtemps pour trouver. Elle avait toujours eu une fascination pour l'histoire médiévale et la Renaissance. Particulièrement les chroniqueurs : Holinshed, Froissart, Villani. Un monde incroyable, mystique, merveilleux, où se mêlaient la légende et la réalité, les faits et l'imagination.

Elle commença prudemment, comme auditrice libre à Yale, fut vite aussi agacée que l'était Andrew avec les problèmes d'expansion de sa société. Elle fut horrifiée par la sécheresse avec laquelle les universitaires traitaient ces histoires vivantes et charnelles. Elle se promit d'ouvrir ces portes aux gonds rouillés, de faire circuler de l'air frais dans les archives poussiéreuses. Elle voulait jeter un regard neuf sur cette époque, établir des parallèles avec la période contemporaine, en conservant la noblesse du passé.

Andrew avait la fièvre ; elle eut la sienne. Plus elle se plongeait dans cette nouvelle passion, plus les choses semblaient se mettre en place d'elles-mêmes. La maison des Trevayne redevint un foyer plein d'activité et d'énergie. En moins de deux ans, Phyllis décrocha sa maîtrise. Deux ans et demi plus tard, l'objectif ambitieux, devenu une nécessité acceptée, était atteint. Elle obtint le grade de docteur ès lettres. Andrew donna une grande fête pour célébrer l'événement et lui annonça dans la foulée qu'il allait faire construire High Barnegat.

Ils l'avaient bien mérité, elle comme lui.

— Tu as presque fini ! s'écria Pamela en entrant dans la chambre.

Elle tendit à sa mère l'enveloppe portant un tampon rouge et lança un regard circulaire dans la pièce.

— Tu sais, maman, cela ne me gêne pas que tu ranges tout si vite, mais tu n'es pas obligée d'être aussi organisée !

— J'ai une longue expérience, Pam, répondit Phyllis, l'esprit encore absorbé par ses réflexions. Je n'ai pas toujours été aussi... propre.

— Comment ?

— Rien. Je dis qu'il m'est souvent arrivé de défaire une valise.

Phyllis regarda sa fille, tout en ouvrant distraitement l'enveloppe. Pam grandissait si vite ; les cheveux châtain clair mi-longs encadraient le jeune visage aux traits fins, aux grands yeux bruns pétillants. Des yeux ardents. Pam avait un visage avenant ; la version très féminine de celui de son frère. Pas vraiment beau, mais bien plus que joli. Pam devenait une jeune fille extrêmement séduisante ; sous des dehors exubérants, elle avait une intelligence vive, un esprit curieux qui ne se satisfaisait pas de réponses approximatives.

Quelles que fussent les passions de la période de transition qu'elle vivait — garçons, transistor diffusant ces derniers temps des ballades folk mélancoliques, posters pop, manifestations contre la pauvreté —, Pam Trevayne était de son époque. C'est très bien pour tout le monde, se dit Phyllis en regardant sa fille écarter les rideaux de la porte-fenêtre du balcon.

— Ce balcon est génial, maman. Avec un peu de chance, on pourrait y loger un fauteuil pliant.

Phyllis éclata de rire, en continuant à lire la lettre de Bridgeport.

— Je ne crois pas que nous l'utiliserons pour dîner dehors... Oh ! non ! Ils ont prévu le vendredi ! J'avais demandé à ne pas avoir ce jour-là.

— Pour les séminaires ?

— Oui... J'avais demandé n'importe quel jour entre le

lundi et le jeudi, et on me colle le vendredi. Je voulais le garder pour les week-ends.

— Et votre conscience professionnelle, madame le professeur ?

— Qu'un membre de la famille se consacre à son travail est largement suffisant. Ton père aura besoin de ses week-ends... quand il pourra les prendre. Je vais leur téléphoner.

— Nous sommes samedi, maman.

— C'est vrai. J'attendrai lundi.

— Quand Steve doit-il arriver ?

— Ton père lui a demandé de prendre le train jusqu'à Greenwich et de venir avec le break. Il a une liste de choses à transporter ; Lillian a dit qu'elle s'en occuperait.

Pam poussa un petit cri de déception.

— Pourquoi ne m'en as-tu pas parlé ? J'aurais pu rentrer à la maison en bus et venir avec lui.

— Parce que j'ai besoin de toi ici. Pendant que j'étais à Barnegat, papa a vécu dans une maison à moitié meublée, où il n'y avait rien à manger, sans personne pour l'aider. C'est à nous, les femmes, qu'il revient de veiller à ce genre de choses.

Phyllis glissa la lettre dans l'enveloppe qu'elle plaça contre le miroir de la commode.

— Je suis contre cette manière de voir les choses, par principe, fit Pamela en souriant. Les femmes sont émancipées.

— Sois contre, sois émancipée, mais va déballer la vaisselle. Les déménageurs ont mis la caisse dans la cuisine.

Pam fit quelques pas, s'assit sur le bord du lit et traça du doigt une ligne imaginaire sur son jean.

— D'accord, dans une minute... Dis, maman, pourquoi n'as-tu pas amené Lillian ? Ou engagé quelqu'un ? Ce serait plus facile, non ?

— Nous verrons ça plus tard. Nous ne savons pas encore quel sera notre emploi du temps. Nous serons souvent dans le Connecticut, surtout le week-end ; nous ne voulons pas fermer la maison... Je ne savais pas que tu aimais être servie, dit Phyllis avec un haussement de sourcils faussement réprobateur.

— Je m'énerve quand je n'ai pas mes chambrières.

— Alors, pourquoi poses-tu cette question ? poursuivit

Phyllis en déplaçant quelques objets sur la commode, tout en regardant sa fille dans le miroir.

— J'ai lu l'article du *Sunday Times.* Il disait que papa avait accepté un poste qui l'occuperait dix ans à plein temps et qu'il ne ferait que la moitié du travail ; que, malgré ses compétences, il s'attelait à une tâche impossible.

— Pas impossible ; ils ont employé le mot « inimaginable ». Les journalistes sont enclins à exagérer.

— Ils ont dit que tu étais une autorité sur le Moyen Âge.

— Ils n'exagèrent pas toujours !

Phyllis éclata de rire en prenant une valise vide sur un fauteuil.

— Que se passe-t-il, ma chérie ? reprit-elle. Tu as cet air qui signifie : J'ai-quelque-chose-à-dire.

Pam s'adossa à la tête de lit ; Phyllis constata avec soulagement qu'elle ne portait pas de chaussures. Le dessus-de-lit était en soie.

— Pas à dire, à demander. J'ai lu les articles des revues et des journaux, j'ai même vu le reportage, dans l'émission d'Eric Sevareid — son émission marche très fort sur le campus. Pourquoi papa a-t-il accepté ce poste ? Tout le monde dit que c'est casse-gueule.

— Précisément pour cette raison. Ton père a de grandes qualités, poursuivit Phyllis en posant la valise devant la porte. Des tas de gens pensent qu'il réussira à changer les choses.

— Il ne pourra pas, maman.

Phyllis se retourna vivement ; elle n'avait écouté sa fille que d'une oreille, plus préoccupée par les mille et une tâches à effectuer dans la maison.

— Qu'est-ce que tu dis ?

— Il ne pourra rien faire.

Phyllis s'avança lentement vers le lit.

— Veux-tu m'expliquer pourquoi ?

— Il ne pourra pas changer les choses. Aucune commission parlementaire, aucune audition, aucune enquête n'y changera rien.

— Pourquoi ?

— Parce que le gouvernement enquêtera sur lui-même. Ça ne marchera pas, maman.

— Cette remarque ne te ressemble pas du tout.

— Je reconnais qu'elle n'est pas de moi, mais c'est clair. Nous discutons beaucoup, tu sais.

— Je n'en doute pas ; c'est très bien. Mais je trouve que cette vision des choses est un peu trop simple. Puisque tout le monde s'accorde pour dire que c'est « casse-gueule », que proposes-tu ? Quand on émet une critique, on doit proposer une autre solution.

Pam se redressa, les coudes sur les genoux.

— On dit toujours ça, mais ce n'est pas sûr. Quand on sait que quelqu'un est malade, mais qu'on n'est pas chirurgien, il ne faut pas essayer d'opérer.

— Ce n'est pas de toi...

— Si, c'est de moi.

— Pardon.

— Il existe une solution. Mais il faudra sans doute attendre ; si nous ne sommes pas allés trop loin ou déjà morts. Un grand bouleversement, le changement de haut en bas. Peut-être un vrai troisième parti...

— La révolution ?

— Certainement pas ! Je la laisse aux marginaux, aux apôtres de la violence. Ils ne valent pas mieux que ce que nous avons ; ils sont bêtes. Ils coupent des têtes et s'imaginent que c'est la solution.

— Je suis soulagée... Je le dis sans condescendance, ajouta Phyllis en voyant le regard interrogateur que lui lançait brusquement sa fille.

— Tu vois, maman, ceux qui prennent toutes les décisions doivent être remplacés par d'autres gens qui prendront d'autres décisions. Qui seront attentifs aux vrais problèmes et cesseront d'en fabriquer de toutes pièces ou de grossir, dans leur propre intérêt, les petits qui existent.

— Ton père pourra peut-être attirer l'attention sur des choses de ce genre. Si elles sont étayées par des faits, il faudra bien lui prêter attention.

— Bien sûr ; on l'approuvera, on dira que c'est un type très fort. Puis on formera d'autres commissions pour enquêter sur la sienne, et ainsi de suite. Cela se passera comme ça s'est toujours passé. Pendant ce temps-là, rien ne change. Tu ne comprends donc pas que ce sont d'abord les *gens* qui doivent changer.

L'excitation de Pam n'échappa pas à sa mère.

— Tu es très cynique, fit-elle simplement.

— Sans doute. Mais j'ai idée que papa et toi vous ne pensez pas très différemment.

— Quoi ?

— Eh bien, j'ai l'impression que tout est... transitoire. Lillian n'est pas là et on ne peut pas dire que cette maison est le genre d'endroit où se plaît papa...

— Il y a une bonne raison pour la maison : la difficulté à en trouver. Et papa déteste l'hôtel, tu le sais bien.

Phyllis avait pris un ton dégagé ; elle ne tenait pas à expliquer que le pavillon situé au fond du jardin était idéal pour les deux agents du Service secret chargés de leur protection. La « Patrouille 1600 », avait-elle lu sur une note de service de Robert Webster.

— Tu as dit qu'elle n'était qu'à moitié meublée...

— Nous n'avons pas eu le temps.

— ... Tu continues à donner des cours à Bridgeport.

— Je m'étais engagée ; c'était près de la maison.

— Tu as même dit que tu n'étais pas sûre de ton emploi du temps.

— Ma chérie, tu prends des phrases isolées, détachées de leur contexte et tu t'en sers pour étayer unc opinion préconçue.

— Allons, maman, tu n'es pas en train d'argumenter contre les notes de bas de page d'un collègue.

— Ce n'est pas très différent. J'ai vu des tas de choses aussi trompeuses et hors de propos... Ce que fait ton père est très important pour lui. Il lui a fallu prendre des décisions déchirantes. Je n'aime pas t'entendre insinuer qu'il n'est pas sérieux ; ou qu'il cautionne une imposture.

— Holà ! Je sens de mauvaises vibrations !

Pam se leva, embarrassée d'avoir mis sa mère dans cet état.

— Ce n'est pas ce que je veux dire, maman. Jamais je ne dirai ça de papa ou de toi ; vous êtes des gens bien.

— Alors, j'ai mal interprété tes paroles.

Phyllis repartit lentement vers la commode. Elle s'en voulait d'avoir attrapé Pam pour avoir dit ce que des gens beaucoup mieux informés qu'elle dénonçaient à l'envi dans la capitale. Pas l'imposture ; la vanité de l'entreprise.

Le gaspillage. Ce qu'Andrew détestait tant.

Rien ne changerait. Voilà ce qu'on entendait partout.

— Je voulais seulement dire que papa n'était peut-être pas sûr...

— Je comprends, dit Phyllis avec un sourire bienveillant. Et tu ne te trompes peut-être pas... sur la difficulté qu'il y aura à changer les choses. Mais nous devrions laisser papa tenter le coup, tu ne crois pas ?

Pam regarda sa mère ; soulagée, elle lui rendit son sourire.

— Et comment ! Avec lui, on ne sait jamais... Il pourrait convertir toute la marine de guerre à la navigation à voile.

— À la grande satisfaction des écologistes... Veux-tu t'occuper de la vaisselle, maintenant ? Quand Steve arrivera, il aura une faim de loup.

— Il a toujours faim, soupira Pam en se dirigeant vers la porte.

— Puisque nous parlons de ton père, je me demande où il est encore passé. Cet homme a le don de disparaître dès qu'il y a du travail à faire à la maison.

— Il est dehors. Il regardait la grosse maison de poupée, au fond du jardin. Et cette allée tordue, dessinée par quelqu'un qui a fait l'imbécile avec une bétonnière.

— » Monticellino », ma chérie.

— Au fait, qu'est-ce que ça veut dire ?

— C'est le fils de Monticello, j'imagine.

Trevayne referma la porte du petit pavillon, après s'être assuré que le matériel de la Patrouille 1600 avait été bien installé et fonctionnait correctement. Deux haut-parleurs détectaient tous les bruits du vestibule et de la salle de séjour du bâtiment principal, dès qu'on actionnait un dispositif placé sous le tapis du séjour. Il venait de le faire ; il avait entendu la porte d'entrée s'ouvrir, le bref échange de paroles entre sa fille et le facteur, puis la voix de Pam annonçant à Phyllis qu'il y avait une lettre recommandée. Il avait également placé un livre sur l'appui d'une fenêtre ouverte de la salle de jeu, de manière qu'il dépasse le plan vertical du mur ; il avait constaté avec satisfaction, en entrant dans le pavillon, qu'un signal perçant était émis par un troisième haut-parleur, sous un panneau numéroté. Chaque pièce du bâtiment principal avait reçu un numéro correspondant à un de ceux qui figuraient sur le panneau.

Pas un objet, pas un corps ne pouvait franchir une ouverture dans les murs sans être détecté par le scanner.

Il avait demandé aux agents du Service secret d'attendre pendant la journée dans leur voiture, tandis que les enfants étaient à la maison. Trevayne les soupçonnait d'avoir dans leur véhicule du matériel supplémentaire relié à celui du pavillon, mais il n'avait rien demandé. Il trouverait un moyen de parler aux enfants de la Patrouille 1600, sans les alarmer ; en aucun cas, ils ne devaient découvrir les raison de cette protection. Les deux agents avaient mis au point leurs horaires de service avec une autre équipe qui les relaierait ; Trevayne les trouvait sympathiques.

Les dispositions prises en accord avec Robert Webster, le conseiller à la présidence, étaient assez simples. Sa femme ferait l'objet d'une surveillance ininterrompue, vingt-quatre heures sur vingt-quatre. Le vocable « surveillance » était préféré au terme « protection ». Pour des raisons qui lui échappaient, il offrait une plus grande « latitude » et convenait mieux au ministère de la Justice. Ses deux enfants bénéficieraient, jour après jour, d'une surveillance effectuée par les autorités locales, à la demande du ministère. Les établissements scolaires seraient informés de ces mesures de routine et invités à collaborer.

Il était entendu que Trevayne lui-même ferait l'objet d'une surveillance minimale. Une agression contre sa personne était considérée comme peu vraisemblable et il avait refusé de travailler avec le ministère de la Justice, pour éviter un conflit probable. Webster lui avait confié que le président avait éclaté de rire en apprenant qu'il avait protesté contre l'expression « plus grande latitude », employée par le ministère.

Un ancien ministre du nom de Mitchell avait laissé une marque indélébile dans son esprit ; il se méfiait de ce langage de manipulateur

En entendant un coup de klaxon, il releva la tête. Le break, conduit par son fils, s'était avancé entre les piliers de l'entrée et manœuvrait pour s'engager dans l'allée. L'arrière de la voiture était rempli jusqu'au plafond ; Andy se demanda ce que Steve voyait dans le rétroviseur.

Le jeune homme arrêta la voiture devant la porte d'entrée, parallèlement à la façade, afin de faciliter le déchargement par le hayon. Il ouvrit la portière, descendit, la chemise flottant sur le pantalon ; Andy remarqua — avec une pointe de regret, mais en réprimant un sourire — que la longue chevelure de son fils avait maintenant une apparence presque biblique.

— Bonjour, papa ! lança Steve en souriant. Comment va l'ennemi de la gabegie ?

— Qu'est-ce que tu dis ? fit Andy en lui serrant la main.

— Ce n'est pas moi, c'est le *Times.*

— Ils exagèrent toujours.

La maison était en ordre, beaucoup plus qu'Andy ne l'aurait cru possible en si peu de temps. Après avoir déchargé la voiture avec l'aide de Steve, il avait déplacé tous les meubles, comme des pièces d'échecs, en suivant les instructions de Phyllis. Steve déclara que le tarif horaire de la nouvelle entreprise de déménagement Trevayne et Fils augmentait rapidement et qu'il serait doublé chaque fois qu'un gros meuble reviendrait à sa position initiale. À un moment, il siffla et décréta que c'était l'heure de la pause syndicale, et qu'il allait boire une bière.

Son père, relégué à la vice-présidence par un vote à l'unanimité (d'une voix), trouva son délégué syndical particulièrement habile. La pause bière eut lieu entre un canapé et deux gros fauteuils. Pour les remettre à la bonne place, une bouteille de bière n'était pas cher payé.

À 17 h 30, Phyllis s'estima enfin satisfaite ; les caisses des déménageurs étaient rangées au fond de la maison, la cuisine en ordre. Pam descendit et annonça que les lits étaient faits — celui de son frère d'une manière qui, elle l'espérait, lui ferait plaisir.

— Si ton QI était un poil plus bas, tu serais une plante, se contenta de répliquer Steve.

Le premier propriétaire de Monticellino — *lui,* comme ils disaient sans beaucoup d'affection — avait fait installer dans la cuisine un ustensile fort apprécié : un gril. Il fut décidé de façon collective qu'Andrew prendrait la voiture pour se rendre à Tawning Spring, trouver une boucherie et rapporter une énorme entrecôte. Trevayne trouva l'idée excellente ; cela lui permettrait de s'arrêter en chemin pour échanger quelques mots avec leurs gardes du corps.

C'est ce qu'il fit. En penchant la tête par la vitre, il découvrit sous le tableau de bord de la voiture, sans surprise mais avec plaisir, l'assemblage SORTIM le plus imposant de cadrans que l'on pouvait imaginer en dehors d'un véhicule spatial REPR.

Il en fut rassuré.

Le gril avait un inconvénient majeur ; il enfumait la plus grande partie du rez-de-chaussée. Cette situation nécessita l'ouverture d'un certain nombre de fenêtres ; Trevayne se souvint de la commande reliée au panneau numéroté du pavillon. Il marcha sur le tapis et commença à se plaindre abondamment — d'une voix inutilement forte pour les enfants — de *lui* et de sa saleté de gril.

— Tu sais, maman, fit Steven en regardant son père ouvrir et refermer la porte d'entrée, pour chasser la fumée devenue bien moins suffocante, je pense que tu devrais le remettre sur son bateau. L'atmosphère sèche (de l'intérieur) n'est pas bonne pour sa lobotomie.

— Moi, maman, je pense qu'il faudrait lui donner à manger, glissa Pam. Tu as bien dit qu'il avait passé trois semaines ici, sans nourriture ?

En les voyant éclater de rire, Trevayne prit conscience du ridicule apparent de son comportement.

— Silence, ou je résilie votre abonnement à *Child Life* !

L'énorme entrecôte était bonne, sans plus. Des décisions furent prises, concernant le boucher et le gril de la cuisine. Pam et Phyllis servirent le café, tandis que les hommes débarrassaient.

— Je me demande comment Lillian se débrouille toute seule, fit Pam.

— Elle adore être seule, répondit Steve en remplissant sa tasse de crème. Elle va pouvoir houspiller les jardiniers ; elle dit que maman est trop coulante avec eux.

— Je ne suis ni coulante ni exigeante. Je les vois très rarement.

— Lillian pense que tu devrais les surveiller. Elle nous a dit, le mois dernier, qu'elle n'aimait pas ces changements de personnel. Ils perdaient trop de temps en explications et les rocailles étaient toujours mal entretenues. Elle est plus royaliste que le roi.

L'attention d'Andrew fut brusquement attirée par ce que

venait de dire son fils ; c'était un détail, mais il lui mit la puce à l'oreille. Pourquoi changer de personnel ? C'était une entreprise familiale, une famille nombreuse, d'origine italienne : ils n'étaient jamais à court de main-d'œuvre. À un moment ou à un autre, ils avaient tous travaillé à Barnegat. Il allait se renseigner sur l'entreprise Aiello et, si nécessaire, les remercierait.

— Lillian ne pense qu'à défendre nos intérêts, fit-il, pour changer de sujet. Nous devrions lui en être reconnaissants.

— Nous le sommes, dit Phyllis.

— Quelles nouvelles de ta commission, papa ? demanda Steve, en ajoutant un peu de café dans sa tasse.

— Sous-commission, pas commission ; la différence n'a d'importance qu'à Washington. Nous avons la quasi-totalité du personnel et les bureaux sont accueillants. À propos, les pauses bière sont rares.

— Une politique rétrograde, sans doute.

— Absolument, approuva Andy.

— Quand vas-tu commencer à tout faire péter ? poursuivit Steve.

— Où as-tu pêché cette expression ?

— Dans les dessins humoristiques du journal, glissa Pam.

Phyllis remarqua l'air préoccupé de son mari.

— Tu ne vas donc pas faire ton Nader avec les raiders ? insista Steve, avec un sourire dépourvu d'humour.

— Notre rôle est différent.

— Vraiment ? Explique !

— Ralph Nader s'occupe des problèmes de consommation en général. Nous nous intéressons à des obligations contractuelles précises, relatives à des accords conclus avec le gouvernement. Il y a une grande différence.

— Ce sont les mêmes personnes, affirma Steve.

— Pas nécessairement.

— Pour la plupart, ajouta Pam.

— Pas vraiment.

— On dirait que tu fais des réserves, poursuivit Steve, en buvant une gorgée de café au lait, sans quitter son père des yeux. Tu n'en es donc pas sûr.

— Laissez-lui le temps de le découvrir, déclara Phyllis. Je ne pense pas qu'il s'agisse de réserves.

— Bien sûr que si, coupa Trevayne. Des réserves légitimes ; nous n'avons pas de certitudes. Que ce soit ceux que Nader a pris pour cible ou bien d'autres, là n'est pas la question. Nous nous limitons à des abus bien définis.

— Le problème est plus général, poursuivit Steve. Il s'agit de ceux qui profitent du système.

— Soyons précis, coupa Trevayne en se servant une autre tasse. J'imagine que tu parles de ceux qui fournissent les capitaux.

— Admettons.

— Le financement de grands projets a produit d'excellentes choses. Je placerai au premier rang la recherche médicale ; puis les technologies avancées dans les domaines de l'agriculture, de la construction, des transports. Les résultats de ces projets extrêmement coûteux profitent à tout le monde. En matière de santé, de nourriture, de logement, la contribution des investisseurs peut être considérable. N'est-ce pas appréciable ?

— Bien sûr que si. Quand cette contribution n'est pas seulement un corollaire du profit.

— C'est donc la notion de profit que tu récuses ?

— En partie.

— Elle a pourtant fait ses preuves. Surtout en comparaison d'autres systèmes. La concurrence fait partie intégrante du nôtre ; cela rend plus de choses disponibles pour plus de gens.

— N'interprète pas mal ce que je dis, papa. Je ne m'élève pas contre la notion de profit, sauf lorsque le profit est le seul but.

— Je comprends, fit Andrew, qui avait la même vision des choses.

— En es-tu sûr ?

— Tu m'en crois incapable ?

— Je ne demande qu'à te croire. Il est si agréable de lire ce qu'on écrit sur toi dans les journaux ; ça fait chaud au cœur.

— Alors, glissa Phyllis, qu'est-ce qui t'empêche de le croire ?

— Je ne sais pas exactement ; je pense que je me sentirais mieux si je voyais papa en colère. Disons *plus* en colère.

Andrew et Phyllis échangèrent un regard.

— La colère n'est pas une solution, fit-elle vivement. C'est un état d'esprit.

— Elle n'est pas très constructive, ajouta maladroitement Trevayne.

— Mais c'est un point de départ, papa ! Tu seras en position de *faire* quelque chose ; l'occasion est unique. Tu vas tout gâcher si tu t'en tiens à des « abus bien définis ».

— Pourquoi ? Ce sont aussi des points de départ.

— Absolument pas ! C'est le genre de chose qui obstrue les canalisations. Quand tu auras fini de discutailler sur chaque détail, tu te retrouveras plongé jusqu'au cou dans...

— Il n'est pas nécessaire d'achever ta phrase, coupa Phyllis.

— ... dans une multitude de faits annexes que des avocats grassement payés utiliseront pour gagner du temps.

— Si je te comprends bien, tu préconises la manière forte. C'est dangereux ; le remède pourrait être pire que le mal.

— N'allons pas trop loin, fit Steve avec un semblant de sourire. Mais l'impatience gagne les jeunes, les « gardiens de demain ».

Trevayne, en peignoir, se tenait devant la petite porte-fenêtre donnant sur le balcon. Il était 1 heure du matin ; il venait de regarder un vieux film avec Phyllis. Ils avaient pris la mauvaise habitude de regarder la télévision au lit. Mais c'était agréable et, d'une certaine manière, les vieux films avaient des propriétés sédatives.

— Que se passe-t-il ? demanda Phyllis.

— Rien. Je viens juste de voir passer la voiture des hommes de Webster.

— Ils ne vont pas utiliser le pavillon ?

— Je leur ai dit que cela ne posait pas de problème. Ils ont éludé la question en disant qu'ils allaient sans doute attendre un ou deux jours.

— Pour ne pas perturber les enfants, sans doute. Avant qu'ils voient des inconnus rôder dans le jardin, nous pourrons leur dire que certaines précautions sont prises pour protéger le président d'une sous-commission.

— Tu as raison... Steve n'a pas mâché ses mots, ce soir.

Phyllis tapota son oreiller, l'air soucieux, avant de répondre.

— Je ne pense pas qu'il faille accorder trop d'importance à ce qu'il a dit. Il est comme tous les jeunes gens. À l'âge où l'on généralise, où l'on ne peut ni ne veut accepter les compromis, où l'on préfère la manière forte.

— Dans quelques années, ils seront en mesure de l'employer.

— Ils n'en auront plus envie.

— Ne compte pas trop là-dessus. Je me demande parfois si ce n'est pas le fond du problème... Tiens, la voiture repasse.

DEUXIÈME PARTIE

13

Il était près de 18 h 30 ; tout le monde ou presque était parti depuis plus d'une heure. Trevayne se tenait derrière son bureau, le pied droit sur son fauteuil, le coude sur le genou. Autour du bureau, étudiant les organigrammes qui y étaient étalés, se trouvaient les quatre hommes occupant une position clé dans la sous-commission, à qui les supérieurs de Paul Bonner, à contrecœur, avaient donné leur feu vert.

Juste devant Trevayne se tenait un jeune avocat énergique du nom de Sam Vicarson, qu'Andrew avait rencontré à la fondation Danforth, lors d'une réunion pour l'attribution d'une bourse. Vicarson défendait — vigoureusement — la cause d'une association discréditée d'artistes de Harlem demandant le renouvellement d'une aide financière. Les fonds, en toute logique, auraient dû être refusés, mais les excuses de Vicarson pour les erreurs passées furent si convaincantes que Danforth accorda une nouvelle subvention. Trevayne se renseigna sur lui et apprit qu'il faisait partie de cette nouvelle race d'avocats, sensibles aux questions sociales, qui combinaient une activité traditionnelle et lucrative dans la journée et un travail dans les ghettos, le soir venu. Sam Vicarson avait l'esprit vif et ne manquait pas de ressources.

À la droite de Vicarson, l'homme penché sur le bureau, Alan Martin, était encore, six semaines plus tôt, le contrôleur des usines Pace-Trevayne, à New Haven. Martin était un ancien statisticien, mûr et réfléchi ; un homme prudent, attaché aux détails et ferme dans ses convictions, dès lors qu'elles étaient acquises. D'origine juive, il était enclin à l'ironie discrète qu'il pratiquait depuis l'enfance.

Sur la gauche de Vicarson, dans les volutes de fumée s'élevant d'une pipe au large fourneau, se tenait Michael Ryan, un ingénieur comme son voisin, John Larch. Ryan et Larch étaient respectivement des spécialistes de l'aéronautique et des travaux publics. Ryan approchait de la quarantaine ; bon vivant et prompt à rire, il devenait sérieux comme un pape dès qu'il se penchait sur le plan d'un avion. Renfermé, d'apparence maussade, les traits anguleux, Larch paraissait toujours fatigué. Son cerveau, lui, n'était jamais en repos. À vrai dire, le cerveau de ces quatre hommes travaillait en permanence, à grande vitesse.

Ces hommes, les éléments de base de la sous-commission, étaient de taille à atteindre les objectifs de la commission de la Défense.

— Très bien, fit Trevayne en indiquant d'un geste las les documents étalés sur le bureau. Nous avons tout étudié, tout vérifié. Chacun a contribué à les réunir, chacun les a analysés de son côté, sans influence extérieure. Maintenant, que faut-il en penser ?

— Le moment de vérité, Andrew ? fit Alan Martin en se redressant. L'heure du verdict ?

— D'un arrêt de mort, ajouta Michael Ryan en souriant.

— Je pense qu'il faudrait les réunir et les vendre au plus offrant, glissa Sam Vicarson. Je me vois bien couler des jours heureux en Argentine.

— Tu finirais dans la Terre de Feu, fit John Larch en s'écartant de la fumée de la pipe de Ryan.

— Qui veut commencer ? demanda Trevayne.

Quatre voix s'élevèrent à l'unisson ; des voix fortes, cherchant à dominer les autres. Alan Martin, la paume de la main levée, emporta la décision.

— De mon point de vue, commença-t-il, il y a des lacunes dans toutes les réponses. Comme les audits concernent en général des projets incluant des sous-traitants, il fallait s'y attendre. Les entretiens avec le personnel sont généralement satisfaisants, à une exception près. Toutes les entreprises importantes ont fourni des chiffres. ITT s'est fait tirer l'oreille, mais a fini par céder. Là encore, il y a une exception.

— Très bien, Alan, n'allons pas plus loin pour l'instant. Mike et John, vous avez travaillé séparément ?

— Nous avons fait des recoupements, répondit Ryan, et découvert, comme Alan, des irrégularités dans le secteur de la sous-traitance. Pour commencer, Lockheed et ITT ont coopéré sans restriction. Chez ITT, il suffit de pianoter sur un clavier d'ordinateur pour que les chiffres sortent ; chez Lockheed, tout est centralisé et on a la tremblote...

— J'espère bien, coupa Sam Vicarson. Ils travaillent avec mon argent.

— Ils m'ont demandé de te remercier, glissa Alan Martin.

— General Motors et Ling-Tempco ont des problèmes, poursuivit Ryan. Pour être honnête, ce n'est pas tant l'envie de se dérober que des difficultés à déterminer qui est responsable de quoi. Un de nos enquêteurs a passé une journée entière chez General Motors, dans les bureaux de l'ingénierie, à s'entretenir avec un cadre qui cherchait à mettre la main sur un chef de projet. Il a fini par découvrir que c'était lui-même.

— Il y a aussi les petites craintes habituelles de la grande entreprise, ajouta John Larch. Surtout chez GM ; docilité et curiosité ne font pas bon ménage.

— Mais nous obtenons en général ce que nous voulons, conclut Ryan. Nous arrivons maintenant à la grande énigme.

— Chaque chose en son temps, fit Trevayne en se redressant, la cigarette à la main. À vous, Sam.

— J'aimerais profiter de l'occasion, commença Vicarson en faisant une courbette à Andrew, pour remercier les dieux d'avoir mis le modeste avocat que je suis en relation avec de si prestigieux cabinets. La tête m'en tourne.

— En clair, glissa Alan Martin, il a fauché leurs livres.

— Ou l'argenterie, ajouta Ryan entre deux bouffées de sa pipe.

— Ni l'un ni l'autre. Mais j'ai reçu un nombre incroyable d'offres d'emploi... Inutile de récapituler ce que j'ai appris, qui est assez satisfaisant. Je ne partage pas l'avis de Mike : je pense qu'il y a eu des dérobades en quantité. En revanche, John a raison de dire qu'il y a une atmosphère de crainte. Avec un peu de persévérance, on finit pourtant par obtenir les réponses. Du moins des réponses satisfaisantes. Partout, sauf pour ce qu'Alan appelle une « exception » et Mike une « énigme ». Pour moi, c'est un puzzle juridique.

— Nous y voilà, fit Trevayne en s'asseyant. Genessee Industries. Chassez le naturel, il revient au galop, poursuivit-il en écrasant sa cigarette à peine entamée.

— Pourquoi dites-vous cela ? demanda Larch.

— Il y a bien longtemps, vingt ans pour être précis, Genessee nous a fait lantérner plusieurs mois, Doug Pace et moi. Un rendez-vous chassait l'autre. Je venais de me marier ; j'ai emmené Phyllis à Palo Alto pour les voir. Nous leur avons fourni tout ce qu'ils demandaient. En fin de compte, ils nous ont écartés et ont utilisé des variantes de nos modèles en les produisant pour leur propre compte.

— Des gens charmants, fit Vicarson. Vous n'avez pas pu les poursuivre pour détournement de brevet ?

— Impossible. Ils sont trop malins et on ne peut protéger le théorème de Bernoulli. Ils ont joué sur les marges de tolérance métallurgique.

— Caractéristique et impossible à prouver, fit Ryan en vidant le fourneau de sa pipe dans un cendrier. Genessee a des laboratoires dans une dizaine d'États, des centres d'essais dans une vingtaine. Ils peuvent construire des maquettes, faire établir des certificats antidatés ; les tribunaux n'y verront que du feu.

— Exactement, fit Andrew. Mais c'est une autre histoire, c'est du passé. Où en sommes-nous aujourd'hui et qu'allons-nous faire ?

— Je vais essayer de faire le bilan de la situation, dit Alan Martin en prenant la feuille cartonnée portant « Genessee Industries ». Chaque organigramme mesurait soixante centimètres sur soixante ; il comportait des cases surmontées d'un titre. Au-dessous et à droite de chaque titre étaient agrafées des informations dactylographiées, relatives à différents domaines : obligations contractuelles, ingénierie, construction, opérations financières — les plus nombreuses — et contentieux. Des dizaines d'onglets renvoyaient le lecteur à tel ou tel dossier.

— L'avantage de l'aspect financier est qu'il englobe tous les domaines... Nous avons envoyé ces dernières semaines plusieurs centaines de questionnaires, d'un modèle courant, comme toutes les entreprises en reçoivent. Vous le savez, ils étaient codés, comme les coupons publicitaires, dans les journaux ; les codes nous apprenaient l'heure du postage et la localité. Nous sommes passés ensuite aux entretiens ; nous avons découvert chez Genessee une quantité anormale de transferts. Des réponses que nous pensions recevoir d'un service logiquement désigné nous parvenaient d'un autre service, d'une manière beaucoup moins logique. Des cadres avec qui nous devions avoir un entretien de routine n'occupaient plus leur poste. Genessee venait de les affecter à un autre service ou une filiale, à des centaines, voire des milliers de kilomètres... Certains ont même été mutés à l'étranger. Nous avons entrepris d'organiser des réunions avec les représentants syndicaux. Même topo, en moins discret ; un mot d'ordre a couru d'un bout à l'autre du pays : pas de discussions locales. Les responsables nationaux étaient en train de décider de la conduite à tenir face à cette ingérence du gouvernement. En un mot, Genessee Industries a organisé d'une manière efficace une opération de dissimulation massive.

— Pas si efficace que cela, à l'évidence, fit posément Trevayne.

— C'est fort bien fait, répliqua Martin. N'oublions pas que Genessee emploie plus de deux cent mille personnes, signe un contrat de plusieurs millions de dollars toutes les quinze minutes — sous un nom ou un autre — et possède des biens immobiliers équivalant à ceux du ministère de l'Intérieur. Tant que les questionnaires nous revenaient et compte tenu de la diversification de l'entreprise, les transferts auraient pu passer inaperçus.

— Ils n'auraient pas échappé à un vieux renard comme toi, fit Vicarson.

Assis sur le bras d'un fauteuil, il se pencha vers Martin pour lui prendre le diagramme des mains.

— Je n'ai pas dit que c'était parfait...

— Ce qui m'a frappé, poursuivit Sam, c'est la taille de Genessee ; son réseau de filiales est proprement incroyable. Nous entendons parler de Genessee depuis des années, mais cela ne m'avait pas vraiment impressionné. Comme ces annonces sur une pleine page qu'on voit dans les revues... On se dit : bon, c'est une grosse boîte, la liste est imposante. Mais, pour Genessee, il y a plus de noms que dans un annuaire !

— Et les lois antitrust ne sont pas appliquées, ajouta Andrew.

— Gesco, Genucraft, SeeCon, Pal-Co, Cal-Gen, See-Cal... Quel charabia, poursuivit Sam en énumérant quelques-unes des filiales. Le plus inquiétant est que je commence à me demander si nous ne sommes pas passés à côté de plusieurs dizaines d'autres.

— Laissez tomber, fit John Larch, l'air chagrin. Nous en avons bien assez.

14

Le commandant Paul Bonner trouva une place de stationnement dans le parking des tours du Potomac. À travers le pare-brise, il regarda les eaux du fleuve, plus lentes à mesure que l'automne avançait. Cela faisait exactement sept semaines qu'il avait utilisé pour la première fois ce parking, sept semaines qu'il connaissait Andrew Trevayne. Bonner avait accepté à contrecœur de servir d'officier de liaison ; ni l'homme ni la mission ne lui plaisaient. La mission ne lui plaisait toujours pas ; encore moins, peut-être. Mais il lui était difficile d'éprouver la moindre antipathie pour l'homme.

Il ne cautionnait pas pour autant cette fichue sous-commission. Certainement pas ! Une fumisterie inventée par les politiciens, dans le seul but de se décharger sur autrui ou au moins de diluer la responsabilité de ce qui était indispensable. C'est ce qui faisait rager Paul Bonner ; nul ne pouvait mettre en doute cette nécessité ! Mais tout le monde affectait une incrédulité outrée, quand on les mettait face à une réalité indiscutable.

L'ennemi était le temps, pas les hommes. Ils ne le voyaient donc pas ? La leçon du programme spatial ne leur avait donc pas suffi ? À la date de son lancement, en février

71, Apollo 14 avait coûté vingt millions de dollars. Si le lancement avait été programmé l'année suivante, le coût aurait été réduit de moitié ; six mois de plus, il n'aurait pas dépassé cinq à sept millions. Le temps était le facteur décisif de la vie économique des civils ; comme eux, les militaires devaient compter avec le temps, il leur fallait aussi accepter les sanctions économiques.

Bonner avait essayé, au fil des semaines, de faire accepter sa théorie par Trevayne, qui avait seulement admis qu'il s'agissait d'*un* facteur, nullement décisif. Il avait même qualifié la théorie de simpliste, avant d'éclater de rire devant la réaction violente du commandant. L'officier n'avait pu s'empêcher de sourire ; « simpliste » était un mot codé pour « idiot », au même titre que le mot « civil » pour Bonner.

Échec !

Trevayne avait reconnu qu'en supprimant le facteur temps on réduisait la corruption ; celui qui avait tout son temps pouvait tranquillement attendre que les prix descendent à un niveau raisonnable.

Mais il avait précisé que ce n'était qu'un aspect du problème. Il connaissait le marché ; la corruption allait beaucoup plus loin.

Bonner savait qu'il avait raison.

Échec et mat !

La différence fondamentale entre les deux hommes résidait dans l'importance que chacun accordait au facteur temps. Une importance déterminante pour Bonner, pas pour Trevayne. Le civil était convaincu que l'humanité avait assez d'intelligence pour empêcher un holocauste. Le militaire ne partageait pas son avis. Il avait vu l'ennemi, l'avait combattu, avait été témoin du fanatisme qui l'animait. Filtrant des édifices austères du pouvoir, il se propageait des généraux aux chefs de bataillon, jusqu'aux hommes de troupe, dont l'uniforme n'était pas toujours complet ni le ventre plein. Et le fanatisme était une arme puissante. Bonner n'était pas assez naïf pour réduire l'ennemi à une étiquette politique ; il l'avait bien fait comprendre à Trevayne. L'ennemi n'était ni un communiste, ni un marxiste, ni un maoïste. Ce n'étaient que des noms.

L'ennemi représentait les trois cinquièmes de la population du globe, à peine sortis de l'ignorance et poussés en avant par l'*idée* de révolution. L'*idée* de parvenir enfin, après des siècles d'attente, à conquérir une identité. Et à la faire connaître, par la force, au reste du monde.

Peu importaient les raisons ou les justifications, les explications bourrées de théories indigestes. L'ennemi était composé d'hommes faits de chair et de sang. Une poignée d'entre eux avaient la haute main sur des centaines de millions d'autres ; cette poignée d'hommes, avec leur puissance et leur technologie nouvellement acquise, étaient sujets aux faiblesses humaines et prisonniers de leurs convictions fanatiques.

Le reste du monde devait être prêt à affronter cet ennemi d'une manière décisive, en employant tous les moyens. Qu'on appelle cela comme on voulait ; Paul Bonner s'en balançait.

C'était une réalité, rien d'autre ne comptait.

Cela signifiait qu'il fallait du temps. Gagner du temps, à n'importe quel prix, et passer sur les petites manipulations des fournisseurs.

Bonner descendit du véhicule militaire, commença à traverser lentement la surface goudronnée en direction de l'entrée de l'immeuble. Il n'était pas pressé, absolument pas. S'il avait eu le choix, il aurait préféré ne pas être là. Pas ce jour-là.

Sa véritable mission allait commencer, celle à laquelle il avait été préparé, qu'il n'avait pu refuser. Il devait dorénavant rapporter des informations concrètes à ses supérieurs.

Il l'avait toujours su, évidemment. Il avait compris d'entrée de jeu qu'il n'avait pas été choisi pour servir d'officier de liaison à Trevayne pour ses compétences. Il n'en avait pas en la matière. Il savait aussi que les questions anodines qu'on lui avait posées jusqu'alors ne faisaient que préfigurer ce qui allait suivre. Ses supérieurs ne pouvaient s'intéresser à des choses aussi banales. Comment cela se passe-t-il ? Êtes-vous satisfait des bureaux ? Le personnel est-il à la hauteur ? Et Trevayne, vous le trouvez sympathique ?... Non, les officiers généraux avaient autre chose en tête.

Bonner s'arrêta devant l'escalier et leva la tête. Trois

Phantom 40, leur silhouette se découpant sur le bleu du ciel, filaient vers l'ouest à une altitude très élevée. Aucun bruit n'était perceptible ; les trois triangles minuscules, semblables à des pointes de flèches, fonçaient vers l'horizon.

Puissance de feu : bombes et missiles capables de pulvériser cinq bataillons. Manœuvrabilité : maîtrise totale de la dynamique du sol à soixante-dix mille pieds. Vitesse : Mach 3.

Il n'y avait rien à ajouter.

Mais il aurait préféré ne pas en arriver là.

Paul Bonner revint en esprit aux événements de la matinée, qui remontaient à trois heures. Assis à son bureau, il essayait de se faire une idée sur le rapport d'un colonel concernant de nouvelles installations à Benning. Un tissu d'inepties, rédigé par un officier qui semblait plus intéressé par l'évaluation égotiste de ses propres observations que par le matériel, pour lequel il demandait un remplacement à quatre-vingts pour cent. Un dénigrement en règle de son prédécesseur. Un jeu de militaires, joué par des médiocres.

Bonner venait de griffonner un avis négatif au bas de la page quand son interphone bourdonna. Il reçut l'ordre de se présenter séance tenante dans le bureau du général de brigade Cooper, au cinquième étage — celui des huiles, comme disaient ceux dont le grade était inférieur à celui de colonel. Lester Cooper, un dur à cuire aux cheveux de neige et au parler carré, était un ardent défenseur des besoins du Pentagone. Un ex-commandant de West Point, dont le père avait occupé le même poste. Un homme pour qui l'armée était tout.

Le général n'y était pas allé par quatre chemins. Il avait expliqué non seulement ce qu'il devait faire, mais pourquoi il avait été choisi pour le faire. Comme la plupart des stratégies militaires, celle-ci était simple — simpliste ? — et pertinente. Paul Bonner, pour les besoins de l'armée, allait devenir un informateur. Si on l'accusait d'indélicatesse, il serait sacrifié.

Mais l'armée prendrait soin de lui. Comme elle l'avait déjà fait, en Asie du Sud-Est, en apportant sa protection et en montrant sa gratitude.

C'était une question de priorités ; le général avait été très clair. C'était un ordre.

— Vous devez comprendre, commandant, que nous soutenons l'action de ce Trevayne ; l'état-major interarmes a exigé notre coopération sans réserve. Mais nous ne pouvons le laisser paralyser une production vitale, vous êtes bien placé pour le savoir... Puisque vous avez établi avec lui des rapports amicaux, vous allez...

Au cours des cinq minutes qui suivirent, le général Cooper faillit perdre son informateur. Il fit allusion à plusieurs moments passés en compagnie de Trevayne, dont le commandant n'avait fait mention ni par écrit ni oralement. Il n'avait vu aucune raison de le faire ; cela n'avait rien à voir avec le ministère. Il avait passé un week-end chez les Trevayne, dans leur maison du Connecticut ; il y avait aussi eu un dîner chez sa maîtresse, une divorcée vivant à McLean, où les Trevayne étaient invités. Et encore un après-midi de cheval dans le Maryland, suivi d'un dîner de grillades. Strictement aucun rapport avec la sous-commission de Trevayne, pas plus qu'avec la mission de Bonner. Rien n'avait été payé avec l'argent du contribuable ; le commandant eut de la peine à contenir son irritation.

— Puis-je demander, mon général, pourquoi j'ai été placé sous surveillance ?

— Pas vous, Trevayne.

— Il le sait ?

— Peut-être. Il sait que des agents du Service secret se relaient sur l'ordre de la Maison-Blanche ; il prend soin d'eux.

— Il est sous leur surveillance ?

— Pour être franc, non.

— Pourquoi... mon général ?

— Cela n'est pas de votre ressort, Bonner.

— Permettez-moi d'insister, mon général. Puisqu'on m'a choisi pour... marcher la main dans la main avec Trevayne, je pense que je devrais être informé de ces questions. J'avais cru comprendre que ces agents avaient été envoyés par mesure de précaution. Comme ils sont dans une position idéale de surveillance et qu'ils ne sont pas utilisés pour cela — du moins à notre profit —, mon sentiment est que nos propres hommes font double emploi ou bien que la coordination est mauvaise.

— Ce qui signifie que vous protestez contre la communication d'informations que vous n'avez pas transmises à mon bureau.

— Oui, mon général. Ces informations n'ont rien à voir avec votre bureau. Si une surveillance a été décidée, j'aurais dû en être informé. On m'a placé dans une position très inconfortable.

— Vous êtes intraitable, commandant.

— Je doute que l'on m'eût confié cette mission, si je ne l'étais pas.

Le général se leva et se dirigea vers une longue table accolée au mur du fond. Il se retourna, le dos contre la table.

— Très bien, fit-il, va pour « mauvaise coordination ». Je ne prétends pas que nous ayons d'excellentes relations de travail avec tout le monde. Je ne cache pas non plus qu'il y a, dans l'entourage du président, un certain nombre de gens qui, à notre sens, manquent de jugement. Non, commandant, il n'est pas question de laisser « 1600 » soumettre notre surveillance à un contrôle... ou la filtrer.

— Je comprends, mon général. Mais je pense que j'aurais dû être mis au courant.

— Simple omission, Bonner. S'il y avait autre chose, je ne vous aurais rien dit, n'est-ce pas ?

Les regards des deux officiers se croisèrent ; des regards d'intelligence. Bonner venait d'être accepté par les plus hauts échelons de la hiérarchie.

— Compris, mon général, fit-il doucement.

Le général se tourna tout d'une pièce vers la table ; il ouvrit un gros carnet à la couverture plastifiée.

— Venez par ici, commandant. Vous voyez ce carnet ; tout y est.

Bonner vit les deux mots dactylographiés sur la première page : Genessee Industries.

Bonner franchit la porte vitrée de l'immeuble et traversa le hall tapissé d'une épaisse moquette bleue, en direction des ascenseurs. S'il avait bien calculé son coup, si ce qu'on lui avait appris au téléphone était exact, il serait dans le bureau de Trevayne au moins une demi-heure avant son retour. C'était le plan ; dans les bureaux du Sénat, où Trevayne était en réunion, d'autres surveillaient aussi la pendule.

Sa présence était devenue si naturelle dans les locaux de la sous-commission qu'il y était accueilli sans la moindre cérémonie. Bonner savait qu'il était accepté par les civils parce qu'il semblait être une anomalie. Un militaire de carrière qui ne montrait pas les caractères du soldat de métier, dont l'apparence et la conversation paraissaient décontractées, qui ne reculait pas devant un bon mot. Quand des civils tombaient sur un homme en uniforme — celui dont le port était exigé au Pentagone — qui semblait aller à l'encontre des idées reçues, ils faisaient toujours montre de cordialité.

On le laisserait attendre sans difficulté dans le bureau de Trevayne. Il enlèverait sa tunique, s'avancerait sur le seuil pour échanger quelques plaisanteries avec la secrétaire. Puis il irait dans une autre pièce, la cravate dénouée, le col ouvert, et passerait un moment avec les collaborateurs de Trevayne. Mike Ryan ou bien John Larch. Peut-être Sam Vicarson, le jeune et brillant avocat. Il raconterait une ou deux histoires tournant en ridicule un général connu, imbu de sa personne. Après quoi, il dirait qu'il ne voulait pas les déranger plus longtemps, qu'il allait lire le journal dans le bureau de Trevayne. Ils protesteraient avec bonne humeur, mais il se retirerait en souriant, sur la promesse d'un verre, à la fin de la journée de travail.

Le tout prendrait six à sept minutes.

En passant devant la secrétaire pour regagner le bureau de Trevayne, il la complimenterait sur sa robe, sa coiffure ou autre chose et se dirigerait vers le fauteuil, près de la fenêtre.

Mais il ne s'assiérait pas, n'ouvrirait pas le journal.

Il s'avancerait vers le classeur, contre le mur de droite ; il ouvrirait le tiroir renfermant les dossiers commençant par la lettre *G*.

Genessee Industries. Palo Alto, Californie.

Il sortirait le dossier, refermerait le tiroir et irait s'asseoir au bureau. Il disposerait d'un maximum de quinze minutes pour prendre des notes en toute sécurité, avant de remettre le dossier à sa place.

L'ensemble de l'opération prendrait moins de vingt-cinq minutes ; il y aurait un seul moment risqué. Si la secrétaire ou un des proches collaborateurs de Trevayne entrait quand le classeur serait ouvert. Si cela devait se produire, il dirait d'un ton dégagé qu'il l'avait trouvé ainsi et s'était approché par curiosité.

Ce classeur n'aurait pas pu être ouvert ; il était toujours fermé à clé. Toujours.

Paul Bonner l'ouvrirait avec une clé que lui avait remise le général de brigade Lester Cooper.

C'était une question de priorités ; Bonner en était malade.

15

Trevayne grimpa quatre à quatre les marches du Capitole, conscient d'avoir été suivi. Il le savait, car il s'était arrêté deux fois sur le trajet de son bureau au centre-ville. D'abord dans une librairie de Rhode Island Avenue, où la circulation était très fluide ; puis il avait fait un détour impromptu au domicile de l'ambassadeur Hill, à Georgetown.

Devant la librairie, son attention avait été attirée par une Pontiac grise qui manœuvrait, à quelques dizaines de mètres, pour prendre une place de stationnement ; les pneus avaient raclé le bord du trottoir. Vingt minutes plus tard, devant la porte de l'ambassadeur, il avait entendu la cloche d'une petite voiture de rémouleur, qui descendait lentement la rue pavée en hélant les domestiques en uniforme. Il avait souri devant cette scène anachronique, qui le renvoyait à ses souvenirs d'adolescence, à Boston.

C'est alors qu'il avait revu la Pontiac grise. Elle suivait la petite voiture, au grand dam du conducteur. La rue était étroite, la Pontiac ne pouvait dépasser le véhicule de l'artisan, qui ne se rangeait pas.

En arrivant en haut des marches du Capitole, Trevayne se promit d'en toucher un mot à Webster. La Maison-Blanche avait peut-être affecté d'autres gardes à sa protection personnelle ; ces précautions lui paraissaient superflues. Sans se prendre pour un héros, il était devenu un personnage trop connu et se déplaçait rarement seul. Ce jour-là était une exception.

En posant le pied sur la dernière marche, il se retourna vers la rue. La Pontiac n'était pas visible, mais il y avait des dizaines de voitures ; certaines étaient en stationnement, le conducteur au volant, d'autres passaient lentement. N'importe laquelle aurait aisément pu être appelée par radio de Georgetown.

Il pénétra dans l'édifice, se dirigea vers l'accueil. Il était près de 16 heures ; il était attendu au Bureau fédéral des statistiques avant la fermeture. Il ne savait pas très bien quel genre de renseignements il pourrait glaner, ni même s'il apprendrait quelque chose, mais c'était une autre piste, une autre possibilité d'établir un lien entre des faits apparemment sans rapport.

Le laboratoire informatisé aurait dû, en bonne logique, se trouver dans les locaux des Finances ; encore une incohérence dans cette ville de contradictions. Le Bureau fédéral des statistiques tenait le compte mensuel des emplois résultant directement des programmes de l'administration. Ces études faisaient double emploi avec celles d'une douzaine d'autres agences, avec cette différence que les éléments pris en compte étaient très généraux, allant d'un financement partiel du réseau routier local à la participation fédérale à la création d'établissements scolaires. Des constructions aéronautiques à l'entretien des espaces verts. Autrement dit, un fourre-tout servant à expliquer où passait l'argent du contribuable ; à ce titre, il était copieusement utilisé par des politiciens soucieux de justifier leur existence. Les chiffres pouvaient, bien entendu, être ventilés en divers chapitres, à la convenance de chacun, mais c'était rarement le cas. Un total est toujours plus parlant que l'addition de ses parties.

En approchant de la porte, Trevayne reconsidéra la question de l'emplacement du Bureau fédéral des statistiques ; il était, somme toute, logique que ces locaux soient situés près des bureaux de ceux qui les utilisaient le plus souvent.

Trevayne posa les documents sur la table ; il était un peu plus de 17 heures ; il venait de passer près d'une heure dans un cabinet de lecture. Il se frotta les yeux, surprit le regard d'un des employés par la porte vitrée. L'heure de fermeture était passée ; le fonctionnaire était impatient de rentrer chez lui. Il lui laisserait un billet de dix dollars pour le dérangement.

L'échange était disproportionné. Des renseignements relatifs à deux cent trente millions de dollars de contrats contre la somme dérisoire de dix dollars.

Mais c'était devant lui, écrit noir sur blanc : deux pactoles de cent quarante-huit et quatre-vingt-deux millions, résultant principalement de contrats passés avec le ministère de la Défense — code DF. « Inattendus » l'un comme l'autre, d'après ce que Trevayne avait lu dans les journaux. Une manne pour les deux circonscriptions. Et pourtant annoncés avec une incroyable précision par les deux candidats à la réélection dans l'État dont ils étaient sénateurs.

Californie et Maryland.

Les sénateurs Armbruster et Weeks, le fumeur de pipe et l'aristocrate raffiné.

Armbruster avait affronté un rude adversaire pour obtenir le renouvellement de son mandat. Le taux de chômage en Californie du Nord était à l'époque dangereusement élevé, et les sondages indiquaient que les attaques de l'adversaire du sénateur sortant, lui reprochant son incapacité à arracher des contrats gouvernementaux, commençaient à porter leurs fruits dans l'électorat. Dans les derniers jours de la campagne, Armbruster sut habilement retourner l'opinion publique en sa faveur. Il laissa entendre qu'il était en voie d'obtenir un contrat militaire pour un montant approximatif de cent cinquante millions de dollars. Un chiffre qui, de l'aveu même des économistes, était assez élevé pour amorcer le redressement économique du nord de l'État de Californie.

Pour Weeks, qui sollicitait aussi le renouvellement de son mandat, le principal obstacle n'était pas tant l'adversaire que le déficit de sa campagne. L'argent était rare dans les coffres du Maryland et la prestigieuse famille Weeks rechignait à en financer l'intégralité. D'après le *Sun* de Baltimore, Alton Weeks avait rencontré discrètement un certain nombre de personnalités du monde des affaires et leur avait confié que Washington était disposé à desserrer les cordons de la bourse fédérale. Il leur avait donné l'assurance qu'un minimum de quatre-vingts millions de dollars seraient directement injectés dans le tissu économique du Maryland... Le financement de la campagne électorale de Weeks en fut grandement facilité.

L'élection des deux sénateurs avait pourtant eu lieu six mois avant la signature des contrats. Même s'il était possible que les deux hommes eussent été informés des projets de dépense de la Défense, ils n'auraient pu en connaître les montants avec une telle précision. Sauf s'il y avait eu des arrangements donnant la priorité à la politique sur la sécurité nationale.

Les deux sénateurs avaient eu affaire au même fournisseur de l'armée.

Genessee Industries.

Armbruster procura à Genessee des capitaux pour le développement des intercepteurs Norad à haute altitude, un programme discutable dès le commencement.

Weeks était parvenu à financer un projet tout aussi douteux d'une filiale de Genessee. Le perfectionnement du système radar côtier, justifié par la pénétration de deux appareils isolés, plusieurs années auparavant.

Trevayne rassembla les documents et se leva. Il fit signe à l'employé et fouilla dans sa poche.

En arrivant sur le trottoir, il envisagea de chercher une cabine publique pour appeler William Hill. Il devait voir l'ambassadeur au sujet d'une autre affaire, ayant trait aux services de renseignement de la Marine, qui pouvait éclater dans les jours à venir. C'est pour cette raison qu'il était passé à Georgetown ; on n'avait pas ce genre de conversation au téléphone.

Le ministère de la Marine avait été autorisé à équiper quatre sous-marins atomiques du matériel de surveillance électronique le plus sophistiqué ; les instruments devaient être installés dans les douze mois suivant l'autorisation.

L'échéance était dépassée depuis longtemps ; deux des sociétés d'électronique sous contrat avaient fait faillite ; les quatre sous-marins étaient encore en cale sèche, inutilisables.

Lors des investigations préliminaires de ses collaborateurs, un des quatre commandants des sous-marins, un capitaine de corvette, avait ouvertement critiqué l'opération. Un journaliste de Washington, du nom de Roderick Bruce, ayant eu vent des doléances de l'officier de marine, menaçait de dévoiler toute l'affaire. Un vent de panique soufflait sur la CIA et le ministère de la Marine. Rendre public le détail des installations électroniques était dangereux en soi ; reconnaître les ratés ne faisait qu'aggraver le danger ; avouer que les navires étaient immobilisés constituait une invite à faire entendre un bruit de sabre du côté de Moscou et de Pékin.

La situation était délicate ; on reprochait à la sous-commission de Trevayne d'engendrer des risques disproportionnés au bien qu'elle pouvait faire.

Trevayne savait que, tôt ou tard, le spectre de l'ingérence dangereuse serait agité. Il s'y était préparé, avait clairement affirmé son refus radical de couvrir l'incompétence — ou pis — sous l'étiquette « confidentiel, top secret ».

Ces étiquettes étaient trop facilement apposées, même en toute sincérité ; elles ne relevaient que d'un jugement, d'une opinion.

Il pouvait y avoir d'autres jugements, des positions opposées ; Trevayne ne baisserait pas les bras avant que ces opinions aient été analysées. S'il s'inclinait, s'il battait en retraite, sa sous-commission en serait affaiblie et ne se remettrait pas de ce précédent.

Et il y avait une autre question, une rumeur, impossible à prouver, mais dans le droit fil de ce qu'ils découvraient.

Genessee Industries. Encore.

Le bruit courait dans les milieux bien informés que Genessee s'apprêtait à faire des offres pour reprendre à son compte l'installation du matériel électronique des sous-marins. On racontait ainsi que Genessee avait provoqué les faillites et créé chez les deux entreprises restantes assez de problèmes de sous-traitance pour que les accords passés avec le ministère n'aient plus aucune valeur.

Trevayne entra dans un drugstore et appela Hill du téléphone public. L'ambassadeur accepta de le recevoir sur-le-champ.

— Pour commencer, déclara l'ambassadeur, l'hypothèse de la CIA, selon laquelle les Russes et les Chinois ignorent tout de la situation, est parfaitement ridicule. Ces sous-marins sont en cale sèche à New London depuis plusieurs mois ; il suffit de les observer pour savoir à quoi s'en tenir.

— J'ai donc raison d'insister ?

— Et comment ! répondit Hill, assis à la table d'acajou qui lui servait de bureau. Je vous suggère également de rendre service à la CIA et à la Marine en parlant à ce journaliste ; voyez si vous pouvez le convaincre d'y aller plus doucement. Ils ont vraiment la trouille, vous savez, même si ce n'est que pour leur peau.

— Je n'y vois aucun inconvénient. Tout ce que je demande, c'est de ne pas être contraint de renoncer à un projet.

— Je ne pense pas que cela se produira.

— Merci.

William Hill se renversa dans son fauteuil ; ayant donné son avis, il était disposé à bavarder.

— Dites-moi, Trevayne. Au bout de deux mois, qu'en pensez-vous ?

— C'est dingue... Je sais que le mot est frivole, mais, au stade où nous en sommes, il est le plus juste. La politique financière des plus grandes entreprises de la planète est entre les mains de cinglés... À moins que ce ne soit l'image que l'on veuille donner.

— J'imagine que vous faites allusion à cette pratique qui consiste à se prétendre incapable de donner une réponse.

— Exactement. Personne ne prend de décision...

— Il convient d'éviter à tout prix la responsabilité, coupa le diplomate avec un sourire bénin. Ce n'est pas très différent de ce qui se passe ailleurs ; chacun à son niveau d'incompétence.

— Je l'accepte dans le secteur privé ; c'est une forme de survie. Mais on peut y remédier, si nécessaire. C'est le privé, pas l'argent public... Pour ce qui nous intéresse, cette théorie n'a pas cours. Dans la fonction publique, au bout d'un certain temps — disons assez longtemps pour exercer un pouvoir de décision —, la sécurité d'un individu est automatique. Il n'est plus nécessaire de se défiler, ou il ne devrait pas l'être.

— Vous simplifiez à l'excès.

— Je sais, mais c'est un point de départ.

Trevayne réprima un sourire en songeant qu'il reprenait les paroles de son fils.

— D'énormes pressions sont exercées à Washington, poursuivit l'ambassadeur. Elles conduisent souvent à un ostracisme qui, pour la plupart des gens, peut être aussi important que la sécurité. Quantité de ministères, y compris le Pentagone, exigent un engagement personnel, au nom de l'intérêt national. Les industriels ont besoin de contrats qu'ils obtiennent grâce à des groupes de pression grassement rémunérés. Les syndicats les dressent les uns contre les autres et brandissent des menaces de grèves, sans parler des urnes. Pour finir, il y a les parlementaires dont la circonscription réclame sa part de la manne économique... Où trouver, dans un tel système, un homme indépendant, incorruptible ?

Big Billy Hill avait les yeux fixés sur le mur ; il regardait ce que personne d'autre ne pouvait voir. L'ambassadeur n'avait pas posé la question à son hôte, mais à lui-même. Après une longue pratique des affaires publiques, William Hill était devenu profondément cynique.

— La réponse, monsieur l'ambassadeur, se trouve dans l'État de droit et dans l'équilibre des pouvoirs d'une société relativement libre.

Hill se mit à rire, du rire las d'un vieil homme encore plein d'énergie.

— Des mots, Trevayne, rien que des mots. Si l'on suit les lois malthusiennes de l'économie — pour résumer, le propre de la condition humaine est de vouloir toujours plus —, la victoire ira au plus offrant. C'est ce que nos amis soviétiques ont découvert, la raison pour laquelle les théories de Marx et d'Engels ne passeront pas. On ne change pas la condition humaine.

— Je ne partage pas votre avis ; non pas sur les Russes, mais sur la condition humaine. Elle change constamment.

Nous l'avons constaté à maintes reprises, surtout en période de crise.

— Bien entendu. C'est de la *peur,* une peur collective. L'individu subordonne ses besoins personnels à la survie de la tribu. Pourquoi croyez-vous que nos semblables socialistes lancent sans discontinuer des cris d'alarme ? Ils l'ont bien compris... Ils ont aussi compris qu'on ne peut pronostiquer des crises à l'infini ; ce n'est pas non plus le propre de la condition humaine.

— Je vais donc me contenter de l'équilibre des pouvoirs... et d'une société libre. Je crois sincèrement que ce système est un bon système.

Hill se pencha vers Trevayne, les coudes sur le bord de la table.

— Je comprends maintenant pourquoi vous avez le soutien de Frank Baldwin. Vous lui ressemblez par bien des côtés.

— J'en suis flatté, mais je n'ai jamais trouvé de similitudes...

— Si, il y en a... Vous savez, il nous arrive souvent, à Frank et à moi, de parler longuement, comme nous le faisons maintenant. Au club ou dans la bibliothèque de l'un de nous, entourés par tout cela.

D'un geste de la main, il fit le tour de la pièce, avec une pointe de dérision.

— Vous voyez la scène : deux vieux messieurs portant gravement des jugements définitifs ; la conversation entrecoupée d'une gorgée d'un grand brandy ; les domestiques s'assurant du coin de l'œil que nous ne manquons de rien. Le confort, préoccupation première pour nos vieux corps fatigués. Et nous devisons, nous divisons la planète, chacun essayant de convaincre l'autre de ce que fera ou ne fera pas telle ou telle partie... Cela se résume, au fond, à deviner les intérêts antagonistes ; les intentions sont connues. Il suffit de trouver un modus vivendi. Le quoi et le comment, pas le pourquoi.

— La survie de la tribu.

— Exactement... Et Frank Baldwin, le plus dur des prêteurs, un homme dont la signature peut acculer des petites nations à la faillite, me dit, tout comme vous, que, malgré les tromperies, la fausseté générale, il existe une solution.

Je lui répète qu'il n'y en a pas, à proprement parler. Rien qui puisse être fixé d'une manière stable.

— Il y aura toujours du changement, je vous l'accorde, mais je me range à son avis lorsqu'il affirme qu'il doit y avoir une solution.

— La solution, Trevayne, est dans la recherche permanente d'une solution. Dans les cycles de progression et de repli. La voilà, votre solution.

— Je croyais vous avoir entendu dire que ce n'était pas le propre de la condition humaine ; que des nations ne peuvent annoncer des crises à l'infini.

— Ce n'est pas incompatible. Après la crise vient le soulagement ; c'est le temps du repli. Le moment de répit.

— Trop dangereux ; il doit exister un meilleur moyen.

— Pas en ce bas monde. Nous n'en sommes plus là.

— Je ne suis pas de votre avis. Nous venons juste d'arriver au stade où cela devient impératif.

— Très bien. Prenons votre activité du moment ; vous en avez assez vu. Comment allez-vous mettre en pratique votre équilibre des pouvoirs ? Vos problèmes ne sont guère différents de ce qui se passe dans les rapports entre les nations. Par quoi allez-vous commencer ?

— Par trouver un principe directeur commun à l'ensemble, ou aussi proche que possible.

— La Cour des comptes l'a fait ; nous avons créé la commission du budget de la Défense. Les Nations unies ont fait la même chose ; nous avons le Conseil de sécurité. Les crises n'ont pas cessé pour autant ; rien n'a fondamentalement changé.

— Il faut continuer à chercher...

— La solution, coupa l'ambassadeur avec un petit sourire de triomphe, est donc dans la recherche. Vous comprenez maintenant mon point de vue ? Tant que cette recherche se poursuit, on peut respirer.

Trevayne changea de position dans le fauteuil de cuir, celui où il était assis pendant la réunion improvisée avec le président, dix semaines auparavant.

— Je ne peux pas accepter cela, reprit-il. C'est trop éphémère, sujet à l'erreur. Nous pouvons trouver mieux qu'un échafaudage instable. Nous le trouverons.

— Je répète ma question : par quoi allez-vous commencer ?

— J'ai commencé... J'ai trouvé le principe directeur dont j'ai parlé. Une entreprise assez importante pour avoir besoin de fonds colossaux, assez diversifiée pour travailler avec des dizaines, voire des centaines d'entrepreneurs et de sous-traitants. Des usines de pièces détachées implantées dans une douzaine d'États. J'ai trouvé.

Sans quitter Trevayne des yeux, William Hill fit courir les doigts de sa main droite sur son menton.

— Votre intention est-elle de concentrer vos efforts sur une seule entreprise, pour faire un exemple ? demanda-t-il sans cacher son désappointement.

— Oui. Des assistants poursuivront le reste du travail ; il n'y aura pas d'interruption. Mais, avec mes quatre principaux collaborateurs, je me concentrerai sur une entreprise.

— Des rumeurs me sont parvenues, fit doucement William Hill. Vous risquez de trouver un ennemi redoutable.

Trevayne alluma une cigarette et regarda la flamme de son briquet se réduire à une petite boule jaune.

— Monsieur l'ambassadeur, nous allons avoir besoin d'aide.

— Pourquoi ? fit Hill, en commençant à tracer sur un bloc des traits appuyés, courts et rageurs.

— Parce que la structure qui apparaît est extrêmement troublante. Plus les choses deviennent claires, plus il nous est difficile d'obtenir des détails ; nous pensons avoir mis le doigt sur quelque chose, mais cela nous échappe encore. Les explications sont de plus en plus floues, on nous renvoie de bureau en bureau. On cherche, apparemment, à éviter à tout prix de donner des détails.

— Vous devez avoir affaire à une entreprise très diversifiée, très dispersée, fit Hill d'une voix monocorde.

— L'ensemble de ses filiales est en effet très impressionnant. Les principales usines sont regroupées sur la côte ouest, mais le siège se trouve à Chicago. Son influence est considérable ; elle a — ou a eu — sous sa coupe un certain nombre de gens haut placés. Plusieurs anciens parlementaires, et trois ou quatre membres du gouvernement, sur une longue période, bien entendu.

William Hill prit le bloc couvert de griffonnages et posa son stylo.

— Mon impression, Trevayne, est que vous allez vous en prendre au Pentagone, aux deux chambres du Congrès, à une multitude d'industries et aux organisations syndicales. Vous pouvez y ajouter le gouvernement d'une poignée d'États.

Hill fit pivoter le bloc pour le tourner vers Trevayne.

Au centre du feuillet, il avait écrit deux mots, vers lesquels convergeaient des dizaines de petits traits. Genessee Industries.

16

Il s'appelait Roderick Bruce, un nom qui paraissait aussi savamment fabriqué que l'homme qui le portait. Outre ce nom théâtral qui retenait l'attention, il avait la repartie facile et un regard dur.

Bruce signait des articles dans huit cent quatre-vingt-onze publications, d'un bout à l'autre du pays, donnait des conférences pour un montant immuable de trois mille dollars, reversé intégralement — et publiquement — à différentes œuvres de bienfaisance et, aussi étonnant que cela parût, il était très apprécié de ses pairs.

L'explication de cette popularité au sein du quatrième pouvoir était simple. Roderick Bruce n'oubliait jamais que son vrai nom était Roger Brewster, né à Erie, Pennsylvanie ; toujours généreux avec ses confrères, il savait manier l'autodérision et n'hésitait pas à écorner son image.

En un mot, c'était un chic type.

Sauf quand il était question de sources d'information et de curiosité professionnelle.

Il protégeait jalousement les premières, ne pouvait rassasier la seconde.

Andrew Trevayne avait appris tout cela et était impatient de rencontrer Bruce. Tout à fait disposé à aborder l'histoire des quatre sous-marins atomiques inutilisables, le chroniqueur avait précisé que le président de la sous-commission devrait invoquer des arguments très convaincants pour qu'il fasse le silence sur cette affaire.

Avec une courtoisie inhabituelle, compte tenu de la situation, Bruce avait proposé à Trevayne de se rendre dans les locaux des tours du Potomac, à 10 heures du matin.

En le voyant entrer, Trevayne fut surpris par son apparence. Pas par le visage — les traits anguleux, l'œil cave, les cheveux longs avant la mode — qu'il voyait depuis des années, accompagnant les articles du journaliste. Il fut surpris par la stature. Roderick Bruce était tout petit, minuscule, une particularité accentuée par son habillement. Sombre, classique, comme empesé. On eût dit un garçonnet endimanché, photographié à la sortie d'une église. La longueur des cheveux était la seule marque d'indépendance, comme pourrait le revendiquer un petit garçon, chez le journaliste quinquagénaire.

Bruce suivit la secrétaire et s'arrêta à la porte du bureau, la main tendue. Trevayne fut presque embarrassé de se lever pour aller le saluer ; vu de près, Roderick Bruce semblait encore plus petit. Mais le journaliste avait l'habitude des premières rencontres à caractère professionnel.

— Ne vous fiez pas à ma taille, je porte mes chaussures à semelle compensée, fit-il en souriant, avec une poignée de main vigoureuse. C'est un grand plaisir de vous rencontrer, Trevayne.

Par ces quelques mots, Bruce poursuivait deux objectifs. Il atténuait par l'humour la gêne que pouvait susciter sa taille et, en appelant Trevayne par son patronyme tout sec, il lui faisait savoir qu'ils étaient sur un pied d'égalité.

— Asseyez-vous, je vous en prie, fit Trevayne. Dites que je suis en réunion, Marge, voulez-vous ? ajouta-t-il à l'adresse de sa secrétaire qui se retirait.

Il regagna son fauteuil tandis que Roderick Bruce s'asseyait devant lui.

— Vos bureaux sont vraiment à l'écart, commença-t-il.

— Je m'en excuse ; j'espère que cela ne vous a pas causé de dérangement. J'aurais été ravi de vous rencontrer dans un endroit plus central, pour vous inviter à déjeuner.

— Pas de problème. Je voulais découvrir moi-même ce

lieu dont on commence à parler. C'est curieux, je ne vois pas de chevalet, de fouet ni d'autres instruments de supplice.

— Ils sont enfermés dans un réduit.

— Excellente réponse ; je l'utiliserai.

Sur un calepin minuscule, comme s'il l'avait choisi à son échelle, Bruce nota quelques mots.

— On ne sait jamais quand on peut avoir besoin d'une bonne citation, fit-il.

— Elle n'était pas très bonne.

— Disons que c'était une marque d'humanisme... Voulez-vous que nous parlions de quatre sous-marins immobilisés, à cent quatre-vingts millions de dollars pièce. Sept cent vingt millions pour rien du tout... Nous le savons tous les deux. Pourquoi le contribuable ne le saurait-il pas aussi ?

— Pourquoi, en effet.

Bruce ne s'attendait pas à cette réponse. Il changea de position, croisa les jambes. Trevayne se demanda si ses pieds touchaient le sol.

— Encore une excellente réponse, fit Bruce en refermant son calepin. Je ne prends pas de notes, je m'en souviendrai. Je suppose donc que vous ne voyez pas d'objection à un article là-dessus.

— Pour être tout à fait franc, je n'ai pas la moindre objection. D'autres sans doute, pas moi.

— Alors, pourquoi avoir demandé à me rencontrer ?

— Pour... plaider leur cause, j'imagine.

— Je les ai envoyés promener. Pourquoi agirais-je différemment avec vous ?

— Parce que je n'ai aucun intérêt dans cette affaire ; j'essaie de rester impartial. Je pense que vous avez de solides raisons de rendre public un fiasco de cette envergure ; à votre place, je crois que je n'hésiterais pas. Par ailleurs, je n'ai pas votre expérience. Je ne saurais où fixer la limite entre la dénonciation de l'incompétence et l'empiétement sur ce qui relève de la sécurité nationale.

— Je vous en prie, Trevayne ! lança Roderick Bruce en décroisant les jambes avec agacement. On m'a servi cet argument ; ça ne marche pas.

— En êtes-vous sûr ?

— Pour des raisons beaucoup plus solides que vous ne l'imaginez.

— S'il en est ainsi, monsieur Bruce, poursuivit Trevayne en prenant son paquet de cigarettes, vous auriez dû accepter mon invitation à déjeuner. Nous aurions passé un agréable moment à deviser. Vous ne le savez pas, mais je lis vos articles avec avidité. Cigarette ?

Roderick Bruce le regarda sans répondre, la lèvre tombante. Voyant qu'il ne prenait pas de cigarette, Trevayne se servit et alluma la sienne en se renversant dans son fauteuil.

— Vous parlez sérieusement, fit doucement le journaliste.

— Bien sûr. Je suppose que ces solides raisons prennent en compte la sécurité de la nation. Dans ce cas, et je sais que vous n'êtes pas arrivé où vous êtes en travestissant la vérité dans ce domaine, je n'ai pas d'autre argument à vous opposer.

— Je pense que mes révélations ne vous rendront pas service.

— En effet. Pour ne rien vous cacher, ce sera un gros obstacle. C'est mon problème, pas le vôtre.

Bruce se pencha légèrement en avant ; il paraissait perdu dans le grand fauteuil de cuir.

— Il n'y aura peut-être pas de problème... Et s'il y a des micros ici, je m'en fiche.

— Des micros ? fit Trevayne en se redressant.

— Pour enregistrer notre conversation ; je ne le crois pas. Je vais vous proposer un marché, Trevayne... Il n'y aura pas d'obstacle, pas de problème avec le fiasco de New London. Je vous propose un échange ; je vous laisse même le choix.

— Pouvez-vous être plus clair ?

— Commençons par ce qui s'est passé hier.

Bruce souleva le revers droit de sa veste, replaça lentement son calepin, comme si cette action était un symbole de confiance. Puis il fit tourner entre ses doigts son stylo en or.

— Vous avez passé hier une heure et vingt minutes au Bureau fédéral des statistiques ; arrivé à 16 heures, vous en êtes ressorti bien après la fermeture. Vous avez demandé les volumes couvrant les dix-huit derniers mois, pour les États de Californie et du Maryland. En prenant le temps, mes collaborateurs finiraient probablement par découvrir ce que vous cherchiez, mais regardons les choses en face ; il y a plusieurs milliers de pages et deux cent mille insertions au bas mot. Ce qui m'intrigue, c'est que vous avez fait vous-même le travail de recherche. Vous ne l'avez pas confié à une secrétaire ni à un assistant. Qu'avez-vous trouvé ?

Trevayne essaya d'absorber les paroles de Bruce et ce qu'elles impliquaient.

— La Pontiac grise... Vous m'avez suivi dans une Pontiac grise.

— Faux, mais intéressant.

— Sur Rhode Island Avenue d'abord, puis à Georgetown, derrière la voiture d'un rémouleur.

— Désolé, ce n'était pas moi. Si je voulais vous faire suivre, vous ne vous en apercevriez pas. Qu'alliez-vous chercher au Bureau des statistiques ? C'est la première option ; si la réponse en vaut la peine, je mets mon article au rancart.

Trevayne avait encore l'esprit fixé sur la Pontiac, qu'il avait pourtant presque oubliée. Il appellerait Webster dès qu'il se serait débarrassé du journaliste...

— Rien à faire, Bruce. De toute façon, cela ne vaut pas le coup ; c'était un travail de documentation.

— Très bien. Je vais mettre mon équipe là-dessus ; nous trouverons. Option deux, plus délicate. Le bruit court qu'après votre spectaculaire prestation devant la commission sénatoriale, vous avez rencontré le sénateur du Nebraska, quelques heures avant l'accident qui lui a coûté la vie, à Fairfax. Que vous avez eu une âpre discussion. Est-ce vrai et quelle en fut la teneur ?

— La seule personne qui aurait pu surprendre cette conversation est le chauffeur. Un certain Miller... Laurence Miller, si ma mémoire est bonne. Posez-lui la question. Il vous a déjà raconté pas mal de choses, pourquoi pas le reste ?

— Par loyauté envers son employeur. Il refuse d'en dire plus et prétend n'avoir jamais écouté ce qui se disait à l'arrière de la voiture.

— Pas question non plus. C'était un différend honorable. Si Miller vous dit le contraire, à votre place, je mettrais sa parole en doute.

— Vous n'êtes pas à ma place... Encore une option, Trevayne, la dernière. Si vous vous défilez, je serai un gros obstacle. Il se pourrait même que je mentionne votre tentative pour « plaider la cause » de l'étouffement de l'affaire des sous-marins. Qu'en dites-vous ?

— Vos procédés sont révoltants ; je crois que je ne lirai plus vos chroniques.

— Ce sont vos propres paroles.

— Une citation tronquée, sortie de son contexte.

— Parlez-moi de Bonner.

— Paul Bonner ?

Trevayne eut le sentiment troublant que la dernière option de Roderick Bruce était la véritable raison de sa présence. Les deux premières, loin d'être innocentes, étaient inacceptables, mais la voix du journaliste venait de trahir une émotion absente des questions précédentes ; la menace se faisait plus directe.

— Commandant Paul Bonner, matricule 158-3288. Forces spéciales, Section renseignement, attaché au ministère de la Défense. Rappelé d'Indochine en 1970, après trois mois d'isolement cellulaire, en attendant d'être traduit en conseil de guerre. Aucune interview autorisée, aucun renseignement disponible. En tout et pour tout, une formule heureuse fabriquée par un général du Eye Corps : le « tueur de Saigon ». Voilà le Bonner dont je parle, monsieur Trevayne. Si vous êtes le lecteur assidu de ma prose que vous prétendez être, vous savez que j'ai écrit que le commandant maboul ne devrait pas être en liberté, mais bouclé à Leavenworth.

— J'ai dû rater votre papier, ce jour-là.

— *Ces* jours... Quel est le rôle de Bonner ? Pourquoi lui a-t-on assigné cette mission ? Le connaissiez-vous ? A-t-il été nommé à votre requête ?

— Vous parlez furieusement vite.

— Je suis furieusement intéressé.

— Je vais prendre vos questions dans l'ordre, si possible. Bonner est un simple officier de liaison avec le Pentagone. Si j'ai besoin de quelque chose, il s'en occupe. Ce sont ses propres paroles et je reconnais qu'il est très efficace. J'ignore pourquoi on l'a choisi pour cette mission ; je sais seulement qu'elle ne l'enchante pas. Comme je ne le connaissais pas, je n'ai pas demandé que ce soit lui.

— D'accord, fit Bruce.

Sans quitter Trevayne des yeux, il fit de petits mouvements verticaux avec son stylo en or. Un geste machinal, irritant.

— Ça colle ; c'était programmé. Sincèrement, le croyez-vous ?

— Quoi ?

— Que le « tueur de Saigon » soit un simple garçon de courses. Vous le croyez vraiment ?

— Naturellement ; son aide m'a été très utile. Pour trouver ces bureaux, organiser les déplacements, faire les réservations. Quelles que soient ses opinions, elles n'ont aucune incidence sur ce qu'il fait ici.

— Parlons du personnel. Vous a-t-il aidé à choisir vos collaborateurs ?

— Bien sûr que non !

Trevayne avait élevé le ton. Cet accès de colère, il s'en rendit compte, venait de ce que Bonner, au tout début, avait justement essayé de l'aider à choisir ses collaborateurs.

— Pour devancer votre prochaine question, le commandant Bonner professe des opinions qui diffèrent considérablement des miennes. Nous acceptons ces divergences ; nous n'essayons pas de convertir l'autre. Quoi qu'il en soit, j'ai confiance en lui. La question ne se pose même pas ; notre travail ne le concerne aucunement.

— Je dirais, au contraire, que cela le concerne énormément. Il est en position de savoir ce que vous faites, à qui vous parlez, à quelles entreprises vous vous intéressez...

— Ce genre d'information n'a rien de secret, monsieur Bruce, coupa Trevayne. Franchement, je me demande où vous voulez en venir.

— Cela crève les yeux. Quand on enquête sur une bande de voleurs, on ne compte pas sur un brigand pour donner un coup de main.

Trevayne se souvint de la première réaction de Walter

Madison au choix de Bonner. L'avocat avait observé que la politique de la Défense manquait pour le moins de finesse.

— Je crois pouvoir apaiser vos craintes, monsieur Bruce, reprit-il. Le commandant Bonner ne joue aucun rôle dans les décisions qui sont prises ici. Nous ne parlons pas de nos travaux avec lui, sinon en termes très généraux et, le plus souvent, avec humour. Il s'occupe uniquement de régler les détails ; beaucoup moins aujourd'hui que dans les premiers temps. Ma secrétaire s'en charge ; elle ne fait appel à Bonner qu'en cas de difficulté. La Défense est très efficace quand il s'agit d'assurer une réservation sur une ligne aérienne ou de mettre la main sur un cadre dont l'entreprise est sous contrat avec le Pentagone. Je le répète, il nous a été d'un grand secours.

— Reconnaissez que sa présence dans vos bureaux est étonnante.

— L'armée n'est pas réputée pour sa délicatesse, monsieur Bruce. Peut-être est-ce une bonne chose... Ce qui nous intéresse, c'est le budget de la Défense ; il nous faut un officier de liaison. Pourquoi on a choisi Bonner, je n'en ai pas la moindre idée ; mais il est là et nous donne toute satisfaction. Je ne dis pas qu'il ait été enthousiaste, mais c'est un bon soldat ; je suis persuadé qu'il s'acquitterait de n'importe quelle mission, quels que soient ses sentiments.

— Joliment dit.

— Il n'y a pas d'autre moyen de le dire.

— Vous affirmez donc qu'il n'essaie pas de défendre le point de vue du Pentagone ?

— Les rares fois où je lui ai demandé son opinion, il a défendu le point de vue de l'armée, avec vigueur. Je m'inquiéterais si ce n'était pas le cas. Si vous espérez découvrir une manière de conspiration, vous en serez pour vos frais. Quand nous avons eu connaissance de la réputation de Bonner, nous avons été inquiets, comme vous pouvez l'imaginer. Nos craintes se sont révélées sans fondement.

— Vous ne voulez pas me donner ce que je veux, Trevayne.

— J'ai l'impression que vous voulez un gros titre proclamant que Bonner entrave les travaux de la sous-commission. Qu'il a été détaché auprès d'elle dans le but de transmettre des renseignements confidentiels à ses supérieurs. Je vous l'ai dit, Bruce, j'ai lu vos articles. Vous avez essayé ; cela ne manquait pas de logique, mais ce n'est pas vrai. Ce serait trop gros, vous le savez bien.

— Quelles sont ses opinions ? Je m'en contenterai peut-être... Que dit-il quand il défend le point de vue de l'armée ?

Trevayne observa le petit chroniqueur. Il commençait à s'agiter, devenait nerveux, comme s'il sentait qu'il allait perdre quelque chose qui lui tenait profondément à cœur. Andrew se souvint des contre-mesures draconiennes imaginées par Bonner, pour répondre à une hypothétique marche pour la paix : les troupes, la répression immédiate ; c'était le genre de chose que Bruce voulait publier.

— Vous êtes parano, fit-il. Vous êtes disposé à accepter tout ce qui pourrait salir Bonner.

— Exactement, Trevayne ; parce que ce type est sale. Un chien enragé qui aurait dû être exécuté, il y a trois ans.

— Voilà un jugement sans appel. Puisque tel est votre sentiment et que vous avez un public... écrivez-le, si vous êtes en mesure de le prouver.

— Ils couvrent cette ordure... Tout le monde le couvre ! La hiérarchie le rend intouchable. Même parmi ceux qui le haïssent, aucun n'ouvre la bouche. Cela me tracasse, comme cela devrait vous tracasser.

— Je ne dispose pas de vos informations. J'ai assez de problèmes sans en créer de nouveaux à partir de demi-vérités ou de demi-mensonges. Pour parler sans détour, le commandant Bonner ne m'intéresse pas assez.

— Peut-être avez vous tort.

— J'y réfléchirai.

— Réfléchissez à autre chose ; je vous donne deux jours pour cela. Vous avez eu de longues conversations avec Bonner ; il a passé un week-end dans votre maison du Connecticut. Appelez-moi pour en parler. Même si ce qu'il a dit paraît de peu de conséquence, ajouté à ce que je sais sur lui, cela pourrait être important. Qui sait si vous ne rendrez pas un grand service à votre pays... et à vous-même ?

— Allez proposer à quelqu'un d'autre vos méthodes

dignes de la Gestapo, monsieur Bruce ! lança Trevayne en se levant. Je ne suis pas acheteur.

Le journaliste savait par expérience qu'il ne serait pas à son avantage en se mettant debout. Il resta assis, tripota son stylo.

— Ne vous faites pas un ennemi de moi, Trevayne. C'est absurde. Je peux présenter mon article sur les sous-marins de manière à faire de vous un paria. Tout le monde vous tournera le dos ; vous serez un objet de risée.

— Sortez avant que je vous jette dehors !

— On cherche à intimider la presse, monsieur Trevayne ? On menace de violences physiques un homme de ma taille ?

— Exprimez-le comme vous voulez, répliqua posément Trevayne. Mais débarrassez-moi le plancher.

— Deux jours, Trevayne, fit Roderick Bruce en se levant lentement. J'attends votre appel ; vous êtes perturbé, mais tout deviendra clair pour vous. Vous verrez.

Trevayne regarda le journaliste à la stature de garçonnet se diriger à petits pas décidés vers la porte. Roderick Bruce ne se retourna pas ; il tourna la poignée, tira vivement la porte et sortit. Le lourd panneau de bois heurta une chaise, vibra légèrement.

Le général de brigade Lester Cooper abattit le poing sur la longue table de conférences. Il avait le visage cramoisi, les veines du cou saillantes.

— Le sale petit merdeux ! Où va-t-il fourrer son nez, ce pygmée ?

— Nous ne savons pas encore, répondit Robert Webster, à l'autre bout de la pièce. C'est peut-être Bonner qui l'intéresse ; nous avions envisagé cette possibilité en le choisissant.

— *Vous* l'aviez envisagée. Nous n'avons pas voulu nous en mêler.

— Nous savons ce que nous faisons.

— Je me sentirais mieux si vous pouviez m'en convaincre. Je n'aime pas me dire que tout le monde est facile à remplacer.

— Ne soyez pas ridicule, répliqua Webster. Dites à Bonner que son vieil ami Bruce est de nouveau sur sa piste ;

demandez-lui d'être prudent. N'en faites pas trop, poursuivit-il avec un mince sourire, en s'avançant vers le général. Nous ne voulons pas qu'il soit exagérément prudent. Il sait que Trevayne est sous surveillance ; ne laissez pas quelqu'un d'autre lui en parler avant vous.

— Je comprends... Mais je continue à penser qu'il faudrait tenir Bruce à l'écart. Il ne devrait pas être sur cette affaire.

— Cela viendra en temps voulu.

— Il n'y en a pas à perdre. Plus vous attendez, plus les risques augmentent. Trevayne s'intéresse de très près à Genessee.

— C'est précisément pour cette raison que nous ne voulons pas précipiter les choses. Trevayne n'ira pas loin ; Roderick Bruce peut-être.

17

Andrew Trevayne regardait par la fenêtre les eaux agitées du Potomac, charriant des feuilles mortes. Matches de football universitaire du samedi, rencontres professionnelles du dimanche. Plus de paroles que de décisions dans les comptes rendus donnés par les journaux des séances du Congrès. Le plein automne à Washington.

La réunion s'était bien passée ; le petit noyau avait rassemblé confidentiellement assez d'éléments pour justifier une confrontation avec plusieurs hauts dirigeants de Genessee Industries.

Un homme en particulier : James Goddard. Celui qui avait les réponses. À San Francisco.

C'était la prochaine étape.

Tout le monde avait fait preuve d'une grande efficacité pour arriver à ce résultat, encore plus difficile à atteindre avec les méthodes peu orthodoxes exigées par Andrew. La majeure partie du travail avait été accomplie non dans les bureaux, mais dans la salle de jeu en sous-sol de la maison de Tawning Spring. Seuls y avaient participé Alan Martin, Michael Ryan, John Larch et le pétulant Sam Vicarson.

Il était à l'origine des méthodes et du secret, pour des raisons toutes simples. Quand les derniers questionnaires des usines Genessee et des sous-traitants des quatre coins du pays leur étaient parvenus, le volume était impressionnant. Des classeurs furent remplis en quelques semaines. Les réponses se révélant dans leur grande majorité très peu satisfaisantes, ils envoyèrent des demandes de renseignements complémentaires ; Trevayne comprit que Genessee allait leur interdire, faute de temps, de travailler sur autre chose. La simple collation des réponses volumineuses et évasives était d'une grande complication.

La tactique de Genessee Industries devint une hantise pour Andrew. Le seul moyen de démêler l'écheveau était de prendre chaque fil et de remonter jusqu'à la source, relevant en chemin les renseignements erronés et les responsabilités. La tâche étant d'une effroyable complexité, il sembla logique d'attribuer à cette partie du travail de la sous-commission un lieu unique, dans des conditions agréables, incitant à rester tard le soir et le week-end.

À ce raisonnement simple s'ajouta une raison plus préoccupante pour justifier cette décision. La crainte des ingérences. Ryan et Larch furent sondés — indirectement, avec la plus grande discrétion — sur les investigations de la sous-commission sur Genessee Industries. On fit des allusions voilées à une rétribution, on évoqua avec humour des vacances au soleil des Caraïbes.

Mais on ne plaisantait pas. Ryan et Larch le comprirent.

Outre ces deux contacts, trois autres incidents eurent lieu, dans lesquels Genessee jouait un rôle, là encore indirectement, subtilement.

Sam Vicarson fut invité par un voisin au country club de Chevy Chase. Ce qui commença comme un petit cocktail entre gens de connaissance dégénéra rapidement en beuverie. Les connaissances devinrent des intimes ; certaines amitiés se muèrent en hostilité. L'atmosphère éthylique se fit électrique ; Sam Vicarson se retrouva sur le parcours de golf, en compagnie de l'épouse d'un député de Californie.

D'après le récit qu'il fit à Trevayne, malgré les trous de mémoire provoqués par l'abus d'alcool, le jeune et fougueux avocat et sa compagne du moment avaient emprunté une voiturette et parcouru quelques centaines de mètres quand le véhicule s'arrêta, la batterie à plat. La jeune femme prit peur ; elle se trouvait dans une situation délicate, dont elle était l'instigatrice, ayant clairement montré à Sam qu'il lui plaisait. Sur le chemin du club house, ils trouvèrent le parlementaire accompagné d'un ami inconnu.

Ce qui suivit fut aussi pénible que rapide, et les derniers mots du mari laissèrent dans l'esprit de Sam un souvenir indélébile. Tenant des propos incohérents, le parlementaire gifla sa femme à toute volée avant de bondir sur Vicarson. Sam recula, se défendant de son mieux contre les moulinets du mari furieux. C'est alors que l'inconnu intervint ; il immobilisa les bras du député et le cloua au sol.

Il lui ordonna de se calmer, répéta qu'il se rendait ridicule.

Après une vaine tentative pour se relever, se dégager de l'étreinte de l'homme, le parlementaire hurla cette phrase qui marqua Vicarson.

— Allez-vous me foutre la paix avec Palo Alto ?

La jeune épouse s'élança sur l'herbe en direction du parking.

D'un revers de main, l'inconnu fit taire le député ; il l'aida à se relever, l'entraîna à la suite de sa femme.

Sam Vicarson était resté sur place, comprenant, malgré l'alcool, qu'il avait failli être victime d'un coup monté.

Palo Alto. Genessee Industries.

Trevayne acquiesça, sachant qu'à l'avenir le jeune avocat serait plus circonspect avant d'accepter l'invitation d'un voisin.

Le deuxième incident fut rapporté à Trevayne par sa secrétaire. Elle était au dernier stade d'une liaison qui avait mal tourné. Quand son ex-fiancé, revenant sur la décision, prise d'un commun accord, de se séparer, demanda à revenir, elle ne comprit pas ; leur relation était morte, achevée à l'amiable.

Il affirma qu'il avait besoin de revenir, juste quelques jours.

Pour ménager les apparences.

Et, si jamais on l'interrogeait, elle devait dire qu'il lui avait posé un tas de questions.

Il ne les poserait pas. Il s'en fichait ; il allait quitter Washington et avait juste besoin de quelques recommandations. Il les obtint, grâce à elle.

Le jour où il partit pour Chicago, où un nouveau poste l'attendait, il téléphona à la secrétaire.

— Dis à ton patron qu'il y a des tas de gens de Nebraska Avenue qui s'intéressent à GIC. Ils sont très nerveux.

Elle en fit part à Trevayne.

GIC. Genessee Industries Corporation.

Le troisième et dernier incident dont il eut connaissance fut relaté par Franklyn Baldwin, le banquier de New York.

Baldwin était venu à Washington pour le mariage d'une de ses petites-filles. La jeune fille épousait un Anglais, attaché d'ambassade et descendant plus ou moins lointain d'un vicomte. Pour reprendre les termes de Baldwin : « La réception la plus sinistre que j'aie jamais vue. Décidément, rien ne change : dites à une mère américaine que sa fille va prendre un titre, ce n'est pas un mariage qu'elle prépare, mais une cérémonie funèbre. »

Il expliqua à Trevayne qu'il s'était éclipsé dès qu'un prétexte plausible lui avait permis de le faire. L'idée était venue d'un vieil ami, un ancien diplomate, qui avait suggéré d'invoquer la fatigue due à leur grand âge pour filer dans un lieu plus accueillant.

Ils se rendirent donc chez un ami commun, un vice-amiral — en retraite, lui aussi — qui, au grand étonnement de Baldwin, les attendait.

Au début, expliqua-t-il à Trevayne, il s'était réjoui de retrouver cette atmosphère de conspirateurs, qui lui donnait le sentiment d'être revenu en arrière, au temps où les jeunes gens qu'ils étaient rivalisaient d'ingéniosité pour échapper aux corvées.

Mais, à mesure que la visite se prolongeait, le plaisir de Baldwin diminua.

Ce qui aurait dû être de réjouissantes retrouvailles n'avait plus rien d'agréable. L'amiral fut à l'origine de la détérioration du climat, en mentionnant l'article de Roderick Bruce sur les sous-marins atomiques immobilisés. De là, il fit allusion à la connaissance que Trevayne avait des questions militaires, navales en particulier. Ou plutôt à sa méconnaissance.

Baldwin finit par se trouver engagé dans une âpre discussion ; n'était-il pas à l'origine du choix du président de la sous-commission ?

Il rappela que Trevayne avait reçu l'approbation unanime non seulement de la commission, mais du président et du Sénat. Il avait toujours leur confiance ; l'appareil militaire, la Marine incluse, ferait mieux de s'y résigner.

Mais l'amiral refusait de s'incliner. Au moment où Baldwin prenait congé, le vieux marin laissa entendre que le soutien de la veille pourrait se muer en rejet. Surtout si Trevayne continuait à harceler une des grandes institutions — « *institutions,* rien que ça ! — dont la nation dépendait — il a bien dit *dépendait* ! »

L'*institution* en question était Genessee Industries.

Le regard toujours fixé sur le fleuve, Andrew se dit que ces cinq incidents étaient ceux dont il avait eu connaissance. Combien d'autres y en avait-il eu, dont il ignorait tout ? La sous-commission employait vingt et une personnes ; d'autres variations sur le thème de l'ingérence resteraient-elles secrètes ?

Il ne lui était pas possible d'organiser une réunion générale et de poser la question ; non seulement la méthode lui répugnait, mais elle serait inefficace. Si quelqu'un avait été contacté sans en parler, il ne le ferait plus maintenant. Le délai paraîtrait compromettant.

Dans le cas, peu probable mais pas impossible, où il y aurait un informateur au sein du groupe, les renseignements qu'il fournissait ne valaient rien. Tous les documents d'importance relatifs à Genessee Industries avaient été conservés jusqu'à présent à Tawning Spring.

Les dossiers sur Genessee — ceux qui comptaient — portaient un ruban adhésif sur lequel figurait l'inscription : « État en cours. Complet. Satisfaisant ». Plusieurs autres, concernant des opérations mineures de l'entreprise, portaient un autre adhésif : « État : en cours. En instance ». Ils n'étaient pas importants.

L'emploi du mot *satisfaisant* n'était pas dû à un climat de méfiance ; il était simplement pratique. Cinq personnes seulement — Trevayne et son état-major — avaient accès à ces dossiers ; chacun savait ce que le terme signifiait. Si quelqu'un d'autre, pour quelque raison que ce fût, tombait sur eux, des explications détaillées n'étaient pas nécessaires.

Andrew s'écarta de la fenêtre et revint à son bureau où étaient empilés les trois classeurs à feuillets mobiles. Ils rassemblaient des fils de l'écheveau partiellement démêlé ; une petite clairière dans un labyrinthe inextricable. Trevayne se demanda où ces fils pourraient bien les conduire.

Il se demanda ensuite ce qu'un Roderick Bruce ferait si d'aventure ces documents tombaient en sa possession.

Roderick Bruce, le tueur miniature de dragons.

Qui, pourtant, n'avait pas essayé de l'abattre. Dans son article sur les sous-marins atomiques, Bruce s'était montré d'une étonnante bienveillance à l'égard d'Andrew.

Il y avait même glissé une sorte de compliment.

Le peu malléable président de la sous-commission reste injoignable pour les hauts responsables affolés des services de renseignement. Il laisse à d'autres les relations avec les médias, ce qui n'est peut-être pas très habile ; mais on ne lui demande pas d'être habile. Tout ce qu'on peut faire, c'est le virer, ce qui arrivera probablement. Est-ce ce qu'il souhaite ?

Trevayne se demandait pourquoi Bruce n'avait pas fait mention de « pressions pour étouffer l'affaire, » même si cela n'avait pas d'importance. Il se contrefichait de Bruce et de ses lecteurs. En aucun cas, il ne l'aurait rappelé. Quoi que Paul Bonner représentât — même si ces valeurs étaient profondément archaïques —, l'homme était vrai. Ses convictions étaient le fruit d'une réflexion approfondie, non des réactions violentes et aveugles au changement. Il fallait convaincre les Bonner de ce monde, pas les sacrifier comme des boucs émissaires sur l'autel des idéologies.

Avant tout, les *convaincre.*

Trevayne prit le classeur du dessus ; dans l'angle supérieur droit, l'adhésif portait le chiffre romain I. C'était l'itinéraire immédiat, la première étape : San Francisco.

Du travail de routine. Rien d'essentiel.

C'était organisé ainsi. Présenté ainsi. Le président de la sous-commission faisait en personne une tournée des entreprises de la côte ouest. Si des dirigeants inquiets prenaient la peine de vérifier — ce qu'ils feraient assurément —, ils seraient soulagés d'apprendre qu'Andrew Trevayne devait passer dans une douzaine de sociétés. Rien de significatif ne pouvait être entrepris avec un emploi du temps de ce genre.

On avait même discrètement laissé entendre à certains que le président ne répugnerait pas à faire un parcours de golf ou une partie de tennis, si le temps le permettait.

L'atmosphère de la tournée était donc clairement établie. Il y avait des rumeurs de dissolution anticipée de la sous-commission ; il se murmurait que le voyage de Trevayne à l'autre bout du pays serait une sorte de tournée d'adieu, marquant la fin symbolique d'une tâche impossible.

Parfait... Il ne pouvait espérer mieux.

Cela n'aurait pu être possible si un Roderick Bruce avait accès aux dossiers Genessee. Pourvu que cela n'arrive jamais ! Il fallait maintenant éviter à tout prix des accusations d'ordre général, des condamnations globales. Tout était beaucoup trop compliqué pour tirer des conclusions trop simples.

La sonnerie du téléphone interrompit le cours de ses pensées. Il était un peu plus de 17 heures ; tout le monde était parti de bonne heure. Il était seul.

— Allô !

— Andy ? C'est Paul Bonner.

— Je pensais justement à vous.

— En bien, j'espère ?

— Pas particulièrement. Comment allez-vous ? Je ne vous ai pas vu depuis quinze jours.

— J'étais parti, en Géorgie. Tous les six mois, les huiles m'expédient à Benning pour faire le parcours du combattant. Une remise en forme, du moins ils le croient.

— Pas du tout... C'est pour vous permettre de vous défouler ou pour laisser souffler la gent féminine de Washington.

— Le traitement est plus efficace qu'un bain glacé, croyez-moi... Que faites-vous ce soir ?

— Je retrouve Phyllis au restaurant, à L'Avion. Vous venez ?

— Volontiers, mais je ne veux pas m'imposer.
— Pas du tout. Dans trois quarts d'heure ?
— Parfait. Cela nous donnera l'occasion de parler de votre tournée.
— Comment ?
— Vous emmenez votre majordome. Un claquement de doigts, un coup de sifflet et j'accourrai pour satisfaire le moindre désir de monsieur.
— Je ne le savais pas, fit Trevayne après une hésitation.
— Je viens de recevoir mes instructions. J'ai cru comprendre que nous jouerons au golf et au tennis. Vous vous relâchez.
— On dirait... Rendez-vous à L'Avion.
Trevayne raccrocha ; son regard se posa sur le classeur qu'il tenait dans sa main gauche.
Le ministère de la Défense n'avait pas demandé à lui attacher un officier de liaison. En réalité, le Pentagone n'avait pas été informé de son projet de tournée.
Du moins pas par ses soins.

18

Arrivé en haut de l'escalier mécanique, au premier étage de l'aéroport de San Francisco, Mario de Spadante se dirigea vers le salon panoramique. Sa démarche était rapide, étonnamment agile pour un homme de sa corpulence. Il zigzagua entre passagers et employés, eut un mouvement d'énervement contre un porteur noir qui lui bloquait le passage avec un chariot peu maniable. Il poussa la porte vitrée du salon, passa sans ralentir devant l'hôtesse, écartant sa question muette d'un geste de la main. Il était attendu ; deux hommes, déjà assis à une table d'angle.
— Si je puis me permettre, monsieur de Spadante, je vous trouve inutilement agité.
— Je ne vous permets pas, monsieur Goddard. Je ne vous permets pas, parce que je pense que vous êtes un sombre crétin.

De Spadante avait parlé d'une voix calme, juste un peu plus râpeuse qu'à l'accoutumée. Il se tourna vers l'autre homme, plus âgé, la soixantaine élégante. Un homme nommé Allen.

— Des nouvelles de Webster ? demanda-t-il.

— Il n'a pas donné signe de vie depuis New York ; cela remonte à plusieurs mois, avant que Baldwin se mette en contact avec Trevayne. Nous aurions dû donner un coup d'arrêt à ce moment-là.

— Les gros pontes ne vous ont pas écouté ; cette idée était non seulement stupide, mais inutile. J'ai pris d'autres mesures ; tout était en ordre, y compris les procédures d'urgence. Les choses ont changé.

De Spadante se retourna vers Goddard, dont la face de chérubin était encore empourprée de colère, après l'insulte de l'Italien. La quarantaine, rondouillard, un front dégarni d'intellectuel, Goddard était l'incarnation du cadre d'entreprise stressé — pour Genessee Industries, en l'occurrence. De Spadante garda résolument le silence ; il se contenta de fixer Goddard. C'était au cadre de parler ; il le savait.

— Trevayne arrive demain matin, vers 10 h 30. Nous devons déjeuner ensemble.

— J'espère que vous aurez de l'appétit.

— Nous n'avons aucune raison de penser que cette visite cache quelque chose. Il en fera un grand nombre de semblables. Il doit se rendre en trois ou quatre jours dans une demi-douzaine d'entreprises, distantes de quelques centaines de kilomètres.

— Vous me faites marrer ! s'écria de Spadante. Je me tordrais de rire, si ça ne faisait pas si mal aux côtes !... « Aucune raison de penser » ! Vous êtes merveilleux... vraiment lourd, comme on dit !

— Et, vous, choquant, fit Goddard en se tamponnant le menton avec un mouchoir.

— Je vous en foutrai, du *choquant* ! Il n'y a rien de plus choquant en ce bas monde que la bêtise. La bêtise suffisante, peut-être... Où avez-vous déniché ce *capo-zuccone* ? poursuivit l'Italien en s'adressant à Allen.

— Il n'est pas bête, Mario, répondit doucement Allen. Goddard est le meilleur analyste de coûts que la GIC ait jamais eu. Il met en forme la politique économique de l'entreprise depuis cinq ans.

— Un comptable ! Un petit comptable minable qui transpire du menton ! Je connais cette race !

— Je n'ai pas l'intention de supporter plus longtemps vos insultes !

Goddard recula son siège, prêt à se lever. La main de Mario de Spadante jaillit et immobilisa le bras du fauteuil avec la poigne d'un homme qui ne rechigne pas au travail de force et aux méthodes musclées.

— Restez assis. Nous avons des problèmes beaucoup plus importants que vos intentions... Et les miennes, monsieur le comptable.

— Comment pouvez-vous en être sûr ? demanda Allen.

— Je vais vous expliquer ; vous comprendrez peut-être le pourquoi de mon agitation. Et de ma colère... Pendant des semaines, on nous a rapporté que tout se passait bien. Pas de gros problèmes ; quelques détails à régler, mais on s'en occupait. Puis nous avons appris que même les questions capitales portent l'appréciation « satisfaisant ». Complet, fini, terminé, on n'en parle plus... J'y croyais moi-même.

De Spadante lâcha le fauteuil ; il fit aller et venir son regard entre les deux hommes, sans déplacer la tête.

— Jusqu'à ce que deux petits curieux de New York se décident à vérifier, poursuivit-il. Ils sont un peu nerveux, car ils sont payés pour résoudre les problèmes. Quand ils ne voient pas de problème, ils en cherchent ; il vaut mieux cela que de passer à côté, par négligence. Ils s'intéressent à cinq questionnaires très importants — cinq, pas plus — qui ont été renvoyés. Nous apprenons que les cinq ont été acceptés. Ils envoient donc des renseignements complémentaires au bureau de Trevayne. Tout pouvait être expliqué, mais, croyez-moi, des explications étaient nécessaires !... Dois-je vous dire ce qui s'est passé ?

Goddard porta de nouveau son mouchoir à son menton. La peur se lisait sur son visage.

— Double entrée, fit-il d'une voix sourde.

— Si votre charabia signifie que le classement des dossiers était bidon, vous avez mis dans le mille.

— C'est à ça que vous pensez, Goddard ? demanda Allen en se penchant vers lui.

— En gros, oui. Mais j'ai sauté une étape ; il faut savoir si les dossiers ont été classés « En instance ».

— Non, répondit Mario de Spadante.

— Dans ce cas, il y a un autre jeu de dossiers.

— Très bien ; nous sommes arrivés à la même conclusion.

— Où sont-ils ? lança Allen, qui avait perdu de son assurance.

— Quelle importance ? Vous n'allez pas changer leur contenu.

— Il serait quand même bien utile de le savoir, reprit Goddard, chez qui l'hostilité avait fait place à la frayeur.

— Vous auriez dû y réfléchir ces deux derniers mois, au lieu de vous tourner les pouces avec satisfaction.

— Nous n'avions aucune raison...

— La ferme ! Vous avez encore le menton trempé... Des tas de gens risquent de tomber, mais il y en a d'autres que nous protégerons. Nous pouvons encore recourir à des procédures d'urgence. Nous avons fait ce qu'il fallait, *nous.*

Brusquement, en silence mais avec une véhémence contenue, Mario de Spadante serra le poing, la bouche grimaçante.

— Salopard de Trevayne, souffla l'Italien d'une voix rauque. L'honorable sous-secrétaire ! M. Propre !... Il s'est roulé dans le fumier comme tous les autres gorets de son espèce ! Je ne m'attendais pas à ça.

Assis près du hublot de droite du Boeing 707, Paul Bonner tourna la tête de l'autre côté de l'allée centrale, vers les sièges occupés par Trevayne, flanqué d'Alan Martin et Sam Vicarson. Les trois hommes étaient plongés dans la lecture d'un document.

Des castors, se dit l'officier. Sérieux, concentrés, rongeant inlassablement l'écorce des arbres qui finiraient par tomber, pour former un barrage. Était-ce contrarier le cours naturel des choses ? Trevayne parlerait d'équilibre écologique.

Foutaises !

L'irrigation des champs en aval était infiniment plus

importante que la survie d'une poignée de castors. Les castors voulaient assécher les terres, sacrifier les récoltes pour défendre des intérêts auxquels ils étaient seuls à croire. Il y en avait d'autres, plus importants, que les petits animaux ne comprendraient jamais. Seuls les grands fauves comprenaient ; il le fallait, ils étaient les maîtres. Les maîtres parcouraient en tous sens les forêts et les jungles ; ils connaissaient les prédateurs. Pas les castors.

Paul Bonner connaissait la jungle ; il avait rampé dans la boue infestée de vermine, le ventre couvert de sang. Il s'était trouvé face à face avec les yeux de la haine, le visage de la haine sans mélange. Il avait su qu'il devait fermer à jamais ces yeux, tuer celui qui possédait cette haine en lui. Le tuer ou être tué.

Son ennemi.

Leur ennemi.

Mais les castors ne le savaient pas.

Il vit que Trevayne et ses assistants commençaient à ranger les papiers dans leur serviette. Ils allaient bientôt arriver à San Francisco. On demanda aux passagers d'attacher leur ceinture et d'éteindre leur cigarette. Cinq minutes avant l'atterrissage.

Et après ?

Ses ordres étaient plus vagues que précédemment. À l'inverse, l'atmosphère était infiniment plus tendue au ministère — là où on s'occupait de Trevayne. Après le dîner avec Andy et Phyllis, le général Cooper l'avait interrogé comme un guérillero portant autour du cou des plaques d'identification de soldats américains. Le général était au bord de l'apoplexie. *Pourquoi Trevayne n'avait-il pas informé la Défense de cette tournée ? Quel était l'itinéraire exact ? Pourquoi tant d'arrêts, tant de réunions ? Était-ce un rideau de fumée ?*

Bonner avait fini par perdre patience. Il ne connaissait pas les réponses, n'avait pas posé de questions. Si le général avait besoin de renseignements particuliers, il aurait dû expliquer ce qu'il voulait. Bonner lui rappela qu'il avait envoyé plus de cinquante rapports des tours du Potomac, des renseignements *volés* dans les dossiers de Trevayne, qui le mettaient sous le coup de poursuites judiciaires.

Il comprenait les raisons, acceptait les risques et se fiait au jugement de ses supérieurs. Mais il n'était pas doué de seconde vue !

La réaction du général surprit Bonner. Cooper se troubla, hésita ; il commença à bafouiller. Pour Bonner, il était inconcevable qu'un vieux soldat comme Cooper pût bafouiller. À l'évidence, le général de brigade se trouvait devant des informations inattendues, qu'il n'avait pu évaluer.

Et qui lui faisaient peur.

Bonner s'était demandé pourquoi. D'où provenait cette peur ? Le commandant savait qu'il n'était pas le seul à fournir des renseignements sur le travail de la sous-commission ; il y avait, à sa connaissance, deux autres sources. Une brune, responsable du pool de dactylos de Trevayne ; il avait vu sa photo et son CV sur le bureau de Cooper, avec une liasse de notes de frais. Une pratique courante.

Il y avait aussi un blond, à peine la trentaine, titulaire d'un doctorat de Cornell, que Trevayne avait engagé, si sa mémoire était bonne, pour faire plaisir à un vieil ami. Un soir où il quittait tard le ministère, il avait aperçu le blond qui passait par l'entrée des fournisseurs. Il se dirigeait vers l'ascenseur de service, comme le font invariablement les informateurs pour se rendre à une réunion secrète. En levant les yeux, il avait constaté que la lumière était encore allumée dans le bureau de Cooper, au cinquième étage.

Trop agité pour rester évasif, le général avait donné à Bonner des instructions précises. Tout ce que dirait Trevayne ou un des deux hommes qui l'accompagnaient — aussi insignifiant que cela pût paraître —, il devait le retenir et le répéter au général, en l'appelant sur sa ligne directe. Il devait également essayer de découvrir la teneur des discussions pouvant avoir un rapport avec Genessee Industries. « Dépensez ce qu'il faut, garantissez l'impunité, mais ramenez-moi des faits ! »

N'importe lesquels.

Devait-il chercher quelque chose de particulier ?...

Tout ce qu'il trouvait.

Dans son for intérieur, Bonner reconnaissait que la fébrilité du général avait déteint sur lui. Il n'aimait pas se sentir aiguillonné par la colère — ou l'affolement — d'autrui, mais il n'avait pu y échapper. Trevayne n'avait pas le droit de se mêler des affaires de Genessee ; du moins pas au point de mettre un général de brigade dans tous ses états. Genessee Industries, d'une certaine manière, constituait un élément vital de la défense de la nation. Plus important, en tout état de cause, que n'importe quel allié ; plus sûr, en tout cas.

Chasseurs lance-missiles, les meilleurs au monde dans leur catégorie ; quatorze modèles d'hélicoptères — des massifs transports de troupes, de véhicules et d'armes aux « serpents » rapides et silencieux, qui larguaient avec précision des soldats — des hommes comme lui — dans la jungle ; blindages de toutes sortes fabriqués dans les usines Genessee, protégeant des milliers de vies humaines des obus de gros calibre et des effets dévastateurs du napalm ; l'artillerie aussi — Genessee contrôlait des dizaines d'usines d'armement. Le matériel de guerre le plus sophistiqué et le plus destructeur de la planète.

La puissance de feu ! Le pouvoir !

Nom de Dieu de bon Dieu ! Ils ne pouvaient donc pas comprendre ?

Ce n'était pas seulement une question de possession ! C'était la *protection*, leur protection !

Les castors n'avaient rien compris !

Trevayne n'avait rien compris !

19

James Goddard fit quelques pas sur sa pelouse ; le soleil couchant nimbait les collines de Los Altos de vapeurs orangées. Ce spectacle, comme toujours, avait sur lui un effet apaisant. C'est principalement pour cette raison qu'il avait fait le pari, douze ans auparavant, d'acheter cette maison. Elle était beaucoup trop chère, mais, à ce stade de sa carrière, soit l'avenir lui permettrait de posséder une maison comme celle de Los Altos, soit son avenir n'était pas chez Genessee.

En réalité, le pari n'était pas si risqué ; il venait, à l'époque, de commencer une rapide ascension dans l'entreprise. La nature de son travail assurait la suite de sa carrière, l'accession à des postes de plus en plus élevés.

Jusqu'au sommet de l'échelle. Président de la division de San Francisco.

Mais, parfois, la pression devenait insupportable. C'était le cas en ce moment.

La réunion de l'après-midi avait été extrêmement éprouvante ; les desseins de Trevayne, au début, étaient restés très flous. Il avait posé des questions sur différents sujets, avec force hochements de tête et haussements de sourcils, suivis de signes d'acquiescement ou de regards sans expression. Il avait pris des notes, sans raison apparente ; ses assistants étaient restés très effacés.

Une réunion décousue, du début à la fin. En sa qualité de représentant de Genessee, Goddard s'était efforcé d'imposer une certaine rigueur, de mettre un peu d'ordre dans les questions. Il s'était fait courtoisement rembarrer par Trevayne ; le président de la sous-commission s'était posé, d'une manière peu convaincante, en patriarche bienveillant et l'avait assuré que tous les points seraient abordés. Il s'agissait seulement, dans un premier temps, de déterminer, d'une manière générale, le champ des responsabilités.

Déterminer le champ des responsabilités.

Cette phrase avait fait dans le cerveau de Goddard l'effet d'une décharge électrique.

Il avait simplement acquiescé de la tête, devant ses trois adversaires, qui hochaient la tête en souriant. Un rite de duplicité.

Quand la réunion s'était achevée, vers 15 h 30, il avait immédiatement regagné son bureau et annoncé à sa secrétaire qu'une affreuse migraine l'obligeait à partir. Il devait sortir, prendre sa voiture et rouler, pour réfléchir à tout ce qui s'était dit au cours des trois dernières heures. Malgré le flou apparent, il s'était dit beaucoup de choses. Il n'avait pourtant pas été question de chiffres. Goddard était à son aise avec les chiffres ; il connaissait par cœur les comptes de profits et pertes de dizaines de divisions, sur une période de plusieurs années. En prenant quelques chiffres isolés, il était capable de faire des prévisions qui, avec une marge d'erreur de quatre pour cent, se révéleraient exactes. Il stupéfiait les soi-disant économistes — des universitaires, des théoriciens — par la rapidité et la précision de ses analyses du marché et des statistiques de l'emploi.

Le sénateur de Californie en personne lui avait demandé conseil, l'année précédente.

Il avait refusé de faire payer ses services ; Armbruster était le candidat de son choix et Genessee n'avait rien à y perdre. Il avait pourtant accepté un présent symbolique, par l'intermédiaire d'un ami du sénateur. Un laissez-passer, valable dix ans, sur Trans Pacific Airways.

Sa femme aimait Hawaii, même s'il fallait lui répéter que la viande de chat ne faisait pas partie des spécialités locales.

À la sortie du bureau, il avait parcouru quatre-vingts kilomètres au volant de sa voiture, le long de la côte pour commencer, puis dans Ravenswood, avant de prendre la direction de Fair Oaks.

Que pouvait bien chercher Trevayne ?

Chaque fois que Goddard avait essayé de justifier un dépassement particulier ou la sous-évaluation d'un coût — des explications qui auraient dû constituer la nature même du travail de la sous-commission —, on l'avait dissuadé d'approfondir la question. À la place s'engageait une discussion très générale sur le matériel ; son efficacité, sa fiabilité, sa capacité opérationnelle, l'ingénierie, le bureau d'études, ceux qui en avaient dessiné les plans, les responsables de la mise en œuvre.

Des abstractions, des cadres moyens.

Quel pouvait bien avoir été le but de cette réunion ?

Au pied de la côte menant à sa maison isolée, posée au sommet de cette montagne miniature, James Goddard, analyste de coûts et président de division chez Genessee Industrie, comprit avec une terrifiante clarté le but poursuivi par Trevayne.

Des noms.

Ils ne cherchaient que des noms.

Cela expliquait ces notes prises sans raison apparente, ces questions anodines des assistants.

Des noms.

Voilà ce qu'ils cherchaient.

Pas des chiffres, pas des comptes !
Des gens ! Des employés anonymes !
Mario de Spadante avait dit que des tas de gens pourraient sauter.
Des gens. Des employés anonymes.
Était-il l'un d'eux ?
James Goddard suivit des yeux le vol d'un épervier. Il le vit descendre en piqué, se redresser tout aussi rapidement derrière les arbres et reprendre de la hauteur. Pas de proie cette fois-ci.
— Jimmy !... Jimmy !
La voix de sa femme — forte, légèrement nasillarde — produisait toujours le même effet sur lui, qu'elle crie d'une fenêtre ou parle à table. Elle l'irritait.
— Oui ?
— Si tu veux avoir une conversation privée, Jimmy, prends la communication dehors, je te prie ! Je suis occupée sur *ma* ligne !
— Qui appelle ?
— Un certain de Spad... de Spadetti, quelque chose comme ça. J'en sais rien, moi... Un Rital !
James Goddard leva une dernière fois les yeux vers ses chères collines avant de repartir vers la maison.
Une chose était claire pour lui. Mario de Spadante recevrait du « comptable » toutes les précisions qu'il pouvait attendre. Il donnerait tous les chiffres dans les domaines auxquels Trevayne s'était intéressé ; en la matière, on ne pouvait prendre un comptable en défaut.

Mais de Spadante ne serait pas mis dans le secret des conclusions du « comptable ».
Cette tête-là n'allait pas tomber.

Paul Bonner franchit la porte du café en sous-sol, ressemblant à des dizaines d'autres établissements du même genre, à San Francisco. La musique assourdissante du petit orchestre lui mit les nerfs à vif, la vue des danseurs torse nu, échevelés, n'arrangea rien.
Il se demanda comment il aurait été accueilli en uniforme ; il ne se sentait déjà pas à sa place en jean et veste

de sport. Il dénoua rapidement sa cravate de laine, la fourra dans sa poche.

Des relents d'herbe et de hasch imprégnaient l'atmosphère.

Bonner se dirigea vers l'extrémité du bar, prit dans sa poche un paquet de cigarettes — des gauloises — qu'il garda dans la main gauche. Il commanda un bourbon — criant à pleine gorge pour se faire entendre — et constata avec plaisir que l'alcool était d'excellente qualité.

Il s'efforça de ne pas bouger, mais se fit bousculer par les buveurs barbus et les serveuses à demi nues, dont certaines regardaient à deux fois ses joues rasées et sa brosse.

Il vit soudain celui qu'il attendait. À quelques mètres, en Levi's délavé, sandales et chemise de flanelle. Mais il y avait quelque chose qui clochait dans les cheveux ; mi-longs, souples, ils avaient un lustre peu naturel... C'était une perruque. Une belle perruque, mais qui n'allait pas avec le reste de son apparence.

Bonner montra discrètement le paquet de gauloises et leva son verre.

L'homme s'approcha ; quand il fut à côté de Bonner, il se pencha et lui parla à l'oreille, dans le vacarme ambiant.

— L'endroit est sympa, non ?

— Hallucinant... Vous semblez pourtant comme chez vous. Vous êtes sûr d'être celui que je cherche. Pas d'intermédiaire, je l'avais bien précisé.

— Ce sont mes vêtements civils, commandant.

— Ils vous vont très bien. Et maintenant, sortons.

— Oh ! que non... On va parler ici.

— Impossible ! Pourquoi voulez-vous rester ?

— Je sais ce que ces vibrations font à un magnéto.

— Il n'y a pas de magnéto, pas de bande... Réfléchissez, je n'ai pas besoin de ça. C'est comme si je me mettais la corde au cou.

Le contact aux cheveux trop luisants lança à Bonner un regard scrutateur.

— Vous avez raison, je n'avais pas pensé à ça. Vous avez vachement raison !... Le fric, s'il vous plaît !

Bonner glissa le paquet de gauloises dans sa poche de chemise et prit son portefeuille. Il en sortit trois billets de cent dollars.

— Allons, commandant ! Pourquoi pas un chèque, tant que vous y êtes ?

— Comment ?

— Demandez au barman de faire de la monnaie.

— Il va refuser.

— Essayez.

Bonner se tourna vers le bar ; il découvrit le barman, tout près, qui les observait. L'homme tendit la main, un sourire aux lèvres. Soixante secondes plus tard, Bonner recevait une liasse de billets — cinq, dix et vingt dollars. Trois cents dollars. Il remit le tout à son contact.

— Ça va... On se casse. On va marcher dans la rue, comme des cow-boys. Mais on ira où je dirai, pigé ?

— Compris.

Les deux hommes tournèrent à droite, dans O'Leary Lane, marchant lentement au milieu des derniers survivants des tribus de Haight Ashbury. Les éventaires des vendeurs de rue témoignaient du ralliement des tribus à l'économie libérale. Le commerce était florissant sur les trottoirs d'O'Leary Lane.

— À en juger par les précautions que vous prenez, fit Bonner, j'imagine que vous n'avez rien mis par écrit.

— Bien sûr que non. Mais rien ne vous empêche de prendre des notes ; je me souviens de tout.

— La réunion a pourtant duré près de trois heures.

— Je ne suis pas arrivé au poste que j'occupe avec une mémoire comme une passoire. Allons par là, commandant, poursuivit l'homme à la perruque en montrant une ruelle. Ce sera plus calme.

Ils s'adossèrent à un mur de brique couvert de graffiti et d'affiches érotiques, lacérées pour la plupart ; la lueur des réverbères de la rue suffisait à peine à éclairer leur visage. Paul Bonner se plaça de manière que la lumière tombe sur son compagnon. Il tenait à voir le visage de celui qu'il interrogeait, aussi bien sur le terrain que dans une ruelle de San Francisco.

— Par où voulez-vous commencer, mon vieux ?

— Oubliez le thé et les petits gâteaux... Passons tout de suite aux choses sérieuses ; nous reviendrons aux détails plus tard.

— Pour commencer, le dépassement de budget des

F-90, plus précisément la transformation des hélices, rendue obligatoire par des innovations en cours dans les laboratoires de Houston. L'idée en est venue à la suite du vent de panique qui a soufflé chez Rolls-Royce.

— Et alors ?

— Et alors, le coût de ces innovations s'élève à cent cinq millions de dollars. Ça ne suffit pas ?

— Ce n'est pas un secret.

— Je n'ai pas dit ça... Trevayne et sa bande voulaient connaître les dates. Il y a peut-être un décalage auquel vous n'avez pas pensé... Mais ce ne sont pas mes oignons ; j'apporte les éléments, vous faites l'évaluation.

— Continuez, fit Bonner en prenant des notes sur un carnet à spirale.

— Ensuite, Pasadena... Les usines ont huit mois de retard pour la production du blindage des gros hélicos. C'est grave. Ils sont dans la merde et n'arriveront jamais à s'en sortir. Problèmes de main-d'œuvre, accusations de pollution, modification des plans, composants métalliques ; tout ce qu'on peut imaginer, ils l'ont eu. Armbruster va devoir les tirer d'affaire et arranger le coup avec les écolos.

— Que cherchait Trevayne ?

— C'est drôle, il était plutôt sympa... Erreurs commises de bonne foi, respect de l'environnement, des commentaires de ce genre. Il ne s'est pas attardé sur l'aspect financier ; il s'intéressait plutôt aux types qui avaient les problèmes sur les bras... Voyons maintenant ce qui se passe au sud de Seattle. Comme vous le savez, une diversification est en cours ; Genessee a pris le contrôle de Bellstar et injecté beaucoup d'argent frais pour faire tourner les usines. Jusqu'à présent, c'est un gouffre.

— Ce sont les usines qui fabriquent les fusées ?

— Fusées, propulseurs, rampes de lancement et j'en passe... Le Peenemünde du Pacifique, comme nous disons affectueusement.

— Indispensable ; ces usines doivent continuer à fonctionner...

Bonner s'interrompit.

— Ne me prenez pas la tête avec des évaluations, mon vieux ! Vous vous souvenez de ce que j'ai dit ?

— Je sais, ce ne sont pas vos oignons... Continuez.

— Ils battent tous les records de pertes, pour une excellente raison que Trevayne soupçonne. Genessee n'a aucun intérêt à acheter ses propres productions.

— La justice s'est prononcée...

— À mon tour d'évaluer ! lança le comptable en riant. La justice s'est égarée ; d'autres évaluations ont été faites... Trevayne cherche à en savoir plus sur Bellstar. Là aussi, comme à Pasadena et Houston, il a demandé à étudier le dossier de plusieurs responsables. J'avoue que je ne pige pas ; ils ne lui diront rien. Une fausse manœuvre, à mon avis. Il n'ira pas loin.

— A-t-il obtenu d'autres détails ? demanda Bonner en griffonnant des notes.

— Non, rien du tout. Votre Trevayne ne se foule pas, ou il n'a pas l'esprit très vif.

Un ivrogne s'engagea en titubant dans la ruelle. Un touriste, à l'évidence, en veste et jean, coiffé d'une casquette d'ancien combattant de l'American Legion. L'homme s'appuya à un mur, ouvrit sa braguette et compissa les briques.

— Tirons-nous d'ici, fit le comptable. Le quartier n'est plus ce qu'il était.

— Vous me croirez si vous voulez, je ne peux pas sacquer ces héros professionnels.

— Je vous crois, vous avez l'air sincère... Venez, il y a un bistrot de nuit tout près ; nous terminerons là-bas.

— Terminer ? Nous venons juste de commencer ! À mon avis, il vous reste deux cent quatre-vingt-dix dollars à gagner !

— Nous y arriverons, soldat !

Une heure et dix minutes plus tard, le carnet à spirale était presque rempli. Bonner en avait largement eu pour ses trois cents dollars. Le comptable avait une mémoire stupéfiante ; il était capable, à l'en croire, de se remémorer des phrases entières, sans oublier un mot.

Il n'appartenait pas à Bonner de tirer des conclusions de ce qu'il venait d'entendre ; il avait seulement retenu que Trevayne et consorts avaient traité un large éventail de questions, sans approfondir grand-chose. Mais cette opinion pouvait être erronée.

D'autres seraient en mesure de le savoir.

— C'est à peu près tout, commandant, fit l'homme à la perruque. J'espère que cela vous permettra de faire tomber quelques têtes, si vous êtes vraiment un militaire et non un cinglé qui mène une croisade.

— Imaginons que ce soit le cas.

— J'espère que vous épinglerez la GIC.

— Vous ne manquez pas de souplesse, dirait-on.

— Je suis en caoutchouc ; ma philosophie est celle d'un chien errant qui fait les poubelles. Je ne crois qu'à une seule chose : moi.

— Ce doit être agréable.

— Très confortable... J'en remercie l'armée.

— Comment ?

— Eh oui, mon vieux ! Il y a quelques années, je portais ces vêtements, mais j'y croyais ! Manifs, marches pour la paix, tous les humains étaient mes frères, quelle que soit la couleur de leur peau ; j'allais changer le monde. Et puis l'armée m'a expédié au Viêt-nam ; un mauvais trip. Une mine m'a arraché la moitié de l'estomac. Et pour qui, tout ça ?

— Une expérience de ce genre aurait pu vous donner un regain d'énergie, pour changer le monde.

— Pour certains, peut-être, pas pour moi. J'ai perdu trop de bidoche ; j'ai payé mon dû. Tout est trop moche. Je veux ma part du gâteau.

Bonner se leva, s'écarta de la petite table crasseuse.

— Je ferai passer le message, dit-il. On vous nommera peut-être président de Genessee Industries.

— Pas impossible... Je répète ce que j'ai dit : je veux ma part du gâteau. Si Trevayne est intéressé, il pourra me faire une offre ; je tiens à ce que vous le sachiez.

— Cela pourrait être dangereux pour vous ; je ne voudrais pas être obligé de faire exploser ce qui vous reste d'estomac. Je n'hésiterais pas une seconde, vous savez.

— Je n'en doute pas, mais je préfère jouer franc jeu. Je vous appellerai pour vous donner la possibilité de vous aligner sur son offre. S'il est acheteur, bien sûr.

Bonner considéra le comptable au sourire énigmatique et à l'expression égarée. Il se demanda si cette rencontre n'était pas une erreur monumentale. L'employé de

Genessee jouait avec lui d'une manière très malsaine. Il se pencha vers lui, en saisissant la table à deux mains.

— À votre place, dit-il d'une voix calme, en détachant les mots, je prendrais garde de ne pas manger à plusieurs râteliers.

— Détendez-vous, commandant. Je voulais juste vous faire marcher. C'est réussi... Ne craignez rien. Je tiens à ce qui me reste d'estomac... Salut.

Paul Bonner se redressa. Il espérait ne plus jamais revoir ce drôle de pistolet, qui le mettait mal à l'aise. Un informateur de la pire espèce... les meilleurs, en général. Un rat d'égout qui se plaisait dans la fange, mais n'avait pas peur de sortir au grand jour. Un certain dédain, peut-être, puisqu'il ne recherchait que son intérêt personnel.

Comme il l'avait avoué sans détour.

20

Sam Vicarson n'avait jamais vu le quai du Pêcheur. C'était probablement idiot, mais il s'était promis de remédier à cette lacune. Il disposait de deux heures avant le rendez-vous de 17 h 30, dans la chambre de Trevayne. Le président de la sous-commission leur avait accordé ces deux heures de liberté pour leur comportement exemplaire au cours de la réunion chez Genessee.

Sam Vicarson avait suggéré qu'on leur décerne un Oscar à la place.

Le taxi s'arrêta devant un restaurant de fruits de mer, devant lequel s'entassaient des paniers remplis d'algues et de grands filets de chanvre.

— C'est là que le quai commence, fit le chauffeur en se retournant. Il continue au nord, le long de l'océan. Vous cherchez un endroit particulier ? La maison de Di Maggio, peut-être ?

— Non, merci. Ce sera très bien ici.

Vicarson régla la course et descendit. Une forte odeur de poisson le prit aussitôt aux narines ; il se demanda, comme tout le quartier avait un aspect factice, si cette odeur était naturelle. Il se retint de sourire en commençant à descendre la rue bordée de boutiques de souvenirs et de bars typiques ; des barques de pêche amarrées dansaient sur l'eau, des filets traînaient partout. Un itinéraire touristique d'un kilomètre, savamment préparé par la Chambre de commerce.

Il allait s'amuser ; il disposait de deux heures pour se faire plaisir.

Il entra dans plusieurs boutiques, écrivit, pour rire, des cartes postales — les plus laides qu'il trouva — à quelques amis cyniques. Il acheta pour Trevayne et Alan Martin deux petites lampes électriques ridicules, en forme de requin ; quand on appuyait sur la nageoire dorsale, la bouche s'éclairait.

Il marcha jusqu'à la pointe de la jetée, où les embarcations avaient l'air d'authentiques bateaux de pêche ; plus précisément, les hommes qui s'y trouvaient paraissaient vivre réellement de la mer et non de l'exploitation des touristes. Il rebroussa chemin, s'arrêtant tous les vingt pas pour regarder les marins décharger leurs prises et laver le pont à grande eau. Les poissons étaient fascinants : ces formes si différentes, ces mouchetures multicolores sur le fond gris de la plupart des espèces, ces yeux grands ouverts, fixes et sans expression, figés dans la mort.

Vicarson regarda sa montre : presque 16 h 15. L'hôtel était à vingt minutes en taxi et il voulait s'accorder le temps d'une bonne douche. Cela lui laissait un quart d'heure pour prendre un verre dans un des bars du front de mer.

Cela devait faire partie des souvenirs.

Au moment où il relevait la tête, après avoir regardé une deuxième fois l'heure pour affiner ses calculs, son regard fut attiré par deux hommes, à une quinzaine de mètres, qui l'observaient. Ils tournèrent vivement la tête et se mirent à parler — trop vite, d'une manière forcée. Vicarson comprit ce qui s'était passé. Le soleil se réfléchissant sur le verre de la montre l'avait ébloui ; il s'était donc retourné pour regarder l'heure à l'ombre de son corps, dans un mouvement si rapide que les deux hommes avaient été surpris.

Sam s'interrogea. Étaient-ce les mises en garde répétées de Trevayne qui faisaient travailler son imagination ?

Un groupe d'éclaireuses encadrées par un fort contingent d'adultes se massait à la base de la jetée. Dans une cacophonie de rires et de réprimandes parentales, la troupe s'apprêtait à prendre la jetée d'assaut. Elle se mit en branle ; les touristes s'écartèrent pour laisser le passage à la Troupe 36, des Oakland Brownies.

Vicarson fonça vers le groupe compact, s'excusant profusément à mesure qu'il s'enfonçait dans les rangs. Sous le regard réprobateur de quelques adultes, il déboucha près du pied de la jetée et parcourut d'un pas vif les quelques mètres qui le séparaient du front de mer, où il se fondit dans la foule.

Au premier carrefour, il vit un café bondé, poussa la porte à deux battants. L'établissement était en fer à cheval, l'ouverture du demi-cercle sur la façade, la salle suivant les contours du bâtiment qui mordait sur l'eau.

Vicarson prit position au milieu du fer à cheval, de manière à pouvoir surveiller en même temps le quai et la rue. Il commanda un punch du Pêcheur et attendit, en se demandant s'il allait revoir les deux hommes.

Il les revit ; mais ils avaient été rejoints par un troisième. Un costaud, presque obèse, d'une cinquantaine d'années.

Sam Vicarson faillit lâcher son verre givré.

Il avait déjà vu le troisième homme. Il n'était pas près d'oublier ce visage, malgré les circonstances de la rencontre — peut-être à cause d'elles.

La seule et unique fois où il avait vu cet homme, il se trouvait sur un golf, à Chevy Chase, Maryland. C'est lui qui avait immobilisé le député de Californie plus qu'éméché et l'avait jeté au sol.

Debout devant la fenêtre, Trevayne écouta attentivement le récit de Vicarson, mais garda le silence. Le jeune avocat avait donné la description de Mario de Spadante. S'il était dans le vrai, si de Spadante était bien à San Francisco, il pouvait y avoir des liens avec Genesse Industries auxquels il n'avait pas songé.

Il allait enquêter sans tarder sur Mario de Spadante. Le petit gars de New Haven, qui avait fait fortune à la sueur de son front et avec l'aide de Dieu, méritait que l'on s'intéresse à son cas. Trevayne n'avait jamais fait le rapprochement ; il n'avait eu aucune raison de le faire.

— Je ne peux pas me tromper, reprit Sam, c'est le même homme. Savez-vous qui il est ?

— Je pourrai peut-être répondre à cette question après avoir passé quelques coups de téléphone.

— Vous voulez rire ?

— Malheureusement, non... Nous en reparlerons. Revenons d'abord sur la réunion de cet après-midi.

Trevayne alla s'asseoir dans un fauteuil ; côte à côte sur le canapé, Alan Martin et Sam avaient disposé des papiers sur la table basse.

— Nous avons eu le temps de réfléchir, de prendre un peu de recul. Quelle est votre opinion, Alan ?

L'ex-contrôleur de Pace-Trevayne jeta un coup d'œil à ses notes. Il se pinça l'arête du nez et commença à parler, les yeux fermés.

— Goddard crevait de peur, mais a fait de son mieux pour n'en rien laisser paraître... Il était décontenancé, poursuivit Martin en rouvrant les yeux. Il n'a pas cessé d'appuyer le bout de ses doigts sur la table ; on voyait le sang se retirer... J'ai pris des notes.

Alan Martin se pencha pour saisir quelques feuilles sur la table.

— Une des premières choses qui l'aient dérouté est l'accord signé à Pasadena avec le syndicat. Il ne s'y attendait pas et n'a pas apprécié que Sam bouscule ses subordonnés pour avoir le nom du négociateur de l'AFL-CIO.

— Quel est son nom ? demanda Trevayne.

— Ernest Manolo, répondit Vicarson en consultant ses notes. Les conditions ne sont pas trop dures d'un point de vue local, mais, s'il sert de référence au niveau national, on peut considérer que c'est une aubaine.

— Ce sera le cas ?

— Je suppose que cela dépend de Manolo et des siens, répondit Vicarson.

— Vous pensez vraiment que la centrale syndicale délègue une telle autorité à ce Manolo ?

— Après des débuts laborieux, il est en train de brûler les étapes. On ne délègue pas grand-chose à Manolo ; il prend. C'est un fonceur, mais qui a de l'instruction ; études d'économie, à l'université du Nouveau-Mexique.

— Poursuivez, Alan, fit Trevayne en sortant une enveloppe de sa poche.

— Je crois que vous avez porté le coup de grâce à Goddard en vous abstenant de l'interroger sur des sous-évaluations manifestes. Il avait des dossiers sur la Cylinder Company de Pittsburgh, l'usine de Detroit, les aciers spéciaux, également de Detroit, les laboratoires de Houston, l'agence de publicité Green, à New York, Dieu sait quoi encore... Il était prêt à nous lancer des chiffres et des justifications à la tête... J'ai réussi à avoir le nom du chef de projet de Houston. Ralph Jamison. Un nom qui n'était jamais apparu dans aucun de nos dossiers. Un type sans envergure derrière une opération de cent cinq millions de dollars... Goddard a failli passer les doigts à travers la table quand nous avons demandé les prévisions de Bellstar. Une réaction compréhensible ; Genessee a eu des problèmes avec les lois antitrust.

— Permettez-moi, fit Sam Vicarson, en ma qualité d'unique spécialiste du droit dans cette pièce, d'affirmer que, si la décision de justice concernant Bellstar avait été rendue par n'importe qui d'autre que le vieux juge Studebaker, elle aurait été attaquée depuis longtemps.

— Pourquoi dites-vous ça, Sam ? Cela me rappelle quelque chose.

— Demandez à n'importe quel spécialiste. Le dossier Genessee-Bellstar était bancal, mais on l'a confié à Joshua Studebaker. Un personnage, même s'il est peu connu ; il aurait pu faire du chemin, mais il préfère rester à Seattle. Un homme hors de pair, discret. Il est noir, monsieur Trevayne ; les enfants fouettés, le rachitisme, la recherche d'une pomme de terre à partager, il a connu tout ça. Même le ministère préfère ne pas se frotter au vieux Joshua.

— Je n'ai jamais entendu parler de lui, fit Alan Martin.

— Moi non plus, ajouta Trevayne.

— Pas étonnant ; il tient par-dessus tout à préserver sa vie privée. Ni livres ni interviews ; des articles se limitant à des questions juridiques extrêmement pointues, dans les meilleures revues professionnelles. Il a passé quarante ans de sa vie à rendre compréhensibles ou incompréhensibles des décisions de justice. D'aucuns affirment qu'il baisse — ils commencent à le suivre.

— Vous dites qu'il est intouchable ? fit Trevayne.

— Pour plusieurs raisons. C'est un génie, c'est un Noir, il est excentrique à sa façon, il a une compréhension effrayante des abstractions juridiques, c'est un Noir. Voulez-vous que je continue ?

— C'est un Noir et il a réussi, fit Alan Martin avec résignation.

— Il est au sommet.

— Vous avez omis un point très important, reprit Trevayne.

— Pourquoi a-t-il rendu cette décision ? fit Vicarson en se penchant vers lui. Je vous ai parlé de sa réputation en matière d'abstractions juridiques. Il a justifié certains liens économiques douteux en établissant la nécessité de « mobiles compatibles » dans un financement à grande échelle. Pour conclure, il a déclaré que le gouvernement n'avait pas prouvé la nécessité d'une concurrence viable.

— Ce qui signifie ? demanda Alan Martin, dont le regard montrait qu'il était complètement perdu. Sinon que vous avez lu les journaux ?

— Que personne d'autre ne mettait la main sur le butin.

— Ce qui n'a rien à voir avec la légalité de la situation, glissa Trevayne.

— Conclusion ? lança Sam, en se renversant contre le dossier du canapé. Soit Studebaker s'est frayé un chemin dans les méandres de la loi pour atteindre la vérité absolue, avec ses imperfections humaines, soit il avait une arrière-pensée. Franchement, je n'y crois pas... Plutôt des « mobiles compatibles », pour reprendre son expression. N'oublions pas que cet homme a un savoir encyclopédique ; même si le dossier présentait des lacunes, il aurait pu toutes les combler.

— Voilà pour Bellstar, fit Andrew en griffonnant quelques mots au dos de l'enveloppe qu'il tenait. Autre chose, Alan ?

— Malgré ses clins d'œil et ses sourires forcés, Goddard a été furieux quand vous avez abordé la question d'Armbruster. Le sénateur est un sujet tabou pour lui ; je ne pense pas qu'il ait comprit où vous vouliez en venir.

Moi non plus, pour ne rien vous cacher... Armbruster est la bête noire des grandes entreprises, surtout celles qui ont le monolithisme de Genessee. Il n'a pas compris votre question sur le fait qu'Armbruster ait été consulté sur les statistiques de l'emploi.

— Il n'a pas été consulté ; c'est lui qui a demandé une étude.

— Je ne vous suis pas.

— Notre sénateur libéral a eu un comportement bien éloigné de ses idées à l'occasion des dernières élections.

— Sans blague ? lança Vicarson, les yeux écarquillés.

— Sans blague, répondit Trevayne.

— Le dernier point que je voudrais aborder — je laisse les problèmes juridiques à Sam — est la dérobade générale au sujet des contributions versées au lobby de l'aviation. Ils avaient bien appris leur leçon. D'après leurs chiffres, ils contribueraient à raison de vingt-deux pour cent au financement du lobby. Or, d'après la comptabilité du lobby en question, la part de Genessee s'élèverait à vingt-sept pour cent, auxquels on peut ajouter douze pour cent en versements occultes. Si je décidais d'éplucher véritablement les comptes de l'agence Green, je parie que nous irions jusqu'à vingt pour cent. Je sais pertinemment que Genessee injecte au moins sept millions de dollars dans les caisses du lobby, mais ils refusent de le reconnaître.

— Qui dirige cette agence ?

— Aaron Green, répondit Sam Vicarson. Philanthrope, mécène, poète à compte d'auteur. La haute société.

— Un coreligionnaire, ajouta Alan Martin. Mais il est originaire de Birmingham, pas de New Britain, Connecticut... C'est tout pour moi.

Trevayne jeta discrètement quelques mots au dos de l'enveloppe.

— Rabbi Martin est reçu avec mention. Et si nous faisions une bar-mitsva pour le jeune Sam ?

— Une cérémonie d'initiation ? Avec l'érudition dont je fais montre ?

— Vous êtes érudit, j'en conviens. Je vous félicite aussi pour votre goût exquis.

Trevayne prit la lampe en forme de requin, appuya sur la nageoire dorsale. La gueule ne s'éclaira pas.

— Vous me devrez une pile, reprit-il. Et maintenant, cher maître, qu'avez-vous pour nous ?

— Des conneries... Je n'aime pas ce mot, mais il convient parfaitement.

Vicarson se leva, se dirigea lentement vers le téléviseur, sur lequel il passa distraitement la main.

— Expliquez-vous, fit Trevayne.

— Goddard s'était fait accompagner d'un avocat, répondit Vicarson en se retournant, mais mon confrère n'avait pas la moindre idée de ce qui se passait. Il était là pour s'assurer que personne ne se contredisait d'un point de vue juridique. On ne l'avait pas mis au courant de grand-chose. Drôle de situation.

— Au risque de me répéter, glissa Alan Martin, je ne comprends rien.

— Faites travailler vos méninges, répliqua Vicarson en lançant un cendrier vide à Martin, qui l'attrapa au vol.

— C'était une couverture ; il observait les deux camps comme un arbitre vendu. Il n'a pas cessé de nous reprendre, de demander des précisions, pas sur le fond, uniquement sur la formulation. Vous comprenez ?... Il voulait faire en sorte qu'il n'y ait rien de répréhensible. Croyez-moi, rien de ce qui s'est dit au cours de la réunion ne pourra être utilisé en justice.

— D'accord, fit Trevayne en changeant de position pour accorder à Sam toute son attention. Qu'est-ce qui vous chiffonne ?

— C'est simple, chef. On ne met jamais un avocat, surtout un avocat de société, dans une telle situation, à moins d'être terrorisé. On lui dit certaines choses !... Mon confrère ne savait absolument rien. Croyez-moi, il était encore plus dans le noir que nous.

— Des abstractions, Sam, fit Trevayne. Vous employez la tactique du juge Studebaker.

— Pas vraiment ; ce n'était qu'une entrée en matière.

Vicarson repartit d'un pas vif vers le canapé. Il s'assit, prit une des feuilles posées sur la table.

— J'ai pris quelques notes, moi aussi. Pas aussi détaillées que celles d'Alan, mais cela m'a donné des idées... Que diriez-vous, pour commencer, d'une collusion ?

Les deux autres échangèrent un regard, puis se retournèrent vers Sam.

— Je croyais que rien de ce qui s'était dit aujourd'hui ne pourrait être utilisé devant un tribunal.

— En conjonction avec d'autres informations et en creusant, je crois que ce sera possible.

— De quoi s'agit-il ? demanda Martin.

— Goddard a affirmé — en sa qualité de représentant de Genessee — qu'il n'avait pas été informé avant l'heure du quota d'importation pour l'acier, fixé par la commission des importations, en mars de l'année dernière. Le fait que Genessee se soit fait expédier au dernier moment par Tamishito une montagne de lingots a été attribué à des conditions économiques favorables et à une décision d'achat judicieuse. C'est bien ça ?

Trevayne acquiesça en silence.

— Et alors ? demanda Martin en tripotant sa lampe-requin.

— En août, reprit Sam, Genessee a émis des certificats d'investissement, pour cent millions de dollars... Un avocat suit cela de près. Il aimerait appartenir au cabinet qui décroche le contrat ; il y a gros à gagner, mais je m'égare... C'est un grand cabinet de Chicago qui a décroché le gros lot ; Brandon et Smith. Pourquoi Chicago ? Les cabinets réputés ne manquent pas à New York.

— Venez-en au fait, Sam, lança Trevayne.

— Je suis obligé de faire l'historique de la chose... Il y a quinze jours, Brandon et Smith ont pris un troisième associé principal. Un certain Ian Hamilton, un membre irréprochable de notre ordre...

Sam Vicarson n'alla pas plus loin. Andrew sursauta, en agitant l'enveloppe qu'il tenait à la main.

— Hamilton siégeait à la commission des importations !

— Elle a été dissoute après avoir remis son rapport à la Maison-Blanche. En février ; il y a neuf mois. Personne n'a su si le président acceptait ses recommandations, mais on a exigé des cinq membres qui la composaient de garder le silence sur leurs conclusions.

— Très bien, Sam, fit Trevayne en griffonnant quelques mots. C'est une piste à suivre... Autre chose ?

— Rien d'important, mais on ne sait jamais.

La conversation se poursuivit quarante-cinq minutes. Trevayne n'écrivit rien d'autre au dos de son enveloppe. Les trois hommes se firent apporter des martinis.

La réunion avait été passée au crible.

— Et vous, monsieur Trevayne, lança Vicarson, que pensez-vous de tout cela ?

Andrew se leva, l'enveloppe à la main. Il s'avança vers ses assistants et la laissa tomber sur la table.

— Je crois que nous avons ce que nous sommes venus chercher.

Vicarson prit l'enveloppe, la plaça entre Alan Martin et lui. Ils découvrirent six noms, écrits avec soin.

Ernest Manolo — Pasadena.
Ralph Jamison — Houston.
Joshua Studebaker — Seattle.
Mitchell Armbruster — Washington.
Aaron Green — New York.
Ian Hamilton — Chicago.

— Une liste complète, Andrew, fit Alan Martin.

— Absolument. Chacun d'eux a participé directement à une opération financière d'envergure, à laquelle est mêlée Genessee. Des opérations d'une grande diversité. Manolo : un accord syndical ; Jamison : des projets industriels ; Studebaker : une décision de justice extrêmement discutable ; Armbruster, un pion au Sénat — il y en a d'autres, mais qui n'ont pas traité avec Genessee en Californie ; Aaron Green : redistribue le trésor de guerre d'un lobby alimenté en grande partie par GIC... Reste Ian Hamilton. Je ne sais pas à quoi m'en tenir, mais je m'interroge quand quelqu'un a des liens privilégiés à la fois avec la présidence et un gros fournisseur de l'armée.

— Que comptez-vous faire ? demanda Martin en prenant l'enveloppe des mains de Sam. Nous pouvons réunir des renseignements sur chacun.

— Il faudra éviter d'attirer l'attention.

— Je crois que je peux le faire, fit Sam.

— Je n'en attendais pas moins de vous, approuva Trevayne en souriant. Je veux que l'on fasse des recherches approfondies sur chacun de ces hommes, et vite. Ensuite, nous interrogerons Manolo, Jamison et Studebaker sur les négociations syndicales, les modifications à Houston et la décision de justice à Seattle. Nous ne découvrirons peut-être rien ; il se peut que ce soient des faits isolés, mais je ne le pense pas. Je crois que nous allons découvrir de quelle manière procède Genessee. Même s'ils ne sont pas liés, nous nous ferons une bonne idée de leurs méthodes.

— Et les trois autres ? demanda Martin.

— Nous les gardons au chaud, en attendant d'avoir interrogé les trois premiers. Ce qui importe maintenant, c'est d'agir vite, sans donner d'indication sur ce que nous faisons. Unc attaque-surprise, un mouvement de tenailles, comme dirait Bonner. On sait que nous débarquons tous les trois dans différentes usines, de San Francisco à Denver, pour des visites de routine. Il n'y a rien de changé ; nous continuons. Disons qu'il y aura un peu d'absentéisme.

— Que voulez-vous dire ? demanda Sam, fasciné par la rapidité d'esprit d'Andrew.

— Alan, je veux que vous alliez voir Manolo, à Pasadena. Vous avez l'habitude des problèmes syndicaux ; nous avons mené ensemble les négociations en Nouvelle-Angleterre, il y a plusieurs années. Découvrez comment Manolo a réussi sans l'appui des grandes centrales. Pourquoi il est si discret sur cette réussite et pour quelles raisons l'accord ne s'est pas étendu à d'autres secteurs. Manolo aurait dû être félicité et appelé à siéger à la direction nationale.

— Quand dois-je partir ?

— Demain matin. Si Sam peut dénicher d'ici là assez d'éléments sur le passé de Manolo.

— J'ai du pain sur la planche, mais je pense que c'est possible.

— Je vais appeler Mike Ryan, poursuivit Trevayne. Il est dans la même branche que Jamison. Je veux qu'il aille se renseigner chez Genessee pour savoir comment Jamison a pu imposer des transformations d'un coût de cent cinq millions de dollars. À quel genre d'homme est confiée une telle responsabilité... S'il vous reste quelques heures cette nuit, Sam, pouvez-vous trouver quelque chose sur Jamison ?

— J'ai un ami qui travaille au FBI ; un ancien camarade d'école, désabusé. Il n'a jamais partagé les idées de

Hoover, mais les autres ne le savent pas. Il nous renseignera discrètement.

— Parfait ; je n'en ai pas terminé avec vous, Sam. Rassemblez tout ce que vous pourrez trouver sur l'affaire Bellstar, sur la décision de Studebaker. Apprenez-le par cœur. Dès le retour d'Alan, vous vous rendrez à Seattle ; vous vous chargez de Studebaker.

— Avec grand plaisir. Cet homme est un géant ; sa science déteindra peut-être sur moi.

— Espérons qu'il en fait bon usage, glissa Trevayne.

— Andrew ? fit Martin, l'air perplexe. Vous dites que nous devons faire cela à l'insu de tout le monde... Ce sera difficile. Comment expliquer nos absences ?

— Il y a quelques années, à Taiwan, Henry Kissinger est resté enfermé dans sa chambre d'hôtel, prétextant qu'il avait la diarrhée ; en réalité, il s'est rendu à Pékin.

— Je comprends, objecta Martin, mais il avait à sa disposition des moyens de transport particuliers. Si l'on surveille nos faits et gestes — nous savons que c'est le cas —, il sera facile de retrouver nos réservations sur les lignes commerciales.

— Très juste, répondit Trevayne en s'adressant aux deux hommes. Nous disposerons aussi de moyens de transport particuliers. Je vais appeler mon beau-frère ; Doug réservera de New Haven des avions privés. Pour nous et pour Ryan ; il sera sous surveillance, lui aussi.

— Vous n'avez rien perdu de vos qualités, Andrew, fit Alan Martin. Doug frôlera l'apoplexie, mais il le fera.

— Il ne m'a toujours pas pardonné de vous avoir enlevé à la société.

— Ma femme lui apporte du bouillon gras au bureau ; elle a peur qu'il ne veuille me reprendre.

Le rire des deux hommes fut interrompu par Vicarson.

— Monsieur Trevayne ?

— Oui, Sam.

— Je vois un problème.

— Un seul ? lança Martin. Quel soulagement !

— Un gros problème, je pense. Comment être sûrs que, dès que Manolo, Jamison et Studebaker nous verront, ils n'appelleront pas la direction de Genessee pour donner l'alarme ?

— C'est un problème, en effet. Je pense que le seul moyen de le résoudre est de les intimider par des menaces. Chacun d'eux sera présenté comme une petite partie d'un tout, beaucoup plus important. Les entretiens seront confidentiels ; leur divulgation tombera sous le coup de la loi... Messieurs, vous avez de quoi vous occuper et j'ai des coups de téléphone à donner. Paul devait dîner avec nous ?

— Non, répondit Sam. Il a dit qu'il allait courir le jupon. Il ne m'a même pas demandé de l'accompagner !

— Il serait passé en conseil de guerre pour détournement de mineur, gloussa Alan Martin.

— Merci, père Ben Gourion.

— Allons-y, fit Trevayne en ramassant l'enveloppe. Après-demain, nous serons à Boise, Idaho ; une filiale d'ITT. Essayez de nous y retrouver, Alan. Je vous appelle dans votre chambre, après avoir parlé à Doug. Vous partirez de Boise pour vous rendre à Seattle, Sam.

— Engagez-vous dans une sous-commission, vous verrez du pays, fit Sam Vicarson en terminant son martini.

Trevayne posa la tête sur l'oreiller, remonta les pieds sur le lit. Il avait donné ses coups de téléphone. Phyllis s'ennuyait ; elle avait regagné Barnegat pendant son absence. Elle trouvait la vie un peu morne. Les enfants restaient dans leur école ; Pam avait décroché un prix en chimie. Phyllis avait invité les Swanson à dîner le lendemain ; ils ne s'étaient pas encore remis de l'affaire de la drogue. L'enquête de l'inspecteur Fowler n'avait pas avancé.

Doug allait s'occuper de la location des avions ; les papiers seraient à son nom. Ils utiliseraient probablement un petit terrain, près de Redwood City ; pas l'aéroport international de San Francisco. De plus, son beau-frère avait promis de faire des recherches dans la région de New Haven pour savoir où se trouvait Mario de Spadante. Ce ne serait pas difficile ; l'Italien déléguait son autorité dans l'entreprise avec parcimonie. Des problèmes urgents, réels ou imaginaires, pouvaient exiger son attention immédiate.

Trevayne avait appelé Michael Ryan, qui était encore dans son bureau. Ryan avait une bonne nouvelle : il connaissait Ralph Jamison. Il le connaissait même très bien. Ils avaient travaillé ensemble comme consultants sur un projet, chez Lockheed.

— Il est complètement cinglé, Andrew. Mais il n'y a pas meilleur que lui dans la métallurgie. Génial, tout simplement, et un noceur, avec ça ! Ne vous inquiétez pas, je lui tirerai les vers du nez.

Ryan attendrait que Doug Pace l'appelle à New Haven ; il comprenait pourquoi la plus grande discrétion était nécessaire et avait la conviction de pouvoir l'imposer à Jamison. Il essaierait d'avoir terminé sa mission à temps pour les rejoindre à Boise. Si c'était impossible, il irait directement à Denver, l'étape suivante de la tournée.

Le dernier coup de téléphone d'Andrew avait été pour Robert Webster ; après avoir essayé la Maison-Blanche, il avait réussi à le joindre à son domicile. Il avait demandé au conseiller à la présidence de rassembler tout ce qu'il pouvait trouver sur Mario de Spadante.

Webster avait accepté.

Le regard de Trevayne se posa sur l'enveloppe qu'il tenait toujours à la main. Elle était toute froissée, mais les noms demeuraient parfaitement lisibles.

Ernest Manolo — Pasadena.
Ralph Jamison — Houston.
Joshua Studebaker — Seattle.
Mitchell Armbruster — Washington.
Aaron Green — New York.
Ian Hamilton — Chicago.

Tel était le véritable itinéraire. Six hommes qui pouvaient l'aider à comprendre la toute-puissance de Genessee Industries.

21

Sam Vicarson traversa le petit bâtiment de l'aérodrome d'Ada County, à quinze kilomètres de Boise. Le Learjet de

Douglas Pace l'avait ramené de Tacoma, d'où il avait loué une voiture pour se rendre à Seattle.

Pour voir le juge Joshua Studebaker.

Une rencontre qui resterait gravée dans son esprit, jusqu'à la fin de ses jours.

Et dont il ne pouvait parler qu'à Andrew Trevayne. Pas à Alan ni à Mike. Une histoire trop intime, trop poignante pour d'autres oreilles que celles d'Andrew.

Sam Vicarson savait que Mike venait d'arriver à Boise, en provenance de Houston ; Alan était revenu deux jours plus tôt, après sa rencontre avec Manolo, et lui avait laissé le Learjet, pour se rendre à Seattle.

Ils devaient se retrouver le soir, dans la chambre de Trevayne, pour faire le bilan de la situation.

Il lui fallait mettre la main sur Andrew avant la réunion. Trevayne saurait ce qu'il convenait de faire.

Vicarson se sentait épuisé, vidé, déprimé ; l'idée lui traversa l'esprit de s'arrêter dans un bar pour boire un ou deux verres. Mais il savait qu'il ne le ferait pas.

Il ne voulait pas prendre une cuite ; personne ne serait plus avancé.

Surtout pas Joshua Studebaker.

Alan Martin regarda par la vitre de la voiture. Il était seul ; Andrew s'était retiré dès le début de la réunion avec les représentants de la filiale d'ITT, sans donner d'explication. Sam Vicarson avait téléphoné de l'aérodrome ; il se passait quelque chose.

Le panneau de l'autoroute indiquait : « Boise, capitale de l'Idaho ; population 73 000 habitants ; cœur du bassin de la Columbia ». Alan avait du mal à penser à Boise, aux réunions inutiles dont ils se servaient comme couverture.

Il ne pouvait chasser Pasadena de son esprit. Pasadena et Ernest Manolo, si jeune, si fougueux. Andrew n'avait pas voulu en parler avant la réunion prévue pour le soir ; un refus qui ne manquait pas de logique. Il convenait de préserver l'information, de ne pas laisser échapper des détails en faisant plusieurs fois le même récit.

Il ne s'agissait pas seulement de Manolo ; le jeune syndicaliste n'était qu'un rouage parmi d'autres dans une mécanique terrifiante.

Le négociateur de l'AFL-CIO pour toute la Californie du Sud s'était taillé un fief colossal.

Combien d'autres Manolo y avait-il dans le reste du pays ?

Michael Ryan était assis à une table du bar de son hôtel ; il s'en voulait terriblement. Pourquoi était-il resté dans un lieu public, au lieu de monter dans sa chambre pour attendre tranquillement l'appel de Trevayne ?

Il n'avait pas réfléchi !

En entrant dans le bar, il s'était trouvé nez à nez avec Paul Bonner !

L'officier avait d'abord été surpris ; Ryan étant incapable de fournir une explication acceptable à sa présence, la surprise de Bonner s'était muée en autre chose.

Il l'avait lu dans les yeux de l'officier. De la méfiance.

Et merde !

Cette imprudence était due à un vieil ami, Ralph Jamison. Ce cinglé de Jamison, ce cerveau brûlé ! Qui avait falsifié des plans afin que GIC obtienne cent cinq millions de dollars supplémentaires du ministère de la Défense.

Comment avait-il pu faire ça ?

Jamison était vendu corps et âme à Genessee Industries. Avec ses trois ex-épouses, ses quatre gosses, ses petits vices de film porno.

Genessee prenait soin de Jamison ; une pratique courante, d'après lui.

Sous la forme d'un compte en Suisse.

Trevayne et ses acolytes avaient quitté San Francisco depuis soixante-douze heures, mais James Goddard ne parvenait pas à les oublier. Il s'était passé quelque chose ; les deux dernières réunions n'avaient été que longs moments de gêne.

En l'absence du contrôleur, ces réunions ne rimaient à rien. Comme lui, Martin était un spécialiste des chiffres ; il n'aurait pas laissé passer un certain nombre de détails.

Trevayne avait pris cette absence à la rigolade. Il avait déclaré en riant que Martin était cloué au lit par une diarrhée carabinée.

À l'issue de la dernière réunion, Goddard avait décidé d'en avoir le cœur net. Il pouvait se permettre de téléphoner à Martin, pour lui témoigner sa sollicitude ; il avait appelé son hôtel.

Alan Martin était parti depuis deux jours.

Pourquoi Trevayne et Vicarson avaient-ils menti ? Où était passé Martin ?

Avait-il disparu si brusquement pour aller exploiter des renseignements dévoilés au cours des réunions ?

Dévoilés par James Goddard, président de la division de San Francisco de Genessee Industries.

Quels renseignements ?

Comment pouvait-il découvrir de quoi il s'agissait, sans donner l'éveil aux autres ?

C'était important. De Spadante avait dit que des têtes tomberaient, de manière à préserver le sommet de la hiérarchie. Goddard savait que son rôle était capital ; il était l'homme des chiffres. Celui qui établissait les prévisions à partir desquelles les décisions étaient prises. Il n'était pas sûr de l'identité de ceux qui, en dernier ressort, prenaient ces décisions, mais, sans lui, ils ne pourraient les prendre.

Il était la clé de voûte de l'édifice... une des clés de voûte.

Goddard savait aussi que, sous les attentions qu'on lui prodiguait, sous le respect de façade, se cachait un certain mépris. Le mépris réservé à celui qui ne peut que proposer, jamais disposer.

Un « comptable ».

Un comptable qui tenait à sa tête.

Goddard héla un taxi ; quand la voiture se rangea au bord du trottoir, sa décision était prise. Il allait retourner au bureau pour prendre un certain nombre de documents hautement confidentiels. Il les placerait au fond de sa serviette et rentrerait tranquillement chez lui.

Des chiffres. Ses chiffres ; les chiffres de Genessee.

Il savait s'y prendre avec les chiffres.

Chacun devait se protéger.

Andrew Trevayne descendit du taxi et entra d'un pas vif dans le hall de l'hôtel. Il avait promis à Sam de le rejoindre dans sa chambre, mais, avant d'aller voir le jeune avocat, il avait des choses à dire à Bonner. Indépendamment de ce que Sam, Alan et Mike lui apprendraient, il devait prendre le Learjet dans la soirée, pour se rendre à Washington.

Et, selon ce que ses assistants lui apprendraient, il pourrait aller de Washington à New York, puis Chicago.

Mitchell Armbruster. Aaron Green. Ian Hamilton.

En tout état de cause, le moment était venu de se servir de Paul Bonner.

Le commandant l'attendait au bar ; l'entretien serait bref.

Trevayne était hésitant. En utilisant Bonner comme un paravent, il légitimait aux yeux du Pentagone son absence temporaire, mais il fallait considérer un autre aspect de la question.

Cela revenait à se lancer consciemment, résolument dans le type de manipulation qu'il était payé pour dénoncer — les calculs, la tromperie. La différence tenait uniquement à l'absence de profit matériel. Mais il y avait d'autres profits, d'une nature différente, mais aussi importants. Il n'avait pas besoin d'argent... Employait-il l'énergie que les autres consacraient à gagner de l'argent pour atteindre un autre but ?

Il n'allait pas s'appesantir là-dessus ; sa décision était prise.

Il s'apprêtait à revivre — d'une manière théorique — une des périodes les plus pénibles de son existence.

Six ans auparavant, Phyllis avait été hospitalisée pour subir des examens. La mammographie n'était pas encore au point ; elle avait des grosseurs aux seins. Fou d'inquiétude, il s'était efforcé de faire bonne figure devant les enfants, sachant qu'ils redoutaient quelque chose de plus grave que ce qu'on leur avait dit.

Six ans plus tard, il s'apprêtait à donner une nouvelle version à Paul Bonner ; des explications assez floues, empreintes de doutes et d'appréhension. Et à lui présenter une requête : aurait-il l'obligeance de participer aux deux prochaines réunions, avec des sous-traitants de General Motors et Lockheed ? Ils devaient rester quelques jours à Denver. Le « poids » de la présence de Bonner était indispensable. Sam Vicarson paraissait trop jeune ; Alan Martin manquait apparemment par trop d'autorité.

Pour lui permettre d'aller voir sa femme.

Phyllis était admise le vendredi après-midi dans un hôpital privé. Personne d'autre que Sam et Alan n'était au courant ; même les deux agents du Service secret, repartis à Barnegat, croyaient qu'il s'agissait d'un simple bilan de santé. Trevayne se débrouillerait pour être de retour à Denver le lundi.

Quand ils eurent terminé leur verre, Andrew eut beaucoup de mal à regarder le commandant en face. Bonner était si inquiet pour lui qu'il accepta tout ce qu'il demandait, si cela pouvait lui épargner quelques soucis.

Dans ce pays où tout le monde a une étiquette, se dit Trevayne, *cet homme doit être considéré comme mon ennemi. Mais quand je regarde ses yeux, j'y lis la peur — pour moi.*

Paul Bonner suivit lentement le couloir menant à sa chambre. Il entra, claqua la porte. Il la poussa avec une telle violence que deux tableaux — de piètres reproductions choisies par un directeur au goût douteux — oscillèrent sur le mur. Il s'avança jusqu'à la commode où était posée la bouteille de bourbon qui ne le quittait jamais, se versa une grande rasade.

Il vida son verre, se resservit.

Il envisagea de rester enfermé dans la chambre jusqu'à la fin de la journée, de faire monter une autre bouteille et de s'abrutir d'alcool.

Mais cela l'empêcherait de jouer la comédie. Il aurait une gueule de bois monumentale, le lendemain matin, quand Vicarson et Martin lui feraient un topo sur les sous-traitants de Denver.

Foutaises !

Les castors étaient ineptes ; et leur chef jouait à un jeu très moche. Jamais il n'aurait cru qu'Andrew Trevayne pourrait employer des moyens aussi dégueulasses ! Ceux qui étaient mus par la haine pouvaient se servir de leur femme pour passer des armes en fraude ou faire de la contrebande, pour donner l'alarme ou transporter des stupéfiants. Jamais de cette manière ! Jamais ils ne s'abaisseraient à inventer des confidences si intimes, si poignantes. Il n'y avait aucune dignité dans ce comportement ; il n'était pas digne d'un chef.

Bonner se dirigea vers le lit, son verre à la main, s'assit devant le téléphone. Il donna au standard de l'hôtel le numéro de la ligne directe du général Lester Cooper.

Il fallut au commandant Bonner moins d'une minute pour arriver au plus important.

— Trevayne se sert de sa femme comme couverture. Il prétend aller lui rendre visite ; elle serait admise dans un hôpital privé, pour subir des examens. Cancer du sein... C'est un mensonge.

— En êtes-vous sûr ?

— Affirmatif ! répondit Bonner en séchant d'un trait le reste de son bourbon.

— Il y a de quoi avoir peur, non ? reprit le général.

— Cela cadre avec le reste, répliqua Bonner d'une voix forte.

Trop forte pour s'adresser à un supérieur. Il ne pouvait faire autrement ; sa colère était trop profonde.

— Alan Martin a disparu une journée et demie ; Vicarson deux jours entiers. Sans autre explication que des recherches pour la sous-commission. Et devinez sur qui je suis tombé cet après-midi, à Boise ?... Mike Ryan. C'est louche, mon général ; ils mijotent quelque chose.

Quand le général Cooper reprit la parole, après un silence, la peur était perceptible dans sa voix.

— Nous n'avons pas le droit de nous tromper, Bonner.

— Je vous en prie, mon général... Je sais de quoi je parle, j'ai conduit assez d'interrogatoires. Trevayne est un néophyte ; il n'a pas encore appris à mentir. Il n'arrivait même pas à me regarder dans les yeux.

— Il faut découvrir où les trois autres sont allés... Je vais ordonner que l'on fasse des recherches auprès des compagnies aériennes.

— Laissez-moi m'en occuper, mon général, fit Bonner qui ne voulait pas voir les amateurs du Pentagone marcher sur ses plates-bandes. Il n'y a qu'une demi-douzaine de lignes qui desservent Boise ; je découvrirai d'où ils sont arrivés.

— Rappelez-moi dès que vous aurez appris quelque chose. C'est une priorité, commandant. En attendant, je vais placer Mme Trevayne sous surveillance. Au cas où il viendrait la voir.

— C'est du temps perdu, mon général. Ils marchent la main dans la main ; les hommes de « 1600 » affirmeront qu'elle est allée se faire faire un bilan de santé. Trevayne est un piètre menteur, mais je suis sûr qu'il est très méthodique pour ce genre de chose. C'est un domaine nouveau pour lui ; il ne laissera rien au hasard.

22

Sam Vicarson s'adossa au secrétaire, tandis que Trevayne prenait place dans un fauteuil.

— Alors, maître, commença Andrew, pourquoi demander à me parler en privé ? Qu'avez-vous découvert ?

— Joshua Studebaker a commis une grosse faute, il y a quarante ans. On lui fait payer cette faute aujourd'hui. Il craint, si la vérité éclate, que trente années de carrière ne soient couvertes d'infamie.

— Qu'a-t-il fait ? demanda Trevayne en sifflant doucement. Il a abattu Lincoln ?

— Pis encore... Il était communiste. Le vrai coco de base, avec réunions de cellule et carte du parti ; un marxiste pur et dur. Le premier juge noir à l'ouest des Rocheuses a passé cinq ans de sa vie à dégrossir le travail pour ses confrères en exercice, qui entravaient l'action des tribunaux par des manœuvres dilatoires. Pour la cause du parti.

— Ses confrères en exercice ?

— Radié du barreau du Missouri, devenu un avocat sans causes, il s'est réfugié dans la clandestinité, est entré au parti. La fièvre rouge ; pendant cinq ans, il y a vraiment cru.

— Quel rapport avec Genessee Industries ? Avec Bellstar ?

Vicarson tira la chaise du secrétaire, se mit à califourchon, les bras sur le dossier.

— Les avocats de Genessee ont pris contact avec lui. Ils l'ont menacé très habilement, en termes voilés, de tout révéler.

— Et il a cédé à ce chantage ?

— Ce n'est pas si simple, monsieur Trevayne. Voilà

pourquoi j'ai demandé à vous voir seul à seul... Je ne veux pas rédiger un rapport sur Studebaker.

— Vous devriez vous expliquer, Sam, fit Trevayne d'un ton sec. Il ne vous appartient pas de prendre cette décision.

Sam Vicarson fit le récit de ce qu'il avait appris.

Joshua Studebaker était le fils d'un ouvrier agricole saisonnier, prénommé, lui aussi, Joshua, comme son père avant lui. En 1907, dans le cadre d'un programme social mis en œuvre sous la présidence de Theodore Roosevelt, le jeune Joshua avait été sélectionné pour recevoir un minimum d'instruction.

Joshua bénéficia ainsi de sept années d'études, financées par le gouvernement — une durée exceptionnelle. À l'âge de seize ans, on l'informa que c'était terminé ; il devait être reconnaissant à la société de ce qu'elle lui avait offert. En 1914, dans le Missouri, le droit à l'éducation n'existait pas pour tout le monde.

Mais le fond était là ; Joshua Studebaker s'employa à le développer. Il usa de tous les moyens pour compléter son éducation ; suivant son père au gré des travaux saisonniers, il dénichait des établissements où on acceptait de le prendre. Il vécut dans des conditions sordides ; il connut les dépôts des chemins de fer, les baraques au toit en tôle ondulée. À vingt-deux ans, il fut accueilli dans un petit établissement expérimental, pour faire ses études de droit. À vingt-cinq ans, il était avocat ; deux ans plus tard, il stupéfia le barreau du Missouri en gagnant un procès en appel devant la Cour suprême de l'État.

Le Missouri n'avait que faire de lui.

Il se trouva bientôt sans clientèle, radié du barreau de l'État.

Il vivota en donnant des cours, quand l'occasion se présentait, ou en exerçant des métiers manuels. Son diplôme ne valait rien ou presque. Un avocat noir n'attirait pas grand monde dans les années 20 ; un avocat noir radié de son barreau n'attirait personne.

Pendant les cinq années qui suivirent, il joua un rôle essentiel dans la préparation anonyme du travail des radicaux qui montaient en première ligne. Il se vengeait du système qui l'avait mis sur la touche.

Quand Franklin Roosevelt fut élu à la présidence, il fit

souffler un vent de panique dans les rangs des marxistes en mettant en œuvre des réformes sociales qu'ils considéraient comme leur chasse gardée.

On demanda à Studebaker de former une cellule destinée à l'entraînement de groupes de saboteurs du programme de réformes, dans le but de paralyser ou de retarder la mise en pratique des remèdes aux maux économiques.

« Ils ont commis une grave erreur de jugement, avait confié Studebaker à Sam Vicarson. En tant que penseur, stratège, si l'on veut, j'acceptais le *principe* de la violence ; je ne pouvais, en revanche, accepter de devenir un activiste, surtout quand les actions violentes étaient dirigées contre les plus démunis. »

Le lendemain d'un incendie qui avait ravagé un centre social, Studebaker se présenta au ministère de la Justice. Il fut discrètement engagé par l'administration, retrouva le droit d'exercer. Pour la première fois de sa vie, Joshua put cesser de se cacher, de dénoncer, de fustiger les scandales.

Enfin, comme pour boucler la boucle, il devint le premier juge noir nommé à l'ouest des montagnes Rocheuses.

— Il a passé trente ans à lutter contre les intérêts privés, monsieur Trevayne. Croyez-moi... il suffit d'ouvrir des ouvrages de droit, de voir ses décisions utilisées par des milliers d'avocats commis d'office, dans les ghettos noirs et les barrios. Studebaker a été l'unique barrière contre les puissances d'argent. Si nous révélons son passé, nous mettrons tout cela en péril.

— Pourquoi ? demanda Andrew avec agacement. Pour des faits remontant à quarante ans ? Vous n'êtes pas raisonnable, Sam.

— Non, je ne suis pas raisonnable ! Il n'a jamais renié ses idées, jamais fait de confession publique... Ses décisions de justice étaient classées de centre gauche. Si son passé est mis au jour, elles seront cataloguées différemment. Il ne pense pas à lui, vous comprenez ? Seul son travail compte... Quelles qu'en soient les raisons ou les justifications, il a eu des activités subversives, à proprement parler. On pourrait en conséquence attribuer des arrière-pensées à ses décisions les plus marquantes. Cela ferait oublier tout le reste.

— C'est pour cette raison que vous ne voulez pas faire un rapport ?

— Oui, monsieur. Vous devriez le rencontrer, vous comprendriez. Studebaker est un vieux monsieur ; c'est aussi un grand monsieur. Il n'a pas peur pour lui-même et je ne crois pas qu'il attache de l'importance au temps qui lui reste à vivre. Rien d'autre ne compte que ce qu'il a accompli.

— Êtes-vous sûr de ne pas avoir oublié quelque chose, Sam ? demanda lentement Trevayne.

— Quoi ?

— Sa décision dans l'affaire Bellstar... Allons-nous laisser les avocats de Genessee exercer impunément des pressions de la pire espèce ?

— Je me demande s'ils n'ont pas perdu leur temps, répondit Vicarson avec un pauvre sourire. Studebaker aurait probablement pris la même décision sans eux. Nous ne saurons jamais la vérité, mais il a présenté des arguments très convaincants.

— Lesquels ?

— Il a fait référence à Galbraith, d'après qui la technologie a engendré « le nouvel État industriel ». La concurrence, en soi, n'est plus un régulateur naturel et efficace. Les gigantesques ressources économiques exigées par nos technologies entraînent une concentration du financement... Cette réalité admise — et la loi doit avoir une portée pratique —, il est de la responsabilité du gouvernement — de celle de la loi — de faire office de régulateur, de protéger le consommateur. En un mot, le pays avait besoin de Bellstar. L'entreprise était en train de sombrer ; seul Genessee Industries disposait des ressources nécessaires pour la reprendre.

— Il a dit ça ?

— Presque mot pour mot. Sa décision de justice n'était pas aussi claire, du moins pas pour moi. Il a dit, à ce propos, qu'il avait connu de meilleurs élèves.

— S'il le croyait sincèrement, pourquoi ne s'est-il pas contenté de vous le dire ? Pourquoi a-t-il raconté toute son histoire ?

Sam Vicarson se leva ; il paraissait nerveux, mal à l'aise.

— Je ne lui ai pas laissé le choix, je le crains. J'ai dit que si je ne comprenais pas sa décision dans l'affaire Bellstar, si je la trouvais suspecte, il se verrait contraint de se justifier publiquement. Il a refusé tout net. J'étais affreusement gêné, mais j'ai dit qu'il cherchait à se dérober et que je ne marchais pas. Je l'ai menacé de le citer à comparaître.

— J'aurais fait la même chose.

Vicarson se planta devant la fenêtre, laissa son regard errer sur les toits de Boise.

— Il ne s'y attendait pas ; il ne croyait pas que nous avions ce pouvoir.

— Nous n'en abuserons pas, je l'espère, fit Trevayne.

— Il était bouleversé, monsieur Trevayne. C'était affreux ; et il n'avait pas peur pour lui-même, je le répète.

Trevayne se leva, s'avança vers le jeune avocat.

— Rédigez ce rapport, Sam, dit-il d'une voix douce mais ferme.

— Je vous en prie...

— Ne le joignez pas au dossier ; remettez-le-moi. Un seul exemplaire. Rendez-vous à 20 heures, ajouta Andrew en se dirigeant vers la porte. Dans ma chambre.

23

La table basse faisait office de bureau. Un classeur posé devant chacun des participants contenait les rapports et les notes de synthèse. La réunion dans la chambre de Trevayne avait commencé par la description d'Ernest Manolo, le tout-puissant négociateur de l'AFL-CIO pour la Californie du Sud. S'il fallait en croire Alan Martin, le syndicaliste ressemblait à un matador d'une douzaine d'années.

— Il ne se déplace jamais sans ses picadors ; deux armoires à glace qui l'accompagnent partout.

— Des gardes du corps ? demanda Trevayne. Pourquoi ?

— Des gardes du corps, en effet ; il a besoin d'eux. Manolo s'est fait bon nombre d'ennemis chez ses collègues.

— Je ne comprends pas pourquoi, insista Trevayne,

assis sur le canapé, à côté de Vicarson. Ils ont, grâce à lui, d'excellentes conditions de travail.

Sam s'apprêtait à prendre la parole ; Alan Martin fut plus rapide.

— Sam connaît la réponse ; elle figurait dans les documents qu'il a préparés. À ce propos, cher maître, c'était du bon boulot.

— Merci, répondit modestement Vicarson. Pas très difficile. Quand il s'est présenté à l'élection des représentants syndicaux, il a distribué du matériel de propagande en quantité. J'avais tout ce qu'il fallait.

— Voilà pourquoi il est toujours flanqué de ses deux sbires, poursuivit Martin. Manolo n'a que vingt-six ans. Il lui a fallu passer par-dessus la tête de délégués syndicaux chevronnés ; la plupart n'ont pas apprécié ses méthodes.

— Quelles méthodes ? demanda Mike Ryan.

— Ils sont nombreux à penser que Manolo a utilisé de l'argent sale ; il en avait trop pour qu'il ne soit pas sale. En prenant ses fonctions, il a amené dans ses bagages une nouvelle race de responsables ; jeunes, intelligents, diplômés. Ils ne hurlent pas des slogans dans les réunions syndicales ; ils rédigent des analyses, avec des chiffres et des graphiques. Les vieux de la vieille n'aiment pas ça ; ils sont méfiants.

— Il a pourtant obtenu un accord très avantageux, fit Andrew. C'est le fond du problème, non ?

— C'est aussi le fond du problème de Manolo. Sa meilleure arme et sa manœuvre la plus suspecte... L'accord le plus rapide jamais signé chez Genessee. Pas d'affrontements, pas de nuits entières de négociations. La signature n'a pas été une occasion de réjouissances ; il n'y a pas eu de félicitations des grandes centrales syndicales. Le plus important est que cet accord restera isolé, purement local.

— Je ne suis pas un spécialiste de l'action syndicale, fit Mike Ryan. Est-ce inhabituel ?

— On peut le dire ! répondit Martin. Tout accord d'importance sert de base pour les négociations à venir. Pas celui-ci.

— Comment le savez-vous ? demanda Trevayne.

— J'ai mis Manolo au pied du mur ; j'ai dit que j'étais très étonné de constater qu'il n'avait pas été récompensé comme il convenait. J'ai ajouté que je connaissais quelques-uns des vieux leaders de la centrale et que je leur poserais la question. Il n'a pas apprécié ma sollicitude, loin de là. Il s'est retranché derrière ses graphiques et ses statistiques régionales de l'emploi, répétant que les syndicalistes de la vieille école refusaient de comprendre que ce qui est applicable à la Californie du Sud ne l'est pas à l'ouest de l'Arkansas... Vous commencez à y voir clair ?

— Il est à la solde de Genessee, glissa Sam Vicarson. Ils l'ont acheté avec cet accord.

— C'est la même chose dans toutes les régions, poursuivit Martin. Genessee Industries a entrepris de contrôler le marché du travail dans sa branche. J'ai fait une étude rapide d'après les déclarations de Manolo. À titre indicatif, j'ai découvert des ressemblances troublantes dans les usines et les filiales de GIC, dans la bagatelle de vingt-quatre États.

— Bon Dieu ! souffla Mike Ryan.

— Et si Manolo allait tout raconter ? fit Andrew, l'air soucieux. Cela pourrait nous compliquer la tâche.

— Je ne crois pas ; je ne garantis rien, mais je pense qu'il ne bougera pas. Je lui ai dit que j'étais pleinement satisfait ; je pense qu'il m'a cru. J'ai aussi laissé entendre que je préférerais que rien ne transpire de notre conversation. Si cela venait aux oreilles de la direction de Genessee, je serais obligé de passer infiniment plus de temps à Pasadena. Je crois qu'il gardera le silence.

— Assez parlé de Manolo. Mike, qu'avez-vous à dire sur Jamison ?

Ryan marqua une hésitation avant de prendre son dossier. Il leva les yeux vers Trevayne, le regarda en silence.

— En écoutant Alan, commença-t-il, je n'ai pu m'empêcher de me dire : « Oui, c'est comme ça que ça se passe. » Ce qu'il racontait pouvait parfaitement s'appliquer à Houston et à combien d'autres ateliers et laboratoires dans tout le pays. Il suffit de remplacer « marché du travail » par « communauté scientifique » et de noircir un peu le tableau.

Michael Ryan était arrivé à l'aéroport de Houston dans un autre avion affrété par Douglas Pace. Après s'être renseigné auprès des laboratoires Genessee, il avait trouvé

Ralph Jamison dans un cercle nautique de la baie de Galveston.

Ryan simula une rencontre fortuite, sans éveiller la méfiance de Jamison. Les deux hommes s'étaient liés d'amitié chez Lockheed ; extravertis tous les deux, ils aimaient l'alcool et toutes les bonnes choses de la vie.

La rencontre se prolongea dans la soirée ; au petit matin, ils étaient encore ensemble. Ryan remarqua avec une irritation croissante que Jamison éludait les questions sur ses projets chez Genessee. Quoi de plus naturel, entre spécialistes de ce niveau, que de parler boutique ?

— J'ai eu une inspiration, Andy, expliqua Ryan, en interrompant son récit pour s'adresser à Trevayne. J'ai eu l'idée de proposer un poste à Ralph.

— Où ? demanda Andrew en souriant. Pour faire quoi ?

— Aucune importance... Nous étions tous deux ronds comme des queues de pelle, lui un peu plus que moi... Je lui ai fait croire que je travaillais pour une entreprise en difficulté et que nous avions besoin de lui ; en réalité, j'étais venu le chercher. Je lui ai proposé trois fois — peut-être quatre — ce que je pensais qu'il gagnait chez Genessee.

— Tu es bien généreux, coupa Alan Martin. Et s'il avait accepté ?

Ryan baissa sur la table des yeux voilés de tristesse.

— J'avais déjà deviné qu'il n'accepterait pas, répondit-il. Ou qu'il ne pourrait le faire.

Devant cette proposition mirobolante, faite par quelqu'un qui, ivre ou pas, ne serait pas allé si loin de son propre chef, Ralph Jamison avait été obligé de fournir des explications convaincantes pour motiver son refus. Les mots, de prime abord, lui étaient venus facilement : fidélité à l'entreprise, projets en cours, problèmes au labo, qu'il ne pouvait laisser en plan, fidélité encore, fortifiée au fil des ans.

Ryan répondait à chaque argument avec une irritation croissante, jusqu'à ce que Jamison, devenu presque incohérent et alléché par la proposition de Ryan, change de registre.

— Tu ne peux pas comprendre. Genessee s'est occupé de nous... de nous tous.

— Comment cela ? fit Trevayne. « Nous tous »... De qui parlait-il ? Que voulait-il dire ?

— Il n'est pas passé aux aveux, mais j'ai réussi à reconstituer le tableau. Tous les talents, surtout dans les labos et les bureaux d'études, reçoivent des dessous de table. Pas des broutilles sous la forme de notes de frais ; des sommes rondelettes, versées en général à l'étranger, qui finissent en Suisse, sur un compte numéroté.

— Des revenus non déclarés, glissa Martin.

— La Suisse, ajouta Vicarson, ne reconnaît les lois fiscales d'aucun État ; même si elles sont violées, il n'y a pas de fraude.

— Cela commence très tôt, poursuivit Ryan, dès que Genessee a repéré un nouveau venu plein de promesses. Ils le sondent, ils prennent leur temps ; ils découvrent ses faiblesses et commencent à le couvrir de primes et de gratifications. En dix ou quinze ans, les heureux élus ont amassé un joli pécule de cent à cent cinquante mille dollars. De quoi être motivé.

— Et créer des liens indissolubles avec Genessee Industries, ajouta Trevayne. Ils font ce qu'on leur dit de faire ; sinon, ils risquent gros. J'imagine que les règlements sont effectués par... disons des intermédiaires interchangeables.

— Exact.

— À vue de nez, Mike, poursuivit Trevayne, combien de Ralph Jamison y a-t-il ?

— Eh bien, disons que Genessee a une centaine d'installations ; pas aussi grosses que les labos de Houston, mais d'une certaine importance. On peut estimer le nombre de responsables entre sept et dix personnes sur chaque site ; sept cents à mille en tout.

— Qui contrôlent les projets et les chaînes de fabrication ? demanda Trevayne en griffonnant quelques notes.

— En définitive, oui. Ce sont les décideurs.

— Pour quelques millions de dollars par an, Genessee s'assure la docilité d'un secteur important de la communauté scientifique.

— Et le mouvement s'amplifie d'année en année, poursuivit Ryan. Ils commencent jeunes. Ralph Jamison vaut mieux que ça, Andy, mais il a un gros problème.

— Il boit comme un Irlandais ? suggéra doucement Alan Martin, en voyant la tristesse voiler les yeux de Ryan.

Ryan lui sourit, attendit un moment avant de répondre.

— Non, Al, c'est un amateur... Il ne sort jamais... Ralph est un véritable génie ; sans lui, nous ne serions pas allés sur la Lune. Mais il s'use au travail ; on l'a déjà vu à son poste soixante-douze heures d'affilée. Il consacre tout son temps au labo.

— Son problème est là ? demanda Andrew.

— Oui. Il ne prend pas le temps de faire autre chose ; il fuit les responsabilités personnelles. Elles le terrifient. Il s'est marié trois fois, a eu quatre enfants de ces femmes qui le saignent à blanc. Mais il est fou de ses gosses. Il s'inquiète pour eux ; il connaît les mères et il se connaît. Tous les ans, en février, il se rend à Paris, où on lui remet vingt mille dollars en espèces. Il va ensuite déposer l'argent à Zurich ; c'est pour ses enfants.

— Dire qu'il est l'un de ceux qui nous ont permis d'aller sur la Lune, observa Vicarson d'une voix douce, le regard fixé sur Trevayne.

Tout le monde sentit que Sam faisait allusion à autre chose, à quelqu'un d'autre.

Et tout le monde savait qu'il était allé à Seattle, voir Joshua Studebaker.

Andrew comprit sa prière muette ; il se retourna vers Ryan.

— Vous ne nous demandez pas d'enterrer le cas Jamison, Mike ?

— Bien sûr que non, répondit Ryan en soupirant. Cela me fait de la peine pour lui, mais ce que j'ai appris sur les méthodes de Genessee me donne la chair de poule. Je sais ce qui sort des ateliers et des labos.

— Merci, Mike, fit Trevayne.

Sam Vicarson se pencha pour prendre son classeur.

— Je suppose que mon tour est venu, fit-il avec un haussement d'épaules qui trahissait bien plus que de la résignation.

— Vous permettez ? coupa Andrew.

Vicarson lui lança un regard étonné.

— Sam a demandé à me voir dans l'après-midi, expliqua Trevayne. Le rapport sur Studebaker n'est pas complet. Il a été établi que le magistrat a reçu des menaces de Genessee, mais nous ignorons dans quelle mesure cela a influé sur sa décision, dans l'affaire Bellstar. Il la justifie d'un point de vue juridique aussi bien que philosophique. Nous savons que le ministère de la Justice n'a pas vraiment cherché à poursuivre l'action.

— Mais il a reçu des menaces ! lança Alan Martin.

— Assurément.

— Quel genre de menaces ? demanda Ryan.

— Je vais vous demander un peu de temps avant de répondre à cette question.

— C'est donc si révoltant ? fit Martin.

— Je ne suis pas sûr que cela entre dans le cadre de nos investigations, répondit Trevayne. Si tel est le cas, ce sera joint au dossier.

Ryan et Martin échangèrent un regard, puis se tournèrent vers Vicarson. Martin s'adressa à Trevayne.

— Depuis le temps que nous nous connaissons, je serais vraiment stupide de mettre en doute votre jugement.

— Y a-t-il autre chose ? demanda Ryan d'un air détaché.

— Je pars dans la nuit pour Washington. Bonner croit que je vais dans le Connecticut. Je vous expliquerai... Genessee Industries détruit progressivement tous les mécanismes d'équilibre. Le moment est venu de voir le sénateur Armbruster.

24

Le général de brigade Lester Cooper suivit l'allée dallée menant à la porte d'entrée de la villa. Sur la pelouse, une lanterne était allumée ; au-dessous, suspendue par deux chaînettes à une barre transversale, une plaque de fer annonçait : « M. et Mme Knapp ; 37 Maple Lane ».

Le domicile du sénateur Alan Knapp.

Il y en a au moins un autre à l'intérieur, se dit Cooper

en montant les marches du perron. Il fit passer son attaché-case dans sa main gauche pour appuyer sur la sonnette.

Knapp ouvrit ; son irritation était manifeste.

— Enfin ! Il est près de 10 heures, Cooper ! Nous avions dit 9 heures !

— Il y a vingt minutes, je ne savais rien, riposta vivement le général.

Il n'aimait pas Knapp ; on lui demandait de le supporter, pas d'être courtois.

— Je ne suis pas venu faire une visite de politesse, sénateur.

Knapp ébaucha un sourire ; il lui était difficile de faire plus.

— D'accord, général, faites taire l'artillerie. Entrez... Ne nous en veuillez pas, nous sommes un peu nerveux.

— Avec juste raison, bougonna Cooper en entrant.

Knapp précéda le général dans la salle de séjour, une pièce luxueuse, aux meubles anciens, aux objets d'art délicats, au sol couvert d'épais tapis blancs. Les vieilles fortunes avaient du bon.

Assis sur une causeuse, Norton, le sénateur du Vermont, ne paraissait pas à sa place ; trop rude dans ce cadre raffiné. Un autre homme — Cooper ne le connaissait pas — semblait, lui, très à son aise sur le canapé. Son complet avait une coupe britannique ; sombre, à fines rayures, près du corps.

Le dernier était Robert Webster.

— Vous connaissez Norton et Webster, général. Puis-je vous présenter Walter Madison... Madison, le général Cooper.

Les deux hommes échangèrent une poignée de main. Knapp indiqua un siège à Cooper.

— Me Madison est l'avocat de Trevayne.

— Quoi ? fit le général en lançant un regard interrogateur à Knapp.

— Tout va bien, Cooper, fit Norton en changeant de position sur le siège capitonné de la causeuse.

Il n'éprouva pas le besoin d'ajouter quoi que ce fût.

Webster, près du piano, un verre à la main, vint à l'aide du général.

— M. Madison est au courant de nos problèmes ; il est des nôtres.

Cooper ouvrit son attaché-case, en sortit plusieurs pages dactylographiées. Madison décroisa les jambes avec élégance, les recroisa.

— Comment va Andrew ? demanda-t-il posément. Je ne l'ai pas vu depuis des semaines.

Le général leva le nez de ses papiers. Il trouvait à l'évidence la question de l'avocat particulièrement stupide.

— Il est très occupé.

— Qu'avez-vous appris ? interrogea Norton avec impatience.

Il se leva, s'avança vers le canapé, du côté opposé à celui de Madison. Assis dans un fauteuil, Knapp ne le quittait pas des yeux.

— Le commandant Bonner a passé le plus clair de l'après-midi et de la soirée à chercher les réservations de la sous-commission sur les lignes commerciales. Il n'a rien trouvé. Imaginant qu'ils avaient pu voyager sous une fausse identité, il a demandé la liste de tous les passagers du sexe masculin, à l'arrivée et au départ de Boise, depuis plusieurs jours. Rien. Il a cherché du côté des appareils privés ; toujours rien.

Cooper s'interrompit ; il voulait que les politiciens reconnaissent la méticulosité du personnel du Pentagone.

— En interrogeant des pilotes, reprit-il, Bonner a appris l'existence d'un autre terrain d'aviation, réservé aux vols non commerciaux ; une piste de quinze cents mètres, suffisante pour un petit jet. De l'autre côté de la ville, à une quinzaine de kilomètres. L'aérodrome d'Ada County.

— Général ?

L'impatience gagnait Knapp. Les militaires avaient une fâcheuse tendance à tourner autour du pot, quand un problème n'était pas résolu.

— Je ne doute pas des qualités du commandant Bonner, mais j'aimerais que vous en veniez au fait.

— J'y arrive, sénateur. Mais j'ai quelque chose à ajouter, qui nous éclaire sur la manière dont agit la sous-commission.

— Vous avez raison ; poursuivez, je vous prie.

— Une grande partie du trafic d'Ada County est

constituée de vols d'affaires. Sur le plan de vol ne figurent en général que les noms du pilote, de la société, parfois de celui qui a loué l'appareil. Rarement le nom des passagers. Bonner a cru être dans une impasse ; Trevayne connaît un tas de gens qui ont leurs propres appareils, sur lesquels ses collaborateurs auraient pu voyager incognito... Mais il a fini par découvrir le pot aux roses ; deux Learjet affrétés par Douglas Pace.

Walter Madison décroisa les jambes et se raidit sur son siège.

— Qui est Douglas Pace ? demanda Norton.

— Le beau-frère de Trevayne, répondit l'avocat.

Robert Webster émit un petit sifflement ; Cooper se tourna vers Knapp.

— Non seulement Trevayne a évité les vols commerciaux, mais il a utilisé un aérodrome à l'écart et des appareils loués sous un autre nom.

Pour Knapp, les précautions prises par Trevayne ne méritaient pas des explications si détaillées, mais il laissa le général savourer son effet.

— Bien joué, fit le sénateur... D'où venaient ces deux appareils ?

Cooper consulta ses papiers.

— D'après le service d'information de vol, le premier a décollé de San Francisco, où le contrôle aérien a confirmé que sa destination était San Bernardino. Il n'y a pas eu de modification du plan de vol.

— Un plan de vol peut être modifié quelques minutes après le décollage, expliqua Webster, en voyant l'air interdit de Norton. Les renseignements sont transmis au centre de contrôle de la zone ; une manière de dépister les curieux.

Le sénateur lança à Webster, par-dessus son épaule, un regard suspicieux, teinté de respect.

— Quand l'appareil était à San Bernardino, poursuivit Cooper, Trevayne est resté à San Francisco. Pas Alan Martin.

— Le contrôleur de Pace-Trevayne, n'est-ce pas ? fit Knapp.

— Oui, répondit le général. San Bernardino est à vingt

minutes de Pasadena, où il y a eu des tas de problèmes dans les usines Genessee.

— Poursuivez, général, fit Knapp en échangeant un regard avec Norton.

— Le Learjet a décollé le jeudi matin, à destination de Boise, Idaho. Il n'est resté qu'une heure à Ada County, avant de repartir pour Tacoma. Bonner confirme le retour d'Alan Martin, tandis que Vicarson, l'avocat, disparaissait à son tour.

— Tacoma ! s'écria Norton. Qu'y a-t-il à Tacoma ?

Robert Webster termina son verre ; il commençait à être éméché.

— Tacoma est dans l'État du Washington, sénateur. À une heure de voiture, le long du Puget Sound, se trouve Seattle. Dans les faubourgs de cette ville, un ensemble de bâtiments est protégé par des clôtures de trois mètres ; par le plus grand des hasards, ce complexe a un rapport avec Genessee Industries. Il s'agit des usines Bellstar.

— Bon Dieu ! souffla Norton.

Cette fois, il ne se retourna pas vers le conseiller à la présidence ; il échangea un long regard avec Knapp.

— Et le second Learjet ? demanda Knapp au général. Vous savez quelque chose ?

— Tout ce qu'il faut savoir. D'après le plan de vol, l'appareil venait de l'aéroport international de Houston ; son point de départ était Washington. Nos informateurs aux tours du Potomac nous signalent l'absence de Michael Ryan, un ingénieur en construction aéronautique. Bonner confirme que Ryan s'est rendu à Boise.

— Ryan est donc allé à Houston, fit Alan Knapp d'une voix lente. Les laboratoires Genessee ont des registres d'entrée ; il reste à découvrir qui il est allé voir.

Il se leva, se dirigea vers un bureau ancien, sur lequel était posé un téléphone.

— Je sais qui appeler, ajouta-t-il en décrochant.

— Ne vous donnez pas cette peine, fit Cooper. Nous nous sommes renseignés ; Ryan ne s'est pas présenté aux labos.

— En êtes-vous sûr ? demanda Knapp en se tournant vers le général. Ou plutôt, comment pouvez-vous en être sûr ?

— Nous savons — *je* sais — aussi qui appeler.

Les deux hommes s'affrontèrent du regard. L'officier de carrière tenait à faire savoir au parlementaire qu'un politicien pouvait être incapable de trouver certaines portes, qui s'ouvraient sans effort pour lui. Knapp le comprit.

— Très bien, général. Ryan n'est pas allé aux labos ; où est-il allé ? Qu'allait-il faire à Houston ?

— Comme j'ai appris il y a moins d'une heure qu'il n'était pas chez Genessee, le temps m'a manqué pour le découvrir.

— Y parviendrez-vous ?

— Question de temps.

— Nous n'avons pas le temps ! lança Norton.

— Que comptez-vous faire, général ? demanda Knapp.

— J'ai pensé que nous devions en parler ensemble.

Robert Webster s'écarta du piano, s'avança vers les autres.

— Trevayne a envoyé un analyste financier de haut niveau à Pasadena. Pour rencontrer qui ? Pourquoi ?... Un spécialiste de l'aéronautique — un des meilleurs — à Houston. Ryan n'est peut-être pas entré dans les labos, mais vous pouvez parier ce que vous voulez qu'il allait voir quelqu'un ayant un lien avec Genessee... Un avocat chez Bellstar ; c'est dangereux. Je n'aime pas la tournure des événements.

Il but une gorgée du whisky qu'il venait de se servir, le regard fixé droit devant lui.

— Trevayne cherche les jugulaires, ajouta-t-il à mi-voix.

— Je pense, commença Walter Madison en étendant les bras sur le dossier du canapé, qu'il ne faut pas oublier une chose. Trevayne ne pourra découvrir que des faits de corruption sans conséquence. S'il y parvient, ce ne sera pas plus mal. Cela satisfera son côté puritain.

— Vous n'y allez pas avec le dos de la cuiller, Madison ! lança Knapp.

Il se souvenait des hésitations de l'avocat devant la commission sénatoriale et s'étonnait de le voir si calme.

— Ce n'est que la vérité, reprit Madison. D'un point de vue légal, tous les dépassements de crédits de Genessee ont été amplement justifiés. Il ne cherche rien d'autre. J'ai mis mes meilleurs collaborateurs sur tous ces problèmes. Il y a un peu de triche, assurément ; Andrew mettra le doigt dessus. Il n'ira pas plus loin.

— Vous jouissez d'une excellente réputation, glissa Norton. J'espère qu'elle n'est pas usurpée.

— Je puis vous assurer que non, sénateur. Mes honoraires peuvent contribuer à vous en convaincre.

— Je veux quand même savoir ce que cherche Trevayne, reprit Knapp. Vous le découvrirez, général ?

— Dans les quarante-huit heures.

25

Washington, le vendredi matin ; personne ne savait qu'il était là. Le Learjet s'était posé à Dulles à 7 h 30 ; quarante minutes plus tard, Trevayne ouvrait la porte de la maison de Tawning Spring.

Il se doucha, se changea, s'accorda une heure pour se détendre, réfléchir et récupérer, après les fatigues du voyage. Il savait trouver son rythme, s'accommodait de la tension en s'efforçant de ne jamais laisser la tension et la fatigue — mentale — se combiner. Il savait parfaitement que, pendant les jours à venir, il lui faudrait faire très attention. S'il n'y prenait garde, son imagination risquait de provoquer un état d'anxiété tel qu'il risquait de perdre sa lucidité.

Trevayne appela un taxi, qui vint le prendre à domicile et le déposa devant le bâtiment des services administratifs du Sénat.

Il était 10 h 25 ; le sénateur Mitchell Armbruster allait regagner son bureau dans quelques minutes, au retour d'une séance où sa présence était exigée par son parti pour atteindre le quorum. Armbruster était attendu à 10 h 30, au plus tard, pour la réunion hebdomadaire de fin de semaine avec ses collaborateurs.

Andrew attendit dans le couloir, devant la porte du bureau du sénateur. Il s'adossa au mur, commença à feuilleter distraitement le *Washington Post.* L'éditorial fustigeait encore une fois les travaux du Congrès.

Rien de nouveau à Washington.

Trevayne sentit qu'Armbruster l'avait vu le premier ; le parlementaire avait littéralement suspendu son pas ; il s'était immobilisé, comme pétrifié de surprise. En percevant cette rupture dans le mouvement, Trevayne leva les yeux de son journal.

Armbruster se remit en mouvement, d'une démarche dégagée. Il adressa à Trevayne un sourire chaleureux et rapide, la main tendue devant lui.

— Monsieur Trevayne, quelle bonne surprise ! Je vous croyais dans mon État, en train de jouir des merveilleux paysages du Pacifique.

— J'en viens, sénateur, en passant par l'Idaho. Mais il m'est apparu indispensable de faire un saut à Washington, à l'improviste... pour vous voir.

Armbruster lança un regard inquisiteur à Trevayne, son sourire s'évanouit.

— Vous n'y allez pas par quatre chemins... Mon emploi du temps est extrêmement chargé, vous savez. Demain matin, peut-être ; si vous préférez, nous pourrions prendre un verre, disons à 17 h 30. Je suis pris pour le dîner.

— Ce qui m'amène est très urgent, sénateur. Je suis venu vous consulter sur les statistiques de l'emploi en Californie du Nord.

La respiration de Mitchell Armbruster donna l'impression de s'interrompre fugitivement. Il garda le silence, détourna les yeux.

— Je préférerais en parler ailleurs... Rendez-vous dans une heure.

— Où ?

— Le parc de Rock Creek, devant le belvédère. Vous connaissez ?

— Je connais... Autre chose, sénateur. Écoutez ce que j'ai à dire avant d'appeler quiconque. Ce serait préférable.

— Décidément, monsieur Trevayne, vous parlez sans détour. Je n'appellerai personne, parce que je pense que vous êtes un homme de bien. Comme je l'ai dit, si vous vous en souvenez, devant mes collègues.

— Je m'en souviens. Dans une heure, monsieur le sénateur.

Les deux hommes suivaient un sentier bordé d'arbres. De loin en loin, Armbruster craquait une allumette pour rallumer sa pipe. Trevayne se dit que cette pipe était un soutien psychologique pour le sénateur, qu'elle lui servait de béquille. Il lui revint en mémoire que, pendant l'audition, Armbruster n'avait cessé de jouer avec elle, de la tripoter, de tasser le tabac, d'en curer méthodiquement le fourneau. Armbruster avançait d'un pas tranquille sur le sentier, mais il serrait la pipe entre ses dents avec force, faisant saillir les muscles de sa mâchoire.

— Vous avez donc conclu que j'ai tiré un profit personnel de ma fonction, fit le sénateur, le regard fixé droit devant lui.

— En effet ; je ne vois pas d'autre manière de l'exprimer. Vous avez déterminé le maximum de ce que Genessee Industries était en mesure d'investir, vous vous êtes assuré que cela suffisait pour redresser l'emploi, vous avez obtenu la caution des économistes et, pour finir, vous avez garanti que ces capitaux seraient versés. Il vous fallait le double soutien des syndicats et du patronat. Voilà comment vous avez été réélu.

— C'est mal ?

— Il s'agit d'une manipulation politique extraordinairement coûteuse ; la nation mettra très longtemps à rembourser... Oui, je dirais que c'est mal.

— Il est facile de jouer les censeurs vertueux, quand on a votre fortune ! Avez-vous pensé aux milliers de familles que je représente ? Dans certaines zones, le taux de chômage atteint douze, voire treize pour cent ! C'était un objectif prioritaire et je suis fier d'avoir contribué à le réduire. Dois-je vous rappeler que je suis le sénateur de Californie ?... Je vais vous dire le fond de ma pensée, Trevayne, reprit Armbruster après un silence, avec un petit rire de gorge. Je vous trouve un tantinet ridicule.

Trevayne se mit lui aussi à rire de bon cœur ; il vit que les yeux d'Armbruster ne riaient pas du tout. Le regard était pénétrant.

— Vous me trouvez donc ridicule, reprit Andrew, parce

que je refuse de reconnaître que c'était non seulement une bonne politique — bonne dans tous les sens du terme —, mais une nécessité économique. En accord avec les orientations de la Défense.

— Voilà, mon jeune ami, vous avez tout compris !

— Il s'agissait d'un objectif prioritaire, une urgence électorale ? Et vous prétendez que cela se produit tous les jours ?

— Plusieurs *centaines* de fois par jour ; vous le savez aussi bien que moi. À la Chambre des représentants, au Sénat, dans toutes les agences gouvernementales. Que croyez-vous que nous fassions à Washington ?

— Avec des sommes aussi colossales ?

— Tout est relatif.

— Relatif ? Des contrats s'élevant à des centaines de millions de dollars ?

— Où voulez-vous en venir ? On dirait un gamin de dix ans !

— Une seule question, sénateur... Combien d'arrangements politico-économiques de ce genre ont été conclus avec Genessee Industries ? Au niveau national.

Mitchell Armbruster s'arrêta net. Les deux hommes se trouvaient sur un petit pont de bois enjambant un des cours d'eau du parc. Armbruster se pencha sur le garde-fou de chêne pour regarder l'eau ; il prit sa pipe, la tapota sur le bois.

— Voilà pourquoi vous avez fait ce saut... à l'improviste, dit-il enfin, sans trahir la moindre émotion.

— Oui.

— Je le savais... Pourquoi moi, Trevayne ?

— Parce que j'ai réussi à établir un lien indiscutable. Sincèrement, j'aurais préféré quelqu'un d'autre ; mais le temps me manque.

— Le temps est-il si important ?

— S'il s'est produit ce que je crois, oui.

— Mon rôle est secondaire. Je me bats pour ma survie politique, pour continuer à représenter une position en voie de disparition. C'est important.

— Expliquez-vous.

Armbruster sortit une blague à tabac de la poche de sa veste et entreprit de bourrer sa pipe. Il leva les yeux vers

Trevayne à deux ou trois reprises, comme s'il cherchait à lire quelque chose sur son visage. Il alluma la pipe, s'accouda au garde-fou.

— Qu'y a-t-il à expliquer ? Quand on adhère à un mouvement, on connaît les règlements, les règles de base. Avec le temps, on se rend compte que, pour atteindre certains objectifs, ces règlements doivent être tournés. Sinon, rien n'avance. Si l'on croit à ce que l'on fait, si l'on y croit *passionnément*, on ne peut qu'en éprouver une profonde frustration. On commence à douter de ses propres capacités, de sa virilité politique... Au bout d'un moment — par petites touches — on apprend qu'il existe des moyens, à condition de cesser d'ouvrir sa grande gueule de libéral, d'essayer de tout bouleverser. Il suffit d'être un peu plus conciliant... Rien de plus facile à assimiler ; ce processus porte le nom de maturation. Et on parvient enfin à réaliser quelque chose ; on voit le bien que l'on fait. On donne un peu et on reçoit tellement plus en retour... Cela vaut la peine ! Des lois, des amendements portent votre nom ! On voit le bien, seulement le bien...

Armbruster sembla manquer de souffle, se fatiguer de ce raisonnement qu'il devait ressasser trop souvent. Trevayne comprit qu'il fallait le secouer, le faire réagir.

— Et Genessee Industries ?

— C'est la clé de tout !

La tête d'Armbruster pivota ; son regard plongea dans celui de Trevayne.

— C'est le canal... le moyen de transmission *accepté* ; la source permanente, qui jamais ne s'assèche. Tout le monde s'y abreuve ; c'est la réponse à la soif de tous les animaux politiques. Le plus curieux est que les résultats sont là...

— Je ne pense pas que ce soit si simple, sénateur.

— Bien sûr que non !... Il me reste deux ans ; je ne me représenterai pas. J'aurai soixante-neuf ans ; ça suffit. Après, peut-être, je me donnerai le temps de réfléchir.

— Avec des jetons de présence distribués par Genessee ?

— Probablement. Pourquoi pas ?

Trevayne s'adossa au garde-fou, prit ses cigarettes. Armbruster lui tendit du feu.

— Merci... Permettez-moi, sénateur, d'essayer de replacer les choses dans leur contexte.

— Allez encore plus loin, Trevayne ; laissez tomber. Traquez les profiteurs, comme vous devriez le faire, vous et votre sous-commission. Genessee n'entre pas dans cette catégorie. Le conglomérat est trop gros, peut-être, mais il rapporte. Il a déjà fait l'objet d'examens minutieux.

Trevayne ne put retenir un rire de dérision.

— Précisément parce qu'il est trop gros, trop complexe pour être examiné dans tous ses détails. Et vous savez aussi bien que moi ce qui se passe dans — comment avez-vous dit ? — « toutes les agences gouvernementales de Washington ». On ne hissera pas ces couleurs, sénateur ! Genessee Industries est le cinquante et unième État, avec cette différence que les cinquante autres lui sont inféodés !

— Vous exagérez !

— Tout au contraire... Genessee n'a ni Constitution, ni partis, ni équilibre des pouvoirs ! J'attends de vous, sénateur, que vous me disiez qui en sont les princes. Qui gouverne cet État indépendant, en perpétuelle expansion. Je ne parle pas de l'organigramme, bien entendu.

— À ma connaissance, personne ne... gouverne. Il y a une direction, c'est tout.

— Quelle direction ? Je les ai rencontrés, j'ai vu Goddard ; je n'y crois pas.

— Il existe un conseil d'administration.

— Trop facile ! Ce ne sont que des pions autour d'une table !

— Alors, je ne peux pas vous répondre... Je dis « peux », pas « veux ».

— Voulez-vous me faire croire que Genessee a grandi tout seul, pour devenir énorme ?

— C'est peut-être plus juste que vous ne l'imaginez.

— Qui parle en son nom au Sénat ?

— Nous sommes très nombreux ; Genessee est représenté dans plusieurs dizaines de commissions. Il est le principal acteur du lobby de l'aviation.

— Aaron Green ?

— J'ai déjà rencontré Green, bien entendu ; je ne peux pas dire que je le connaisse.

— N'est-ce pas lui qui tient les cordons de la bourse ?

— Il dirige une agence de publicité, si vous pensez

à cela. Ainsi qu'une dizaine ou une vingtaine d'autres sociétés.

— La bourse dont je parle, sénateur, dépasse de loin le budget de publicité, même si l'on peut considérer qu'elle en fait partie.

— Je ne vous suis pas.

— Nous avons établi qu'Aaron Green gère un budget annuel estimé entre sept et douze millions de dollars — peut-être plus — et destiné à convaincre l'administration de la valeur patriotique de Genessee Industries...

— Un budget officiel...

— Des fonds secrets, en majeure partie. Celui qui assume la responsabilité de telles sommes est en général investi d'une grande autorité.

— Ce ne sont que des conjectures.

— Assurément. Je m'interroge sur les sommes astronomiques qui transitent par cette caisse, année après année... Est-ce Green qui tient les rênes ?

— Bon sang ! Vous cherchez des coupables !

Armbruster frappa violemment le fourneau de sa pipe sur le garde-fou ; des brins de tabac incandescents tombèrent sur le dos de sa main. Il ne sembla rien sentir.

— Écoutez-moi bien ! Pendant toute la durée de ma vie politique, je me suis heurté aux ténors ; jamais je ne me suis dégonflé. Vous n'avez qu'à lire certains de mes discours, aux conventions ! Souvenez-vous, en 1950, quand des membres de l'aile droite du parti ont voulu s'en prendre à moi, je n'ai pas cédé. J'étais dans le vrai !

— Je m'en souviens ; vous avez été héroïque.

— Peu importe, j'avais raison !... Mais, en même temps, j'avais tort. Je vais vous dire pourquoi... Je n'ai pas essayé de comprendre, de remonter jusqu'au fondement de leur pensée, à la source de leurs peurs. Je n'ai pas fait appel à la raison ; j'ai condamné, j'ai fustigé les envoyés de Lucifer. J'avais trouvé des coupables... Des hommes de bien ont quitté le parti, ce jour-là, pour ne jamais revenir.

— Êtes-vous en train d'établir un parallèle ?

— Naturellement ! Vous croyez avoir trouvé votre coupable, votre envoyé de Lucifer ; ce n'est qu'un concept. Vous vous battez contre le développement excessif d'une entreprise, vous êtes prêt à pourfendre ceux qui acceptent la situation... Il se peut que ce soit une erreur tragique.

— Pourquoi ?

— Genessee Industries a beaucoup fait dans le domaine social ; des réalisations très progressistes. Savez-vous, par exemple, qu'il existe au cœur de certains ghettos de Californie des cliniques pour toxicomanes, des garderies, des unités médicales mobiles ? Un centre de réinsertion pour anciens détenus, à Mendocino ? Tout cela grâce à Genessee. Il y a même, à San Jose, la clinique Armbruster de recherches sur le cancer. Oui, monsieur Trevayne, cet établissement porte mon nom ; j'ai obtenu de Genessee le terrain et une grande partie du matériel...

Trevayne détourna la tête, juste assez pour ne pas avoir à regarder Mitchell Armbruster dans les yeux. Pour ne pas avoir à regarder un homme qui avait troqué les voix de millions d'électeurs contre des avantages non imposables.

— Dans ce cas, reprit Trevayne, vous ne verrez aucun inconvénient à ce que je déballe la vérité. Que tout le monde sache que nous avons la chance de bénéficier à la fois de l'excellence des produits de Genessee et de sa générosité.

— Si vous faites cela, ils laisseront les programmes en sommeil.

— Pourquoi ? Pour avoir été publiquement remerciés ?

— Vous savez aussi bien que moi que lorsqu'une grande entreprise se lance dans des projets de ce genre, elle se réserve le droit de ne laisser filtrer que ce qu'elle souhaite. Ils seront débordés de demandes.

— Ils seront en butte aux soupçons.

— Comme vous voulez ; les perdants seront dans les ghettos et les barrios. Souhaitez-vous assumer cette responsabilité ?

— Vous ne comprenez donc pas, sénateur, que je cherche justement des responsables !

— Tout le monde n'a pas votre chance, Trevayne. Tout le monde ne peut se jucher sur son perchoir et considérer les choses de haut — avec, j'imagine, une bonne dose de dédain devant les luttes du commun des mortels. La plupart d'entre nous se jettent dans la mêlée et font de leur mieux. Pour les autres aussi bien que pour eux-mêmes.

— Je n'ai pas l'intention d'aborder l'utilitarisme philosophique avec vous ; vous êtes un maître dans ce domaine, pas moi. Je n'ai peut-être rien contre vous, au fond. Vous dites que votre mandat expire dans deux ans ; je ne dispose que de deux mois. Notre rapport sera achevé d'ici là. Je pense que vous avez agi en toute bonne foi ; vous avez répandu le bien autour de vous. Si l'un de nous est dû côté des anges, peut-être est-ce vous.

— Chacun fait son possible. De la manière qui lui paraît la meilleure.

— Peut-être, encore une fois. Ne faites rien contre moi pendant les deux mois qui viennent et je ferai tout ce qui est en mon pouvoir pour ne pas vous mettre en difficulté pendant les deux ans qui vous restent. Un simple arrangement, sénateur.

Le Learjet décolla, prit rapidement de l'altitude. Il monterait à trente-huit mille pieds et se poserait à Westchester dans un peu plus d'une heure. Trevayne avait décidé de faire une visite-surprise à Phyllis, à l'hôpital de Darien. Il avait besoin de se détendre avec elle, de puiser du réconfort dans sa douceur, son humour teinté de bon sens. Il voulait aussi apaiser les craintes de sa femme ; elle avait eu peur, mais, pour rien au monde, n'aurait voulu faire peser ce poids sur lui.

Le lendemain, matin, après-midi ou soir, il verrait Aaron Green.

Sur les six, il n'en restait que deux.

Aaron Green, à New York.

Ian Hamilton, à Chicago.

26

Le commandant Paul Bonner se rendit compte qu'il était en train de donner des ordres au général Cooper. L'ordre d'utiliser les meilleurs agents clandestins, de les déployer dans Pasadena, Houston et Seattle ; de contacter les responsables de Genessee ou Bellstar directement concernés par les questions abordées pendant la réunion de San Francisco. À Houston, comme il était établi que Ryan ne s'était pas présenté aux labos, les agents devaient s'intéresser au personnel de haut niveau de la NASA. Certains devaient connaître Ryan ; il fallait trouver des pistes.

Bonner alla jusqu'à suggérer que les agents prétextent des menaces — lettres et appels anonymes — adressées à la sous-commission.

Ce genre d'explication ouvrait facilement la porte à une franche conversation ; les civils étaient toujours désireux d'aider les militaires quand ils protégeaient quelqu'un. Mettre une personne dans la confidence permettait de lever bien des réticences, surtout quand elle n'avait rien à craindre pour elle-même.

Ils finiraient par trouver quelque chose.

Bonner demanda au général, quand cela se produirait, de bien vouloir l'avertir avant de prendre quelque mesure que ce soit. Il connaissait Andrew Trevayne mieux que quiconque à la Défense ; il pouvait avoir des suggestions.

Le général se montra ravi de partager cette responsabilité avec le jeune turc du Pentagone.

La dernière requête de Bonner à son supérieur hiérarchique fut de lui envoyer un chasseur de la base aérienne de Billings, Montana.

Si cela devenait nécessaire, il suivrait Andrew Trevayne. Cela le deviendrait, s'il découvrait qui Trevayne était allé voir. Bonner savait que sa destination était Washington, le plan de vol du Learjet ayant été déposé à Ada County.

Qui, à Washington ?

Il avait une chance de le découvrir, mais il faudrait attendre le lendemain matin. Il devait déjeuner avec Alan et Sam ; Mike Ryan se joindrait-il à eux ? Après le petit déjeuner, Alan et Sam avaient une dernière réunion à Boise ; tout le monde devait se retrouver à midi, à l'aéroport, et embarquer pour Denver.

Paul Bonner comptait mettre à profit les deux heures que devait durer la réunion pour partir en reconnaissance.

Le commandant regarda Sam Vicarson et Alan Martin sortir de la salle à manger de l'hôtel pour se rendre à leur réunion.

Dès qu'ils franchirent la porte, il quitta la table, les suivit dans le hall. Alan Martin s'arrêta acheter un journal tandis que Vicarson se dirigeait vers l'accueil. Le dos tourné, Bonner fit semblant de s'absorber dans la lecture du programme des spectacles. Au bout de trente secondes, l'avocat rejoignit Martin et les deux hommes se dirigèrent vers la sortie. Bonner s'approcha d'une baie vitrée, les vit monter dans un taxi.

Il allait commencer par la chambre de Vicarson. Sam semblait plus proche de Trevayne ; du moins, c'est à lui qu'Andrew déléguait le plus d'autorité. Si l'employé de la réception se faisait tirer l'oreille, il expliquerait simplement que l'avocat avait oublié des papiers importants ; l'homme était de service quand Bonner et Vicarson avaient pris leur chambre. S'il y mettait de la mauvaise volonté, le commandant était muni de différentes pièces d'identité qui le feraient changer d'avis.

Bonner demanda la clé ; l'employé taciturne la lui tendit sans poser de question.

L'officier commença par les tiroirs de la commode : vides. Il ne put s'empêcher de sourire ; Sam était jeune, une valise lui suffisait.

La valise était bourrée de linge sale ; jeune et peu soigneux, se dit Bonner.

Il referma la valise, alla s'asseoir au bureau, ouvrit le tiroir du haut. Le bloc de papier à lettres avait été utilisé, pas les enveloppes ; il souleva la corbeille, en sortit deux feuilles froissées.

La première était couverte de chiffres, des dollars. Bonner reconnut les calculs ; ils avaient trait à un sous-traitant de Lockheed dont il avait entendu les autres parler.

Sur l'autre feuille, il y avait aussi des chiffres ; pas des dollars, des horaires. Et quelques abréviations. 7 :30 — 8 :00 Dls ; 10 :00 — 11 :30 SA Qu ; Data — Grn. NY.

Bonner relut le texte. Le « 7 :30 — 8 :00 » était l'heure d'arrivée de Trevayne ; on le lui avait dit à l'aéroport. Le « 10 :00 — 11 :30 SA Qu » était indéchiffrable. Le reste aussi.

Il prit son stylo, recopia les caractères sur une page blanche qu'il plia et glissa dans sa poche.

Il froissa de nouveau la feuille de papier à lettres, la lança dans la corbeille, remit le réceptacle à sa place.

Dans la penderie, il sépara les pantalons de Vicarson de ses vestes et entreprit de fouiller toutes les poches. Dans la poche de poitrine de la deuxième veste, entre des bulletins de consigne, il trouva un feuillet d'agenda soigneusement plié. Le genre de pense-bête qu'un homme quelque peu négligent pouvait conserver, pour ne pas oublier des renseignements très importants. Le texte était le suivant :

« Armbruster $178 Mill. Pas de requête Défense. Échéance six mois. Garanties confirmées par L.R., chef comptable J.G. Payé L.R. $300. Propose rens. suppl. sur Pasadena, Bellstar, etc. Prix : 4 chiffres. »

Bonner sentit la colère monter. Vicarson avait-il, lui aussi, rencontré L.R. dans une cave enfumée et bondée de San Francisco, où flottait une lourde odeur de hasch et où le barman semblait n'attendre que d'échanger de gros billets contre des petites coupures ? L.R. avait-il dit à Sam qu'il pouvait prendre toutes les notes qu'il voulait, tant qu'il ne lui demandait pas de mettre quoi que ce fût par écrit ? L.R. avait-il servi à Vicarson l'histoire de l'estomac à moitié arraché, lui avait-il fait part de sa volonté de manger à tous les râteliers ? Sam n'était pas seulement jeune et peu soigneux, il travaillait en amateur. Il avait payé pour avoir des hypothèses, des mensonges et avait omis de détruire ses notes. Bonner avait brûlé son calepin ; il était si facile d'oublier, surtout pour un castor inepte.

Le commandant décida de mettre sa menace à exécution ; il retrouverait L.R. et ferait sauter ce qu'il lui restait d'estomac.

Plus tard.

Dans l'immédiat, il devait mettre la main sur Trevayne. Faire comprendre à Andrew que les rats d'égout n'avaient que des mensonges à vendre ; ils faisaient commerce de mensonges et de demi-vérités. Trouver des opposants, leur fournir des bribes, des fragments, des amuse-gueule. En faisant miroiter des révélations explosives.

Mieux encore, *créer* des opposants.

Trevayne n'était pas au chevet de son épouse malade —

un artifice indigne de lui. Il était allé voir à Washington le sénateur de Californie. Armbruster était un homme de bien, un allié de Genessee, un allié puissant. Mais il était sénateur ; les politiciens prennent facilement peur. Ils essaient de le cacher, mais ils ont peur.

Bonner replaça le feuillet d'agenda dans la poche de Vicarson et quitta la chambre. Il remit la clé à la réception, chercha un téléphone public. Il ne pouvait utiliser l'appareil de sa chambre ; les numéros étaient enregistrés par l'hôtel. Il appela l'aéroport, demanda les Opérations.

Le chasseur de la base aérienne de Billings devait être prêt à décoller immédiatement. Plan de vol : direct jusqu'à la base d'Andrews, Virginie. Priorité absolue, ministère de la Défense.

En se dirigeant vers l'ascenseur pour regagner sa chambre et faire son sac, Bonner se dit qu'il avait deux raisons de retrouver Trevayne. L'une professionnelle, l'autre personnelle.

Trevayne s'était lancé — lui et sa sous-commission — dans une chasse aux sorcières à laquelle il fallait mettre un terme. Ils jouaient à des jeux dont ils ne comprenaient pas les règles. Ils ne connaissaient pas la jungle. Pauvres castors !

La seconde raison était le mensonge de Trevayne.

Un mensonge qui lui donnait envie de vomir.

27

Assise dans le fauteuil, Phyllis Trevayne écoutait son mari qui parlait en faisant les cent pas dans la chambre de l'hôpital.

— Cela ressemble à un incroyable monopole bénéficiant de toutes les protections officielles, fit-elle.

— Pas seulement des protections, Phyllis ; il y a une participation active du législatif et du judiciaire. C'est, en fait, plus qu'un monopole ; une sorte de cartel géant qui échappe à toutes les définitions.

— Je ne te suis pas bien ; tu fais de la sémantique.

— Pas quand il en résulte l'élection d'un sénateur dans l'État le plus peuplé du pays. Ou quand une décision de justice aboutit à un compromis avec le ministère.

— Et les deux derniers, Green et Hamilton ? Qu'espères-tu apprendre d'eux ?

— À peu près la même chose, à d'autres niveaux. Armbruster a employé le mot « canaliser », en parlant des versements de Genessee. Je pense que cela s'applique aussi à Aaron Green. Il est le canal par lequel transitent des sommes colossales, qui sont redistribuées, année après année... Hamilton m'inquiète beaucoup plus ; il a longtemps été un conseiller à la présidence.

Phyllis perçut l'inquiétude dans la voix d'Andrew. Il s'était avancé jusqu'à la fenêtre et lui tournait le dos, le visage collé à la vitre. Dehors, le ciel se couvrait ; il y aurait de la neige avant la tombée de la nuit.

— Tu devrais peut-être prendre toutes les précautions avant d'émettre des hypothèses.

Andy se retourna pour la regarder avec tendresse.

— Si tu savais combien de fois je me le suis répété ; c'est le plus difficile.

— Je te crois.

Le téléphone sonna à la tête du lit ; Phyllis décrocha. Andy resta à la fenêtre. Les agents du Service secret et le médecin savaient qu'il était là. Personne d'autre.

— Bien sûr, Johnny, dit Phyllis, en tendant le combiné à son mari. C'est John Sprague...

Trevayne revint vers le lit. Le docteur John Sprague était un ami d'enfance, de Boston ; il était leur médecin de famille et un ami toujours proche.

— Johnny ?

— Je ne sais pas avec qui tu veux garder l'incognito, mais le standard m'informe qu'il y a un appel pour toi. En ton absence, on demande à parler au médecin de Phyllis. Je peux m'en charger, Andy.

— Qui est-ce ?

— Un certain Vicarson.

— Il est incroyable !

— En tout cas, c'est un appel longue distance.

— Je sais. Peux-tu me le passer dans la chambre ou faut-il que je descende ?

— Je t'en prie ! Avec le montant de ta contribution, je me ferais virer par mes associés... Raccroche, ça va sonner dans quelques secondes.

— C'est bien de connaître des gros bonnets.

— Rien ne remplace l'argent... Raccroche, Crésus.

Trevayne coupa la communication. Le combiné à la main, il se tourna vers Phyllis.

— C'est Sam Vicarson ; je ne lui avais pas dit que j'étais ici. Je devais l'appeler plus tard, après les réunions... Il est à Denver. Je ne pensais pas qu'ils auraient terminé.

Andy parlait d'une manière décousue ; elle comprit qu'il était troublé.

Le téléphone émit un son bref, juste un signal.

— Sam ?

— Monsieur Trevayne. J'ai essayé de vous joindre à l'hôpital, à tout hasard. On m'a dit à l'aéroport que le Learjet allait à Westchester.

— Y a-t-il quelque chose de particulier ? Comment s'est passée la réunion avec les sous-traitants de GM et Lockheed ?

— Brève et détaillée. Nous avons menacé de leur coller des amendes si la comptabilité n'était pas mieux tenue. Ce n'est pas pour ça que j'appelle ; c'est à cause de Bonner.

— Que s'est-il passé ?

— Il est parti.

— Comment ?

— Il s'est évaporé. Il n'a pas assisté aux réunions, sa note d'hôtel a été réglée ce matin et nous ne l'avons pas vu à l'aéroport. Pas un coup de fil, pas un message, rien. Nous avons pensé qu'il valait mieux vous avertir.

Andy serra le combiné, en s'efforçant de réfléchir vite. Vicarson attendait des instructions.

— Quand l'avez-vous vu pour la dernière fois ?

— Ce matin, au petit déjeuner. À Boise.

— Comment était-il ?

— Bien ; pas très causant, mais rien de particulier. Je l'avais trouvé fatigué ou un peu tendu. Il devait nous retrouver à l'aéroport.

— Avez-vous parlé de moi ?

— Évidemment. Nous étions inquiets pour votre femme, mais vous donniez l'impression de bien le prendre. Vous voyez le genre de conversation.

— C'est tout ?

— Il a demandé quel vol vous aviez pris hier soir ; il a dit que cela n'avait pas dû être facile de trouver une correspondance en pleine nuit, qu'il aurait pu vous avoir un appareil de l'armée et...

— Qu'avez-vous répondu, Sam ? coupa vivement Trevayne.

— Que nous ne savions pas. Nous avons dit en rigolant qu'avec vos relations et... votre fortune, vous aviez dû acheter une compagnie aérienne. Il a souri.

Andrew changea le combiné de main et fit signe à Phyllis de lui allumer une cigarette.

— Écoutez-moi, Sam, reprit-il d'une voix calme et assurée. Voici ce que vous allez faire : envoyez un télégramme au supérieur hiérarchique de Bonner... Non, attendez !... Nous ne savons pas qui il est. Plutôt au responsable du personnel, au ministère. Dites que vous supposez que le commandant Bonner a reçu une permission. Demandez, au cas où nous aurions besoin de quelqu'un, qui nous pouvons appeler à Washington. Mais sans insister, vous voyez ?

— Je vois ; nous venons juste de remarquer son absence. Nous ne nous en serions pas rendu compte, s'il n'avait dû dîner avec nous...

— Parfait. Ils attendent une réaction de notre part.

— S'ils savent qu'il n'est plus là.

Mario de Spadante, en bras de chemise, était assis dans la cuisine. Son épouse obèse débarrassait la table ; sa fille, à l'embonpoint comparable, plaça respectueusement devant lui une bouteille de Strega. Le frère cadet de Mario, assis en face de lui, en complet et cravate bariolée, buvait un café.

Mario intima de la main aux femmes l'ordre de quitter la pièce. Dès qu'il fut seul avec son frère, il se servit un verre d'alcool ambré et leva les yeux.

— Vas-y ; sois clair, sois précis.

— Il n'y a pas grand-chose à ajouter. Les questions avaient l'air bidon : où est M. de Spadante ?... Je voudrais lui parler en personne... Comme si on avait voulu savoir où tu étais. Quand j'ai entendu qu'il appelait de la part de Torrington Metals — c'est là où travaille le frère de Gino —, j'ai compris. C'est Doug Pace, l'associé de Trevayne, qui cherchait des renseignements.

— Et tu as dit que j'étais à Miami.

— J'ai même donné le nom de l'hôtel, celui qui répond toujours que tu viens de sortir.

— Très bien. Alors, Trevayne est de retour par chez nous ?

— C'est ce qui se dit ; sa femme a été hospitalisée à Darien. Des examens, pour le cancer.

— Ils feraient bien d'en faire subir quelques-uns à Trevayne. Ce type est malade, vraiment malade.

— Que veux-tu que je fasse, Mario ?

— Trouve où il est exactement ; s'il est à Greenwich et fait l'aller et retour en voiture ; s'il est descendu dans un motel ou s'il loge chez des amis... Quand tu l'auras trouvé, préviens-moi ; ne m'appelle pas avant. J'ai fait une halte à Las Vegas, au retour ; je suis vidé...

— Je m'en occupe personnellement, fit Augie de Spadante en se levant. Je t'appellerai... Et si je le trouve dans la soirée, ou cette nuit ?

— Alors, tu appelles ; c'est ce que j'ai dit, non ?

— Tu as dit que tu étais vidé.

— Ne t'inquiète pas, je reprendrai rapidement des forces... Ce type s'est trop fait lécher les bottes ; il est temps de le bousculer. Si tu savais comme j'attends ce moment ! Depuis neuf ans, je l'attends !... Ce connard arrogant !

Mario de Spadante cracha sur sa table de cuisine.

28

Le dîner de l'hôpital de Darien n'avait rien à voir avec un repas normal servi dans un établissement hospitalier. John Sprague avait envoyé une ambulance — sans la sirène — dans le meilleur restaurant de la ville. Au menu :

homard, filet de bœuf et deux bouteilles de châteauneuf-du-pape. Le docteur Sprague en profita pour rappeler à son ami d'enfance que l'appel de fonds du nouvel an était proche.

Phyllis essaya de faire parler son mari d'autre chose que de sa fichue sous-commission ; elle dut y renoncer. La disparition de Paul Bonner le perturbait et le mettait en rage.

— Peut-être a-t-il simplement décidé de prendre un ou deux jours de permission, suggéra Phyllis. Tu as dit qu'il n'avait pas grand-chose à faire ; peut-être en a-t-il eu assez. Je vois bien Paul partir sur un coup de tête.

— Pas après l'histoire à fendre le cœur que je lui ai racontée l'autre matin. Il était prêt à réquisitionner tout le corps médical de l'armée ; il aurait fait n'importe quoi pour moi. Assister à ces deux réunions était la moindre des choses — je le cite.

Phyllis reposa son verre de vin sur le chariot et replia les jambes sous elle dans le fauteuil. Une inquiétude venait de la saisir, en entendant les paroles d'Andrew.

— J'aime bien Paul, tu sais. Il est vrai que ses opinions sont extrêmes et que vous n'êtes pas souvent d'accord, mais je sais pourquoi je l'aime bien... Je ne l'ai jamais vu en colère. Il est toujours si gentil, toujours prêt à rire et à s'amuser.

— Je suis de ton avis, mais où veux-tu en venir ?

— Il doit pourtant y avoir en lui un fond de violence. Pour faire ce qu'il a fait, être ce qu'il est.

— Je n'en doute pas ; à quoi penses-tu ?

— Tu n'avais pas parlé d'une histoire à fendre le cœur ; je croyais que tu avais seulement dit que je me faisais hospitaliser pour subir des examens.

— Je ne suis pas entré dans les détails ; je ne suis pas très fier de moi.

— Je comprends... Ce qui me ramène à Paul. D'après toi, il a avalé cette histoire, mais le voilà qui disparaît sans un mot ; je pense qu'il a découvert la vérité et qu'il essaie de te retrouver.

— Tu vas trop loin !

— Crois-tu ? Je pense que Paul a — ou avait — confiance en toi ; vous n'étiez pas d'accord, mais il te faisait confiance. S'il a encore toute cette violence en lui, il ne se satisfera pas d'explications de ce genre.

Trevayne comprit le raisonnement de sa femme. Paul Bonner savait observer les gens ; il les cataloguait, les *étiquetait,* seulement quand il était sûr de ce qu'il disait, pas pour être au goût du jour. Cet homme n'hésitait pas à affronter ceux qui le raillaient ; il ne laissait pas un tiers le faire à sa place. Mais l'hypothèse de Phyllis reposait sur le fait que Paul avait appris la vérité ; c'était impossible. Trois personnes seulement étaient au courant : Vicarson, Martin et Ryan.

— Je n'y crois pas, reprit Andrew. Il est absolument impossible qu'il l'ait su.

— Tu es un piètre menteur, Andy, glissa Phyllis en souriant.

— Je fais des progrès ; il m'a cru.

Andy alluma la télévision ; il était 19 heures, l'heure des informations.

— Nous apprendrons peut-être qu'il a quitté Boise pour aller mener une petite guerre quelque part, reprit Andrew. Opérer une diversion, dirait-il.

— Comment comptes-tu t'y prendre pour voir Green ? Tu ne sais même pas s'il est à New York.

— C'est vrai... Mais j'arriverai à le joindre. Je pars à Barnegat dans une ou deux heures ; je dois appeler Vicarson à 22 heures. Il aura réuni des informations sur Green ; nous trouverons un moyen... Tu sais, Phyl, j'ai découvert quelque chose de très intéressant, ces derniers jours.

— Je brûle d'entendre la suite.

— C'est vrai, je t'assure, poursuivit Andy en levant son verre. On raconte n'importe quoi sur les activités clandestines, le travail du renseignement, appelle cela comme tu veux ; en réalité, c'est très simple. Enfantin, presque, un peu comme un jeu.

Il but une gorgée de vin, reposa le verre et regarda sa femme, si belle encore, si compréhensive.

— Si seulement ceux qui y jouent étaient des enfants, ajouta-t-il avec une pointe de tristesse.

Mario de Spadante regardait le journal télévisé au lit. Il avait appelé sa femme deux fois. La première pour se faire apporter un Coca glacé, la seconde pour lui faire déplacer le téléviseur portable d'un mètre sur la gauche, afin de ne plus être gêné par le reflet du crucifix doré, accroché au-dessus du lit.

Il lui annonça qu'il n'allait pas tarder à dormir ; elle haussa les épaules. Mario et elle faisaient chambre à part depuis de longues années ; en fait, ils menaient des vies séparées. Ils ne s'adressaient plus guère la parole qu'aux mariages et aux enterrements, ou quand ils recevaient leurs petits-enfants. Maintenant, elle avait une grande et belle maison ; un grand jardin, une grande cuisine et même une grosse voiture, avec un chauffeur.

Elle allait redescendre dans sa grande cuisine et se préparer quelque chose à manger en regardant la télévision. Peut-être passerait-elle un coup de fil à une amie.

Il n'y avait rien d'important pendant les trois premières minutes du journal ; Mario savait que le reste serait composé de vingt-cinq minutes de remplissage, entrelardées de publicité. Il prit la télécommande, coupa l'image. Il était fatigué, mais pas pour la raison donnée à son frère. Il s'était bien arrêté à Las Vegas, mais s'était contenté d'un plaisir rapide et avait renvoyé la fille aussitôt après ; il attendait trop d'appels téléphoniques. Il n'avait pas eu le temps de jouer ; un des coups de téléphone venait de Webster, le contact à la Maison-Blanche. Il devait quitter Las Vegas par le vol de minuit.

À destination de Washington.

Même le placide Webster commençait à perdre les pédales ; ils passaient tous leur temps à élaborer des plans de bataille, des plans d'urgence...

Ridicule !

Il y avait un temps pour les parlottes et un temps pour sortir les couteaux.

Il avait fini de poser les micros à Barnegat. L'heure de Trevayne avait sonné.

Un rapport discret d'une sous-commission ayant achevé ses travaux, respectueusement reçu par ceux qui l'avaient demandé et aussitôt jeté aux oubliettes.

Voilà ce qui allait se passer.

En entendant la sonnerie du téléphone, de Spadante se renfrogna. Son agacement se dissipa quand il vit que le bouton allumé était celui de sa ligne privée. Tout le monde savait qu'on ne devait utiliser cette ligne que pour les affaires d'importance.

— Oui ?

— Mario ? C'est Augie... Il est là.

— Où ?

— À l'hôpital.

— Tu en es sûr ?

— Absolument ; il y a une voiture de location sur le parking, avec un autocollant de l'aéroport de Westchester. Nous avons vérifié : le véhicule est sorti à 15 h 30, au nom de Trevayne.

— D'où appelles-tu ?

— De l'hôpital. Joey surveille le parking.

— Reste où tu es ! Dis à Joey de le suivre, s'il prend la voiture ! Qu'il ne le perde pas, surtout ! Donne-lui le numéro de ma ligne privée ; je vous rejoins dès que possible.

— Écoute, Mario... il y a deux types à l'hôpital. L'un devant l'entrée, l'autre à l'intérieur. Il sort de temps en temps...

— Je sais... Je sais aussi pour qui ils travaillent. Ils auront levé le camp dans une demi-heure ; dis à Joey de ne pas se faire repérer.

De Spadante coupa la communication, puis appela Webster sur sa ligne directe. Le conseiller à la présidence s'apprêtait à rentrer chez lui ; il était furieux que l'Italien utilise cette ligne.

— Écoutez, Mario, je vous avais dit...

— À vous de m'écouter ! À moins que vous ne préfériez qu'on retrouve deux corps...

En quelques phrases à peine codées, de Spadante donna ses instructions. Webster se débrouillait comme il voulait, mais il devait retirer immédiatement les deux gardes de l'hôpital.

Mario raccrocha, se leva. Il s'habilla rapidement ; après un coup de peigne dans ses cheveux clairsemés, il ouvrit le tiroir du haut de la commode. Il en sortit deux objets. Le premier était un pistolet automatique à chargeur, de calibre .38 ; le deuxième un objet menaçant de métal noir, composé de quatre anneaux reliés entre eux et fixés sur une base d'acier.

Le poing fermé, un coup assené avec cette arme brisait une mâchoire ; la main ouverte, il ouvrait la chair jusqu'à l'os.

Le F-40 reçut l'autorisation d'atterrir en priorité et se posa sur la piste 5 de la base aérienne d'Andrews. En bout de piste, l'appareil fit demi-tour, s'immobilisa. Le commandant Bonner descendit, salua le pilote de la main et se dirigea vers la Jeep qui l'attendait.

Bonner ordonna au chauffeur de le conduire immédiatement aux Opérations ; sans un mot, l'homme écrasa la pédale d'accélérateur. Encore un pète-sec ; pas la peine de faire des efforts.

Dès qu'il fut aux Opérations, Bonner demanda un bureau pour son usage personnel, pour une durée de dix à quinze minutes. L'officier de permanence, un lieutenant-colonel, qui venait d'appeler le Pentagone pour savoir quelle foutue priorité ce rigolo de Bonner pouvait bien avoir, s'empressa de proposer le sien. Le lieutenant-colonel avait eu la réponse à sa question, de la bouche d'un assistant du général de brigade Lester Cooper.

Paul remercia le lieutenant-colonel quand il se retira pour le laisser seul dans le bureau ; il prit aussitôt le téléphone, appela Cooper sur sa ligne directe. Il regarda sa montre : 14 h 40. Il était donc 17 h 40 sur la côte est. Bonner cala le combiné sous son menton, entreprit de régler sa montre à l'heure locale. La voix de Cooper ne lui laissa pas le temps de terminer.

Le général était hors de lui ; rien n'autorisait le jeune turc du Pentagone à prendre des décisions lui permettant de traverser les deux tiers du pays sans avoir consulté son supérieur ni obtenu sa permission.

— Commandant, fit sèchement Cooper, sachant que Bonner s'attendait à un savon, je pense que vous nous devez des explications !

— Je ne suis pas sûr que nous ayons le temps, mon général...

— Nous le prendrons ! Je vous ai couvert de Billings à Andrews ; j'attends maintenant vos explications... Vous est-il venu à l'esprit que je pouvais aussi avoir des comptes à rendre ?

— Non, mon général, mentit Bonner. Je ne veux pas discuter ; j'essaie de rendre service, dans notre intérêt à tous. Je crois pouvoir réussir, si je mets la main sur Trevayne.

— Pourquoi ? Que s'est-il passé ?

— Il reçoit des renseignements d'un psychopathe.

— Quoi ? De qui parlez-vous ?

— Un des collaborateurs de Goddard ; celui à qui nous avons eu affaire.

— Nom de Dieu !

— Ce que nous tenons de lui pourrait n'être qu'un tissu de conneries... C'est un malade, mon général ! Il ne fait pas ça pour l'argent ; j'aurais dû me méfier en voyant que son prix était si bas. Si ce qu'il nous a appris est vraiment du premier choix, il aurait pu demander trois fois plus.

— Ce qu'il *vous* a appris, Bonner.

La phrase du général renfermait une allusion voilée ; c'était la première fois.

— Très bien, mon général, ce qu'il m'a appris... que je vous ai transmis et qui vous a permis d'agir.

Lester Cooper maîtrisa sa colère ; Bonner était en train de le menacer. Il y avait eu trop de menaces, le général en était las. Il n'était plus capable de résister à toutes ces subtilités.

— Il n'est pas question d'insubordination, commandant ; nous sommes dans le même bain.

— Quel bain ?

— Vous le savez très bien ! Érosion de l'influence de l'armée, réduction accélérée des nécessités militaires. Nous sommes payés pour que le pays soit prêt à réagir, en cas d'agression ; pas pour regarder notre défense se désintégrer !

— Bien reçu, mon général.

Mais Bonner venait d'être saisi d'un doute profond sur la capacité de son supérieur à maîtriser la situation ; Cooper débitait les clichés du Pentagone comme des vérités bibliques. Il n'avait pas une parfaite maîtrise de lui-même, dans des circonstances qui exigeaient une stabilité totale. Bonner prit dans l'instant une décision qu'il ne lui appartenait pas de prendre. Il allait cacher à Cooper les détails des raisons qui l'avaient amené à Washington. Du moins dans l'immédiat, jusqu'à ce qu'il ait parlé à Trevayne.

— Puisque vous condescendez à partager mon avis, commandant, je vous attends dans mon bureau, à 19 heures précises. Il vous reste une heure et quinze minutes.

Bonner avait à peine écouté ce que disait Cooper ; plus ou moins inconsciemment, il avait rejeté son autorité.

— Si c'est un ordre, mon général, j'obéirai. Mais je crains que chaque minute passée à ne *pas* chercher Trevayne ait de graves conséquences... Il m'écoutera, j'en suis sûr.

Il y eut un silence sur la ligne ; Bonner comprit que la partie était à moitié gagnée.

— Qu'allez-vous lui dire ? reprit Cooper.

— La vérité, telle qu 'elle m'apparaît. Il n'a pas choisi le bon informateur ; le sien est un inadapté. Peut-être y en a-t-il d'autres. Si cette source est représentative de ses contacts, comme c'est probablement le cas, il faut l'avertir qu'il reçoit des renseignements bidon.

— Où est-il, en ce moment ?

Bonner perçut le léger soulagement dans la voix du général.

— Tout ce que je sais, c'est qu'il est à Washington ; je crois pouvoir le retrouver.

Bonner entendit le souffle de Cooper. Le général s'efforçait de donner l'impression de prendre une décision de sagesse et de fermeté ; en réalité, il n'avait pas le choix.

— Je veux un rapport avant 23 heures. Je serai chez moi, téléphonez.

Bonner fut tenté de discuter ; il n'avait aucunement l'intention d'appeler le général à 23 heures. Sauf s'il n'avait rien d'autre à faire.

Il alluma une des rares cigarettes qu'il s'accordait et appela un ami du renseignement militaire qui travaillait jusqu'à 20 heures. Une minute plus tard, il avait les numéros du domicile et du bureau de Mitchell Armbruster.

Armbruster était chez lui.

— Monsieur le sénateur, il faut que je trouve Andrew Trevayne.

— Pourquoi m'appeler, moi ?

L'absence totale d'expression dans la voix d'Armbruster

le trahit. D'un seul coup, les choses se mirent en place dans la tête de Bonner ; il comprit la signification d'une des notes de Vicarson. « 10 :00-11 :30 SA Qu ».

La présence d'Armbruster au Sénat était nécessaire pour atteindre un quorum ; Trevayne devait connaître l'horaire, s'il voulait intercepter le sénateur.

— Je n'ai pas le temps de fournir de longues explications, monsieur le sénateur. Je suppose que vous avez rencontré Trevayne vers midi...

Bonner laissa sa phrase en suspens, attendant un démenti ou une confirmation. Le silence qui suivit était une confirmation.

— Il faut absolument que je le retrouve, reprit le commandant. En un mot, on lui a fourni des renseignements susceptibles de l'induire gravement en erreur et de nature à compromettre nombre de gens irréprochables, dont vous êtes, monsieur le sénateur.

— Je ne comprends absolument rien à ce que vous racontez, commandant... Bonner, c'est bien ça ?

— Si je parle d'un contrat de cent soixante-dix-huit millions de dollars dont la Défense pourra prouver qu'il s'agit d'une demande prioritaire de longue date, cela vous aide-t-il à comprendre ?

— Je n'ai rien à déclarer...

— Cela risque de changer si je ne trouve pas Trevayne pour lui révéler qu'il a eu des contacts avec des ennemis de la patrie ! Je ne puis être plus clair.

Silence.

— Monsieur le sénateur !

— Il a demandé au chauffeur de taxi de le conduire à l'aéroport, fit Armbruster d'une voix sans expression.

— Merci.

Bonner raccrocha sèchement, se renversa dans le fauteuil du lieutenant-colonel en portant la main à son front. Il reprit le combiné, appela le contrôle de la circulation aérienne de l'aéroport de Washington.

Le Learjet affrété par Douglas Pace avait décollé à 14 h 17 ; destination Westchester, New York. Heure d'arrivée : 15 h 24.

Trevayne était donc chez lui, ou près de chez lui. Il allait en profiter pour voir sa femme... Bien sûr, cela tombait sous le sens ! Andy avait la chance d'avoir une femme à laquelle il était très attaché et dont il aimait la compagnie. Il ferait des centaines de kilomètres, n'hésiterait pas à perdre des heures pour passer un peu de temps avec elle. Contrairement à la plupart des hommes que Bonner connaissait, qui n'hésitaient pas à faire des centaines de kilomètres et à perdre des heures pour éviter la leur.

Paul se leva, ouvrit la porte et chercha du regard le lieutenant-colonel. Il se tenait devant un grand tableau de contrôle, des documents à la main.

— J'ai besoin d'un pilote, mon colonel, lança Bonner. Pouvez-vous ravitailler mon appareil en carburant et faire les vérifications aussi vite que possible ?

— Vous en prenez à votre aise, commandant ! La base d'Andrews n'est pas à votre disposition !

— Il me faut un autre pilote, mon colonel. Le mien travaille depuis plus de vingt-quatre heures.

— Il se peut que ce soit votre problème, commandant.

— Voulez-vous que je vous donne le numéro de la ligne directe du général Cooper ? Vous lui expliquerez que c'est mon problème !

Le lieutenant-colonel scruta le visage de Bonner.

— Vous travaillez pour le contre-espionnage, n'est-ce pas ?

Bonner attendit quelques secondes.

— Vous savez très bien que je ne peux pas répondre.

— C'est comme si vous l'aviez fait.

— Voulez-vous le numéro du général ?

— Vous aurez votre pilote... Dans combien de temps voulez-vous décoller ?

Paul leva les yeux vers la rangée de cadrans alignés sur le mur. Il était 19 heures sur la côte est.

— Je devrais être parti depuis une heure, mon colonel.

29

Bonner obtint de la Sécurité de la Maison-Blanche le nom de l'hôpital ; il s'assura qu'il aurait un véhicule à sa disposition, à son arrivée à Westchester, et remercia le lieutenant-colonel avec toute la sincérité dont il était capable.

Le véhicule militaire qui l'attendait à l'aéroport était conduit par un caporal, venu d'un poste totalement inconnu.

Le caporal s'attendait à servir de chauffeur ; Bonner lui donna vingt dollars pour qu'il rentre à sa base et l'informa qu'il était absolument inutile de revenir avant midi, le lendemain matin. Il le mit par écrit ; le caporal était aux anges.

Bonner franchit la grille de l'hôpital, s'engagea sur l'allée menant aux bâtiment. L'horloge du tableau de bord indiquait 21 h 35. Il n'y avait aucun véhicule devant l'entrée ; deux panneaux lumineux les dirigeaient vers le parking, derrière le bâtiment. Bonner n'allait pas se laisser diriger de la sorte. Il serra la droite de l'allée, se gara à moitié sur la pelouse, afin de laisser un passage pour les autres véhicules. Quelques flocons de neige tombaient mollement, trop humides pour s'accrocher au sol. Bonner descendit de voiture ; il s'attendait à voir apparaître la patrouille 1600. Il venait d'arriver au volant d'un véhicule militaire et était prêt à fournir les explications nécessaires.

Personne.

Bonner était désorienté ; il avait eu connaissance des instructions strictes données aux agents du Service secret. Pour un bâtiment comme l'hôpital, comportant un seul accès pour les véhicules et pas plus de trois étages, un homme devait rester à l'extérieur, l'autre à l'intérieur, en contact radio permanent. Les agents du Service secret étaient les meilleurs en matière de sécurité. Jamais ils n'auraient manqué à leur devoir, sauf en cas de force majeure.

Pour s'assurer qu'il ne s'agissait pas d'une observation sans contact, Bonner fit lentement le tour de la voiture et parla distinctement, sans élever la voix.

— Bonner, Paul. Commandant, ministère de la Défense... « 1600 », répondez, s'il vous plaît... Je répète : « 1600 », répondez.

Rien d'autre que le silence de la nuit, à peine troublé par un bourdonnement assourdi venant du bâtiment.

Bonner glissa la main sous sa tunique ; il prit son arme « civile », un gros pistolet 11 mm, à canon court, fabriqué sur commande. Une arme capable de projeter un homme plusieurs mètres en arrière.

Il traversa l'allée au pas de course, en direction de l'entrée. Son uniforme pouvait avoir un effet de dissuasion ou de provocation ; dans les deux cas, il faisait de lui une cible. Il glissa le pistolet dans la poche de sa tunique, la main sur la crosse, l'index sur la détente ; du pouce, il dégagea le cran de sûreté et plaça l'arme en position horizontale. Il était prêt à faire feu à travers l'étoffe.

Bonner tourna silencieusement le gros bouton de cuivre et poussa vivement la porte. Il fit sursauter une ravissante infirmière qui lisait derrière le bureau des admissions ; tout était calme à l'intérieur.

— Bonsoir, mademoiselle, fit-il posément, en s'avançant vers l'infirmière. Je m'appelle Bonner ; je crois que Mme Trevayne se trouve dans votre établissement.

— Oui... colonel.

— Commandant suffira.

— Je ne comprendrai jamais rien à ces insignes, fit la jeune femme en se levant.

— J'ai moi-même des difficultés avec la Marine, poursuivit Bonner en cherchant du regard les hommes du Service secret.

Personne.

— Mme Trevayne est bien ici, reprit l'infirmière. Vous attend-elle ? L'heure des visites est passée depuis un certain temps, commandant.

— En réalité, c'est M. Trevayne que je cherche. On m'a dit que je le trouverais ici.

— Vous l'avez raté ; il est parti depuis une heure.

— Dans ce cas, je pourrais peut-être parler au chauffeur de Mme Trevayne. Si je ne me trompe, elle est accompagnée d'un chauffeur et d'un secrétaire...

— Ne vous inquiétez pas, commandant, coupa l'infirmière en souriant. Nos registres regorgent de noms de personnalités ; elles sont accompagnées de gens qui leur évitent d'être importunées. Je suppose que vous voulez parler des deux messieurs qui sont arrivés avec Mme Trevayne. Ils sont très gentils.

— En effet. Où sont-ils ?

— Vous n'avez pas de chance, commandant ; ils sont partis juste avant M. Trevayne.

— Il faut absolument que je leur parle. Ont-ils dit où ils allaient ?

— Non... M. Callahan, celui qui était dans le couloir, a reçu un coup de téléphone vers 19 h 30. Il a simplement dit qu'ils étaient libres ce soir ; cela ne semblait pas lui déplaire.

— Qui a pris l'appel... D'où venait-il ? demanda Bonner en s'efforçant vainement de cacher son inquiétude.

— Il est passé par le standard. Voulez-vous que je demande à notre standardiste si elle s'en souvient ?

— S'il vous plaît.

La jeune femme se dirigea d'un pas vif vers une porte blanche, sur la droite. Elle l'ouvrit ; Bonner aperçut un petit standard devant lequel était assise une femme aux cheveux grisonnants. Les choses se passaient différemment dans un hôpital privé ; même le standard était dérobé à la curiosité du public. Pas de grande paroi vitrée devant des robots enfonçant mécaniquement des fiches ; pas d'annonces impersonnelles couvrant le brouhaha d'une activité mécanisée. Tout était fait avec une discrétion personnalisée, une certaine élégance.

— C'était un appel interurbain, annonça l'infirmière en revenant. De Washington, par un standard. Appel personnel pour M. Callahan.

— Et il est parti ?

L'inquiétude de Paul se mua en peur bien réelle ; pour différentes raisons. Il devait y avoir une explication ; il fallait la trouver.

— Il est parti, répéta la jeune femme. Peut-être désirez-vous téléphoner, commandant.

— Certainement, répondit Bonner, rassuré par la sagacité de l'infirmière. Y a-t-il... ?

— Dans la salle d'attente, là-bas, fit-elle en indiquant une porte ouverte, de l'autre côté du hall. Sur la table, près de la fenêtre. Dites à la standardiste de mettre la communication sur la chambre 212. Vous pourrez parler en toute sécurité.

— Vous êtes très aimable.

— Vous êtes très nerveux.

La « salle d'attente » ressemblait plutôt à un salon, aménagé avec une élégance de bon aloi, au sol recouvert de tapis épais.

Paul donna à la standardiste le numéro à Washington ; avant la fin de la première sonnerie, la Sécurité répondit.

— C'est encore le commandant Bonner. Est-ce à vous que j'ai eu...

— Oui, commandant. Je suis de service de 16 heures à minuit. Avez-vous trouvé ce que vous cherchiez ?

— Oui, c'est de là que j'appelle. Que s'est-il passé ?

— Où ?

— Ici, à Darien. Qui a renvoyé vos hommes ?

— Je ne comprends pas ; que voulez-vous dire ?

— Ils ont été renvoyés à 19 h 30. Pourquoi ?

— Personne ne les a renvoyés, Bonner. Je ne comprends rien à votre histoire.

— Ils ne sont plus là !

— Cherchez bien, commandant, ils sont là. Ils ne veulent peut-être pas se montrer, mais...

— Je vous répète qu'ils sont partis ! L'un d'eux s'appelle-t-il Callahan ?

— Une seconde, je regarde la feuille de service... Oui, Callahan et Ellis. Jusqu'à 2 heures du matin.

— Je vous dis qu'ils ne sont pas là ! Callahan a reçu un coup de téléphone de Washington, à 19 h 30. Il est parti juste après, en disant à l'infirmière de l'accueil qu'ils avaient leur soirée libre.

— C'est insensé ! Jamais cet ordre n'a été donné ! Je le saurais... Cela figurerait sur la feuille de service. Enfin, Bonner, c'est moi qui les aurais appelés !

— Êtes-vous en train de dire que Callahan a menti ? Il n'est pas là, je vous en donne ma parole.

— Callahan n'avait aucune raison de mentir ; par ailleurs, il n'a pu être libéré que par ce bureau.

— Pourquoi ?

— Nos procédures de sécurité... Vous connaissez. Les

codes d'identification changent toutes les vingt-quatre heures ; ils sont très bien protégés. Callahan n'aurait pas accepté des instructions sans le code. Vous le savez bien...

— Eh bien, quelqu'un a dû le découvrir, parce que vos petits gars sont partis.

— C'est insensé !

— Nous n'allons pas passer la nuit là-dessus ; envoyez l'autre équipe.

— Ils doivent prendre leur service à 2 heures...

— Tout de suite !

— Ils vont râler ; j'aurai du mal à les trouver...

— Envoyez la police locale ! Il faut que ce poste soit occupé dans un quart d'heure ! Même si vous devez faire appel aux scouts de Darien ! Et découvrez qui a appelé Callahan !

— Tout doux, commandant. Vous ne dirigez pas ce bureau.

— Si je le dirigeais, une erreur de cette taille n'aurait pas été commise !

— Attendez un peu ! Savez-vous qui aurait pu les renvoyer ?

— Qui ?

— Trevayne.

— Il était dans la chambre de sa femme quand l'appel est arrivé.

— Il aurait pu le leur dire avant... Callahan a peut-être pris un appel personnel. Ils ont une femme et une famille, eux aussi ; les gens n'y pensent jamais.

— Vous êtes un père pour eux ! Faites ce que j'ai dit ; je vais demander à la Sécurité de la Défense de se renseigner sur vous !

Bonner raccrocha avec irritation. Puis il réfléchit et se dit que si Andrew avait parlé aux agents du Service secret, il avait pu, sans leur donner leur soirée, les envoyer ailleurs. Peu vraisemblable mais possible. Dans ce cas, Andrew parait au plus pressé ; sinon, il n'aurait jamais laissé Phyllis sans protection, même pour une courte période.

Mais si ce n'était pas lui, quelqu'un d'autre avait renvoyé les gardes. Sans autorisation.

Soit Andrew Trevayne dressait un piège, soit on lui en tendait un.

Paul repartit vers le bureau des admissions ; l'infirmière l'accueillit avec un grand sourire.

— Alors ? Tout va bien ?

— Ça ira. Vous m'avez bien aidé, mais j'ai autre chose à vous demander... Nous sommes un service de sécurité ; nous commettons toujours des erreurs par un excès de précaution. Avez-vous un veilleur ou un gardien de nuit ?

— Oui. Deux.

Bonner demanda courtoisement que les deux hommes soient postés, l'un devant la porte de la chambre de Phyllis, l'autre dans le hall. Il expliqua qu'une confusion avait eu lieu dans les horaires et qu'il était indispensable, ne fût-ce que pour la forme, qu'il y eût des gardes en faction. D'autres viendraient bientôt les relever.

— Je comprends, commandant, fit posément la jeune femme.

— Vous avez dit chambre 212 ; j'imagine que c'est au deuxième étage. J'aimerais voir Mme Trevayne... Est-ce possible ?

— Bien sûr. En haut de l'escalier, à gauche ; la chambre au fond du couloir. Voulez-vous que je la prévienne ?

— Si vous êtes obligée de le faire, allez-y. Je préférerais que vous ne le soyez pas.

— Je ne le suis pas.

— Merci... Vous êtes très aimable. Mais je l'ai déjà dit.

En considérant le visage ravissant, à l'air assuré, il reconnut une professionnelle ; comme il était un professionnel. Il eut l'impression qu'elle le savait aussi. Ce n'était pas si fréquent.

— J'y vais, fit-il, en se dirigeant vers l'escalier.

Il monta quatre à quatre la volée de marches, s'engagea dans le couloir. La porte de la chambre 212 était fermée, contrairement à la plupart des autres. Il frappa, ouvrit dès qu'il entendit la voix de Phyllis.

— Paul ! Ça alors !

— Phyllis, où est Andy ?

— Calmez-vous, Paul !

À l'évidence, elle tremblait pour son mari. Bonner avait un air égaré qu'elle ne lui avait jamais vu.

— Je savais que vous viendriez, reprit-elle. Vous ne comprenez pas ; fermez la porte, je vais vous expliquer.

— C'est *vous* qui ne comprenez pas... Je n'ai pas le temps ! Où est-il allé ?

Bonner vit que Phyllis allait essayer de gagner du temps, de trouver des faux-fuyants. Il ne voulait pas lui parler du départ des gardes du corps, mais il devait faire passer son message. Il ferma la porte, s'avança vers le fauteuil de Phyllis.

— Je ne cherche qu'à aider Andy, fit-il. Bien sûr, je suis fou furieux de ce bateau qu'il m'a monté sur votre hospitalisation, mais cela peut attendre. Dans l'immédiat, il *faut* que je le trouve.

— Il s'est passé quelque chose ? demanda Phyllis, sans parvenir à masquer sa peur. Il est en danger ?

— Je n'en suis pas sûr ; c'est possible.

— Vous ne l'auriez pas suivi depuis Boise ou Denver si vous n'en étiez pas sûr. De quoi s'agit-il ?

— Je vous en prie, Phyllis ! Dites-moi simplement où il est.

— Il est parti à Barnegat...

— Je ne connais pas la région. Quelle route a-t-il prise ?

— L'autoroute de Merritt ; à un kilomètre sur la gauche, en sortant de l'hôpital.

— Quelle sortie sur l'autoroute ?

— La première sortie pour Greenwich. À droite après le péage, vous prenez Shore Road. Vous suivez la route sur une dizaine de kilomètres, jusqu'à un embranchement. Vous prenez à gauche...

— Celle qui devient une route de terre ?

— C'est la limite de notre propriété... Paul, dites-moi ce qui se passe.

— Je... Il faut que je lui parle, c'est tout. Au revoir, Phyllis.

Bonner sortit, ferma soigneusement la porte de la chambre. Il ne voulait pas que Phyllis le voie courir dans le couloir.

Sur la voie de sortie du premier poste de péage de Greenwich, la vitesse était limitée à quarante kilomètres à l'heure. Paul Bonner roula à quatre-vingts. Sur Shore

Road, tandis que l'aiguille de l'indicateur de vitesse s'approchait de cent vingt kilomètres à l'heure, il examina attentivement chaque voiture qu'il dépassait.

Il dépassa l'embranchement, parcourut à peu près deux kilomètres, atteignit la route de terre. Il venait d'entrer dans la propriété de High Barnegat.

Il ralentit ; la neige tombait à gros flocons, la lumière des phares créait des myriades de points blancs qui dansaient devant le pare-brise. Il avait pris la route trois ou quatre fois pendant le week-end chez les Trevayne, mais ne se souvenait plus des virages.

Il freina brusquement ; une torche décrivait de petits cercles lumineux à moins de cent mètres devant la voiture. Un homme s'avança en courant ; Bonner baissa sa vitre.

— Mario, Mario !... C'est Joey !

Bonner attendit sans bouger, la main serrée sur la crosse du pistolet. L'inconnu s'immobilisa : la voiture n'était pas celle qu'il attendait. La nuit, la neige, la lumière aveuglante des phares sur la petite route privée, tout avait contribué à l'induire en erreur. En reconnaissant un véhicule de l'armée, à la couleur caractéristique, il plongea la main à l'intérieur de sa veste — pour prendre une arme dans son étui, se dit Bonner.

— Restez où vous êtes ! Un geste et vous êtes mort !

Le commandant ouvrit la portière et s'accroupit.

Pour toute réponse, il y eut quatre détonations étouffées. Un silencieux. Trois balles s'enfoncèrent dans le châssis métallique de la portière ; la quatrième toucha le pare-brise au-dessus du volant, laissant un petit trou au centre de la vitre étoilée. Bonner entendit l'homme commencer à battre en retraite sur la route enneigée. Il leva la tête ; il perçut une autre détonation assourdie, puis le sifflement de la balle au-dessus de sa tête.

Il gagna l'arrière de la voiture, à l'abri de la portière ouverte, se jeta au sol. Devant lui, entre les pneus avant, il vit l'homme s'élancer vers les arbres bordant la route, en se retournant, la main en visière pour se protéger de l'éclat des phares. Il s'arrêta à la lisière des arbres, le corps dans l'ombre, à une quarantaine de mètres. À l'évidence, il avait envie de revenir voir si sa dernière balle avait fait mouche.

Mais il avait peur. Il semblait pourtant ne pouvoir s'éloigner, prendre la fuite. Puis il disparut dans le sous-bois.

Bonner comprit ; l'homme faisait des signaux lumineux pour arrêter un véhicule qu'il attendait. Il lui fallait maintenant contourner la voiture de l'armée — que le conducteur fût vivant ou mort — pour intercepter ce véhicule.

Cela signifiait qu'il allait faire le tour par l'ouest, à travers bois, pour rejoindre la route derrière la voiture de Paul.

Le commandant Bonner se sentit habité d'une grande confiance. Il avait été formé dans les Forces spéciales, dans des dizaines de bases avancées au Laos et au Cambodge, où sa vie et celle de ses hommes dépendaient de la mort silencieuse et instantanée des éclaireurs ennemis. L'homme à la torche, qui se protégeait les yeux de l'éclat des phares, ne ferait pas le poids.

Paul estima rapidement la distance qui le séparait de l'endroit où son ennemi était entré sous le couvert des arbres : à peine quarante mètres. Il savait qu'il avait le temps ; il suffisait d'être rapide — et silencieux.

Il s'élança vers le bois, se fraya un passage entre les branches, les coudes en avant, sans les laisser revenir bruyamment en arrière, sans en briser aucune. Le corps fléchi, tel un danseur, il avançait en tâtant rapidement du pied la terre noire. Deux ou trois fois, son pied toucha quelque chose de dur — une pierre, une branche morte. Tel un tentacule docile, il évita l'obstacle ou passa au-dessus, sans interrompre le mouvement du corps. Bonner s'enfonça silencieusement d'une dizaine de mètres dans la végétation humide et dense. Ayant pénétré aussi loin qu'il le voulait dans le bois, il infléchit sa course vers la gauche, de manière à se retrouver sur une ligne parallèle aux faisceaux lumineux des phares. Il s'arrêta derrière un gros tronc et se redressa, se plaçant de manière que la silhouette de l'homme se découpe sur le fond lumineux, quand il passerait entre le tronc de l'arbre et la voiture. Voir l'ennemi sans être vu.

La joue collée contre l'écorce, Bonner attendit ; combien de fois avait-il utilisé cette tactique, aux premières lueurs du soleil ou à la clarté de la lune sur l'horizon, pour tendre une embuscade solitaire à un ennemi s'infiltrant à travers ses lignes ?

Il était bon ; il connaissait la jungle.

L'homme apparut. Il progressait maladroitement entre les arbres, écartant les branches à coups d'épaule, la tête tournée vers la route, l'arme au poing, prêt à tirer sur tout ce qui bougerait. Il se trouvait à cinq mètres de Bonner, son attention concentrée sur la silhouette floue du véhicule militaire.

Paul choisit le chemin le plus dégagé, prépara l'assaut. Il devait détourner l'attention de l'inconnu une ou deux secondes, de manière qu'il s'arrête à l'endroit précis où leurs chemins devaient se rencontrer. Il se baissa, tâtonna à la recherche d'une pierre ; il en trouva une, se redressa, compta en silence les pas de l'homme avant l'endroit choisi.

Il lança la pierre de toute sa force, juste au-dessus des branches, en direction de la voiture. Au bruit de l'impact sur la carrosserie, l'homme pétrifié commença à vider son chargeur. Cinq détonations étouffées se firent entendre à la suite ; quand le tireur s'accroupit instinctivement pour se protéger, Bonner fondit sur lui.

Il saisit simultanément l'homme par les cheveux et le poignet droit, en écrasant le genou gauche sur sa cage thoracique. Il entendit un craquement d'os tandis que l'inconnu se mettait à hurler de douleur. Le pistolet tomba par terre. Bonner tira violemment le cou en arrière, du sang coula sur le cuir chevelu, à l'endroit où les cheveux étaient arrachés.

Tout fut terminé en moins de dix secondes.

L'homme était immobilisé, son corps n'était plus que douleur, mais, comme Bonner l'avait calculé, il n'avait pas perdu connaissance.

L'officier traîna sa victime jusqu'à la voiture, la jeta sur la banquette arrière. Il se mit au volant, démarra sèchement et suivit la route de terre jusqu'à l'allée des Trevayne.

Derrière, l'homme gémissait et appelait à l'aide.

Paul se souvint qu'avant d'arriver à la maison un embranchement conduisait à un grand garage, sur la gauche du bâtiment principal. Il s'y engagea, s'arrêta devant la porte du garage. Elle était ouverte ; il n'y avait aucun véhicule à l'intérieur. Il entra dans le garage. L'homme sur le siège arrière se mit à gémir de plus belle. Bonner coupa le moteur, saisit son passager par le col et serra le poing. Il frappa à la pointe du menton, assez fort pour lui faire perdre instantanément conscience, sans risquer de le tuer.

Dans un sens, se dit le commandant, c'est un geste d'humanité ; il n'y a rien de plus douloureux que des côtes cassées. Il éteignit les phares, descendit de la voiture.

Il s'élança vers l'entrée principale, vit que la porte était ouverte. Lilian, la domestique, se tenait sur le seuil.

— Commandant Bonner ! J'avais bien cru entendre une voiture... Comment allez-vous ?

— Très bien, Lilian. Où est M. Trevayne ?

— En bas, dans son bureau. Il n'a pas lâché le téléphone depuis son arrivée. Je vais le prévenir que vous êtes ici.

Paul se souvint que la pièce donnant sur le détroit était insonorisée ; Andrew n'avait pu entendre le bruit de la voiture.

— Je ne veux pas vous alarmer, Lilian, mais il faut éteindre toutes les lumières. Sans perdre de temps.

— Je vous demande pardon ?

Lilian était une domestique moderne, mais elle restait attachée à certaines traditions. Elle n'acceptait des ordres que de ses employeurs. Bonner n'avait pas le temps de la faire changer d'avis.

— Où se trouve le téléphone ? demanda-t-il en avançant dans l'entrée. J'appelle M. Trevayne.

— Devant vous, commandant, répondit Lilian en montrant une petite table, près de l'escalier. Vous enfoncez le troisième bouton.

— Paul ! Qu'est-ce que vous faites là ?

— Nous en discuterons plus tard, si vous voulez bien. Dans l'immédiat, dites à Lilian de faire ce que je lui demande ; je veux que toutes les lumières soient éteintes... Je suis sérieux, Andy.

— Passez-la-moi, fit Trevayne sans hésiter.

Lilian ne prononça que quatre mots.

— Tout de suite, monsieur.

Si elle se dépêche, se dit Bonner, en comptant les lumières qu'il voyait dans le séjour et celles qui pouvaient être allumées à l'étage, elle n'en a pas pour longtemps. Il n'avait pas le temps de l'aider ; il devait parler à Andrew.

— Quand vous aurez terminé, Lilian, descendez dans le bureau de M. Trevayne. Vous n'avez pas à vous inquiéter ; je tiens juste à m'assurer qu'il ne sera pas obligé de voir quelqu'un... qu'il ne souhaite pas voir. Ce serait gênant pour tout le monde.

L'explication fut acceptée. Lilian soupira, avec un demi-sourire ; elle resterait calme. D'un pas qu'il s'efforça de garder dégagé, Bonner se dirigea vers le fond du couloir, où se trouvait l'escalier descendant au bureau. Dès qu'il posa le pied sur la première marche, il les dévala trois par trois.

Trevayne attendait devant son bureau couvert de feuillets jaunes détachés d'un bloc-notes.

— Bon sang, Paul, que se passe-t-il ? D'abord, que faites-vous ici ?

— Vous voulez dire que ni Sam ni Alan ne vous ont appelé ?

— Sam m'a appelé ; vous êtes parti sans tambour ni trompette. Est-ce une tactique pour me sauter à la gorge ? Vous en êtes certainement capable.

— Ne dites pas de bêtises ! lança Bonner en s'avançant vers la grande baie vitrée. Même si vous m'avez donné d'excellentes raisons de le faire !

— Vous avez raison... Ne m'en veuillez pas ; j'ai pensé que c'était nécessaire.

— Vous n'avez pas de rideau ni de store ?

— Des stores électriques ; il y a un bouton de chaque côté. Je vais vous montrer...

— Restez où vous êtes ! rugit Bonner.

Il appuya sur le bouton ; deux stores à lamelles verticales coulissèrent de l'encadrement de la baie vitrée.

— Une commande électronique !

— Mon beau-frère est un fanatique des gadgets.

— Ce M. Douglas Pace qui a affrété deux Learjets entre San Francisco, San Bernardino, Houston, Boise, Tacoma et Washington.

Quand les stores furent fermés, Bonner se retourna vers Trevayne. Il y eut un moment de silence.

— Vous avez fait appel à toutes vos ressources pour découvrir cela, n'est-ce pas ?

— Ce n'était pas difficile.

— Je m'en doute. Moi aussi, je me suis aussi amusé à jouer à l'espion. Pas si difficile, en effet.

— Quelqu'un est à vos trousses, Andy. Nous n'avons plus beaucoup de temps.

— De quoi parlez-vous ?

Bonner fit le récit des événements, brièvement, avant l'arrivée de Lilian. En apprenant la disparition des gardes, Trevayne manifesta aussitôt la plus vive inquiétude pour la sécurité de Phyllis. Paul apaisa ses craintes en expliquant les dispositions qu'il avait prises. Il minimisa le danger de l'embuscade dans le bois, signala simplement que l'homme était dans le garage, blessé et sans connaissance.

— Connaissez-vous quelqu'un du nom de Mario ?

— De Spadante, répondit Trevayne sans réfléchir.

— Le chef mafieux ?

— Oui. Il habite à New Haven ; il était à San Francisco, il y a deux ou trois jours. Ses employés ont essayé de le couvrir, mais nous pensons que c'était lui.

— Il va bientôt arriver.

— Eh bien, nous le recevrons.

— D'accord, mais à nos conditions. N'oubliez pas qu'il a le bras assez long pour renvoyer des agents du Service secret... Il est en relation avec quelqu'un de très haut placé à Washington. Son homme de main a essayé de me tuer.

— Ce n'est pas exactement ce que vous avez dit, répliqua Andrew d'un ton neutre, comme s'il ne pouvait entièrement croire l'officier.

— Les détails font perdre du temps.

Bonner plongea la main à l'intérieur de sa tunique, sortit un pistolet qu'il tendit à Andrew.

— Prenez cette arme ; le chargeur est plein.

Il s'avança vers le bureau en sortant des balles de sa poche. Il les posa sur le sous-main ; il y en avait onze.

— Voici des munitions supplémentaires ; glissez le pistolet dans votre ceinture pour ne pas effrayer Lilian. Y a-t-il une porte à ce niveau, ou sur l'arrière, qui me permettrait de rejoindre le garage sans passer par l'entrée principale ?

— Là-bas, fit Trevayne en indiquant une porte en chêne massif, un ancien panneau d'écoutille. Elle donne sur la terrasse. Une allée part sur la gauche, passe devant cette baie vitrée...

— Et mène à une porte latérale du garage, acheva Bonner, qui se souvenait de l'allée.

— Exact.

Ils entendirent le bruit des pas de Lilian dans l'escalier.

— Elle s'effraie facilement ? demanda Paul.

— Il semble que non. Il lui arrive de rester seule ici plusieurs semaines d'affilée. Son mari — il est mort — était policier à New York... Et Phyllis ? poursuivit Trevayne en considérant attentivement Bonner. Vous avez dit que vous deviez téléphoner.

— Je le fais tout de suite, dit Bonner en tendant la main vers le téléphone du bureau, au moment où Lilian ouvrait la porte.

Avant d'entrer, elle actionna l'interrupteur du couloir pour éteindre. Trevayne l'entraîna à l'écart et commença à lui parler à voix basse tandis que Bonner appelait la Sécurité de la Maison-Blanche.

Le commandant subit le récit des difficultés pour trouver les hommes de l'autre équipe, mais apprit avec satisfaction qu'ils étaient en route, peut-être même déjà sur place. L'image de l'infirmière lui traversa fugitivement l'esprit... Phyllis était en de bonnes mains.

— J'ai dit la vérité à Lilian, fit Trevayne, quand le commandant eut raccroché.

Paul se tourna vers la domestique. À la seule clarté de la lampe du bureau, il lui était difficile de voir ses yeux. Toujours les yeux. Mais le visage était calme, la tête droite.

— Très bien, fit le commandant en se dirigeant vers la porte en chêne. Je vais transporter notre ami qui dort dans le garage. Si je vois ou entends quelque chose, je reviens aussi vite que possible, avec ou sans lui.

— Vous n'avez pas besoin d'un coup de main ? demanda Trevayne.

— Je ne veux surtout pas que vous quittiez cette pièce ! Refermez la porte derrière moi.

30

L'homme répondant au nom de Joey était affaissé sur le siège avant, le front sur le tableau de bord ; des plaques de sang coagulé apparaissaient sur le cuir chevelu. Bonner ouvrit la portière, prit le corps inerte par la taille, le souleva, passa l'épaule par-dessous, pour le porter à la manière des pompiers.

Il sortit par la petite porte du garage, longea la construction, s'engagea sur l'allée qui filait tout droit vers l'arrière de la maison.

Il s'immobilisa ; au loin, sur la route d'accès à la propriété, une lumière diffuse venait d'apparaître. Autant qu'il pût en juger, elle était à plusieurs centaines de mètres, à peu près à la hauteur où l'homme inanimé qui pesait sur son épaule avait essayé de le tuer. La lumière montait et descendait. C'était une automobile ; elle roulait lentement, en suivant les inégalités de la route de terre. Peut-être cherchait-elle quelqu'un.

Paul transporta son fardeau jusqu'à la porte du bureau ; il frappa.

— Dépêchez-vous !

La porte s'ouvrit ; Bonner s'élança à l'intérieur, laissa tomber le corps inanimé sur le canapé.

— Il est dans un sale état ! s'écria Andy.

— Il vaut mieux que ce soit lui que moi, répliqua l'officier Maintenant, écoutez-moi. Il y a une voiture sur la route... La décision vous appartiendra, mais je tiens à exposer mon point de vue avant de vous laisser choisir.

— Quel ton martial ! Voulez-vous me refaire le coup des cercueils sur la Cinquième Avenue et Sunset Boulevard ?

— Taisez-vous, Andy !

— Était-ce nécessaire ? poursuivit Trevayne, furieux, en montrant le corps inerte et ensanglanté.

— Absolument ! Voulez-vous appeler la police ?

— Certainement, sans perdre une minute !

Trevayne se dirigea vers le bureau ; Bonner fut plus rapide et lui coupa la route.

— Allez-vous m'écouter ? lança le commandant en se plaçant devant le téléphone.

— Vous n'êtes pas sur un champ de bataille, commandant ! Je ne sais pas ce que vous essayez de faire, mais vous ne le ferez pas chez moi ! Vos attitudes de petit soldat ne me font pas peur !

— Vous n'avez donc rien compris ?

— Je commence seulement à comprendre !

— Laissez-moi parler, Andy. Vous croyez que je fais partie de ceux qui s'opposent à vous ; dans un sens, peut-être, mais pas pour ce qui se passe maintenant.

— Vous avez une grande aptitude à tracer un itinéraire. Doug Pace, les Learjets...

— Rien à voir avec notre situation ! L'homme qui est dans cette voiture a de puissants appuis à la Maison-Blanche.

— Nous savons tous deux à quoi nous en tenir là-dessus, commandant... Genessee Industries !

— Non, pas comme ça ! Pas avec ce Mario !

— Je ne sais pas ce que vous cherchez...

— Laissez-moi une chance de le découvrir. Je vous en prie, Andrew ! Si vous appelez la police, nous ne le saurons jamais.

— Pourquoi ?

— Quand la police s'en mêle, cela signifie un tribunal, des avocats, tout ce qui s'ensuit... Donnez-moi dix ou quinze minutes !

Trevayne scruta le visage de l'officier. Bonner ne mentait pas ; il était trop furieux, trop bouleversé.

— Dix minutes.

Ce fut comme s'il se retrouvait au Laos. Il ressentit de nouveau cette euphorie particulière, qu'il justifia en se disant qu'un homme était floué s'il n'avait pas la possibilité de pratiquer ce qu'il avait été formé à faire ; nul n'avait été mieux formé que lui. Il gagna en courant l'extrémité de la terrasse ; son regard se porta instinctivement au pied de la pente, sur les marches de pierre conduisant au quai et à l'abri à bateaux. Toujours observer les alentours, les graver dans sa mémoire,

Plié en deux pour traverser la pelouse, il longea le mur de la maison, atteignit l'angle de la façade.

Les phares n'étaient plus visibles ; la neige qui tombait en abondance étouffait tous les bruits. La voiture avait dû s'arrêter, ses passagers descendre pour s'approcher à pied.

Parfait. Il connaissait les lieux ; pas bien, mais probablement mieux que l'ennemi.

Il remarqua que la neige tenait un peu mieux sur le sol ; il enleva sa tunique. Une chemise kaki se remarquerait moins que la veste sombre d'uniforme. Un détail, certes, mais tout avait son importance quand l'ennemi employait les grands moyens. Bonner traversa la pelouse au pas de course jusqu'au bord de l'allée et s'enfonça silencieusement entre les arbres.

Deux minutes plus tard, il atteignit l'extrémité de l'allée. Il distingua la forme d'une automobile sur la route, à une centaine de mètres, puis la lueur d'une cigarette à l'intérieur.

Le pinceau lumineux d'une torche, dirigé vers le sol, de son côté de la route, apparut entre les arbres. Puis il perçut des voix agitées, des exclamations étouffées.

Bonner comprit aussitôt ce qui provoquait cette excitation ; le faisceau lumineux était sorti du bois à l'endroit précis où il avait traîné le tueur inanimé jusqu'à sa voiture. La fine couche de neige n'avait pas encore recouvert les traces de sang sur la route. Ni les empreintes de pas.

Un second pinceau lumineux perça l'obscurité de l'autre côté de la route ; il y avait trois hommes. Celui qui était resté dans la voiture descendit, jeta sa cigarette. Bonner s'approcha sans bruit, tous les sens en alerte, confiant dans ses réflexes.

Arrivé à une trentaine de mètres des trois hommes, il commença à distinguer les paroles ; celui qui venait de descendre de la voiture donnait des instructions.

Il ordonna à l'homme de droite de suivre la route jusqu'à la maison et de couper les fils téléphoniques. Le « lieutenant », comme Bonner le surnomma, sembla comprendre ce qu'il avait à faire. L'autre, que de Spadante appelait « Augie », reçut l'ordre de se cacher derrière la voiture et de surveiller la route d'accès. S'il voyait quelque chose, il devait crier pour donner l'alarme.

— Je ne comprends vraiment pas ce qui a pu se passer, Mario, fit Augie.

— Tu ne comprends pas grand-chose, *fratello* !

Mario de Spadante protégeait ses flancs.

Paul Bonner se dit qu'il allait neutraliser l'artillerie et découvrir les flancs.

Pour le premier, ce fut assez simple ; l'homme ne comprit pas ce qui lui arrivait. Paul suivit les câbles, comme il était sûr que l'autre ferait, et attendit dans l'obscurité, au pied d'un arbre. Quand le « lieutenant » fouilla dans sa poche pour y prendre un couteau, Bonner jaillit de l'obscurité et le frappa à la base du cou du tranchant de la main. L'homme s'affaissa ; le commandant se pencha pour retirer le couteau de la main inerte.

Comme il était à une faible distance du bureau, Paul dévala la pente jusqu'à la terrasse et frappa doucement à la porte. C'était le moment d'inspirer le calme aux autres.

— Paul ? fit la voix de Trevayne, à travers le panneau de chêne.

— C'est moi.

La porte s'ouvrit.

— Tout ira bien, reprit Bonner. De Spadante est venu seul. Il attend dans sa voiture ; son ami, sans doute. Je vais lui parler.

— Amenez-le, Paul. J'insiste. Je veux entendre ce qu'il a à dire.

— Vous avez ma parole ; il faudra peut-être un peu plus longtemps. Je veux m'approcher de la voiture par l'arrière, pour ne pas prendre de risque. Je voulais juste vous le dire ; n'ayez aucune inquiétude. Il sera là dans dix ou quinze minutes.

Bonner s'éloigna prestement, sans laisser à Trevayne le temps de répondre.

Il lui fallut moins de cinq minutes pour arriver à travers bois à la hauteur de la voiture. Il vit l'Italien massif, appuyé sur le capot, allumer une cigarette en protégeant la flamme de ses mains. Il semblait pétrir quelque chose entre ses doigts. Il prit la cigarette de la main gauche et posa la droite sur le capot en raclant la tôle. Ce geste produisit un bruit aigre, grinçant, que Bonner ne s'expliqua pas. Un frottement rageur de métal sur du métal.

Le troisième homme, Augie, était assis sur un rocher blanchi à la chaux, à un coude de la route. Il tenait une torche éteinte de la main gauche, un pistolet de la droite. Il regardait droit devant lui, la tête rentrée dans les épaules, pour se protéger du froid et de la neige. Il se trouvait de l'autre côté de la route.

Bonner jura tout bas ; il revint rapidement sur ses pas, pour traverser la route sans être vu, disparut entre les arbres. Il s'approcha silencieusement de sa cible, s'arrêta à trois mètres. Augie n'avait pas bougé, mais il y avait un problème. Sous l'effet de la surprise, il pouvait facilement presser la détente de son pistolet ; même si l'arme était munie d'un silencieux, de Spadante entendrait la détonation. S'il n'y avait pas de silencieux, Trevayne pourrait la percevoir du bureau, malgré l'insonorisation. Et il préviendrait la police.

Bonner ne voulait pas voir la police. Pas encore.

Il risquait de devoir donner la mort.

Le commandant prit le couteau enlevé au « lieutenant » et avança très lentement. Le couteau à cran d'arrêt était très pointu, la lame tranchante comme un rasoir. S'il plongeait cette lame dans le ventre, assez bas et sur la droite, les doigts s'écarteraient, la main s'ouvrirait au lieu de se contracter ; la tête serait rejetée en arrière dans un mouvement spasmodique et il y aurait un moment très court pendant lequel la trachée, privée d'air, ne pourrait émettre un son. Il devrait mettre à profit cet instant pour fermer la bouche de l'homme, tout en arrachant son arme.

La vie de l'ennemi dépendait de trois facteurs : la profondeur de pénétration de la lame — hémorragie interne ; l'arrêt temporaire de la respiration, qui pouvait provoquer une paralysie mortelle ; l'éventualité que le couteau endommage des organes vitaux.

Il n'avait pas le choix ; on avait tiré sur lui, on avait cherché à l'abattre. Mario de Spadante, le mafioso, ne l'aurait pas pleuré.

Bonner bondit sur l'homme assis, exécuta ce qu'il avait préparé. Il n'y eut pas d'autre bruit qu'une sorte d'appel d'air fugitif, avant que le corps devienne flasque.

Le commandant Paul Bonner sut aussitôt que l'exécution n'avait pas été parfaite, que tout était terminé. Augie était mort.

L'officier éloigna le corps de la route, le traîna sous le

couvert des arbres et repartit vers la voiture de Spadante. La neige tombait en flocons plus lourds, plus collants. La conjonction de l'océan et de la terre créait une humidité peu propice à la formation de beaux flocons aérés. Le sol était détrempé, presque boueux.

Quand Bonner arriva à la hauteur de l'automobile, de Spadante n'était plus là. Il se baissa, avança jusqu'au bord de la route.

Personne.

Puis il vit la trace des pas sur la neige ; de Spadante avait pris la direction de la maison. En regardant de plus près, Bonner remarqua que les premières empreintes n'étaient distantes que de quelques centimètres, puis que cette distance passait à un demi-mètre. Le signe que l'Italien s'était mis à courir. Pour une raison quelconque, de Spadante s'était précipité vers la maison.

Bonner essaya d'imaginer ce qui avait pu se passer. Le « lieutenant » assommé près des fils téléphoniques ne reprendrait pas connaissance avant au moins trois ou quatre heures ; Paul s'en était assuré. Il avait dissimulé le corps et utilisé la ceinture de l'homme pour lui attacher les jambes. Une opération désagréable ; il avait eu du mal à dégager la ceinture et le pantalon était trempé d'urine.

Pourquoi de Spadante s'était-il précipitamment élancé vers la maison ?

Pas question de se perdre en conjectures. La sécurité de Trevayne était primordiale ; si de Spadante rôdait autour de la maison, cette sécurité était menacée.

Il ne pouvait pas perdre du temps en passant par le bois ; il s'élança sur la route en suivant les empreintes de pas. Elles devinrent plus nettes, plus fraîches, quand il atteignit l'allée. Dès qu'il fut en vue de la maison, l'instinct lui commanda de se mettre à couvert pour reconnaître le terrain. Mais l'inquiétude qu'il avait pour Trevayne le poussa à faire fi de ces précautions. Les pas dans la neige conduisaient aux câbles téléphoniques ; ils partaient brusquement vers l'allée menant à l'entrée de la maison.

À l'évidence, de Spadante cherchait celui qu'il avait envoyé couper les fils téléphoniques. Il avait dû découvrir les traces d'une lutte ; la neige était piétinée autour du boîtier du téléphone.

C'est à ce moment que Bonner comprit qu'il s'était fait avoir — ou que cela ne tarderait pas, s'il n'était pas plus prudent. Bien sûr que l'Italien avait vu les traces de lutte sur la neige fraîche ; bien sûr qu'il avait vu les deux sillons faits par les jambes du corps traîné dans les hautes herbes. Et il avait fait ce qu'aurait fait tout homme habitué à la chasse : il avait tendu une embuscade au chasseur. Il s'était éloigné de la zone, pour revenir sur ses pas un peu plus loin. Et il attendait ; peut-être l'observait-il.

Paul se précipita vers le perron, où les traces de pas cessaient. Comment ? Pourquoi ?

Quand il comprit ce que de Spadante avait fait, il éprouva malgré lui un certain respect pour le mafioso. Le long du bâtiment, derrière les massifs, il y avait une bordure de terre noire, de la terre amollie, protégée de la neige par le toit. Une bordure de cinquante centimètres, qui se prolongeait jusqu'à l'angle du mur où descendaient les fils téléphoniques. Bonner se pencha, découvrit l'empreinte profonde d'une chaussure.

De Spadante avait longé le mur de la maison, jusqu'à l'angle. En toute logique, il devait maintenant attendre, tapi dans l'ombre. Attendre de voir apparaître celui qui avait mis son « lieutenant » hors de combat.

L'Italien l'avait vu sur la route ; il avait attendu, tout près, peut-être, qu'il s'élance vers le perron. Cela ne faisait que quelques secondes.

Où était-il maintenant ?

Suivre de nouveau la logique du chasseur — ou de la proie. De Spadante allait se servir des traces de pas dans la neige fraîche, il allait les suivre jusqu'aux arbres.

Surtout, ne pas sous-estimer l'adversaire ; il y avait maintenant deux proies et deux chasseurs.

Il fit prestement le tour des premières marches pour passer de l'autre côté du perron, longea la maison jusqu'au bout du mur et prit une petite allée qui conduisait au garage. Il tourna ensuite à droite pour rejoindre l'allée dallée menant à la terrasse et aux marches de pierre qui donnaient accès au quai et à l'abri à bateaux. Au lieu de traverser la terrasse, Bonner enjamba le mur de brique, se retint dans la pente ; il arriva en haut des marches de pierre, continua tout droit jusqu'à ce qu'il arrive au-dessus de l'abri à bateaux. Il se hissa au sommet de ce petit promontoire qui surplombait l'océan, à la lisière du bois de Barnegat.

Il continua de progresser lentement, le ventre au sol, vers l'endroit où il avait laissé le corps du premier homme. À plusieurs reprises, il ferma les yeux pendant des périodes de cinq secondes, afin d'avoir une meilleur acuité visuelle dans l'obscurité. Une théorie controversée dans les milieux médicaux, mais à laquelle les agents infiltrés des Forces spéciales croyaient dur comme fer.

Il s'était enfoncé d'une dizaine de mètres entre les arbres quand il le vit.

Mario de Spadante était accroupi près d'un gros tronc d'arbre couché. Il était tourné vers la maison, un pistolet dans la main gauche, se retenant de la droite à une branche. L'Italien avait pris position à une certaine distance de son « lieutenant » ; il voulait être en mesure d'atteindre rapidement l'allée, si l'alerte était donnée par l'homme qu'il avait laissé en faction au bord de la route — l'homme qui était mort à la suite d'une attaque imparfaite.

Bonner se redressa silencieusement ; il leva son arme, tendit le bras. Il resta près d'un gros arbre, derrière lequel il pouvait se jeter, en cas de besoin.

— Mon arme est braquée sur l'arrière de votre tête. Je ne peux pas rater la cible.

De Spadante sursauta, amorça un mouvement de rotation.

— Ne bougez pas ! hurla Bonner. Un seul geste et je vous fais exploser la cervelle ! Écartez les doigts devant vous, la main tendue. Écartez-les !... Maintenant, lâchez votre arme...

L'Italien s'exécuta.

— Qui êtes-vous ? lança-t-il.

— Quelqu'un que vous avez oublié de renvoyer de l'hôpital, gros lard !

— Quel hôpital ? Je ne connais pas d'hôpital.

— Bien sûr ; vous êtes juste venu visiter la propriété. Vous ne connaissez pas un certain Joey ; ce Joey n'a pas suivi Trevayne pour préparer votre arrivée.

De Spadante fut incapable de dissimuler sa fureur.

— Pour qui travaillez-vous ? demanda-t-il de sa voix râpeuse. D'où venez-vous ?

— Debout ! Plus vite que ça !

— D'accord, fit l'Italien en se levant avec difficulté. D'accord... Que voulez-vous de moi ? Vous savez qui je suis ?

— Je sais que vous avez envoyé un de vos hommes couper les fils téléphoniques et que vous en avez posté un autre sur la route. Vous attendez quelqu'un ?

— Peut-être... Je vous ai posé une question.

— Vous ne faites que ça... Commencez à marcher vers l'allée. Faites attention, Spadante, cela ne me dérangerait pas le moins du monde de vous expédier en enfer.

— Vous me connaissez ! rugit le mafioso en pivotant sur lui-même.

— Continuez à marcher.

— Si vous touchez un de mes cheveux, vous aurez une armée à vos trousses.

— Vraiment ? J'en aurai peut-être une autre pour la tenir à distance.

De Spadante fit pivoter son buste en marchant ; il garda les mains tendues devant lui, pour écarter les branches. Il plissa les yeux dans la pénombre, pour voir l'homme qui se trouvait à deux ou trois mètres de lui.

— Cette chemise, cette boucle de ceinturon... Oui, oui, vous êtes un soldat.

— Pas un des vôtres. Pas de famille chez nous, rien que des colonels et des généraux. Retournez vous, continuez à avancer.

Ils arrivèrent à l'orée du bois, s'engagèrent dans l'allée.

— Écoutez-moi, soldat. Vous êtes en train de faire une grosse bêtise ; je travaille beaucoup avec l'armée. Puisque vous me connaissez, vous devez le savoir.

— Vous allez nous raconter tout ça. Longez la maison, tout droit, jusqu'à la terrasse.

— Alors, il est là... Où est passé ce petit con de Joey ?

— Si vous me dites pourquoi vous avez quitté précipitamment la voiture pour venir ici, je vous dirai où est Joey.

— J'avais dit à l'autre minable de couper les fils et d'envoyer un signal avec sa torche. Il ne faut pas dix minutes pour ça !

— Exact... Votre ami Joey est à l'intérieur. Pas très en forme.

Ils commencèrent à traverser la pelouse qui descendait sur la droite de la maison ; l'Italien s'arrêta à mi-chemin de la terrasse.

— Continuez !

— Attendez, on peut parler... Ça n'a jamais fait de mal à personne de parler. Deux minutes.

— Disons que le temps me manque.

Bonner avait regardé sa montre ; il restait cinq minutes avant que Trevayne appelle la police. Il hésita ; de Spadante pouvait révéler quelque chose qu'il refuserait de dire devant Trevayne.

— J'écoute.

— Bien... Quel est votre grade ? Capitaine, peut-être ? Vous parlez trop bien pour un gradé.

— Je suis officier.

— Bien, très bien. Eh bien, je peux vous faire prendre du galon, monter d'un grade ou de deux... Qu'est-ce que vous en dites ?

— Vous pouvez *quoi* ?

— Admettons que vous soyez capitaine. Qu'est-ce qui vient après... commandant ? Puis colonel, c'est bien ça ? Je vous garantis le grade de commandant et je devrais pouvoir faire de vous un colonel.

— Vous dites des conneries !

— Allons, soldat, on doit pouvoir s'entendre. Rangez donc ce pistolet ; on mène le même combat, on est du même bord.

— Je ne crois pas.

— Qu'est-ce que vous voulez ? Une preuve ? Conduisez-moi à un téléphone ; vous aurez votre preuve.

Bonner n'en revenait pas ; de Spadante mentait, bien entendu, mais avec une arrogance troublante.

— Qui appelleriez-vous ?

— C'est mes oignons. L'indicatif est 2 0 2 ; vous connaissez, soldat.

— Washington.

— Je vous aide encore un peu. Les deux premiers chiffres du numéro sont 8 8.

8 8 6 ! Le numéro de la Défense !

— Vous mentez.

— Je répète : conduisez-moi à un téléphone. Avant de voir Trevayne. Vous ne le regretterez pas, soldat... Jusqu'à la fin de vos jours.

De Spadante vit l'étonnement sur le visage de l'officier. Il vit aussi l'incrédulité céder devant une réalité qu'il refusait, une réalité inacceptable. Cela ne lui laissait pas le choix.

Le pied de l'Italien glissa sur la neige ; pas beaucoup, quelques centimètres. Assez pour établir la possibilité d'une chute sur cette pelouse glissante. Il se retint.

— Qui appelleriez-vous à la Défense ?

— S'il veut vous parler, il se présentera lui-même. Allez-vous me conduire à un téléphone ?

— Peut-être.

De Spadante savait qu'il n'en était rien. Son autre pied glissa ; il parvint encore à se retenir.

— Putain de pelouse glacée... Allons, soldat, ne soyez pas bête.

Pour la troisième fois, l'Italien sembla perdre l'équilibre.

La main gauche du mafioso jaillit et se referma sur le poignet de Bonner ; du plat de l'autre main, il frappa l'avant-bras du commandant. La chair éclata comme un fruit trop mûr, la manche de la chemise fut aussitôt imbibée de sang. La main de l'Italien frappa à toute volée le cou de Bonner, tailladant la peau, causant une douleur fulgurante.

Paul recula ; il sentait son sang couler, il avait sous les yeux des fragments de peau lacérée. Il n'avait pas lâché le pistolet que de Spadante essayait de lui arracher. Il lança le genou dans les chairs molles de l'aine de l'Italien, sans résultat. De Spadante lui martelait l'autre côté de la tête du plat de la main, faisant jaillir le sang à chaque coup. Paul comprit que l'arme était un instrument tranchant comme un rasoir dans lequel de Spadante avait passé les doigts. Il devait saisir cette main, la tenir à distance.

L'Italien roula sous lui, puis sur lui. Ils se tortillaient, glissaient sur la terre couverte de neige ; deux animaux engagés dans une lutte à mort. Les doigts de l'Italien étaient toujours refermés comme des serres autour de la crosse du pistolet ; Bonner tenait toujours le coup-de-poing américain à distance de ses plaies sanglantes.

Il ne cessait de remonter le genou avec force dans les testicules du mafioso ; les coups répétés commençaient à faire de l'effet. L'étreinte de l'Italien se relâcha ; aussi peu que ce fût, il faiblissait. Bonner rassembla ses dernières forces, pressa la détente.

La détonation fut assourdissante ; le bruit se répercuta dans le silence drapé de blanc ; quelques secondes plus tard, Trevayne apparut sur la terrasse, l'arme au poing, prêt à tirer.

Couvert de sang, Paul Bonner se releva en chancelant. Mario de Spadante resta couché dans la neige, en chien de fusil, les mains plaquées sur la panse.

Paul se sentait tout engourdi. Les images se brouillaient devant ses yeux ; il entendait par à-coups. Quelques mots lui parvenaient, d'autres restaient inaudibles. Il sentit des mains sur son corps, des mains qui couraient sur sa peau. Délicatement.

Puis il entendit la voix de Trevayne ; plus exactement, il parvint à entendre les mots d'une phrase entière.

— Il va falloir poser un garrot.

Les ténèbres enveloppèrent le commandant ; il sentit qu'il tombait. Il eut le temps de se demander si un homme comme Trevayne s'y connaissait en garrots.

31

Paul Bonner sentit quelque chose d'humide sur son cou ; il ouvrit les yeux. Puis il perçut une voix d'homme, qui s'exprimait avec une autorité tranquille. Il voulut s'étirer ; une douleur affreuse dans son bras droit lui arracha un cri.

Il distingua d'abord les visages, puis la pièce. C'était une chambre d'hôpital.

À son chevet, il y avait un médecin — ce ne pouvait être qu'un médecin, avec sa blouse blanche. Andy et Phyllis se tenaient au pied du lit.

— Bienvenue parmi nous, commandant, fit le médecin. Vous avez eu une soirée agitée.

— Je suis à Darien ?

— Oui, répondit Trevayne.

— Comment vous sentez-vous, Paul ? demanda Phyllis, dont le regard trahissait l'inquiétude.

— Je dirais un peu raide.

— Il se peut que vous gardiez quelques cicatrices sur le cou, reprit le médecin. Par bonheur, il n'a pas atteint le visage.

— Il est mort ? demanda Bonner.

Il avait des difficultés à parler ; c'était plus fatigant que douloureux.

— Il est au bloc opératoire, à Greenwich, répondit l'homme en blanc. On lui donne quatre chances sur dix de s'en sortir.

— Paul, je vous présente John Sprague, notre médecin de famille. C'est nous qui vous avons transporté ici.

— Merci, docteur.

— Je n'ai pas eu grand-chose à faire ; quelques points, c'est tout. Heureusement que notre bienfaiteur a comprimé une ou deux artères pour éviter l'hémorragie. Et Lilian a appliqué des compresses glacées sur votre cou pendant trois quarts d'heure.

— Donnez-lui une augmentation, Andy, fit Bonner, en grimaçant un sourire.

— C'est déjà fait, glissa Phyllis.

— Combien de temps vais-je ressembler à une momie ? Quand pourrai-je sortir ?

— Dans quelques jours, pas plus d'une semaine ; cela dépend de vous. Il faut laisser aux sutures le temps de prendre. L'avant-bras droit et les deux côtés du cou sont bien amochés.

— Des régions faciles à traiter, docteur. Une minerve et un bandage serré sur le bras devraient faire l'affaire.

— Vous me donnez des conseils ? fit Sprague en souriant.

— C'est une consultation... Je dois absolument sortir au plus vite. Sans vouloir vous froisser.

— Pour ce qui me concerne, glissa Phyllis en faisant le tour du lit pour s'approcher de Paul, vous avez sauvé la vie d'Andy. Cela fait de vous quelqu'un de très cher ; je ne permettrai pas qu'on vous maltraite, ni que vous vous maltraitiez vous-même.

— C'est très gentil, mais il a aussi sauvé...

— Trêve de sentimentalisme ! coupa Trevayne. Vous avez besoin de repos, Paul. Nous parlerons demain matin ; je passerai de bonne heure.

— Pas demain matin, tout de suite..., implora Bonner en tournant vers Trevayne un regard empreint de gravité. Accordez-moi quelques minutes, je vous en prie.

— Qu'en dites-vous, John ? demanda Trevayne sans quitter l'officier des yeux.

Sprague avait suivi l'échange de regards entre les deux hommes.

— Quelques minutes, pas plus. Disons entre deux et cinq. Je suppose que vous préférez être seuls ; je vais raccompagner Phyllis jusqu'à sa chambre. Votre époux attentionné a-t-il pensé à vous apporter du scotch ou faut-il nous arrêter à mon bureau ?

— C'est moi qui l'ai apporté, répondit Phyllis en se penchant pour poser un baiser sur la joue du commandant. Je ne sais comment vous remercier. Vous êtes très courageux et vous nous êtes très cher. Surtout, ne nous en veuillez pas.

John Sprague s'effaça pour laisser sortir Phyllis. Quand elle fut dans le couloir, il se retourna vers Bonner.

— N'oubliez pas, *docteur,* que le contrôle de la mobilité du cou et du bras ne devrait pas être exercé par le patient.

La porte se referma ; ils étaient seuls.

— Je n'imaginais pas que les choses pourraient se passer de cette manière, fit Bonner.

— Si j'avais su que c'était possible, je vous en aurais empêché ; j'aurais appelé la police. Un homme est mort, Paul.

— Je l'ai tué ; ils voulaient vous supprimer.

— Pourquoi m'avoir menti ?

— M'auriez-vous cru ?

— J'en doute ; raison de plus pour avertir la police. Je n'aurais jamais imaginé qu'ils puissent aller jusque-là. C'est incroyable.

— En disant « ils », vous pensez à nous, n'est-ce pas ?

— Pas à vous personnellement, bien sûr. Vous avez risqué votre vie... Je pensais à Genessee Industries.

— Vous vous trompez, c'est ce que je cherchais à prouver. Je voulais vous ramener ce gros lard, pour que vous sachiez...

Bonner s'interrompit ; il avait de la peine à articuler.

— Faites-lui cracher la vérité, reprit-il. Il ne travaille pas pour Genessee ; il n'est pas des nôtres.

— Vous ne parlez pas sérieusement, Paul, pas après ce qui vient de se passer.

— C'est comme les renseignements que vous avez achetés à San Francisco, à ce « L.R », un type bon à enfermer. Je sais, j'ai payé aussi. Trois cents dollars... C'est drôle, non ?

Trevayne ne put s'empêcher de sourire.

— Oui, c'est drôle... Je vois que vous n'avez pas perdu votre temps. Pour être précis, il ne s'agissait pas de renseignements, mais d'une confirmation. Nous avions les chiffres.

— Pour Armbruster ?

— Oui.

— C'est quelqu'un de bien ; il a les mêmes idées que vous.

— Quelqu'un de très bien. Et de triste ; il y a beaucoup d'hommes tristes dans cette affaire. C'est le drame.

— À Houston ? Pasadena ? Tacoma ? Préférez-vous Seattle ?

— Et ici même, à Greenwich, sur une table d'opération. Celui-là n'est pas triste, mais répugnant. Il a essayé de vous tuer, Paul ; il est avec eux.

Bonner détourna les yeux. Ils avaient eu de nombreuses discussions, sérieuses ou non ; pour la première fois, Andrew voyait le doute se peindre sur le visage de l'officier.

— Vous ne pouvez l'affirmez.

— Si, je peux. Il se trouvait à San Francisco en même temps que nous. Il y a quelques semaines, dans le Maryland, il a malmené un parlementaire un peu ivre, qui avait commis l'imprudence de prononcer le nom de Genessee. Il est avec eux.

Bonner sentait l'épuisement le gagner ; il commença à respirer par la bouche. Les quelques minutes qu'il avait demandées touchaient à leur fin. Il ne tiendrait pas beaucoup plus longtemps. Il rassembla ses dernières forces dans une ultime tentative pour convaincre Trevayne.

— Faites marche arrière, Andy. Vous allez créer plus de problèmes que vous n'en résoudrez. Nous nous débarrasserons des ordures ; vous allez grossir exagérément l'affaire.

— J'ai déjà entendu ce discours ; je n'y crois pas.

— Toujours vos principes... Ces principes que votre compte en banque vous permet de nourrir.

— On peut dire ça ; je ne l'ai jamais caché. Je n'ai rien à perdre ni à gagner, comme je le répète à qui veut l'entendre.

— Vous allez faire beaucoup de dégâts.

— Il y a beaucoup de gens pour qui j'en serai sincèrement désolé. Je finirai probablement par leur tendre la main, si cela peut soulager votre conscience.

— Foutaises ! Les gens, vous savez, je n'en ai rien à faire. Tout ce qui m'importe, c'est mon pays... Nous ne pouvons revenir en arrière !

La respiration de Bonner devenait difficile ; Andy s'en rendit compte.

— D'accord, Paul, d'accord... Nous nous verrons demain.

— Accepterez-vous, demain..., de m'écouter ? demanda Bonner en fermant les yeux. Laissez-nous mettre de l'ordre dans nos affaires... Voulez-vous vous en tenir là ? Nous ferons le ménage nous-mêmes.

Il rouvrit les yeux, les fixa sur Trevayne.

L'image de Roderick Bruce, ce rat qui voulait la peau du commandant, passa devant les yeux d'Andrew. Il avait refusé de céder aux menaces du journaliste ; Bonner ne le saurait jamais.

— J'ai du respect pour vous, Paul. Si les autres étaient comme vous, j'y réfléchirais. Ce n'est pas le cas ; ma réponse est non.

— Allez vous faire voir... Ne revenez pas demain, ce n'est pas la peine...

— Comme vous voudrez.

Bonner était en train de sombrer dans le sommeil. Le sommeil d'un homme blessé dans sa chair et son amour-propre.

— Vous me retrouverez sur votre route, Trevayne...
Ses yeux se fermèrent. Andy sortit silencieusement.

32

Trevayne se réveilla avant 7 heures. Par la fenêtre de la chambre, le jardin paraissait incroyablement paisible. La couche de neige — sept ou huit centimètres — était assez épaisse pour tout recouvrir d'un blanc manteau, sans détruire la perfection des lignes de la nature. Derrière les pins et les arbres au feuillage moucheté de blanc, l'océan était calme, les eaux indolentes ; une vague, de loin en loin, se fracassait sur les rochers.

Andrew décida de préparer son petit déjeuner. Il ne voulait pas appeler Lillian ; elle avait eu une soirée assez agitée.

Il étala sur la table de cuisine les feuillets jaunes qu'il était allé prendre dans son bureau. Ils étaient couverts d'une haute écriture tracée à la hâte ; le texte était composé de demi-phrases, de brèves indications, de noms propres, de noms de sociétés. C'étaient les renseignements réunis par Vicarson sur Aaron Green. Une partie avait été puisée dans le *Who's Who* ; le reste, ce qui avait trait aux aspects plus personnels, venait d'un publicitaire de l'agence Green, à New York. Sam avait laissé entendre au créatif qu'il représentait une maison de production intéressée par un documentaire sur Aaron Green.

Si simple... Des jeux ; mais pas pour les enfants.

Aaron Green était arrivé aux États-Unis en 1939, à l'âge de quarante ans. On savait très peu de chose sur sa vie en Allemagne, sinon qu'il avait travaillé comme représentant chez Schreibwaren, une grosse imprimerie, et qu'il s'était marié à la fin des années 1920. La réussite de Green, bien que discrète, avait été fulgurante. Avec une poignée d'autres réfugiés, il avait ouvert une petite imprimerie à Manhattan. Grâce à l'utilisation de nouvelles techniques développées chez Schreibwaren — qui allait bientôt devenir l'imprimerie des documents de propagande de Goebbels —, la petite entreprise montra rapidement des capacités de production supérieures à des concurrents de plus grande taille. En deux ans, elle avait quadruplé la surface de ses locaux.

Avec l'entrée en guerre des États-Unis, les restrictions de papier et la réduction des publications qui s'ensuivirent, seuls les plus compétitifs subsistèrent ; l'entreprise d'Aaron Green signa des contrats colossaux avec le gouvernement.

Des contrats de guerre.

À ce stade de sa carrière, Aaron Green prit plusieurs décisions qui assurèrent son avenir. Il racheta les parts de ses associés, quitta Manhattan pour établir son entreprise dans le sud du New Jersey, où le terrain était très bon marché, passa au crible les registres d'immigration pour dénicher des employés dociles et repeupla littéralement une ville moribonde d'Européens transplantés.

Le prix du terrain était négligeable, mais ne le resterait pas éternellement ; le personnel, en augmentation continue, était composé en grande partie d'hommes et de femmes qui tenaient Green pour leur sauveur ; l'organisation de la main-d'œuvre, la création de syndicats étaient des concepts inconcevables.

Après la guerre, l'intérêt de Green se porta sur d'autres secteurs. Le développement rapide de la télévision laissait entrevoir des profits gigantesques ; il choisit la publicité pour s'octroyer une part du gâteau.

Dans cet après-guerre qui semblait s'offrir à lui, il fonda l'agence Green, engagea les cerveaux les plus inventifs. Sa fortune lui permit de débaucher les meilleurs éléments de la concurrence. Ses relations dans les milieux gouvernementaux lui permirent de faire échec aux actions antitrust engagées contre lui. Quand les prévisions de recettes des télévisions furent établies, la suprématie de Green dans les différents supports de la publicité écrite fit de son agence la plus recherchée de New York.

Sa vie privée était plus discrète. Il s'était remarié, avait deux fils et une fille, vivait à Long Island dans un manoir de plus de vingt pièces, dont les jardins se comparaient aux Tuileries. Il distribuait de l'argent avec une générosité sans pareille à quantité d'œuvres de bienfaisance, publiait des ouvrages de qualité sans souci de rentabilité et soutenait les causes libérales. Il finançait les partis politiques sans trop s'attacher aux étiquettes, mais en gardant un œil sur les réformes sociales.

Son petit déjeuner terminé, Trevayne essaya de se faire une image plus précise de Green.

Pourquoi Genessee Industries ? Pourquoi soutenait-il en sous-main le genre de programme militariste qu'il avait fui et pour lequel il n'avait encore à l'évidence que mépris ? Comment un homme qui venait en aide aux plus démunis, un partisan convaincu des réformes sociales, pouvait-il se faire le champion du Pentagone ?

À l'aéroport de Westchester, Trevayne rendit la voiture de location, prit des dispositions pour que le Learjet retourne à La Guardia dans le courant de la journée, loua un hélicoptère pour le transporter à Hampton Bays, sur Long Island.

À son arrivée, il loua une autre voiture pour se rendre à Sail Harbour. Au domicile d'Aaron Green.

À Il heures, il se présenta à la grille du manoir. Quand Green le reçut dans le salon, il lut dans le regard du vieux monsieur qu'il avait été averti de sa visite.

Aaron Green avait le front creusé de rides ; son visage exprimait un mélange de chagrin et de colère. Le temps n'avait pas effacé l'accent de sa voix grave, vibrante, bien timbrée.

— C'est le jour du sabbat, monsieur Trevayne. Vous auriez pu en tenir compte, avoir la politesse élémentaire de téléphoner pour vous annoncer. Nous sommes attachés à la religion, dans cette maison.

— Toutes mes excuses, je l'ignorais. Mon emploi du temps est très serré, j'ai décidé à la dernière minute de passer vous voir. J'étais chez des amis, pas loin d'ici... Je peux revenir un autre jour...

— N'essayez pas de vous rattraper ! Nous sommes à East Hampton, pas à Boise. Suivez-moi.

Green conduisit Trevayne dans une vaste galerie vitrée qui donnait sur deux pelouses. Il y avait une profusion de plantes, le mobilier était en fer forgé blanc, avec des dizaines de coussins en tissu imprimé. On eût dit un jardin d'hiver au milieu d'une chute de neige.

C'était ravissant.

— Voulez-vous prendre un café, avec des petits pains au lait ? fit Green en invitant Andrew à s'asseoir.

— Merci.

— Ne laissez pas mon accès de colère vous priver de ces excellentes pâtisseries. Je n'en dirai pas autant du café ; mais notre cuisinière est une perle.

— Votre accès de colère était justifié ; je ne mérite pas votre hospitalité.

— Parfait... Vous acceptez ! Pour ne rien vous cacher, je me réjouis de vous accompagner. On m'interdit ces plaisirs quand je suis seul.

Aaron Green s'avança vers une table basse ; sur le dessus de verre était posé un interphone blanc.

— Ma chère Shirley, fit-il de sa voix sonore, notre hôte aimerait prendre un café et goûter à ces petits pains dont j'ai dit le plus grand bien. Apportez-en pour deux ; inutile d'en parler à Mme Green... Merci, Shirley.

— Trop aimable, fit Trevayne.

— J'ai simplement changé d'attitude — de l'irritation au bon sens. Ce qui me fait *paraître* aimable. Ne vous y trompez pas, monsieur Trevayne... J'attendais votre visite, un jour ou l'autre ; je ne savais pas quand et je n'imaginais pas que ce serait si tôt.

— J'ai cru comprendre que l'on est... nerveux, à la Défense. Je suppose que l'on vous a contacté.

— Absolument ; ils ne sont pas les seuls. Vous provoquez des réactions très vives dans divers milieux, monsieur Trevayne. Vous instillez la peur dans l'esprit d'hommes payés pour ne pas connaître la peur ; s'ils étaient à ma solde, ils ne toucheraient plus rien. Malheureusement, j'emploie le mot sciemment, ils ne sont pas à ma solde.

— Il est donc inutile de tourner autour du pot.

— Ce n'est jamais, à mon sens, une très bonne méthode. J'ai des partisans, mais je les ai achetés. Nous savons tous deux ce qu'avoir de l'argent signifie. Vous avez certainement appris, malgré votre jeunesse, que l'argent engendre les partisans. En soi, l'argent est inutile, mais il peut servir de passerelle ; bien utilisé, il peut propager l'*idée.* L'idée, monsieur Trevayne, est plus grande que le temple... Bien sûr que j'ai des partisans. Ce qui compte à mes yeux, c'est qu'ils fassent connaître et accepter mes idées.

Une domestique en uniforme apparut à l'entrée de la véranda, un plateau d'argent à la main. Green présenta Shirley ; Trevayne se leva et l'aida à poser le plateau sur la table basse en fer forgé.

Shirley se retira aussitôt, en souhaitant bon appétit à Trevayne.

— Cette femme est une perle ! Je l'ai rencontrée au pavillon d'Israël, à l'Exposition de Montréal. Il m'a fallu financer une demi-douzaine d'orangeraies, à Haïfa, pour la convaincre de venir travailler ici... Ah ! ces petits pains ! Servez-vous !

— Délicieux !

— Je vous l'avais dit... Le mensonge rôdera peut-être dans cette pièce, dans le courant de notre conversation, mais les petits pains sont sacrés.

Avec un mélange de méfiance et d'humour, les deux hommes continuèrent d'échanger des banalités, jusqu'à ce qu'il ne reste plus de petits pains. Chacun jugeait l'autre, avec confiance et une pointe d'appréhension, comme deux champions de tennis au moment de la finale.

Green posa sa tasse de café, poussa un soupir audible.

— Maintenant, fit-il, nous pouvons parler. Qu'est-ce qui vous préoccupe, monsieur le président de la sous-commission ? Qu'est-ce qui vous amène dans cette maison, dans des circonstances fort inhabituelles ?

— Genessee Industries. Vous distribuez, en partie par le biais de votre agence, une somme officiellement établie à sept millions de dollars par an — notre estimation est plus proche de douze, au bas mot — dans le but de persuader nos concitoyens que les activités de Genessee Industries sont vitales pour la protection de notre pays. Ces pratiques, nous le savons, ont cours depuis au moins dix ans. Le total des sommes distribuées se situe donc dans une fourchette comprise entre soixante-dix et cent vingt millions de dollars. Peut-être plus.

— Ces chiffres vous effraient ?

— Je n'ai pas dit cela. Vous aviez raison tout à l'heure : ils me préoccupent.

— Pourquoi ? Même l'écart entre les chiffres peut être expliqué ; vous êtes dans le vrai, c'est le plus élevé.

— Expliqué peut-être, mais justifié ?

— Cela dépend devant qui... Je peux tout justifier.

— Comment ?

Green se cala dans son fauteuil ; le patriarche va dispenser sa sagesse, se dit Trevayne.

— Pour commencer, un million de dollars ne représente pas autant d'argent que le pense Monsieur Tout-le-Monde. Le budget publicitaire de General Motors s'élève à vingt-deux millions par an ; celui du service des Postes à dix-sept.

— Vous choisissez les deux plus grosses entreprises de biens de consommation... Trouvez autre chose.

— Elles sont minuscules en comparaison du gouvernement ; comme le gouvernement est le principal client, ou consommateur, de Genessee, on peut y trouver une certaine logique.

— Je n'y crois pas.

— Tout dépend du point de vue à partir duquel on se place, monsieur Trevayne. Si vous regardez un arbre, vous verrez le reflet du soleil sur son feuillage ; si je regarde le même arbre, je verrai la lumière du soleil filtrant entre les feuilles. On pourrait croire qu'il s'agit de deux arbres et non d'un seul.

— Je ne saisis pas l'analogie.

— Vous êtes parfaitement capable de la voir ; vous refusez simplement de le faire. Vous ne percevez que le reflet, pas ce qu'il y a dessous.

— Les énigmes m'insupportent, monsieur Green, surtout celles qui cachent un piège. Sachez que j'ai une petite idée de ce qu'il y a dessous ; c'est pour cette raison que je me trouve chez vous dans ces circonstances fort inhabituelles.

— Je vois, fit Green en hochant lentement la tête.

Encore le patriarche indulgent, qui accepte le jugement sans importance d'un inférieur.

— Vous êtes dur, poursuivit Green, vous êtes coriace... Vous avez de l'estomac.

— Je n'ai pas besoin de ça ; je n'ai rien à vendre.

Aaron Green frappa violemment du plat de la main l'accoudoir de son fauteuil.

— Bien sûr que vous avez quelque chose à vendre ! s'écria le vieux juif d'une voix tonnante, en dardant sur Trevayne des yeux ardents de colère. La marchandise la plus méprisable qu'il soit donné à un homme de vendre : le contentement de soi, ce narcotique. Quelle faiblesse ! J'attendais mieux de vous.

— Non coupable... La seule chose que j'aie à vendre est l'affirmation que les contribuables sont en droit de savoir comment est dépensé l'argent public. Si ces dépenses résultent d'un besoin ou si un monstre industriel a grossi au point de devenir insatiable. Un monstre contrôlé par une poignée d'hommes qui décident arbitrairement de la répartition de millions de dollars.

— Enfant ! Vous n'êtes qu'un enfant... Quel est cet arbitraire ? De qui est-il le fait ? Vous vous érigez en juge des besoins ? Vous donnez à entendre qu'il existe sur la Terre une intelligence universelle ? Où était-elle, cette intelligence, dans les décennies passées, quand tous les conflits ont éclaté ? Elle se réfugiait dans la faiblesse, dans le contentement de soi. Et il a fallu en payer le prix ; avec le sang de centaines de milliers de beaux jeunes gens... Avec la vie de millions d'enfants innocents, poursuivit Green en baissant la voix, et celle de leurs parents poussés en longs cortèges dans les chambres de la mort. Ne me parlez pas d'arbitraire ! Vous êtes un imbécile.

Trevayne attendit que Green se calme.

— Je pense, monsieur Green, et je le dis avec respect, que vous mettez en pratique des solutions à des problèmes d'un autre temps. Les problèmes d'aujourd'hui sont différents ; les priorités aussi.

— Paroles creuses. Raisonnement de pleutre.

— Il n'y a plus guère de place pour les héros à l'époque atomique.

— Encore des conneries ! lança le vieux juif avec un rire grinçant.

Il joignit les mains, les coudes collés au corps.

— Dites-moi, monsieur Trevayne, quel est mon crime ? Il ne m'est pas apparu clairement dans vos propos.

— Vous le savez aussi bien que moi. Utilisation irrégulière de fonds...

— Irrégulière ou illégale ? demanda Green d'une voix traînante, en séparant les mains, la paume levée.

Trevayne attendit un instant avant de répondre, pour marquer son dégoût.

— C'est à la justice qu'il appartiendra d'en décider ; nous nous contentons de faire des recommandations.

— Comment ces fonds seraient-ils utilisés ?

— Pour exercer des pressions. Je soupçonne que d'énormes subventions sont réparties de manière à s'assurer des soutiens ou à éliminer l'opposition aux contrats Genessee. Dans quantité de secteurs. Syndicalistes, techniciens de pointe, parlementaires, pour n'en citer que trois.

— Vous *soupçonnez* ? Vous portez des accusations sur de simples soupçons.

— J'en ai assez vu ; ce ne sont que des exemples.

— Qu'avez-vous donc vu ? Des hommes s'enrichir au-delà de ce que leurs compétences pourraient leur rapporter ? Des réalisations sans valeur financées par Genessee Industries ? Alors, monsieur le président, montrez-moi cette corruption morale. Qui, je vous le demande, a été corrompu ; qui en a souffert ?

Andrew remarqua l'expression de triomphe contenu sur le visage d'Aaron Green ; il comprit que les pratiques de corruption de Genessee étaient imparables. Du moins pour ce qui concernait les sommes colossales distribuées par Green, pour les opérations les plus importantes. Rien n'était versé qui ne pouvait être justifié au regard de la loi, de la logique ou des sentiments. Quoi de plus logique que de limiter les revendications des centrales nationales en distribuant de l'argent de poche et des garanties de représentativité locale à Ernest Manolo, le jeune baron du syndicalisme, en Californie du Sud ? Et le brillant Ralph Jamison ; fallait-il empêcher un cerveau de cette qualité de fonctionner, de produire, sous prétexte qu'il était perturbé par des problèmes, réels ou imaginaires ? Quant à Mitchell Armbruster, c'était peut-être le cas le plus désolant. Mais qui pouvait mettre en cause l'utilité de sa clinique pour cancéreux ? Et celle des unités médicales qui sillonnaient les ghettos ? Comment qualifier de corruption ces investissements ? Quel inquisiteur sans pitié oserait établir des liens, au risque de tarir cette générosité ?

Nous ne voulons pas un inquisiteur.

— Alors ? demanda Aaron Green en se penchant en avant. Il vous est difficile d'être plus précis sur cette dépravation massive que vous avez mise au jour ? Allons, monsieur le président, donnez-en au moins un exemple.

— Vous êtes incroyable.

— Comment ? fit Green, perplexe. Qu'est-ce qui est incroyable ?

— Vous devez avoir des tonnes de documents pour expliquer l'utilisation de ces fonds. Si je choisissais un exemple isolé, vous auriez un roman à me montrer.

— J'ai retenu la leçon de l'humoriste Shalom Aleichem, fit Green en souriant. Je n'achète pas un bouc sans testicules. Choisissez, monsieur le président ; donnez-moi un exemple de cette dégénérescence et je téléphone devant vous. En quelques minutes, vous connaîtrez la vérité.

— Votre vérité.

— N'oubliez pas l'arbre, monsieur Trevayne. Duquel parlons-nous ? Du vôtre ou du mien ?

Andrew se représenta un coffre-fort renfermant des milliers de fiches soigneusement annotées, un répertoire géant de la corruption. Corruption pour lui, justification pour Aaron Green. Ce devait être quelque chose de ce genre.

Il faudrait des années pour s'y retrouver dans une telle encyclopédie, à condition de mettre la main dessus.

— Pourquoi, monsieur Green ? demanda-t-il doucement.

— Parlons-nous, comme on dit, à titre confidentiel ?

— Je ne puis le promettre. Par ailleurs, je n'ai pas l'intention de passer le reste de mes jours avec cette sous-commission. Si je vous épingle, si je présente à la justice cette documentation monumentale que vous détenez, j'ai dans l'idée que nous passerions tout notre temps sous le feu des projecteurs. Je n'en ai aucune envie ; je pense que vous le savez.

— Suivez-moi.

Green se leva avec difficulté, comme un vieil homme, un homme fatigué. Il s'avança jusqu'à la porte à claire-voie donnant sur la pelouse de derrière. Un cache-nez de laine était suspendu à un crochet fixé au mur. Green le prit, s'en entoura le cou.

— Je suis comme une vieille femme ; je ne sors pas sans mon châle. Vous êtes jeune, l'air frais vous fera du bien. La neige n'attaquera pas le bon cuir de vos chaussures... Quand j'étais gosse, à Stuttgart, mes chaussures n'étaient pas en cuir ; j'avais toujours les pieds gelés.

Il ouvrit la porte, conduisit Trevayne au fond de la pelouse enneigée, bordée d'arbustes bâchés ; ils passèrent devant une table de marbre blanc et une tonnelle treillissée. Derrière la tonnelle, ils contournèrent un grand érable du Japon, tournèrent à droite. Cette partie de la pelouse, bordée d'un côté par l'érable, de l'autre par des arbustes à feuilles persistantes, formait une sorte de large allée.

Le regard de Trevayne fut aussitôt attiré par les lumières dansantes.

Au fond de l'allée une étoile de David en bronze était suspendue à une trentaine de centimètres du sol. Elle ne mesurait que cinquante à soixante centimètres ; de chaque côté, une niche abritait une flamme. C'était une manière d'autel miniature, protégé par les deux langues de feu.

— Pas de larmes, monsieur Trevayne. Pas de lamentations. Il y a près d'un demi-siècle aujourd'hui... En mémoire de ma femme. Ma première épouse, monsieur Trevayne, et mon premier enfant. Une petite fille... Nous nous sommes vus pour la dernière fois à travers des barbelés. Une horrible clôture rouillée, sur laquelle je me suis arraché la peau des mains...

Aaron Green s'interrompit, leva les yeux vers Trevayne. Il semblait parfaitement calme. Si les souvenirs étaient douloureux, le chagrin était enfoui au plus profond de lui. Mais le souvenir de l'horreur restait perceptible dans sa voix ; elle recelait une violence froide, absolue, sur laquelle il n'y avait pas à se tromper.

— Plus jamais, monsieur Trevayne. Plus jamais ça.

33

Paul Bonner ajusta la minerve pour que le frottement soit moins irritant. Le vol depuis l'aéroport de Westchester, coincé dans l'espace exigu du siège de l'avion, avait été éprouvant. Selon la version donnée à ses collègues du Pentagone, il avait voulu devancer la saison de ski dans l'Idaho, mais on ne l'y reprendrait plus.

Il avait une autre version pour le général de brigade Lester Cooper ; il lui dirait toute la vérité.

Et il exigerait des réponses.

En sortant de la cabine d'ascenseur, à l'étage des huiles, Paul Bonner tourna à gauche. Il marcha jusqu'au bout du couloir, s'arrêta devant la dernière porte et frappa.

Le général haussa les sourcils en voyant le bras bandé et la minerve, mais parvint à masquer sa surprise. Il fallait à tout prix éviter la violence physique ; habitué à la violence, enclin à la rechercher, Bonner avait engagé l'action sans autorisation.

Qu'avait-il bien pu faire ?

Qui avait-il mouillé ?

— Que vous est-il arrivé ? demanda le général d'un ton glacial. Vos blessures sont graves ?

— Je vais bien, mon général... Pour savoir ce qui m'est arrivé, j'aurai besoin de votre aide.

— Vous avez l'esprit d'insubordination, commandant.

— Désolé, mon général ; le cou me fait souffrir.

— Je ne sais même pas où vous étiez ; comment pourrais-je vous aider ?

— En me disant pourquoi les agents du Service secret ont été renvoyés, de manière que Trevayne tombe dans une embuscade.

Cooper se dressa derrière son bureau, le visage livide. Incapable de trouver ses mots, il bafouilla quelques syllabes.

— Qu'est-ce que vous racontez ? parvint-il à articuler.

— Mes excuses, mon général. Je voulais savoir si vous étiez au courant... À l'évidence, non.

— Répondez-moi !

— Je n'ai rien à ajouter. Les deux gardes de la Maison-

Blanche, les agents du Service secret... Quelqu'un connaissant les codes d'identification leur a donné l'ordre d'abandonner leur poste. Après quoi, Trevayne a été suivi ; il devait être éliminé.

— Comment le savez-vous ?

— J'y étais, mon général.

— Bon Dieu de bon Dieu !... souffla Cooper d'une voix à peine audible.

Quand il leva les yeux vers Bonner, son expression était celle d'un sous-off ahuri, non d'un officier général au comportement exemplaire dans trois guerres, un homme que Bonner, jusqu'à ces trois derniers mois, avait tenu en très haute estime. En un mot, un chef.

Ce n'était plus le même homme ; celui qu'il avait devant les yeux était un être fragilisé, en pleine désagrégation.

— C'est la vérité, mon général.

— Comment est-ce arrivé ? Racontez-moi ce que vous pouvez.

Bonner fit le récit des événements.

Sans rien laisser de côté.

Au long du récit, Cooper garda les yeux fixés sur un tableau accroché au mur ; une huile représentant une ferme du XVIIIe siècle restaurée, avec un arrière-plan de montagnes. La résidence du général à Rutland, Vermont. Il y serait bientôt, définitivement.

— Il ne fait aucun doute que vous avez sauvé la vie de Trevayne, fit Cooper, quand Bonner eut terminé.

— C'est ce qui m'a poussé à agir comme je l'ai fait ; les coups de feu tirés sur moi ont été une confirmation. Mais nous n'avons pas la preuve que leur intention était de le tuer ; si de Spadante survit à ses blessures, nous le découvrirons peut-être... Ce qu'il importe de savoir, mon général, c'est pourquoi il était à Barnegat. Qu'a-t-il à voir avec Trevayne ? Ou avec nous ?

— Comment voulez-vous que je le sache ? lança Cooper en reportant son attention sur le tableau.

— J'en sais déjà trop pour me contenter de cette réponse.

— Surveillez vos paroles, commandant, riposta Cooper en plongeant les yeux dans ceux de Bonner. Personne ne vous a donné l'ordre de suivre cet homme jusque dans le Connecticut. Vous l'avez fait de votre propre chef.

— J'ai eu votre autorisation pour l'avion. En ne vous opposant pas à mes projets, vous donniez votre consentement tacite.

— Je vous ai aussi donné l'ordre d'appeler avant 21 heures, pour me rendre compte de l'évolution de la situation ; vous avez négligé de le faire. En l'absence de ce rapport, toute décision relevait d'une initiative personnelle. Quand un officier ne reçoit pas d'un subordonné...

— Foutaises !

Le général Lester Cooper se dressa derechef derrière son bureau, mû cette fois non par la surprise, mais par la colère.

— Vous n'êtes pas dans la chambrée d'une caserne, *soldat*, et je ne suis pas votre adjudant ! J'attends des excuses immédiates ! Estimez-vous heureux de ne pas avoir à répondre d'un délit d'insubordination.

— Je suis content de voir que vous vous rebiffez, mon général ; je commençais à m'inquiéter... Je vous prie de me pardonner ce juron, mon général ; je regrette de vous avoir offensé. Mais je crains de ne pouvoir retirer ma question..., mon général ! Quel rapport a Mario de Spadante avec l'enquête que Trevayne est en train de mener sur nous ? Si vous refusez de répondre, mon général, je m'adresserai plus haut !

— Taisez-vous !

Cooper respirait vite ; de grosses gouttes de sueur s'étaient formées à la naissance des cheveux. Il baissa la voix ; ses épaules s'affaissèrent, il cessa de rentrer le ventre. Bonner trouva la transformation pathétique.

— Suffit, commandant ! Ce n'est plus de votre compétence ! De la mienne non plus.

— Je ne puis accepter cette réponse, mon général. De Spadante est une ordure ; cette ordure m'a dit qu'il lui suffisait de passer un coup de téléphone au Pentagone pour faire de moi un colonel. Comment peut-il affirmer cela ? Qui aurait-il appelé ? Pourquoi, mon général ?

— Qui il aurait appelé, répéta posément Cooper en se rasseyant. Voulez-vous que je vous le dise ?

Bonner sentit une vague de dégoût monter en lui.

— Eh oui, commandant... Son appel serait arrivé dans ce bureau.

— Je ne le crois pas.

— Dites que vous refusez de le croire... N'en tirez pas des conclusions hâtives. J'aurais pris son appel, ce qui ne signifie pas que je me serais conformé à ses désirs.

— Il est déjà assez grave qu'il soit en mesure de vous joindre.

— Croyez-vous ? Est-ce pire que les centaines de contacts que vous avez pris, de Vientiane au delta du Mékong... jusqu'au dernier, à San Francisco, si je ne me trompe. De Spadante est-il tellement plus méprisable que les « ordures » à qui vous avez eu affaire ?

— C'est totalement différent. Il s'agissait de missions de renseignement, en territoire hostile, le plus souvent. Vous le savez.

— Des renseignements payés, qui nous permettaient de nous rapprocher de nos objectifs du moment. Où est la différence, commandant ? De Spadante a une utilité. Et nous sommes en territoire hostile, pour le cas où cela vous aurait échappé.

— Quelle utilité ?

— Je ne puis vous donner une réponse complète ; je ne dispose pas de tous les éléments. Même si c'était le cas, je ne suis pas sûr que je le ferais. Je peux dire que l'influence de De Spadante est considérable dans un certain nombre de secteurs vitaux. Les transports en particulier.

— Je croyais qu'il était dans la construction.

— Certainement ; vous pouvez ajouter le réseau routier et les activités portuaires. Il est très écouté par les compagnies de navigation et les transporteurs routiers. Il a notre soutien, en cas de besoin.

— Vous voulez dire que nous avons besoin de lui ? lança Bonner d'un ton incrédule.

— Nous avons besoin de tout et de tout le monde, commandant ; je n'ai pas à vous le dire. Regardez ce qui se passe au Congrès. Tous les crédits budgétaires que nous demandons subissent des réductions drastiques. Nous sommes les boucs émissaires des politiciens ; ils ne peuvent vivre sans nous, mais refusent de vivre avec nous. Les temps sont difficiles, commandant...

— Et nous faisons appel à des criminels, à des hommes de main ? Nous demandons le soutien de la mafia ?

— Nous faisons ce que nous pouvons. Vous me surprenez, Bonner, vous me stupéfiez. La manière dont les gens gagnent leur vie vous a-t-elle jamais empêché de faire appel à leurs services ?

— Non, sans doute. Je savais que je les utilisais, pas l'inverse. Les conditions étaient particulières ; on vit différemment dans la jungle. J'avais l'idée erronée que vous étiez meilleurs que nous ; oui, mon général, *meilleurs*.

— En découvrant qu'il n'en est rien, vous êtes choqué. Les armes que vous utilisiez dans la plaine des Jars avaient peut-être été chargées à San Diego, grâce à Mario de Spadante ; l'hélico qui est venu vous prendre à quinze kilomètres au sud de Haiphong pouvait être un appareil sorti de la chaîne de fabrication d'une usine où les amis de De Spadante avaient fait capoter une grève. Ne faites pas le dégoûté, Bonner ; cela ne convient pas au « tueur de Saigon ».

Des arrangements se faisaient sur les quais et dans les usines ; Paul le savait. Mais, la nuit précédente, de Spadante et ses tueurs ne se trouvaient pas sur un quai ni dans une usine ; ils étaient chez Trevayne.

— Mon général, reprit-il calmement, avec une véhémence contenue, j'ai rencontré la nuit dernière, sur la propriété du président d'une sous-commission, nommé par le président, avec l'aval du Sénat, deux tueurs à gages et un chef mafieux armé d'un coup-de-poing américain qui m'a lacéré la peau du bras et du cou. Pour moi, ce n'est pas la même chose que de dérober quelques dossiers et d'essayer de bousiller les travaux ou de finasser avec une commission parlementaire déterminée à nous mettre des bâtons dans les roues.

— Pourquoi ? Parce qu'il y a eu un affrontement physique et non sur le papier ?

— Peut-être... Peut-être est-ce aussi simple que cela. Ou parce que je redoute que la prochaine étape soit la nomination des de Spadante de ce monde à l'état-major interarmes. Ou qu'ils enseignent à l'École militaire... Si ce n'est déjà fait.

— Est-il mort ? demanda Robert Webster, d'une cabine téléphonique, dans Michigan Avenue.

— Il a l'âme chevillée au corps, répondit le médecin, lui aussi dans une cabine, à Greenwich. Il devrait s'en sortir.

— Je ne peux pas dire que j'en sois enchanté.

— Il est resté trois heures sur le billard ; ligature d'une dizaine de vaisseaux, suture d'une vingtaine d'autres. La phase critique devrait durer quelques jours, mais il s'en sortira probablement.

— Ce n'est pas ce que nous voulons, docteur. C'est inacceptable... Un accident est vite arrivé.

— Il faut vous ôter cela de la tête, Bobby. L'hôpital grouille d'hommes armés ; toutes les portes, les ascenseurs, jusqu'au toit. Il a même fait venir des infirmières... Si les quatre prêtres qui se relaient dans sa chambre pour être prêts à administrer les derniers sacrements sont des ecclésiastiques, je suis le pape.

— Je répète qu'il faut trouver un moyen !

— Vous ne le trouverez pas ici ; s'il lui arrivait quelque chose maintenant, l'hôpital serait réduit en cendres et nous y passerions tous. Vous comprenez que c'est inacceptable pour moi.

— D'accord, d'accord... Il n'y aura pas d'accident.

— Soyez-en sûr ! Pourquoi voulez-vous l'éliminer ?

— Il a demandé trop de faveurs ; il les a obtenues. Il faut se débarrasser de lui.

— Pas ici, Bobby, répéta le médecin, après un silence.

— Très bien, nous trouverons autre chose.

— À propos, j'ai reçu les papiers de démobilisation. Je suis lavé de tout ; merci mille fois. Vous n'étiez pas obligé d'ajouter la mention honorable, mais ça fait plaisir.

— Vous avez dû faire une hécatombe...

— On peut dire ça, fit le médecin en riant. Si vous avez besoin de quelques dollars, n'hésitez pas à demander.

— Je vous rappellerai.

Webster raccrocha ; gêné par son attaché-case, il eut du mal à ouvrir la porte de la cabine. Il devait trouver ce qu'il ferait de l'Italien ; la situation risquait de devenir dangereuse. Il utiliserait certainement les services du médecin de Greenwich ; sa dette n'était pas encore acquittée, loin de là. Ce médecin qui avait pratiqué des avortements à la chaîne dans plusieurs hôpitaux militaires, en utilisant les installations de l'armée. Deux ans après son internat, il avait amassé une fortune.

Webster héla un taxi. Il s'apprêtait à donner au chauffeur l'adresse de la Maison-Blanche, changea d'avis au dernier moment.

— Douze cent vingt-deux, Louisiana Avenue.

C'était l'adresse à Washington de l'entreprise Gallabretto, le siège de la société de Mario de Spadante.

L'infirmière ouvrit la porte avec gravité. Le prêtre retira la main de l'intérieur de sa veste ; la chaîne d'or à laquelle était attachée une croix fit entendre un petit bruit métallique. Il se leva à l'entrée du visiteur.

— Il garde les yeux fermés, mais ne perd pas un mot de ce qu'on dit, murmura-t-il.

— Laisse-nous, Rocco, fit de Spadante dans un souffle rauque. Tu reviendras quand William partira.

— Oui, patron.

Le prêtre glissa un doigt entre son col dur et la peau de son cou ; il ramassa le petit missel en cuir, ouvrit la porte de la chambre, laissant Mario de Spadante seul avec son visiteur.

— Je ne peux rester que quelques minutes, Mario. C'est tout ce que les médecins m'ont accordé. Tu vas te remettre, tout ira bien.

— Tu as bonne mine, William. Te voilà devenu un gros avocat de la côte ouest ! Tu es bien habillé, je suis fier de toi. Vraiment fier de mon petit cousin.

— Ne gaspille pas tes forces, Mario. Nous avons des choses à nous dire et je veux que tu saches à quoi t'en tenir.

— Écoutez-moi ça, fit de Spadante avec un pauvre sourire. C'est donc toi qu'ils ont envoyé. Imaginez ça, le petit William...

— Laisse-moi parler, Mario... Pour commencer, tu t'es rendu au domicile de Trevayne en espérant le trouver chez lui. Tu n'avais pas son numéro ; il est sur la liste rouge. Tu étais à Greenwich pour affaires et tu as appris que sa femme était hospitalisée. Tu l'avais connu à New Haven, tu l'as retrouvé dans un avion ; tu étais inquiet, c'est tout.

Simple visite de politesse, un peu présomptueuse, peut-être, mais qui colle à ta... spontanéité.

Les yeux mi-clos, de Spadante hocha lentement la tête.

— Tu parles bien, petit Willie Gallabretto, fit-il en ébauchant un autre sourire. Je suis fier de toi. Tu parles si bien.

— Merci, fit l'avocat en jetant un coup d'œil à sa Rolex. Écoute bien, Mario, c'est très important. Chez Trevayne, ta voiture a été bloquée par la neige. La *boue* et la neige. La police le confirmera ; cela nous a coûté mille dollars pour un certain Fowler. Les traces ont été effacées. N'oublie pas : la boue et la neige. Tu ne te souviens de rien d'autre, avant d'avoir été agressé. C'est pigé ?

— Oui, *consigliere*, c'est pigé.

— Bien... Je vais te laisser maintenant. Mes associés à Los Angeles te souhaitent un prompt rétablissement. Tout ira bien, oncle Mario.

— Bien... bien.

De Spadante souleva la main de quelques centimètres. L'avocat attendit.

— Tu as terminé, Willie ?

— Oui.

— Bien... Cesse de parler comme un livre et écoute-moi. Écoute-moi bien... Tu mets un contrat sur le soldat ; je le veux *tormento lento.* Tu fais ça aujourd'hui.

— Non, Mario, pas de contrat. C'est un officier, un fonctionnaire ; pas de contrat.

— Tu discutes mes ordres ? Depuis quand un *caporegime* ose-t-il répondre au *capo di tutti capi* ? J'ai dit un contrat ! Dix mille pour un contrat !

— Nous ne sommes plus au temps du *Parrain,* oncle Mario, fit calmement, presque affectueusement, William Gallabretto. Il existe de meilleurs moyens.

— Meilleurs ? Que peut-il y avoir de meilleur que *tormento lento* ? Une mort lente pour le fumier qui a descendu mon frère ! Tu le sais comme moi ; un couteau dans le dos. Un contrat, je n'ai rien d'autre à dire.

De Spadante prit une longue inspiration avant de reposer la tête sur l'oreiller.

— Écoute-moi, oncle Mario. Cet officier, le commandant Bonner, va être arrêté ; il sera inculpé d'homicide volontaire. Il n'a rien à dire pour sa défense. Bonner a déjà eu maille à partir avec...

— Un contrat, coupa de Spadante, d'une voix qui allait en s'affaiblissant.

— Ce n'est pas nécessaire ; il y a des tas de gens qui cherchent à se débarrasser de Bonner, à le discréditer... Des gens haut placés. Il y a même un journaliste, Roderick Bruce, un chroniqueur réputé. Bonner est un psychopathe ; il aura perpète. Ensuite, dans un pénitencier, il aura droit au couteau.

— Ça ne vaut rien, tu dis des conneries... Reste à l'écart des tribunaux. Non, ça ne vaut pas un clou ; mets un contrat sur lui.

— D'accord, oncle Mario, fit William Gallabretto en s'écartant du lit. Repose-toi maintenant.

34

Assis sur le lit de sa chambre d'hôtel, Trevayne luttait pour garder les yeux ouverts, pour fixer son attention sur les documents dactylographiés. Sentant qu'il était en train de perdre la partie, il appela la réception pour demander qu'on le réveille à 7 heures du matin.

Il avait quitté Aaron Green peu après 13 heures, plus tôt que prévu. Green l'avait invité à déjeuner ; Andrew avait refusé, prétextant qu'il devait se rendre à New York pour affaires. En vérité, il se sentait incapable de rester en compagnie de Green ; il n'avait plus rien à lui dire. Le vieux juif avait démoli tous les arguments qu'il aurait pu invoquer. Quels mots étaient assez forts pour contrebalancer le spectacle de l'autel au fond de la pelouse ou le souvenir des barbelés d'Auschwitz ?

Aaron Green était conséquent avec ses idées ; il croyait profondément aux réformes libérales pour lesquelles il était connu. Sa compassion et sa générosité étaient sincères ; il versait de grosses sommes pour s'efforcer d'alléger les souffrances des plus démunis. Il dépenserait jusqu'à son dernier dollar, il se battrait jusqu'à son dernier souffle pour s'assurer que sa patrie d'adoption conservait les conditions où sa philosophie avait trouvé à s'épanouir. Cette nation devait être la plus puissante ; ses frontières ne pouvaient être menacées par la mollesse des ennemis de l'intérieur. Le bouclier devait être impénétrable.

Green refusait de voir que plus la puissance détenue par les protecteurs — le bouclier — était grande, plus la tentation était forte de confisquer les droits de ceux qu'ils protégeaient.

Trevayne ne pouvait absolument rien faire pour infléchir cette manière de penser.

Dès l'arrivée du Learjet à Chicago, il avait téléphoné à Sam, à Salt Lake City. Vicarson lui avait dit que le dossier Hamilton l'attendait à son hôtel. L'ordre des avocats était fier de Ian Hamilton et disposait d'une abondante documentation. Le reste avait été fourni par le fils d'Hamilton. C'était bien une idée de Sam ; le fils appartenait à la nouvelle génération. En rupture avec les traditions de vieille date de sa famille, il avait créé son propre groupe de folk et parlait de son père sans inhibition. Le fils était arrivé à la conclusion que le père faisait « ce qu'il avait à faire » avec plus d'intelligence que d'imagination, mais qu'il le faisait bien, car il croyait dur comme fer que l'élite devait montrer la voie à la masse.

Pour Trevayne, ce raccourci se révéla l'analyse la plus pénétrante de Ian Hamilton.

Hamilton descendait d'une famille très ancienne et très fortunée de New York. De brillantes études avaient abouti à un diplôme de la faculté de droit de Harvard. Après la guerre, ses diplômes, ses relations et son intelligence lui valurent une suite de situations enviables, dont l'apogée fut une place d'associé dans un des plus prestigieux cabinets de New York, spécialisé dans le droit des sociétés. Hamilton fut appelé à travailler avec les gouvernements successifs et poursuivit sa carrière à Washington où il fut nommé « conseiller auprès du président ».

Deux ans auparavant, à la surprise générale, Hamilton s'était discrètement retiré, en déclarant à quelques amis choisis qu'il allait prendre de longues vacances qu'il espérait bien méritées. Certains avaient lancé sur le ton de la plaisanterie qu'il gagnerait plus en gérant la carrière de son chanteur de fils ; d'autres s'étaient interrogés sur son état de santé. Hamilton avait laissé dire.

Il avait donc quitté Washington pour partir vingt-deux semaines avec sa femme en croisière autour du monde.

Six mois plus tôt, sans tapage, Ian Hamilton avait de nouveau surpris son monde en entrant chez Brandon and Smith, un vieux cabinet de Chicago ; il avait apparemment choisi de mener une vie moins trépidante.

Genessee Industries s'était attaché les services du cabinet juridique le plus réputé du Middle West, Brandon, Smith et Hamilton. Déjà présent au plus haut niveau dans les milieux financiers de l'Est et de l'Ouest — Green à New York, les usines et Armbruster en Californie — il était logique pour la société d'établir un centre d'influence entre les deux.

Si la structure d'ensemble que Trevayne voyait se dessiner était juste.

Une structure d'ensemble qui, avec Ian Hamilton, s'étendait jusqu'aux hautes sphères de l'exécutif. Jusqu'au président. Le pouvoir du conseiller des présidents, bien que discret, était considérable.

Andrew Trevayne irait le surprendre chez lui, le lendemain matin, le jour du Seigneur, comme il avait surpris Aaron Green le jour du sabbat.

Robert Webster souhaita bonne nuit à sa femme en pestant contre le téléphone. Quand ils vivaient à Akron, jamais un coup de téléphone ne l'obligeait à quitter la maison à minuit. Certes ils n'auraient jamais pu se payer la même maison à Akron, et là-bas personne ne recevait de coups de fil de la Maison-Blanche. Cette fois, ce n'était pas le cas.

Webster sortit la voiture du garage et démarra en trombe. On lui avait fixé rendez-vous dix minutes plus tard — il n'en restait plus que huit — à l'intersection de Nebraska Avenue et de la 21e Rue.

Il repéra la voiture, une Chevrolet blanche ; le bras d'un homme sortit par la vitre baissée.

Webster effleura le klaxon ; deux coups brefs.

La Chevrolet répondit par un coup prolongé.

Webster continua de descendre Nebraska Avenue ; la Chevrolet quitta sa place de stationnement et le suivit.

Les deux véhicules atteignirent le vaste parking du vieil amphithéâtre Carter Baron et s'arrêtèrent côte à côte.

Robert Webster descendit, fit le tour de sa voiture pour s'arrêter devant la portière du conducteur de la Chevrolet.

— J'espère que cela vaudra le dérangement ! lança-t-il. J'ai besoin de ma nuit de sommeil !

— Ça vaut le dérangement, fit l'homme au volant, le visage dans l'ombre. Réglez son compte au militaire ; tout le monde est couvert.

— Qui a dit ça ?

— Willie Gallabretto ; c'est réglo. Je suis chargé de vous dire de passer à l'attaque. Mettez-le à l'ombre. Et que ça fasse du bruit !

— Et de Spadante ?

— C'est un homme mort dès qu'il mettra le pied à New Haven.

Robert Webster soupira ; un sourire se dessina sur son visage.

— Ça valait le dérangement, fit-il en tournant les talons.

Sur le panneau de fer forgé, un mot figurait en lettres de cuivre : « Lakeside ».

Trevayne engagea la voiture dans l'allée enneigée, creusée de traces de pneus, qui descendait en pente douce vers la maison. C'était une grande construction blanche, qui semblait avoir été transplantée de quelque plantation du Sud d'avant la guerre de Sécession. Il y avait des arbres partout. Derrière les arbres et la maison s'étendaient les eaux en grande partie gelées du lac Michigan.

Au moment où il arrivait devant le garage, Trevayne aperçut un homme en grosse veste de laine et casquette doublée de fourrure qui promenait un chien sur un sentier. En entendant le bruit du moteur, l'homme se retourna ; le chien, un magnifique Chesapeake Bay Retriever, se mit à aboyer.

Andrew reconnut aussitôt Ian Hamilton ; grand, mince, élégant même en tenue de bûcheron.

— Que puis-je faire pour vous ? demanda Hamilton en s'approchant et en tenant le chien par son collier.

— Monsieur Hamilton ?
— Bon sang ? Andrew Trevayne ! Qu'est-ce que vous faites ici ?
Hamilton sembla un moment désorienté.
Encore un qui a été alerté, se dit Trevayne.
— J'étais en visite chez des amis, à quelques kilomètres d'ici...
Cette variante du mensonge servi à Green visait à dissiper la gêne ; elle ne fut pas plus crue que l'autre. Hamilton, avec une parfaite courtoisie, mais sans enthousiasme, fit semblant de l'accepter et invita Trevayne à entrer. Un grand fcu flambait dans l'âtre du séjour ; les journaux du dimanche étaient éparpillés sur le canapé et sur le parquet, autour d'un fauteuil à dossier réglable. Sur une table, devant une baie vitrée donnant sur le lac, se trouvaient un service à café en argent et les restes d'un petit déjeuner, pour une seule personne.
— Ma femme ne va pas tarder à descendre, fit Hamilton en indiquant un siège à Trevayne. Nous avons un arrangement qui remonte à vingt ans. Le dimanche matin, elle lit et prend son petit déjeuner au lit, pendant que je promène le chien. Nous apprécions tous deux ce moment de solitude... J'imagine que cela fait un peu vieux jeu.
Il se débarrassa de sa veste et de son couvre-chef, emporta le manteau de Trevayne dans le vestibule.
— Pas du tout, fit Trevayne. Cela semble très civilisé, au contraire.
Hamilton le regarda ; même en cardigan usagé, l'avocat ne manquait pas de prestance.
— En effet, c'est civilisé. L'idée est de moi ; cela me fournissait un prétexte pour éviter les appels téléphoniques... ou les visites intempestives.
— Je suis confus.
— Excusez-moi, fit Hamilton en se dirigeant vers la table du petit déjeuner. Ma vie est aujourd'hui infiniment moins fatigante qu'elle ne le fut pendant trente ans. Je n'ai pas lieu de me plaindre. Voulez-vous un café ?
— Merci.
— Trente ans, reprit Hamilton. On dirait un vieillard ; je n'aurai que cinquante-huit ans en avril. La plupart des hommes de mon âge sont en pleine activité... Walter Madi-

son, par exemple. Vous êtes un client de Madison, n'est-ce pas ?

— Oui.

— Vous lui transmettrez mes amitiés. Je l'ai toujours bien aimé ; un esprit agile, mais soucieux de l'éthique. Vous avez un bon avocat, monsieur Trevayne.

Hamilton revint s'asseoir sur le canapé, posa sa tasse et sa soucoupe sur la table en chêne.

— Je sais. Il m'a souvent parlé de vous ; il vous tient pour un homme brillant.

— Brillant ?... Le mot est galvaudé ; on l'emploie à tort et à travers, de nos jours. Une plaidoirie est brillante, un danseur est brillant ; un livre, une coiffure, des plans, une machine... L'an dernier, j'ai entendu un voisin le dire du crottin de cheval utilisé dans son jardin...

— Je suis sûr que Walter l'emploie à bon escient.

— Le jugement est flatteur... Assez parlé de moi. Je suis en semi-retraite aujourd'hui, contrairement à mon fils qui fait parler de lui.

— J'ai lu un bon article dans *Life,* le mois dernier. Il a du talent.

— Je préfère ce qu'il fait maintenant ; c'est plus réfléchi, moins impulsif... Mais vous n'êtes pas venu parler des œuvres de la famille Hamilton, monsieur Trevayne.

Andrew fut surpris par la transition abrupte ; il comprit que Hamilton avait mis à profit l'échange de banalités pour rassembler ses esprits, préparer sa défense.

— Les œuvres de la famille Hamilton, reprit Trevayne, après un silence. Le terme est bien choisi. Je suis venu vous voir, monsieur Hamilton, parce qu'il m'a paru nécessaire de parler de votre œuvre. Pour ce qui concerne Genessee Industries.

— À quel titre ?

— En ma qualité de président de la sous-commission formée par la commission du budget de la Défense.

— Une sous-commission aux pouvoirs limités, si je ne me trompe.

— Nous avons celui de citer des témoins.

— Que je contesterais immédiatement, si vous l'exerciez.

— Il n'a pas été besoin, jusqu'à présent, d'en arriver là.

— Genessee Industries, reprit Hamilton sans insister, est un client de notre cabinet. Un client important et respecté ; il est hors de question de violer le secret professionnel. Votre visite risque d'être inutile, monsieur Trevayne.

— Ce qui m'intéresse, monsieur Hamilton, remonte à près de deux ans ; la sous-commission, voyez-vous, s'efforce d'assembler les pièces d'un puzzle financier.

— Il y a deux ans, je n'avais rien à voir avec GIC.

— Peut-être pas directement, mais, selon certaines rumeurs...

— Ni directement ni indirectement, coupa Hamilton.

— Vous étiez membre de la commission des Importations.

— Absolument.

— Un ou deux mois avant que soit rendue publique la décision de cette commission sur les quotas d'acier, Genessee Industries a importé un tonnage considérable des usines Tamishito, réalisant des économies colossales. Quelques mois plus tard, GIC a émis des certificats d'investissement par l'entremise du cabinet Brandon et Smith. Trois mois après cette opération, ce même cabinet vous a pris comme associé principal. La succession des événements présente une certaine cohérence.

Ian Hamilton s'était raidi sur le bord du canapé ; ses yeux étincelaient de fureur contenue.

— Jamais, en trente-cinq ans de pratique, lança-t-il d'une voix glaciale, je n'ai vu des faits dénaturés de la sorte. Ce ne sont qu'imputations diffamatoires. Et vous le savez, Trevayne...

— Non, je ne sais pas ; plusieurs membres de la sous-commission ne le savent pas plus que moi.

Hamilton demeura impassible, mais Trevayne vit sa bouche se tordre imperceptiblement. Le stratagème marchait ; Hamilton redoutait par-dessus tout la publicité.

— Je vais vous éclairer, vous et vos collaborateurs si mal renseignés, reprit l'avocat. Tous ceux qui s'intéressaient à l'acier il y a deux ans savaient que des quotas d'importation allaient être fixés. Le Japon, la Tchécoslovaquie... même les usines chinoises, via le Canada, ne pouvaient satisfaire les commandes américaines. Ils étaient débordés... Une règle de production élémentaire veut qu'un acheteur unique soit préférable à plusieurs. Cela revient moins cher, monsieur Trevayne... Genessee Industries, qui disposait de ressources supérieures à la concurrence, devint de ce fait le principal acheteur de Tamishito. Ils n'ont pas eu besoin de moi pour le leur dire.

— Je ne doute pas que ce soit un raisonnement logique pour les spécialistes ; je ne suis pas sûr, en revanche, que le contribuable qui règle la note y soit sensible.

— Un argument captieux, monsieur Trevayne. Vous le savez, encore une fois. Le citoyen américain a le sort le plus enviable qui soit ; les cerveaux les plus brillants, les hommes les plus dévoués veillent sur lui.

— Je partage cet avis, mais je préférerais « travaillent pour lui ». Ils sont payés pour cela.

— Peu importe ; les définitions sont interchangeables.

— Espérons-le... Vous êtes donc entré chez Brandon et Smith à un moment on ne peut plus propice.

— Restons-en là, voulez-vous ?... Si vous insinuez qu'il y a eu réciprocité, j'imagine que vous avez des preuves à l'appui de vos allégations. Mon intégrité est établie, Trevayne. À votre place, je ne m'engagerais pas dans cette voie.

— Je connais votre réputation et la haute estime dans laquelle on vous tient... C'est pour cette raison que je suis venu vous mettre en garde, pour vous laisser le temps de préparer vos réponses.

— Me mettre en garde ?

Hamilton en resta pantois.

— Des irrégularités ont été constatées ; il vous faudra en répondre.

— Devant qui ? demanda l'avocat, qui n'en croyait pas ses oreilles.

— La sous-commission, en séance publique...

— En séance publique... répéta Hamilton, l'air stupéfait. Vous ne parlez pas sérieusement.

— Je crains que si.

— Vous n'êtes pas en droit de traîner qui bon vous semble devant votre sous-commission. En séance publique !

— Les témoins comparaîtront volontairement, monsieur Hamilton. Du moins, nous le préférerions.

— Vous le préféreriez ? Vous avez perdu la tête ! Il

existe des lois qui protègent les droits fondamentaux, Trevayne. Vous ne pouvez harceler impunément un citoyen...

— Ce n'est pas du harcèlement ; il ne s'agit pas d'un procès.

— Vous savez très bien ce que je veux dire !

— Vous n'avez pas l'intention d'accepter notre invitation ?

Les yeux plissés, l'avocat lança un long regard à Trevayne. Il avait flairé le piège et ne se laisserait pas prendre aussi facilement.

— Je vous communiquerai à titre personnel les renseignements relatifs à mon association professionnelle avec le cabinet Brandon et Smith. Cela répondra à votre question et je n'aurai plus de raison de paraître devant votre sous-commission.

— Comment ?

Hamilton n'aimait pas être bousculé. Il savait à quel point il pouvait être dangereux de dévoiler sa défense à un adversaire. Il lui était pourtant difficile de ne pas répondre.

— Je vous remettrai des documents qui montrent que je n'ai aucune participation aux bénéfices provenant de l'émission des certificats d'investissement. Je n'étais pas encore associé à Brandon et Smith ; je ne participe pas aux bénéfices et je ne l'ai jamais demandé.

— Je vois, fit Trevayne en souriant. Il devrait donc être on ne peut plus simple pour vous de nous faire parvenir ces documents et de réfuter les allégations. L'affaire de quelques minutes.

— J'ai dit que je *vous* remettrais les documents. Je n'ai pas dit que je me soumettrais à un interrogatoire. Je n'ai pas à me justifier.

— Vous nous flattez, monsieur Hamilton, en nous présentant comme une manière de grand jury.

— J'imagine que vous fixez les règles de la procédure suivie par votre sous-commission. À moins que vous ne cachiez votre jeu.

— Pas intentionnellement. Pour dire les choses autrement, sachez que les documents de ce genre ne sont pas de nature à m'impressionner. Je crains de devoir demander votre comparution.

Hamilton fit un grand effort pour ne pas sortir de ses gonds.

— J'ai passé près de deux décennies à Washington, monsieur Trevayne. J'ai quitté la capitale de mon propre chef et j'y ai conservé de solides relations.

— Dois-je prendre cela comme une menace ?

— J'ai des raisons personnelles de ne pas souhaiter participer au spectacle que compte donner votre sous-commission. Je comprends parfaitement que vous n'ayez peut-être pas le choix ; mais j'insiste pour qu'on respecte ma vie privée.

— Je ne vous suis pas très bien.

— Si vous n'acceptez pas mes justifications à titre personnel, si vous insistez pour que je comparaisse devant votre sous-commission, j'userai de toute mon influence — y compris au ministère de la Justice — pour que la vérité soit connue sur vous. Je vous tiens pour un individu égocentrique, qui ne songe qu'à soigner sa réputation en diffamant les autres. Si je ne me trompe, quelqu'un vous a déjà mis en garde contre ce regrettable penchant. Cette personne est morte peu après, dans un accident de la route, à Fairfax, Virginie... Il y a de quoi se poser des questions.

Ce fut au tour de Trevayne de ne pouvoir cacher sa surprise. La colère — la peur, la panique — avait poussé Hamilton à dévoiler le lien qu'il cherchait. Une telle naïveté était presque risible. Décidément, se dit Trevayne, aucun d'eux ne me prend au mot. J'ai beau répéter que je n'ai rien à perdre — ni à gagner, d'ailleurs —, ils ne me croient pas.

— Je pense, monsieur Hamilton, reprit-il, que nous devrions cesser de nous menacer. Surtout dans votre intérêt... Dites-moi si votre influence englobe le sénateur Mitchell Armbruster, le juge Joshua Studebaker, un syndicaliste du nom de Manolo. Sans oublier Ralph Jamison, qui, comme des centaines ou des milliers d'autres scientifiques, est payé grassement par les laboratoires Genessee, auxquels il voue une fidélité inébranlable. Ni Aaron Green, que vous avez convaincu de recréer le climat militariste qui a conduit sa femme et sa fille dans les chambres à gaz. Qu'avez-vous à répondre, maître ? Est-ce avec ces gens-là que vous comptez me menacer ? Croyez-moi, je suis déjà terrifié par ce que je sais sur eux.

Ian Hamilton donna l'impression d'un homme qui vient d'assister à une pendaison, à une exécution capitale. Il resta un long moment sans voix ; Trevayne ne voulut pas rompre le silence. Quand l'avocat reprit la parole, ce fut d'une voix presque inaudible.

— Qu'avez-vous fait ?

— Mon travail, monsieur Hamilton ; mais j'ai idée que ce n'est qu'un début. Je peux aussi parler d'un sénateur irréprochable, élu dans le Maryland, qui a très bien réussi ; d'un de ses collègues, du Vermont, qui n'est pas à plaindre non plus... Et de ceux qui sont moins respectables en apparence. Des gens comme Mario de Spadante et ses amis bien intentionnés, experts à manier des armes de toutes sortes. Ils se débrouillent, merci pour eux... Je suis sûr qu'il reste beaucoup à découvrir ; les autres se contentent de leur sphère d'influence, mais vous êtes au cœur du pouvoir.

— Vous ne savez pas de quoi vous parlez, fit Hamilton d'une voix rauque.

— Si. C'est pourquoi je vous ai gardé pour la bonne bouche ; vous êtes le dernier sur ma liste. Nous avons des points communs, monsieur Hamilton ; les autres sont mus par un intérêt ou un besoin. Quelque chose à quoi ils aspirent dans le domaine matériel ou bien quelque chose à réparer, à venger. Pas nous ; du moins je ne vois pas ce que cela pourrait être. Si vous souffrez d'un complexe de Raspoutine, vous avez choisi un étrange moyen ; une semi-retraite, loin de Washington... Je veux des réponses ; si je ne les obtiens pas, je vous traînerai devant la sous-commission.

— Suffit !

Hamilton bondit du canapé et s'avança vers Trevayne.

— Vous allez faire énormément de mal, monsieur Trevayne. Vous ne pouvez soupçonner à quel point votre ingérence peut être dangereuse pour ce pays !

L'avocat se dirigea à pas lents vers la baie vitrée ; il était évident pour Trevayne que Hamilton s'était décidé à jeter le masque.

— Pourquoi dites-vous cela ? Je suis un être raisonnable.

— Je l'espère, fit Hamilton. Je vois depuis si longtemps des hommes dévoués à leur patrie faire des pieds et des mains pour tenter d'arracher des décisions d'une importance capitale à une bureaucratie tatillonne et pétrifiée. Nous sommes devenus un pays ingouvernable, poursuivit-il en se retournant. Un géant gauche, emprunté, grotesque. Grâce aux techniques de communication instantanée, le processus de décision est entré dans deux cents millions de foyers mal informés. Cette démocratisation a nécessairement provoqué une baisse catastrophique du niveau général. Nous avons encouragé, nous avons choisi la médiocrité !

— Voilà un tableau très sombre, monsieur Hamilton. Je ne suis pas sûr qu'il corresponde à la réalité ; pas dans cette mesure, en tout cas.

— Bien sûr que si... Vous le savez bien.

— J'aimerais que vous cessiez de répéter cette phrase. Non, je ne le sais pas.

— Vous devez avoir perdu votre sens de l'observation, répliqua l'avocat. Depuis une vingtaine d'années, l'économie est devenue impossible à maîtriser ; récession, inflation, chômage endémique. Les problèmes des grandes villes font peser la menace d'une révolution. Les émeutes, la répression policière, la corruption des syndicats et des dirigeants d'entreprises, les grèves incontrôlées, les forces armées où l'incompétence et le désordre sont de règle... Oserez-vous affirmer que ce sont les produits d'une société organisée, Trevayne ?

— Ces troubles résultent de l'examen de conscience auquel s'astreint une société marquée par le scepticisme. Nous n'avons pas le même point de vue ; s'il y a quantité d'éléments dramatiques, beaucoup d'autres sont salutaires.

— Absurde... Vous avez monté une entreprise, Trevayne ; aurait-elle prospéré de la même manière si les décisions avaient été laissées aux soins de vos employés ?

— Nous étions les spécialistes ; les décisions nous appartenaient.

— Vous ne comprenez donc pas ?... Les décisions sur le plan national et international sont laissées aux employés.

— Les employés élisent les spécialistes. Le bulletin de vote...

— Le bulletin de vote est la réponse de notre époque à la médiocrité !

Trevayne regarda longuement l'avocat ; il allait le laisser s'enferrer.

— Quelles que soient vos raisons, reprit-il, la sous-commission doit s'assurer que des actes illégaux n'ont pas été commis. Nous ne sommes pas... des inquisiteurs ; nous sommes raisonnables.

— Il n'y a pas d'illégalité, monsieur Trevayne, reprit Hamilton d'un ton plus conciliant. Nous formons un groupe apolitique dont le seul but est de contribuer au bien commun. Nous ne recherchons aucun profit personnel.

— Quel est le rôle exact de Genessee Industries ? Je dois le savoir.

— Ce n'est qu'un instrument. Imparfait, certes, mais vous avez déjà découvert...

Ce qui suivit terrifia Trevayne au-delà de ce qu'il croyait possible ; une impression encore accentuée par l'apparente tranquillité de l'avocat. Sans entrer dans les détails, Hamilton fit en termes généraux la description d'un gouvernement d'une puissance potentiellement supérieure à celle de la nation qui l'abritait.

Genessee Industries était beaucoup plus qu'un « instrument ». C'était — ou cela devait devenir — un conseil de l'élite. Grâce aux ressources colossales de l'entreprise, ceux qui avaient le privilège de mettre en œuvre la politique de Genessee seraient en mesure de réagir promptement quand un problème à l'échelle nationale menacerait de dégénérer en crise grave. Ils n'en étaient pas encore là, mais tout dépendrait de la rapidité de la réaction et de la capacité de disposer de capitaux considérables ; sans que des considérations politiques viennent entraver leur action.

Ces capitaux seraient alloués par un corps d'élite composé d'hommes avisés, des hommes de bonne volonté, dédiant leurs efforts à l'avenir de l'Amérique.

Une Amérique pour tous.

Ce n'était qu'une question de méthode.

— Notre patrie est une république, monsieur Trevayne, poursuivit l'avocat en s'asseyant en face d'Andrew. La démocratie n'est qu'une abstraction... Une des définitions de « république » est un État gouverné par ceux qui ont *qualité* pour voter, pour déterminer sa politique. Il est impensable, de nos jours, de mettre cette définition en pratique, mais peut-être pas de l'adapter à notre époque. Il y a des précédents historiques.

— Je vois, fit Trevayne.

Il lui fallait maintenant poser une question, ne fût-ce que pour voir comment Hamilton l'esquiverait.

— Ceux qui ont qualité pour déterminer une politique, pour s'assurer que tout se passe selon leur volonté, ne sont-ils pas enclins à chercher des solutions finales ?

— Jamais, répondit l'avocat avec une sincérité tranquille. Il n'y a pas de mobiles, pas de noirs desseins... Vous avez dit quelque chose qui m'a frappé ; vous êtes venu me voir en dernier parcc que, comme vous, je n'ai ni besoins ni vengeance à assouvir... Certes, on ne connaît jamais les problèmes de l'autre, mais c'est la vérité ; mes besoins sont satisfaits, mes vengeances de peu d'importance. Nous ne sommes, ni vous ni moi, des comètes politiques ; nous avons fait nos preuves, nous sommes capables de réflexion et d'esprit de décision, nous nous soucions du sort des plus démunis. Nous sommes l'aristocratie qui doit gouverner la république. Il nous faudra bientôt choisir entre accepter cette responsabilité ou assister à la fin de la république.

— Une monarchie éclairée ?

— Pas une monarchie, non ; une aristocratie. Mais pas celle du sang.

— Le président est-il au courant ?

— Non, répondit Hamilton, après une hésitation. Il n'a même pas conscience de l'infinité de problèmes que nous avons résolus pour lui. Des problèmes qui ont disparu d'eux-mêmes... Nous sommes toujours à sa disposition.

Trevayne se leva ; il était temps de partir, de réfléchir.

— Vous avez joué cartes sur table, monsieur Hamilton. Je vous en remercie.

— Mais vous ne connaissez pas le dessous de toutes ces cartes ; je n'ai pas donné de noms, pas de détails. Rien que des idées générales, nourries d'exemples... de responsabilité collective.

— Ce qui signifie que, si je fais allusion à cette conversation...

— Quelle conversation, monsieur Trevayne ?

— Bien sûr, je vois...

— Vous voyez le bien qui peut en résulter ? Les possibilités extraordinaires ?

— Absolument. Mais on ne connaît jamais les problèmes de l'autre ; n'est-ce pas ce que vous avez dit ?

Trevayne quitta Evanston et suivit la route bordée de congères ; il conduisit lentement, se laissant dépasser par les rares conducteurs du dimanche, sans penser ni à sa vitesse ni à sa destination. Incapable de chasser de son esprit les incroyables révélations qu'on venait de lui faire.

Un conseil de l'élite.

Les États-Unis de Genessee Industries.

TROISIÈME PARTIE

35

Robert Webster sortit par le portique est de la Maison-Blanche, se dirigea vers le parking. Il s'était retiré au beau milieu de la réunion préparatoire à la conférence de presse, laissant ses suggestions à un des autres assistants. Il n'avait pas de temps à perdre à ce travail de routine ; il y avait des problèmes beaucoup plus importants à régler. À organiser, pour être plus précis.

Les renseignements communiqués clandestinement à Roderick Bruce feraient naître des rumeurs qui se propageraient dans les couloirs du Congrès et des ministères concernés, avant de faire les gros titres des journaux. De ces manchettes qui démolissent le crédit d'un président de sous-commission et détruisent la sous-commission elle-même.

Webster était content de lui. La solution pour Mario de Spadante menait directement à l'élimination de Trevayne. Avec une étonnante limpidité. Il ne restait plus, en prime, qu'à livrer Paul Bonner à la plume acérée de Roderick Bruce.

Tout était déjà établi dans les grandes lignes. Les étroites relations de travail entre de Spadante et Trevayne. Leur rencontre discrète, à la faveur de la nuit, dans le Connecticut, alors que Trevayne était censé être à l'autre bout du pays. Le vol à destination de Washington, avec Mario comme compagnon de voyage ; le trajet en limousine de l'aéroport au Hilton. Trevayne et de Spadante invités à dîner à Georgetown, chez un attaché d'ambassade français soupçonné d'avoir partie liée avec le milieu.

C'était plus que suffisant.

Andrew Trevayne et Mario de Spadante marchaient la main dans la main.

Quand de Spadante serait abattu à New Haven, sa mort serait attribuée à une guerre des clans de la mafia. Mais les médias n'oublieraient pas de mentionner que Trevayne s'était rendu au chevet du mafioso une semaine avant l'assassinat.

Corruption.

Tout se passera bien, se dit Webster en tournant dans Pennsylvania Avenue. De Spadante serait éliminé et Trevayne disparaîtrait de la circulation.

Ces deux-là avaient des réactions par trop imprévisibles. Il ne pouvait plus fairc confiance à Trevayne, qui avançait à pas de géant, mais dont la seule demande d'information avait été sur Mario de Spadante. Rien d'autre ; c'était devenu trop dangereux. Trevayne aussi serait éliminé, si besoin était, mais une enquête à grande échelle risquerait de se retourner contre eux. Ils n'étaient pas prêts.

Pour de Spadante, il n'y avait pas à hésiter ; il devait être éliminé. Le mafioso était allé trop loin, s'était infiltré trop profondément. Webster avait fait appel à lui dans le seul but de régler des problèmes dont la mafia pouvait aisément se charger. Voyant les possibilités que recelaient ces relations avec des hommes puissants, installés à des postes de commande, il s'était enraciné.

De Spadante devait être éliminé par les siens, pas par des éléments étrangers à son univers ; cela pourrait se révéler désastreux.

Willie Gallabretto l'avait compris. La famille Gallabretto ne supportait plus les méthodes musclées de l'oncle du Connecticut. Les Gallabretto formaient la nouvelle race : éducation conventionnelle, diplômes d'études supérieures, recherche de la respectabilité. Ils étaient en rupture avec les méthodes de leurs ancêtres venus de l'ancien monde.

Webster tourna dans la 27e Rue ; il regarda les numéros sur les façades. Il cherchait le 112.

L'immeuble de Roderick Bruce.

Le regard de Paul Bonner passa de la lettre que venait de lui remettre le capitaine du bureau du prévôt au visage de l'officier, adossé avec nonchalance au chambranle de la porte.

— Qu'est-ce que ça signifie, capitaine ? C'est une blague de très mauvais goût !

— Ce n'est pas une blague, mon commandant. Vous êtes consigné au quartier des officiers, à Arlington, jusqu'à nouvel ordre. Vous allez être jugé pour homicide volontaire.

— Quoi ?

— L'État du Connecticut a engagé des poursuites. Le ministère public a accepté que votre détention soit de la responsabilité de l'armée ; c'est une faveur. Quel que soit le verdict, la famille du défunt, August de Spadante, réclame cinq millions de dollars... Nous trouverons un arrangement ; personne ne vaut cette somme.

— Un arrangement ? Un homicide ? Ces fumiers voulaient abattre Trevayne. Que fallait-il faire ?... Les laisser le tuer ?

— Avez-vous la moindre preuve, mon commandant, qu'August de Spadante soit arrivé avec l'intention de nuire ? Même dans une disposition hostile ? Si vous avez quelque chose, dites-le ; nous n'avons rien trouvé.

— Vous êtes drôle ; il était armé, prêt à tirer.

— Votre parole contre la sienne. Il faisait sombre ; aucune arme n'a été retrouvée.

— Elle a été escamotée.

— Prouvez-le.

— Deux agents du Service secret ont été rappelés pendant leur service à l'hôpital de Darien. On a tiré sur moi, sur la route de Barnegat. J'ai mis mon agresseur hors de combat et lui ai pris son arme.

Le capitaine s'avança lentement vers le bureau.

— Nous avons lu ça dans votre rapport. L'homme que vous accusez d'avoir tiré sur vous affirme ne pas avoir eu d'arme en sa possession. Vous avez sauté sur lui.

— Et j'ai pris son feu ; je peux le prouver ! Je l'ai donné à Trevayne.

— Vous lui avez donné *un* pistolet ; une arme non déclarée, sans autres empreintes que les vôtres et celles de Trevayne.

— Où l'aurais-je pêché ?

— Bonne question ; la partie adverse affirme qu'il ne lui appartient pas. Je me suis laissé dire que vous en possédez des quantités.

— Foutaises !

— Aucun agent du Service secret n'a reçu l'ordre de quitter Darien ; leur présence n'y était pas prévue.

— Qu'est-ce que vous racontez ? Vérifiez sur le tableau de service !

— C'est fait. L'équipe chargée de la protection des Trevayne a été rappelée à la Maison-Blanche pour une autre mission. La surveillance a été confiée aux autorités locales, par l'intermédiaire du shérif du comté de Fairfield, Connecticut.

— Mensonge ! s'écria Bonner en bondissant de son siège. C'est moi qui ai demandé à Washington d'envoyer la police locale.

— Une erreur du Contrôle de sécurité de la Maison-Blanche, peut-être ; pas un mensonge. C'est ce qu'affirme Robert Webster, conseiller à la présidence. Il dit être sûr que Trevayne a été informé du changement.

— Alors, où était la police locale ?

— Dans une voiture, sur le parking.

— Je n'ai vu personne !

— Avez-vous cherché ?

Bonner réfléchit ; il revit le panneau dirigeant les automobiles vers l'arrière de l'hôpital.

— Non, répondit-il. S'ils se trouvaient sur ce parking, ils étaient très mal placés.

— C'est indiscutable ; du travail cochonné. Mais ce sont des flics de campagne.

— Vous êtes en train de dire, capitaine, que j'ai mal interprété tout ce qui s'est passé... La patrouille, les coups de feu, le truand armé... Je ne commets pas des erreurs de ce genre !

— C'est l'opinion du ministère public. Vous ne faites pas des erreurs de ce genre ; vous mentez.

— Allez-y mollo, capitaine ! Je ne suis pas trop handicapé par mes blessures.

— Suffit, commandant ! Je suis là pour vous défendre ; un des gros obstacles sera justement cette réputation qui vous colle à la peau d'attaquer sans provocation. Une propension, sur le terrain, à l'homicide injustifiable. Si vous me démolissez le portrait, cela n'arrangera pas vos affaires.

Bonner prit une longue inspiration pour se calmer.

— Trevayne me soutiendra ; il rétablira la vérité. Il était sur place.

— A-t-il entendu des menaces ? A-t-il vu — même de loin — des gestes pouvant être interprétés comme hostiles ?

— Non, répondit Bonner, après un silence.

— Et la domestique ?

— Non plus... Elle s'est occupée de mon cou tandis que Trevayne me posait un garrot sur le bras.

— Ça ne suffit pas ; Mario de Spadante invoque la légitime défense. Vous avez braqué une arme sur lui et l'avez frappé à la tête.

— Après qu'il m'eut labouré le cou avec son coup-de-poing américain.

— Il reconnaît la possession de cette arme ; l'amende est de cinquante dollars... Et les deux autres, le défunt et celui que vous avez assommé, ont-ils attaqué les premiers ?

Le capitaine observa attentivement Bonner.

— Non.

— Vous êtes sûr que nous ne trouverons rien ?

— Oui.

— Merci pour votre franchise. Nous sommes coincés avec la première victime ; ses blessures ont été provoquées par un coup assené par-derrière. Un mensonge vous condamnerait.

— Je ne mens pas.

— D'accord, d'accord.

— Avez-vous parlé au général Cooper ?

— Nous avons pris sa déposition. Il déclare avoir autorisé un transport aérien au départ de Boise, Idaho, mais tout ignorer de votre escapade dans le Connecticut. Vous avez affirmé à l'officier des Opérations, à Andrews, que vous aviez l'autorisation de Cooper ; il y a contradiction. Cooper ajoute que vous avez omis de l'informer par téléphone de vos déplacements.

— Difficile quand on est en train de se faire lacérer le visage !

— Mon commandant, poursuivit le capitaine en s'écartant du bureau, le dos tourné à Bonner, j'ai une question à poser. Sachez que je ne me servirai de la réponse que si j'estime qu'elle peut nous être favorable. Et vous pourrez toujours m'en empêcher. Qu'en dites-vous ?

— J'écoute.

— Aviez-vous un accord avec Trevayne et de Spadante ? lança le capitaine en se retournant tout d'un bloc. Vous êtes-vous fait piéger, après avoir remis quelque chose dont vous ne pouvez parler ?

— Vous êtes à côté de la plaque, capitaine.

— Dans ce cas, que faisait de Spadante à Barnegat ?

— Je l'ai dit : un contrat sur Trevayne. Je ne me trompe pas là-dessus.

— En êtes-vous certain ? Trevayne était censé être à Denver, où plusieurs réunions étaient prévues. Personne n'avait aucune raison d'en douter, sauf s'il avait été prévenu. Pourquoi Trevayne serait-il revenu dans le Connecticut, sinon pour rencontrer de Spadante ?

— Pour voir sa femme à l'hôpital.

— À vous d'être à côté de la plaque, mon commandant. Nous avons conduit toute la journée avec le personnel de l'hôpital des interrogatoires de nature confidentielle ; Mme Trevayne n'a subi aucun examen. C'était du bidon.

— Qu'en concluez-vous ?

— Je pense que Trevayne avait rendez-vous avec de Spadante et que vous avez commis la plus grosse bourde de votre carrière.

Roderick Bruce sortit la feuille de sa machine à écrire et s'installa dans le fauteuil fabriqué sur mesure. Le coursier du journal attendait dans la cuisine.

Il plaça la feuille au-dessous des autres, commença à relire son article.

La traque touchait à sa fin ; le commandant Bonner ne s'en relèverait pas.

Ce serait justice.

Alex serait vengé. Son cher Alex.

Bruce lut lentement chaque page, savourant sa prose tranchante comme un scalpel. C'était l'article dont rêvait tout journaliste, le récit d'événements terribles qu'il avait prévus, dont il rendait compte avant tout le monde et qu'il étayait avec des preuves irréfutables.

Il revit le visage de son tendre Alex, si seul, égaré, qui n'aimait que ses vestiges de l'Antiquité. Et lui, bien sûr, qu'il appelait toujours Roger ; il disait qu'il se sentait plus proche de lui en l'appelant par son vrai prénom. Comme il l'avait aimé.

Bruce passa à la dernière feuille.

« Quelles que soient les questions — ce ne sont que des questions — que l'on peut se poser sur le passé d'August de Spadante, il était un bon mari et un bon père. Cinq innocents pleurent aujourd'hui devant son cercueil, sans comprendre. August de Spadante avait servi avec courage dans l'armée de son pays. Sa chair meurtrie a emporté dans la tombe des éclats d'obus reçus en Corée.

La tragédie — il n'y a pas d'autre mot — est que les de Spadante de ce monde, des hommes ordinaires, faisant leur devoir de soldat, se trouvent jetés dans des batailles sanglantes *créées* par des bouchers sanguinaires, dévorés d'ambition, imbus de leurs galons et à moitié fous, qui se nourrissent de la guerre, revendiquent la guerre, nous plongent dans la guerre pour assouvir leurs obsessions morbides.

Un de ces hommes, un de ces bouchers, tapi dans l'obscurité, a lâchement plongé un couteau dans le dos d'August de Spadante.

Ce tueur, ce Paul Bonner, n'en est pas à son coup d'essai. Mais il était protégé. Les citoyens de ce pays permettront-ils que leur armée abrite dans son sein des tueurs patentés, qui décident librement de la vie et de la mort d'autrui ? »

Bruce ébaucha un sourire en attachant les feuilles. Il se leva, étira son mètre cinquante-neuf. Il prit une enveloppe de papier kraft dans un tiroir du bureau, y glissa l'article, apposa son cachet.

Il se dirigeait vers la cuisine quand son regard, glissant sur la bibliothèque encastrée, s'arrêta sur le coffret chinois. Il s'arrêta, s'avança vers le meuble, posa l'enveloppe. Il fouilla dans sa poche pour prendre une chaînette ; il saisit le coffret, glissa une clé minuscule dans la serrure et souleva le couvercle.

Les lettres d'Alex.

Adressées à Roger Brewster, poste restante.

Ils devaient être prudents, surtout lui.

Assez jeune pour être son fils, Alex était un spécialiste des langues et civilisations orientales, titulaire du grade de docteur de l'université de Chicago. Alex faisait son service militaire au Bureau des affaires asiatiques, dans les locaux du Pentagone. Un jour, sans avis préalable, sans que rien ne l'y eût préparé, on lui notifia qu'il disposait de quatre heures pour faire ses bagages — pas plus de trente kilos —, mettre ses affaires personnelles en ordre et se présenter à la base aérienne d'Andrews.

Alex était expédié à Saigon, à l'autre bout du monde.

Personne ne voulut dire pourquoi ; Roderick, terrifié pour son amant et pour lui-même, essaya de découvrir ce qui s'était passé.

Ultra-confidentiel, secret défense ; il n'en apprit pas plus.

Les lettres d'Alex commencèrent à arriver. Il faisait partie d'une unité du renseignement qui s'entraînait pour une mission dans les territoires du Nord-Est. On avait besoin d'un interprète américain — impossible de faire confiance aux agents locaux, on se méfiait des fuites —, de préférence un homme connaissant les pratiques religieuses et les superstitions. Les ordinateurs avaient sorti son nom ; c'est ainsi que le chef de son unité, le commandant Bonner, avait présenté les choses. Alex savait que Bonner lui vouait un profond mépris ; il était en butte à des brimades permanentes, des insultes et des brutalités.

Les lettres cessèrent d'arriver. Plusieurs semaines d'affilée, Roderick Bruce se rendit au bureau de poste, jusqu'à deux ou trois fois par jour. Rien.

Et vint la confirmation de l'horrible réalité.

Le nom d'Alex était un nom parmi les autres sur la liste des pertes du Pentagone ; il y en avait trente-huit cette semaine-là. Une enquête discrète permit à Bruce de découvrir qu'Alex avait été fait prisonnier à Chung-Kal, au nord du Cambodge, près de la frontière thaïlandaise. Six hommes seulement, dont Bonner, qui commandait la mission de renseignement, étaient revenus sains et saufs. Le corps d'Alex avait été découvert par des paysans cambodgiens.

Il avait été exécuté.

Quelques mois plus tard, quand le nom de Paul Bonner réapparut, en pleine lumière cette fois, Roderick Bruce comprit qu'il avait trouvé le moyen de venger son amant.

La traque commença ; Bruce annonça qu'il partait en Asie du Sud-Est pour une série de reportages. Il voulait couvrir l'ensemble du conflit en se concentrant sur les acteurs du terrain ; personne ne l'avait très bien fait au Viêt-nam.

Les directeurs de la rédaction de ses journaux étaient aux anges. Des papiers signés Roderick Bruce, expédiés de Da-nang, Sôn Tay ou du delta du Mékong, cela ne pouvait que rappeler les grandes heures des correspondants de guerre. Cela ferait vendre, et la réputation du chroniqueur s'en trouverait rehaussée.

Il fallut à Bruce moins d'un mois pour envoyer son premier papier sur le commandant tenu au secret dans l'attente d'une décision d'un tribunal militaire. D'autres articles suivirent, de plus en plus dommageables pour Bonner. Six semaines après son départ de Washington, Roderick Bruce forgea la formule : « le tueur de Saigon ».

Il l'employa impitoyablement.

Mais le tribunal militaire fit la sourde oreille. Il avait des ordres venus d'en haut ; le commandant Bonner fut discrètement remis en liberté et renvoyé aux États-Unis, pour remplir des tâches obscures dans un bureau du Pentagone.

Maintenant, la hiérarchie militaire allait l'écouter. Trois ans et quatre mois après la mort d'Alex, ils allaient enfin l'écouter. Et faire droit à ses exigences.

36

Trevayne était agacé de sentir Walter Madison hésiter. Il enroula le fil du téléphone autour de son doigt, les yeux fixés sur le journal plié devant lui. Il regardait l'article sur trois colonnes, dans l'angle inférieur gauche de la une. Un titre sobre : *Un officier en détention à la suite d'un meurtre.* Un sous-titre plus accrocheur : *Un ex-commandant des Forces spéciales accusé d'assassinats en Indochine a été inculpé d'homicide volontaire dans le Connecticut.*

Madison débitait des platitudes pour recommander la prudence.

— Walter, lança Trevayne, il ne pouvait faire autrement ! Vous verrez que j'ai raison ; je veux seulement vous entendre dire que vous le défendrez, que vous serez son avocat civil.

— C'est beaucoup demander, Andy. Il y a des préalables dont il faut tenir compte ; y avez-vous pensé ?

— Quels préalables ?

— D'abord, il ne voudra peut-être pas que nous le représentions. Ensuite, je ne suis pas sûr d'en avoir envie ; mes associés protesteront vigoureusement.

— Qu'est-ce que vous me chantez là ?

Andrew sentit la colère monter ; Madison allait refuser, par commodité.

— Je n'ai pas souvenir de protestations vigoureuses quand j'ai soumis à votre cabinet des centaines de propositions de contrat infiniment plus choquantes que la défense d'un innocent. Un homme à qui, entre parenthèses, je dois la vie ; ce qui me permet de continuer à vous verser des honoraires. Me suis-je bien fait comprendre ?

— Avec la clarté qui vous caractérise... Calmez-vous, Andy. Vous étiez sur les lieux ; vous êtes directement mêlé à l'affaire... En montrant de l'empressement à défendre Bonner, nous établissons un lien avec vous et, plus grave, avec de Spadante. Cela ne me paraît pas très habile. Vous me versez aussi des honoraires pour émettre des jugements de ce genre ; vous n'appréciez peut-être pas toujours, mais...

— Peu importe, coupa Trevayne. Je comprends ce que

vous voulez dire, je vous en sais gré. Mais je veux qu'il ait ce qu'il y a de mieux.

— Avez-vous lu la prose de Roderick Bruce ? Elle est très déplaisante. Jusqu'à présent, il vous a épargné ; ce ne sera pas possible beaucoup plus longtemps. J'aimerais quand même qu'il observe une stricte neutralité à votre égard. Il n'en sera plus question si nous représentons Bonner.

— Comment faut-il vous le dire, Walter ? Je me fous de ce que raconte la presse ; croyez-le, je vous en prie ! Ce Bruce est une sale petite ordure, qui trempe sa plume dans le venin et flaire le sang ! Bonner est la cible idéale ; personne n'a de sympathie pour lui.

— Avec juste raison, apparemment ; ce type semble avoir le don de choisir des solutions musclées. Ce n'est pas une question de sympathie ou d'antipathie, mais la condamnation d'un psychopathe.

— Faux ! C'est sur ordre qu'il s'est trouvé dans des situations d'une violence extrême ; il n'en est pas responsable... Écoutez, Walter, je cherche seulement un cabinet réputé, désireux de se charger de l'affaire, qui estime publiquement pouvoir obtenir l'acquittement.

— Cela risque de nous faire beaucoup de tort.

— J'ai dit « publiquement » ; je me contrefiche de ce que vous pensez à titre personnel. Vous changerez d'avis quand vous connaîtrez les faits ; j'en suis sûr.

Il y eut un silence ; Madison poussa un soupir audible.

— Quels faits, Andy ? Existe-t-il des faits irréfutables qui apportent la preuve que Bonner n'a pas poignardé la victime, sans même déterminer qui il était ni ce qu'il faisait là ? J'ai lu les journaux et l'article de Bruce. Bonner ne nie pas ; il invoque des circonstances atténuantes, en affirmant avoir voulu vous protéger. Mais de quoi ?

— On a tiré sur lui ! Sa voiture porte des impacts de balles sur la portière et le pare-brise !

— Vous n'avez pas bien lu l'article de Bruce. La voiture avait une marque de balle sur le pare-brise et trois sur la portière. Ces marques peuvent avoir été faites par le revolver de Bonner ; l'homme qu'il a assommé nie avoir été armé.

— Mensonge !

— Je ne suis pas un grand admirateur de Bruce, mais j'hésiterais à le traiter de menteur. Les faits qu'il indique sont trop précis ; il ne croit pas Bonner, quand il affirme que les gardes du corps ont été rappelés.

— Encore un mensonge. Un instant, Walter... Est-ce que tous ces éléments — les déclarations de Paul, les balles sur la voiture, les gardes du corps — ont été rendus publics ?

— Que voulez-vous dire ?

— Ont-ils été portés à la connaissance du public ?

— Ils sont faciles à réunir d'après les chefs d'accusation et les déclarations de la défense. Aucune difficulté pour un journaliste chevronné, surtout quelqu'un comme Bruce.

— L'avocat militaire de Paul n'a pas tenu de conférence de presse ?

— Bruce n'a pas besoin de ça.

Trevayne oublia temporairement son différend avec Walter Madison. Il concentra son attention sur Roderick Bruce, sur un aspect auquel il n'avait pas encore sérieusement réfléchi. Il avait cru que Bruce en voulait à Bonner parce qu'il était le symbole d'un militarisme fascisant. Mais le journaliste n'avait pas développé cette thèse ; il avait isolé Bonner, en se concentrant sur les événements du Connecticut. Il y avait dans son article des allusions à l'Indochine, aux violences exercées sur le terrain ; ce n'étaient que des allusions. Il n'y était pas question de conspiration, de responsabilité du Pentagone, de considérations philosophiques. Bruce ne parlait que du commandant Bonner, le « tueur de Saigon », de ses actes de violence dans le Connecticut.

Trevayne réfléchissait à toute vitesse ; ce n'était pas logique. Bruce avait les munitions nécessaires pour attaquer les faucons du Pentagone, les tenants d'une ligne dure, qui donnaient les ordres à des officiers comme Paul Bonner. Il ne l'avait pas fait ; il ne s'était même pas interrogé sur les supérieurs de Paul.

Il ne parlait que de Bonner.

L'omission était discrète, mais elle existait.

— Je connais votre position, Walter, et je ne ferai pas de menaces...

— J'espère bien, Andy.

Au tour de Madison de l'interrompre.

— Nous avons eu trop d'années fructueuses pour que tout s'arrête à cause d'un officier qui, à ce que j'ai cru comprendre, n'a pas grand-chose à faire de vous.

— Vous avez raison.

Trevayne baissa la tête ; les paroles de l'avocat le troublaient, mais il n'avait pas le temps d'approfondir le sujet.

— Réfléchissez, reprit-il, parlez-en à vos associés. Donnez-moi une réponse dans deux heures. Si elle est négative, je demanderai à être informé des raisons motivant ce refus ; je pense que vous me devez bien cela. Si c'est oui, je m'attends à des honoraires faramineux.

— Je vous rappelle dans l'après-midi ou en début de soirée. Vous serez à votre bureau ?

— Si je n'y suis pas, Sam Vicarson saura où me joindre. Je serai à Tawning Spring dans la soirée ; j'attends votre réponse.

En raccrochant, Trevayne avait pris sa décision. Sam Vicarson allait faire de nouvelles recherches.

En début d'après-midi, Sam avait réuni tous les articles de Roderick Bruce où Paul Bonner, le « tueur de Saigon », était mentionné.

Il était difficile de déterminer si les invectives étaient dirigées contre Bonner ou contre ceux qui protégeaient de leur autorité l'officier des Forces spéciales. Les articles respectaient un certain équilibre. Mais, par à-coups, cette attitude semblait n'être qu'un prétexte, un tremplin pour lancer de nouvelles attaques contre un homme, le monstre qu'était Paul Bonner.

Il était présenté à la fois comme le créateur et le produit d'un système implacable d'exploitation armée ; il devait susciter à la fois le mépris et la pitié.

Puis, comme Trevayne l'avait pressenti, le ton des articles changea. Bruce n'essayait plus d'identifier Bonner à un système ; il n'était plus question de produit, seulement d'un créateur.

Un monstre isolé qui bafouait l'uniforme.

Cela faisait une différence.

— Il veut le voir devant un peloton d'exécution, conclut Vicarson.

— Assurément, fit Trevayne, et je veux savoir pourquoi.

— Malgré ses complets de Savile Row et les restaurants chics qu'il fréquente, Bruce appartient à la nouvelle gauche branchée.

— Dans ce cas, pourquoi ne réclamer qu'une seule tête ?... Cherchez où Bonner est enfermé. Je veux le voir.

Paul Bonner se débarrassa de la minerve et s'adossa au mur, à croupetons sur le lit. Andrew resta debout ; les premières minutes de leur entretien avaient été marquées par des moments de gêne. La pièce était petite, un garde restait en faction dans le couloir ; le commandant avait expliqué qu'il n'avait le droit de sortir que pour faire un peu d'exercice.

— C'est mieux qu'une cellule, j'imagine, fit Andy.

— Pas tellement.

— Je sais que vous ne pouvez, ou ne voulez, parler de certaines choses, commença prudemment Trevayne, mais je veux vous aider. J'espère ne pas avoir à vous en convaincre.

— Je vous crois ; mais je ne pense pas avoir besoin d'aide.

— Vous paraissez sûr de vous.

— Cooper doit revenir dans quelques jours. Je suis déjà passé par là, vous le savez. Pour l'instant, il y a du tintamarre ; tout se calmera et je serai discrètement transféré ailleurs.

— Vous croyez ça ?

— Oui, répondit Bonner, l'air pensif. Pour des tas de raisons. Si j'étais à la place de Cooper, je ferais exactement comme lui ; je laisserais l'excitation retomber... J'ai eu le temps de réfléchir. Les voies de l'armée sont impénétrables, ajouta-t-il avec un petit rire.

— Avez-vous lu les journaux ?

— Bien sûr ; je les avais lus aussi, il y a trois ans. À l'époque, je valais dix minutes aux infos du soir ; aujourd'hui, c'est tout juste si on m'accorde quelques secondes. Mais j'apprécie votre offre ; d'autant plus que, la dernière fois, je vous ai envoyé au diable.

— J'imagine que c'était un aller simple.

— Oui, Andy ; vous faites beaucoup de dégâts. Je ne suis qu'une victime sans importance... et temporaire.

— J'espère que vous ne vous endormez pas dans une fausse sécurité.

— Ce sont bien des paroles de civil ; pour nous, sécurité a une autre signification. Quelles sont ces choses dont je ne voudrais ou ne pourrais parler ?

— J'aimerais savoir pourquoi vous êtes la bête noire de Roderick Bruce.

— Je me suis souvent posé la question. Un psychiatre de l'année m'a dit que je suis tout ce que Bruce voudrait mais ne peut être ; qu'il extériorise sa propre agressivité sur une machine à écrire. Une explication plus simple est que j'incarne les gros crédits budgétaires de la Défense ; cela apporte de l'eau à son moulin.

— Je n'y crois pas. Vous ne l'avez jamais rencontré.

— Non.

— Vous n'avez jamais fait sauter des articles qu'il aurait pu envoyer d'Indochine ? Pour des raisons de sécurité ?

— Je n'ai jamais été en position de le faire. Et je ne pense pas qu'il était là-bas quand je menais des opérations sur le terrain.

— Exact, fit Trevayne en s'asseyant sur l'unique chaise. Il a commencé à tirer sur vous à boulets rouges quand notre ambassade à Saigon a exigé que des poursuites soient engagées contre vous. Bruce écrivait dans ses articles qu'on vous imputait la mort de trois à cinq hommes. Vous avez impliqué la CIA ; auriez-vous provoqué le renvoi de quelqu'un que Bruce aurait pu connaître ?

Bonner regarda Trevayne sans répondre ; il porta la main à son cou, commença à parler d'une voix lente.

— Bon, je vais vous raconter ce qui s'est passé. Il y avait cinq agents doubles, des bridés ; je les ai tous éliminés. Les trois premiers ont mitraillé mon bivouac avec une puissance de feu suffisante pour faire sauter une piste d'atterrissage. Je n'étais pas là, grâce aux types de la CIA, qui m'avaient averti. J'ai descendu les deux autres à la frontière thaïlandaise, quand je les ai surpris avec des Nord-Vietnamiens. Ils utilisaient nos contacts pour acheter des chefs de tribus que j'avais eu un mal fou à amadouer... C'est la CIA qui m'a évacué discrètement.

— Alors, pourquoi avez-vous été inculpé ?

— Vous ne connaissez pas Saigon ; jamais, nulle part,

une telle corruption n'a régné. Deux de ces agents doubles avaient un frère au gouvernement...

Trevayne prit un calepin dans sa poche, commença à le feuilleter.

— Les poursuites ont été engagées contre vous en février ; le 25 mars, Bruce était sur votre dos. Il est allé à Da Nang et dans le delta du Mékong pour interroger tous ceux qui avaient eu affaire à vous.

— Il n'a pas frappé à la bonne porte. J'opérais au Laos, en Thaïlande et surtout au nord du Cambodge. Un groupe de six à huit hommes, presque uniquement des Asiatiques, des civils.

— Je croyais que les Forces spéciales avaient leurs propres unités, fit Trevayne en levant les yeux.

— C'était parfois le cas ; rarement pour moi. Je comprenais les langues thaïes, assez pour me débrouiller en Thaïlande et au Laos. Pas le khmer. Pour les missions au Cambodge, je recrutais quelqu'un, quand nous estimions la sécurité assurée. Ce n'était pas souvent le cas ; il a fallu plusieurs fois demander à l'armée de dénicher quelqu'un que nous pourrions former en très peu de temps.

— Former à quoi ?

— À rester en vie ; cela ne réussissait pas toujours. Il y a le cas de Chung Kal...

Ils continuèrent à parler un quart d'heure ; en partant, Trevayne savait qu'il avait trouvé ce qu'il cherchait.

Sam Vicarson finirait d'assembler les pièces du puzzle.

Vicarson sonna à la porte de la maison de Tawning Spring. Phyllis vint lui ouvrir et l'accueillit avec une vigoureuse poignée de main.

— Je me réjouis de vous savoir sortie de l'hôpital, madame Trevayne.

— Si vous trouvez ça drôle, je ne vous offrirai pas à boire, répliqua Phyllis en riant. Andy est en bas ; il vous attend.

— Merci. Je suis vraiment content que vous soyez sortie.

— Je n'aurais jamais dû y entrer. Dépêchez-vous, il est assez nerveux.

Dans la salle de récréation transformée en bureau, Trevayne était au téléphone ; assis dans un fauteuil, il écoutait avec une impatience qui s'accrut à l'entrée de Vicarson. En quelques phrases frôlant l'impolitesse, il coupa court à la conversation.

— C'était Walter Madison ; je regrette d'avoir promis de jouer franc jeu. Ses associés refusent de se charger de l'affaire Bonner, au risque de me perdre comme client ; Walter leur a dit que cela ne se produirait pas.

— Tout le monde peut changer d'avis.

— Je m'en réserve la possibilité. Leur raisonnement est stupide ; ils respectent les arguments du ministère public et ne trouvent rien en faveur de l'accusé.

— En quoi est-ce stupide ?

— Ils n'ont pas entendu et ne veulent pas entendre la version de l'accusé. Ils ne veulent pas se mouiller, afin de protéger leurs clients.

— C'est stupide... Quoi qu'il en soit, je pense que nous pourrons faire d'un journaliste acharné à sa perte un témoin à décharge pour le commandant. Au minimum, le réduire au silence.

— Bruce ?

— Nous le tenons.

Les recherches de Vicarson avaient été assez faciles. L'homme s'appelait Alexander Coffey. L'officier du Pentagone responsable du Bureau des affaires asiatiques se souvenait que Roderick Bruce avait porté à son attention la formation universitaire de Coffey ; le Pentagone avait été heureux de mettre la main sur lui. Les spécialistes de l'Extrême-Orient n'étaient pas légion. L'officier avait fait part de sa tristesse à l'évocation de l'opération de Chung Kal, ajoutant que cela avait servi par la suite ; il était toujours dangereux d'envoyer un analyste au feu.

Il avait remis à Sam le dossier de Coffey.

Vicarson s'était ensuite rendu aux archives du Smithsonian Institute. L'archiviste en chef se souvenait parfaitement de Coffey ; le jeune homme était un étudiant brillant, homosexuel à l'évidence. L'archiviste avait été étonné que Coffey ne tire pas profit de cette déviance pour se faire réformer.

Vicarson en savait assez. Il ne lui restait qu'à aller voir Paul Bonner à Arlington.

Le commandant n'avait pas oublié Coffey. Il avait eu

du respect pour lui, voire une certaine affection. Le jeune homme avait une connaissance stupéfiante des tribus du nord du Cambodge et d'ingénieuses suggestions sur la manière d'exploiter les symboles religieux lors des premiers contacts. Une méthode hardie, jamais utilisée auparavant.

À l'arrivée de Coffey, Bonner avait été frappé par son extrême mollesse, son inconscience totale des épreuves qu'il aurait à surmonter dans les collines. Sans doute un pédé. En conséquence, Bonner lui en avait fait voir de toutes les couleurs. Six semaines ne suffisaient pas, mais il pouvait essayer de lui apprendre à se sortir d'affaire en cas de pépin.

Cela n'avait pas suffi ; Coffey avait été capturé au cours d'un accrochage. Bonner s'était reproché de ne pas avoir été plus dur avec lui, mais un professionnel ne revenait pas sans cesse sur le passé ; il pouvait seulement en retenir les leçons. S'il se retrouvait un jour dans la même situation, si on lui envoyait une recrue de la même espèce, il se montrerait impitoyable. Pour donner à l'autre une chance de survivre.

— Voilà, fit Sam Vicarson. Son amant n'est pas revenu du front.

— C'est triste, Sam, fit Trevayne avec une petite grimace.

— Bien sûr, mais nous avons de quoi clouer le bec à Bruce. J'aime bien Bonner, vous savez, et le sort de cette petite pédale m'indiffère.

— Je n'en doute pas ; nous allons nous occuper de lui sans tarder.

— Si vous n'avez pas envie de vous salir les mains, je peux le faire à votre place. Ce n'est pas agréable pour quelqu'un comme vous ; moi, je ne suis qu'un avocat de génie, sans racines ; je n'ai que des employeurs influents, qui, j'en suis convaincu, n'oublieront pas ma modeste contribution... Laissez-moi lui botter le cul, j'y prendrai grand plaisir.

— Vous êtes impossible, Sam.

— Votre femme m'a dit un jour qu'elle retrouvait en moi un peu de vous. Le plus beau compliment que l'on m'ait fait à ce jour... Laissez-moi m'en charger ; ce n'est pas pour vous.

— Ma femme est d'un romantisme incurable quand elle

a affaire à des jeunes gens dynamiques. Dans l'immédiat, personne ne se charge de Bruce.

— Pourquoi ?

— Parce qu'il n'agit pas seul. On lui fournit les informations, Sam, il ne travaille pas en solo. Il a des complices parmi ceux que Bonner considère comme ses partisans.

Sam Vicarson leva son verre pour saluer Phyllis qui entrait dans la pièce.

— Une apparition divine !

— Si vous continuez sur ce ton, Sam, vous ne serez pas invité à un dîner aux chandelles, quand Andy sera absent.

— Dès demain soir, glissa Trevayne. Webster m'a confié que le président pense que je devrais entendre ce que de Spadante a à dire, dans l'intérêt de Bonner. Je verrai donc Mario de Spadante demain matin.

— Vous serez de retour dans l'après-midi. Notre dîner aux chandelles est compromis, madame Trevayne.

— Pas du tout, fit Andy. Je veux vous voir demain, à 17 h 30, avec Alan. Tu allumeras les chandelles, Phyllis ; nous en aurons peut-être besoin.

37

Mario de Spadante était agacé par l'infirmière qui tenait à lever le store pour laisser entrer le soleil. C'était une bonne infirmière — pas une des siennes, une employée de l'hôpital —, et Mario était poli avec ceux qu'il ne payait pas. Il laissa le store levé.

Andrew Trevayne venait d'arriver ; il était en bas. Il avait garé sa voiture sur le parking deux minutes plus tôt et n'allait pas tarder à entrer dans la chambre. Mario avait fait monter le lit au maximum et baisser le fauteuil réglable ; le jeune garde du corps à la mise soignée avait souri quand Mario lui avait donné l'ordre d'effectuer les opérations. Le jeune homme était un des assistants de William Gallabretto. Il savait que Mario pouvait lui ordonner de sortir d'un instant à l'autre ; il avait très peu de temps pour accomplir sa tâche.

Fixée au revers de sa veste, sous la forme d'un drapeau américain monté en bijou, se trouvait une caméra miniaturisée ; un fil permettant de déclencher l'obturateur aboutissait dans sa poche gauche.

La porte s'ouvrit, Trevayne entra. Le garde du couloir referma la porte après s'être assuré de la présence de son collègue.

— Asseyez-vous, monsieur Trevayne, fit de Spadante, en tendant une main qu'Andrew fut obligé de serrer.

Le jeune garde avait la main gauche dans la poche ; sans être vu des deux hommes, il exerça plusieurs pressions du pouce sur la commande de l'obturateur.

Trevayne prit place dans le fauteuil pour écourter autant que possible la poignée de main.

— Je n'affirmerai pas que cette visite me réjouit, monsieur de Spadante. Je ne suis pas sûr que nous ayons grand-chose à nous dire.

Bien, Trevayne, se dit le jeune homme. *Prenez un air grave, légèrement méfiant. Cela passera pour de la peur.*

— Nous avons beaucoup à nous dire, *amico.* Je n'ai rien contre vous ; contre le soldat, oui. Il est responsable de la mort de mon petit frère.

— Ce soldat, comme vous dites, a été attaqué ; vous le savez parfaitement. Je suis désolé pour votre frère, mais il était armé et rôdait dans ma propriété. Si vous êtes responsable de sa présence chez moi, vous ne pouvez vous en prendre qu'à vous-même.

— Qu'est-ce que c'est que ça ? Je marche dans le champ de mon voisin et il prend ma *vie* ! Dans quel monde vivons-nous ?

— La comparaison n'est pas valable ; marcher dans un champ n'est pas la même chose que se glisser nuitamment chez quelqu'un avec des pistolets, des couteaux et... comment appelle-t-on cela ? Ah, oui ! un coup-de-poing américain.

Parfait, Trevayne, ce geste de la main, la paume en l'air. Exactement comme il faut. Le capo regime *donnant des explications à son* capo di tutti capi.

— J'ai toujours eu à me défendre, reprit de Spadante.

Mon école était celle de la rue, mes professeurs les gros nègres qui aiment taper sur la tête des petits Italiens. Toujours avoir ce coup-de-poing dans ma poche est une mauvaise habitude, j'en conviens, mais il faut me comprendre... Pas d'armes à feu, jamais !

— Apparemment, vous n'en avez pas besoin, fit Trevayne. On dirait une caricature, ajouta-il en indiquant le garde, debout au fond de la chambre, la main gauche enfoncée dans la poche.

Vous êtes très drôle, Trevayne !

— Toi, dehors !... C'est l'ami d'un cousin. Ils sont jeunes, que voulez-vous ? Allez, dehors !

— Bien sûr, monsieur de Spadante, comme vous voudrez.

Dans la main qu'il retira de sa poche, le jeune homme tenait une boîte de cachous.

— Vous en voulez un, monsieur Trevayne ?

— Non, merci.

— Dehors !... Des cachous, je vous jure !

Tandis que le garde sortait, de Spadante changea pesamment de position.

— Maintenant, nous allons parler, d'accord ?

— C'est pour cela que je suis venu ; j'aimerais que ce soit bref. Je veux écouter ce que vous avez à dire ; je veux que vous m'écoutiez.

— Ne soyez pas si arrogant. Des tas de gens vous trouvent arrogant, vous savez, mais je leur dis que mon *amico* Trevayne n'est pas comme ça. Il a l'esprit pratique, c'est tout, il n'aime pas gaspiller sa salive.

— Je n'ai pas besoin que vous me défendiez...

— Vous avez besoin d'autre chose, coupa l'Italien. Vous avez besoin d'aide.

— Je suis venu vous voir pour une seule raison ; pour vous dire de laisser Bonner tranquille. Vous contrôlez sans doute votre bande de truands, de Spadante ; ils jurent certainement tout ce que vous leur dites de jurer. Mais vous ne résisterez pas à l'interrogatoire que nous vous ferons subir... Vous avez raison, je n'aime pas gaspiller ma salive. On vous a vu malmener et menacer un parlementaire, un soir, sur un golf de Chevy Chase. L'homme qui vous a vu exercer des violences physiques nous a fait part de l'incident, au commandant Bonner et à moi ; c'était suffisant pour que Bonner soit sur ses gardes. Plus tard, on vous a vu à cinq mille cinq cents kilomètres d'ici, à San Francisco, où vous m'aviez suivi. Nous avons un témoignage fait sous serment ; le commandant Bonner avait toutes les raisons de craindre pour ma vie. Au-delà de ces faits irréfutables et des inquiétudes justifiées qu'ils suscitent, il y a d'autres interrogations. Comment un homme comme vous peut-il impunément malmener un parlementaire qui avait eu la témérité de prononcer le nom de Genessee ? Pourquoi m'avez-vous suivi en Californie ? Avez-vous cherché à coincer un de mes assistants sur le quai du Pêcheur ? Pour l'agresser aussi ? Quels sont vos liens avec Genessee Industries ? Le tribunal exigera des réponses à ces questions ; comptez sur moi pour faire le rapprochement avec l'agression contre Paul Bonner... Je me suis renseigné sur le vol de Washington où nous étions voisins. Vous êtes fini, vous manquez par trop de finesse... Vous êtes indésirable.

Un regard chargé de haine filtra entre les paupières mi-closes du mafioso. Mais il répondit d'une voix calme, seulement un peu plus râpeuse qu'à l'accoutumée.

— C'est un mot que vous aimez bien, vous et les vôtres... Nous sommes « indésirables ».

— N'en faites pas une affaire sociologique ; vous êtes mal placé pour cela.

— Même vos insultes ne me dérangent pas, *amico,* fit de Spadante avec un haussement d'épaules. Savez-vous pourquoi ?... Parce que vous êtes un homme préoccupé ; et un homme qui a des préoccupations donne des coups de langue... Je vais quand même vous aider.

— Vous pouvez le faire, mais je doute que ce soit volontaire...

— D'abord, le soldat, poursuivit l'Italien comme si Trevayne n'avait rien dit. Ce soldat, vous l'oubliez ; il n'y aura pas de procès. C'est un homme mort, croyez-moi. Il respire aujourd'hui, mais c'est un homme mort... Maintenant, les bonnes nouvelles. Comme j'ai dit, vous avez des préoccupations ; comptez sur votre ami Mario pour que personne ne profite de la situation.

— De quoi parlez-vous ?

— Vous travaillez dur, Trevayne, vous êtes souvent loin de chez vous...

Andrew se raidit dans le fauteuil.

— Si j'entends dans votre bouche une menace contre ma famille, espèce d'ordure, je ferai en sorte que vous passiez à l'ombre le reste de votre sale vie ! N'y pensez même pas, animal répugnant ! Le président m'a donné toutes les assurances nécessaires ! Un coup de téléphone et je vous fais boucler !

— *Basta !* Rien ne vous autorise à parler comme ça ! Taisez-vous !

De Spadante avait hurlé de toutes ses forces, en se tenant le ventre. Puis, aussi vite que sa voix avait enflé pour atteindre le niveau de véhémence de Trevayne, elle retomba à son volume habituel.

— Ce genre de propos n'a pas lieu d'être. Je respecte la maison d'un homme... ses enfants, ses frères. C'est le soldat qui est l'animal, pas moi.

— Je tiens seulement à ce que vous sachiez ce qui vous attend. C'est trop gros, même pour un truand de votre espèce.

Mario déglutit, s'efforça de contenir sa fureur.

— Si vous avez quelque chose à dire, allez-y, reprit Trevayne en regardant sa montre.

— Bien sûr, bien sûr... Je disais donc que vous êtes souvent loin de chez vous ; il ne vous reste peut-être pas assez de temps pour vous occuper comme il faudrait de votre famille. Vous avez des problèmes. Un grand fils qui boit trop, qui a des trous, après une soirée trop arrosée. Ce n'est pas trop grave, sauf s'il renverse des piétons. Je connais par exemple un vieux monsieur de Cos Cob qui a été blessé par votre fils.

— Mensonge !

— Nous avons des photos ; au moins une douzaine de photos, prises de nuit, d'un jeune homme hagard, devant sa voiture. Le jeune homme et la voiture sont dans un triste état ; le vieux monsieur aussi. Il a reçu de l'argent pour se taire et ne pas causer d'ennuis au jeune homme. J'ai les chèques et, bien entendu, un témoignage écrit. Ce n'est pas trop grave non plus ; les fils de millionnaires ont d'autres valeurs que le commun des mortels. Les gens le comprennent... Pour votre fille, ce fut un peu plus difficile. Une sale affaire, à deux doigts de mal tourner. Votre ami Mario a fait des pieds et des mains pour la protéger... pour vous protéger.

Trevayne se cala dans le fauteuil ; son visage n'exprimait aucune colère, juste un dégoût mêlé d'ironie.

— L'héroïne, fit-il simplement. C'était vous.

— Moi ? Vous n'avez pas bien entendu... Une jeune fille, peut-être parce qu'elle s'ennuie, parce que ça l'excite, se procure de l'héroïne...

— Vous imaginez vraiment pouvoir prouver cela ?

— Plus de deux cent mille dollars de turque de première qualité ; peut-être a-t-elle mis sur pied un petit réseau. Les écoles privées sont devenues des plaques tournantes du trafic ; vous le savez, n'est-ce pas ? Vous avez dû lire dans les journaux que la fille d'un diplomate s'est fait prendre, il y a quelques mois. Il n'avait pas un ami comme votre ami Mario.

— Je vous ai posé une question ; croyez-vous pouvoir prouver quelque chose ?

— Vous m'en croyez incapable ? lança de Spadante avec véhémence. Ne soyez pas si bête ! Vous êtes bête, monsieur l'arrogant ! Vous croyez connaître tous ceux avec qui votre petite fille a été vue ? Je tiens à la disposition de l'inspecteur Fowler, de la police de Greenwich, une liste de noms et d'endroits. Qui vérifiera ? Dix-sept ans n'est plus un âge si tendre aujourd'hui ; et deux cent mille dollars...

Trevayne se leva, à bout de patience.

— Vous me faites perdre mon temps, de Spadante. Vous êtes encore plus fruste et obtus que je ne le pensais. Vous m'expliquez que vous avez manigancé des situations se prêtant à un chantage ; je suis sûr que tout est bien conçu. Mais vous avez commis une grosse erreur ; deux erreurs. Vous êtes dépassé et vous ne connaissez pas votre sujet. Vous avez raison de dire que dix-sept ans n'est plus un âge tendre ; vous faites partie de ce que les jeunes gens ne peuvent plus supporter. Maintenant, que vous le vouliez ou non...

— Et quarante-deux ?

— Comment ?

— À quarante-deux ans, on n'est plus une enfant. Vous avez une femme séduisante. Une belle femme, la quarantaine, tout l'argent dont elle a besoin et, peut-être, des appétits qui ne sont pas satisfaits dans sa grande et belle maison au bord de l'océan. Une femme qui a eu de gros problèmes avec l'alcool, il y a quelques années.

— Vous vous engagez sur un terrain glissant, de Spadante.

— Écoutez-moi et ouvrez grandes vos oreilles !... Certaines de ces femmes de la haute vont dans de grands hôtels, comme le Plaza...

— Pour la dernière fois...

— Avant d'arriver au Plaza — où, naturellement, elles ont réservé une chambre —, elles donnent un coup de téléphone, à un certain numéro. Pas de complications, pas d'inquiétudes, aucun souci ; tout est très discret, satisfaction garantie. Si vous saviez à quels jeux elles jouent ! Vous ne me croiriez pas, *amico* !

Trevayne pivota brusquement sur lui-même, se dirigea vers la porte. La voix de l'Italien — légèrement plus forte — l'arrêta net.

— J'ai une déclaration sous serment d'un détective de l'hôtel, un homme d'une excellente réputation. Il fait ce métier depuis longtemps ; il a tout vu. Il les repère au premier coup d'œil. Le contenu de sa déclaration n'est vraiment pas beau. C'est la vérité ; ce qu'il a vu.

— Vous êtes une pourriture, de Spadante.

C'est tout ce que Trevayne trouva à dire.

— Je préfère cela à « indésirable », *amico.* C'est plus fort, plus positif ; vous voyez ce que je veux dire ?

— Avez-vous terminé ?

— À peu près. Je voudrais ajouter que ces ennuis familiaux resteront très confidentiels. Ces fardeaux sont en sécurité avec moi. Les journaux, les télévisions, les radios n'en sauront rien. Je garderai le secret. Voulez-vous savoir pourquoi ?

— Je suis peut-être en mesure de le deviner.

— Sans doute... Vous allez tranquillement rentrer à Washington et en finir avec votre sous-commission. Vous rédigerez un beau rapport qui fera tomber quelques têtes — nous vous dirons lesquelles — et vous mettrez la clé sous la porte. Avez-vous compris ?

— Et si je refuse ?

— Vous tenez vraiment à faire subir ces *rifiuti* à votre famille ? Pensez au petit vieux de Cos Cob et aux photos du jeune homme éméché ; ce ne sera pas beau à voir à la une des journaux. Et les deux cent mille dollars d'héroïne pure que les flics ont trouvée ? Sans oublier votre séduisante épouse dans la chambre du Plaza et le détective de l'hôtel, un policier à la retraite, qui a décrit tout ce qu'il a vu. Cela rappellerait de mauvais souvenirs, comme ces problèmes avec l'alcool ; ceux-là étaient bien réels. Vous savez comment sont les gens ; ils ne feront pas confiance à une ex-alcoolo. Ils se diront qu'elle peut avoir recommencé ; ou qu'elle est accro à autre chose. Vous savez comment ils sont.

— Tout ce que vous dites n'est que mensonges !

— Vous niez, il fallait s'y attendre... Mais certains de ces éléments sont solides, Trevayne. Vraiment solides. J'ai lu un jour que des accusations de ce genre — lorsqu'il y a un fondement, des antécédents, quelques photos — font la une de nos quotidiens. Les démentis viennent plus loin, coincés entre des publicités. Faites votre choix, monsieur Trevayne ; pesez bien le pour et le contre.

Andrew vit un sourire se former lentement sur les grosses lèvres du Sicilien, une lueur de satisfaction haineuse briller dans ses petits yeux.

— J'ai l'impression que vous avez attendu longtemps ce moment, de Spadante.

— Toute ma vie, sale porc arrogant... Maintenant, débarrassez le plancher et faites ce que j'ai dit. Vous êtes comme tous les autres.

38

Quand Robert Webster reçut l'appel téléphonique dans son bureau de la Maison-Blanche, il sut que c'était une urgence. Le correspondant déclara qu'il avait un message d'Aaron Green, que, conformément à ses instructions, il devait le lui communiquer de vive voix. Cela ne pouvait attendre ; il fallait que Webster le rejoigne avant 15 heures.

Les deux hommes convinrent de se retrouver au restaurant La Villa d'Este, à Georgetown ; au bar du premier étage. L'établissement, un mélange délirant de styles victorien et Renaissance italienne, avait six étages et accueillait au déjeuner une foule de touristes. Pas un résident en vue de la capitale ne se montrait à La Villa d'Este avant l'heure du dîner, où aucun touriste ne pouvait réserver une table sans une recommandation de son sénateur.

Webster arriva le premier, ce qui n'augurait rien de bon ; le conseiller à la présidence se faisait un point d'honneur de ne jamais attendre. L'avantage du premier arrivé était souvent perdu en écoutant les explications de l'autre.

C'est ce qui se produisit quand l'envoyé de Green fit enfin son apparition, avec un quart d'heure de retard. Il le justifia en phrases courtes, s'excusant, mais avec une condescendance évidente. Il avait eu quantité de coups de téléphone à donner ; Aaron Green lui avait demandé une foule de choses pour une seule journée à Washington. Il pouvait maintenant consacrer le temps nécessaire à leurs préoccupations immédiates.

Robert Webster observa attentivement son interlocuteur, écouta son discours assuré et comprit soudain pourquoi il se sentait mal à l'aise. L'envoyé de Green était un exécutant, comme lui. Assez jeune, en pleine ascension dans l'univers labyrinthique de la grande entreprise, comme lui dans celui du pouvoir politique. Ils s'exprimaient bien, avaient de l'assurance et un comportement à la fois ferme et docile vis-à-vis de leurs maîtres.

Il y avait pourtant entre les deux hommes une profonde différence dont ils avaient conscience. L'envoyé de Green agissait en position de force, au contraire de Robert Webster.

Il s'était passé quelque chose qui avait une incidence sur la valeur de Robert Webster, qui réduisait son influence. Une décision avait été prise quelque part, autour d'une table de conférences ou de restaurant, qui allait modifier le cours immédiat de son existence.

L'émissaire de Green constituait le premier avertissement et la cause du profond sentiment d'anxiété qui le gagnait. C'était l'étape préliminaire d'un processus conduisant à son exécution symbolique.

Webster savait qu'il allait être mis sur la touche. Il n'était pas parvenu à maîtriser l'essentiel ; au mieux, il pouvait espérer se retirer, en sauvant ce qui pouvait l'être.

— M. Green est très ennuyé, Bobby. Il a cru comprendre que des solutions ont été mises en œuvre sans qu'il eût été consulté. Il ne demande pas qu'on l'appelle chaque fois qu'une décision doit être prise, mais Trevayne est un sujet très délicat.

— Nous ne faisons rien d'autre que le discréditer, en le liant à de Spadante. Pour faire éclater sa sous-commission ; ce n'est pas une grosse affaire.

— Possible. Mais M. Green pense que la réaction de Trevayne pourrait être différente de celle que vous attendez. Qu'il pourrait en faire... une grosse affaire.

— Dans ce cas, M. Green a été mal renseigné. Peu importe la manière dont Trevayne réagit ; aucune accusation ne sera portée. Il n'y aura que des suppositions et aucun de nous ne sera inquiété... Il sera compromis au point de perdre tout crédit.

— En l'associant à de Spadante.

— Nous avons des photographies, très réussies d'ailleurs. Elles le montrent à l'hôpital de Greenwich, au chevet de De Spadante ; plus on les regarde, plus elles sont compromettantes... Roderick Bruce publiera la première dans deux jours.

— Après le retour de De Spadante à New Haven ? demanda l'envoyé de Green d'un ton presque insultant, en lançant un regard pénétrant à Webster.

— Exact.

— Au moment où il fera la une des journaux, n'est-ce pas ? M. Green a cru comprendre qu'il allait disparaître du paysage.

— La décision émane de ses propres associés ; elle est impérative. Nous n'y sommes pour rien, mais il se trouve que cela va dans le sens de nos objectifs.

— M. Green n'en est pas convaincu.

— Cette affaire ne concerne que le milieu ; même si nous le voulions, nous ne pourrions nous y opposer. Grâce aux photos dont j'ai parlé, accompagnées de témoignages de deux médecins de l'hôpital, Trevayne sera mouillé jusqu'au cou. C'est un homme fini.

— M. Green estime qu'il s'agit d'une simplification excessive.

— Pas du tout ; personne ne réclamera rien. Vous ne comprenez donc pas ?

Webster laissa l'impatience percer dans sa voix ; en pure perte.

La conversation devenait une manière de danse rituelle. Le seul espoir de Webster était que l'émissaire expose cette stratégie au vieux juif, que Green en voie les avantages et change d'avis.

— Je ne suis qu'un assistant, Bobby. Un messager.

— Mais vous voyez les avantages !

— Je n'en suis pas sûr ; Trevayne est un homme déterminé. Rien ne dit qu'il acceptera les conséquences et se retirera discrètement.

— Avez-vous déjà vu quelqu'un mis à l'index à Washington ? Il peut s'époumoner, personne ne veut écouter. Personne ne veut être en contact avec le lépreux... même le président.

— À propos du président, que comptez-vous faire ?

— Ce sera le plus simple ; je réunirai les assistants et nous présenterons ensemble des arguments pour qu'il se désolidarise de Trevayne. Il nous écoutera ; il a tant d'autres problèmes sur les bras. Nous lui laisserons le choix entre l'élégance et la virulence. Il choisira la première solution ; les élections ont lieu dans dix-huit mois. Il comprendra la logique de la chose.

— Bobby, fit l'envoyé de Green, qui l'avait écouté avec bienveillance, je suis venu vous donner l'ordre d'annuler l'opération. Ce sont les propres termes de M. Green. « Dites-lui de tout annuler. » Il ne s'intéresse pas à de Spadante ; de toute façon, d'après vous, il est trop tard. Mais on ne touche pas à Trevayne... Un point, c'est tout !

— C'est une erreur. J'ai tout considéré dans le détail ; j'ai passé plusieurs semaines à m'assurer que tout collera. C'est *parfait* !

— Hors de question ! Les circonstances ne sont plus les mêmes. M. Green doit tenir une réunion avec trois ou quatre personnes pour mettre les choses au point... Je suis sûr que vous en serez informé.

Webster perçut le dédain contenu dans cette dernière phrase ; il ne serait informé de rien, à moins qu'ils ne veuillent quelque chose de lui. Et il ne pouvait se faire de force une place dans ce groupe nouvellement formé. Il y avait des renversements d'alliances ou des consolidations. Dans les deux cas, il en était exclu.

Il devait s'inquiéter de ce que l'avenir lui réservait.

— S'il doit y avoir un changement important de politique, il me semble que je devrais en être informé sans tarder. Sans vouloir donner dans la banalité, la Maison-Blanche est le centre du pouvoir.

— Oui... bien sûr, fit l'émissaire de Green en regardant sa montre.

— Un certain nombre de questions me seront adressées par des gens influents. Je dois être en mesure d'y répondre.

— J'en parlerai à M. Green.

— Il doit le savoir, répliqua Webster.

Il devait se surveiller, ne pas donner l'impression d'être aux abois.

— Je le lui rappellerai.

Il était bel et bien exclu, d'une manière par trop cavalière. La Maison-Blanche était exclue ; il fallait faire montre d'audace.

— Ne vous contentez pas de le « rappeler ». Faites-lui bien comprendre que nous sommes quelques-uns à disposer de grands moyens d'action ; nous en savons plus long que quiconque sur certaines activités de Genessee Industries. Nous considérons cela comme une sorte de police d'assurance.

L'envoyé de Green leva brusquement les yeux, les plongea dans ceux de Webster.

— Je ne suis pas sûr que ce terme convienne, Bobby. À

moins que vous ne songiez à une double indemnité ; ce serait coûteux.

Il y eut un silence. L'envoyé de Green venait de dire au conseiller à la présidence qu'il pouvait, lui aussi, disparaître du paysage. Webster comprit qu'il était préférable d'amorcer un mouvement de retraite.

— J'aimerais clarifier certaines choses, puisque cela semble être au goût du jour. Je ne m'inquiète pas pour moi ; je peux retourner à Akron, où je n'aurai que l'embarras du choix. Ma femme serait enchantée et je n'y verrais aucun inconvénient... Mais il y a les autres ; eux n'auront peut-être pas l'embarras du choix. La Maison-Blanche ne sera pas sur leur CV. Ils pourraient causer des problèmes.

— Je suis sûr que tout se passera bien ; vous êtes des gens d'expérience.

— Les possibilités ne sont pas si nombreuses...

— Nous le savons, coupa l'émissaire d'Aaron Green. Je suis obligé de partir ; j'ai encore beaucoup à faire.

— Très bien. Les consommations sont pour moi.

— Merci beaucoup, fit l'envoyé de Green en se levant. Vous demanderez à Bruce de vous rendre ces photos ? De ne pas écrire d'article ?

— Il n'acceptera pas de gaieté de cœur, mais il acceptera.

— Parfait. Nous restons en contact... À propos d'Akron, Bobby, pourquoi ne pas commencer à rédiger ce CV ?

39

Les domestiques avaient allumé les lampes sur les tables de la véranda d'Aaron Green. Dehors, deux projecteurs jetaient une lumière spectrale sur la pelouse enneigée, les arbustes bâchés et la tonnelle, au fond du jardin. Un service à café en argent était disposé sur le dessus de verre de la table ronde entourée des sièges blancs en fer forgé. Sur une autre table, plus haute, plus longue et rectangulaire, se trouvaient quelques bouteilles de digestifs et des verres en cristal.

Les domestiques avaient disparu ; Mme Green s'était retirée dans son boudoir, à l'étage. Les lumières du reste de la maison, à part celles du vestibule, étaient éteintes.

La réunion allait commencer. Outre le maître de maison, trois hommes devaient y participer ; un seul avait été invité à dîner. Il s'appelait Ian Hamilton.

Les deux autres devaient arriver ensemble en voiture. Walter Madison s'arrêterait à l'aéroport Kennedy pour prendre le sénateur Alan Knapp, qui venait de Washington. Leur arrivée à Sail Harbor était prévue vers 22 heures.

À l'heure dite, ils se présentaient à la porte.

À 22 h 6, les quatre hommes entraient dans la véranda.

— Je vais servir le café, messieurs, Les boissons sont là-bas, sur cette table. Je ne peux plus faire confiance à mes vieilles mains pour verser l'alcool et, comme j'ai de la peine à lire les étiquettes, je ne bois plus... Avec un peu de chance, je trouverai mon fauteuil.

— Tout fonctionne bien chez vous, Aaron, fit Hamilton en riant. C'est de la paresse pure et simple. Je vais faire le service.

Walter Madison accepta un verre de brandy et prit place à gauche de Green ; Hamilton apporta le verre de Knapp, le posa de l'autre côté de leur hôte. Le sénateur s'assit promptement. Ian Hamilton tira le fauteuil qui faisait face à Aaron Green, s'installa en prenant son temps.

— Nous pourrions être réunis pour une partie de bridge, fit Madison.

— Ou de poker, glissa le sénateur.

— Pourquoi pas de baccara ? ajouta Hamilton en levant son verre. À votre santé, Aaron... à notre santé, à tous.

— Ce toast est bien choisi, cher ami, fit Green de sa voix grave. Par le temps qui court, une santé de fer est indispensable. La santé du corps et celle de l'esprit ; surtout de l'esprit.

Ils burent ; Knapp fut le premier à reposer son verre. Il était impatient, mais savait que la patience était une qualité appréciée à cette table. Pour ceux qui étaient réunis ce soir-là, Knapp était un sénateur respecté, un homme indispensable ; inutile de feindre un calme qu'il n'éprouvait pas. Le tact n'était pas son point fort.

— Messieurs Green et Hamilton, commença-t-il, je vais jouer cartes sur table. Je ne vous oublie pas, Walter, mais je pense que votre position est comparable à la mienne. Nous ne savons pas grand-chose, sinon que nous n'allons pas — comment dire ? — exploiter notre avantage sur Trevayne. Nous en avons parlé dans la voiture, Walter et moi. J'avoue franchement que je ne comprends pas ; la stratégie de Webster me paraissait admirablement conçue.

Ian Hamilton se tourna vers Green ; au bout de quelques secondes, il inclina imperceptiblement la tête. Il donnait au vieux juif la permission de parler.

— La stratégie de M. Webster était en effet admirablement conçue, monsieur le sénateur. Comme la manœuvre brillante d'un général permet de remporter une bataille pendant que, dans une autre partie du théâtre d'opérations, l'ennemi lance une contre-attaque éclair qui lui vaudra de gagner la guerre.

— Vous pensez donc, demanda Walter Madison, que réduire Trevayne à l'impuissance ne suffit pas ? Qui d'autre s'oppose à nous ?

— La situation de Trevayne est particulière, Walter, expliqua Ian Hamilton. Il comprend parfaitement ce que nous avons fait et pour quelles raisons. Les preuves matérielles qui pourraient lui manquer sont largement compensées par sa perception de nos objectifs globaux.

— Je ne vous suis pas, fit doucement Knapp.

— Je vais répondre, dit Aaron Green, avec un sourire à l'adresse de Hamilton. Nous ne sommes, ni vous ni moi, des hommes de loi. Si nous l'étions, je dirais sans doute que M. Trevayne ne dispose que de fragments de témoignages compromettants, mais qu'il a des tonnes de présomptions. Est-ce convenablement exprimé, maître Hamilton ?

— Vous auriez été un bon élève, Aaron. Trevayne a fait ce que nul n'attendait. Il a rusé ; je le soupçonne de l'avoir fait d'emblée. Nous étions préoccupés par d'innombrables questions de coûts, de traitements et de crédits, mais Trevayne recherchait autre chose. Des individus. Des hommes occupant des positions clés, qu'il supposait, avec juste raison, être représentatifs. N'oublions pas que c'est un administrateur hors pair ; tout le monde le reconnaît. Il savait qu'il devait y avoir un plan d'ensemble. Une entreprise aussi importante et diversifiée que Genessee ne pouvait, au niveau de la direction, fonctionner autrement. Surtout dans ces circonstances.

— Pardonnez-moi, monsieur Hamilton, fit le sénateur Knapp en se penchant en avant, mais tout ce que vous dites me ramène à la solution de Robert Webster. Vous laissez entendre que Trevayne a réuni des informations qui mettent en péril tout ce pour quoi nous avons œuvré ; le moment n'est-il pas bien choisi pour le discréditer ? En le discréditant, nous déprécions ses preuves. Suffisamment, en tout état de cause, pour notre bien.

— Pourquoi pas le tuer ? lança Aaron Green d'une voix tonnante, qui fit sursauter Madison et Knapp.

Hamilton demeura impassible.

— Cela vous choque ? Pourquoi ? Certaines pensées doivent rester inexprimées ?... J'ai vu la mort de plus près qu'aucun de vous ; cela ne me choque pas. Mais je vais vous expliquer pourquoi ce n'est pas envisageable, pas plus que ne l'est la solution de Webster. Les hommes tels que Trevayne sont plus dangereux dans la mort ou la retraite forcée que dans la vie active.

— Pourquoi ? demanda Madison.

— Parce qu'ils laissent un héritage, répondit Green. Ils deviennent des martyrs, des symboles. Ils donnent naissance à une race de mécontents qui se multiplient comme des rats et grignotent nos fondations ! Nous n'avons pas de temps à perdre à écraser leurs nids.

Aaron Green se laissa tellement emporter par la colère que ses vieilles mains se mirent à trembler.

— Ne vous excitez pas, Aaron, fit Hamilton d'une voix calme mais impérieuse. Rien de bon ne s'accomplit dans ces conditions... Mais vous avez raison de dire que nous n'avons pas le temps de nous donner cette peine. Non seulement cela nous détournerait de nos objectifs, mais ce serait voué à l'échec... Il est préférable de répondre à une question fondamentale que nous ne pouvons ni masquer ni éluder. Nous devons comprendre et accepter nos mobiles. Je m'adresse principalement au sénateur et à Aaron.

Vous êtes arrivé plus tard, Walter ; votre participation, aussi précieuse soit-elle, est de fraîche date.

— Je sais, fit doucement Madison.

— D'aucuns pourraient nous reprocher d'avoir un pouvoir occulte ; ils auraient raison. Nous exerçons notre autorité à l'intérieur du corps politique. Même si ce que nous faisons apporte des satisfactions d'amour-propre, ce n'est pas ce qui nous pousse. Bien sûr que nous avons le sentiment de notre valeur personnelle, mais ce n'est qu'un instrument pour atteindre nos objectifs. Je l'ai expliqué à Trevayne — abstraitement, bien entendu — et je crois que nous pouvons le convaincre de notre sincérité.

Knapp avait écouté en silence, les yeux baissés sur la table. Il releva brusquement la tête, considéra Hamilton avec incrédulité.

— Qu'avez-vous fait ?

— Oui, sénateur, telle fut la teneur de notre conversation. Êtes-vous choqué ?

— Vous avez perdu la tête !

— Pourquoi ? lança sèchement Green. Avez-vous fait, à un moment ou à un autre, quelque chose dont vous auriez à rougir ? Votre personne importe-t-elle plus que nos objectifs ? Êtes-vous l'un des nôtres ?

Green se pencha vers Knapp, en tenant sa tasse à café d'une main tremblante.

— La question n'est pas de savoir si j'ai à rougir de quelque chose, mais si je risque d'être mal jugé. Vous agissez en tant que personne privée, monsieur Green ; je suis un représentant du peuple. Avant d'avoir à répondre de mes actes, je veux des résultats visibles. Nous n'en sommes pas encore là.

— Nous en sommes plus près que vous ne l'imaginez, répliqua posément Hamilton.

— Je n'en vois aucun signe, insista le sénateur.

— Vous n'avez pas bien regardé, poursuivit Hamilton en levant son verre. Nous avons, en substance, posé des bases financières si solides qu'elles influencent une partie de la vie de la nation. Partout où cette influence s'exerce, nous avons amélioré la situation. Les minorités sont prises en compte, l'emploi est en hausse, la protection sociale s'améliore, la production s'effectue sans interruption. Notre situation militaire s'est indiscutablement renforcée, les réformes sociales en matière de logement, d'éducation et de santé ont été mises en œuvre sans difficulté partout où Genessee est présent... Nous avons prouvé que nous pouvons apporter à ce pays la stabilité sociale. Allez-vous le nier, monsieur le sénateur ? C'est le fruit de notre travail.

Knapp fut surpris. Les propos de Hamilton lui donnaient un sentiment de confiance, une identification, peut-être, qu'il n'avait jamais éprouvée.

— Je suis un rouage de la mécanique politique, fit-il. À l'évidence, vous avez plus de recul que moi.

— Je vous l'accorde. J'aimerais quand même avoir une réponse à ma question. Allez-vous nier les faits... à la lumière de ce que vous avez découvert ?

— Non. J'imagine que je ne le ferai pas...

— Que vous ne pourriez pas le faire.

— D'accord, je ne pourrais pas.

— Vous n'en voyez pas la conséquence ? Vous ne comprenez pas ce que nous avons fait ?

— Vous venez de donner un aperçu des réalisations ; je les accepte.

— Pas seulement les réalisations, sénateur. J'ai donné un aperçu des fonctions de l'exécutif... Voilà pourquoi, après mûre réflexion, nous avons décidé d'offrir à Andrew Trevayne la présidence des États-Unis.

Personne n'ouvrit la bouche pendant plusieurs minutes. Ian Hamilton et Aaron Green laissèrent les deux autres absorber la nouvelle. C'est Knapp qui prit la parole, d'une voix teintée d'incrédulité.

— Je n'ai jamais rien entendu de plus absurde. Vous ne pouvez pas parler sérieusement.

— Et vous, Walter ? fit Hamilton, en se tournant vers Madison, qui regardait fixement son verre. Quelle est votre première réaction ?

— Je ne sais pas, répondit lentement l'avocat. J'essaie de me faire à cette idée. Je suis proche d'Andrew depuis de longues années ; je pense que c'est un homme aux qualités exceptionnelles. Mais la présidence... Je m'interroge.

— Vous y réfléchissez, lança Aaron Green, le regard

fixé sur Knapp. Vous faites appel à votre imagination, contrairement à notre « représentant du peuple » qui se contente de trouver cela absurde.

— Pour d'excellentes raison ! riposta Knapp. Il n'a aucune expérience politique ; il n'est même pas affilié à un parti !

— Eisenhower n'avait pas d'expérience non plus, poursuivit Green. Et les deux partis ont essayé de l'enrôler.

— Il n'avait aucune envergure.

— Qui en avait moins, au commencement, que Harry Truman ?

— Eisenhower avait une notoriété, une popularité internationale ; Truman s'est épanoui dans sa fonction. Mauvais exemples.

— La notoriété, de nos jours, n'est pas un problème, glissa Hamilton, sans se départir de son calme. Il reste treize mois avant les conventions nationales, dix-huit avant l'élection. Dans ce laps de temps, nous pouvons, si j'ose dire, promouvoir l'image de marque de Trevayne. Il a toutes les qualités requises pour que les résultats soient excellents. La clé n'est ni l'expérience politique ni l'affiliation à un parti ; leur absence serait même un avantage. La stature non plus, qui, entre parenthèses, pourrait être plus grande que vous ne l'imaginez, sénateur. Quant à la popularité, c'est une notion abstraite... Tout dépend de ce qui se passera avant et après la convention du parti que nous choisirons. Genessee Industries apportera les voix nécessaires.

Knapp ouvrit la bouche, la referma, comme s'il lui fallait encore réfléchir, comme s'il ne parvenait à trouver les mots pour exprimer sa stupéfaction. Puis il posa les mains à plat sur le dessus de verre de la table ; un geste visant à recouvrer sa maîtrise de soi.

— Pourquoi ? demanda-t-il enfin. Comment pouvez-vous faire cela, seulement l'envisager ?

— Maintenant, vous réfléchissez, fit Aaron Green en tapotant le dos de la main de Knapp.

Le sénateur la retira vivement.

— Pour dire les choses simplement, poursuivit Green, nous estimons que Trevayne ferait un président extrêmement compétent. Peut-être même un excellent président.

Il aurait, plus que la plupart de ses prédécesseurs, le temps de développer certains aspects de la fonction. Le temps de réfléchir, de se concentrer sur les relations et les négociations internationales, de mettre en place une politique à long terme... Vous êtes-vous jamais demandé pourquoi nous sommes toujours pris de vitesse par nos adversaires ? C'est très simple, au fond. Nous attendons beaucoup trop de l'homme qui occupe le Bureau ovale. Il est écartelé entre une infinité de forces contraires ; il n'a pas le temps de réfléchir.

— Vous n'avez pas vraiment répondu à ma question, fit Knapp en se levant pour aller se servir un autre verre. C'est une chose de dire qu'un homme peut devenir président. Bon, mauvais, excellent... C'est autre chose de sélectionner tel ou tel individu pour en faire le candidat de son choix ; ce choix ne doit pas seulement refléter une appréciation idéaliste. Dans les circonstances présentes, au sujet d'un homme qui a fait montre d'une telle détermination à conserver son indépendance, je pose encore la question : pourquoi Trevayne ? Oui, monsieur Green, je pense que c'est absurde !

— Parce que, monsieur le représentant du peuple, après tous ces beaux discours, nous n'avons pas le choix.

Green se tourna pour plonger les yeux dans ceux de Knapp.

— Vous préféreriez à cette idée absurde être démis de vos fonctions pour malversations.

— Ma réputation est sans tache.

— On ne peut en dire autant de vos fréquentations, répliqua Green, en se retournant vers la table pour prendre sa tasse d'une main tremblante.

— Ces discussions ne mènent à rien, lança Hamilton en laissant percer pour la première fois une pointe d'irritation. Trevayne n'aurait pas été choisi — vous le savez, Aaron — si nous n'avions pas estimé qu'il a la compétence voulue. Ses qualités de chef d'entreprise sont indiscutables ; c'est précisément ce que demande la présidence.

Knapp revint s'asseoir, tandis que Green reprenait la parole d'une voix douce et vibrante.

— Vous savez ce que, moi, je demande. Rien d'autre ne

m'importe, rien d'autre ne comptera jamais. La *force,* c'est tout. Et personne ne se mettra en travers de mon chemin.

Walter Madison observa le vieux juif. Selon certaines rumeurs, Green avait financé en sous-main des camps d'entraînement pour la Ligue de défense juive. L'avocat comprit que ces rumeurs étaient fondées. Mais il était troublé ; il se tourna vers Hamilton, devançant Knapp qui s'apprêtait à prendre la parole.

— À l'évidence, Andrew n'a pas été sondé. Qu'est-ce qui vous fait croire qu'il acceptera ? Personnellement, je suis très sceptique.

— Aucun homme pétri de talent et de vanité ne peut tourner le dos à la présidence. Trevayne a les deux. Si le talent est authentique, la vanité ne peut que suivre. Au début, sa réaction ne sera pas différente de celle du sénateur. *Absurde.* Nous n'attendons pas autre chose ; dans les jours qui suivront, on lui montrera très clairement, professionnellement, que le projet est réalisable, qu'il est à sa portée. Des représentants des syndicats, du monde des affaires, des scientifiques demanderont à le voir. Des politiciens de premier plan lui téléphoneront pour faire savoir qu'ils sont très intéressés par la possibilité de sa candidature. De ces entretiens exploratoires naîtra une stratégie de campagne dont l'agence d'Aaron assumera la conduite.

— Trois de mes plus fidèles collaborateurs, précisa Green, sont déjà en train de plancher là-dessus, dans le plus grand secret. Ce sont les meilleurs ; chacun d'eux sait que, s'il y a une fuite, il ne retrouvera plus jamais de travail.

Cette nouvelle ne fit qu'accroître la stupéfaction de Knapp.

— Vous avez commencé ?

— Il nous appartient d'avoir toujours une longueur d'avance, sénateur, répondit Hamilton.

— Vous ne pouvez avoir la garantie d'une réaction favorable des responsables syndicaux, économiques et politiques !

— Si, monsieur le sénateur, nous le pouvons. Ceux que nous avons pressentis l'ont été sous le sceau du secret, jusqu'à nouvel ordre. Dans la plupart des cas, ils se sont montrés enthousiastes.

— C'est... c'est...

— Absurde, nous savons, fit sèchement Green, en achevant la phrase de Knapp. Croyez-vous que Genessee Industries soit dirigé par des bureaucrates de Washington ? Par des imbéciles ? Nous parlons de deux ou trois cents personnes, quelques maires, un ou deux gouverneurs. Notre personnel est mille fois plus nombreux.

— Et le Congrès ?

— Nous contrôlons la Chambre des représentants, répondit Hamilton. Pour ce qui est du Sénat... c'est la raison de votre présence ici.

— Moi ? s'écria Knapp, en posant derechef les mains à plat sur la table.

— Oui, sénateur, fit Hamilton, avec son éloquence douce et persuasive. Vous êtes un membre respecté de cette assemblée et vous avez une réputation établie de sceptique. Vous serez notre homme de confiance dans les coulisses du Sénat.

— Sinon, ajouta Green, avec un geste sans équivoque, couic !

Alan Knapp n'insista pas.

Walter Madison ne put retenir un sourire, qui s'effaça rapidement.

— En admettant que ce que vous dites soit possible, voire probable, comment vous proposez-vous d'écarter le président en exercice ? Mon impression est qu'il compte se représenter.

— Ce n'est qu'une impression ; sa femme, sa famille y sont hostiles. N'oubliez pas que Genessee Industries l'a déchargé de quantité de problèmes épineux ; il nous serait facile de les recréer. En dernier ressort, nous disposons de rapports médicaux susceptibles de le perdre un mois avant l'élection.

— Ils sont véridiques ?

— En partie, répondit Hamilton en baissant les yeux. Tout ce qui compte, c'est qu'ils sont en notre possession.

— Encore une question. Si Andrew est élu, comment le contrôlerez-vous ? Comment l'empêcher de se débarrasser de vous ?

— Tout homme qui s'assied dans le fauteuil du président apprend immédiatement une leçon essentielle, répondit Hamilton. À savoir qu'il n'y a pas de métier plus pragmatique. Il aura besoin de toute l'aide possible ; au lieu de se débarrasser de nous, il viendra implorer notre soutien, il essaiera de nous convaincre de sortir de notre retraite.

— Votre retraite ? lança Knapp, totalement désorienté.

— Oui, sénateur, notre retraite. Walter a compris, lui ; essayez de saisir la subtilité. Jamais Trevayne n'acceptera s'il pense que Genessee Industries est à l'origine de cette proposition. Nous expliquerons clairement notre position. Nous finirons, à contrecœur, par lui accorder notre soutien ; il est des nôtres. Un produit du marché. Une fois Trevayne élu, notre intention est de disparaître de la scène politique, pour finir nos jours dans l'aisance. Nous saurons l'en persuader ; s'il a besoin de nous, nous serons là, mais nous préférerions ne pas être sollicités... Il va sans dire que nous n'avons nullement l'intention de partir.

— Et quand il l'apprendra, conclut Walter Madison, il sera trop tard. L'ultime compromis.

— Exactement, approuva Ian Hamilton en hochant la tête.

— Les collaborateurs dont j'ai parlé, ajouta Aaron Green, ont trouvé un slogan de campagne : « Andrew Trevayne, la marque de l'excellence. »

— Ils ont dû le voler, Aaron, glissa Ian Hamilton.

40

Trevayne sentit le soulagement l'envahir à la lecture de l'article. Jamais il n'aurait imaginé éprouver une telle joie — il n'y avait pas d'autre mot — en apprenant la mort d'un homme. Un sentiment de délivrance l'emplissait tout entier.

Un chef mafieux périt dans un guet-apens devant son domicile, à New Haven.

L'article racontait comment de Spadante, sortant de l'ambulance qui le transportait à son domicile de Hamden Terrace, avait été jeté au sol et criblé de balles par six hommes qui attendaient son arrivée. Ni les ambulanciers ni les autres témoins — les gardes du corps du gangster, selon toute vraisemblance — n'avaient été blessés. D'après les premiers éléments de l'enquête, l'assassinat était le résultat de contrats multiples, lancés par des chefs mafieux mécontents de ses activités au-delà des frontières du Connecticut. Ce n'était un secret pour personne que de Spadante, dont le frère venait également d'être tué, avait irrité les chefs de la mafia en s'engageant dans des programmes de construction avec les autorités fédérales. Le milieu semblait unanime à considérer que de Spadante outrepassait ses pouvoirs et faisait courir des dangers au crime organisé.

Cet assassinat perpétré en plein jour donnait créance aux déclarations du commandant Bonner qui affirmait avoir tué Augie de Spadante pour se défendre. L'avocat de l'armée, chargé de la défense de Bonner, avait déclaré à Arlington que l'assassinat de New Haven confirmait la version de son client, selon laquelle il avait été pris dans un règlement de comptes ; que le commandant Bonner avait fait preuve d'un courage exemplaire pour protéger M. Andrew Trevayne, président d'une sous-commission enquêtant sur les relations entre la Défense et ses fournisseurs. Il se murmurait que la famille de Spadante avait tiré profit de plusieurs contrats avec le Pentagone.

L'article était accompagné de quatre photographies montrant Mario de Spadante à différentes étapes de sa carrière.

C'est si simple, se dit Trevayne ; la suppression d'une seule vie efface tant de mal. Il n'avait pas dormi, ou n'avait pas eu l'impression de dormir, depuis qu'il avait quitté la chambre d'hôpital. Il n'avait cessé de se demander si cela valait la peine de continuer. La réponse, petit à petit, s'était imposée. Non.

Il avait fini par reconnaître que de Spadante avait visé juste, qu'il l'avait compromis. L'Italien l'avait contraint à mettre les valeurs en balance, à réfléchir au prix exorbitant à payer. Le *rifiuti,* comme il disait. La boue qui aurait noyé sa femme et ses enfants.

Le jeu n'en valait pas la chandelle. Il n'était pas disposé à payer un prix si élevé pour une mission qu'il n'avait pas recherchée, un président à qui il ne devait rien, un Congrès qui permettait aux de Spadante de ce monde d'user de son influence.

Que quelqu'un d'autre paie ce prix, s'il le voulait.

Il n'avait plus à compter avec de Spadante. Il pouvait de nouveau se consacrer à la rédaction du rapport dans laquelle il s'était fougueusement lancé dès son retour de Chicago. Après la visite à Ian Hamilton.

Trois jours plus tôt, rien ne lui semblait aussi nécessaire, aussi important. Il avait été détourné de sa tâche par l'arrestation et l'inculpation de Paul Bonner, mais, dès qu'il cessait d'y penser, il revenait au rapport. Trois jours plus tôt, seul le temps comptait ; il fallait achever la rédaction, transmettre, dans les meilleurs délais, ses premières conclusions aux plus hautes autorités de l'État.

En regardant les notes empilées près du journal, il éprouva une étrange réticence à se replonger dans ce qu'il avait laissé en plan. Il avait besoin de paix, de repos ; il devait prendre du recul.

Par rapport à Genessee Industries.

À des hommes malavisés qui cherchaient à toute force des solutions raisonnables à une époque déraisonnable.

Il n'était que 9 h 15, mais Trevayne décida de prendre sa journée. Une journée sans souci, avec Phyllis ; peut-être était-ce ce dont il avait besoin.

Pour recharger les accus.

Roderick Bruce balança en jurant le journal à l'autre bout de la pièce. Cette ordure l'avait trahi ! Il l'avait appâté avant de le laisser tomber !

D'un revers de la main, il fit valser la vaisselle du plateau du petit déjeuner. D'un coup de pied rageur, il repoussa les couvertures et sauta sur la descente de lit vert amande. Il entendit le bruit des pas de la bonne qui accourait dans le couloir.

— Ne foutez pas les pieds dans cette chambre ! hurla Bruce à pleins poumons.

Il déchira sa chemise de nuit en soie d'Ankor Vat — celle que lui avait offerte Alex — en l'enlevant brutalement. Son orteil toucha sur le tapis la tasse renversée ; il la ramassa, la fracassa sur la table de chevet en onyx.

Il alla s'asseoir à son bureau, se redressa pour que son

dos nu soit bien à plat contre le dossier du fauteuil. Il se tint raide, les muscles contractés. Un exercice auquel il avait souvent recours pour maîtriser des sentiments trop violents. Il sentit les boutons du dossier en velours bleu entrer dans sa chair. Mais le résultat était là ; il recouvrait sa lucidité.

Robert Webster lui avait remis deux photographies de Trevayne et de Spadante dans la chambre d'hôpital. La première montrait Trevayne en train d'expliquer quelque chose au gangster alité. Sur la seconde, il paraissait furieux — mécontentent, plutôt — de quelque chose que l'Italien venait de dire. Webster lui avait demandé de les garder soixante-douze heures. C'était important. Trois jours ; il comprendrait pourquoi.

Le lendemain après-midi, Webster avait cherché à le joindre dans toute la ville. Le conseiller à la Maison-Blanche était dans tous ses états. Il avait exigé que Bruce lui rende les photos et, sans même attendre la réponse, avait brandi la menace de représailles.

Webster avait juré de le couper de toutes les sources d'information de la Maison-Blanche s'il écrivait un seul mot au sujet de la visite de Trevayne à l'hôpital.

Roderick Bruce se détendit, écarta le dos du fauteuil. Il avait gardé en mémoire les paroles exactes de Webster quand il lui avait demandé si Trevayne, de Spadante ou les photos auraient une incidence sur les charges pesant sur Paul Bonner.

— Absolument aucune. Il n'y a aucun lien ; nous contrôlons la situation.

Mais il n'avait rien contrôlé. Il n'avait même pas été fichu de clouer le bec à l'avocat militaire qui défendait Bonner.

Webster n'avait pas menti ; il avait perdu toute influence. Réduit à l'impuissance, il lançait des menaces sans avoir les moyens de les mettre à exécution.

Si Roderick Bruce avait appris une chose de sa fréquentation de l'univers cosmopolite de Washington, c'était assurément de profiter de l'impuissance d'autrui, surtout de celui qui venait de perdre son influence. Plus particulièrement quand l'homme en question était proche du pouvoir et au bord de l'affolement.

Cela cachait en général une histoire captivante ; Bruce savait comment s'y prendre pour la découvrir. Il avait fait faire des copies des photographies.

Le général Lester Cooper suivit des yeux l'homme à l'attaché-case qui repartait vers sa voiture. La neige était tombée en abondance dans le Vermont, mais l'allée était bien dégagée. Les chasse-neige avaient fait du bon boulot sur la route ; la voiture de l'homme était un véhicule puissant, équipé de gros pneus. Il n'aurait pas de problèmes.

Cette race d'hommes n'avait jamais de problèmes. Ils travaillaient dans des immeubles luxueux pour des hommes comme Aaron Green ; ils occupaient de vastes bureaux à la moquette épaisse, à l'éclairage tamisé. Ils parlaient d'une voix douce au téléphone, jonglaient avec les chiffres.

Ils avaient l'habitude de ces subtilités que le général Cooper détestait.

Il regarda la grosse automobile faire une marche arrière et s'engager dans l'allée. L'homme fit un signe de la main, sans sourire, sans chaleur ; arrivé à l'improviste, bien reçu, il n'avait pas eu un merci.

Les subtilités.

La nouvelle qu'il avait apportée à la ferme de Rutland était une subtilité. Jamais Cooper n'y comprendrait rien. Mais on ne lui demandait pas de comprendre ; on l'informait, il suivait les instructions. Pour le bien de tous. Le Pentagone en tirerait plus de profit que le reste du gouvernement ; il en avait reçu l'assurance.

Andrew Trevayne, président des États-Unis.

Invraisemblable.

Absurde.

Mais l'émissaire d'Aaron Green avait présenté la chose comme une hypothèse réaliste ; Andrew Trevayne avait fait la moitié du chemin qui le séparait de l'investiture.

Lester Cooper repartit vers la maison ; en approchant de la haute porte à double vantail, il changea d'avis, tourna à gauche. Il s'enfonça jusqu'aux chevilles dans la neige poudreuse ; il n'avait pas mis ses bottes, mais le froid et l'humidité ne le dérangeaient pas. Pas plus que pendant l'hiver 1944, quand il sautait de son char dans une boue glaciale. Il se souvenait de la voix de George Patton qui hurlait :

« Cooper, espèce de taré ! Allez-vous mettre vos brodequins d'ordonnance ! Nous sommes en plein hiver schleu, pas au printemps, en Géorgie ! Et je ne veux plus voir ce sourire goguenard ! »

Il répondait sur le même ton, sans cesser de sourire, évidemment. Les brodequins le gênaient pour conduire ; il était plus à l'aise avec des chaussures.

George Patton.

Lui non plus n'aurait rien compris à ces subtilités.

Cooper arriva au bout de la pelouse recouverte d'un tapis de neige immaculée. Le ciel était couvert ; on distinguait à peine les montagnes, mais elles étaient là, immuables ; jusqu'à la fin de sa vie, il les contemplerait jour après jour. Très bientôt.

Dès qu'il aurait mis en œuvre la stratégie de Green, la partie qui le concernait, l'aspect militaire. Ce ne serait pas difficile ; on avait pleinement conscience, dans les différentes armes, de l'importance des contributions de Genessee Industries. On savait aussi que l'avenir recelait les plus belles promesses, si Genessee devenait le porte-parole civil de toute l'armée. Si Andrew Trevayne était le candidat de Genessee, rien d'autre n'importait.

La consigne serait transmise à tous les postes, aux centres de formation, aux bases navales et aériennes des cinq continents. Pas d'identité pour commencer, seulement donner l'alerte. Signaler qu'un nom suivrait, celui de l'homme que Genessee Industries et le Pentagone voulaient comme président.

Il faudrait établir un programme incluant des cours d'endoctrinement pour les officiers et la troupe ; prendre des dispositions distinctes pour le personnel d'active et de réserve.

C'était réalisable. Personne ne souhaitait revenir en arrière, au temps où Genessee Industries ne jouait pas encore un rôle essentiel.

Quand l'ordre viendrait de divulguer le nom, les presses, les photocopieurs et les ronéos se mettraient en marche et fonctionneraient jour et nuit, aux quatre coins du monde, partout où des soldats américains étaient stationnés. De Fort Dix, New Jersey, à Bangkok, de Newport News à Gibraltar.

L'armée représentait plus de quatre millions de voix.

Lester Cooper se demanda si on en viendrait là. Le candidat serait-il vraiment Andrew Trevayne ?

Pourquoi lui ?

Il aurait aimé appeler Webster pour découvrir ce qu'il savait ; ce n'était pas possible. L'envoyé de Green l'avait bien précisé.

Webster était mis à l'index.

Personne ne devait encore rien savoir, naturellement ; mais il était interdit de parler à Robert Webster. De quoi que ce fût. Cooper ne devait ni prendre l'initiative d'un contact ni l'accepter.

Il se demanda ce que Webster avait fait.

Peu importait ; au fond, il n'avait même plus cette curiosité. Tout ce qu'il demandait, c'était d'en finir avec cette dernière mission, pour venir s'installer à Rutland et y couler des jours paisibles.

Fini les subtilités.

Il se fichait de tout ; il ferait ce que Green avait demandé. Il lui devait bien ça. Il le devait à Genessee, à tous ses souvenirs, ses ambitions.

Il le devait même à Paul Bonner ; pauvre Bonner, un sacrifice nécessaire.

Il restait à espérer la clémence de l'exécutif.

Du président Trevayne.

Quelle ironie !

Il n'en aurait donc jamais terminé avec les subtilités...

41

— Monsieur Trevayne ?

— Oui.

— Robert Webster à l'appareil. Comment allez-vous ?

— Bien. Et vous ?

— Un peu secoué, je l'avoue... Je crains de vous avoir mis dans de sales draps.

— Que se passe-t-il ?

— Avant d'aller plus loin, je voudrais dire quelque chose qui me tient à cœur. S'il y a un responsable, c'est moi. Ne cherchez pas ailleurs. Vous comprenez ?

— Oui... je crois.

— Bien. C'est extrêmement important.

— De quoi voulez-vous parler ?

— Votre visite à Greenwich, dans la chambre de De Spadante... On vous a vu.

— Ah bon !... C'est ennuyeux ?

— Il y a autre chose, mais c'est surtout ça.

— Qu'y a-t-il de si grave ? Nous ne l'avons pas crié sur les toits, c'est vrai, mais nous ne nous sommes pas cachés.

— Vous n'en avez pas informé les journaux.

— Je n'ai pas estimé que c'était nécessaire. J'ai fait publier une brève déclaration disant que la violence ne peut être la panacée. Sam Vicarson l'a rédigée ; j'ai donné le feu vert. Il n'y a rien à cacher.

— Je ne me suis peut-être pas bien fait comprendre. Cela donne l'impression d'une rencontre clandestine... Il y a des photos.

— Comment ? Je n'ai pas souvenance d'avoir vu un photographe. Il est vrai qu'il y avait du monde sur le parking...

— Pas sur le parking ; dans la chambre.

— Dans la chambre ! Bon Dieu !... Quel genre de photos ?

— Compromettantes ; j'en ai vu deux, où vous êtes en grande conversation avec de Spadante.

— Qui vous les a montrées ?

— Roderick Bruce. Elles sont en sa possession.

— De qui les tient-il ?

— Nous ne savons pas ; il ne divulgue jamais ses sources. Il a l'intention de les publier demain ; il menace de prouver ainsi vos liens avec de Spadante. Ce n'est pas bon pour Bonner non plus.

— Que voulez-vous que je fasse ? À l'évidence, vous avez une idée.

— À notre avis, le seul moyen de dégonfler cette affaire est de prendre les devants. Faites une déclaration pour préciser que de Spadante a demandé à vous voir ; vous lui avez rendu visite deux jours avant sa mort. Vous souhaitez que cette rencontre soit rendue publique dans l'intérêt du commandant Bonner... Racontez ce que vous voulez sur le contenu de votre conversation. Nous avons inspecté la chambre, il n'y avait pas de micros.

— Je ne suis pas sûr de bien comprendre. Que cherche Bruce ? Que vient faire Bonner dans cette histoire ?

— Je viens de le dire !... Excusez-moi, j'ai eu une matinée éprouvante... Bruce pense que cela contribuera à enfoncer le commandant. Il est peu vraisemblable que l'homme avec qui on vous voit parler à l'hôpital ait voulu vous supprimer quelques jours plus tôt, comme l'affirme Bonner.

— Je vois... D'accord, je publierai une mise au point. Quant à Bruce, j'en fais mon affaire.

Trevayne coupa la communication, composa un numéro.

— Sam Vicarson, s'il vous plaît, de la part d'Andrew Trevayne... Sam, il est temps de s'occuper de Bruce. Non, pas vous, moi... Dénichez-le et rappelez-moi. Je suis à la maison... Non, je ne changerai pas d'avis. Rappelez-moi dès que possible ; je veux le voir cet après-midi.

Trevayne reposa le téléphone sur la table de chevet et se tourna vers sa femme qui mettait la dernière main à son maquillage devant le miroir de la coiffeuse.

— Je crois avoir saisi l'essentiel, fit-elle. Quelque chose me dit que la journée est fichue, que je peux faire une croix sur la tournée des antiquaires.

— Non. J'ai besoin de quinze ou vingt minutes, pas plus. Tu peux attendre dans la voiture.

Phyllis s'avança vers le lit et montra les draps froissés.

— J'ai déjà entendu ça, reprit-elle en riant. Vous êtes une bête, monsieur Trevayne ! À peine rentré du bureau, vous abusez d'une pure jeune fille, d'un âge indéterminé, et vous lui promettez monts et merveilles ; dès que vos appétits de brute sont assouvis, vous faites un somme, puis vous vous jetez sur le téléphone...

Andrew l'attira sur ses genoux ; il posa les deux mains sur ses seins, commença à les caresser, en lui mordillant l'oreille. Puis il la souleva délicatement et la fit rouler sur le lit en riant.

— Non, Andy, nous ne pouvons pas...

— Bien sûr que nous pouvons... Sam en a pour une petite heure.

Il se leva, commença à déboucler sa ceinture, tandis que Phyllis remontait les draps et se couchait sur le côté.

— Tu es incorrigible... et j'adore ça. Qui dois-tu aller voir ?

— Une sale petite vipère du nom de Roderick Bruce.

— Le journaliste ?

— S'il nous voyait, il détournerait la tête.

Robert Webster croisa les bras sur le bureau. Il baissa la tête, ferma les yeux ; il était au bord des larmes. Il avait donné un tour de clé à la porte ; personne ne risquait d'arriver à l'improviste. Il se demanda distraitement pourquoi les larmes ne venaient pas. La réponse à demi consciente fut si consternante qu'il la repoussa ; il avait perdu la capacité de pleurer.

Les larmes du manipulateur s'étaient taries. Toutes ces années passées à ourdir et déjouer des intrigues et des complots. Sans laisser de traces, de souvenirs, d'explications.

Allait-il s'en sortir ? Plus rien d'autre ne comptait.

Le facteur humain n'était qu'un élément. Un élément parmi d'autres, qui entrait dans la composition d'une formule.

Même en ce qui le concernait.

Robert Webster sentit les larmes lui monter aux yeux ; il allait pleurer. Sans pouvoir se retenir.

Le moment était venu de rentrer au pays.

Trevayne suivit le couloir moquette jusqu'aux cinq marches donnant accès à l'appartement ; une petite plaque de cuivre luisant portait une inscription en caractères anciens. *The Penthouse. Roderick Bruce.*

Il monta les marches, sonna ; un carillon électrique retentissant se fit entendre derrière la porte de bois laqué noir. Il perçut des voix étouffées, reconnut celle du journaliste. Elle paraissait excitée.

La porte s'ouvrit ; une Noire, grande et forte, en robe blanche empesée, s'avança sur le seuil de la petite entrée, l'air revêche. Elle bouchait la vue.

— Oui ?
— J'aimerais voir M. Bruce.
— Il vous attend ?
— Il acceptera de me recevoir.
— Désolée. Laissez votre nom, il vous appellera.
— Mon nom est Andrew Trevayne ; je ne partirai pas avant d'avoir vu M. Bruce.
L'imposante domestique commença à refermer la porte ; Bruce apparut soudain, tel un furet surgissant de son trou. Il avait écouté dans l'embrasure d'une porte.
— Ça va, Julia !
La domestique gratifia Trevayne d'un regard noir, pivota sur ses talons et disparut au fond du couloir.
— Elle est haïtienne, expliqua Bruce. Ses six frères sont des Tontons macoutes ; elle a ça dans le sang. Que voulez-vous, Trevayne ?
— Vous parler.
— Comment êtes-vous monté ? Le gardien n'a pas prévenu.
— Il croit que j'allais voir un autre locataire. Ne perdez pas votre temps à chercher qui ; mon secrétariat a tout arrangé. Le locataire en question n'est au courant de rien.
— La dernière fois que nous nous sommes vus, si mes souvenirs sont bons, vous m'avez menacé. Aujourd'hui, vous venez chez moi ; et vous n'avez pas l'air aussi menaçant. Dois-je supposer que vous êtes venu proposer un marché ? Je ne suis pas sûr que cela m'intéresse.
— Je me sens moins menaçant que triste, en effet. Mais vous avez raison ; je suis venu proposer un marché... comme vous les aimez, Bruce.
— Vous n'avez rien qui m'intéresse ; pourquoi vous écouterais-je ?
Trevayne considéra le petit homme aux yeux porcins, aux lèvres pincées en une moue de satisfaction dédaigneuse. Une vague de dégoût monta en lui.
— Alexander Coffey, fit-il lentement.
Roderick Bruce demeura pétrifié. Sa mâchoire s'affaissa, ses lèvres s'entrouvrirent, toute l'arrogance s'effaça de son visage.

QUATRIÈME PARTIE

42

Cela semblait absurde.

C'était absurde.

Mais le plus absurde était que personne ne voulait rien d'autre de lui qu'un engagement ferme. Il n'y avait pas la moindre équivoque ; on ne lui demandait pas de changer une virgule au rapport de la sous-commission. On attendait de lui qu'il en achève la rédaction, remette des copies au président, au Congrès, à la commission du budget de la Défense et qu'il soit remercié de son travail.

Ni modification ni compromis.

Il n'y avait rien à ajouter sur ce chapitre.

Un autre allait s'ouvrir.

Peu importait, semblait-il, que le rapport fût sans concession ; il ne l'avait pas caché. On avait même donné à entendre que plus les jugements seraient sévères, plus cela donnerait du poids à sa candidature.

À la nomination à la présidence.

Absurde.

Ils avaient répliqué que cela n'avait rien d'absurde. Que c'était la décision logique d'un homme hors du commun, qui venait de consacrer cinq mois de sa vie, dans un esprit d'indépendance, à étudier en détail un problème d'une extraordinaire complexité. Le moment était propice pour un homme hors du commun, qui ne fût inféodé à aucun parti. Le pays réclamait un homme radicalement éloigné des positions intransigeantes des doctrinaires. Il avait besoin d'un guérisseur ; plus qu'un guérisseur, un homme capable de relever un formidable défi, de réunir les faits et de séparer la vérité des innombrables mensonges.

Sa carrière témoignait qu'il avait les qualités requises.

Il avait cru, de prime abord, que Mitchell Armbruster était devenu fou, que ce n'était que flatteries ; mais Armbruster était resté ferme. Le sénateur de Californie avait reconnu que l'idée lui avait paru ridicule quand elle lui avait été soumise par quelques membres du comité exécutif de son parti ; après mûre réflexion, il l'avait trouvée plausible. Le président, qu'il soutenait le plus souvent, n'appartenait pas à son parti, qui n'avait pas de candidat valable. Rien que des hommes las, usés, qui, comme lui, avaient eu leur chance sans savoir la saisir. Ou d'autres, plus jeunes, trop impétueux, trop irrévérencieux pour séduire les classes moyennes.

Andrew Trevayne pouvait trouver le juste milieu, combler ce vide. Cela n'avait rien d'absurde ; c'était une décision pratique, un choix politique.

Et le rapport ? avait objecté Trevayne. Les résultats des investigations et les conclusions n'étaient pas de nature à lui assurer un soutien partisan. Mais pas une virgule ne serait changée ; il était inflexible là-dessus.

C'est ce qu'il fallait, avait répondu le sénateur, à son grand étonnement. Le rapport de la sous-commission, comme tout rapport, devait être transmis aux commissions ad hoc du Sénat et de la Chambre, et, bien sûr, à la Maison-Blanche. Ses recommandations seraient pesées par le législatif et l'exécutif ; d'éventuelles poursuites judiciaires seraient engagées par le ministère de la Justice, qui, le cas échéant, procéderait à des inculpations.

Et Genessee Industries ?

Dans sa conclusion, le rapport présentait l'entreprise comme une sorte de gouvernement autonome, doté de pouvoirs politiques et économiques inacceptables dans une démocratie. Et les responsables ? Que deviendraient ceux qui dirigeaient, comme Ian Hamilton, et ceux qui, comme Armbruster, avaient profité des largesses ?

Avec un sourire empreint de tristesse, le sénateur de Californie avait répété que la justice suivrait son cours. Il restait persuadé de ne pas avoir versé dans l'illégalité, d'avoir respecté l'État de droit. Son passé parlait pour lui.

Pour ce qui concernait Genessee Industries, le Congrès et la Maison-Blanche exigeraient de profondes réformes, à l'évidence indispensables. L'entreprise dépendait dans une large mesure des commandes du gouvernement. Si elle avait abusé de ses privilèges autant que Trevayne le croyait, des restrictions draconiennes lui seraient imposées jusqu'à la mise en œuvre des réformes.

Trevayne pouvait réfléchir ; sans rien dire, sans rien faire. Il y aurait d'autres conversations, d'autres rencontres.

Il y en eut d'autres.

La première eut lieu à La Villa d'Este, à Georgetown. Dans un salon privé, au sixième étage. Sept hommes étaient réunis, tous du même parti, sauf le sénateur Knapp. Alton Weeks, son collègue du Maryland, qui portait le même blazer que le jour de l'audition à huis clos, dirigea la discussion.

— Il ne s'agit, messieurs, que d'une réunion exploratoire ; j'aurai besoin, pour ma part, de beaucoup plus de détails. Le sénateur Knapp, venu dans un esprit de bipartisme, a demandé à prononcer quelques mots avant de se retirer. Il va sans dire que ses déclarations demeureront confidentielles.

Knapp se pencha sur la longue table, les paumes à plat sur la nappe damassée.

— Messieurs, commença-t-il, mon ami et collègue Mitchell Armbruster, sur ma demande, m'a invité à cette réunion. Comme vous le savez sans doute, le bruit court dans les couloirs du Sénat que la Maison-Blanche pourrait faire prochainement une annonce de la plus haute importance. Compte tenu de la nature de cette annonce, j'ai estimé qu'il convenait de vous informer de l'effervescence qu'elle provoque dans les rangs de mon parti. La tournure des événements pourrait en effet avoir une incidence sur votre discussion. Je ne dis pas seulement cela dans un esprit de bipartisme, mais parce que je partage avec vous le souci de la direction que prendra notre pays en ces temps difficiles... Selon toute vraisemblance, messieurs, le président ne se représentera pas.

Le silence se fit autour de la table. Lentement, sans insistance, mais délibérément, tous les regards se tournèrent vers Trevayne.

Alan Knapp quitta peu après le salon privé ; l'analyse de la candidature de Trevayne commença.

Elle dura près de cinq heures.

La réunion suivante fut plus courte — à peine une heure et demie —, mais infiniment plus marquante pour Trevayne. Au nombre des présents figurait le sénateur du Connecticut, un sexagénaire de West Hartford, à la carrière sans éclat, aux goûts éclectiques. Il était venu annoncer son retrait de la vie publique, pour retourner dans le privé. Ses raisons étaient essentiellement de nature financière ; on lui proposait la présidence d'une grosse compagnie d'assurances. Dans l'intérêt de sa famille, il n'eût pas été honnête de refuser.

Le gouverneur du Connecticut était disposé à offrir sa place à Trevayne, à la condition, bien entendu, qu'Andrew adhère immédiatement à son parti. Par « immédiatement », il fallait entendre dans le mois à venir, avant le 15 janvier.

En achevant le mandat en cours, Trevayne serait propulsé sous les feux des projecteurs ; il s'assurait ainsi un tremplin politique.

Cela s'était déjà produit ; pour des hommes de moindre envergure, en général. La tribune existait ; Trevayne serait en mesure de prendre position rapidement, avec force ; la presse rendrait compte de ses opinions.

Pour la première fois, Andrew se trouva face à la réalité concrète.

C'était possible.

Quelles étaient donc ses opinions ? Croyait-il à l'équilibre des pouvoirs et à l'indépendance du jugement qu'il prônait volontiers ? Croyait-il — sincèrement — que les hommes de qualité ne manquaient pas à Washington, qu'il suffisait de les libérer d'influences pernicieuses comme celle de Genessee Industries ? Était-il capable de devenir un chef pour eux ? Était-il assez fort ? Pourrait-il imposer la force de ses convictions à un adversaire aussi puissant ?

Lors de la première réunion, à La Villa d'Este, on avait mis en relief son travail pour le Département d'État, les conférences en Tchécoslovaquie, où il avait réussi à rapprocher des adversaires apparemment inconciliables.

Andrew savait que le véritable test n'était pas la Tchécoslovaquie, mais Genessee Industries.

Serait-il capable, par ses propres moyens, de faire rentrer l'entreprise dans le rang ?

Le véritable test était là ; celui dont il avait besoin.

43

Paul Bonner se mit au garde-à-vous quand le général Cooper entra dans la petite pièce. Le général fit un signe de la main — mi-salut, mi-geste de lassitude — et indiqua à Bonner qu'il pouvait se mettre au repos et se rasseoir.

— Je ne peux rester longtemps, commandant. J'ai rendez-vous au ministère ; il y a toujours des problèmes de crédits budgétaires.

— Rien de nouveau, mon général.

— Oui... bon. Asseyez-vous... Si je reste debout, c'est que j'ai passé la journée à mon bureau. Et la majeure partie du week-end. J'étais dans notre maison de Rutland ; je me demande si ce n'est pas encore plus joli avec la neige. Vous viendrez nous voir ?

— Avec plaisir.

— Oui... oui. Cela nous ferait plaisir aussi.

Paul prit place sur la chaise du bureau métallique, laissant l'unique fauteuil au général. Mais Cooper refusa de s'asseoir ; il était nerveux, agité, hésitant.

— J'imagine que vous n'êtes pas porteur de très bonnes nouvelles, mon général.

— Désolé, commandant.

La bouche pincée, le front plissé, Cooper regarda Paul.

— Vous êtes un bon soldat, reprit-il. Nous ferons tout ce qui est en notre pouvoir. Nous pensons que vous serez acquitté des charges qui pèsent sur vous.

— Il n'y a pas de quoi être désolé, fit Paul en grimaçant un sourire.

— Les journaux, en particulier ce petit fouille-merde de Bruce, ont cessé de réclamer votre tête.

— Vous m'en voyez ravi ; que s'est-il passé ?

— Personne ne le sait, personne ne veut le demander. Malheureusement, cela ne changera rien...

— À quoi ?

Cooper s'avança à pas lents vers la petite fenêtre donnant sur la cour.

— Votre acquittement — si acquittement il y a — sera prononcé par un tribunal civil, avec des avocats militaires et civils... Mais vous passerez aussi en conseil de guerre, aussitôt après le procès.

— Quoi ?

Bonner se leva lentement, les muscles du cou gonflés par la colère.

— Pour quelle raison ? On ne peut juger quelqu'un deux fois ; un acquittement est un acquittement.

— Pour l'assassinat. Pas pour le manquement grave à la discipline, le refus d'obéissance aux ordres d'un supérieur. Rien ne vous autorisait à vous trouver là-bas, commandant ; vous auriez pu mettre en danger la sécurité de Trevayne et de sa domestique. Et vous avez impliqué l'armée dans des affaires qui ne sont pas de son ressort.

— C'est de l'hypocrisie !

— C'est la vérité, soldat ! lança Cooper en pivotant sur lui-même. La pure vérité... Il se peut que l'on ait tiré sur vous, que vous ayez riposté ; cela vous permettra d'invoquer la légitime défense. J'espère que nous serons en mesure de le prouver.

— Avec la voiture de l'armée, nous pouvons le prouver.

— La voiture de l'armée, c'est justement le problème. Pas la voiture de Trevayne, pas Trevayne... Vous ne comprenez donc pas, Bonner ? Il y a trop de considérations qui entrent en ligne de compte ; l'armée ne peut plus se permettre de vous garder.

Bonner plongea les yeux dans ceux de Cooper.

— Qui va se charger des basses besognes, mon général, demanda-t-il en baissant la voix. Vous ?... Je ne crois pas que vous soyez à la hauteur.

— Je ne trouve pas cela justifié, commandant ; de votre point de vue, peut-être. Quoi qu'il en soit, sachez que rien ne m'obligeait à venir vous voir.

Bonner se rendit compte que Cooper avait raison. Tout eût été plus simple pour tout le monde, sauf lui, si le général n'avait rien dit.

— Alors, pourquoi êtes-vous venu ?

— Vous en avez trop bavé ; vous n'avez pas mérité ce qui vous arrive. Je tenais à vous le dire. Quelle que soit l'issue de cette affaire, je ferai en sorte que vous puissiez rendre une petite visite à un officier général à la retraite, dans sa maison de Rutland.

Ainsi, il décroche pour de bon, se dit Paul. Le général Cooper règle les derniers détails avant de tirer sa révérence.

— Dois-je comprendre qu'il n'y aura pas de prison militaire ?

— Vous avez ma parole ; on m'en a donné l'assurance.

— Mais je quitte l'armée ?

— Oui... J'en suis navré, croyez-le. La situation risque de devenir très délicate ; nous sommes obligés d'appliquer strictement le règlement. Nous ne pouvons tolérer que les objectifs de l'armée soient mis en cause ; on ne nous accusera pas de tenter d'étouffer cette affaire.

— Quelle hypocrisie ! Si vous me permettez, mon général, vous n'êtes pas doué pour ce langage.

— J'ai essayé, commandant. Depuis sept ou huit ans maintenant, j'essaie de faire des progrès. C'est de pire en pire. Je me console en pensant que c'est un trait commun à la vieille garde.

— En résumé, l'armée veut se débarrasser de moi par commodité. Je disparais de la circulation.

Cooper s'enfonça dans le fauteuil, les jambes allongées devant lui, dans la position de repos de l'officier au retour du combat.

— Vous disparaissez, commandant... Si possible, hors de nos frontières, comme je le suggérerai, le moment venu, quand le tribunal militaire aura rendu son verdict.

— Tout est déjà programmé !

— Il existe une autre possibilité, Bonner. L'idée m'en est venue hier, en me promenant dans le jardin enneigé. L'ironie de la situation m'a fait sourire.

— De quoi parlez-vous ?

— Une grâce présidentielle.

— Comment serait-ce possible ?

Le général Cooper se leva, repartit lentement vers la fenêtre.

— Andrew Trevayne, fit-il doucement.

Robert Webster ne fit ses adieux à personne, pour la simple raison que personne d'autre que le président et le secrétaire général de la Maison-Blanche n'était au courant de son départ.

À quoi bon perdre du temps ?

Le communiqué de presse indiquerait que Robert Webster, d'Akron, Ohio, conseiller à la présidence pendant près de trois ans, se démettait de ses fonctions pour raisons de santé. La Maison-Blanche acceptait sa démission et lui souhaitait de réussir dans sa nouvelle vie.

L'entrevue avec le président avait duré précisément huit minutes ; en sortant, Webster avait senti le regard du chef de l'exécutif dans son dos.

Le président n'avait pas cru un traître mot de ce qu'il avait dit ; même la vérité avait sonné faux. Il s'était embrouillé dans ses explications, laissant paraître, à défaut d'autre chose, une fatigue bien réelle. Mais la réalité avait été obscurcie par ses explications maladroites.

— Cette usure ne durera peut-être pas, Bobby, avait suggéré le président. Pourquoi ne pas prendre un congé ? Vous verrez comment vous vous sentez dans quelques semaines. La pression peut devenir insupportable ; je connais.

— Merci, monsieur le président, ma décision est prise. Avec votre permission, je préfère m'arrêter définitivement. Ma femme n'est pas heureuse ici ; moi non plus, au fond. Nous avons l'intention de fonder une famille, mais pas à Washington...

— Je vois... Vous voulez donc retrouver votre cambrousse, élever des gosses et pouvoir vous promener tranquillement, le soir venu. C'est ça ?

— Je sais que cela paraît bébête, mais je crois que oui.

— C'est le rêve américain, Bobby. Vos compétences l'ont rendu possible pour des millions de gens. Rien ne s'oppose à ce que vous en ayez votre part.

— C'est très généreux à vous, monsieur.

— Vous avez fait des sacrifices ; vous ne devez pas avoir loin de quarante ans...

— Quarante et un.

— Quarante et un ans et pas encore d'enfant.

— Le temps m'a manqué.

— Bien sûr. Vous avez beaucoup donné ; et votre épouse est charmante.

Webster comprit que le président jouait avec lui ; il n'avait jamais aimé sa femme.

— Elle m'a beaucoup aidé.

Webster se dit qu'il devait bien cela à cette peste égoïste.

— Bonne chance, Bobby. Mais je ne pense pas qu'un homme de ressources comme vous en ait besoin.

— La Maison-Blanche m'a ouvert quantité de portes, monsieur le président. Soyez-en remercié.

— Je m'en réjouis... Il y a un tambour cylindrique dans l'entrée, si je ne me trompe.

— Pardon ?

— Non, rien. Ce n'est pas important... Au revoir, Bobby.

Webster transporta dans sa voiture le reste de ses affaires. La remarque sibylline du président le perturbait ; quel soulagement de savoir qu'il n'était pas nécessaire de s'y attarder ! Jamais plus il n'aurait à analyser, à disséquer d'innombrables phrases énigmatiques chaque fois qu'il y avait un problème à résoudre. C'était plus que du soulagement ; une sorte d'euphorie l'envahit.

Quel sentiment merveilleux !

Il arrêta la voiture devant la guérite de l'entrée, fit un signe de la main au gardien. C'était la dernière fois ; le lendemain matin, les gardiens seraient informés que Robert Webster ne faisait plus partie du personnel de la Maison-Blanche. Le laissez-passer plastifié, avec la photo d'identité et le signalement succinct, ne serait plus valide. Les gardiens poseraient des questions ; il avait toujours été courtois et enjoué. Il avait souvent eu besoin d'eux pour trafiquer l'heure de sortie. Grappiller quelques minutes pour son usage personnel ; rien de bien méchant, dix ou quinze minutes, pour « se jeter un martini » ou « éviter un casse-pieds ». Les gardiens avaient été coopératifs. Ils comprenaient Webster, sans compter qu'il leur offrait des autographes.

Combien d'heures de sortie avaient été légèrement modifiées ? Combien de fois s'était-il procuré ces précieuses minutes pendant lesquelles des informations d'importance arrivaient sur le téléscripteur ? Des informations dont il faisait usage, mais était en mesure de prouver qu'il ne pouvait les avoir reçues.

L'Opérateur. Tout était légèrement modifié au profit de Genessee Industries.

Terminé ; l'Opérateur se retirait.

Il descendit Pennsylvania Avenue à vive allure, sans remarquer la voiture, une Pontiac grise, qui se plaçait derrière la sienne.

Le conducteur de la Pontiac se tourna vers son passager.

— Il roule trop vite ; il va attraper une contredanse.

— Ne le lâche pas.

— Pourquoi ? Qu'est-ce que ça changera ?

— Ce sont les ordres de Gallabretto ! Nous ne devons pas le lâcher d'une semelle, pour savoir où il est, qui il rencontre.

— C'est des conneries... Il n'y aura pas de contrat avant qu'il soit retourné dans l'Ohio. On pourra toujours le retrouver là-bas, à Akron.

— Si Willie Gallabretto nous dit de lui filer le train, on lui file le train... J'ai travaillé pour l'oncle de Willie ; regarde ce qui lui est arrivé.

L'ambassadeur William Hill s'arrêta devant une caricature encadrée, au mur de son bureau, qui le représentait en marionnettiste tenant des fils reliés à des figurines reconnaissables d'anciens présidents et secrétaires d'État. Le marionnettiste regardait en souriant les pantins danser sur un air dont les notes étaient contenues dans une bulle au-dessus de sa tête.

— Saviez-vous, monsieur le président, qu'il m'a fallu un an pour découvrir que ce sont les notes de *Ring Around the Rosy* ?

Assis au fond de la pièce, dans le gros fauteuil de cuir qui était son siège attitré chez l'ambassadeur, le président éclata de rire.

— Le dessinateur n'a pas été tendre avec nous ; si ma mémoire est bonne, le dernier vers de la chanson est « ils tomberont tous ».

— Cela remonte à plusieurs années ; vous n'étiez pas encore au Sénat. Quoi qu'il en soit, il n'aurait pas osé vous représenter.

Hill prit place dans le fauteuil qui faisait face à celui du président.

— Si ma mémoire est bonne, reprit-il, c'est le siège que Trevayne occupait lors de sa dernière visite. Peut-être y aura-t-il un phénomène de télépathie.

— Êtes-vous sûr qu'il n'a pas pris mon fauteuil ; je n'étais pas avec vous, ce jour-là.

— Non, je m'en souviens. Comme la plupart des gens, il a évité ce fauteuil, pour ne pas se montrer présomptueux, j'imagine.

La sonnerie du téléphone interrompit la conversation ; Hill décrocha.

— Très bien, monsieur Smythe, je le lui dirai. Merci.

— Jack Smythe ? demanda le président.

— Oui. Robert Webster et sa femme ont pris le vol de Cleveland ; tout va bien.

— Parfait.

— Puis-je demander ce que cela signifie ?

— Bien entendu. On nous a signalé que Bobby était suivi depuis son départ de la Maison-Blanche, il y a quarante-huit heures. J'étais inquiet ; curieux aussi.

— À l'évidence, vous n'étiez pas le seul.

— Probablement pour la même raison. Les services de renseignement ont identifié un des deux hommes ; un petit truand... Pas plus que nos hommes, il n'a rien eu à signaler. Webster n'a vu personne d'autre que les déménageurs.

— Au téléphone ?

— Réservation de billets d'avion et un frère à Cleveland, qui les conduira à Akron... Un restaurant chinois aussi... Pas très bon.

— Il est au courant pour Trevayne ? demanda Hill.

— Je l'ignore. Tout ce que je sais, c'est qu'il fuit à toutes jambes. Il a peut-être dit la vérité en affirmant qu'il était resté trop longtemps loin de chez lui, que la pression était devenue trop forte.

— Je n'en crois rien, fit Hill en secouant la tête. Et Trevayne ? Voulez-vous que je l'invite à venir faire un brin de causette ?

— Billy, je vous prie ! Ne faites pas le marionnettiste ! Je viens prendre un verre pour me détendre et vous ne cessez de parler affaires.

— Je crois que l'affaire en question est de la plus haute importance, monsieur le président. Voulez-vous que je lui demande de venir ?

— Non, pas encore. Je veux voir jusqu'où il ira, dans quelle mesure la fièvre l'a gagné.

44

— À quand remonte cette proposition ? demanda Phyllis, en poussant une grosse bûche dans l'âtre.

— Un peu plus de trois semaines, répondit Andrew. J'aurais dû t'en parler, mais je ne voulais pas que tu t'inquiètes. Armbruster a dit que c'était leur dernier recours...

— Tu les as pris au sérieux ?

— Pas au début, bien sûr. J'ai failli virer Armbruster de mon bureau. Il a dit qu'il parlait au nom d'une partie du comité exécutif de son parti, que l'idée lui avait paru saugrenue, mais qu'il était en train de revoir sa position...

Phyllis remit le tisonnier à sa place, se tourna vers son mari.

— C'est absurde, reprit-elle ; un artifice grossier en rapport avec la sous-commission. Je m'étonne que tu sois allé si loin.

— Pour la seule raison que personne ne m'a encore suggéré de toucher au rapport. J'avoue que cela m'a intrigué ; j'attendais une allusion, aussi discrète fût-elle, pour ruer dans les brancards. Personne n'a rien dit.

— As-tu soulevé la question ?

— Plusieurs fois. J'ai prévenu le sénateur Weeks qu'il était susceptible d'avoir des ennuis. Il a répliqué qu'il était parfaitement capable de répondre à toutes les questions que la sous-commission pourrait lui poser, mais que cela n'avait aucun rapport.

— Le brave homme... Mais pourquoi te choisir, toi, dans les circonstances présentes ?

— Ce n'est pas très flatteur, mais il semble n'y avoir personne d'autre. C'est du moins ce qu'affirment les instituts de sondage. « Aucun candidat valable à l'horizon politique », pour reprendre leur formulation. Les poids lourds sont usés ; les jeunes encore trop tendres. Ou bien ils ont quelque chose qui les rend inacceptables... « Foutaises ! » comme dirait Bonner.

En s'approchant du canapé, Phyllis s'arrêta devant la table pour prendre une cigarette dans un étui doré. Andrew la lui alluma.

— C'est malheureusement très juste, reprit-elle en s'asseyant près d'Andrew.

— Quoi ?

— Ils ont raison ; je ne vois personne d'autre.

— Je ne savais pas que tu étais une autorité en la matière.

— Qu'est-ce que tu t'imagines ? Je n'ai pas raté une seule élection depuis des années.

— La voyante de High Barnegat ! lança Trevayne en riant.

— Je t'assure, j'ai un système ; et ça marche. Prends le nom d'un candidat, place le mot « président » devant. Cela sonne bien ou non. C'est un peu plus difficile quand le président en exercice se présente de nouveau... Ce qui me fait penser à celui d'aujourd'hui ; je croyais que tu l'aimais bien.

— Il ne se représentera pas.

Phyllis marqua le coup ; elle lança un regard pénétrant à Andrew.

— Tu ne m'en avais pas parlé, fit-elle d'une voix basse et vibrante.

— Il y a un certain nombre de choses dont je...

— Tu aurais dû commencer par là !

Trevayne comprit ; le jeu n'était plus un jeu.

— Excuse-moi ; j'ai pris les choses par ordre chronologique.

— Tu ferais mieux de les prendre par ordre d'importance.

— D'accord.

— Tu n'es pas un politicien ; tu es un homme d'affaires.

— Ni l'un ni l'autre, en réalité. Les affaires n'ont plus qu'une place secondaire dans ma vie ; ces cinq dernières années, j'ai travaillé pour le Département d'État et une des plus grosses fondations au monde. Si tu tiens à me coller une étiquette, je suppose que ce serait celle de « service public ».

— C'est ça ! Essaie de te justifier !

— Phyllis, c'est une discussion, pas une engueulade !

— Une discussion ? Non, Andy, il n'y a que toi qui parles... Depuis des semaines, tu parles avec des tas de gens, jamais avec moi.

— Je te l'ai dit ; c'était trop vague, trop incertain pour susciter de faux espoirs. Ou des doutes.

— Et ça ne l'est plus ?

— Je n'en suis pas sûr ; je sais que le moment était venu d'en parler avec toi... J'imagine que j'ai perdu ton suffrage.

— Tu peux en être certain.

— Cela fera un bel article ; pour la première fois de l'histoire, sans doute...

— Andy, sois sérieux. Tu n'as pas...

Phyllis chercha ses mots, incapable d'exprimer ce qu'elle ressentait.

— L'étoffe d'un président, acheva doucement Trevayne.

— Je n'ai pas dit ça ; je ne le pense pas. Tu n'es pas un... animal politique.

— Qu'entends-tu par là ?

— Tu n'es pas extraverti, pas homme à te mêler à la foule pour serrer des mains, à faire une ribambelle de discours, à appeler par leur prénom des gouverneurs et des parlementaires que tu ne connais pas. Tu n'es pas à l'aise dans ce genre de situation ; c'est ce que les candidats doivent faire !

— J'y ai réfléchi... Tu as raison, je n'aime pas ça. Mais peut-être est-ce nécessaire ; cela prouve que l'on a de l'endurance, comme l'a dit Truman.

— Alors, tu es sérieux, fit doucement Phyllis, sans chercher à masquer son inquiétude.

— Je me tue à te le dire... J'en saurai plus lundi. Je dois rencontrer Green et Hamilton ; tout peut se décider ce jour-là.

— As-tu vraiment besoin de leur soutien ? Est-ce ce que tu désires ?

Phyllis avait posé les questions avec une sorte de répugnance.

— Ce qui m'intéresse, Phyl, c'est de savoir si je suis assez bon.

— Je peux comprendre ça... Mais pourquoi Andrew Trevayne s'est-il mis dans la tête qu'il était dans la course à cette fonction ?

— Tu ne peux pas prononcer le mot, Phyl ? Cette fonction s'appelle la présidence.

— Non, je ne le dirai pas ; j'ai trop peur.

— Tu ne veux donc pas que je m'engage plus avant ?

— Je ne comprends pas pourquoi tu as envie de faire ça... Tu n'as pas ce démon-là, Andy, pas cette vanité. L'argent attire les flatteurs, certes, mais tu es trop réaliste, trop lucide. Je ne peux pas y croire.

— Moi non plus, je n'y croyais pas ; puis je me suis rendu compte que cela retenait mon attention.

Trevayne se mit à rire, moins pour sa femme que pour lui-même.

— J'ai écouté Armbruster et participé à ces réunions, car je croyais que cela mènerait à une seule chose : le rapport de la sous-commission. La colère me dévorait. Puis j'ai compris que je me trompais, que j'avais affaire à des professionnels de la politique, pas à des hommes terrorisés d'avoir été pris la main dans le sac. Ce sont des chasseurs de têtes, comme je l'ai été pour nos sociétés, mais à une autre échelle, où tout est infiniment plus compliqué.

— Tu n'as pas expliqué pourquoi.

Trevayne se leva ; il enfonça les mains dans ses poches, commença à marcher sur le tapis en posant soigneusement les pieds sur les motifs, comme un enfant sur un trottoir.

— Tu veux aller au fond des choses, hein ?

— Je n'ai pas le droit ? Je t'aime, j'aime notre vie, celle que nous offrons aux enfants. Je pense que tout cela sera menacé et j'ai très peur.

Andrew se tourna vers sa femme ; l'expression était bienveillante, mais le regard quelque peu absent.

— Moi aussi, reprit-il, je pense que j'ai très peur... Alors, pourquoi ? Parce que je me sens capable de le faire, peut-être. Je ne me raconte pas des histoires ; je ne suis pas un génie. Mais je ne pense pas que le président ait besoin d'être un génie. Il doit être capable d'assimiler rapidement, d'agir avec décision — sans être toujours impartial — et de supporter une pression inimaginable. Pardessus tout, peut-être, il doit savoir écouter. Faire la distinction entre les appels à l'aide justifiés et l'hypocrisie. La seule chose qui m'effraie véritablement, c'est la pression ; j'ignore si je pourrai y résister... Si je réussis à me prouver que je peux franchir l'obstacle, je crois que j'aurai envie de livrer cette bataille. Une nation qui engendre Genessee Industries a besoin de toutes les bonnes volontés. Je me souviens d'une phrase de Frank Baldwin qui m'a fait sourire ; il a dit qu'un homme n'échappe pas à son destin, quand l'heure est venue. J'ai trouvé cela extrêmement prétentieux et pas nécessairement juste. Mais, en l'absence d'hommes de qualité et si ceux qui tirent les ficelles pensent, pour des raisons qui leur appartiennent, que je fais l'affaire, je ne pense pas avoir le choix. *Nous* n'avons pas le choix, Phyl.

— Pourquoi as-tu choisi... non, pourquoi as-tu laissé ce parti, et pas l'autre, te choisir ? demanda Phyllis en considérant son mari d'un regard froid et pénétrant. Si le président ne sollicite pas le renouvellement...

— Pour des raisons pratiques, coupa Andrew. Je pense que, de nos jours, la bannière sous laquelle on se range importe peu. Les deux partis sont en proie à des dissensions ; c'est l'homme qui compte... Le président attendra le dernier moment pour annoncer qu'il se retire ; j'ai besoin de ce temps, ne serait-ce que pour savoir que l'on ne veut pas de moi.

Phyllis continua de fixer sur son mari un regard impénétrable.

— Tu es donc décidé à nous imposer cette épreuve, en sachant que cela risque d'être en pure perte.

Adossé au manteau de la cheminée, Andrew soutint son regard.

— J'aimerais que tu m'y autorises, fit-il lentement. Pour la première fois de ma vie, j'ai pris conscience qu'un danger menace ce en quoi je crois. Cela n'a rien à voir avec les défilés militaires et les drapeaux, l'affrontement des bons et des méchants ; je parle d'une lente mais inéluctable érosion du libre arbitre. Les hommes qui sont derrière Genessee Industries veulent diriger notre pays ; ils ont la conviction d'en savoir plus que le citoyen lambda et le pouvoir d'intégrer leurs idées dans le système. Il y en a des centaines comme eux dans les bureaux directoriaux. Tôt ou tard ils s'uniront ; au lieu de faire partie intégrante du système, ils *seront* le système... Je ne veux pas de ça. Je ne sais pas encore ce que je veux, mais pas ça. L'État policier n'est pas loin ; je tiens à le faire savoir.

Trevayne s'avança vers Phyllis, lui adressa un sourire gêné et s'installa à côté d'elle.

— Quel discours ! fit-elle doucement.

— Excuse-moi ; ce n'était pas mon intention.

— Quelque chose d'affreux vient de se passer, poursuivit-elle en lui prenant la main.

— Quoi ?

— Je viens de placer devant ton nom ce titre qui me fait si peur et cela ne m'a pas paru irréaliste.

— À ta place, je ne penserais pas encore à redécorer la Maison-Blanche... Je vais peut-être me planter dès mon premier discours au Sénat.

Surprise, Phyllis lui lâcha la main.

— On peut dire que tu n'as pas perdu de temps ! Parle-moi du Sénat maintenant.

45

James Goddard descendit en marche arrière l'allée en pente et s'engagea sur la route. L'air était froid et limpide en ce dimanche matin ; le vent descendant en rafales des collines de Palo Alto gelait tout sur son passage. C'était une journée propice aux décisions ; Goddard avait pris la sienne.

Il allait la mettre à exécution.

En réalité, on avait pris la décision pour lui. La tête de James Goddard devait tomber ; il s'était promis qu'elle ne tomberait pas. Quelles que soient les promesses qu'on lui ferait, les garanties qu'on lui offrirait. Il ne les laisserait pas régler leurs problèmes en le montrant du doigt ; il n'accepterait pas de porter le chapeau en échange d'un gros virement sur un compte en Suisse. Ce serait trop facile.

Il avait failli commettre cette erreur tout seul — sans avoir négocié un accord. Son obsession du passé récent de Genessee l'avait empêché de voir qu'il utilisait ses propres chiffres, le résultat de ses manipulations. Il y avait une autre solution, bien meilleure.

Utiliser les chiffres de quelqu'un d'autre ; des prévisions financières qui, en aucun cas, ne pourraient lui être attribuées.

C'était le 15 décembre ; il restait quarante-six jours avant la fin de l'année fiscale. Toutes les unités de production, tous les services de Genessee Industries devaient avoir envoyé leur rapport financier annuel avant le 31 janvier.

Ils étaient comparés aux budgets de l'année précédente. Tous les ans, la bande maîtresse était expédiée à San Francisco et conservée dans les coffres de Genessee. Elle arrivait dans la deuxième semaine de décembre, dans un avion privé, en provenance de Chicago. Toujours accompagnée par un président de division et des convoyeurs armés.

Toute entreprise d'importance doit établir des prévisions budgétaires pour ses obligations contractuelles. Contrairement à la plupart des entreprises, dont la comptabilité est transparente, celle de Genessee Industries comprenait des milliers d'engagements financiers cachés du public. Tous les ans, au mois de décembre, de nouvelles surprises apparaissaient à une dizaine de paires d'yeux. Elles concernaient une partie importante du programme d'armement des États-Unis pour les cinq années à venir. Des engagements du Pentagone dont le Congrès et le président ignoraient tout.

Le rôle clé de Goddard consistait à assimiler et coordonner l'afflux massif de données en fonction des conditions changeantes du marché, à attribuer, selon les besoins, des fonds aux différentes divisions, à répartir le travail entre les usines.

James Goddard séparait, isolait, distribuait ; son regard parcourait les listes de chiffres. Avec la sûreté et la souplesse d'un félin passant de branche en branche, il jonglait avec eux, se méfiant d'une chute toujours possible, mais toujours prêt à faire le pas décisif qui lui permettrait, tel le félin bondissant sur sa proie, d'assurer un profit à l'entreprise.

Il n'avait pas son pareil ; il était un véritable artiste. Les chiffres étaient ses amis ; ils ne le trahissaient pas, ils se pliaient à ses volontés.

Les gens, eux, le trahissaient.

Il avait reçu une note succincte, signée L. R., qui disait :

J'aimerais vous entretenir d'un problème qui, j'en suis convaincu, mérite toute votre attention. *L. R.*

Louis Riggs. L'ancien combattant du Viêt-nam, engagé l'année précédente. Un homme jeune, qui avait l'esprit vif et de la décision. Réservé, il n'était pas dépourvu d'émotion, ni même de loyauté, comme Goddard l'avait constaté.

Riggs lui avait appris qu'il se tramait quelque chose dont il devait être informé. L'ancien combattant avait été contacté par un des assistants de Trevayne, qui lui avait offert de l'argent pour confirmer des renseignements compromettants pour Genessee, plus particulièrement le président de la division de San Francisco. Riggs avait évidemment refusé. Quelques jours plus tard, un homme qui s'était présenté comme un officier attaché au ministère de la Défense l'avait menacé de rendre publics des dossiers de l'entreprise, dont le contenu portait atteinte à la réputation de M. Goddard. Il avait encore refusé. En découvrant dans le journal que l'officier en question était mêlé au meurtre du Connecticut, il avait estimé devoir rencontrer sans tarder M. Goddard.

Sans être sûr de ce qui se passait précisément, Goddard voyait une conspiration se profiler. Une conspiration dirigée contre lui, ourdie par Trevayne et le Pentagone.

Pourquoi, sinon, la Défense aurait-elle envoyé un officier prendre le relais d'un assistant de Trevayne ? Pourquoi ce même officier avait-il éliminé le frère de De Spadante ?

Pourquoi Mario de Spadante avait-il été assassiné ? L'Italien avait dit que des têtes tomberaient pour éviter que d'autres, plus haut placées, ne tombent. Peut-être de Spadante n'était-il pas aussi « haut placé » qu'il l'avait imaginé. Ou bien le Pentagone avait-il considéré qu'il était devenu trop gênant.

En tout état de cause, James Goddard, le « comptable », avait pris sa décision. L'heure n'était plus à la réflexion, mais à l'action. Il se contenterait de prendre les renseignements les plus compromettants.

Il y aurait approximativement onze mille cartes de dix-huit centimètres sur huit. Des cartes aux étranges perforations carrées, qui ne devaient être ni pliées, ni déformées, ni écornées. Quatre valises seraient nécessaires pour transporter les onze mille cartes. Il les avait dans le coffre de la voiture.

L'ordinateur posait d'autres problèmes. Il était énorme et nécessitait deux hommes pour fonctionner. Pour des raisons de sécurité, ils devaient se trouver l'un en face de l'autre et entrer simultanément des codes distincts. Les codes changeaient quotidiennement ; ils étaient conservés l'un dans le bureau du contrôleur, l'autre dans celui du président de la division.

Goddard n'avait eu aucune difficulté pour obtenir le second code. Il avait simplement déclaré d'un air innocent au contrôleur qu'il pensait qu'une erreur leur avait fait attribuer des codes identiques pour la journée du dimanche. Le contrôleur était allé chercher le sien dans le coffre, pour comparer les chiffres ; quelques secondes avaient suffi à Goddard pour les retenir.

Les chiffres étaient ses seuls amis.

Mais il avait besoin de quelqu'un qui accepterait de passer près de six heures dans la salle des ordinateurs ; un homme de confiance, qui comprendrait que ce qu'il faisait était dans l'intérêt de Genessee, peut-être même de la nation.

Il avait été étonné d'entendre celui qu'il avait choisi formuler des exigences financières et ajouter que cela pouvait être considéré comme une promotion méritée. Avant d'avoir compris, Goddard avait engagé un assistant, avec une augmentation de salaire de dix mille dollars par an.

Aucune importance. Tout ce qui comptait était ce qu'il avait à faire, la décision qu'il allait mettre à exécution.

Goddard ralentit en approchant de la barrière. Le gardien, reconnaissant d'abord le véhicule puis le conducteur, porta deux doigts à la visière de sa casquette.

— Bonjour, monsieur Goddard. Il n'y a pas de dimanche pour les patrons.

Goddard trouva cette familiarité déplacée, mais ce n'était pas le moment d'adresser des remontrances.

— J'ai du travail... J'ai demandé à M. Riggs de passer dans la matinée ; inutile de l'ennuyer avec les questions de sécurité. Dites-lui de se rendre directement dans mon bureau.

— M. Riggs ?

— Vous devriez le connaître ! Un ancien combattant, blessé en se battant pour la patrie !

— Bien, monsieur... Riggs.

Le gardien inscrivit le nom sur son carnet.

— Il a une petite voiture de sport, ajouta Goddard. Ses initiales sont sur la portière. Inutile de l'arrêter à la barrière.

46

Sam Vicarson s'enfonça dans le coussin moelleux du canapé en velours, les genoux remontés vers les épaules. Assis à la petite table, Trevayne buvait un café dans une tasse en porcelaine de Limoges, portant le nom de l'hôtel. *Waldorf Towers, New York*. Il feuilletait un gros carnet en cuir rouge.

— C'est dingue ! s'écria Vicarson.

— Quoi ?

— Pas étonnant que tant de réunions se tiennent dans

ces chambres. Dès qu'on est assis, on ne peut plus se relever ; il n'y a plus qu'à parler.

Trevayne se replongea dans sa lecture en souriant. Sam étendit les jambes, trouva la position moins confortable. Au prix d'un gros effort, il parvint à se lever et commença à déambuler dans la pièce, s'arrêtant pour admirer les gravures aux murs, avant de se planter devant la fenêtre du trente-cinquième étage, dominant Park Avenue et la 50e Rue. Trevayne griffonna quelques mots sur une feuille et referma l'épais carnet en regardant sa montre.

— Ils ont cinq minutes de retard, fit-il. Je me demande si, en politique, c'est bon signe.

— J'aimerais autant qu'ils ne viennent pas du tout, dit Sam. Je me sens dépassé... Ian Hamilton a écrit le code !

— Je ne me précipiterai pas pour l'acheter.

— Vous n'en avez pas besoin, vous ne faites pas une carrière juridique. Ce type vit avec les grands de ce monde, il a perdu tout contact avec le commun des mortels.

— Vous ne croyez pas si bien dire ; avez-vous lu le rapport ?

— Ce n'était pas nécessaire.

Une sonnerie retentit dans l'entrée de la suite ; Vicarson lissa instinctivement sa chevelure perpétuellement emmêlée et boutonna sa veste.

— Je vais ouvrir ; ils me prendront peut-être pour le maître d'hôtel.

Les dix premières minutes eurent la lenteur solennelle d'une pavane. Andrew trouva que Vicarson se débrouillait très bien ; il regarda le jeune avocat faire assaut de sollicitude avec Aaron Green dont la courtoisie masquait mal l'agacement. Le vieux juif était furieux de cette présence inattendue ; Hamilton avait à peine salué Sam. Pour lui, se dit Trevayne, c'est une affaire entre géants, où un subordonné n'a pas sa place.

— Vous devez comprendre, Trevayne, que nous fûmes amèrement déçus quand vos amis du comité exécutif nous ont fait connaître leur choix.

— « Choqués » serait plus juste, ajouta Green de sa voix sonore.

— J'aimerais parler de votre réaction, fit posément Andrew. C'est une des choses qui m'intéressent. Ce ne sont pas mes amis, mais je me suis demandé s'ils n'étaient pas les vôtres.

Hamilton sourit. L'avocat tiré à quatre épingles croisa les jambes, puis les bras et s'enfonça dans le canapé moelleux — l'image de l'élégance. Aaron Green occupait un fauteuil à dossier droit, près de Trevayne. Sam s'était légèrement écarté du triangle, sur la droite d'Andrew, sans le gêner pour regarder les visiteurs. Trevayne se rendit compte que Sam avait tout arrangé, qu'il avait indiqué son siège à chacun. Il était meilleur qu'il ne le croyait.

— S'il vous est venu à l'esprit que vous pouviez être notre candidat, reprit Hamilton, le sourire aux lèvres, je peux vous détromper.

— Comment ?

— Tout simplement parce que notre préférence va au président. L'examen de nos contributions, financières et autres, devrait vous en persuader.

— Je ne puis donc, en aucun cas, compter sur votre soutien ?

— Pour être franc, répondit Hamilton, je ne pense pas.

Trevayne se leva brusquement, souriant, lui aussi.

— Dans ce cas, messieurs, je me suis trompé. Je vous prie de m'excuser ; je ne veux pas vous faire perdre votre temps.

Les autres, y compris Vicarson, furent pris de court par la réaction d'Andrew. Hamilton se reprit le premier.

— Allons, monsieur Trevayne, ne jouons pas à ces petits jeux que vous détestez. Les circonstances exigent que nous nous rencontrions. Asseyez-vous, je vous en prie.

— Quelles circonstances ? demanda Andrew en reprenant sa place.

— Le président n'a pas l'intention de se représenter, répondit Aaron Green.

— Il peut changer d'avis, riposta Trevayne.

— Non, fit Hamilton, il ne peut pas. Sa santé ne lui permettrait pas d'arriver au terme de son mandat. Je vous le confie sous le sceau du secret.

— Je l'ignorais, reprit Andrew. Je croyais qu'il s'agissait d'un choix personnel.

— Quoi de plus personnel ? lança Green.

— C'est affreux...

— Voilà pourquoi nous sommes amenés à nous rencontrer, conclut Green.

— Nous avons donc été déçus, reprit Hamilton. Non que l'idée de votre candidature soit sans valeur ; mais, sincèrement, tout bien considéré, notre préférence va au parti du président.

— Dans ce cas, en quoi ma candidature vous intéresse-t-elle ? L'autre parti a des hommes de qualité.

— Les hommes du président ! lança Green.

— Je ne comprends pas.

— Le président, expliqua Hamilton en choisissant soigneusement ses mots, ayant accompli la moitié d'une tâche qui sera soumise au jugement de l'histoire, tient par-dessus tout à ce que les grands programmes qu'il a lancés soient poursuivis. Il dictera le choix de son successeur ; entre le vice-président et le gouverneur de New York, nous ne pouvons, en conscience, soutenir ni l'un ni l'autre. Ils n'ont pas la force de leurs propres convictions, mais de celles du président. Il n'est ni possible ni souhaitable qu'ils l'emportent.

— Vous en avez donc conclu, fit Trevayne en allumant une cigarette, que le président provoquera la défaite de son propre parti ?

— Exactement, répondit Hamilton. Voilà notre dilemme. Il suffira à l'opposition de lancer un candidat attirant, de mettre l'accent sur sa force de caractère — son indépendance d'esprit, si vous préférez — et le bouche à oreille fera le reste. L'électorat a un refus viscéral des pantins.

— Vous estimez donc que j'ai mes chances ?

— À contrecœur, répondit Green ; il n'y a guère de concurrence. Seul Knapp, au Sénat, saurait être un rival de poids, mais c'est un type odieux. Une poignée de gouverneurs pourraient se mettre sur les rangs, mais ils traînent le boulet des désordres des grandes villes. Oui, monsieur Trevayne, avec toutes vos casquettes, vous avez de bonnes chances. Le comité exécutif savait ce qu'il faisait en avançant votre nom. Ces gens-là n'aiment pas les perdants.

— Nous non plus, ajouta Ian Hamilton. Que cela nous plaise ou non, vous êtes devenu une réalité incontournable.

Trevayne se leva, brisant le triangle. Il s'avança vers la

table, prit le gros carnet relié en cuir rouge et revint vers les deux hommes, s'arrêtant un mètre derrière son fauteuil.

— Je ne suis pas certain de la véracité de vos dires, mais cela peut servir de point de départ pour ce que j'ai à vous faire savoir... Messieurs, voici le rapport de la sous-commission. Il sera remis dans cinq jours à la commission de la Défense, à la Maison-Blanche et aux commissions parlementaires concernées. Il a été réduit à six cent cinquante pages, auxquelles il convient d'ajouter six volumes de documentation. Plus de trois cents pages sont consacrées à Genessee Industries ; et deux volumes de documentation. Je comprends votre « amère déception » à la perspective de ma candidature. Je ne vous aime pas, je désapprouve ce que vous avez fait et j'espère vous mettre sur la paille. *Capisce ?* comme aurait dit un de vos défunts associés.

— Il n'était pas des nôtres ! riposta Green d'un ton furieux.

— Vous l'avez laissé faire ; cela revient au même.

— Où voulez-vous en venir ? demanda Hamilton. Je flaire un compromis.

— En effet ; mais vous n'avez rien à y gagner. Sinon, peut-être, le réconfort de savoir que vous passerez le reste de vos jours à l'abri des tribunaux — et loin de votre pays.

— Quoi ?

Pour la première fois, Hamilton se départit de sa suffisance.

— Vous êtes ridicule, Trevayne ! lança Green.

— On ne peut pas dire ça, répliqua Andrew en repartant vers la table sur laquelle il lança le carnet rouge.

— Soyons sérieux, reprit Hamilton d'une voix ferme. Votre rapport est accablant ; à quoi bon le nier ? Mais il est probablement bourré de suppositions et de conjectures peu concluantes. Vous imaginez-vous que nous ne sommes pas préparés ?

— Je suis sûr que vous l'êtes.

— Vous devez savoir que toutes vos accusations seront niées de la manière la plus véhémente qui soit. Nous risquons, au pis, de passer des mois ou des années devant les tribunaux.

— C'est tout à fait possible.

— Vous ne représentez donc pas une véritable menace pour nous. Avez-vous pensé à notre contre-offensive ? Voulez-vous consacrer des années à soutenir des procès en diffamation ?

— Absolument pas.

— Alors, nous sommes dans une impasse ; autant nous accommoder de la situation. Après tout, nos objectifs sont identiques : le bien des États-Unis.

— Pas la définition que nous en donnons.

— Impossible, fit Green.

— Voilà pourquoi nous ne sommes pas d'accord. Vous ne concevez d'autre absolu que le vôtre.

Avec un petit haussement d'épaules, Hamilton leva les mains en un geste d'apaisement.

— Nous sommes disposés à revoir notre définition.

— Pas moi, répliqua Andrew en se levant. Je suis las de vos définitions, de votre logique élitiste ; de ces agaçantes conclusions qui vous confèrent le droit de réaliser vos objectifs et rien d'autre. Ce droit, vous vous l'arrogez. Et je crie : « Au voleur ! »

— Qui vous écoutera ? s'écria Green. Qui écoutera un homme mû par un désir de vengeance, entretenu pendant vingt ans ?

— Qu'avez-vous dit ?

— Il y a vingt ans, Genessee Industries vous a envoyé paître ! poursuivit le vieux juif, l'index braqué sur Trevayne. Depuis vingt ans, vous vous lamentez ! Nous avons la preuve...

— Vous me dégoûtez ! rugit Trevayne. Vous ne valez pas mieux que de Spadante ! Je vous mets dans le même sac ! « Nous avons la preuve... » Vous abaissez-vous aussi à mettre en coupe réglée les marchands de journaux ?

— Vous êtes injuste, Trevayne, protesta Hamilton en lançant un regard réprobateur à Green. Aaron a la tête près du bonnet, vous le savez.

— Non, je ne suis pas injuste, répliqua posément Andrew, les mains serrées sur le dossier du fauteuil. Vous êtes des magouilleurs d'un autre temps, qui jouent au Monopoly grandeur nature. Vous achetez ceci ou cela, par le biais de centaines de filiales ; dessous de table, promesses, chantage, vous ne reculez devant rien pour arriver à vos fins. Vous avez constitué des milliers de dossiers individuels dans lesquels vous vous plongez avec délectation. L'un déclare que *ses* idées sont de plus grands monuments que les temples et les cathédrales, l'autre que les affaires publiques doivent être réservées à ceux qui ont qualité pour voter ! C'est dépassé, c'est de l'aberration !

— Je nie formellement avoir dit cela ! s'écria Hamilton en se dressant d'un bond, soudain effrayé.

— Niez ce que vous voulez ; mais il y a une chose que vous devez savoir. Samedi, je suis allé à Hartford ; les papiers sont signés, Hamilton. J'avais des raisons — pas très précises encore — de faire appel à un autre avocat. Me Vicarson m'a assuré que tout était en ordre. Le 15 janvier, le gouverneur du Connecticut l'annoncera officiellement : considérez, messieurs, que je suis d'ores et déjà membre du Sénat.

— Quoi ?

Aaron Green donna l'impression d'avoir été giflé à toute volée.

— C'est ainsi, monsieur Green. Et je compte mettre à profit l'immunité que me confère cette fonction pour vous en faire voir de toutes les couleurs. Je veux que les électeurs sachent à quoi s'en tenir sur vous... Jour après jour, séance après séance, rien ne m'arrêtera. Si besoin est — j'envisage sérieusement cette éventualité —, je ferai de l'obstruction et lirai mon rapport en séance, de la première à la dernière page. Sans sauter un mot. Vous ne vous en remettrez pas, messieurs.

Aaron Green, l'haleine courte, gardait les yeux rivés sur Trevayne.

— D'Auschwitz à Babi-Yar..., fit-il d'une voix vibrant de haine contenue. Les salauds de votre espèce ne font que compliquer les choses.

— Et les solutions ne sont pas vos solutions. Les vôtres nous ramènent droit aux camps d'extermination. Vous ne le voyez donc pas ?

— Je ne vois que la force ! Seule la force est dissuasive !

— Qu'est-ce qui vous empêche d'en faire une force collective ? Une force responsable, partagée, ouverte à tous ? Non le fruit des manipulations d'une poignée de privilégiés ; pas dans notre pays.

— Vous parlez comme un petit garçon ! Que signifie « partagée », que signifie « ouverte à tous » ? Des mots vides de sens ! Qui nous conduisent à des comportements de faiblesse, au chaos. Regardez ce que nous apprend le passé !

— Je l'ai fait, attentivement. C'est imparfait et décevant, mais préférable à ce que vous proposez... Et si nous entrons dans une époque où le système ne fonctionne plus, autant le savoir. Nous changerons le système, mais nous le ferons ouvertement, en connaissance de cause. Cela ne nous sera pas imposé ; en tout cas, pas par vous.

— Très bien, monsieur Trevayne, fit Ian Hamilton en s'écartant du groupe. Vous avez des arguments de poids ; que nous proposez-vous ?

— Débarrassez le plancher... Disparaissez. Partez en Suisse, au bord de la Méditerranée, dans les Highlands d'Écosse, peu importe. Mais quittez ce pays ; et n'y remettez plus les pieds.

— Nous avons des responsabilités financières, protesta Hamilton d'une voix douce.

— Déléguez-les à qui bon vous semble, mais tranchez tous les liens avec Genessee.

— Impossible ! gronda Aaron Green, les yeux fixés sur le visage de l'avocat. Absurde !

— Doucement, cher ami, fit Hamilton... Si nous suivons votre conseil, quelle sera notre garantie ?

Trevayne se tourna vers la table, indiqua le carnet rouge.

— Voici le rapport tel qu'il sera transmis...

— Nous avons compris, coupa Hamilton.

— Nous avons rédigé une autre version ; elle réduit considérablement l'attention portée à Genessee Industries...

— Alors ? lança Aaron Green d'un ton acerbe. Le petit garçon n'est pas si pur ; je croyais que vous ne vouliez pas y changer un seul mot.

— Je ne le ferai peut-être pas, répondit Trevayne, après un silence. Si je le fais, vous pourrez remercier le commandant Bonner. Il a fait un jour une remarque qui m'a frappé ; peut-être recoupait-elle d'autres opinions, mais elle m'a permis d'y voir plus clair. Il a dit que ce rapport était destructeur, que je ne faisais que démolir sans proposer de solution. Tout était à jeter, le bon comme le mauvais... Essayons de sauver une partie de ce qui peut l'être.

— Nous voulons des précisions, fit Hamilton.

— Très bien... Vous disparaissez pour ne plus revenir, je remets l'autre version du rapport, et la remise en ordre de Genessee Industrie peut commencer discrètement. On ne crie pas à la conspiration, personne ne réclame votre tête, l'entreprise n'est pas démantelée. On ne s'occupe pas des causes profondes, elles auront disparu. Vous aurez disparu.

— C'est extrêmement dur pour nous.

— Vous êtes venu conclure un marché, Hamilton ; je vous le mets en main. Vous êtes un réaliste en matière de politique ; je suis une réalité politique... Acceptez ; vous n'aurez pas mieux.

— Vous êtes un petit garçon, vous ne faites pas le poids.

La nervosité d'Aaron Green démentait l'assurance de ses paroles.

— Seul, non ; bien sûr. Je ne suis qu'un instrument. Mais, par mon entremise, deux cents millions d'Américains sauront ce que vous êtes. Contrairement à vous, je pense sincèrement qu'ils sont capables de prendre des décisions.

La pavane s'achevait, la musique s'était tue. Les visiteurs prirent congé avec toute la dignité seyant à leur rang.

— Croyez-vous que cela aurait marché ? demanda Vicarson.

— Je ne sais pas, répondit Trevayne, mais ils ne pouvaient courir un tel risque.

— Ils vont vraiment partir, à votre avis ?

— Nous verrons bien.

47

— Je suis navré, fit le général Cooper. Je pense que ma lettre explique clairement la position de l'armée. Je suis sûr que le commandant Bonner apprécie que vous ayez engagé des défenseurs ; d'après ce que je sais, nous nous dirigeons vers un acquittement au civil.

— Mais il passera devant un tribunal militaire ; l'armée veut se débarrasser de lui.

— Nous n'avons pas le choix, monsieur Trevayne. Bonner a fait cavalier seul une fois de trop ; il le sait. C'est un refus d'obéissance aux ordres d'un supérieur. Sans hiérarchie, il n'y aurait plus d'organisation militaire.

— J'insiste pour que mes avocats assurent sa défense devant le tribunal militaire.

— C'est de l'argent gaspillé. Il n'est pas accusé d'assassinat, ni même de voies de fait ; simplement d'avoir menti à un officier de l'armée de l'air de manière à avoir accès à un appareil militaire. Il a, en outre, refusé d'informer ses supérieurs de ses intentions. Nous ne pouvons tolérer ce type de comportement ; et Bonner y est enclin, sans raison valable.

— Merci, mon général. Nous verrons.

Andrew raccrocha, se leva. Il se dirigea vers la porte de son bureau, qu'il avait fermée avant de téléphoner à Cooper. Il l'ouvrit, appela sa secrétaire.

— J'ai vu le signal d'appel sur la deux, Marge ; c'est pour moi ?

— L'Imprimerie nationale, monsieur. Je ne savais pas quoi dire. Ils voulaient savoir quand vous enverrez le rapport de la sous-commission ; ils ont un arriéré de travail pour le Congrès et ne voulaient pas vous décevoir. J'ai commencé à expliquer qu'il était terminé, que nous l'avions envoyé ce matin, mais j'ai pensé qu'il y avait peut-être un protocole à suivre.

— Bien sûr qu'ils ne veulent pas nous décevoir ! lança Trevayne en riant. Les murs ont des oreilles !... Rappelez-les pour dire que nous ne savions pas qu'ils attendaient le rapport, que nous avons fait le boulot nous-mêmes, dans un souci d'économie. Les cinq exemplaires sont prêts...

Mais appelez d'abord un taxi ; je vais à Arlington, voir Bonner.

Dans le taxi qui l'emmenait à Arlington, Andrew essaya de comprendre la position du général Lester Cooper et la vertueuse indignation de ses pairs. La lettre de Cooper — une réponse à sa demande sur la situation de Bonner — avait été rédigée dans le jargon militaire et se contentait d'exposer les points du règlement.

Bonner n'était pas traduit devant le tribunal militaire parce que son comportement inspirait de l'aversion à la hiérarchie ; l'aversion était pour l'homme. Si le comportement, dans son principe, avait été pris en compte, des charges infiniment plus lourdes pèseraient sur lui. L'armée avait retenu des négligences, le manquement à la discipline. Des accusations qui ne donnaient au défenseur aucune possibilité de se justifier et ne lui laissaient d'autre choix que de se démettre. La carrière des armes se refermait pour lui.

Bonner ne pouvait remporter cette bataille ; il n'y avait pas de bataille, juste une sanction.

Mais *pourquoi* ? Si un homme était fait pour la vie militaire, c'était bien Paul Bonner. Si une armée avait besoin d'un homme comme Bonner, c'était bien l'armée démoralisée des États-Unis. Au lieu d'engager des poursuites contre lui, Cooper et toutes les huiles devraient faire des pieds et des mains pour garder Bonner.

De quoi l'armée avait-elle peur ?

Redoutait-elle, en soutenant Bonner, en reconnaissant sa participation et son dévouement, de dévoiler sa propre vulnérabilité ?

Lester Cooper et son tribunal en uniforme craignaient-ils une attaque-surprise ?

De qui ? Un public trop curieux ? C'était compréhensible. Le commandant Bonner, l'exécutant, en savait trop long.

Ou bien avaient-ils peur de l'exécutant ? Peur de Paul Bonner ?

En le discréditant, l'armée l'éliminait de la scène, de tout système de référence.

Il n'existait plus.

Il était banni.

Le taxi s'arrêta devant les portes du quartier des officiers. Trevayne régla la course, s'avança vers l'entrée monumentale aux grands vantaux surmontés de l'aigle doré et de l'inscription : « Sous ce portail passent les meilleurs de nos soldats. »

Andrew remarqua une date sous l'inscription, celle de la construction de l'édifice : « Avril 1944. »

Une autre époque, un temps révolu, où des inscriptions de ce genre étaient parfaitement naturelles, où l'héroïsme avait droit de cité.

Le temps des fiers chevaliers.

Qui paraissait quelque peu ridicule aujourd'hui, même si c'était injuste.

Le garde en faction devant la porte de l'officier aux arrêts de rigueur salua Trevayne ; il ouvrit la porte du local. Assis au petit bureau métallique, Bonner écrivait sur du papier à lettres de l'armée. Il se tourna à l'entrée de Trevayne, sans se lever ni lui tendre la main.

— Je termine ce paragraphe et je suis à vous, fit-il en baissant les yeux sur sa feuille. On me prend pour un gratte-papier. Les deux avocats que vous m'avez collés sur le dos me font mettre par écrit tout ce dont je me souviens. Ils disent qu'une idée en amène une autre, quand on l'a devant les yeux.

— Ce n'est pas bête ; je parle de l'enchaînement des idées. Continuez, je ne suis pas pressé.

Trevayne prit place dans le fauteuil ; il attendit en silence que Bonner pose son stylo et change de position. Une épaule par-dessus le dossier du fauteuil, l'officier considéra le « civil ».

C'était bien un civil ; il n'y avait pas à s'y tromper.

— Je vous rembourserai les honoraires. J'insiste.

— C'est le moins que je puisse faire.

— Je ne veux pas. Je leur ai demandé de me les envoyer directement ; ils ont dit que ce n'était pas possible. Donc, je vous rembourserai... En toute franchise, je me serais contenté de mon avocat militaire. Mais je suppose que vous avez vos raisons.

— Une assurance supplémentaire.

— Pour qui ? demanda Bonner.

— Pour vous, Paul.

— Je n'aurais pas dû poser cette question... Que voulez-vous ?

— Je ferais peut-être mieux de sortir et d'entrer à nouveau, fit Andrew avec une certaine brusquerie. Quelle mouche vous pique ? Nous sommes dans le même camp, que je sache.

— Croyez-vous, monsieur le président ?

Ces mots firent comme un claquement de fouet dans la tête de Trevayne. Les deux hommes se regardèrent longuement, sans rien ajouter.

— Je pense que vous devriez vous expliquer, reprit enfin Trevayne.

Et Paul Bonner s'expliqua.

Trevayne écouta avec stupéfaction le récit de la conversation du commandant avec le général Lester Cooper.

— Personne n'a plus à raconter d'histoires, conclut Bonner. Toutes ces explications compliquées ne sont plus nécessaires.

Trevayne se leva, se dirigea sans répondre vers la petite fenêtre. Dans la cour, une section de jeunes sous-lieutenants écoutait dans le froid de décembre un colonel au visage taillé à la serpe. Certains battaient la semelle, d'autres soufflaient dans leurs mains pour se réchauffer. Le colonel, le col ouvert, semblait indifférent aux conditions climatiques.

— Voulez-vous la vérité, commandant ? Cela vous intéresse-t-il ?

— Ne me prenez pas pour un imbécile, monsieur le politicien. Elle saute aux yeux.

— Quelle est votre interprétation ? demanda Trevayne en se retournant.

— Cooper a dit que l'armée ne pouvait plus me garder. En réalité, c'est de vous qu'il s'agit... Je suis un boulet à votre cou présidentiel.

— C'est ridicule !

— À d'autres ! Vous vous chargez du procès, je suis acquitté — ce n'est que justice — et vous avez les mains propres. Personne ne pourra vous reprocher d'avoir laissé tomber le soldat blessé en vous défendant. Mais ce procès est dirigé ; on examine les faits, rien que les faits. Mon avocat militaire l'a dit on ne plus clairement. Le samedi soir, dans le Connecticut, rien d'autre. On ne parle pas de San Francisco, de Houston, de Seattle ; surtout pas de Genessee Industries... Puis on me retire discrètement de la circulation, la vie reprend son cours normal, je n'embarrasse plus personne. Ce qui m'ennuie, Trevayne, c'est que pas un seul d'entre vous n'ait le courage de me le dire en face !

— Je ne peux pas, ce n'est pas vrai.

— Pour qui me prenez-vous ? Tout est déjà arrangé ! Quand vous voulez vous débarrasser de quelqu'un, vous y mettez le prix ! Je vous l'accorde, vous ne mégotez pas !

— Vous vous trompez, Paul.

— Foutaises ! Oserez-vous prétendre que vous n'êtes pas dans la course à la Maison-Blanche ? Il paraît même que vous allez avoir un siège au Sénat ! Drôlement pratique, non ?

— Je vous jure que je ne sais pas où Cooper a pêché ça.

— Est-ce vrai ?

Trevayne tourna le dos à Bonner. Il regarda par la fenêtre ; les jeunes officiers étaient toujours dans la cour.

— Disons que c'est... à l'étude.

— Jolie formule ! Qu'allez-vous faire ensuite ? Écoutez, Andy, je vais vous dire la même chose qu'à Cooper ; je n'aime pas la tournure que prennent les choses, pas plus que je n'ai aimé ce que j'ai découvert ces derniers mois. Disons que je suis assez intègre pour ne pas apprécier le mode d'action. Les méthodes ; je trouve qu'elles puent... Mais je serais le dernier des hypocrites si je me mettais à jouer les moralisateurs sur le tard. Toute ma carrière, j'ai cru avec force que les objectifs militaires portaient en eux leur propre justification. Que les civils, les élus, se préoccupaient de la morale ; un domaine qui m'a toujours été étranger. Maintenant, c'est du sérieux. La stratégie à une telle échelle me dépasse ; c'est trop gros pour moi. Bonne chance !

Dans la cour, la section se dispersait ; le colonel allumait une cigarette.

Trevayne se sentit soudain très las, épuisé. Rien n'était comme on le croyait. Il se retourna vers Bonner, toujours assis dans une attitude désinvolte.

— Qu'entendez-vous par « stratégie » ?

— Vous devenez de plus en plus drôle ! Vous allez me faire perdre mes chances d'obtenir une grâce présidentielle.

— Cessez de faire le pitre ! Dites ce que vous avez sur le cœur !

— Et comment, monsieur le président ! Ils vous tiennent, ils n'ont besoin de personne d'autre ! L'indépendant, l'incorruptible, le Monsieur Propre de la politique ! Le Pentagone n'a plus de souci à se faire !

— Vous est-il venu à l'esprit que ce pourrait être le contraire ?

Bonner fit repasser son épaule par-dessus le dossier de la chaise et partit d'un grand rire crispant.

— Vous êtes vraiment très drôle, Andrew. Mais ce n'est pas la peine de raconter toutes ces blagues ; je ne me mêlerai pas de vos affaires. Ma place n'est pas au sommet.

— J'ai posé une question, j'attends une réponse. Vous insinuez qu'on m'a acheté... Qu'est-ce qui vous fait croire cela ?

— Je connais les huiles du Pentagone, comme on les appelle. Ils vont assurer votre investiture. Ils ne le feraient pas s'ils n'avaient reçu des garanties à toute épreuve.

48

À plus d'un kilomètre des tours du Potomac, Trevayne demanda au chauffeur de taxi de le déposer ; il avait envie de marcher, de réfléchir, d'analyser. Il devait essayer de découvrir une logique dans l'illogisme.

Ses réflexions furent interrompues par un concert d'avertisseurs dirigé contre une voiture blanche dont le conducteur semblait perdu. L'irritante cacophonie était en accord avec la confusion de ses pensées.

S'était-il vraiment montré si naïf, si ingénu pour avoir été utilisé de la sorte ? La rencontre avec Hamilton et

Green n'avait-elle été qu'un geste indulgent de leur part ? Une comédie ?

Non, non... Ce n'était pas possible.

Hamilton et Green avaient peur ; Hamilton et Green tenaient les rênes de Genessee Industries ; Genessee avait la haute main sur le Pentagone.

A égale *B* égale *C*.

A égale *C*.

Si lui, en sa qualité de président, parvenait à contrôler Ian Hamilton et Aaron Green — à les soumettre à ses exigences —, il devrait, en bonne logique, être en mesure de contrôler le Pentagone. Pour ce faire, il faudrait démembrer Genessee Industries, réduire les dimensions du monolithe.

Il avait clairement annoncé que ce serait son premier objectif.

S'il fallait croire Paul Bonner — pourquoi ne pas le croire ? Il n'avait pas inventé le scénario —, Lester Cooper et ses pairs allaient pourtant soutenir sa candidature, en mettant tout le poids du Pentagone dans la balance.

Comme leurs opinions étaient dictées par Genessee Industries, leur soutien avait nécessairement été décidé — du moins approuvé — par Ian Hamilton et Aaron Green.

A égale *B*.

Pourquoi ? Pourquoi le général Cooper et les chefs du Pentagone participeraient-ils de leur plein gré à l'enterrement de leur puissance militaire ? Pourquoi le leur aurait-on ordonné ?

A égale *C*.

Que Hamilton et Green disparaissent, soit ; ils n'avaient pas le choix. De là à tourner casaque et donner pour instructions au Pentagone de soutenir le candidat qui était en train de les abattre...

En apparence, c'est précisément ce qu'ils avaient fait.

À moins que ce soutien n'eût été décidé *avant* la rencontre au Waldorf.

Décidé et mis en œuvre avant que ses menaces ne les obligent à reculer.

Dans ce cas, il n'était pas ce qu'il croyait être. Il n'était pas l'homme choisi, après mûre réflexion, par des politiciens aguerris qui, après avoir regardé dans leur boule de cristal, l'avaient déclaré apte à faire un bon président.

Il était le candidat de Genessee Industries, choisi en connaissance de cause par Hamilton et Green. Et leur prétendue « amère déception » n'était qu'une comédie.

Que d'ironie, que de subtilité...

Le plus effrayant était la conclusion qu'il fallait en tirer. Peu importait à qui revenait la fonction de président ; la seule chose qui comptait était que personne ne fasse des vagues susceptibles d'empêcher le vaisseau Genessee de continuer à naviguer.

Il leur avait fourni tout cela ; il s'était remis entre leurs mains.

Quatre heures plus tôt, il avait expédié un rapport explosif, d'autant plus extraordinaire que des éléments compromettants, des pièces à conviction en avaient été soustraits.

Dans quel bourbier s'était-il fourré ?

Trevayne distingua au loin la silhouette des tours jumelles de brique et d'acier. À cinq ou six cents mètres ; il pressa le pas, accéléra franchement l'allure. Il chercha un taxi des deux côtés de l'avenue, n'en vit aucun. Il avait hâte de regagner son bureau. Il voulait découvrir la vérité ; il devait le faire.

Il n'existait qu'un seul moyen.

Le général de brigade Lester Cooper.

Sam Vicarson faisait les cent pas devant les bureaux de la sous-commission quand il vit Trevayne sortir de l'ascenseur.

— Si vous saviez comme je suis content de vous voir ! s'écria-t-il. J'ai téléphoné à Arlington et laissé des messages un peu partout.

— Que se passe-t-il ?

— Nous ferions mieux d'entrer ; vous pourrez vous asseoir.

— Phyllis ?

— Non, non, rassurez-vous... Ne m'en veuillez pas si je vous ai fait croire... Ne craignez rien, ce n'est pas Mme Trevayne.

— Nous serons mieux à l'intérieur.

Vicarson ferma la porte du bureau, attendit qu'Andrew se débarrasse de son manteau. Il commença à parler lentement, comme pour être sûr de rapporter avec exactitude ce qu'on lui avait dit.

— Le secrétaire général de la Maison-Blanche a téléphoné, il y a trois quarts d'heure. Ce qui s'est passé n'a pas été rendu public, du moins pas encore. Le président a pris une décision dont vous devez être informé... Il a usé de ses prérogatives présidentielles pour faire saisir, à titre temporaire, les quatre exemplaires du rapport de la sous-commission.

— Quoi ?

— Il les a fait intercepter aux quatre destinations, la commission de la Défense, le ministère de la Justice, le bureau des présidents des comités du Sénat et de la Chambre... Il s'est entretenu en personne avec les destinataires, qui ont accepté ses explications.

— Quelles explications ?

— Robert Webster... Vous vous souvenez de lui ?

— Bien sûr.

— Il a été tué ce matin. Assassiné... Abattu dans sa chambre d'hôtel, à Akron. Une femme de chambre, qui se trouvait dans le couloir, a donné à la police le signalement de deux hommes qu'elle a vus sortir de la chambre en courant ; la réception a eu la présence d'esprit d'appeler la Maison-Blanche. Webster était connu à Akron ; on savait qu'il avait réussi et ce qu'il faisait... La Maison-Blanche a réagi sans perdre de temps ; elle a demandé aux journaux et aux agences de presse de garder le silence quelques heures...

— Pourquoi ?

— Le signalement des tueurs correspondait à celui de deux hommes qui étaient sous la surveillance de la Maison-Blanche... Ce n'est pas exactement ça... En surveillant Webster, ils ont repéré ces deux hommes qui l'avaient pris en filature.

— Je ne vous suis pas, Sam.

— Les deux hommes en question font partie de l'organisation de Mario de Spadante... La Maison-Blanche s'est donc mise au travail. Saviez-vous que toutes les conversations téléphoniques, sur chaque appareil, y compris ceux des cuisines, sont automatiquement enregistrées et que les bandes sont conservées six mois dans la salle des communications ? On les écoute, on les jette ou on décide de les garder.

— Cela ne m'étonne pas.

— Cela aurait étonné Webster ; il paraît que peu de gens sont au courant. Ils n'ont pu faire autrement que de nous le dire.

— Où voulez-vous en venir ? Pourquoi le rapport a-t-il été saisi ?

— Robert Webster avait partie liée avec de Spadante ; c'était un informateur. C'est lui qui a renvoyé les gardes de l'hôpital de Darien. L'enregistrement d'une conversation révèle que vous lui avez demandé des renseignements sur de Spadante.

— Oui ; nous étions à San Francisco. Il ne m'a rien transmis.

— Le président pense malgré tout que Webster a été tué parce que les hommes de De Spadante croient qu'il a collaboré avec vous. Qu'il s'est dégonflé et vous a fourni les renseignements qui ont provoqué la mort de De Spadante... D'après la police, ils auraient surpris Webster dans sa chambre d'hôtel pour l'obliger à révéler ce que contenait le rapport. Voyant qu'il ne cédait pas, ou qu'il ne savait rien, ils l'auraient abattu.

— Et si le rapport met de Spadante en cause, je serai le prochain sur la liste.

— Oui, monsieur. Le président s'inquiète pour vous ; il craint, s'il y a des fuites, que vous ne deveniez la prochaine cible. Personne ne voulait vous alarmer, mais une unité de la Sécurité a été envoyée à Arlington. Ils auraient dû vous prendre à la sortie.

Trevayne se souvint de la voiture blanche derrière son taxi ; celle qui avait provoqué un concert rageur d'avertisseurs. Le front plissé par la perplexité, il lança à Sam un regard pénétrant.

— Combien de temps doit durer cette sollicitude inquiète pour ma personne ?

— Apparemment, jusqu'à ce qu'ils aient mis la main sur

ceux qui ont tué Webster. Le dernier carré des fidèles de De Spadante.

Trevayne prit place à son bureau ; il fouilla dans sa poche, sortit ses cigarettes. Il avait l'impression de dégringoler une pente raide, agrippé au volant d'un véhicule dont les freins ne répondaient plus.

Était-ce possible ? Était-il possible, tout bien considéré, qu'il ait eu raison ?

— Foutaises, comme dirait notre bon commandant Bonner.

— Pourquoi ? Cette inquiétude me paraît on ne peut plus justifiée.

— J'espère que vous êtes dans le vrai ; je l'espère de tout cœur. Si vous vous trompez, Sam, un homme gravement malade est en train d'essayer de préserver la marque qu'il laissera dans l'histoire.

Vicarson comprit ; l'expression qui se peignit sur son visage indiqua qu'il avait pleinement conscience de la gravité de la situation.

— Croyez-vous que le président soit... Genessee Industries ?

— Appelez le général Cooper.

49

Le général Lester Cooper prit place devant le bureau de Trevayne. Il était au bout de son rouleau ; son visage portait les stigmates de sa profonde fatigue.

— Je considère, monsieur le président, que c'est un honneur pour moi d'avoir été en mesure d'accomplir ce que j'ai accompli.

— Il n'est pas nécessaire de me donner ce titre, mon général. Vous pouvez m'appeler Andrew ; M. Trevayne, si vous y tenez. J'ai pour vous le plus profond respect ; ce serait un privilège pour moi que vous soyez moins formaliste.

— Très aimable à vous ; je préfère garder mes distances.

Vous m'accusez, si je ne me trompe, de manquement au devoir, de conspiration, de violation de serment.

— Holà, mon général ! Je n'ai pas employé ces mots ! Jamais je ne me le serais permis... Je pense que vous avez été contraint d'opérer d'une position intenable. D'un côté, un électorat hostile vous reproche chaque dollar de votre budget ; de l'autre, l'armée demande toutes vos attentions. Il vous faut concilier ces deux positions extrêmes dans un domaine que je connais fort bien. La fourniture de matériel... Je vous demande seulement si vous avez accepté les compromis que j'aurais acceptés à votre place. Il ne s'agit pas de manquement au devoir ni de conspiration, mon général, mais de bon sens ! Ne pas le faire aurait été une violation de votre serment !

Cela va marcher, se dit Trevayne, avec une appréhension mêlée de tristesse. Le général était en train de mordre à l'hameçon. Il plongea dans les yeux de Trevayne un regard implorant.

— Oui, répondit-il à voix basse... Je ne savais plus quoi faire, vous voyez. Bien sûr, vous voyez... Quelqu'un comme vous...

— Que voulez-vous dire ?

— Eh bien, si vous êtes ce que l'on dit...

— À savoir ?

— Vous *comprenez*... Vous ne seriez pas à votre place si vous ne compreniez pas. Nous savons à quoi nous en tenir... Je veux dire que vous pourrez compter sur notre soutien total, sans réserve. C'est voir un peu loin, mais...

— Votre soutien pour quoi ?

— Je vous en prie, monsieur Trevayne... Vous voulez me tester ? Est-ce nécessaire ?

— Peut-être... Peut-être n'avez-vous pas les qualités requises.

— Ce n'est pas vrai ! Vous ne devriez pas dire ça ! J'ai fait tout ce que...

— Pour qui ? Pour *moi* ?

— J'ai fait ce qu'on m'a demandé de faire. La logistique est en place.

— Où ?

— Partout ! Dans chaque port, chaque base aérienne.

Nous avons couvert nos postes sur les cinq continents !... Il ne manque que le nom. Seul le nom n'a pas été dévoilé.

— Quel est ce nom ?

— Le *vôtre*, vous le savez ! Que voulez-vous de moi ?

— Qui vous a donné ces instructions ?

— Comment cela ?

— Qui vous a donné l'ordre de faire circuler mon nom ?

— Pardon ?

Trevayne frappa violemment son bureau du plat de la main ; un claquement sec, retentissant.

— Je... je...

— Je veux savoir *qui* !

— L'homme envoyé par... L'envoyé de...

— De *qui* ?

— Green.

— Qui est Green ?

— Vous le savez !... Genessee Industries.

Le général Cooper se tassa dans son fauteuil, la respiration précipitée.

Trevayne n'en avait pas fini avec lui. Il se pencha sur son bureau.

— Cela remonte à quand ? Tout s'est passé comme prévu, mon général... Cela remonte à quand ?

— Seigneur !... Qui êtes-vous ?

— Combien de temps ?

— Une semaine, dix jours... Qui êtes-vous donc ?

— Votre meilleur ami ! Celui qui vous procure ce que vous désirez ! Êtes-vous prêt à le croire ?

— Je ne sais pas ce qu'il faut croire... Vous, vous tous... vous m'épuisez.

— Pas de ça, mon général... J'ai demandé si tout s'est passé comme prévu.

— Arrêtez !

— Quelles étaient vos autres missions ? Tout s'est bien passé avec tout le monde ?

— Arrêtez ! Arrêtez !

— Répondez !

— Comment voulez-vous que je sache ? Demandez-leur, à eux !

— À qui ?

— Je ne sais pas !

— Green ?
— Oui. Demandez-lui !
— Hamilton ?
— Oui, bien sûr.
— Que peuvent-ils garantir ?
— Tout ! Vous le savez bien !
— Je veux vous l'entendre dire, deuxième pompe Cooper !
— Vous n'avez pas le droit !
— Je veux vous l'entendre dire !
— Vous aurez tout le monde derrière vous. Les syndicats, les patrons... Dans tous les secteurs ; nous avons leur profil psychologique dans nos ordinateurs... Nous agirons de concert.
— Le président est-il au courant ?
— Pas par nous, en tout cas.
— Vos ordres n'ont pas été annulés, ces derniers jours ?
— Bien sûr que non !
— En êtes-vous sûr, mon général ? demanda Trevayne en baissant brusquement la voix.
— Oui !
Andrew se prit le visage entre les mains et souffla dans ses paumes. Il avait maintenant l'impression d'être arrivé au pied de l'interminable pente raide et précipité dans des eaux tumultueuses.
— Merci, mon général, reprit-il d'une voix plus douce. Je pense que nous avons terminé.
Je vous demande pardon.
— J'étais sincère en disant que j'ai du respect pour vous. Je ne sais pas s'il en eût été de même sans le commandant Bonner... Vous connaissez Paul Bonner, mon général ? Il me semble que nous avons déjà parlé de lui... Il me reste à vous donner un conseil. Tirez-vous, Cooper. Tirez-vous vite !
Le général Lester Cooper, les yeux injectés de sang, fixa un regard perplexe sur l'homme qui se tenait le visage entre les mains.
— Je ne comprends pas.
— Il a été porté à mon attention que vous envisagez de prendre bientôt votre retraite. Puis-je respectueusement

vous suggérer d'écrire dès demain matin une lettre de démission ?

Cooper ouvrit la bouche ; aucun son n'en sortit. Andrew Trevayne retira les mains de son visage, plongea son regard dans les yeux fatigués du vieux soldat. Le général chercha sa respiration.

— Vous ne... vous n'allez pas ?... Je suis libre ?

— Oui... Je pense que vous l'avez bien mérité.

— Je l'espère. Merci, monsieur le président.

Sam Vicarson regarda le général Cooper sortir du bureau de Trevayne. Il était près de 18 h 30. Andrew avait pris soin de donner rendez-vous à Cooper après la sortie du personnel ; il n'y avait qu'eux trois dans les bureaux de la sous-commission. Et Sam pouvait faire barrage à un visiteur arrivant à cette heure tardive.

Le général tourna la tête vers Vicarson ; il ne sembla pas le reconnaître, pas même le voir. Cooper demeura un long moment immobile, une expression hostile sur le visage, le regard vide, fixé sur le jeune avocat. Puis il fit quelque chose qui parut à la fois étrange et terrible à Sam ; il se mit au garde-à-vous, porta la main droite à la visière de sa casquette et fit le salut militaire. Il garda la main levée jusqu'à ce que Vicarson incline la tête en silence. Le général baissa le bras, fit demi-tour et sortit.

Sam entra rapidement dans le bureau de Trevayne. Le président de la sous-commission paraissait aussi fatigué que le général bardé de décorations qu'il venait de quitter. Il était affaissé dans son fauteuil pivotant, le menton dans la main droite, le coude sur le dossier du siège. Il avait les yeux fermés.

— Cela a dû être un moment pénible, fit Sam. J'ai failli appeler une ambulance ; vous auriez dû voir Cooper dans le couloir. Il donnait l'impression d'être rentré, tête la première, dans un char.

— Ne prenez pas ce ton satisfait, lança Trevayne sans ouvrir les yeux. Il n'y a pas de quoi être fier... Je pense que nous devons beaucoup à Cooper. Et à ceux de son espèce. Nous leur demandons d'accomplir l'impossible, sans les préparer — sans même les mettre en garde — à affronter les politiciens chimériques avec qui nous les contraignons à œuvrer. Pour finir, nous les tournons en ridicule.

Trevayne ouvrit les yeux, leva la tête vers Sam.

— Vous n'avez pas le sentiment d'une injustice ?

— Je crains que non, monsieur, répondit doucement Vicarson, pour atténuer l'effet de son désaccord. Des hommes comme Cooper — ceux qui sont en haut de l'échelle — ne manquent pas de tribunes ; ils se voient accorder du temps à la télévision et à la radio pour exposer leurs doléances. Du moins, ils ont la possibilité d'avancer dans cette voie, avant de se mettre à la solde de Genessee Industries.

— Sam, Sam... protesta Trevayne d'un ton las. Même si ma santé mentale en dépendait, vous ne seriez pas d'accord avec moi.

— Si. Je vais bientôt avoir besoin d'un boulot.

— J'en doute.

Trevayne se leva, fit quelques pas et s'appuya sur le bord du bureau.

— Vous rendez-vous compte de ce qu'ils ont fait, Sam ? Ils ont mis en place une structure pour soutenir ma candidature, de telle manière que ma victoire serait la victoire de leur candidat. Cooper m'en a apporté la preuve.

— Et alors ? Vous n'avez rien demandé.

— Mais j'aurais accepté ; sciemment, tacitement, j'aurais fait partie intégrante de cette corruption contre laquelle je prétends me battre... Vous comprenez, Sam ? La femme de César ne doit pas même être soupçonnée. Si j'étais élu, ou même dans le cours de la campagne, il me serait impossible de m'en prendre à Genessee ; je serais aussi coupable qu'eux. Si j'essayais avant l'élection, ma défaite serait assurée ; après l'élection, je perdrais la confiance du peuple. Ils ont les armes pour me réduire au silence ; le rapport dans sa nouvelle version. Une stratégie absolument remarquable... Grâce à Paul Bonner et à un général à bout de forces, j'ai découvert le pot aux roses avant qu'il soit trop tard.

— Pourquoi ont-ils fait cela ? Pourquoi vous ont-ils choisi ?

— Pour la raison la plus simple qui soit, Sam. Ils n'avaient pas le choix ; aucune autre solution... J'étais déterminé à détruire Genessee Industries. Et j'aurais pu le faire.

— Bon sang ! souffla Sam en baissant les yeux. Je n'avais pas compris... Qu'allez-vous faire maintenant ?

— Ce à quoi je n'aurais jamais dû renoncer, répondit Andrew en s'écartant du bureau. Démanteler Genessee Industries ; en extirper toutes les racines.

— C'est renoncer à votre candidature.

— Assurément.

— J'en suis désolé.

Andrew s'immobilisa au milieu de la pièce. Il se retourna, regarda dans la direction de Sam, sans poser les yeux sur lui. Son regard se fixa derrière l'avocat, sur la fenêtre, sur le ciel qui commençait à s'assombrir. La nuit allait bientôt tomber sur Washington.

— Aussi étonnant que cela paraisse, reprit-il, je le suis aussi. Sincèrement désolé. Comme il est facile de se convaincre de certaines choses... Et encore plus facile de se tromper.

Il revint vers son fauteuil, s'assit au bureau. Il détacha le premier feuillet d'un bloc-notes, prit son stylo à plume.

Le téléphone sonna.

— Je prends, fit Sam, en se levant pour aller décrocher. Bureau de M. Trevayne... Oui ? Oh ! très bien ! Un instant, s'il vous plaît.

Vicarson enfonça la touche « Attente », se tourna vers Trevayne.

— C'est James Goddard. Il est à Washington.

50

James Goddard, président de la division de San Francisco de Genessee Industries, resta assis au fond de la pièce, tandis que Trevayne et Vicarson étudiaient le volumineux dossier et la masse de cartes perforées empilées sur la longue table de la suite de l'hôtel Shoreham.

Quatre heures plus tôt, Goddard s'était contenté de

quelques mots à l'arrivée de Trevayne accompagné de son assistant. Il estimait qu'il n'y avait aucune raison de se lancer dans une longue conversation. Les chiffres, les rapports, la version imprimée de la bande maîtresse de Genessee devaient leur suffire.

Il avait observé les deux hommes, les avait vus s'approcher en hésitant des documents soigneusement classés. Au début, ils étaient sur leurs gardes, soupçonneux ; petit à petit, ils avaient pris conscience de l'importance de ce qu'ils avaient sous les yeux. Après les premiers moments d'incrédulité, Trevayne commença à le harceler de questions, auxquelles il répondit — quand il lui plaisait de le faire — dans les termes les plus simples.

Les chiffres parlaient d'eux-mêmes.

Le président de la sous-commission ordonna ensuite à Vicarson de retourner à son bureau pour aller chercher une calculatrice. Sans cette machine, déclara Trevayne, une semaine leur serait nécessaire pour arriver à des conclusions. Avec elle, et un peu de chance, ils pourraient avoir terminé au lever du jour.

Deux heures auraient suffi à James Goddard, trois au maximum.

Quatre heures s'étaient déjà écoulées ; ils n'avaient pas terminé.

Des amateurs.

De loin en loin, d'abord, puis à intervalles de plus en plus rapprochés, Trevayne se tournait vers lui pour poser une question, à laquelle il attendait une réponse immédiate. Goddard riait sous cape en le voyant conclure pensivement que la réponse était hors de sa portée. Trevayne était à bout de patience ; maintenant il voulait des noms, ceux des responsables de la bande maîtresse. Goddard pouvait aisément les lui donner. Hamilton et sa cohorte de « vice-présidents » anonymes, à Chicago, des hommes invisibles, qui manipulaient dans l'ombre les opérations nationales et internationales d'une ampleur colossale.

Jamais ils ne lui avaient permis d'atteindre ce niveau de décision. Jamais ils ne lui avaient offert la possibilité de démontrer qu'il avait les compétences nécessaires pour élaborer — avec encore plus de précision — les prévisions fiscales sur les cinq ans à venir. Combien de fois avait-il été contraint d'effectuer des changements d'importance par rapport à la bande maîtresse ? Elle contenait des erreurs qui auraient provoqué une crise financière dans différents secteurs de production. Combien de fois avait-il fait parvenir à Chicago la preuve irréfutable qu'il n'était pas seulement l'homme de paille des finances de Genessee, mais le seul capable de s'assurer de l'efficacité de la bande maîtresse ?

La réponse de Chicago — jamais par écrit ; toujours une voix anonyme au téléphone — était invariablement la même. On le remerciait, on prenait acte de sa précieuse contribution, on répétait que sa valeur, en tant que président de la division de San Francisco, était sans pareille. Cela revenait à dire qu'il n'irait pas plus haut.

En dernière analyse, il n'était pas irremplaçable ; l'homme de paille que l'on pouvait, d'un claquement de doigts, jeter en pâture au public. Quand la décision serait prise, que pourrait-il faire ?

Rien. Absolument rien. Tout le monde pouvait apprécier ses « précieuses contributions ». Sans la bande maîtresse, tout s'arrêtait à la porte de son bureau.

Il restait une issue, une seule.

S'élever rapidement au sommet — dans sa branche — de l'unique conglomérat d'une taille supérieure à Genessee Industries.

Le gouvernement des États-Unis.

Conclure un de ces marchés passés quotidiennement sous des appellations diverses : « consultant », « expert », « conseiller ».

Cela impliquait de renoncer à la maison de Palo Alto, aux collines majestueuses et à leur effet apaisant. Cela revenait aussi à abandonner sa femme — jamais elle ne consentirait à le suivre. C'était l'aspect positif.

Mais le plus gros avantage était le sentiment de bien-être qui l'habitait. Dorénavant, sa « précieuse contribution » serait non seulement reconnue, mais indispensable. L'ascension de Genessee Industries jusqu'à la position qui était la sienne aujourd'hui s'étendait sur une vingtaine d'années. Pour démêler l'écheveau financier d'une extraordinaire complication, près d'une décennie serait nécessaire.

Lui, James Goddard, pourrait s'atteler à cette tâche. Elle

serait nécessaire ; cela faisait partie intégrante de l'histoire de l'Amérique du XXe siècle. Il enregistrerait cette histoire pour les siècles à venir ; les spécialistes se plongeraient dans l'étude de ses écrits, analyseraient ses calculs, le porteraient au pinacle.

Le gouvernement, jusqu'aux plus hauts échelons de décision, le tiendrait pour un homme providentiel.

Nul autre que lui n'était capable de le faire.

Tout ce qu'il désirait, c'est qu'on le reconnaisse. Ian Hamilton et les voix anonymes de Chicago ne l'avaient pas compris ; ce n'était pas l'argent qu'il recherchait, mais le pouvoir.

Le respect. Un respect tel que sa tête ne ferait pas partie de celles qui allaient tomber.

Près de cinq heures s'étaient écoulées. Trevayne, qui fumait à la chaîne, et son assistant volubile avaient vidé deux cafetières. Le président de la sous-commission avait cessé de poser des questions ; Vicarson poussait sans arrêt des cartes et des documents devant son patron. Ils avaient enfin compris la manière dont il avait tout préparé. Le rythme de travail sur la calculatrice en témoignait.

La question n'allait pas tarder à être posée.

Puis le marché.

Tout serait clairement expliqué ; rien ne resterait dans le flou. La situation était en fait assez simple ; il changeait de camp, il retournait sa veste.

Il vit Andrew Trevayne se lever et détacher la bande de papier de la machine. Le président de la sous-commission l'étudia, la posa devant son assistant et se frotta les yeux.

— Terminé ?

— Terminé ? répondit Trevayne avec un haussement de sourcils. Vous n'êtes pas si naïf ; tout ne fait que commencer, je suis au regret de le dire.

— Oui, bien sûr... Tout ne fait précisément que commencer. Il y a des années de travail, des volumes à remplir. J'en suis pleinement conscient... Le moment est venu d'en parler.

— D'en parler ? Nous ?... Non, monsieur Goddard. Ce n'est peut-être pas terminé, mais, pour ce qui me concerne, j'en reste là. Allez parler à d'autres... si vous trouvez quelqu'un pour vous écouter.

— Qu'est-ce que cela signifie ?

— Je n'aurai pas la prétention de dire que je comprends vos mobiles, Goddard. Soit vous êtes l'homme le plus courageux qu'il m'ait été donné de rencontrer, soit vous êtes rongé par un sentiment de culpabilité tel que vous avez perdu tout sens de la mesure. Dans les deux cas, je m'efforcerai de vous aider ; vous méritez bien cela... Mais je ne pense pas que l'on essaie de se mettre en rapport avec vous ; pas ceux qui pourraient le faire... Comment savoir si votre maladie est contagieuse, si le simple fait d'être près de vous présente un danger ? On ne s'approche pas d'un lépreux.

51

Le président des États-Unis se leva à l'entrée de Trevayne dans le Bureau ovale. Andrew fut surpris de découvrir William Hill au fond de la pièce ; l'ambassadeur lisait des papiers devant la porte-fenêtre donnant sur la terrasse. Voyant la réaction de Trevayne à la présence d'une tierce personne, le président s'adressa au visiteur.

— Bonjour, monsieur Trevayne. M. l'ambassadeur est ici à ma demande instante.

Trevayne s'avança vers le bureau, serra la main tendue. Il se retourna, fit quelques pas en direction de William Hill qui s'était écarté de la porte-fenêtre.

— Monsieur l'ambassadeur.

— Monsieur le président.

Hill avait eu un ton glacial ; l'ambassadeur était furieux. Bien, se dit Trevayne ; étrange mais bien. Lui aussi était furieux. Il tourna son attention vers le président, qui indiqua un siège — un des quatre fauteuils disposés en demi-cercle devant le bureau.

— Merci, fit Trevayne en s'asseyant.

— Quelle est cette phrase, déjà ? demanda le président avec un sourire peu convaincant. « Nous nous retrouvons tous les trois... » C'est bien ça ?

— Je crois, fit lentement Hill, que la phrase exacte est : « Quand nous retrouverons-nous tous les trois ? » Les trois personnes en question avaient prévu la chute d'un gouvernement ; elles n'étaient pas sûres d'y survivre.

Le président se tourna vers Hill ; ses yeux s'enfoncèrent comme des vrilles dans ceux du vieux diplomate ; son expression reflétait un mélange de bienveillance et d'irritation.

— Je trouve votre interprétation tendancieuse, Bill. J'imagine, poursuivit le président en se tournant vers Trevayne, que vous avez demandé cette entrevue à la suite de ma décision de faire saisir votre rapport, pour des raisons qui vous paraissent suspectes ; vous aimeriez avoir des explications. Vous êtes entièrement dans le vrai ; les raisons invoquées étaient fallacieuses.

Andrew fut surpris ; il ne s'était pas interrogé sur les raisons. Il croyait que c'était pour sa protection.

— Cela ne m'était pas venu à l'esprit, monsieur le président ; j'avais accepté vos explications sans chercher plus loin.

— Vraiment ? Je n'en reviens pas ! L'artifice me paraissait transparent ; je ne croyais pas que vous vous y laisseriez prendre... La mort de Robert Webster est un règlement de comptes qui ne vous concerne en rien. Vous ne connaissez pas ces hommes ; vous ne sauriez les identifier. Webster pouvait le faire ; il fallait donc le réduire au silence. Vous êtes la dernière personne à qui ils s'attaqueraient.

Trevayne sentit le rouge lui monter au front ; un peu de colère, surtout à cause de sa stupidité. Bien sûr qu'ils ne s'attaqueraient pas à lui ; son assassinat provoquerait un énorme scandale, déclencherait des investigations poussées et une traque impitoyable des tueurs. Webster était embarrassant pour tout le monde. Y compris pour l'homme qui occupait le Bureau ovale.

— Je vois, fit Andrew. Merci pour la leçon de pragmatisme.

— C'est l'essence de ma fonction.

— Dans ce cas, monsieur, j'aimerais une explication.

— Vous l'aurez, monsieur Trevayne, glissa William Hill

en prenant place dans le fauteuil le plus éloigné de celui d'Andrew.

— Bien sûr, reprit vivement le président ; nous vous la devons. Mais, d'abord, si vous me permettez, j'aimerais exercer un autre privilège ; disons plutôt qu'il s'agit de la prérogative de l'âge... Je suis curieux de savoir pourquoi cette entrevue avait une telle importance pour vous. Si mes renseignements sont bons, vous avez déclaré en termes on ne peut plus nets que vous étiez résolu à camper dans les couloirs de la Maison-Blanche aussi longtemps que je ne vous aurais pas reçu. Il a fallu vous caser dans un emploi du temps déjà très chargé... Votre rapport est terminé ; les formalités de dissolution de la sous-commission n'ont pas précisément un caractère d'urgence.

— Je ne savais pas quand vous comptiez publier le rapport.

— Cela vous préoccupe ?

— Oui, monsieur le président.

— Pourquoi ? coupa sèchement William Hill. Croyez-vous que le président ait l'intention de l'enterrer ?

— Non... Il n'est pas complet.

Le silence se fit dans le Bureau ovale ; le président et le diplomate échangèrent un regard. Le président se pencha en arrière.

— J'ai passé une grande partie de la nuit à le lire, monsieur Trevayne ; il m'a paru complet.

— Il ne l'est pas.

— Que manque-t-il ? lança l'ambassadeur. Devrais-je plutôt demander ce qui a été supprimé ?

— Les deux sont exacts, répondit Trevayne. Omissions et suppressions... Pour des raisons qui, sur le moment, m'ont paru fondées, j'ai retranché des faits détaillés — et délictueux — sur Genessee Industries Corporation.

— Pourquoi avez-vous fait ça ? demanda le président en se redressant.

— Parce que je me suis cru capable de contrôler la situation. Je me suis trompé ; il faut tout révéler.

Le président tourna la tête ; le coude sur le bras du fauteuil, il commença à battre la mesure du bout des doigts sur son menton.

— Le premier jugement est souvent le bon ; surtout quand il émane d'un homme aussi raisonnable que vous.

— Dans le cas de Genessee, mon jugement était erroné ; j'ai été induit en erreur par un raisonnement qui s'est révélé mal fondé.

— Pouvez-vous être plus précis ? demanda Hill.

— Naturellement. On m'a fait croire... Non, ce n'est pas exact ; je me suis persuadé qu'en obligeant les responsables à se retirer j'avais trouvé la solution. En les éliminant, je faisais disparaître les mobiles. L'entreprise — les centaines de sociétés qui la composent — pouvait ensuite être restructurée. Réorganisée de manière à devenir compatible avec des pratiques commerciales normales.

— Je vois, fit le président. L'élimination des corrupteurs fait disparaître la corruption ; le chaos est évité. C'est bien cela ?

— Oui, monsieur.

— Mais les responsables de la corruption, tout compte fait, ne peuvent être éliminés, glissa Hill en fuyant le regard de Trevayne.

— C'est la conclusion à laquelle je suis arrivé.

— Vous êtes conscient que votre... solution est de loin préférable au chaos qui résulterait du démantèlement de l'entreprise ? Genessee Industries est le premier producteur de notre programme de défense. La perte de confiance dans cette institution aurait des effets dévastateurs à l'échelle de la nation.

— Ce fut mon raisonnement initial.

— Je pense qu'il est juste.

— Ce n'est plus réalisable, monsieur le président. Comme vient de le dire M. Hill, les corrupteurs ne peuvent être éliminés.

— Mais peut-on se servir d'eux ? demanda le président d'une voix empreinte de fermeté.

— En dernière analyse, non. Plus ils se terreront, plus ils seront difficiles à déloger. Ils ont formé un conseil de l'élite, dont le pouvoir sera transmis aux successeurs qu'ils choisiront ; ils disposeront de ressources économiques inimaginables. Il faut le divulguer sans perdre de temps.

— Que ne l'avez-vous exposé dans votre rapport, monsieur le président ?

Trevayne fut de nouveau agacé par l'utilisation que Hill faisait de son titre.

— Je dis la vérité.

— Quelle vérité ? insista l'ambassadeur.

— *La* vérité, monsieur Hill.

— Ce n'était pas la même quand vous avez rédigé votre rapport. La vérité a changé ; votre jugement s'est modifié.

— Oui. Les faits n'étaient pas encore connus.

— Quels faits ? poursuivit William Hill en baissant la voix mais sans trahir d'émotion. Ne s'agirait-il pas d'un fait particulier ? Le fait d'avoir porté atteinte à l'intégrité de votre sous-commission contre une offre trompeuse. La présidence des États-Unis.

Andrew sentit les muscles de son abdomen se contracter ; il regarda le président.

— Vous êtes au courant.

— Imaginiez-vous que je ne le serais pas ?

— Aussi étrange que cela puisse paraître, je n'y ai guère pensé. C'est stupide de ma part.

— Pourquoi ? Il n'y a pas de trahison. Je vous ai chargé d'une mission ; je n'ai jamais exigé une fidélité politique.

— Mais vous avez exigé une parfaite intégrité, monsieur le président, lança Hill avec conviction.

— Quelle définition donnez-vous de l'intégrité ? riposta le chef de l'exécutif. Dois-je vous rappeler vos propres observations sur les vérités ?... Non, monsieur Trevayne, ce n'est ni de la bienveillance ni de la sollicitude. Je suis seulement convaincu que vous avez agi suivant votre conscience — suivant ce qu'elle vous dictait... Ce qui me facilite la tâche. Sachez que la raison pour laquelle j'ai fait saisir vos rapports — mon seul but en exerçant ce privilège de ma fonction — était de vous empêcher de ravager notre pays. D'utiliser Genessee Industries pour démolir sans nécessité un secteur important de notre économie. De priver les gens de leurs moyens d'existence, de les perdre de réputation sans discernement. Vous pouvez imaginer ma stupéfaction quand j'ai pris connaissance de ce que vous avez écrit.

Trevayne soutint le regard du président.

— Je trouve cela inouï, déclara-t-il posément.

— Pas plus que votre rapport. Ni que vous ayez refusé

de faire connaître aux destinataires la date précise à laquelle vous comptiez le leur faire parvenir. Vous n'avez pas pris de dispositions avec l'Imprimerie nationale ; vous ne vous êtes pas fait assister, comme le veut la coutume, d'avocats du ministère de la Justice, avant d'y mettre la dernière main...

— Je n'étais pas au courant de ces usages ; je doute que cela eût changé quoi que ce soit, si je l'avais été.

— J'imagine, lança William Hill, que vous aviez des choses plus importantes en tête.

— Monsieur l'ambassadeur, depuis mon arrivée vous me harcelez. Avec tout le respect que je vous dois, je vous demande de cesser.

— Sachant que ce respect n'est pas réciproque, monsieur Trevayne. Je continuerai sur le ton qui me convient jusqu'à ce que le président me demande d'en changer.

— Je vous le demande... M. Hill a travaillé avec plusieurs de mes prédécesseurs, Trevayne ; il porte sur vous un regard plus sévère que le mien. Il n'est pas et ne sera jamais un politicien, poursuivit le président avec un sourire bienveillant. Il est persuadé, tout simplement, que vous allez essayer de me priver d'un second mandat. Bonne chance... je pense que ne réussirez pas. Peut-être vaudrait-il mieux dire que vous n'auriez pas réussi.

Le souffle coupé, Trevayne mit quelques secondes avant de répondre.

— Si j'avais cru un seul instant que vous alliez vous représenter, rien de tout cela ne serait arrivé. Je suis désolé ; plus que je ne saurais le dire.

Le sourire du président s'effaça lentement. Hill ouvrit la bouche pour parler ; il fut arrêté par la main levée du président.

— Vous devriez vous expliquer, monsieur Trevayne.

— On m'a assuré que vous ne brigueriez pas un second mandat ; que la décision était irrévocable.

— Vous l'avez cru ?

— C'était la base de mes discussions ; ce qui conditionnait la suite.

— Vous a-t-on dit pourquoi ?

— Oui... Je... je suis navré.

Le président scruta le visage de Trevayne. Andrew se sentit affreusement gêné ; il ne voulait pas regarder en face l'homme assis devant lui et il ne devait pas baisser les yeux.

— Ma santé ? demanda le président avec simplicité.

— Oui.

— Un cancer ?

— C'est ce que j'ai déduit de ce qu'on m'a dit... Je suis désolé.

— Inutile ; c'est un mensonge.

— Oui, monsieur le président.

— Je vous dis que c'est un mensonge.

— Très bien, monsieur.

— Vous ne comprenez pas, Trevayne ; c'est véritablement un mensonge. Le plus simple, le plus grossier qui puisse être utilisé dans l'arène politique.

La mâchoire pendante, Trevayne garda les yeux fixés sur le visage aux traits accusés ; le regard du président disait la vérité.

— Je suis le dernier des imbéciles.

— C'est encore préférable à une chimiothérapie... Sachez que je compte fermement représenter mon parti et être réélu. Me suis-je bien fait comprendre ?

— Parfaitement.

— Monsieur Trevayne, glissa William Hill d'une voix douce, je vous prie d'accepter mes excuses. Je ne sais pas si vous êtes le dernier des imbéciles, poursuivit le vieux diplomate avec un mince sourire. Je ne vaux guère mieux... Nous sommes tous deux quelque peu ridicules.

— Qui vous a lu ma notice nécrologique ?

— On me l'a lue à deux reprises. La première fois, à La Villa d'Este, à Georgetown. Je m'y étais rendu pour voir qui allait essayer de faire modifier le rapport de la sous-commission. À mon grand étonnement, personne ne l'a fait ; tout au contraire, j'en suis ressorti dans la peau d'un candidat potentiel.

— Vous n'avez pas répondu...

— Pardon... Le sénateur Alan Knapp. Dans un « esprit de bipartisme », pour reprendre son expression, il a annoncé que vous deviez vous retirer à la fin de votre premier mandat et que l'intérêt de la nation passait avant tout.

— Vous vous en occupez, Bill ? fit le président avec un signe de tête à peine perceptible à l'adresse de l'ambassadeur.

— Notre dynamique sénateur se sera démis de ses fonctions avant la fin du mois. Ce sera une sorte de cadeau de Noël, monsieur le président.

— Poursuivez, je vous en prie.

— La seconde réunion eut lieu à New York, au Waldorf. J'avais convoqué Ian Hamilton et Aaron Green pour ce que je considérais comme une épreuve de force... J'ai cru l'avoir emporté ; c'est ce qui explique le contenu du rapport qui vous a été transmis. Hamilton a dit que votre santé ne vous permettrait pas d'achever un second mandat, que vous alliez pousser le vice-président ou le gouverneur de New York. Ni l'un ni l'autre ne leur convenaient.

— Ils sont allés trop loin ! lança Hill.

— Ce n'est pas la première fois. Ne faites rien.

— Je comprends.

Trevayne suivit en silence l'aparté entre les deux hommes.

— Moi, je ne comprends pas, monsieur le président. Comment pouvez-vous dire cela ; ces hommes devraient...

— Nous y viendrons, monsieur Trevayne, coupa le président. Une dernière question ; quand avez-vous compris que vous étiez manipulé ? Avec brio, je dois le reconnaître.

— Grâce à Paul Bonner.

— Qui ?

— Le commandant Paul Bonner.

— Du Pentagone, ajouta le président. Celui qui a tué un intrus dans votre propriété du Connecticut.

— Oui, monsieur. Il m'a sauvé la vie ; il sera disculpé des accusations dirigées contre lui. Mais il ira devant un tribunal militaire et sera chassé de l'armée...

— Vous ne pensez pas que c'est justifié ?

— Non, monsieur. Je ne suis pas souvent d'accord avec lui, mais...

— Je verrai ça, coupa le chef de l'exécutif, en griffonnant quelques mots. Que vous a raconté ce Bonner ?

Andrew ne répondit pas tout de suite ; il voulait être aussi précis que possible. Il devait bien cela à Paul.

— Un général de brigade, du nom de Cooper, au bord de la dépression, lui avait confié que j'étais le candidat du Pentagone. Par un ironique retour des choses...

Trevayne s'interrompit, embarrassé par ce qu'il allait dire.

— ... le jugement du tribunal militaire pourrait être annulé par une décision du président... quand j'assumerais cette fonction.

— Bonté divine ! murmura Hill.

— Et alors ?

— Cela n'avait aucun sens. Je considérais ma rencontre avec Hamilton et Green comme une victoire, une capitulation de leur part. J'avais deux certitudes. La première, que je n'étais pas leur candidat ; la seconde, qu'ils avaient accepté mes conditions. Ils allaient se retirer... Les déclarations de Bonner allaient à l'encontre de ce que je croyais.

— Vous avez donc convoqué Cooper, dit le président.

— En effet. J'ai appris que non seulement j'étais le candidat du Pentagone — donc de Genessee Industries —, mais que je l'étais depuis le commencement. Toutes les ressources de l'armée — banques de données du renseignement militaire, ententes avec l'industrie, consignes de vote — seraient mises en œuvre pour assurer mon élection. Genessee s'occupait des syndicats et du patronat. Ils n'avaient pas capitulé ; ils ne se retiraient pas. Le piège se refermait sur moi. Si j'obtenais la nomination, j'étais à leur merci ; en affichant mon indépendance, en les démasquant, je me démasquais.

— Ce qui aurait marqué la fin de votre candidature, ajouta le président. Je ne parle pas de la confiance populaire, si vous aviez été élu.

— Ils ont pris des risques considérables, fit William Hill. Cela ne leur ressemble pas.

— Avaient-ils le choix ? demanda le président. Trevayne ne pouvait être ni acheté ni gagné à leur cause. S'il ne les avait pas contactés, ils seraient venus à lui. Même résultat, selon toute vraisemblance. Une retraite en bon ordre ou le chaos économique. J'aurais fait la même chose ; vous aussi, Bill.

— Vous semblez tout savoir sur eux, fit Trevayne.

— Tout, non, mais beaucoup. Il y a certainement des activités sur lesquelles vous vous êtes penché, dont nous ignorons tout. J'aimerais un compte rendu exhaustif. À titre confidentiel, naturellement.

— Confidentiel ? Ces informations ne peuvent rester confidentielles, monsieur le président ; elles doivent être rendues publiques.

— Ce n'était pas votre position il y a vingt-quatre heures.

— Les conditions n'étaient pas les mêmes.

— J'ai lu votre rapport ; il est tout à fait satisfaisant.

— Non, monsieur. J'ai passé cinq heures, la nuit dernière, en compagnie de James Goddard...

— Genessee, annonça William Hill en réponse au regard interrogateur du chef de l'exécutif. Président de la division de San Francisco.

— Il a quitté San Francisco avec quatre valises bourrées de documents relatifs aux engagements financiers de Genessee sur plusieurs années. Une comptabilité en grande partie occulte.

— Je suis sûr que vous aborderez le sujet dans votre compte rendu ; le rapport restera ce qu'il est.

— Non ! Je ne peux pas accepter ça !

— Vous l'accepterez ! lança le président avec la même véhémence. Parce que c'est ma décision !

— Vous ne pouvez rien m'imposer !

— N'en soyez pas si sûr. Vous avez soumis — *officiellement* — votre rapport au président. Le document porte votre signature et nous avons en notre possession les quatre exemplaires. S'interroger sur l'authenticité de ce document, le retirer parce qu'il a été falsifié pour servir les ambitions politiques du président de la sous-commission soulèverait les questions les plus graves. Vous autoriser à le reprendre — quelles que soient les raisons invoquées — jetterait la suspicion sur mon gouvernement. Nos adversaires proclameraient que nous avons exigé des changements ; je ne puis permettre cela. J'ai à résoudre, jour après jour, des problèmes nationaux et internationaux d'une grande complexité ; je ne tolérerai pas une atteinte à notre efficacité sous prétexte que vos ambitions personnelles ont été contrariées. Dans le cas présent, nous devons rester à l'abri de tout soupçon.

La voix d'Andrew Trevayne, à peine audible, trahissait sa stupéfaction.

— Ils auraient dit la même chose.

— Je n'ai aucun scrupule à employer la stratégie d'autrui, si elle peut me servir.

— Et si je déclare publiquement que le rapport n'est ni authentique ni complet ?

— Sans parler du ridicule auquel vous vous exposeriez, vous et votre famille, répondit posément William Hill, qui vous croira ?... Vous avez placé tout votre crédit dans le rapport envoyé hier matin. Vous souhaitez maintenant lui en substituer un autre... Peut-être y en aura-t-il un troisième, si quelques amis appuient votre candidature à un poste de gouverneur. Pourquoi pas un quatrième ?... Il y a d'autres postes, d'autres charges à pourvoir. Votre souplesse a-t-elle des limites ? Combien de versions du rapport existe-t-il ?

— Je n'ai que faire de l'opinion des autres. Je dis et répète depuis le commencement que je n'ai rien à gagner, rien à perdre.

— À part votre place dans la société, répliqua le président. Un homme comme vous, avec vos qualités, ne pourrait vivre sans cela. Et vous la perdriez ; vous seriez isolé de vos pairs. On ne vous ferait plus jamais confiance ; je ne pense pas que puissiez supporter cette existence. Nous avons tous besoin de quelque chose ; personne ne se suffit à lui-même.

Andrew soutint le regard du président ; il comprit la vérité profonde de ses paroles.

— Vous feriez cela ?

— Très certainement.

— Pourquoi ?

— Parce que j'ai des priorités. J'ai besoin de Genessee Industries, tout simplement.

— Non !... Vous ne pensez pas ce que vous dites ! Vous savez ce qu'ils représentent !

— Je sais que Genessee remplit une fonction et que je suis en mesure de les contrôler. Je ne veux rien savoir d'autre.

— Aujourd'hui ; demain, peut-être. Mais dans dix ans ? Ils ont le pouvoir de détruire.

— Ils ne réussiront pas.

— Vous ne pouvez le garantir.

Le président abattit la main sur le bras de son fauteuil et se leva.

— Personne ne peut rien garantir ! Chaque fois que j'entre dans cette pièce, il y a des risques ; des dangers chaque fois que j'en sors... Écoutez-moi bien, Trevayne. Je crois profondément en la capacité de notre pays de servir les nobles instincts de son peuple... et de l'humanité entière. Mais j'ai l'esprit assez pratique pour ne pas ignorer que des manipulations sont exercées au service de cette noble cause. Cela vous étonne ?... Vous devez pourtant savoir que Caïn tuera Abel, que les sauterelles dévasteront la terre, que les opprimés se lasseront d'aspirer à un monde meilleur. Ils veulent quelque chose ici-bas ! Que cela vous plaise ou non — que cela *me* plaise ou non —, Genessee Industries agit dans ce domaine. Tout bien considéré, ses dirigeants ne représentent pas une menace ; nous les tiendrons en respect, monsieur Trevayne. Nous nous servirons d'eux.

— À chaque crise, fit William Hill avec douceur, en voyant le visage bouleversé de Trevayne, il convient de chercher de nouvelles solutions. Je l'avais dit, souvenez-vous-en. L'unique solution est dans la recherche constante d'une solution. Celle que nous mettons continuellement en œuvre avec des entités telles que Genessee Industries. Le président a raison.

— Permettez-moi de ne pas être d'accord, répliqua doucement Trevayne, les yeux rivés sur le visage du chef de l'exécutif. Ce n'est pas une solution, mais une reddition.

— Une stratégie utilisable, riposta le président en se rasseyant. Parfaitement adaptée à notre système.

— Alors, il faut changer le système.

— C'est possible, fit le président en prenant une liasse de papiers. Je n'ai pas de temps à perdre en suppositions de ce genre.

— Ne pensez-vous pas que ce serait souhaitable ?

— Non, répondit le président en levant les yeux vers Trevayne. J'ai un pays à diriger.

— Seigneur !...

— Je n'ai que faire de votre indignation, monsieur Trevayne. Seul le temps compte pour moi. Votre rapport restera ce qu'il est.

Andrew se leva ; après une hésitation, le président tendit la main par-dessus son bureau.

Trevayne regarda la main tendue, aussi ferme que le regard du président.

Il ne la serra pas.

52

Paul Bonner parcourut la salle d'audience du regard, à la recherche de Trevayne. Difficile de le trouver dans cette foule, au milieu du brouhaha, des questions insistantes des journalistes, des éclairs des flashes. Andrew était venu écouter les plaidoiries ; Paul trouva étrange qu'il ne soit pas resté — au moins un petit moment — pour voir si le jury rendait un verdict rapide.

Ce fut le cas.

En soixante-cinq minutes.

Acquitté.

Bonner n'avait pas été véritablement inquiet. Au long du procès, il avait toujours eu le sentiment que son conseil militaire se serait débrouillé sans les avocats élégants et retors que Trevayne avait fait venir de New York. L'image de respectabilité qu'ils donnaient avait pourtant pesé dans la balance. Chaque fois que de Spadante et ses sbires étaient cités, ils réprimaient un mouvement de répugnance. Plusieurs jurés ne purent s'empêcher de hocher la tête quand un parallèle fut établi entre le soldat de métier qui avait risqué sa vie pendant des années pour défendre les institutions et les hommes sans honneur qui ne cherchaient qu'à tirer profit de ces mêmes institutions.

Pas trace de Trevayne.

Bonner se fraya un passage dans la foule, en direction de la porte. Bousculé, félicité de toutes parts, un sourire plaqué sur le visage, il promit de faire une déclaration plus tard, débita les banalités convenues sur sa foi en la justice de son pays.

Des phrases creuses, à l'opposé de ce qu'il ressentait au plus profond de lui-même. Moins d'un mois plus tard, il subirait les rigueurs de la justice militaire. Un combat qu'il ne gagnerait pas ; l'issue en était déjà décidée.

Sur les marches du Palais de justice, il chercha son escorte et la voiture qui devait le raccompagner à Arlington. Elle n'était pas garée où elle aurait dû l'être.

Il vit approcher un adjudant en uniforme empesé, aux chaussures rutilantes.

— Si vous voulez bien me suivre, mon commandant.

Une limousine brun métallisé était garée le long du trottoir. À l'avant, les deux drapeaux fixés de chaque côté de la calandre flottaient mollement dans la brise, juste assez pour montrer quatre étoiles dorées sur un fond rouge. L'adjudant ouvrit la portière arrière droite, tandis que les journalistes et les photographes agglutinés autour de Bonner le pressaient de questions. Paul n'eut pas à s'interroger sur l'identité du général assis à l'arrière de la limousine. Les journalistes répétaient son nom avec excitation.

Le chef de l'état-major interarmes.

Le général ne salua pas Bonner quand il prit place à ses côtés. Il garda les yeux fixés droit devant lui, à travers la vitre de séparation. L'adjudant fendit la foule des journalistes pour faire le tour du véhicule et se mit au volant. La limousine démarra, prit lentement de la vitesse, l'avertisseur bloqué pour écarter les journalistes.

— Cette petite scène a été faite sur ordre, commandant, fit le général d'un ton sec, sans regarder Bonner. J'espère que vous l'avez appréciée.

— Vous semblez la désapprouver, mon général.

L'officier général tourna brusquement la tête vers Bonner ; tout aussi vivement, il la détourna. Il tendit la main vers le vide-poches de sa portière, prit une enveloppe en papier kraft.

— Le second ordre que j'ai reçu est de vous remettre ceci en main propre. Il m'est aussi désagréable que le premier.

Il tendit l'enveloppe à Bonner, qui, déconcerté,

murmura un merci à peine audible. L'en-tête, dans l'angle supérieur gauche, indiquait qu'elle venait du ministère de la Défense, direction de l'armée de terre. Il la décacheta, sortit la feuille qu'elle contenait. C'était la copie d'une lettre de la Maison-Blanche, adressée au ministre et signée du président des États-Unis.

Laconique, précise, elle ne laissait place à aucune interprétation.

Le président sommait le ministre de renoncer séance tenante aux poursuites engagées contre le commandant Paul Bonner. Le commandant Bonner devait être élevé sans délai au grade de colonel et intégré dans le mois suivant à l'École de guerre pour y suivre les cours de stratégie avancée. À la fin du programme de formation, d'une durée de six mois, le colonel Bonner serait détaché, comme officier de liaison, à l'état-major interarmes. Paul replaça soigneusement la lettre dans l'enveloppe et resta sans mot dire à côté du général. Il ferma les yeux, réfléchit à l'ironie de la situation.

Il avait vu juste depuis le commencement ; rien d'autre ne comptait.

La vie allait reprendre son cours normal.

Il se sentait pourtant étrangement troublé, sans savoir pourquoi. Était-ce cette promotion de deux degrés dans la hiérarchie militaire ? Cela lui rappelait des paroles prononcées sur une pelouse glissante du Connecticut, une promesse précédant un corps à corps sanglant.

Il n'allait pas s'arrêter sur cet épisode. Il était un professionnel.

C'était le temps des professionnels.

Ian Hamilton fit courir sa main sur la fourrure mouillée du retriever. Le gros chien faisait des allers et retours sur le sentier enneigé, pour aller chercher une branche ou une pierre qu'il rapportait à son maître. C'était un dimanche matin particulièrement agréable, au goût de l'avocat. Dix jours plus tôt, il n'était pas sûr de faire d'autres promenades dominicales, du moins pas sur les rives du lac Michigan.

La peur avait disparu ; il avait retrouvé cette joie profonde et discrète qui accompagne les grandes réalisations. L'homme qu'il craignait, le seul qui pût réellement lui faire du mal, s'était retiré de lui-même de la scène.

À moins qu'on ne l'eût contraint à le faire.

Quoi qu'il en fût, cela prouvait que la ligne de conduite qu'il avait choisie était la bonne. Aaron Green avait failli craquer ; Armbruster, dans son affolement, parlait de se retirer de la vie publique ; Cooper — pauvre Cooper, qui manquait si cruellement d'imagination — s'était réfugié précipitamment dans ses chères collines du Vermont.

Il était le seul à avoir tenu bon.

D'un point de vue pratique — *pragmatique* —, il s'était toujours senti en sécurité. Beaucoup plus que les autres. Il savait qu'il leur suffisait d'attendre que la version « abrégée » du rapport de Trevayne quitte les tours du Potomac. Dès lors, qui pourrait prendre la décision de lui permettre de publier le rapport dans sa forme originale ? Trevayne serait pris entre deux feux ; le compromis qu'il avait accepté et la nécessité, pour le gouvernement, de ne pas détruire l'équilibre.

William Hill l'avait reconnu à demi-mot.

Hamilton se demanda si l'ambassadeur prendrait un jour conscience de l'importance du rôle qu'il avait joué — à son insu — dans le développement de Genessee Industries. Il ne le supporterait pas. C'était pourtant la vérité ; William Hill avait sa part de responsabilité. Au fil des années passées à Washington, Ian Hamilton avait eu le loisir de l'observer de près. Ils avaient été tous deux de proches conseillers des présidents. Mais, souvent, en matière de politique étrangère, les conseils avisés du vieux diplomate n'avaient pas été écoutés.

Ian Hamilton avait compris qu'il observait un homme dont il pourrait, un jour, prendre la place ; une version de lui-même dans les années à venir.

Inacceptable.

Mieux valait tabler sur la puissance et l'influence de Genessee Industries.

Ian Hamilton avait concentré son énergie là-dessus ; dans l'intérêt général.

Le retriever essayait de détacher une brindille d'une branche tombée. Elle résistait ; Hamilton se pencha, finit par la briser en la tordant.

Il se redressa, satisfait ; il n'était même pas essoufflé.

William Hill était venu le voir à Chicago — un émissaire du président. L'entretien en tête à tête avait eu lieu dans une suite d'un grand hôtel.

Ils avaient des préoccupations communes. Le président voulait le voir ; il l'attendait à Washington.

Ils trouveraient un arrangement.

Le chien avait déniché un autre bâton. Celui-ci était différent ; il restait des piquants à l'endroit où l'écorce s'était détachée du bois blanc. Le chien se mit à gémir ; Ian Hamilton vit un filet de sang couler de la gueule sur la fourrure mouillée.

Assis sur un carton scellé, Sam Vicarson fit du regard le tour de la pièce vide. Il ne restait plus que le canapé qui était là quand la sous-commission avait pris possession du bureau. Les déménageurs avaient presque terminé. Les sièges, les bureaux, les classeurs, tout avait disparu ; les meubles étaient partis là où on les transportait quand ils ne servaient plus.

Sam ne s'occupait que des cartons ; Trevayne lui avait demandé de superviser la mise en caisses et le chargement dans le camion de déménagement, qui devait les transporter dans sa maison du Connecticut.

Que voulait-il en faire ?

Qui cela pouvait-il intéresser ?

Des maîtres chanteurs, peut-être.

Ce n'étaient pas les dossiers importants. Pas les dossiers Genessee.

Ceux-là avaient quitté depuis longtemps le sous-sol de la maison de Tawning Spring ; protégés par des cadenas, des gardes et, s'il avait bien compris, transportés directement dans les chambres fortes de la Maison-Blanche.

Une reculade.

Une reculade générale.

Trevayne s'était efforcé de le convaincre qu'il n'en était rien, que des décisions avaient été prises dans « l'intérêt supérieur » du pays. Il avait oublié, semblait-il, qu'il avait lui-même baptisé cela le syndrome du XXe siècle.

Une reculade générale.

Jamais il n'aurait imaginé cette issue un mois auparavant. Jamais il ne l'aurait crue possible.

Chacun, surtout un homme jeune, devait veiller à ses propres intérêts.

Il avait le choix ; les propositions ne manquaient pas. Trevayne en avait retenu une demi-douzaine provenant de gros cabinets d'affaires de New York, y compris celui de Walter Madison. Aaron Green, prétendant avoir été favorablement impressionné au Waldorf, lui avait proposé de prendre, dès la semaine suivante, la direction du service juridique de son agence.

Mais la meilleure venait de Washington ; elle émanait du secrétaire général de la Maison-Blanche.

Une occasion à saisir.

Quoi de mieux sur un CV que la Maison-Blanche ?

James Goddard était assis sur le petit lit dur de la chambre miteuse. Il entendait une musique plaintive, les sons discordants d'un instrument à cordes, un sitar sans doute. Les musiciens devaient être drogués jusqu'aux yeux.

Goddard n'avait pas l'habitude de boire, mais il s'était soûlé. Il avait beaucoup picolé, dans un bar crasseux qui ouvrait au petit matin pour une clientèle de pauvres hères qui avaient besoin de ce premier verre avant d'aller au boulot, quand il en avaient un.

Il s'était installé au fond, avec ses quatre valises au contenu inestimable, et avait descendu verre sur verre.

Avec ce client qui tranchait sur les épaves, le patron s'était montré plein de sollicitude ; quelques ivrognes étaient venus le voir, s'adressant à lui avec déférence. Il avait payé à boire à tout le monde. Le patron ne lui avait guère laissé le choix ; comme il n'avait pas la monnaie de cent dollars, la solution la plus naturelle consistait à dépenser le tout.

Il avait confié à ce répugnant personnage qu'il ne lui déplairait pas d'avoir une femme. Plutôt une jeune fille ; jeune, avec une forte poitrine et des jambes minces. Pas une femme aux chairs avachies, parlant d'une voix nasillarde. Il était important que la jeune fille ait une voix agréable si elle éprouvait le besoin de parler.

Le patron avait trouvé plusieurs jeunes filles. Il les avait amenées à Goddard pour qu'il fasse son choix. Goddard avait pris celle qui, déboutonnant son corsage, lui avait montré deux gros seins aux tétons dressés.

Et la voix de la jeune fille était douce, presque mélodieuse.

Elle avait dit qu'elle avait besoin d'argent, tout de suite ; il n'avait pas demandé pourquoi. Quand elle aurait de l'argent, elle se calmerait et lui ferait des choses dont il se souviendrait jusqu'à la fin de ses jours.

S'il lui donnait de l'argent, elle l'emmènerait dans une merveilleuse vieille maison d'un quartier ancien de Washington, où il pourrait rester aussi longtemps qu'il le souhaitait et où on ne le trouverait jamais. Il y avait d'autres filles, jeunes, avec des gros seins... et plein d'autres choses.

Elle s'était assise près de lui ; il avait senti une main caresser sa cuisse. Jamais sa femme ne lui avait fait un tel effet ; et la voix de la fille était si douce. Si différente de la voix âpre, chargée d'hostilité et de récriminations qu'il endurait depuis près de vingt-cinq ans.

Il avait accepté, en montrant quelques billets. Il n'avait pas donné l'argent.

Il n'était pas la « clé de voûte » de Genessee Industries pour rien.

Avant de partir avec la jeune fille, il avait encore demandé quelque chose au patron.

Le répugnant personnage avait d'abord marqué une hésitation, vite balayée par la vue d'un nouveau billet de cent dollars.

La vieille maison ressemblait à la description de la jeune fille. On lui avait donné une chambre ; il avait porté les valises lui-même. Personne ne devait les toucher.

La jeune fille s'était calmée ; elle était venue dans sa chambre. Quand tout fut terminé, dans une explosion de plaisir qu'il n'avait plus connue depuis vingt-cinq ans, elle s'était discrètement retirée pour le laisser se reposer.

Il se sentait maintenant frais et dispos. Assis sur le lit, il regarda les valises empilées sur une table crasseuse. Il se leva, en chaussettes, s'avança vers la table. Il se rappelait parfaitement dans quelle valise se trouvait sa dernière acquisition.

La deuxième à partir du haut.

Il souleva la première valise, la posa par terre. Il ouvrit la suivante.

Au milieu des cartes perforées et des papiers, il y avait un pistolet.

53

Cela avait commencé. La bataille décisive entre les forces du bien et du mal ; le pays était en train de tomber sous la coupe des forces du mal.

L'horreur d'un crime fit éclater la folie au grand jour.

Assis à la table de la salle à manger, devant la grande baie offrant une vue panoramique sur les eaux du détroit, Andrew Trevayne tremblait de tout son corps. Sur l'océan, les traits de lumière aveuglants du soleil levant n'apportaient pas la promesse d'un nouveau jour ; ils étaient un sinistre présage. Comme des éclairs menaçants, traversant la lumière éclatante pour s'écraser à l'horizon.

Le présage d'un malheur sans fin.

Trevayne força son regard à revenir sur le journal ; une manchette s'étalait à la une du *New York Times*.

Le président assassiné :
abattu dans une allée de la Maison-Blanche
par un dirigeant d'entreprise

Le meurtrier, qui s'est donné la mort, a été identifié : James Goddard, président de la division de San Francisco de Genessee Industries. Le vice-président a prêté serment à 19 heures. Une réunion du cabinet est annoncée. Le Congrès est appelé à se réunir.

Tout s'était passé avec une effrayante simplicité. Le président des États-Unis montrait à un groupe de journalistes l'avancement des décorations de Noël sur la pelouse de la Maison-Blanche. D'humeur joyeuse, il était allé saluer, à son départ, le dernier contingent de touristes. James Goddard se trouvait parmi eux. D'après le témoignage des guides, Goddard avait effectué, les jours précédents, plusieurs visites de la Maison-Blanche.

Les pages intérieures étaient remplies de notices biographiques sur Goddard et d'hypothèses sur les mobiles qui l'avaient poussé à commettre son geste. Une place importante était accordée à des témoignages effarés, écrits dans la précipitation.

Dans l'angle inférieur droit de la première page, Trevayne découvrit un article dont la lecture lui fit écarquiller les yeux.

Les réactions chez Genessee

San Francisco, le 18 décembre. Au long de la nuit, des avions privés venus de tout le pays ont amené les membres de l'état-major de la société. Les dirigeants se sont enfermés à double tour pour tenter d'éclaircir le mystère des événements tragiques de Washington. Un résultat concret de ces réunions est l'apparition d'un nouveau porte-parole pour la division de San Francisco. Louis Riggs, un jeune économiste, est un ancien combattant du Viêt-nam ; il était le chef comptable de Goddard et son bras droit. D'après son entourage, Riggs était préoccupé depuis plusieurs semaines par le comportement bizarre de son supérieur ; il avait envoyé plusieurs notes confidentielles à de hauts responsables pour faire part de ses inquiétudes. Il a été annoncé que Riggs doit se rendre à Washington, où il sera reçu par le nouveau président.

Cela avait commencé.

Andrew Trevayne savait qu'il ne pouvait laisser les choses continuer ainsi. Il ne pouvait se contenter de regarder cette tragédie en spectateur, sans élever la voix, sans faire connaître la vérité.

Mais l'affolement était général, à l'intérieur comme à l'extérieur des frontières. Des déclarations alarmistes ne feraient qu'ajouter à la panique.

Il en avait pleinement conscience.

Il avait aussi conscience qu'il ne pouvait réagir comme sa femme l'avait fait, comme les enfants l'avaient fait.

C'est Pamela qui avait annoncé la nouvelle. Tous deux à la maison pour les vacances de Noël, les enfants étaient sortis chacun de leur côté. Pamela était allée acheter des cadeaux : Steve avait retrouvé des jeunes gens de son âge. Andrew et Phyllis préparaient dans le bureau en sous-sol l'escapade qu'ils comptaient faire en janvier. Phyllis tenait à aller aux Antilles ; un pays chaud, où Andy pourrait passer de longues heures sur son cher océan, à naviguer autour des petites îles, laissant le vent et le soleil adoucir sa peine et sa colère. Ils loueraient une maison à Saint-Martin ; l'important était de guérir les blessures.

La porte du bureau était ouverte ; il n'y avait d'autre bruit dans la maison que le ronronnement de l'aspirateur utilisé par Lilian dans une des chambres.

Ils entendirent tous deux le fracas de la porte d'entrée poussée avec violence, puis les appels à l'aide entrecoupés de sanglots hystériques.

— Papa !... Maman !...

Ils s'élancèrent d'un même mouvement, découvrirent leur fille dans le couloir, le visage baigné de larmes, les yeux horrifiés.

— Pam !... Ma chérie !... Que se passe-t-il ?

— Oh ! mon Dieu !... Vous ne savez pas !

— Nous ne savons pas quoi ?

— Allumez la radio. Appelez quelqu'un... Il a été assassiné !

— Qui ?

— Le président ! Il a été assassiné !

— Seigneur ! souffla Phyllis en se tournant vers son mari.

Andrew la prit instinctivement dans ses bras. Les questions étaient trop évidentes, trop personnelles, trop douloureuses pour être exprimées par des mots.

— Pourquoi ? s'écria Pamela. Pourquoi ?

Andrew lâcha sa femme et lui fit discrètement signe de s'occuper de leur fille. Il repartit vers le bureau, saisit le téléphone.

Personne ne put lui apprendre autre chose que les faits dans toute leur horreur. La quasi-totalité des numéros qu'il connaissait à Washington étaient occupés ; les rares personnes qu'il réussit à joindre n'avaient pas le temps de parler. Le gouvernement des États-Unis devait continuer à fonctionner, la permanence être assurée à tout prix.

Les chaînes de télévision, les stations de radio interrompirent leurs programmes ; plusieurs analystes politiques ne cherchèrent pas à cacher leurs larmes ; d'autres donnèrent libre cours à une colère qui frisa la condamnation du vaste public silencieux. Un certain nombre de deuxièmes couteaux, toujours prêts à se mettre en valeur — politiciens de second rang, journalistes de troisième ordre, une poignée d'intellectuels pontifiants —, se trouvaient par hasard dans le studio ou au téléphone. Avides de reconnaissance immédiate, ils déversèrent des interprétations et des remontrances de mauvais goût sur un public abasourdi qui, dans ces moments de confusion, ne demandait pas mieux que de s'en remettre aux penseurs.

Trevayne resta à l'écoute d'une seule station de radio — la moins irresponsable, à son sens —, sur plusieurs postes disséminés dans la maison. Il monta dans la chambre de Pamela, pensant y trouver Phyllis ; elle n'y était pas. La jeune fille parlait à voix basse avec Lillian. La domestique avait pleuré ; Pamela la consolait, recouvrant en même temps ses esprits.

Andrew ferma doucement la porte de la chambre de sa fille, suivit le couloir jusqu'à la sienne. Phyllis était assise à la fenêtre ; les derniers feux du soleil filtraient à travers les arbres et se réfléchissaient sur l'eau.

Le soir tombait.

Andrew alla s'agenouiller près du fauteuil ; elle tourna la tête vers lui, le regarda fixement. Il comprit qu'elle avait su avant lui ce qu'il allait faire.

Et elle était terrifiée.

Steven Trevayne se tenait devant l'âtre, les mains noires de cendre, le tisonnier à ses pieds, sur l'entourage de brique du foyer. Personne n'avait eu l'idée d'allumer un feu ; cela semblait l'agacer. Il avait disposé du petit bois sous les bûches à demi consumées et gardait la flamme du briquet-tempête sous le bois, sans paraître gêné par la chaleur et la suie.

Il était seul ; dans un angle de la pièce, un téléviseur

restait allumé, le son baissé, pour le cas où de nouveaux éléments seraient communiqués.

Le vice-président venait de prêter serment ; il était maintenant l'homme le plus puissant du monde. Il était le nouveau président.

Un vieux.

Ils étaient tous vieux. Quel que soit leur âge. Vieux, usés, fourbes.

— C'est une bonne idée de faire un feu, fit doucement Andrew en entrant.

— Oui, répondit son fils sans lever les yeux, la tête tournée vers les flammes hésitantes.

D'un seul coup, il s'écarta de la cheminée, commença à traverser la pièce, vers la porte du couloir.

— Où vas-tu ?

— Je sors. Tu n'y vois pas d'objection ?

— Pas du tout. Les événements ne donnent pas envie de faire grand-chose ; sinon réfléchir, peut-être.

— Cesse de débiter des platitudes, papa.

— Si tu cesses de te conduire comme un enfant. Et de faire cette tête. Ce n'est pas moi qui ai appuyé sur la détente, même d'une manière symbolique.

Steven s'immobilisa et se tourna vers son père.

— Je sais, fit-il. Il aurait peut-être mieux valu que ce soit toi...

— Je trouve cela indigne.

— « Même d'une manière symbolique »... Au moins, tu aurais fait quelque chose.

— Tu n'y es pas du tout ; tu ne sais pas ce que tu dis.

— Vraiment ? Tu étais là, pourtant, depuis plusieurs mois ! Qu'as-tu fait, papa ?... Quelqu'un a fait une saloperie immonde, inqualifiable, et tout le monde va payer pour ça !

— Tu approuves cet acte ? s'écria Trevayne.

Jamais il n'avait été aussi près de gifler son fils.

— Certainement pas ! Et toi ?

Andrew serra ses mains devant lui ; il sentit les muscles contractés de ses bras et de ses épaules. Il voulait que Steven s'en aille. Qu'il fiche le camp ; en vitesse.

— Ça te fait du mal parce que ça s'est passé dans ton domaine.

— C'est l'acte isolé d'un cinglé. Ne sois pas injuste.

— Personne ne disait cela avant-hier après-midi. Personne n'avait un dossier sur lui, il ne figurait sur aucune liste. Personne ne l'avait mis derrière les barreaux ; on lui filait des millions de dollars pour continuer à bâtir cette foutue machine !

— C'est stupide... Tu veux à tout prix lui coller une étiquette... Réfléchis, Steve.

Le jeune homme se tut. Le silence qui suivit était chargé de tristesse et d'incompréhension.

— En ce moment, reprit-il, il n'y a peut-être que les étiquettes qui aient un sens. Et tu as perdu, papa ; je suis triste pour toi.

— Pourquoi dis-tu que j'ai perdu ?

— Je ne peux m'empêcher de penser que toi — ou quelqu'un comme toi — tu aurais pu éviter cela.

— Ce n'est pas vrai.

— Si tu as raison, poursuivit Steve, peut-être ne reste-t-il plus rien.

Il baissa les yeux sur ses mains noires de cendre, les frotta sur sa salopette.

— Je vais me laver les mains... Je suis désolé, vraiment désolé. Et j'ai peur.

Steven s'élança vers le couloir. Trevayne l'entendit descendre l'escalier, en direction du bureau et de la terrasse.

... peut-être ne reste-t-il plus rien.

Non.

Non, il ne pouvait pas réagir de cette manière. Il ne pouvait se permettre l'indulgence dont les autres faisaient montre. Même au sein de sa famille.

Pas maintenant.

Il devait user de son influence auprès de ceux qui comptaient. Avant que la continuité soit irrévocablement assurée.

Il allait les bousculer, tous ; leur faire comprendre qu'il était sérieux. Il n'allait pas les laisser oublier qu'il tenait — d'une main ferme — les armes qui pouvaient les abattre.

Il les utiliserait ; ils ne méritaient pas de diriger le pays. La nation réclamait beaucoup mieux.

« ... peut-être ne reste-t-il plus rien. »

Même si cela impliquait de se servir de Genessee Industries. De s'en servir à bon escient.

S'en servir ou l'anéantir.

Il prit le combiné. Il ne raccrocherait pas avant d'avoir eu le sénateur Mitchell Armbruster.

CINQUIÈME PARTIE

54

Le revêtement de goudron s'arrêtait soudain pour faire place à une route de terre. Au-delà de cette limite, la charge de l'entretien n'incombait plus à la commune de la petite péninsule ; la voie devenait privée. Maintenant elle relevait aussi de la juridiction du gouvernement fédéral. Surveillée, protégée, isolée, depuis dix-huit mois.

High Barnegat.

La Maison-Blanche du Connecticut.

Les cinq automobiles franchirent sans s'arrêter la barrière du poste de péage de Greenwich. Les gardiens saluèrent le cortège ; un policier assis dans la première cabine reçut le signal d'un homme à l'extérieur et décrocha le récepteur téléphonique. La circulation pouvait reprendre normalement. Le cortège présidentiel avait tourné pour prendre la direction de Shore Road ; la route de la péninsule avait été dégagée par la police locale.

La patrouille « 1600 » s'était éparpillée dans la propriété, par groupes de deux. L'agent du Service secret du nom de Callahan avait inspecté le secteur de la plage avec son équipier ; les deux hommes montaient les marches donnant accès à la terrasse, scrutant machinalement du regard les vallonnements boisés.

Callahan avait assuré la protection de quatre présidents. À quarante-six ans, après vingt ans de service, il était encore un des meilleurs agents du Service secret ; il le savait. Il n'avait pas été considéré comme responsable de l'affaire de Darien, trois ans auparavant ; ce coup de fil de la Maison-Blanche lui ordonnant de quitter l'hôpital. Cela avait fait tellement de vagues en haut lieu que Callahan n'avait jamais su ce qui s'était passé exactement. Comment quelqu'un de l'extérieur avait pu se procurer les codes. Il n'avait pas posé de questions et s'estimait heureux de s'en être sorti sans dommage. Et il était loin de la Maison-Blanche le jour de l'assassinat. Un détail bizarre : chargé de nouveau de la protection de Trevayne, il avait mentionné dans son rapport que le sujet avait rencontré James Goddard une semaine avant le drame de la Maison-Blanche. Personne n'avait semblé y attacher d'importance ; il n'en avait pas reparlé.

Ses amis lui demandaient toujours ce qu'il pensait du président en exercice ; il faisait toujours la même réponse. Une approbation mesurée, une position totalement apolitique ; c'était le plus sûr.

On ne savait jamais ce qui pouvait arriver.

À vrai dire, Callahan n'avait beaucoup aimé aucun d'eux. Il avait mis au point, à son usage personnel, une sorte de barème pour juger le président. L'équilibre délicat entre l'homme public et celui qu'il voyait dans sa vie privée. Il y avait toujours des différences, cela paraissait évident, mais certains allaient vraiment trop loin.

Pour eux, tout était prétexte à jouer la comédie ; la balance penchait par trop. Sourires de façade à tout propos et hors de propos, suivis d'explosions de colère dans l'intimité ; désir obsessionnel d'être autre chose qu'une personne. Une image.

Indignes de confiance.

Pis, tournant cela à la plaisanterie.

Peut-être était-ce pour cette raison qu'Andrew Trevayne avait la meilleure note ; les plateaux de la balance étaient presque en équilibre. Il avait, lui aussi, des accès de colère pour des choses qui paraissaient de peu d'importance, mais, tout compte fait, l'homme public n'était pas aussi souvent que ses prédécesseurs en contradiction avec l'homme dans sa vie privée. Plus sûr de lui, peut-être, plus sûr d'être dans le vrai, il n'avait pas à essayer de convaincre les autres ni à s'emporter.

Callahan avait une certaine sympathie pour Trevayne, sans l'aimer vraiment. Après de si longues années à la Maison-Blanche, il ne pouvait aimer un homme qui avait pris d'assaut le Bureau ovale de cette manière. Trevayne était entré en campagne quelques semaines à peine après l'assassinat du président, quelques jours après avoir récupéré le siège abandonné par le sénateur du Connecticut. Interviews, voyages aux quatre coins du pays, conférences de presse, plateaux de télévision, tout s'était enchaîné. Trevayne était mû par une ambition froide et dévorante, à laquelle il mêlait une intelligence pateline. Il avait les réponses, parce qu'il était un homme de son temps. Ses partisans avaient lancé un slogan, répété à satiété : « La marque de l'excellence. » On ne pouvait aimer un homme comme lui, dont l'ambition sautait aux yeux.

Personne n'était préparé à cette offensive, personne n'avait semblé savoir comment arrêter l'obstiné, l'autoritaire, le charismatique sénateur du Connecticut.

L'agent Callahan s'était même demandé s'ils avaient eu envie de le faire.

Le cortège s'arrêta devant la maison ; les portières du premier et du troisième véhicule s'ouvrirent avant que les voitures s'immobilisent. Des hommes sortirent la moitié du corps par l'ouverture, prêts à poser les pieds à terre.

Sam s'appuya à la rambarde du perron ; il voulait être visible quand Trevayne descendrait de la limousine. Le président tenait à ce qu'il soit parmi ceux qui l'attendaient quand il arrivait quelque part. Il avait confié à Sam que c'était un soulagement de savoir qu'une personne au moins pouvait lui fournir les renseignements dont il avait besoin, même s'ils ne lui plaisaient pas.

Vicarson déplorait cet aspect du travail à la Maison-Blanche ; personne ne voulait déplaire au président. Les faits déplaisants étaient le plus souvent dissimulés ou déguisés de manière à caresser le maître des lieux dans le sens du poil. La crainte n'était pas nécessairement à l'origine de ce comportement ; souvent il s'agissait simplement d'alléger la pression qui s'exerçait de toutes parts sur le président.

Le plus souvent, pourtant, c'était la crainte.

Sam n'avait pas su éviter ce piège. Plus précisément les deux pièges de la sympathie et de la crainte. Il avait un jour rédigé le résumé d'un rapport d'une manière qui allait dans le sens de l'opinion du président, alors qu'il aurait dû s'y opposer.

— Si jamais vous refaites ça, Sam, vous êtes viré !

Vicarson se demandait souvent si le prédécesseur de Trevayne aurait réagi de la même manière.

C'est vraiment un bon président, se dit-il en regardant Andrew descendre de voiture et tenir la portière ouverte pour Phyllis, tout en échangeant quelques mots avec les hommes de sa garde rapprochée. Le peuple a confiance en lui.

Après seulement dix-huit mois à la Maison-Blanche, Trevayne avait imposé un ton, un style. Une attitude. Pour la première fois depuis des années, la nation était fière de celui qui était à sa tête. Le prédécesseur de Trevayne avait presque atteint le même niveau de popularité, mais les voltigeurs de droite comme de gauche l'avaient empêché d'y parvenir. Mettant à profit l'envie générale d'une trêve ou grâce à la force de sa personnalité, Trevayne tenait en respect les extrémistes.

Il était l'homme de la situation ; un autre n'aurait peut-être pas réussi à supporter le calme, ce qui était parfois plus difficile que d'essuyer une tempête. Le gouvernement Trevayne avait aussi innové dans de nombreux domaines tels que le logement, la santé, l'éducation, l'emploi ; des stratégies à long terme avaient été mises en œuvre sans tapage médiatique.

Sam Vicarson était extrêmement fier d'Andrew Trevayne.

Il fut surpris de voir un homme âgé descendre par l'autre portière de la limousine. C'était Franklyn Baldwin, le banquier, le vieil ami de Trevayne. Sam trouva que Baldwin avait mauvaise mine. C'était compréhensible ; le banquier venait d'enterrer William Hill, son ami d'enfance. Billy Hill n'était plus ; Baldwin devait sentir que son heure était proche.

Par sens du devoir, le président avait assisté aux obsèques de William Hill ; par souci d'élégance, il avait tenu à prononcer quelques mots avant l'éloge funèbre ; par gentillesse, il avait ramené le vieux Frank Baldwin à High Barnegat.

Phyllis regarda son mari aider Frank à gravir les quelques marches menant à la porte. Sam Vicarson proposa son aide ; Andrew secoua imperceptiblement la tête. Le président s'occupait seul de Frank Baldwin.

L'amour que Phyllis avait toujours éprouvé pour son mari était presque devenu de la vénération ; elle ne savait pas si c'était bien, ni même sain, mais ne pouvait rien y faire. Elle comprenait que la fonction se prêtait à la vénération, mais jamais Andy ne rappelait gravement qu'il en assumait les responsabilités dans la solitude, jamais il ne se plaignait d'avoir à prendre des décisions difficiles. Jamais ses explications ne se perdaient dans des justifications théâtrales.

« Une nation capable de voyager dans l'espace doit pouvoir mettre en valeur son propre territoire. Un peuple qui a tant pris à la Terre peut lui rendre une partie de ce qu'elle a donné. Des citoyens qui ont supporté — équitablement ou non — le poids de dépenses colossales à l'extérieur de leurs frontières peuvent assurément bâtir à l'intérieur... »

Et il avait commencé à mettre en pratique ces convictions d'une trompeuse simplicité.

Phyllis suivit son mari et Frank Baldwin dans la maison ; on les débarrassa de leur manteau. Ils entrèrent dans le vaste séjour, où une main attentionnée — probablement celle de Sam — avait allumé un feu. Phyllis était inquiète pour Frank. Le service funèbre avait été interminable, l'église pleine de courants d'air, le dallage glacial.

— Je vous en prie, Frank, fit Trevayne en tournant légèrement un fauteuil vers la cheminée. Installez-vous. Permettez-moi d'aller vous chercher quelque chose à boire. Je crois que nous avons tous mérité un verre.

— Merci, monsieur le président, répondit Baldwin en s'asseyant.

En s'avançant vers le canapé, Phyllis vit que Sam avait placé un second fauteuil en face de celui de Baldwin. Il pensait toujours à tout.

— Un scotch, Frank, c'est bien ça ? Avec des glaçons ?

— Vous n'oubliez jamais ce que boivent les gens, fit Baldwin en riant. Je pense que c'est grâce à cela que vous êtes devenu président, ajouta-t-il avec un clin d'œil en direction de Phyllis.

— S'il vous plaît, Sam, voulez-vous faire le service pour moi ? Un scotch avec des glaçons pour M. Baldwin ; pour nous, comme d'habitude.

— Bien sûr, monsieur, répondit Sam en se dirigeant vers la porte.

Trevayne prit place dans le fauteuil en face de Baldwin. Phyllis était près de lui, au bout du canapé. Il tendit la main, serra furtivement celle de sa femme, la lâcha dès qu'il vit le sourire du vieux banquier.

— Ne vous gênez pas pour moi. C'est bon de savoir qu'un homme peut être président et tenir sa femme par la main sans qu'il y ait des caméras dans la pièce.

— Savez-vous, Frank, qu'il m'arrive aussi de l'embrasser ?

— Inutile d'aller jusque-là, fit Baldwin avec un petit rire. J'oublie toujours que vous êtes si jeunes... C'est vraiment fort aimable à vous de m'avoir invité, monsieur le président. J'en suis très touché.

— Ne dites pas de bêtises ; j'avais envie de votre compagnie. Je craignais que vous ne vous sentiez pas à l'aise.

— Je suis très sensible à cette délicatesse. La presse ne tarit pas d'éloges sur vous ; je sais depuis longtemps que vous possédez les qualités qu'on vous prête.

— Merci.

— Vous souvenez-vous de ce coup de téléphone ? poursuivit Baldwin en se tournant vers Phyllis. Je n'étais jamais venu chez vous ; quand j'appelle quelqu'un, je me représente toujours un bureau, une maison, un club... Surtout quand je ne connais pas les lieux ; ce jour-là, c'était une baie vitrée donnant sur l'océan. Vous avez dit, je m'en souviens parfaitement, qu'Andrew... le président, faisait de la voile. Sur un catamaran.

— Je m'en souviens ; j'étais sur la terrasse.

— Moi aussi, je m'en souviens, glissa Trevayne. Dès que j'ai mis le pied à terre, elle m'a demandé pourquoi je ne vous avais pas rappelé. J'ai été franc ; j'ai dit que je cherchais à vous éviter.

— Oui, vous l'avez dit aussi à la banque, pendant le

déjeuner... Me pardonnerez-vous d'avoir bouleversé votre vie de la sorte ?

Les yeux fatigués du vieux banquier montraient qu'il était sincère.

— Pensez à Marc Aurèle, Frank. On n'échappe pas à son destin...

— ... quand l'heure est venue, acheva Baldwin. Oui, je sais.

Sam Vicarson revint avec les trois verres sur un plateau d'argent. En présentant d'abord le plateau à Phyllis, il surprit le regard de Trevayne. On servait habituellement le président après son épouse, mais il allait passer tout de suite à Baldwin.

— Merci, jeune homme.

— Vous êtes très stylé, Sam, lança Phyllis.

— Il commence à avoir l'habitude des réceptions, fit Trevayne en riant. Voulez-vous vous joindre à nous, Sam ?

— Merci, monsieur ; je préfère rester dans la salle des communications.

— Il a une petite amie qui l'attend à la cuisine, ajouta Phyllis en simulant un aparté.

Tout le monde éclata de rire. Sam s'inclina légèrement devant le banquier.

— Ce fut un plaisir de vous revoir, monsieur Baldwin, dit-il avant de se retirer.

— Cela explique bien des choses, reprit le banquier.

— De quoi parlez-vous ? demanda Phyllis.

— De l'atmosphère détendue qui règne à la Maison-Blanche, même quand tout ne va pas pour le mieux. De l'avis des habitués, c'est tout à votre honneur.

— Vous voulez dire de Sam. Il est devenu mon bras droit — parfois le gauche aussi — il y a trois ans. Il faisait partie de la sous-commission.

Phyllis ne put s'empêcher d'intervenir ; elle ne voulait pas voir Andy se dérober sans arrêt aux compliments qu'il méritait.

— Je suis d'accord avec vous, monsieur Baldwin. Andrew a fait des efforts considérables pour rendre plus ouverts les appartements privés.

— Ne leur dites pas que je vais transformer les toilettes en salles de jeux.

Le rire de Baldwin fit chaud au cœur de Phyllis. Le banquier s'amusait ; ces rires chassaient de son esprit le chagrin qui avait marqué cette journée.

Puis elle comprit que l'intermède humoristique n'était qu'une distraction éphémère. Baldwin ne se laissait pas détourner de ses souvenirs.

— Nous avons cru, en notre âme et conscience, Billy Hill et moi, que la sous-commission était un cadeau utile pour notre pays. Jamais nous n'aurions imaginé que ce cadeau était, en réalité, le prochain président. Quand nous l'avons enfin compris, nous avons pris peur.

— J'aurais tout donné pour qu'il en aille autrement.

— Naturellement. Il faut, en temps normal, posséder une énergie hors du commun pour vouloir être président. Dans ces conditions particulières, il fallait avoir perdu la tête...

Baldwin s'interrompit, redoutant d'avoir commis une bévue.

— Poursuivez, Frank. Il n'y a pas de mal.

— Pardonnez-moi, monsieur le président. C'est immérité et je ne pensais pas...

— Vous n'avez pas à vous expliquer. Je ne m'y attendais pas plus que vous et que l'ambassadeur. Et j'ai certainement eu aussi peur.

— Puis-je me permettre de demander pourquoi ?

Phyllis regarda attentivement son mari. Bien que la question lui eût été posée des centaines de fois en public et dix fois plus en privé, la — ou les — réponse ne l'avait jamais pleinement satisfaite. Elle n'était pas sûre qu'il y eût une réponse autre que la réaction instinctive d'un homme intelligent et angoissé, désireux de se mesurer à ce qu'il avait vu, étudié, et qui l'horrifiait. Cet homme arrivé au faîte du pouvoir et donnant le meilleur de lui-même, comme Andy le lui avait confié dans l'intimité, devait faire mieux que ce qu'il avait vu. S'il y avait d'autres réponses, au-delà de cette vérité toute simple, Andrew n'était pas capable de les verbaliser.

Elle le déplorait.

— Pour ne rien vous cacher, j'ai financé de mes deniers les deux campagnes. Celle de la convention du parti et la campagne présidentielle ; au-delà de ce que le parti était en mesure de verser. Par une dizaine de canaux, bien entendu. Je n'en suis pas fier, mais je l'ai fait.

— C'est le comment, monsieur le président. Pas le pourquoi.

Phyllis se tourna vers le banquier ; Baldwin voulait sa réponse.

Il avait raison ; au fond, le comment importait peu. Mais ils avaient vécu des moments de folie. Limousines arrivant à toute heure du jour et de la nuit, téléphones installés dans toute la maison, réunions interminables à Barnegat, Boston, Washington, San Francisco, Houston. Andrew était pris dans un cyclone. Nourriture, sommeil, repos, tout était oublié.

Oubliée, sa femme. Oubliés, les enfants.

— Vous avez dû le lire quelque part, Frank, poursuivit Trevayne, avec ce sourire timide dont Phyllis avait appris à se méfier. Dans mes discours j'ai dit la vérité. Je me sentais capable de réunir sur mon nom un grand nombre de voix discordantes. Il fallait parvenir, en baissant leur volume, à s'attaquer aux causes profondes. Et à se mettre au travail.

— Vous avez réussi, monsieur le président. Vous êtes populaire ; le plus populaire assurément depuis de longues années.

— Je m'en réjouis, mais le plus important est que cela marche.

— De quoi aviez-vous peur, monsieur Hill et vous ?

Phyllis avait posé la question sans réfléchir. Andy la regarda ; elle comprit qu'il aurait préféré changer de sujet.

— Je ne sais pas exactement, ma chère. J'ai le sentiment que plus j'avance en âge plus les certitudes s'amenuisent. J'en ai parlé avec Billy Hill il y a moins d'une semaine. Et nous avons toujours eu une attitude très positive... Oui, nous avons eu peur, on peut le dire. J'imagine que c'était la responsabilité... Nous proposons un président pour une sous-commission et nous découvrons que nous avons mis la main sur un candidat à la présidence tout à fait valable. Pas tout à fait la même chose. Ce qui nous a effrayés, poursuivit le banquier, c'est la brusque et inexplicable détermination qui vous habitait. En y réfléchissant, vous comprendrez peut-être.

— La question n'est pas venue de moi, Frank, mais de Phyllis.

— Oui, bien sûr... La journée fut pénible ; je n'aurai plus jamais ces longues discussions avec Billy. Personne n'en sortait vainqueur, vous comprenez ? Il m'a souvent dit, Andrew, que vous raisonniez comme moi.

Le verre de Baldwin, presque vide, resta au bord de ses lèvres. Il venait d'appeler le président par son prénom et s'en voulait.

— Le compliment est magnifique, Frank.

— L'histoire sera le seul juge, monsieur le président.

— Quoi qu'il en soit, je suis flatté.

— Vous comprenez, n'est-ce pas ?

— Quoi ?

— Nos inquiétudes ; vous avez employé les grands moyens.

— Cela vous a choqués ? demanda Trevayne avec un demi-sourire.

— Nous n'avons pas compris.

— Il y avait un vide politique.

— Vous n'étiez pas un politicien.

— Il fallait combler rapidement ce vide. Si je ne l'avais pas fait, quelqu'un d'autre s'en serait chargé. J'ai regardé autour de moi, j'ai décidé que j'étais le mieux placé. Si quelqu'un d'autre était entré en scène pour modifier ce jugement, je me serais incliné.

— Lui en a-t-on laissé la possibilité, monsieur le président ?

— Je n'ai vu personne...

— Je pense, glissa Phyllis légèrement sur la défensive, que mon mari aurait été très heureux de se retirer indemne. Comme vous l'avez dit, ce n'est pas un politicien.

— Détrompez-vous, ma chère ! Il incarne la nouvelle politique dans toute sa gloire naissante... Et cela marche admirablement bien ! Il savait qu'il pouvait réussir ; ni Billy ni moi n'avons jamais compris *pourquoi* il le savait.

Le silence tomba dans la pièce ; Phyllis se dit, une fois encore, que seul son mari pouvait répondre. Elle le regarda, vit qu'il n'allait pas le faire. Il n'était pas disposé à mettre ses pensées à nu, même pour un ami de longue date, ce vieux monsieur charmant qui lui avait tant donné. Même pour sa femme, peut-être.

— Monsieur le président...

Sam entra d'un pas vif dans la grande pièce ; son expression, volontairement neutre, indiquant — par sa neutralité même — qu'il y avait une urgence.

— Oui, Sam ?

— La confirmation de l'opération vient d'arriver. De Chicago. J'ai pensé que vous aimeriez en être informé.

— Pouvez-vous trouver les mandants ?

La question de Trevayne fusa, lancée d'une voix mordante.

— C'est en cours, monsieur.

— Trouvez-les.

— Trois lignes sont bloquées dessus ; l'appel arrivera dans votre bureau.

— Ne m'en veuillez pas, Frank ; je n'ai pas appris à Sam à faire traîner les choses.

Trevayne se leva, se dirigea vers la porte.

— Puis-je vous préparer un autre verre, monsieur Baldwin ?

— Merci, jeune homme. Seulement si Mme Trevayne...

— Merci, Sam.

Phyllis tendit son verre. Elle fut tentée de demander un whisky, mais se ravisa. C'était encore l'après-midi ; même après toutes ces années, elle savait qu'elle ne devait pas boire du whisky dans l'après-midi. Elle avait observé son mari tandis qu'il écoutait Sam Vicarson. Elle avait vu les muscles de sa mâchoire se contracter, ses yeux se plisser fugitivement, son corps se raidir imperceptiblement.

Les gens ne comprenaient pas que les moments de ce genre, gérés en apparence avec aisance et confiance, minaient les forces du président. Des moments de peur qui n'avaient jamais de fin.

Comme dans tout ce qu'il entreprenait, Andrew dépensait une énergie dépassant de très loin la mesure ordinaire. Il avait enfin trouvé le poste où il n'y avait jamais de répit ; Phyllis avait parfois le sentiment qu'il se tuait lentement à la tâche.

— Je pleure un vieil ami dont l'heure avait sonné, reprit Baldwin, en observant attentivement le visage de Phyllis, son regard absent. Mais votre expression me rend quelque peu honteux.

— Excusez-moi, dit Phyllis en se tournant vers le banquier. Je ne suis pas sûre de comprendre de quoi vous parlez.

— J'ai perdu mon ami, au terme naturel d'une longue vie. D'une certaine manière, vous avez, vous aussi, perdu votre mari. Mais votre vie est loin d'être terminée... Je pense que votre sacrifice est plus grand que le mien.

— Je crois que je partage votre point de vue.

Phyllis essaya, mais en vain, de sourire, d'alléger la gravité de ses paroles.

— C'est un grand homme, vous savez, reprit Baldwin.

— J'aimerais en avoir la conviction.

— Il a fait ce que personne d'autre n'avait réussi à faire ; ce que certains ne croyaient plus réalisable. Il est parvenu à assembler de nouveau toutes les pièces, à nous montrer ce que nous pouvons être et non ce que nous sommes. Il reste beaucoup de chemin à parcourir, mais il a apporté l'essentiel. Le désir de devenir meilleur ; l'envie de regarder la vérité en face.

— Ce compliment lui irait droit au cœur, monsieur Baldwin.

Andrew se tourna vers Sam Vicarson qui venait d'entrer dans le bureau. Ils étaient seuls.

— Jusqu'où sont-ils allés ?

— Jusqu'au bout, à ce qu'il semble, répondit Sam. D'après nos renseignements, les papiers sont signés depuis plusieurs heures.

— Qu'en pense la Justice ?

— Rien de nouveau. Ils cherchent encore, mais l'espoir est de plus en plus mince. Ils ont repris leur ancienne stratégie ; on ne pourra pas remonter à Genessee Industries.

— Nous l'avons compris, Sam ; nous savons qu'ils sont derrière cette opération.

— Vous l'avez compris, monsieur.

Trevayne s'avança vers la fenêtre donnant sur la terrasse et sur l'océan.

— C'est quelque chose qui leur manquait, sur quoi nous les avions empêchés de mettre la main.

— Puis-je dire quelque chose, monsieur ?

— Il y a deux ans, vous n'auriez pas demandé la permission. J'écoute.

— Est-il possible que vous réagissiez trop vivement ? Genessee a eu un comportement responsable ; vous avez réussi à les contrôler. Ils vous soutiennent.

— Ils ne me soutiennent pas, Sam, répliqua Trevayne d'une voix rauque, sans détourner les yeux de l'océan. Nous avons un pacte de non-agression... J'ai conclu un pacte de non-agression avec le syndrome du XXe siècle.

— Cela a bien marché, monsieur.

— Il faudra bientôt mettre cette phrase au passé, fit Andrew en se retournant. Le pacte est rompu, ce n'est plus possible.

— Qu'allez-vous faire ?

— Je ne sais pas encore. Je ne laisserai pas Genessee faire main basse sur une partie importante de la presse de notre pays. C'est intolérable, poursuivit Trevayne en se dirigeant vers son bureau. On commence par les journaux, puis on en vient aux périodiques, aux radios, aux chaînes de télévision. Jamais ils n'auront les réseaux !

— Le ministère ne sait comment les en empêcher, monsieur.

— Nous trouverons un moyen ; il le faut.

Le téléphone émit un bourdonnement discret. Vicarson traversa rapidement la pièce, décrocha.

— Bureau du président.

Il écouta quelques secondes.

— Dites-lui d'attendre. Le président est en réunion, mais nous allons le rappeler ; dites bien que c'est une priorité... Laissons-le mijoter un moment, ajouta Sam en raccrochant.

Andrew approuva d'un signe de tête. Le jeune avocat se dirigea vers la porte ; il savait instinctivement quand le président désirait être seul. C'était le cas.

— Je serai aux communications, lança-t-il sur le seuil, tandis que Trevayne s'asseyait à son bureau.

— Si cela ne vous ennuie pas, Sam, je préférerais que vous alliez tenir compagnie à Phyllis et à Frank. J'imagine que ce n'est pas facile pour eux.

— Comme vous voudrez.

Vicarson considéra en silence le président des États-Unis, puis il pivota sur lui-même et sortit.

Andrew prit un stylo, écrivit une phrase en formant soigneusement les lettres.

« L'unique solution est dans la recherche constante d'une solution. »

William Hill.

Il revint à la ligne, ajouta un mot : « Foutaises. »

Paul Bonner.

Puis il dessina un point d'interrogation.

Il saisit le combiné, décrocha.

— Passez-moi Chicago, je vous prie.

— Monsieur le président, répondit Ian Hamilton.

— Je veux que vous renonciez à cette fusion.

— C'est une objection théorique, mais vous n'avez pas la moindre preuve de notre engagement. Les petits fonctionnaires de la Justice se sont cassé le nez.

— Nous savons tous deux à quoi nous en tenir. Retirez-vous.

— Je pense que la tension nerveuse de votre charge devient difficile à supporter, monsieur le président.

— Peu importe ce que vous pensez. Je veux seulement être sûr que vous m'avez bien compris.

— Cela changera-t-il quelque chose ? demanda Hamilton après un silence.

— Ne me poussez pas à bout, Hamilton.

— Vous non plus.

Trevayne leva les yeux vers la fenêtre ; son regard se perdit sur le moutonnement des vagues.

— Un jour viendra où l'on pourra se passer de vous. Ne l'oubliez surtout pas.

— Tout à fait possible, monsieur le président. Mais ce n'est ni pour aujourd'hui ni pour demain.

Imprimé en France par

CPi
BUSSIÈRE

à Saint-Amand-Montrond (Cher)
en août 2010

POCKET - 12, avenue d'Italie - 75627 Paris Cedex 13

N° d'impression : 101139
Dépôt légal : avril 1998
Suite du premier tirage de la nouvelle édition : août 2010
S 21020/01